ZUKUNFT
Landes
autonomie
Südtirol!

SILVIUS MAGNAGO EINE BIOGRAPHIE SÜDTIROLS

SILVIUS MAGNAGO

EINE BIOGRAPHIE SÜDTIROLS

Gottfried Solderer (Hrsg.)
Mit Beiträgen von:
Elisabeth Baumgartner
Hartmann Gallmetzer
Umberto Gandini
Hans Mayr
Hans Karl Peterlini
Karl Heinz Ritschel
Georg Schedereit
Viktoria Stadlmayer u.a.

Edition Raetia

Das Autorenteam dankt allen, die zur Gestaltung dieses Buches mit Rat und Tat beigetragen haben, insbesondere den Historikern Hans Heiss, Christoph von Hartungen und Josef Fontana für ihre beratende Hilfe. Auch den Zeitzeugen und den Leihgebern des wertvollen Bildmaterials gilt unser Dank.

KUNST SÜDTIROL KULTUR

Gefördert durch die Kulturabteilung der Südtiroler Landesregierung

Bozen 1996

REDAKTION: Elisabeth Baumgartner – Gottfried Solderer
BILDAUSWAHL UND LAYOUT: Elisabeth Baumgartner – Dall'O & Freunde
BILDRECHERCHE: Elisabeth Baumgartner – Othmar Seehauser
UMSCHLAG UND GRAPHISCHE GESTALTUNG: Dall'O & Freunde
ÜBERSETZUNGEN AUS DEM ITALIENISCHEN:
Ludwig Paulmichl (U. Gandini, G. A. Stella, T. Jop) und David Casagranda (F. Tretter)

DRUCKBILD: Graphic Line, Bozen
DRUCK UND LITHOS: Fotolitho Longo, Frangart

Titelfoto: Silvius Magnago, Portraitfoto von Erika Gamper
Vorsatzblätter: Sigmundskron 1957, Flavio Faganello
Rückseite: Sigmundskron 1957, Gioacchino Alberti

ISBN 88-7283-053-2

Zum Buch

Was macht ein verdienter Politiker, wenn er aus Alters- oder irgendwelchen anderen Gründen den Hut nimmt? Er besorgt sich einen Ghostwriter oder eine Sekretärin und diktiert seine Lebenserinnerungen in die Schreibmaschine oder den Computer. Was dabei herauskommt, sind in der Regel dicke Wälzer, protokollhaft zusammengetragene Daten und Fakten, meist geschönt und selten spannend.

Nicht so Silvius Magnago. Er zieht sich lieber in seine Briefmarkensammlung zurück, wenn er nicht gerade in seiner Partei oder überhaupt in der Politik wieder einmal dringend gebraucht wird. Zwar hat er seine Memoiren schon einmal einem Verlag versprochen, aber schreiben will er sie nicht. »Wenn ich schreibe, was ich weiß, so muß ich Leuten wehtun, die noch leben. Und wenn ich das nicht schreibe, dann wird es ein fades Buch«, schiebt er die Memoiren auf die lange Bank.

Also muß man sich Silvius Magnago anderswie nähern, wenn man Darstellung und Hintergründe seines erfüllten Lebens der Nachwelt erhalten will.

Über Journalisten beispielsweise, die in Ausübung ihres Berufes Wegbegleiter des großen Alten geworden sind, die ihn beobachtet haben in all seinen Höhen und Tiefen, die mit ihm gesprochen haben über Erfolge und Mißerfolge oder einfach nur über sein ganz alltägliches Leben. Vieles fällt dabei an Informationen ab, was nicht unmittelbar gebraucht wird, vieles bedarf aber auch der mehrfachen Nachfrage.

Es ist nicht einfach, zum Kern Magnagos vorzustoßen. So sehr der routinierte Politiker das Bad in der Menge, den tosenden Beifall seiner Anhänger und eine gute Presse liebt, so zugeknöpft und reserviert ist er hinter seinen vier Wänden, wenn es nicht bloß um die schon sattsam bekannten Lebensdaten geht. »Wichtige Probleme löst man nicht mit der Publizität«, ist eine der Altersweisheiten, die Magnago dann auch immer wieder seinen politischen Enkeln mit auf den Weg gibt. Magnago scheut die Presse, wiewohl er mit ihr umzugehen weiß wie kaum ein anderer. Einmal aus der Reserve gelockt, wird er dann aber kooperativ, wozu das Autorenteam ihm zu Dank verpflichtet ist.

So ist ein Buch entstanden, das sich im wesentlichen in drei Teile gliedert. Journalisten beschreiben die wichtigsten Lebensstationen Magnagos: Die Kindheit unter Altösterreich, Magnagos Erlebnisse im Zweiten Weltkrieg, seine ersten politischen Gehversuche und seine Sternstunden etwa auf der Großkundgebung auf Schloß Sigmundskron 1957 oder auf der Paketschlacht 1969 in Meran. Um den historischen Rahmen zu verdeutlichen, in den diese Ereignisse gebettet sind, sprach das Autorenteam mit wichtigen Zeitzeugen. Die Gespräche bilden Teil zwei des Buches. Abgeschlossen wird es schließlich mit Aufsätzen und Aussagen über Silvius Magnago.

Es ist nach Hans Benedikters vergriffenem Magnago-Buch »Ein Leben für Südtirol« der zweite Versuch, die ungemein vielschichtige Gestalt Magnagos in Worte zu kleiden, sie mit teilweise bisher unveröffentlichten Fotos bildhaft darzustellen, sie aus den nüchternen Paketparagraphen herauszuschälen und sie schließlich aus einer bisher nur ungenau durchleuchteten Vergangenheit hervortreten zu lassen.

Herausgekommen ist, wie könnte es nach 50jährigem politischem Engagement Magnagos auch anders sein, eine Biographie Südtirols. Denn es gibt niemanden in diesem Lande, der der jüngsten Vergangenheit so sehr seinen Stempel aufgedrückt hat wie Silvius Magnago.

Gottfried Solderer, Elisabeth Baumgartner, Hans Mayr

Inhaltsverzeichnis

Elisabeth Baumgartner
Der sensible Kämpfer
Jugend und Aufstieg des Silvius Magnago 11

Hans Mayr
»Los von Trient«
Magnagos Aufstieg zur Macht, Sigmundskron und die Bomben 119

Gottfried Solderer
»Blumen am Wege pflücken«
Die wichtigsten Stationen auf dem steinigen Weg zum Paket 169

Karl Nicolussi-Leck
Aufbau zur falschen Zeit
Die SVP in der Zerreißprobe

Hansjörg Kucera
Der Handschlag

Viktoria Stadlmayer
Der Komplex vom Nehmen
Die Grande Dame der österreichischen Südtirolpolitik über Magnago und das Verhältnis zu Österreich

Claus Gatterer
Südtirols Dr. Silvius Magnago
Nicht unterkriegen lassen

Karl Heinz Ritschel
Die Kunst des Machbaren
Silvius Magnago und das Paket 205

Magnago-Ära: Meinungen, Erinnerungen, Streitthemen

Viktoria Stadlmayer
Eine vertane Chance?
Elisabeth Baumgartner sprach mit der Südtirol-Expertin über die italienischen Friedensverhandlungen und die Ablehnung des Selbstbestimmungsrechtes 225

Lothar von Sternbach
»Wie eine Feldwache in einer aufgegebenen Stellung ...« 251

Georg Schedereit
»Es ist nicht so, daß ich nicht menschelen täte«
Ein intimes Gespräch mit Landeshauptmann Silvius Magnago 267

Hans Karl Peterlini
Die Bilder des alten Herrn
Der politische Pensionist Silvius Magnago. Zwischen moralischer Instanz und Parteikasper 283

HARTMANN GALLMETZER
Der Landesvater
Geschichten aus dem Alltag, aufgezeichnet vom Parteisekretär 293

HANS MAYR
»Zuerst der Herrgott, dann Tirol«
Phänomen Magnago auf Wahlkampfreise durchs Trentino 307

FRANCO TRETTER
Der große Vater der Autonomie 311

UMBERTO GANDINI
Unwiderstehlich und entwaffnend
Die Primadonna Magnago 315

GIAN ANTONIO STELLA
»Mein Vaterland ist Österreich, mein Staat Italien«
Magnago aus der Sicht eines italienischen Journalisten 323

TONI JOP
Bastarde oder Brüder
Zänkereien zwischen zwei Schlaumeiern 331

ALEXANDER LANGER
Kein Gold, wenig Weihrauch und ausgiebig Myrrhe
Silvius Magnago aus der Sicht eines politischen Widersachers 339

HANS JOCHEN VOGEL
Auf feste Freunde zählen
Südtirol und die Deutsche Sozialdemokratie

HUGO SEYR
Stimmen zum 75. Geburtstag von Landeshauptmann Silvius Magnago
Eine Sendung der Redaktion des RAI-Senders Bozen von Hugo Seyr und Wolfgang Mayr 347

BEATRIX UNTERHOFER
»Ein schiefes Gsicht hat er amal ghabt im Fernsehen«
Wiener Prominenz, eine Taxlerin und eine Klofrau über Magnago 357

ALOIS MOCK
Format eines Großen

ANMERKUNGEN 363

PERSONENREGISTER 375

DIE AUTORINNEN UND AUTOREN 379

FOTONACHWEIS 381

ZEITTAFEL 383

Mehr Symbolkraft könnte ein Zufall nicht haben: Südtirols »Autonomie«-Vater Silvius Magnago blickt vom heutigen Bozner SVP-Sitz auf das Haus, in dem er seine Kindheit zugebracht hat. Im Fenster spiegelt sich die Eckwohnung im obersten Stock mit dem »Küchenbalkon«, von wo aus der Bub im November 1918 der aufgelösten k. u. k. Armee nachgeblickt hat.

Elisabeth Baumgartner

Der sensible Kämpfer

Jugend und Aufstieg des Silvius Magnago

Mehr Symbolkraft könnte ein Zufall nicht haben als der Blickkontakt des Südtiroler Autonomie-»Vaters« Silvius Magnago mit seiner Vergangenheit. Schauplatz: der Parteisitz in der Bozner Brennerstraße, ein funktionaler, steriler Bürokomplex zwischen Häusern im Jugendstil und Historismus. Der achtzigjährige Ehrenobmann der Südtiroler Volkspartei stützt sich auf eine seiner beiden Krücken und weist zum Fenster. Wir stehen im Versammlungslokal der Parteileitung, wo das engste Führungsgremium normalerweise jeden Montag zusammentritt. Die Sammelpartei ist voll durchorganisiert. In der nüchternen Büroatmosphäre wirkt der feine alte Herr fast ein bißchen verloren. Das Lokal der Parteileitung war seine Kommandobrücke. Als er am 27. April 1991 als dienstältester Parteichef Europas abtrat, hatte er »seine« Sammelpartei beinahe 34 Jahre lang durch dick und dünn gesteuert. Wie es der Zufall haben wollte, mit Blick durchs Fenster auf den »Küchenbalkon« seiner Kindheit, als er mit den Eltern und zwei Schwestern noch im Haus vis-à-vis wohnte, in der Brennerstraße Nummer vier: von dort blickte der nicht ganz Fünfjährige im November 1918 auf die Scharen der aufgelösten k. u. k. Armee im vollen Rückzug: »Ich weiß nur, die Brennerstraße war vollgestopft, und alles hat nach Norden gedrängt ...«

Daß er Zeuge eines historischen Moments war und daß diese Bilder den Untergang der Donaumonarchie bedeuteten, begriff er erst viel später. Als Kind hatte er vom Ersten Weltkrieg nur den Hunger mitbekommen, zweimal Fliegeralarm im letzten Kriegsjahr, und dann die Rückzugswelle. Der Exodus bewegte sich vorbei an der vertrauten Kulisse des Hotels »Stiegl«, dessen Zuckerbäckerfassade bis heute an die Glanzzeit des alt-österreichischen Kurortes Bozen-Gries erinnert. Fünf Minuten entfernt, am Bozner Bahnhof, stürmten die Soldaten die Züge. Selbst die Waggondächer waren voll mit Flüchtenden. In den Tunnels – hieß es – wurden sie zu Dutzenden heruntergefegt und geköpft. Dieses Schreckensszenario hat sich tief eingegraben in alle Zeitzeugenerzählungen.[1]

Und Magnagos Eltern? Gerieten sie in Panik? Denn von der Mendel sind ja an jenem 4. November 1918 bereits die Italiener in Richtung Bozen einmarschiert. »Hier ist nicht geschossen worden, in Südtirol ist kein Schuß gefallen ...!«, wehrt sich Magnago gegen italienische »Eroberungs«-Thesen. Auch wenn er zugibt: Die Eltern ließen sich ihre Angst vor den Kindern vielleicht bloß nicht anmerken. Südtirols Okkupation ist ein schwieriges Kapitel, die Verdrehung historischer Tatsachen ein alter wunder Punkt. Das Reizthema provoziert den Politiker. Selbst unter Historikern ist der »Sieg« ein zweischneidiges Schwert.

Österreich hatte nämlich bereits am 3. November 1918 den Waffenstillstand angenommen, genauer gesagt, die Kapitulation. Die Italiener konnten daher in Südtirol kampflos einmarschieren, als reguläre Besatzungstruppe. Der italienische Einmarsch erfolgte allerdings – und das war ein weiterer Stachel – unter einseitiger Ausnutzung einer 24-Stunden-Frist, die Italien zur Bedingung gestellt hatte. Die taktisch verwirrende Verhandlungsführung der Italiener lohnte sich. Während Italiens Armee noch weiterkämpfte, hatte das österreichische Armeeoberkommando den Feuereinstellungsbefehl bereits erteilt, der sich nicht mehr rückgängig machen ließ. Tausenden österreichischen Soldaten wurde dieses Verwirrspiel zum Verhängnis. Ihre Waffen hatten sie weisungsgemäß niedergelegt, widerstandslos fielen sie in Gefangenschaft der Italiener, die diese letzte Frist vor dem Waffenstillstand konsequent nutzten.

Das jüngere Südtiroler Geschichtsverständnis ist auffallend stark geprägt von der traumatischen Erlebniskomponente dieses »Verrats« und »Opfergangs«. Das eigene Schicksal steht dominant im Mit-

Für die Fremdenstadt Bozen war der Ausbruch des Ersten Weltkriegs im Sommer 191
ein schwerer Schlag. Am Waltherplatz vor dem von Bäumen verdeckten Hotel »Greif«
und unter verwaisten Kaffeehausterrassen wurden jetzt Truppen verabschiedet,
aber auch die übliche Parade zu Kaisers Namenstag am 4. Oktober 1914 fand statt.
Noch schwärmt die Bozner Zeitung von einem »patriotischen Großereignis«.

Erster Weltkrieg, Bozen, Waltherplatz. Seit der Generalmobilmachung im Sommer 1914 wurde aus Truppenparaden und Ehrenformationen plötzlich bitterer Ernst. Auch die Tiroler Kaiserjäger hatten Marschbefehl nach Galizien. Auch vom Bozner Bahnhof rollten Truppentransporte an eine blutige Front. Der anfängliche Kriegsjubel wich Ernüchterung.

Am Bozner Bahnhof inspizieren italienische Besatzer die zurückgebliebenen Beutestücke. Nach dem Waffenstillstand hatte die aufgelöste k. u. k. Armee die Züge gestürmt. Die wertvolle Postkarte aus der Sammlung von Gotthard Andergassen ist rückseitig beschriftet: »Bolzano, 6 novembre 1918, cannoni abbandonati alla Stazione«.

telpunkt, andere Facetten geraten darüber leicht ins Hintertreffen. Etwa die Tatsache, daß sich Österreichs Untergang von innen her längst abzeichnete, bedingt durch den nationalen Sprengstoff der k. u. k. Monarchie. Die Auflösung der Front war ein Spiegelbild der inneren Zerrüttung. Erst nach Tagen hatte sich der »erste regellose Trubel« etwas gelegt, berichten die »Bozner Nachrichten« in ihrer Ausgabe vom 8. November 1918. Terrorisiert fühlte sich die Bevölkerung im Südtiroler Rückzugsgebiet zunächst aber gar nicht so sehr von der italienischen Besatzungstruppe, sondern von den »Exzessen« der eigenen Soldateska, von den außer Rand und Band geratenen »fremdnationalen« Elementen – übrigens eines der gängigsten Schlagwörter im Vokabular des Nationalitätenkampfes der späten Monarchie. In Angst und Schrecken versetzt fühlten sich die Südtiroler also durch Ungarn, Bosniaken und Tschechen, die auf dem Rückzug plündernd und brandschatzend über das Hinterland herfielen. Die schockierten Bozner hätten fast die italienischen Besatzer zu Hilfe gerufen, erinnert sich zum Beispiel Gottfried Mumelter an die Schilderungen seines Vaters.[2]

Die für Unabhängigkeit kämpfenden Ostnationen hatten ihre Stunde erkannt: Sie gründeten eigene Nationalräte und vollzogen so die Abspaltung. Der Zerfall einer Großmacht innerhalb von Wochen, ja Tagen, hatte etwas Apokalyptisches. Was in literarischen Untergangsvisionen bereits vorausgedacht war, fand jetzt seinen Niederschlag in den Geschichtsbüchern. Das Tempo dieses Unterganges erscheint selbst rückblikkend unfaßbar schnell. Kein Wunder, daß der Südtiroler Alltag fürs erste mit dem Wirrwarr total widersprüchlicher Realitäten nicht zurechtkam.

Werfen wir noch einmal einen Blick in die Bozner Nachrichten. Das Titelblatt der Freitagausgabe, 8. November 1918, ist ein Spiegel der Zeit: Der Schock über das Kriegsende mischt sich mit trügerischen Hoffnungen auf Rückkehr zur Normalität. Das »Eden«-Kino in der Defreggerstraße (heute Leonardo-da-Vinci-Straße) sperrt wieder auf. Der Filmtitel »Das Glückskind« klingt vor dieser Zeitkulisse wie eine Ironie des Schicksals. Rund um Bozen werden die Lebensmittel- und Kleiderdepots der ehemals kaiserlichen Armee geplündert. In einer militärischen Verlautbarung beruhigt das »hiesige Etappenkommando«: Das Einrücken der königlich italienischen fünften Division in Bozen

Die Magnago-Kinder wurden in eine schwierige Zeit hineingeboren. Silvius Magnago mit seiner älteren Schwester Maria (Mitte) und der jüngsten Selma. Zwei Weltkriege hat diese Generation mitgemacht.

sei nur eine Maßnahme zwecks Aufrechterhaltung der Ordnung und öffentlichen Sicherheit.
Die lokale Presse kam sofort unter Zensur, erläutert der Historiker Josef Fontana, was aus verdächtig dick aufgetragenen und tendenziösen Passagen deutlich herauszulesen ist. Als Sprachrohr der liberalen Wirtschaftskreise bemühten sich die Bozner Nachrichten nach Einschätzung von Fontana ohnehin um eine vergleichsweise milde Tonart gegenüber Italien. Unabhängig von Pressionen und Anpassungszwängen hielt man die italienische Truppenpräsenz in Südtirol aber tatsächlich für ein vorübergehendes Phänomen. Selbst die nunmehr ausländischen Zeitungsberichte in Österreich lagen auf dieser Linie, nachzulesen etwa in den Innsbrucker Nachrichten vom 4. November 1918, der ersten Ausgabe nach der De-facto-Teilung Tirols.
Noch richteten sich alle Hoffnungen auf die Friedensverhandlungen. Daß die Italiener bleiben würden, hätte niemand erwartet, erinnert sich Magnago an die damalige Stimmung. »Vom Londoner Geheimvertrag hat ja noch keiner was geahnt!«
Um so härter der Schlag für Südtirol und Österreich, als sich herausstellte: An der Brennergrenze gab es praktisch nichts mehr zu rütteln. Italien hatte sich bedeutende Gebietszusagen für den Kriegseintritt an der Seite der späteren Siegermächte ausgehandelt: das südliche Tirol, Görz, Triest, Istrien, Teile Dalmatiens. Das geheime Dokument war bereits am 26. April 1915 in London unterzeichnet worden. Südtirol, oder wie es im Vertragstext heißt, »das Cisalpine Tirol mit seiner geographischen und natürlichen Grenze«[3], war schließlich der Preis für Italiens Ausscheren aus dem Dreibund und die darauffolgende Kriegserklärung an Österreich vom 23. Mai 1915.
Den so geschaffenen Tatsachen hatte die Republik Österreich, dieser bescheidene Nachfolger der Habsburgermonarchie, nach dem verheerenden Ersten Weltkrieg wenig entgegenzusetzen. Katastrophale Hungersnot, Massenarbeitslosigkeit und der Druck der Siegermächte ließen praktisch keine andere Wahl. Österreich und Südtirol mußten sich abfinden mit dem »Friedensdiktat« von Saint Germain. Schicksalstag war der 10. September 1919: Die Unterschriften unter den Friedensvertrag besiegeln die Abtretung Südtirols an Italien. Auflagen zum Schutz der deutsch- und ladinischsprachigen Minderheit des Landes sind in dem

Das Hotel »Stiegl« in der Bozner Brennerstraße, so wie es sich vom Balkon der Magnagos darbot. Die vorfahrenden Kutschen hatten es dem Buben besonders angetan. Links: die Kellerei Mumelter.

Dokument nicht enthalten. Zeitzeugen-Erzählungen bestätigen immer wieder: Die Zerreißung Tirols traf die Menschen ins Herz. Daß Südtirol Italien zugeschlagen wurde, war ein Symbol bitterer Demütigung und Zeichen eines Vernichtungsakts, der das neue Österreich auf einen winzigen Bruchteil der einstigen Habsburgermonarchie zusammenschrumpfen ließ. Neben Südtirol gingen noch weitaus größere deutschsprachige Territorien für die junge Republik verloren.

Für die Südtiroler Minderheit war das Urerlebnis frustrierender Ohnmacht freilich auch immer wieder ein politisches Energie-Potential. Für die Autonomiepioniere nach dem Zweiten Weltkrieg – unter ihnen Silvius Magnago – spielt der historische Hintergrund eine entscheidende Rolle. Das Schicksal eines Krisenherdes à la Bosnien blieb Südtirol erspart. Magnagos Lebenswerk, die Autonomie von 1972, stoppt den aufflammenden Bombenterror der sechziger Jahre. Ihm gelingt das Kunststück, Druck zu machen, um den Konflikt mit dem Zentralstaat schließlich doch in politisch sinnvolle Bahnen zu lenken. Südtirols friedliches Drei-Sprachgruppen-Modell setzt auf Interessenausgleich und Mäßigung. Der Autonomiepolitiker Magnago wäre ohne die feingesponnene, vielschichtige Erfahrung Alt-Österreichs wohl kaum denkbar. Diese persönliche Erfahrung komplexer historischer Zusammenhänge bewahrte Magnago davor, zum Fanatiker zu werden, nur als »Gerechtigkeitsfanatiker« möchte er sich selbst bezeichnet wissen. Als Kämpfer blieb er freilich keinem etwas schuldig. Der Autonomie-»Vater« Silvius Magnago ist eine höchst ungewöhnliche Mischung aus Tiroler Dickschädel und erstaunlich intuitiv zu Werke gehendem Taktierer.

Kindheitsidylle im Schatten von Saint Germain

Sein Politikerleben wurzelt in frühen lebensgeschichtlichen Prägungen. Magnago wurde am 5. Februar 1914 in Meran geboren, nur wenige Monate vor dem Ersten Weltkrieg. Kindheit und Jugend fallen in eine schwere Zeit. Magnagos Generation war noch vom Nachklang der Donaumonarchie umweht. Seine Erinnerungen an das Haus in der Brennerstraße Nummer vier vermitteln diese Atmosphäre. Die »Mumelter«-Häuser stammen aus Bozens Gründerzeit. Auch in Bozen hatte das Besitzbürgertum sein Geld in Zinshäusern angelegt. Der Doppelkomplex mit dem zum Zwölfmalgreiner Platz ausgerichteten Eckhaus Nummer zwei und dem angebauten Pendant auf Nummer vier ist bis heute ein Blickfang, eine Mischung aus kleinstädtischer Gediegenheit und eleganten Details.

Nur die Kirschbäume könne er mir nicht mehr zeigen, unter denen sie als Kinder gespielt hätten, trauert Magnago dem großen Garten nach, der zum Haus gehörte, aber verbaut wurde. Gartenseitig nach Süden gelegen und entsprechend sonnig war vor allem das Wohnzimmer mit großem Balkon und Blick auf den Kohlerer Berg, erinnert sich Magnago – man spürt förmlich, wie stolz er war auf dieses Zuhause. Ein Erkerzimmer mit noch schönerer Aussicht zum Rosengarten wurde nach dem Krieg untervermietet, offenbar wegen der allgemein angespannten Wirtschaftslage. Daß dieser Untermieter Künstler war, machte die Kinder neugierig: Durch den Türspalt konnte man hin und wieder einen Blick werfen auf die reiche Ausbeute des Zeichners, Malers und Fotografen Hugo Atzwanger. »Ein sehr, sehr ruhiger, zurück-

Die Südansicht der »Mumelter-Häuser«. Magnagos bewohnten im Haus rechts die rechte Hälfte des dritten Stockwerks. Norbert Mumelter ist auf der gleichen Etage in der Nachbarwohnung aufgewachsen. Der Garten mit den vielen Bäumen war ein Spielparadies für die Kinder.

gezogener Herr!«, erinnert sich Magnago an den 1921 in Bozen seßhaft gewordenen Künstler, der sich seine Sujets noch erwanderte, in Knickerbokkern, mit Malkasten und Zeichenstift im Rucksack, oder fotografierend mit seiner bescheidenen »Box«. Obwohl damals nur einem kleinen Insiderkreis bekannt und weitgehend mittellos, ist Hugo Atzwanger auch wegen seiner dokumentarischen Qualitäten vor allem als Landschafter bis heute hochgeschätzt.[4]

Magnago hat die Fixpunkte seiner Kinderwelt nicht vergessen: drüben die Gemischtwarenhandlung, an deren Namen er sich nicht mehr erinnern kann; der Friseur an der Ecke, wo sein Vater Stammkunde war; die Weinkellerei Hamberger im Hinterhaus mit ihrer geschäftigen Betriebsamkeit, schon wegen der vielen Wagen mit Weinfässern und Maischebottichen; die »Wagner«-Apotheke, die eine besondere Rolle spielen sollte in seinen Kindheitserinnerungen an den Faschismus. Eine weitere Episode aus der Zeit der Option von 1939 rankt sich um einen kleinen Stoffladen. Der Laden gehörte den Eltern eines Nachbarbuben, dem Magnago seine italienischen Grenadierstiefel verkauft, als er sie nicht mehr braucht, weil er für Deutschland optiert hat. Der kleine Handel am Rande der großen Tragödie sorgt sogar für verspätete Schlagzeilen. Mit diesen bissig-heiteren »Enthüllungen« zu Wort gemeldet hatte sich Joseph Maurer. Der pensionierte Schuldirektor und Oberschullehrer, mehrfacher Buchautor und Übersetzer anspruchsvoller Texte, hat sich als scharfer, oft überpolemischer Kritiker immer wieder auch mit politisch aktuellen Themen auseinandergesetzt. »Der Nino« war für die Buben aus der Nachbarschaft schon damals der Rädelsführer, »und zwar derart, daß wir anderen ihn 'den walschen Gigger' nannten«,

Die »Mumelter«-Häuser in der Bozner Brennerstraße sind weitgehend originalgetreu erhalten. Stolz zeigt Magnago auf den obersten Balkon mit Loggia. Das elterliche Wohnzimmer blickte nach Süden und hatte viel Sonne. Vom Garten hat der Bauboom nur wenig übrig gelassen.

schreibt Maurer unter dem Titel: »Wer kauft mir seine Stiefel ab?«[5] Beim Erwerb der Secondhandstiefel war Magnagos spätere Karriere natürlich nicht vorherzusehen. Erst rückblickend wurde daraus ein skurriles Politiker-Souvenir. Ausgegraben wurde die Stiefel-Story zum achtzigsten Geburtstag des »Paket-Vaters«: Die Presse schenkte dieser kleinen Pikanterie entsprechende Beachtung.[6]

Kindheitserlebnisse prägen den Politiker

Zunächst hatte sich Magnagos Kindheitsidylle kaum verändert durch Krieg und Zusammenbruch, obwohl die Zeit nicht stehen geblieben war, seitdem der Vierjährige vom »Küchenbalkon« auf den Untergang der Monarchie geblickt hatte. Auch in den Jahren danach bezieht er immer wieder gern seinen Aussichtsplatz. Ein sicheres Signal, daß es was zu sehen gab, war das Traben der Rösser. Auf der mit Platten ausgelegten Straße hörte man sie schon von weitem. Das benachbarte Hotel »Stiegl« leistete sich einen eigenen Zweispänner, um seine Gäste vom Bozner Bahnhof abzuholen. Je mehr Leute ausstiegen, desto besser, erinnert sich Magnago daran, wie er sich jedes Mal für den Wirt gefreut hat. Obwohl noch ein Kind, spürte er wohl, daß mit dem schüchtern wiedereinsetzenden Fremdenstrom ein Stück Normalität und Wohlstand zurückkehrte.

1915, bei der Übersiedlung der Familie von Meran in die Bozner Brennerstraße, war Magnago kaum ein Jahr alt. Seine Schwester Maria war etwas älter. Erfreulicher Anlaß für den Umzug: Sein Vater, der Meraner Bezirksrichter Dr. Silvius Magnago, war aufgerückt zum Landesgerichtsrat und wurde Chef des Bozner Bezirksgerichts. Selma, die Jüngste, kam 1916 auf die Welt und wurde bereits in Bozen geboren. In einem der beiden »Mumelter-Häuser«, Brennerstraße Nummer vier, im dritten Stock links, auf derselben Etage wie der Hausherr, wohnte man standesgemäß.[7] Den Rechtsanwalt Dr. Hermann Mumelter sieht Magnago heute noch vor sich, als ein unwiederbringliches Stück Alt-Bozen. Spontan ahmt er ihn nach, mit altmodischem Stehkragen, stets gezücktem Hut, leichter Verbeugung und langgezogenem »Habedieeehre ...!«

Die »Mumelter-Häuser« vermitteln gutbürgerliche Gediegenheit. Das Eckhaus trägt die Nummer zwei, Magnagos wohnten auf Nummer vier. An die Apotheke grenzte damals ein Lebensmittelladen und der ebenfalls längst verschwundene Friseur an der Ecke.

Warum tut sich das Politikerphänomen Silvius Magnago trotz dieser persönlichen Eindrücke vom vielfarbig-plurinationalen Alt-Österreich so schwer mit noch so schüchternen Ansätzen einer Multi-Kultur, die zur Entkrampfung volkstumskämpferischer Frontstellungen hätte beitragen können? Auf das Konto des Langzeitchefs der Sammelpartei und langjährigen Landeshauptmannes Silvius Magnago geht bei allen Verdiensten doch auch die gestörte Kommunikation zwischen Deutschen und Italienern, die das Zusammenleben der Volksgruppen Mitte der achtziger Jahre in die jüngsten Krisen abstürzen ließ. Die Folge war der Radikalisierungsschub im italienischen Lager, an dem Südtirol bis heute laboriert. Den Slogan von der obligaten »Igelstellung« einer Sprachminderheit gegen das Schreckgespenst Assimilierung hatte Magnago noch selbst lanciert. Mit der Reiz-These »Je klarer wir trennen, desto besser verstehen wir uns ...«, wurde sein Jugendfreund und späterer Mitstreiter Anton Zelger als einstiger Kulturlandesrat bereits vor 1980 zum Buhmann einer ganzen Ära.

Magnagos abgrundtiefes Mißtrauen gegen den Schlagwortbegriff »Mischkultur« ist von seiner Biographie her zunächst schwer begreiflich. Aufgrund seiner Lebensgeschichte wäre er ja eigentlich ein Paradebeispiel für den Völkerschmelztiegel Alt-Österreich. Als die Bozner Zeitung am 2. Juni 1898 in der Rubrik »Ernennungen« vom ersten Karrieresprung des Vaters Notiz nahm, enthielt die Namenserwähnung »Silvio Magnago« nicht etwa eine politische Spitze gegen den jungen Rechtspraktikanten aus Welschtirol, der sich in Deutsch-Südtirol seine ersten Sporen verdiente. Magnagos Vater war aus Rovereto gebürtig, mit Vorfahren aus der Valsugana. Zu seiner Zeit war es noch durchaus normal, daß Bozner und Innsbrucker Bürgerfamilien mit weiterreichenden Geschäftsbeziehungen ihre Kinder zum Italienischlernen ein, zwei Jahre lang nach Rovereto in die Schule schickten. Umgekehrt besuchte Magnago senior von der vierten Klasse aufwärts das deutschsprachige Bozner Franziskanergymnasium. Mit dem Maturazeugnis dieser Südtiroler Eliteschule inskribiert er sich in Innsbruck und promoviert zum Doktor der Rechtswissenschaften. Das Doktordiplom seines Vaters war übrigens das einzige Relikt, das die Plünderer von Magnagos Fluchtgepäck übrig gelassen hatten, als der Zweite Weltkrieg im Chaos

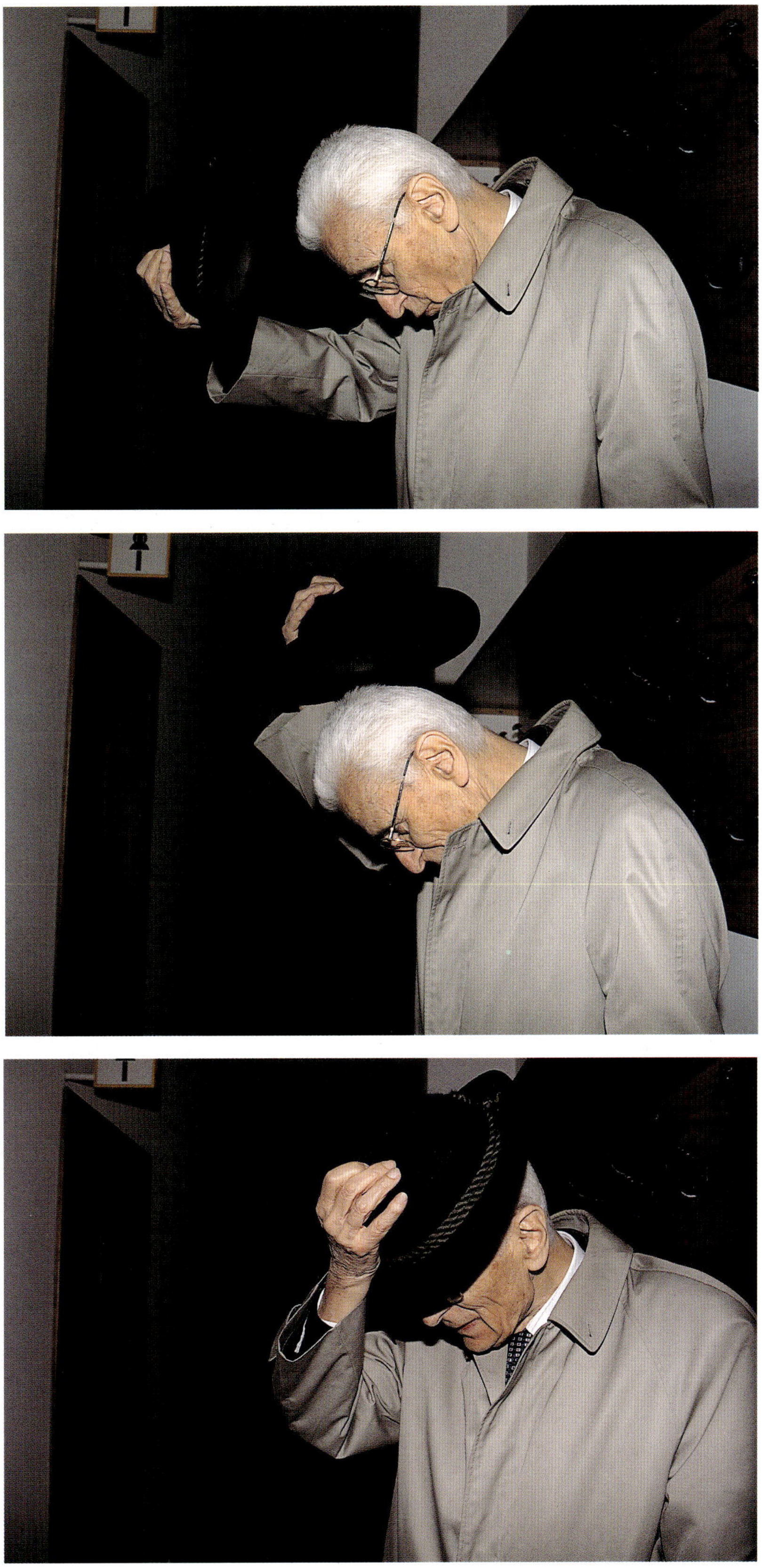

Die Kunst, elegant und souverän den Hut zu ziehen. Silvius Magnago beherrscht den Stil seiner Ära.

zu Ende ging.[8] Magnago hat das Diplom als Erinnerung an seinen Vater aufbewahrt, verliehen wurde es dem »tirolensem tridentinum«, zitiert er auswendig. Daß die Welschtiroler Herkunft ausdrücklich erwähnt wurde, erscheint ihm bemerkenswert. Die Frage, ob dies nicht doch diskriminierend gemeint sein könnte, liegt seiner Generation fern.

In dieses Bild kultureller Offenheit paßt auch die Vermählung des Vaters mit der Vorarlbergerin Helene Redler aus Bregenz. Kennengelernt hatte der junge Trentiner Richter seine künftige Frau an seinem ersten Dienstort, dem Nobelkurort Meran. Also ist Magnago selbst ein Mischehenkind?! »Biologisch gesehen, ja ...«, muß er zugeben, doch prompt fügt er hinzu: »einstellungsmäßig, nein!« Identifikationsprobleme seien ihm vollkommen fremd. Ein Hin-und-her-gerissen-Werden zwischen zwei Sprachen und Kulturen habe er nie kennengelernt. Wahrscheinlich fällt ihm deshalb der Umgang mit diesem Komplikationsfaktor des späteren Autonomiealltags so schwer. Als Volkstumspolitiker war Magnago für klare Verhältnisse. Auch wenn er im jüngeren, kritischen Lager seit circa 1970 vielfach auf Unverständnis stieß mit seiner beharrlichen Weigerung, neben den drei offiziellen Sprachgruppen auch die Gemischtsprachigen zumindest als kulturelles Faktum anzuerkennen. Aus der Optik des Politikers fürchtet er in jeder Aufweichung des Volksgruppenprinzips einen Anschlag gegen die Grundfesten des Minderheitenschutzes, zum Beispiel in Form einer Unterwanderung der muttersprachlichen Schulen.

»Bei uns zu Hause wurde nur deutsch gesprochen ...!«, er sei hundertprozentig deutsch erzogen worden wie der Herr Oberkalmsteiner oder Unterkalmsteiner, wie die Frau Oberhuber oder Unterhuber, versichert Magnago. Nuancen verraten, an diesem Punkt gibt es alte Narben. Einem Psychologen würde es nicht schwer fallen, unbewußte Selbstschutzmechanismen zu erkennen. In überbetont deutschen Bürgerkreisen haftete ihm das Etikett des »Italieners« an. Auch wenn man die Vorurteile nicht so unverblümt präsentiert wie Magnagos einstiger Spiel- und Schulkamerad Joseph Maurer, der in seiner polemischen Glosse rundheraus sagt, was sich bestimmte Kreise insgeheim dachten über den Aufstieg – so Maurer – des »'Nino', später 'Silvio', jetzt 'Silvius'«.[9] Magnagos Kindheit ist in vieler Hinsicht ein Schlüssel zum späteren Politiker Silvius Magnago. Allein von ihrer sozialen Stellung her war die Familie fest integriert ins gutbürgerliche Bozner Milieu. »Die Frau Rath ...« war eine Respektsperson, erinnern sich Spielkameraden, die sich mit den Magnago-Kindern auf der Wassermauerpromenade tummelten.[10]

Magnagos sprachliche Sonderstellung beschränkte sich daher auf eine nach außen hin kaum wahrnehmbare Distanz. Daß er sie mit feinen Antennen registriert hat, darf mit Sicherheit angenommen werden. Dieses sensible Kind, also den verletzbaren Teil seiner Persönlichkeit, hat er sich nie zugestanden. Vielmehr setzt er alles dran, Verletzungen und geheime Ängste zu besiegen. Genau da dürfte der Ursprung seiner politischen Kreativität zu suchen sein. Gerade ihm, dem Kind eines Trentiner Vaters und einer Mutter aus Vorarlberg, war es als Politiker bestimmt, mit dem Inbegriff eines Südtirolers identifiziert zu werden. Seine Wurzeln in zwei Kulturen sind Teil seiner Persönlichkeit, freilich stiftet dieses prägende Merkmal mitunter auch Verwirrung. So titelt zum Beispiel der deutsche Pressedienst ein DPA-Bild des Regionalratspräsidenten, damals noch Vize-Obmann der Südtiroler Volkspartei, mit dem häufig falsch geschriebenen Zunamen »Dr. Silvio Magnano«: »Er ist trotz seines italienisch klingenden Namens durch und durch ein 'Tedesco' ...« Auch in Rom werde er als »vernünftig und gemäßigt« bezeichnet.«[11] Um so mehr stand er im Lande selbst als Symbolfigur des Volkstumskampfes der deutschsprachigen Südtiroler immer wieder unter Legitimationszwang. Ein Südtirolkenner wie Herbert Weissenberger bestätigt: »Magnago ist oft – aus Nichtwissen, manchmal aber auch aus böser Absicht – für einen Italiener gehalten worden. Nicht nur sein Name verführt zu solcher Mißdeutung; in Tirol hat es eine alte Tradition, jemanden, den man nicht leiden kann, als 'Walschen' zu bezeichnen ...«[12]

Magnago selbst kann nichts Unnatürliches daran finden, daß sein Trentiner Vater daheim nur deutsch sprach, in derselben Sprache wie die Mutter, die als Vorarlbergerin kein Italienisch konnte. Richter Magnago war auch beruflich nur im deutschen Landesteil tätig. Der Assimilierungsdruck hat aber zumindest zum Teil eine Rolle gespielt. Zu den Hintergründen schreibt Herbert Weissenberger: »Man muß es offen aussprechen: Die letzten Jahrzehnte der österreichischen Verwaltung waren für die italienischen 'Tiroler' auch bedrückend gewesen. Im Trentino hielt man zwar eine beispielgebende Schulordnung (die zeitweise sogar so überdreht wurde, daß deutschsprachige Staatsbeamte keine Schulen für ihre Kinder fanden), im ganzen jedoch gab es

(obere Reihe): Mutter und Vater 1932 am südseitigen Balkon in der Brennerstraße. »Nino«, wie er im Familienkreis gerufen wurde, mit Mutter und Schwestern. (mittlere Reihe): Landesgerichtsrat Magnago in Galauniform zu Kaisers Geburtstag. Familienspaziergang, Juni 1931. Magnago als Student. (unten): Hinter den Bäumen links oben, das Erkerzimmer des Malers Hugo Atzwanger, Untermieter bei Magnagos. Familienbild mit Nesthäkchen Selma, Silvius und Maria.

Gutbürgerliches Bozen anno 1914: Ähnlich wie hier Norbert Mumelter ist auch Silvius Magnago aufgewachsen. Rechtsanwalt Mumelter, der stolze Papa, und Richter Magnago wohnten Tür an Tür.

einen verhängnisvollen Germanisierungsdruck, als dessen Folge sich viele Italiener – einfache Leute im Unterland zwischen Bozen und Salurn, gescheite Leute im Staatsdienst (wie Vater Magnago) – bei der Volkszählung als 'Deutsche' bekannten ...«[13]
Abgefedert wurde dieser Assimilationsdruck durch den kulturellen Kontext des Monarchie-Großraums. Vater Magnago hat seinen Kindern gewiß keinen aufgezwungenen Identitätsverzicht vorgelebt, sondern die selbstbewußte Beweglichkeit des typisch altösterreichischen Beamten, der sich beruflich und gesellschaftlich anerkannt fühlt. Dieses Bild erhärtet ein historisch beschlagener Beobachter mit einer sehr atmosphärischen Schilderung. Der 1944 geborene Ludwig Walter Regele gehört zwar einer anderen Generation an, in seiner Familie spielten die Magnagos jedoch eine wichtige Rolle. Regeles Vater führte mit Luis Sand die Anwaltskanzlei weiter, mit der sich Magnagos Vater selbständig gemacht hatte, nachdem er sich gezwungen sah, den Richterberuf an den Nagel zu hängen. Der Richter Magnago gehörte zum engen Freundeskreis von Regeles Großvater.
Der Stadtkämmerer Heinrich Regele verkörperte den klassischen Typus des Bozner Bürgers und österreichischen Patrioten, der im politischen Spektrum der Monarchie dem deutsch-nationalen Lager zuzuordnen war. Mit einem Trentiner Richter italienischer Gesinnung oder gar mit einem verkappten Irredentisten hätte sein Großvater bestimmt keinen Umgang gepflegt, führt Regele als konkreten Beweis dafür an, wie fest Magnago senior doch hineingewachsen war ins Bozner Milieu.
Der heutige Begriff »Mischehe«, also das damit assoziierte Tauziehen um die kulturelle Zugehörigkeit zur einen oder anderen Volksgruppe, war damals unbekannt, meint Regele. Er hat sich als Historiker mit der Zeit auseinandergesetzt, verweist aber auch auf Parallelbeispiele in der eigenen Familie: etwa seine in Turin erzogene Großmutter aus dem Fassatal, die im Hause des Bozner Großvaters nur deutsch sprach. Für Regele ist Silvius Magnago übrigens noch der »Onkel Nino«.
So habe ihn die Mutter gerufen, damit keine Verwechslung entsteht mit dem gleichnamigen Herrn Papa, hat Magnago eine launige Erklärung parat für seinen italienischen Übernamen. Für seine alten Freunde sei er bis heute »der Nino«, bestätigt er lachend, doch auf Silvius sei er getauft. Politische Namenskosmetik weist er von sich. Weder habe er bei der Option für Deutschland im Jahr 1939 seinen italienischen Zunamen abgeändert noch den »Silvio« am Grabstein seines Vaters am Dorffriedhof von Kastelruth: »Die Leut sollen nur wissen, wie des war, als man net einmal am Grabstein einen deutschen Namen schreiben hat dürfen!« Der Tod seines Vaters im Kriegsjahr 1941 fiel in die Zeit der späten faschistischen Repression.

Interieurs wie hier im Hause des Rechtsanwaltes Dr. Hermann Mumelter spiegeln die Ausstrahlung des Monarchiegroßraums bis in kleine, feine Details. So präsentierte sich gehobener Lebensstil in Wien, Budapest, Lemberg oder Bozen.

Der Welschtiroler Vater mit Wiener Charme

Magnagos Eltern waren schon vom Äußeren her ein unterschiedliches Paar, unterstreicht Ludwig Regele, und er stützt sich dabei auf die anschaulichen Beschreibungen seines Vaters. Wie hat man ihn sich also vorzustellen, den Herrn Landesgerichtsrat Magnago? Immer höflich, stets korrekt, eher klein. Der dunkle, malerisch hochgezwirbelte Schnurrbart verlieh ihm ein südliches Aussehen. Seinen Bozner Bekanntenkreis nahm der Welschtiroler jedoch mit seinem gewinnenden Wiener Charme ein. Die Mutter verkörperte dagegen einen ihrer alemannischen Herkunft entsprechenden konträren Typus: groß und zäh, kämpferisch und entschlossen, galt Helene Redler-Magnago als dominierende Figur. Geschmeidigkeit und Flexibilität waren Stärken des Vaters. Von der Mutter erbt der künftige Politiker Magnago dagegen das Durchhaltevermögen. In der Familie und Erziehung bestimmte sie das kulturell-sprachliche Zugehörigkeitsgefühl auf natürliche Weise, folgert Regele. Magnagos Erzählungen bestätigen diese Darstellung indirekt.

Die Besuche bei den Trentiner Großeltern waren seltener und gestalteten sich um einiges komplizierter als die Aufenthalte bei der mütterlichen Verwandtschaft in Bregenz, erinnert sich Magnago. Daß ein Bruder seiner Mutter bereits mitgemischt hatte in der Politik – Dr. Ferdinand Redler war in der Ersten Republik 1930–31 Landeshauptmann von Vorarlberg[14] – erwähnt er mit hörbarem Stolz. Bei Verwandtenbesuchen in Rovereto blieb der Kontakt dagegen darauf beschränkt, daß Großvater und Großmutter ihre Enkel auf den Schoß nahmen. »Wir Kinder konnten nicht Italienisch. Die Großeltern waren sehr alt und konnten nicht Deutsch ...« Der Generationswechsel zeigt sich deutlich: Wer weiterkommen wollte, mußte zweisprachig sein. Mit den Trentiner Tanten gab es daher auch keine Verständigungsprobleme mehr. Drei Schwestern des Vaters lebten in Rovereto. Eine verdiente sich sogar ihr Geld mit Deutschstunden als Privatlehrerin. Der Bruder wählt den gleichen Weg wie Magnagos Vater.

Auch er Jurist, in Innsbruck ausgebildet, auch er in angesehener Position, zuletzt als Gerichtspräsident in Vicenza.

Ans Trentino seiner frühen Kindheit hat Magnago nur spärliche Erinnerungen. Der Großvater väterlicherseits hatte an der Lehrerbildungsanstalt unterrichtet und starb mit 96 Jahren als ältester Mann von Rovereto. Die politisch brisante Welschtiroler Szene hat Magnago nicht mehr kennengelernt. Nur soviel weiß er: Sein Vater war »austriacante« und gehörte zum österreichfreundlichen Lager. Die für Unabhängigkeit kämpfenden »Irredentisten« um Cesare Battisti waren ein harter Widerpart. Ein Trentiner Intermezzo gab damals übrigens auch jener Mann, der Südtirol bald zum Schicksal werden sollte: Benito Mussolini war 1909 mehrere Monate lang Sekretär der Arbeiterkammer und Chef der sozialistischen Trentiner Arbeiterzeitung, bevor er nach Italien abgeschoben wurde.[15] Den Wirren des »Nationalitätenkampfs« setzt der Kriegsausbruch mit einem Schlag ein Ende. Nach der Kriegserklärung Italiens vom 23. Mai 1915 werden weite Teile des Trentino Kriegsgebiet. Auch die Heimatstadt des Vaters wird evakuiert. Die Verwandten aus Rovereto kommen in eines der vielen Auffanglager. Um ihr Schicksal drehen sich jetzt die Familiengespräche. Erstmals begann die Politik in Magnagos Kindheitserinnerungen eine Rolle zu spielen.

DAS VERHASSTE SCHWARZE HEMD

Die Härten der Zeitenwende sollte er bald aus eigener Erfahrung kennenlernen. In Rom übernimmt das Faschistenregime am 28. Oktober 1922 die Macht.[16] Vor den Kindern wurde damals über Politik nicht gesprochen. Dennoch wird der Bub mit den neuen Tatsachen unvermittelt konfrontiert. Die erste schemenhafte Erinnerung reicht zurück in die erste Volksschulzeit. Im festtäglichen Bozen stand er mit seinen Eltern am Rathausplatz: Alles wartete auf das Vorüberziehen eines Trachtenumzugs, als Unruhe ausbrach. Mutter und Vater eilten mit den Kindern an der Hand nach Hause, in die nahe Brennerstraße. Nein, Schüsse hätten sie nicht gehört. Was passiert war, ist in den Geschichtsbüchern nachzulesen: Ein lokaler Faschistentrupp überfiel am 24. April 1921 den Festzug anläßlich der Bozner Frühjahrsmesse. Der Lehrer Franz Innerhofer aus Marling starb beim Versuch, einen Schüler zu retten. Mehrere Geschosse und eine Bombe forderten etwa fünfzig Verletzte. Mussolini selbst erklärte im Parteiblatt, der Gewaltakt sei »eine erste feierliche Warnung ...«[17]

Nach Abschluß der dritten Volksschulklasse passiert etwas für das Kind völlig Unverständliches. Die Eltern nehmen den Buben aus der deutschen Schule. Er wechselt in die italienische Regina-Elena-Schule in der Sparkassenstraße, obwohl er kein Wort Italienisch kann. Damit er in der Vierten überhaupt mitkommt, erhält er Nachhilfestunden. An den Namen des alten Fräuleins, das ihm Italienisch einpaukt, kann sich Magnago heute noch erinnern: ein Zeichen für den tiefen Schock dieses abrupten Schulwechsels. Daß bald alle Südtiroler Kinder sein Los teilen sollten, konnte er damals noch nicht wissen.[18]

Als Richter hätte sein Vater die sofortige Versetzung riskiert, wäre er stur geblieben, als man ihn mit drohenden Fragen unter Druck setzte: »Als italienischer Staatsbeamter werden Sie Ihre Kinder doch nicht in die deutsche Schule schicken?!« Viele ehemals österreichische Beamte waren in den italienischen Staatsdienst übernommen worden. Sie wurden zur ersten Zielscheibe faschistischer Schikanen, die sich bald zur systematischen Unterdrückung ausweiteten. Das Verbot der deutschen Schule begann sich drastisch auszuwirken. Die Langzeitschäden der faschistischen Entnationalisierungspolitik blieben unter Generationen von Südtirolern spürbar: obwohl Chef einer Partei für den Schutz der deutschen Minderheit, gehe ihm ein italienischer Brief leichter von der Hand, nimmt Magnago seine Schwäche mit Humor.

Als Kinder eines Staatsbeamten in gehobener Stellung, noch dazu eines Richters, waren die Magnago-Kinder besonders exponiert. Bereits als Volksschüler versuchte man, sie auszuhorchen und zu bespitzeln. Ob sich der Vater über Italien äußere, welche Sprache sie daheim sprächen ...? Mit der Mutter deutsch und mit dem Vater italienisch, hatten sie gelernt, sich aus der Affäre zu ziehen. Die politischen Umstände treiben einen Keil in die Bevölkerung. Vor den Augen der Kinder spielt sich Unbegreifliches ab. Eine Enkelin von Bürgermeister Dr. Julius Perathoner, der fast dreißig Jahre lang die Geschicke Bozens gelenkt hatte, erinnert sich, wie der Großvater abdanken mußte. Seine Abschiedsrede an den Gemeinderat trägt das Datum 2. Oktober 1922. Der Höhepunkt war dann die von der Bevölkerung geschockt zur Kenntnis genommene Besetzung des Bozner Rathauses durch ein faschistisches Rollkommando.[19] Keine zwei Jahre später, im April 1924, wird Perathoner in Bozen Opfer eines Faschistenüberfalls auf offener Straße. Schlägertrupps hatten ihn attakkiert und mit Rizinusöl traktiert. Schauplatz des Überfalls war die Museumstraße im Herzen der Bozner Altstadt.[20] Perathoners Enkelinnen erinnern sich an den schockierenden Anblick, der sich den Kindern bot. Sie waren im Haus ihrer Großmutter mütterlicherseits zu Besuch, als man den Großvater hierher in Sicherheit brachte. Die Großmutter Rosa Bonomi wohnte neben dem Rathaus, einem Symbol des Aufschwungs, den das altösterreichische Bozen der Ära Perathoner zu danken hatte. Härter hätte der Kontrast gar nicht sein können. Der einstige Bürgermeister, Tiroler Landtagsabgeordnete und Abgeordnete zum Wiener Reichsrat, als Opfer einer Horde, die den Wehrlosen mit Schlagstöcken zusammenknüppelt! In der großmütterlichen Wohnung steht man ihm bei, hüllt ihn in eine improvisierte Verkleidung. Im Schutz der Dunkelheit fährt ihn ein hilfreicher Droschkenbesitzer schließlich inkognito in ein sicheres Versteck.[21] Diese Umstände erklären wohl auch das Geständnis: Mit Magnagos Schwestern zu spielen war tabu, weil der Bruder das schwarze Hemd tragen mußte. Die alte Dame erzählt es beinahe flüsternd.

Der Wechsel der Tonlage spricht für sich selbst. Auch Magnago selbst verfällt ins Pianissimo, als ich das emotionsbelastete Thema anschneide: »Sicher, die Kinder der Freiberufler und Bauern, die haben net mit'n schwarzen Hemd herumziehen müssen ...!« Ihm als Beamtenkind blieb dagegen nichts anderes übrig, als sich der Order zu fügen und sonntags zu den paramilitärischen Aufmärschen der »Avanguardisti« auszurücken. Bevorzugter Übungsplatz war das Talferbett. Selbst heute noch klammert sich Magnago an seinen Kinderglauben, im sonntäglich leeren Bozen könne ihn niemand beobachtet haben. Um ja unbemerkt zu bleiben in dem verhaßten Aufzug, hatte er sich nämlich einen Verzweiflungstrick zurechtgelegt. Magnagos wohnten in einem typisch deutschen Stadtviertel. Zur unmittelbaren Nachbarschaft in einem der beiden »Mumelter«-Häuser gehörte die Wagner-Apotheke. Die Tochter des Apothekers, »die Wagner-Liesl«, verheiratete sich übrigens später mit Peter Hofer, dem stramm nationalen »Volksgruppenführer« der Jahre 1935–43. Der Apotheker hatte die Gewohnheit, auch sonntags vor seinem Laden zu stehen. Wie konnte man sich hier vorbeischmuggeln, ohne in Uniform gesehen zu werden? Die Angst vor der Schande bringt ihn auf die rettende Idee. Er versteckt das schwarze Hemd, indem er sich den Mantel überzieht,

Die »Wagner-Apotheke« (heute St. Antonius-Apotheke) in Zwölfmalgreien. Magnago verknüpft damit ein eher aufregendes Kapitel seiner Kindheitserinnerungen.

und zwar auch in der warmen Jahreszeit. Mit dem schützenden Mantel »han i zua'gluckt und bin g'rennt ...« Auch wenn es noch so heiß ist, abgestreift wird die Tarnung erst am Ziel. Und wie zur Bestätigung, daß seine Tarnung wirklich nützte, nagelt er es noch einmal fest, das Bild des Buben, der sich so geniert, daß er mit übergezogenem Mantel und glühenden Wangen durch die Straßen rennt.

Dennoch schiebt es Magnago nicht auf die Zeitumstände, daß er die Matura im ersten Durchgang nicht geschafft hat. Sein entwaffnendes Eingeständnis: Zum Verdruß seines Vaters habe er halt »andere Flausen« im Kopf gehabt, die Passion für den Sport und eine Schwäche »fürs Romantische ...« Die Eltern hatten den Gymnasiasten ab der vierten Klasse ins Rediffianum nach Meran geschickt. Aus dem inzwischen staatlichen Gymnasium des Benediktinerinstituts kommt er erst im Maturajahr zurück nach Bozen. Die Unterrichtssprache sei in beiden Schulen Italienisch gewesen. Doch in Bozen fühlt er sich von politischer Indoktrinierung und Schikanen abgestoßen. Den Südtiroler Schülern habe man kein deutsches Wort durchgehen lassen, weder in der Pause noch unter Banknachbarn. Immer wieder seien sie angeschnauzt worden, mußten einstecken und kuschen.[22] Daheim lernt er, nicht alles kritiklos hin-

Der Bozner Obstmarkt am »Blutsonntag«, 24. April 1921, nach dem Faschistenüberfall auf einen Trachtenumzug. Der Lehrer Franz Innerhofer wurde getötet, als er einen Schüler schützen wollte.

zunehmen. Sein Vater rückt die tendenziös antiösterreichischen Geschichtslehrbücher zurecht. Wenn der Filius heimkam mit seiner Lektion vom »imperatore Francesco Giuseppe, l'impiccatore«, also Kaiser Franz Joseph, dem Henker, habe der Vater auf die Vereinnahmung des 1916 als Deserteur hingerichteten Trentiner Freiheitshelden Cesare Battisti durch die Faschisten hingewiesen und ihm so die Augen geöffnet. Allerdings steht inzwischen fest, daß diese Hinrichtung des »Verräters« ein dunkles Kapitel war, nachzulesen etwa bei Claus Gatterer, »Unter seinem Galgen stand Österreich«.[23]

Seinen Jugendtraum, Richter zu werden, muß Silvius Magnago bald begraben. Trotzdem will er Jurist werden wie sein Vater. Eine Karriere als Strafverteidiger hätte er sich ausgemalt, wegen seines guten Mundwerks, bekennt Magnago rückblickend. Am Beispiel seines Vaters erlebt er, wie bedrückend sich das politische Klima auf den Beruf auswirkt. Zumindest sprachlich hatte der gebürtige Welschtiroler keine Probleme. Dennoch findet sich Richter Magnago nur schwer zurecht mit der komplizierten italienischen Justizmaschinerie und trauert der gut eingespielten altösterreichischen Rechtspraxis nach. Politische Pressionen wurden zusehends spürbar. Selbst die Anwälte am Bozner Landesgericht mußten zu bestimmten Anlässen das schwarze Hemd anziehen, erinnert sich Ludwig Regele, dessen Vater diesen peinlichen Aufzug ebenfalls möglichst zu verbergen suchte. Deutsch war strengstens verboten, nicht nur als Gerichtssprache, sondern auch im Kollegenkreis unter den Anwälten.

Salutieren für den Duce
Strammstehen für den Führer

Die Ausübung des Richteramtes unter der Diktatur wurde immer mehr zur Gratwanderung. Magnagos Vater stand bereits 1923 vor dem Dilemma, daß die politische Justiz immer mehr die Oberhand bekam.[24] Der faschistischen Partei ist der Richter Magnago aber auch dann nicht beigetreten, als am Zwang zur Parteimitgliedschaft praktisch kein Weg mehr vorbeiführte, sagt Magnago, der seinem Vater diese Haltung sehr hoch anrechnet. Der Verzicht auf das Parteizeichen, »'s grün-weiß-rote Faschistenwappele mit'n fascio in der Mitten«, wurde ein immer größeres Risiko für den Chef der Bozner Prätur. Silvius Magnago senior bezahlt seine Zivilcourage schließlich mit dem Verlust seiner Richterstelle. Die Zwangsversetzung nach Mailand trifft ihn 1929. Als einziger Ausweg bleibt ihm nur die niedrig dotierte Frühpension, die ihm und seiner Familie die Übersiedlung nach Mailand in ein vollkommen fremdes Milieu erspart.[25] Der Welschtiroler Dr. Silvius Magnago senior war einer der letzten ehemals altösterreichischen Richter, die versetzt werden sollten. In seinem Fall habe man wohl etwas zugewartet, nimmt Ludwig Regele an. Auch könnte Magnagos Vater, von seinem Naturell her ein Diplomat, vielleicht gehofft haben, er würde die Hürden dieser Zeit doch irgendwie durchstehen. Die Zwangsversetzung wertet Regele aber als eindeutigen Beweis, daß der Richter Magnago als Südtiroler angesehen wurde, der keinesfalls auf seiten des Faschismus stand.

In Magnagos Erinnerung tauchen immer wieder Szenen und Bilder mit starker Symbolkraft auf. Eine dieser Szenen ist wie eine Vorausblendung in die Zukunft. Schauplatz ist der römische Haupt-

Südtirols Schulen wurden unter dem Faschismus zwangsitalianisiert. Nationalistischer Drill von Kindesbeinen an gehört zum Instrumentarium aller Diktaturen. Die faschistischen Jugendorganisationen – »Balilla« und »Avanguardisti« für die Buben, »Piccole donne« und »Giovani italiane« für die Mädchen – arbeiteten mit ähnlichen Methoden wie die Hajott.

bahnhof Roma Termini im Mai 1938. Adolf Hitler, der »Führer« des Großdeutschen Reiches, reist nach Neapel zum großen Flottenmanöver. Der »Duce« Benito Mussolini bereitet seinem Gast eine pompöse Abschiedszeremonie. Im Schatten der beiden Diktatoren, die neues Unheil über Südtirol heraufbeschwören, steht der künftige »Vater« des Südtiroler Minderheitenschutzes in der pflichtschuldig salutierenden Phalanx italienischer Militärs. Noch ist Magnago Statist, als junger Leutnant bei einem Paraderegiment der Hauptstadt. Als Renommier-Soldaten wurden sie von einem Aufmarsch zum anderen kommandiert, erinnert sich Magnago an die Hektik des Hitler-Besuches. Die Visite des Führers gilt seinem neuen Verbündeten. Seit Herbst 1935 gibt es die »Achse« Berlin-Rom.[26] Die Besuchsdiplomatie rund um den deutsch-italienischen Militärpakt hatte mit Mussolinis Empfang in Berlin am 25. September 1937 einen glanzvollen Auftakt genommen. Was Hitler und seine Regisseure damals vor ihren römischen Gästen abrollen ließen, setzte neue Maßstäbe für effektvoll inszenierte Massenveranstaltungen.[27] Entsprechend ambitioniert zeigte sich der »Duce« nun in der Rolle des Hausherrn und Gastgebers beim römischen Gegenbesuch.

Die unfreiwillig komischen Begleiteffekte des Diktatoren-Aufmarschs am Termini-Bahnhof waren dem Zeitzeugen Silvius Magnago nicht entgangen. Seine Truppe war »tipptopp« herausgeputzt, in voller Montur, mit Gewehr und Säbel. Gekonnt kaschiert: Die eindrucksvollen Helme der italienischen Offiziere waren billige Attrappen. Diese leichte Ausführung aus Pappmaché war ein Privileg beim Tragen der Paradeuniform. Magnago läßt das Zeremoniell noch einmal Revue passieren: das Zack-Zack-Zack beim Salutieren, die pathetischen Kommandos »attentiiii, presentattt, armmm ...!« Seine Vorführung ist gewürzt mit operettenhafter Komik. Nach Abschreiten der Ehrenkompanie an der Seite Hitlers habe sich der »Duce« in seine Lieblingspose geworfen: gefletschter Kiefer, die typische Oberkörperdrehung, Kopf ins Profil gerückt ..., gibt Magnago weitere Proben seines Imitationstalents. Der Clou war schließlich Mussolinis ganz ungewöhnliches, allen militärischen Gepflogenheiten widersprechendes Kommando: »Faccia ripetere!«, also, »das Ganze noch

Bei der Einweihung des Siegesdenkmals in Bozen am 12. Juli 1928 mußten Südtiroler Musik- und Trachtengruppen auf Befehl ausrücken. Hier die Kapelle von Wangen am Ritten, mit dem italianisierten Ortsnamen auf dem Schild. Das Faschistenmonument gilt bis heute als Symbol für den Volksgruppenkonflikt in Südtirol.

einmal!« Tatsächlich ließ man die Show ein zweites Mal abrollen.
Sein Eindruck von Hitler? Magnago zögert. Abgespielt habe sich die Bahnhofsszene schweigend, sagt er, und meint, da hätte man wohl in Masken lesen müssen. Seine Verlegenheitsantwort trifft aber doch erschreckend genau das Problem einer ganzen Generation: Einen eigenen Eindruck habe er sich nicht bilden können. Als Ehrenwache »haben wir net links und net rechts schauen können, nur gradaus ...« So wie Magnago hatten damals Millionen gezwungenermaßen »gradaus geschaut«. Seine Generation sei nicht zur Demokratie erzogen worden, sondern zu Unterordnung und Gehorsam. Demokratie war fast ein Schimpfwort, gleichzusetzen mit politischem Chaos. Was Freiheit bedeutet, habe er erst in einer neuen Ära nach dem Krieg kennen und schätzen gelernt, lautet ein Kernsatz, ja fast eine Art Maxime in Magnagos politischer Gewissenserforschung.
Für die Frage, in welchem Ausmaß es autoritären Regimes gelingen kann, die Meinungsbildung durch gelenkte Information und gezielte Desinformation zu beherrschen, beginnt man erst in jüngster Zeit allmählich wieder sensibel zu werden. Im Zeitalter der totalen Kommunikation fehlte bisher weitgehend das Verständnis für die Schwierigkeiten der Väter- und Großvätergeneration im Umgang mit Politik und Information. Eine objektive Bewertung der politischen Lage war damals weit weniger möglich als heute. Um wie viel schwieriger, das zeigt sich vor allem in der Rückschau, die sehr schmerzhaft sein kann. Opfer politischer Fehleinschätzungen, Täuschung oder Selbsttäuschung zu sein, tut weh. Je brisanter das Zeitgeschehen, desto tiefer sitzt der Stachel. Jede Auseinandersetzung aus Sicht der nachfolgenden fragenden Generation muß damit rechnen, daß ein Betroffener Erlebtes teilweise verdrängt, ausblendet, nur fragmentarisch wieder zuläßt. Erlebnisse sind subjektiv und stiften eine Art persönlicher Realität. Vergegenwärtigen wir uns also den Hitler-Besuch in Rom noch einmal als Schlüsselmoment für das Schicksal Südtirols unter dem Nationalsozialismus. Und versetzen wir uns dabei in die Perspektive zweier Zeitzeugen. Obwohl es um ein- und dasselbe Faktum geht, sind die Interpretationen zum Teil diametral entgegengesetzt. Beide Schilderungen ergeben jedoch ein jeweils »richtiges«, sprich authentisches Bild.

Einweihung des Siegesdenkmals. So wie hier auf der Bozner Talferbrücke säumte das Spalier bereits ab sieben Uhr morgens die Straßen der Altstadt. Das Denkmal trägt die provozierende Inschrift: Hier stehe, du Zeichen, an den Grenzen des Vaterlandes, hierhin brachten wir den Anderen Sprache, Gesetz und Kultur.

Als blutjunger Leutnant und Ehrengardist war der 24jährige Silvius Magnago damals also strammgestanden. Noch ahnt er nicht, daß soeben eine einschneidende Zäsur erfolgt ist, die den künftigen Politiker Magnago noch lange beschäftigen würde: Hitler hatte in Rom am 7. Mai 1938 die Brennergrenze für sakrosankt erklärt. Magnago nahm von der Erklärung ebensowenig Notiz wie vom lähmenden Schock, den sie in den nationalen Südtiroler Widerstandskreisen auslöste. Ein führender Vertreter eben dieses Kreises war Norbert Mumelter, Magnagos einstiger Spielkamerad aus der Bozner Brennerstraße, der zum gleichen Zeitpunkt als italienischer Leutnant der Reserve diente. Mumelter war in L'Aquila bei einem gewöhnlichen Regiment stationiert, stand also nicht im Ehrenspalier. Anläßlich des Hitler-Staatsbesuches hatte er sich freigenommen. Gespannt wartet er auf der Piazza Venezia, in der Menschenmenge, die den Palazzo Venezia umlagert. Dann der Schock, als Hitlers Trinkspruch aus dem Lautsprecher hallt, stenogrammhaft festgehalten in Mumelters Offizierstagebuch: »Ich lausche. Was etwa kommen wird? Da! Da! Die Jahrtausende des Streites zwischen germanischer und romanischer Welt sollen vorbei sein, die Alpengrenze ewig und garantiert, soll nun friedliche Jahrtausende einleiten. Und dann das Schrecklichste: des Führers politisches Vermächtnis an das deutsche Volk: Anerkennung der Alpengrenze für alle Zeiten! ... So habe ich am 7. Mai 1938 abends mitten auf der Piazza Venezia meine Heimat und mit ihr meine einzige Zukunftshoffnung verloren.«[28]

Die angespannten Hoffnungen auf Hitler waren jäh zerbrochen. So pervers das heute klingen mag, ausgerechnet von Hitler erwarteten sich die meisten Südtiroler damals Erlösung von der faschistischen Diktatur und nationale »Befreiung«. Die »Heimkehr« des Saarlandes 1935, der österreichische »Anschluß« im März 1938 hatten diesen Erwartungen mächtigen Auftrieb gegeben.[29] Hitlers »Mein Kampf« wird von Hand zu Hand gereicht, in totaler Mißdeutung der Südtirol betreffenden Passagen. »Da kann man sich wirklich nur fragen, warum selbst vernünftige Leute trotz allem noch gehofft haben, Hitler würde Südtirol befreien vom faschistischen Regime?! Aber die waren derart Hitler-gläubig ...!«, erinnert sich der Widerständler Friedl Volgger an den um sich greifenden Fanatismus. Ich hatte mich gewundert, welchen Bekanntheitsgrad Hitlers Kampfschrift in Südtiroler Zeitzeugenerzählungen aufzuweisen hat. Volgger verweist auf die Propagandafeldzüge des Völkischen Kampfrings. »'Mein Kampf' war das Lesebuch, das der VKS verbreitet hat«, dutzendweise habe man es verschenkt, »es war das Evangelium!«

Noch ahnte niemand, was sich zusammenbraute über den Köpfen der Südtiroler. Italien schaut bei der Besetzung Österreichs am 13. März 1938 zu. Mit dem »Anschluß« hatte Hitler alles auf eine Karte gesetzt: Österreich war plötzlich ausgelöscht als selbständiger Staat. Deutschland stand am Brenner. Hitler weiß es zu honorieren, daß der Duce die Annexion des Nachbarn problemlos schluckt. Er werde ihm das nie vergessen, läßt der Führer ausrichten.[30] In Südtirol knüpfte man an Hitlers Rom-Reise daher vollkommen falsche Erwartungen. Erstes enttäuschendes Signal: Der Sonderzug passiert Bozen mit kurzem Aufenthalt und mit herabgelassenen Vorhängen, schildert Vilma Steiner die Enttäuschung der Menge, die sich in Dirndln und Trachten zum Empfang am Bozner Bahnhof eingefunden hatte. Kein Führer steht am Fenster, um »seinen« Südtirolern zuzuwinken, bevor er sie »heimholt«. Es war ein erstes böses Omen. Noch konnte die Mehrheit nicht glauben, was in »Mein Kampf« zu lesen stand. »Wir haben gemeint, die gewinnen den Krieg, und dann geht das in Ordnung. Aber es ist eben nicht in Ordnung gegangen!« [31] Südtirol verfolgt den Führer-Besuch also im Radio, bis zum ernüchternden Ende. Hitler revanchiert sich beim Duce mit dem Toast: »Wir beide wollen, da wir nun unmittelbare Nachbarn geworden sind, jene natürliche Grenze anerkennen, welche Vorsehung und Geschichte unseren Völkern klar sichtbar gezogen haben. Es ist mein unerschütterlicher Wille und mein Vermächtnis an das deutsche Volk, daß es die von der Natur zwischen Italien und Deutschland aufgerichtete Alpengrenze für immer als unantastbar betrachtet.«[32]

Illusionen habe er sich keine gemacht, distanziert sich Magnago von der damals weitverbreiteten Erwartung seiner Landsleute, Hitler würde Südtirol in Rom entweder direkt bei Mussolini einfordern oder doch zumindest als eine Art Gastgeschenk heimbringen. Der Anflug eines Lächelns und ein leise triumphierender Unterton verraten: Er, der ausgefuchste Politiker, kann sich nur wundern über so viel politische Naivität. Magnagos Charisma lebt von dieser Mischung aus zerbrechlicher Statur und geballtem Temperament, das sich kleine menschliche Schwächen nicht verkneift. Zum Beispiel einen Anflug heimlicher Freude über die späte Retourkutsche: Galt doch sein früherer Spielfreund Norbert Mumelter als Gründungsmitglied des »Völkischen Kampfrings« 1938 als einer der profiliertesten Köpfe des politischen Südtiroler Untergrunds – er dagegen, Magnago, war zu dieser Zeit ein politisch noch vollkommen unbeschriebenes Blatt.

Was hatte ihn denn so sicher gemacht, daß Hitler keine Absichten hegte, Südtirol zurückzuverlangen? Magnago zögert nicht: Er habe Hitlers »Mein Kampf« gelesen, »schon vorher, als Student. Das Buch hat man zu kaufen bekommen. Und da steht ganz klar drin, daß der Brenner ewige Grenze bleibt«. Hitler hatte auch die Schuldigen am Verlust Südtirols parat: »Südtirol hat 'verraten' ... jeder Deutsche, der in den Jahren 1914–1918 bei geraden Gliedern nicht irgendwo an der Front stand« sowie »alle die Parteien und ihre Anhänger, die ihre Unterschriften unter die Schandverträge von Versailles und Saint Germain setzten.«[33] Magnago verhehlt nicht, auch ihn habe Hitlers Standpunkt zu Südtirol »kolossal enttäuscht«. Seine weiteren Eindrücke der Lektüre von »Mein Kampf« sind flüchtig. »I hab ma net viel gedacht ...«, gesteht er, wahrscheinlich war er einfach »zu jung«. In Erinnerung geblieben seien ihm nur die Südtirol unmittelbar betreffenden Passagen: »weil die mir nahegegangen sind!«

Selbst ein Magnago bleibt also auf die enge Südtiroler Optik fixiert, ohne in Hitlers programmatischem Standardwerk die gespenstische Dimension der sich abzeichnenden Horrorvisionen zu erkennen. Zwar beweist Magnago politische Logik, wenn er folgert: Die Brennergrenze war der Preis, den Hitler zu zahlen bereit war, um sich Italien als Bündnispartner einzukaufen – warum sollte er ausgerechnet beim Staatsbesuch in Rom auf eine gegenteilige Position umschwenken?! Doch auch Magnago ist ein Kind seiner Zeit, wenn er laut darüber nachdenkt, ob die Rückgliederung Südtirols an den deutschsprachigen Raum nicht doch noch eine Rolle hätte spielen können in Hitlers militärischem und politischem Kalkül. »Wenn ich solche Hoffnungen gehabt hätte, wenn ...«, nimmt er stimmlich Anlauf, als ob es gelte, einen Berg zu bezwingen, »dann höchstens, wenn der Krieg für'n Hitler gut ausgegangen wäre ...«

Natürlich weiß Magnago, selbst wenn die damaligen Überlegungen Theorie geblieben sind, könnte man sie dem Politiker Magnago aus heutiger Sicht sehr übel nehmen. Dennoch spinnt er den Faden weiter, mit der ihm eigenen Dramaturgie. Dazu gehören gedankliche Vorgriffe und zeitliche Sprünge. Den für Südtirol sozusagen günstigen Kriegsverlauf denkt er linear zu

Ende. Die Fragezeichen setzt er gleich selbst. Die Fragwürdigkeit des Kriegs braucht er als Schwerkriegsversehrter nicht erst lange zu betonen. Und um sich politische Wunder zu erwarten, »dafür war ich zu realistisch ...« Ein Satz, der mehrfach wiederkehrt. Trotz allem wagt Magnago eine These, mit Blick auf den deutschen Einmarsch in Südtirol am 8. September 1943. Italiens Wechsel zu den Alliierten, Mussolinis Absetzung, der Bruch des Stahlpakts und der Achse Berlin-Rom, diese Konstellation hätte am ehesten erwarten lassen, Hitler könnte sich an seinen Verzicht auf Südtirol nicht mehr gebunden fühlen.

Gratwanderung einer Generation

Auch in diesem Fall läßt sich anhand der Zeitzeugenperspektive am ehesten nachvollziehen, wie unterschiedlich Zeitgeschehen reflektiert wird. Magnago wirbt um Verständnis für seine Landsleute, die in Jubel ausbrachen, als die deutschen Truppen am 8. September 1943 in Südtirol einmarschierten. »Wer diese Begeisterung, jetzt sein ma wieder deutsch, zu Nazi-Ovationen abstempelt, der hat von der Situation hier überhaupt nichts begriffen!«, wehrt sich Magnago gegen allzu vereinfachende Historikermeinungen.[34] Besagte Szenen kennt er freilich nur vom Hörensagen. Er selbst war damals bereits eingerückt. Weder war er beim Einmarsch der Deutschen im Lande, noch machte er sich annähernd ein Bild vom katastrophalen Stand des Kriegsverlaufs. Die offiziellen Wehrmachtsbulletins wurden selbst 1944 noch propagandistisch geschönt, erinnert sich Magnago.

Kein Verständnis hingegen hat Friedl Volgger, Magnagos späterer politischer Mitstreiter, für die Blauäugigkeit der Südtiroler. Als aktiver Widerständler gehörte Volgger zu den ersten Opfern der Welle von Verhaftungen und Deportationen, die unmittelbar nach dem deutschen Einmarsch auch in Südtirol einsetzte. Seit Stalingrad, also seit Winter 1942/43, sei das Ende abzusehen gewesen. Südtirol habe sich völlig unnötig in Mißkredit gebracht, sagt Volgger mit Blick auf die Bemühungen der ersten Nachkriegsdiplomatie, Südtirol international neu ins Spiel zu bringen. Das Nazi-Image war ein schweres Handicap.[35] Volgger hat dieses Kapitel aus erster Hand erlebt und mitgestaltet, angefangen von den allerersten südtirolpolitischen Gehversuchen unmittelbar nach Kriegsende, als Südtirol von den Alliierten besetzt war. In den Wochenschauarchiven waren die Bilder erhalten geblieben: nichts hätte das Klischee

Per il V° Annuale della Marcia su Roma

Presi accordi col comando della Milizia, le disposizioni per la giornata del 30 restano così fissate:

Ore 10 — Adunata delle forze della Milizia presso le Sale Civiche.

Ore 10.30 — Schieramento per la rivista in piazza Vittorio Emanuele.

Ore 10.45 — Ammassamento sul Viale della Stazione in colonna per manipoli.

Ore 11 — Sfilamento.

Alla rivista militare dovranno partecipare le rappresentanze delle organizzazioni giovanili, Balilla, Avanguardisti e Piccole italiane, nonchè gli iscritti al Fascio di Bolzano.

Nel pomeriggio:

Ore 14 — Ammassamento delle rappresentanze, dei Fasci e dei Sindacati della Provincia alla Casa del Fascio.

Ore 14.30 — Sfilamento delle rappresentanze per Via Gilm, Via Regina Elena, Via Defregger, Via Principe di Piemonte, per recarsi al Teatro Civico.

Ore 15 — Celebrazione della Marcia su Roma in teatro. Oratore S. E. Fulvio Suvich, Sottosegretario alle Finanze.

Ore 16.30 — Ritorno alle rispettive sedi.

Per l'arrivo e la partenza varranno i treni secondo l'orario che verrà pubblicato.

Anche per il corteo delle rappresentanze fasciste e sindacali lo sfilamento avrà luogo in formazione militare.

Giarratana

Die Jahrestage des »Marschs auf Rom« am 28. Oktober 1922, also der faschistischen Machtergreifung, wurden als Propagandaspektakel gefeiert. Unterzeichner der Einladung war der faschistische Provinzialsekretär Alfredo Giarratana.

der Südtiroler Nazihörigkeit besser untermauern können als obst- und weinspendende Südtiroler Frauen und Mädchen, die sich deutschen Landsern an die Brust warfen.

Der aufstrebende Nationalsozialismus hatte für den jungen Magnago kaum eine Rolle gespielt. In seinem politischen Gedächtnis haften andere Bilder. Zum Beispiel nächtliche Prügelszenen faschistischer Schlägertrupps in seiner Studienstadt Bologna. Vom Fenster seines Studentenquartiers bemerkt er, wie sich die Polizei kaum einmischt. Noch hat der dramatische Zeithintergrund jedoch keine sichtbaren Auswirkungen auf Magnagos Biographie. Die Kombination von italienischem Militärdienst und Hochschulstudium entsprach dem Durchschnitts-Curriculum damaliger Südtiroler Jungakademiker. Wie alle Maturanten wird Magnago der Ausbildung für Reserveoffiziere zugeteilt. Sechs Monate dauert die Schulung in Pa-

Faschistenparade am Bozner Waltherplatz. Die Zwangsitalianisierung des Stadtbilds begann bei den Aufschriften.

Bozen wurde »Bolzano«, an der Rittnerbahn-Endstelle stand »Ferrovie Elettrich
das Stadthotel nannte sich »Città« und die Sparkasse »Cassa di Risparmio«.

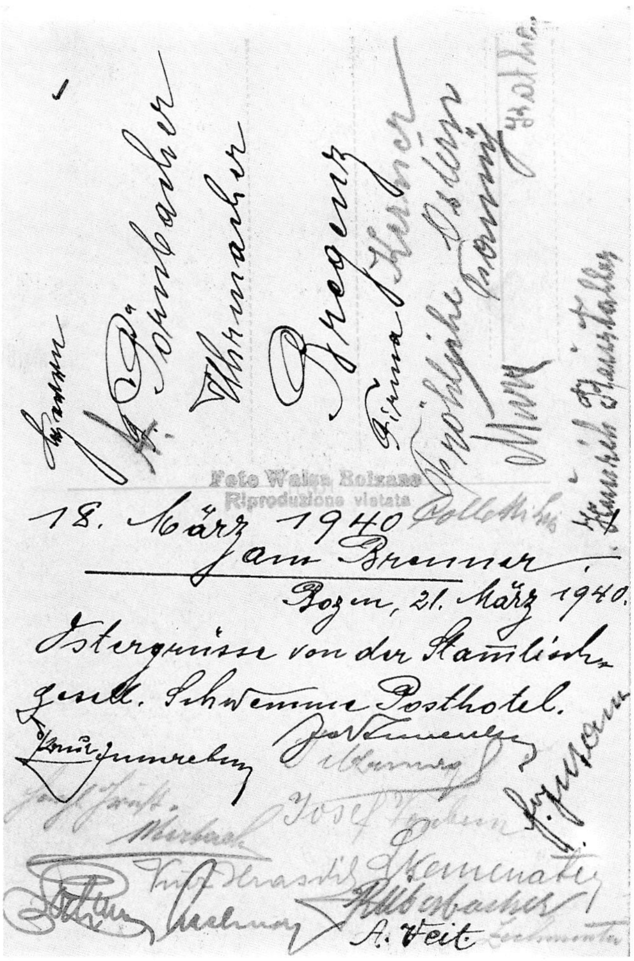

Das Hitler-Mussolini-Treffen am Brenner vom 18. März 1940 sorgte für Hochspannung in London, Paris und Washington. Der Krieg im Westen lag in der Luft. Die Stammtischrunde im Innerebnerschen »Post«-Hotel datierte die Osterkarte mit dem Diktatorenpaar auf den 21. März 1940, als Mussolini den Dableibern den Verbleib in Südtirol zusichert.

lermo. Die sizilianische Kaserne mit ihren schmutzigen und verwanzten Betten stellen »den hageren Kerl aus dem 'Alto Adige'« auf harte Proben, schildert Magnagos erster Biograph Hans Benedikter dieses Ambiente.[36]

Der junge Magnago beweist Selbstbewußtsein, als ihm sein vorgesetzter Offizier zum Zeichen seiner Zufriedenheit die Bewertung für das Führungszeugnis freistellt. Prompt gibt sich Magnago die beste Note.[37] Ein bißchen Eitelkeit und Selbstverliebtheit gesteht er sich offen zu. Er war fesch und sah gut aus in Uniform. Noch nachträglich läßt er sich Genugtuung anmerken über die Zugehörigkeit zum vielbewunderten ersten Granatieri-Regiment. Sein einstiger Schulkamerad und späterer Politikerkollege Andrea Mascagni erinnert sich an Magnagos Empörung über die Laxheit seiner italienischen Kommilitonen, die bei den nächtlichen Wachen am Grab des Unbekannten Soldaten ihre Freundinnen im Schutz der Dunkelheit zum Rendezvous bestellten. Zu diesem 24-Stunden-Turnus gehörte übrigens die Bewachung der »Sala delle Bandiere« mit den Fahnen der nach dem Ersten Weltkrieg aufgelösten italienischen Regimenter. Eine Kapriole der Geschichte: Ausgerechnet ein junger Südtiroler wacht über die Tradition jener Einheiten, die Österreich 1915–18 gegenübergestanden hatten. Seine Empfänglichkeit für den Zauber der Ewigen Stadt wurde dadurch aber nicht geschmälert: Der Blick auf das römische Lichtermeer habe ihn immer wieder tief beeindruckt, gesteht Magnago so manchen heimlichen Abstecher auf die Dachterrasse des berühmten Denkmals, wenn er auf der Piazza Venezia Wache stand. Elf Monate lang diente er in Rom als Leutnant und Zugführer bei »den langen Kerlen« – so der populäre Übername der Eliteeinheit »Granatieri di Sardegna«. Mit 1 Meter 86 habe er das vorgeschriebene Mindestmaß um stolze sechs Zentimeter überragt! Schmunzelnd erwähnt Magnago ein weiteres soldatisches Markenzeichen: »a mords Kommandostimm!«

Beim Kulturschock, den Magnago unter der faschistischen Diktatur in Südtirol als Kind erlebt hatte, würde man von ihm eigentlich mehr Widerstand gegen die Einberufung zum italienischen Heer erwarten. Doch nichts dergleichen: »Ja, glauben Sie, i hätt mi versucht zu schraufen, des wär ma net eing'fallen!« Die neue Erfahrung reizt, als er im November 1936 mit der landläufigen Einstellung einrückt, die militärische Ausbildung könne nicht schaden. Auch das Abschiedsessen mit seinem Bozner Freundeskreis im Hotel »Post« paßt durchaus in die Zeit: Einer aus dieser fröhlichen Freundesrunde war Siegfried Innerebner, dessen Familie das inzwischen längst geschlossene Traditionshotel »Post« gehörte. An den verblichenen Glanz der altösterreichischen Belle Époque in Bozen erinnert inzwischen nur noch die Fassade des Eckhauses Goethestraße–Leonardo-da-Vinci-Straße.

Magnagos Antifaschismus ist zwar Teil seiner Biographie, bewegt sich aber zunächst auf einer subjektiv-erlebnishaften Ebene. Auch insofern steht das Beispiel des jungen Magnago für eine wichtige Erfahrung im Umgang mit Geschichte. Rückblickende Auseinandersetzungen mit repressiven Systemen kranken oft an einseitiger Schwarzweißmalerei. Hier die Minderheit der Widerständler, dort die Masse der Mitläufer: die einen unschuldig, die anderen schuldig. Man vergißt, daß die Grenzen im Alltag sehr oft fließend sind

Das Überraschungstreffen am Bahnhof Brenner vom 18. März 1940 war sofort als Postkarte zu haben. Das zum Salonwagen des »Duce« schreitende Diktatorenpaar war ein böses Omen, mit weltweitem Medienecho. Keine acht Wochen später stand Westeuropa im Krieg.

und bei weitem nicht alle Fluchtwege in den militanten Untergrund führen. Weitaus häufiger sind diffuse Reaktionen, die sich im stillen äußern: als innere Reserve und als Rückzug in Nischen abseits des dramatischen Zeitgeschehens.[38] Magnago liegt ganz auf dieser Linie mit den Schilderungen seiner Jugendzeit: Pflicht und Drill beim italienischen Militär, sein anfangs nebenherlaufendes Studium und der Bozner Freundeskreis waren ihrer Bedeutung nach eine Art Abwehr der Politik.

In der Freizeit hatte es Magnago die typisch südtirolerische Geselligkeit angetan. »Wir waren eine fröhliche Runde.« Von dieser verschworenen Bozner Clique leben nur noch wenige. Er, »der Nino«, und seine Schwester Selma zählten damals keinen Italiener zu ihrem engsten Freundeskreis. Und wie war »der Nino«? Die Brüder Ossi und Wilfried Plangger kommen ins Schwärmen: »geistreich, sympathisch, aufgeschlossen ...« Auch sein nervöses Magenleiden habe er schon damals sportlich mit Humor genommen. Ossi Plangger erinnert sich an gemeinsame Radtouren über Berge und Pässe bis ins Trentino. Kennengelernt hatten sich die beiden durch Planggers Tanzkursbekanntschaft mit Magnagos Schwester Selma.[39] Magnago war begeisterter Tennisspieler und ebenso leidenschaftlicher Bergsteiger. Seine Tennispartnerin war Vilma Steiner, ab 1942 verheiratete Jordan. Unter der damaligen Bozner Weiblichkeit war die passionierte Sportlerin geradezu eine Amazone, die mit Kletter- und Gletschertouren, aber auch als Schifahrerin Furore macht. Unter den ersten drei Boznerinnen mit Führerschein war sie die Jüngste. Ein weiteres männliches Hobby war die Jagd. Obwohl sie eben ihre berufliche Ausbildung in England beendet hatte, mit ein paar Tennisturniersiegen im Gepäck, gibt sie neidlos zu: Am Tennisplatz war ihr der fesche Nino mit seinen langen Haxen meistens überlegen.[40] Feuchtfröhliche Abende bremsten hin und wieder die sportlichen Ambitionen. In abgelegeneren Einkehrstationen außerhalb Bozens fühlte man sich sicher. Dort konnte die Freundesrunde allen faschistischen Verboten zum Trotz nach Herzenslust lachen und singen. »Wer im Jänner geboren ist ... trink aus, trink aus, trink aus ...«, Magnago stimmt es an, das beliebte Südtiroler Trinklied. Sich die Nacht um die Ohren zu schlagen, gehörte ebenso dazu wie Sonntag morgens »in die Mess' zu gehen und dann auf'n Berg ...« Manchmal siegte die Müdigkeit, so daß die übernächtigen Gipfelstürmer auf einer sonnigen Wiese der Schlaf übermannt.

Aussenseiter in der illegalen Zeit

Politik sei kein Thema gewesen, weder in seiner Bozner Freundesrunde noch unter den Südtiroler Studenten in Bologna, wo man sich in der Mensa traf oder zu abendlichen Abstechern in einer jener weinseligen Trattorie am Fuß der Apenninen. So oft ich auch nachfrage, Magnago bleibt dabei, er pflegte damals einen absolut unpolitischen Umgang. War er denn nicht beim VKS? Nein. Nicht einmal lose Kontakte? Nein. Die Antwort will mir nicht in den Kopf. Wie reimt sich das zusammen mit seinem deutschen Lebensmilieu, auf das er solchen Wert legt? Seine engsten Bozner Freunde waren Optanten, wie er selbst. Einzelne waren sogar für die vom VKS aufgezogene Basisbetreuung unterwegs, wie Magnagos Tennisbekanntschaft Vilma Steiner.[41] Sein einstiger Spielkamerad Norbert Mumelter war Gründungsmitglied und eine Art Chefideologe des VKS. »... der Mumelter hat geschwiegen ...!« Kanonikus Michael Gamper, die Symbolfigur des entgegengesetzten Lagers der Anti-Nazi und Dableiber, war für Magnago damals »ein Kanonikus wie jeder andere ...«

Die beiden Südtiroler Untergrundbewegungen für die Erhaltung des Deutschtums hatten eine recht unterschiedliche Geschichte, die Option machte sie bald zu erbitterten Feinden. Die offizielle politische Vertretung der Südtiroler nach 1919, den Deutschen Verband, hatten die Faschisten bereits 1926 aufgelöst. Was blieb, war ein eher loser, um einige Honoratioren gescharter Kreis, christlich-sozial bis städtisch-liberal orientiert, der die Kirche und die katholische Presse zu Verbündeten hatte. Der »Völkische Kampfring« (VKS) hingegen war straff organisiert und rekrutierte sich aus mittelständisch-kleinbürgerlichen Schichten, seine Ausrichtung war eindeutig deutsch-national. Die verbotenen Turnerbünde und Alpenvereinsgruppen, Studenten und jugendliche Intellektuelle hatten hier ein illegales Auffangbecken. Die Gründung des VKS erfolgt im Jahr der nationalsozialistischen Machtergreifung, am 18. Juni 1933 auf der Haselburg bei Bozen, als geheime Kampforganisation.[42] In sechs Jahren entsteht eine kapillar aufgezogene, bestorganisierte Untergrundbewegung. Die Option betreibt der VKS bereits generalstabsmäßig, als verlängerter Arm des Reichsführers der SS, Heinrich Himmler.

Magnagos Außenseiterrolle erwies sich rückblickend als Glücksfall, da sie seiner Biographie gravierende Kratzer ersparte. Daß er von Haus aus kein Fana-

Schnappschuß aus einem Südtiroler Familienalbum: das Foto entstand Anfang der dreißiger Jahre bei einer Schitour auf den Grasleitenpaß im Rosengartengebiet, aufgenommen von Matthias Mayr, Bozen, Rammlhof.

Für den nationalsozialistischen Kult des Bodenständigen war Südtirol besonders empfänglich. Weiße Stutzen wurden ein politisches Symbol. Die Geheimtreffen des »Völkischen Kampfrings« hatten starke Anziehungskraft auf die Jugend.

tiker war, war wohl der Hauptgrund. Zum Teil war seine politische Abstinenz die Folge unfreiwilliger Ausgrenzung. Weder das eine noch das andere Lager habe ihn je kontaktiert und zum Mitmachen eingeladen, nicht einmal später, als er 1939 »deutsch« optiert, also gewissermaßen den Beweis liefert, »der denkt als Deutscher ...« Volkstumserhaltende Initiativen wurden, weil streng verboten, privat organisiert, im kleinsten Kreis. Nur ein einziges Mal sei er für einen erkrankten Referenten eingesprungen mit einem Vortrag in einer Bauernstube irgendwo hoch oben im Sarntal.[43] Ansonst sei er aber nicht einmal in die »Katakombenschulen« eingeweiht worden, wie man den heimlichen Deutschunterricht in den Notschulen später nannte, geschweige denn in politische Geheimorganisationen, versichert Magnago. In diesem Punkt habe man vielleicht tatsächlich einen Unterschied gemacht, sinniert er rückblickend, mit stimmlich expressivem Crescendo. Kann sein, daß man ihm mit Vorsicht begegnete. Magnago zieht eine der für ihn so charakteristischen langen Gesprächsschleifen. Ausgegangen war unser Gespräch von der Frage, ob er wegen seines italienischen Vaters nicht ohnehin schon als Kind zum Außenseiter gestempelt war, je mehr die militant deutschen Widerstandskreise an Einfluß gewannen?! Magnago verneint. Unter seinen deutschsprachigen Freunden und Schulkameraden fühlte er sich nicht zurückgesetzt. Fast klingt es paradox, wenn er »Beweise« nennt: Zum Beispiel hätten ihn seine italienischen Lehrer für unerlaubtes Deutsch-Reden genauso zusammengestaucht wie jeden anderen Südtiroler. Daß ihm in gewissen Kreisen die eine oder andere Tür versperrt blieb, will und kann er freilich nicht ausschließen.

Hat er es also letztlich seinem Trentiner Vater zu danken, daß er dem nationalsozialistisch ausgerichteten VKS nicht zu nahe kam? Die Antwort dürfte in der Mitte liegen: Zum einleuchtenden Argument, man habe ihm offensichtlich nicht ganz getraut, kommt Magnagos sechster Sinn für Distanz: »Sie haben mi net g'sucht, und i hab' sie net g'sucht«. Nachfragen bei ehemaligen VKS-Insidern bestätigen: Bei den Treffen der »Illegalen« auf den Bergen, mit Volksliedern, Volkstanz und den zum politischen Symbol erkorenen weißen Stutzen war Magnago unbekannt. Wichtige Zeugen sind Annemarie Mumelter, die Witwe von Norbert Mumelter, aber auch noch lebende ehemalige VKS-Exponenten wie Hermann Nicolussi und dessen Bruder Karl Nicolussi, einst Organisationsleiter des »Völkischen Kampfringes«, oder der Jugendführer des VKS, Heiner Gschwendt, der mit Magnago zeitweise sogar die gleiche Volksschulklasse besucht hatte. Selbst der Südtiroler Zeithistoriker Leopold Steurer, der diese Zeit als erster kritisch aufgearbeitet hat, verneint: Die vorliegenden Quellen gäben keinen Anhaltspunkt für eine Beteiligung Magnagos am VKS.[44]

Magnago hat mit einer Doktorarbeit über die nationalsozialistischen Rassengesetze promoviert. Das löste in den Medien Italiens eine heftige Polemik aus, als Magnago bei seinem Abtritt als SVP-Chef am 27. April 1991 von Staatspräsident Francesco Cossiga mit dem höchsten Orden der Republik ausgezeichnet werden sollte.[45] Magnago lehnte die Auszeichnung übrigens ab, aus Rücksicht auf den damals noch offenen Paketstreit. Das Dissertationsthema habe ihm sein Professor wegen seiner Deutschkenntnisse nachdrücklich empfohlen; eine Ablehnung wäre unklug gewesen. Europa steckte bereits im Krieg, die Chan-

Mädchengruppe mit Gauleiter Franz Hofer: Jugendliche Begeisterung läßt sich leicht vereinnahmen. Die Aufnahmen dürften einer Serie zuzuordnen sein, mit der Datierung: Ahrnsdorf, 23. September 1941.

cen auf einen regulären Abschluß minderten sich von Tag zu Tag, verteidigt er sich gegen Unterstellungen: »Verherrlicht hab' ich nichts, nur nüchtern beschrieben, schaun S' nur nach ...!«

Unsere Recherchen in Bologna endeten mit einer Überraschung. Magnago hat am 19. Juni 1940 zum Dr. jur. promoviert, und zwar mit dem mäßigen Ergebnis 90/110. Wie viele andere dieser Generation erwirbt er das sogenannte Kriegsdoktorat, das die Doktoranden aufgrund eines Dekrets von 1916 von einer schriftlichen Dissertation befreit: Von Magnago existiert also gar keine Dissertation. Um die Zulassung zur ersatzweisen mündlichen Prüfung hatte er am 4. Juni 1940 angesucht, also sehr knapp vor dem Prüfungstermin. Als Prüfungsfach wählte er das Strafrecht, worin er mit 28 die beste Note hatte. Da kein Themenvorschlag Magnagos vorliegt, spricht also nichts gegen seine Darstellung, daß ihm der Ordinarius das Thema selbst vorgeschlagen habe. Der exakte Titel: »I reati contro la razza e il patrimonio biologico ereditario nella legislazione nazionalsocialista«, das heißt: »Die Verbrechen gegen die Rasse und gegen das biologische Erbgut in der nationalsozialistischen Gesetzgebung«. Zu Magnagos Ausführungen gibt es hingegen keinerlei Quellen, denn ein Protokoll über den Verlauf der mündlichen Prüfung liegt den Akten nicht bei.[46]

Daß sich Doktorand Magnago in das Thema besonders hineingekniet hätte, ist schon aus Zeitgründen nicht anzunehmen. Die Kriegsgeneration mußte sich beeilen mit dem Studienabschluß. Wenige Tage vor der Schlußprüfung besteht Magnago im Eilverfahren noch fünf Einzelprüfungen in einem Schub, viermal mit dem Notenminimum 18 und einmal mit 22 Punkten.[47] Die eigentliche Doktorprüfung beschert ihm dann doch noch einen stillen Triumph. Trotz des Risikos, weil ja mangels einer Dissertation sein gesamtes Doktorat von dieser mündlichen Doktorprüfung abhängt, präsentiert er sich als einziger Kandidat vor versammelter Professorenriege ohne das vorgeschriebene schwarze Hemd. Peinlich-betretene Fragen können ihm nichts mehr anhaben. Er hatte bereits für Deutschland optiert.

»Meine Option war ein politischer Protest...!«

»Mir war klar, des is für Südtirol a Tragödie!« Warum er dann optiert habe? »Weil's eine Tragödie war, so oder so!« Für die Optanten genauso wie für die Nicht-Optanten, meint Magnago: »gleiche Opfer, das gleiche Risiko ...!« Auch den Dableibern sei ja mit der Abschiebung nach Sizilien oder zumindest südlich des Po gedroht worden. Die einschlägige Literatur bestätigt: Italien hatte die angeblichen Massenabschiebungen viel zu spät dementiert. Selbst führende Dableiber waren vollkommen im ungewissen. Eine hochkarätige Südtiroler Delegation mit Bischof Geisler und Graf Toggenburg an der Spitze, die in Rom um Zusicherungen anklopft, wird von Mussolini nicht einmal empfangen.[48] »Das hat die Lawine ausgelöst!«, erinnert sich Magnago an die nun einsetzende Panik. Aus ihm spricht der Politiker, der erlebt hat, wie schwierig es war, nach 1945 die tiefen, schmerzlichen Risse zu kitten. Und der sich daher bisher zum Thema Option weitgehend in Schweigen hüllte. Historiker-Schelte kontert er mit dem lapidaren Satz: »... dieses Thema aufreißen, heißt nur alte Wunden aufreißen ...!«

»Volksgruppenführer« Peter Hofer (links im Bild) in seinem Geburtsort Kastelruth mit dem Vater und Bruder Toni.

Hochzeit im Sommer 1940: Vor der Bozner Probstei haben Mädchen des »Völkischen Kampfrings« Aufstellung genommen.

Die »Endlösung« des unbequemen Minderheitenproblems hatten sich tatsächlich nur Diktatoren ausdenken können. Deutschland brauchte Arbeitskräfte, und Hitler brauchte Mussolini, um den Krieg zu gewinnen.[49] Die Brutalität der Südtirol aufgezwungenen völkischen Flurbereinigung zeigt sich schon am Zeitfahrplan: Die endgültigen Richtlinien zur Option treten erst am 21. Oktober 1939 in Kraft. Bis zum 31. Dezember 1939, also in nur zwei Monaten, mußten sich die Südtiroler entscheiden:[50] entweder für die deutsche Staatsbürgerschaft, sprich: Zwangsaussiedlung, oder für die italienische Staatsbürgerschaft, sprich: endgültige Preisgabe aller Rechte auf Identität als Volksgruppe. Der Stahlpakt wird am 22. Mai 1939 besiegelt,[51] am 23. Juni 1939 wird das Optionsabkommen beschlossen.[52] Zusammenhänge sind nicht zu übersehen. Der Stahlpakt macht aus Südtirol eine lästige Nebensache im militärischen Kalkül.

Gemessen an den Massenvertreibungen unter dem Nationalsozialismus hatten es die Südtiroler zwar scheinbar etwas besser, da man sie immerhin vor eine Wahl stellte. Eben diese »Option« war jedoch eine Zerreißprobe besonderer Art. Keiner konnte bloß den Kopf einziehen und die Schicksalsmächte der Zeit gewissermaßen über sich hinwegrollen lassen. Keiner war nur passives Opfer eines von außen drohenden »Feindes«. Die Option zwang jeden Erwachsenen, sich zu deklarieren, Position zu beziehen mit allen dramatischen Konsequenzen. Konflikte verlagerten sich nach innen und führten zu einer Unzahl menschlicher Tragödien. Familien wurden zerrissen, Freundschaften gingen kaputt, Existenzen wurden vernichtet. Zu seiner Person verrät Magnago zunächst nur so viel: Er habe im Dezember optiert, nicht unter den ersten, aber auch nicht unter den letzten. Er zählt sich zu den glücklichen Ausnahmen. Seine Eltern hätten die Entscheidung freigestellt, dennoch geht der Riß auch in seinem Fall quer durch die Familie. Er selbst und seine Schwester Selma optieren für Deutschland, Maria, die Älteste, dagegen für Italien. Beide Schwestern richten sich nach ihren künftigen Ehemännern. Auch Vater und Mutter behalten die italienische Staatsbürgerschaft.

Und Magnago selbst? Mit seinen nunmehr 25 Jahren trifft er die erste, absolut selbstverantwortete Entscheidung. Er nennt sie einen »politischen Protest«, mit dem er sich bis heute identifiziert. An einem Schlüsselbeispiel schildert er seine Motive. Der spätere Bozner Rechtsanwalt und MSI-Gemeinderat Nino Boscarolli,[53] damals Sekretär des GUF, also des Studentenverbands »Gioventù Universitaria Fascista«, in dem alle Hochschüler als Zwangsmitglieder eingeschrieben waren, hatte ihn zur Rede gestellt: ob er denn tatsächlich optiere?! Endlich konnte er rückhaltlos antworten, und so, wie es noch heute aus ihm herausbricht, spürt man, wieviel sich da aufgestaut hatte. »Meine Option war eine Reaktion auf die faschistische Unterdrückung! Nur so konnt i reagieren!«

Im Zeitraffertempo erinnert er an die faschistische Entnationalisierungskampagne. Es ist, als ob er mit sich selber Zwiesprache hielte. »Ja, wie hab' i mi denn gefühlt?!« Er stellt sich die Frage leise, und geht in der Antwort voll aus sich heraus: »Wehrlos, wehrlos hab' i mi gefühlt!« Nicht aufbegehren zu können, sich klein zu fühlen unter dem Druck der Schikanen, dieses Dilemma habe geschmerzt: »... auf der Straße antifaschistische Lieder singen, mich dafür einsperren zu lassen, so viel Courage hab' i net g'habt!« Erst mit der Op-

Altes Südtiroler Hochzeitsbrauchtum wie der »Zaun« mischt sich mit nationalsozialistischen Ritualen.

Der »Hitler-Gruß« als Salut für das junge Brautpaar. Solche Hochzeiten waren in VKS-Kreisen keine Ausnahme, erinnern sich Zeitzeugen.

tion bot sich eine Möglichkeit, den Spieß umzudrehen: »I kann mi wehren, ich sag nein und optier für Deutschland, i han a Waffe ...«
Es gab aber doch eindringliche Warnsignale? Schon die »Reichskristallnacht« am 9./10. November 1938 war ja die erste schockierende Zäsur. Haben die Verwüstungen jüdischen Eigentums, die ersten Judenmorde, begleitet von einer großen Deportationswelle in die KZs denn nicht aufschrekken lassen?! Daß auch Deutschland unter einer Diktatur war, habe er gewußt. Doch als er nach Deutschland kam, da war er bereits bei der Wehrmacht und unterwegs zur Front.

»WIR HABEN VIELES NET GEWUSST ...«

Magnago kämpft mit den Schwierigkeiten seiner Generation, ein Trauma erklären zu müssen, das unerklärlich scheint. Gekannt habe er nur den Faschismus, während Südtirol von den Informationskanälen abgeschnitten gewesen sei. Kaum ausländische Zeitungen, gelenkte Berichterstattung, strenge Zensur. Von KZs habe man damals nichts geahnt. Zum Zeitpunkt der Option »haben wir vieles net g'wußt!«
Friedl Volgger, das historische Gewissen der Südtiroler Sammelpartei, bestätigt Magnagos Darstellung. Die Gleichschaltung der deutschen und österreichischen Presse funktionierte lückenlos, vom regimetreuen Rundfunk bis zum kleinsten Lokalblatt. Aber nicht nur, denn: »Der schwarze Diktator in Rom hatte dafür gesorgt, daß die italienische Presse, auch die Südtiroler Presse, ja nichts Abträgliches über seinen braunen Kumpanen veröffentlichte ...«, beschreibt Volgger das nahezu totale Informationsdefizit.[54] Wer hatte schon die Möglichkeit, sich angelsächsische Zeitungen oder Schweizer Blätter zu besorgen?!
Auch Volgger hatte sich anfangs täuschen lassen. Obwohl im weiteren einer der entschiedensten Nazi-Gegner, hatte er sich anfänglich im »Völkischen Kampfring« engagiert. Kulturelle und sprachliche Selbstbehauptung, wie sie der VKS auf seine Fahnen geschrieben hatte, bedeuteten damals für Südtirols Jugend doch eine Art von Opposition, meint Volgger. Daß er sich schon sehr früh zum Anti-Nazi bekehrte, dankte er einer Ferienfahrt, die den Studenten nach Deutschland führte. Seine Mutter habe immer gesagt: »Der Friedl war ganz für'n Hitler, bis er von Deutschland kemman is, na hat er von Hitler nix mehr wissen wöllen ...« Die Augen geöffnet hätten ihm kirchliche Kreise, mit denen er in Deutschland Kontakt bekam, erinnert sich der aktive Widerständler, der 1943 ins KZ nach Dachau deportiert wurde.
Rückblickendes Bekenntnis von Magnago: »Ein Mayr-Nusser – so groß war ich nie. Dann hätte ich ja schon desertieren müssen, als ich zum italienischen Heer eingezogen worden bin. Der hat aus strenger katholischer Überzeugung sein Leben riskiert ...« Josef Mayr-Nusser ist eine Symbolfigur des Südtiroler Widerstandes: Er hatte mit dem Leben bezahlt, weil er sich weigerte, bei der Einberufung den Treueeid auf den Führer abzulegen. »Aber einer an der Front hat auch sein Leben riskiert«, meint Magnago. »Es sind auch die zu ehren, die im Glauben waren, für eine gute Sache einzutreten. Ich wäre nie im Leben imstande gewesen, einen russischen Gefangenen zu erschießen. Ich wäre auch nie imstande gewesen, in ein KZ zu gehen. Die Kraft eines Mayr-Nusser hatte ich nicht. Aber bloß, weil 97 Prozent keine Mayr-

Nussers sind, kann man sie nicht als Opportunisten hinstellen ...«[55]
War ihm klar, daß mit der Option auch Krieg und Wehrmacht auf ihn zukamen? Versuchte ihn die Mutter zurückzuhalten? Magnago verweist auf den Wissensstand der damaligen Zeit. Hitlers Überfall auf Polen beginnt am 1. September 1939, als »Blitzkrieg« ohne Kriegserklärung. Frankreich und England reagieren. Doch Hitler zögert, läßt den Großangriff im Westen 29 Mal verschieben. Erst die Offensive vom 10. Mai 1940 weitet auch den westlichen Kriegsschauplatz schlagartig aus.[56] Im Optionsjahr 1939 sei ein Zweiter Weltkrieg noch nicht abzusehen gewesen, meint Magnago. Noch übt Italien Zurückhaltung, trotz Mussolinis verbaler Kriegshetze und Sprüchen von den »otto milioni di bajonette ...« Der italienische Kriegseintritt an der Seite Hitlers erfolgt erst am 10. Juni 1940.[57] Von diesem Zeitpunkt an führte Italien aber ein und denselben Aggressionskrieg, betont Magnago.[58] Der Kriegsdienst sei den Südtirolern daher so oder anders nicht erspart geblieben, egal ob sie optiert hatten oder nicht.
Ein besonders eindrucksvolles Beispiel für das Hin- und Hergerissensein einer ganzen Südtiroler Generation ist die Biographie von Alfons Benedikter, auch er eine markante Politikergestalt der späteren Ära Magnago. Der 1918 geborene Benedikter kam aus dem Vinschgau und hatte in Neapel Jus, Englisch und Russisch studiert. Wie Magnago gehörte auch er beim Hitler-Besuch im Mai 1938 zu den Zaungästen mit Blick für komische Zufälle. Hatte Magnago als Ehrengarde salutiert, als der Führer am Termini-Bahnhof den Zug nach Neapel bestieg, so stand Benedikter im Spalier der Universitätsstudenten in Neapel am Rande der Via Caracciolo, als der Führertroß auf der am Meeresufer entlangführenden Prachtstraße anrollt. Im offenen Wagen saßen Mussolini und König Viktor Emanuel III. vorne, während der Gast den Ehrenplatz im Fond des Wagens einnahm. Das Zeremoniell hatte allerdings insofern seine Tücken, als Viktor Emanuel von außerordentlich kleinem Wuchs war. Die zum Hitler-Gruß ausgestreckte Hand des Führers hing daher wie eine unheilverkündende Drohgebärde über dem Kopf des italienischen Königs.
Wie Magnago promoviert auch Benedikter im Kriegssommer 1940, Benedikter sogar am Tag des italienischen Kriegseintritts am 10. Juni 1940. Zu Weihnachten 1939 hatte er mit seiner Familie für die italienische Staatsbürgerschaft optiert. In Rom blickte der Postmeistersohn Alfons Benedikter aus Schlanders dann erstmals der großen Politik ins Auge, anläßlich des nunmehr großen Empfangs einer Dableiber-Delegation bei Mussolini. Plötzlich stand der 22jährige als einer von etwa hundert Vertretern aus allen Tälern Südtirols vor dem »Duce«. Mit dieser Audienz am 21. März 1940 wollte Mussolini doch noch den Termin nachholen, den er im Herbst den Deutschen zuliebe abgesagt hatte.[59] Benedikters Vater war überzeugter Dableiber. Sein Beruf als Postmeister machte ihn zur Vertrauensperson. Viele zutiefst verunsicherte Bauern suchten bei ihm Rat und Hilfe. Sein Vater hätte denn auch mit der Dableiber-Delegation nach Rom fahren sollen, war aber verhindert, so daß dem Sohn diese Aufgabe als Ersatzmann zufiel. Alfons Benedikter wird also Zeuge jener Zusicherungen Mussolinis, auf die das Dableiberlager so lange gewartet hatte. Nach bereits erfolgter Option kam Mussolinis Erklärung freilich zu spät: »Niemand hat je daran gedacht oder wird daran denken, Euch von Eurer Heimat zu entfernen, um Euch in andere Teile des Königreiches oder des Imperiums zu verpflanzen ...«[60]
Zwischen Theorie und Praxis liegen im politischen Alltag Italiens freilich Welten, selbst heute noch – geschweige denn damals unter der Diktatur. Auch insofern verkörpert Alfons Benedikter ein aufschlußreiches Einzelschicksal. An der Alpini-Offiziersschule in Bassano del Grappa war der im September 1940 einberufene Offiziersanwärter der einzige Südtiroler. Auf die bohrenden Fragen seiner Kommilitonen antwortet er wahrheitsgemäß, er sei »tedesco« und fühle sich auch so, also »deutsch« und nicht als Italiener. Ja, warum er denn dann nicht verduftet sei wie die anderen »crucchi«?!, wirft man ihm an den Kopf, unter Anspielung auf die Option. Das italienische Schimpfwort für »die Deutschen« ist das Gegenstück zum verächtlichen Etikett »die Walschen«. In Unkenntnis der Geschichte Südtirols war das Klima im einstigen Kreise regimetreuer Offiziersschüler gereizt, erinnert sich Benedikter an unzählige Sticheleien bis zum Eklat bei einer Gefechtsübung am Monta Grappa. Beim Retourweg wollte er mit dem schweren Maschinengewehr auf der Schulter einen Kameraden überholen. Als der ihn auf den Zuruf, Platz zu machen, mit »Crucco« tituliert, kontert Benedikter um ein paar Töne härter mit »Faccia di merda«. Gegen die darauffolgende Anzeige verteidigt er sich, man habe ihn in seinem Nationalgefühl verletzt. Für damalige Be-

Erst nach bereits erfolgter Option kommt Mussolinis Zusicherung: »Niemand hat je daran gedacht oder wird daran denken, Euch von Eurer Heimat zu entfernen ...« Mehr als hundert Dableiber waren am 21. März 1940 beim Empfang im Palazzo Venezia, darunter der künftige Autonomiepolitiker Alfons Benedikter.

griffe war diese Rechtfertigung allerdings geradezu eine Staatsbeleidigung, es setzt eine harte Strafe. Natürlich wurmt es Benedikter, daß er selbst eine Woche lang Bretter-Liegen aufgebrummt bekommt, während der Italiener ungeschoren bleibt. In den Briefen nach Hause schüttet er sein Herz aus: Wenn man hier als Deutscher so behandelt werde, dann ziehe er es vor, den Kriegsdienst bei der Wehrmacht zu leisten ... Der Südtiroler Offiziersanwärter war zu blauäugig, um sich vor der Zensur in acht zu nehmen. Daß seine Briefe abgefangen wurden, merkt er erst bei Abschluß der Ausbildung. Statt der üblichen Beförderung zum Leutnant wird er degradiert, noch dazu mit einem Strafversetzungsbefehl nach Sardinien. Seine Leidensgenossen waren vor allem slowenischer Herkunft. Mit ihnen teilte Benedikter die wenig schmeichelhafte Einstufung »di dubbi sentimenti italiani«, er war also abgestempelt zum national unverläßlichen, suspekten Element! Der Vermerk war in die militärischen Ausweispapiere eingetragen. Seine Reaktion kann man sich leicht ausmalen. Aus dem offiziell nach Rom entsandten Dableiber wird ein Deserteur. Benedikter nützt den erstbesten Heimaturlaub zu Ostern 1942, um sich abzusetzen. Die Einberufung zur Wehrmacht im September 1942 nimmt er in Kauf, und damit auch den Fronteinsatz in Rußland. Daß er am Ende auch noch umoptiert fürs Deutsche Reich, war gewissermaßen der logische Schlußpunkt.

»Ein starkes Bekenntnis gegen den Faschismus!«

Auf die Frage nach den Negativwirkungen der Option springt der Politprofi Silvius Magnago an wie ein Motor: Wäre das Optionsergebnis umgekehrt ausgefallen, hätten die meisten also nicht optiert, dann hätten die Südtiroler ja auch noch gutgeheißen, was ihnen angetan wurde! Die erste Großkundgebung der Südtiroler Volkspartei auf Sigmundskron am 5. Mai 1946 hätte sich dann wohl

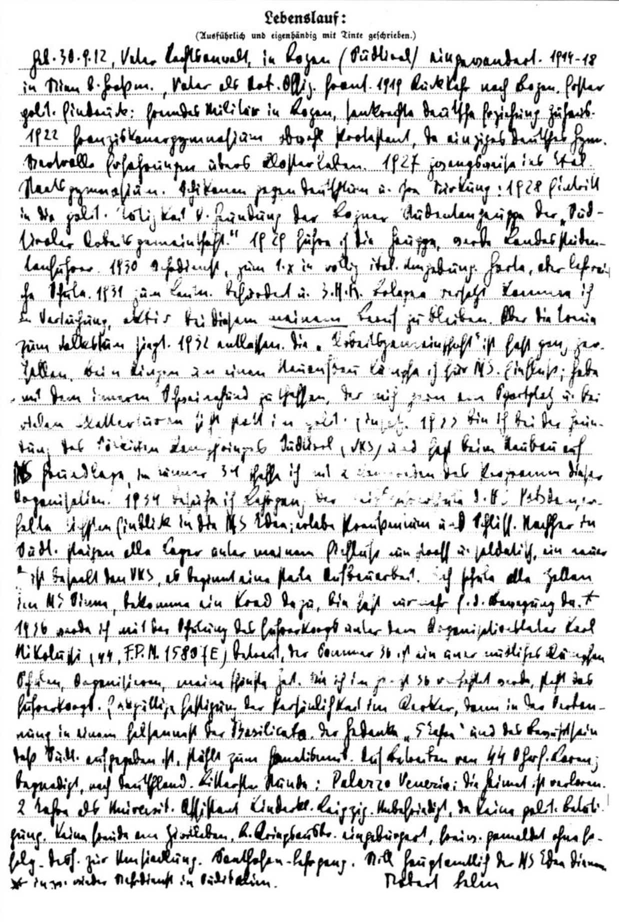
Lebenslauf:
(Ausführlich und eigenhändig mit Tinte geschrieben.)

Lebenslauf: geb. 30. 9. 1912, Vater Rechtsanwalt, in Bozen (Südtirol) eingewandert. 1914–18 in Rinn b. Großm., Vater als Mot. Offiz. front. 1919 Rückkehr nach Bozen. Erster polit. Eindruck: fremdes Militär in Bozen. Aufrechte deutsche Erziehung zuhaus. 1922 Franziskanergymnasium obwohl Protestant, da einziges deutsches Gymn. Wertvolle Erfahrungen übers Klosterleben. 1927 zwangsweise ins ital. Staatsgymnasium. Schikanen gegen Deutschtum und ihre Wirkung: 1928 Eintritt in die polit. Tätigkeit d. Gründung der Bozner Studentengruppe der »Südtiroler Arbeitsgemeinschaft«. 1929 führe ich die Gruppe, werde Landesstudentenführer. 1930 Wehrdienst, zum 1. Mal in völlig ital. Umgebung. Harte, aber lehrreiche Schule. 1931 zum Leutn. befördert u. z. H. K. Bologna verlegt, komme ich in Versuchung, aktiv bei diesem meinem Beruf zu bleiben. Aber die Treue zum Volkstum siegt. 1932 entlassen. Die »Arbeitsgemeinschaft« ist fast ganz zerfallen, beim Ringen um einen Neuaufbau kämpfe ich für NS-Einfluß; habe mit dem inneren Schweinehund zu schaffen, der mich zwar am Sportplatz u. bei vielen Klettertouren sieht, statt im polit. Einsatz. 1933 bin ich bei der Gründung des Völkischen Kampfringes Südtirol (VKS) und fest beim Neubau auf NS Grundlage, im Sommer 34 schaffe ich mit 2 Kameraden das Programm dieser Organisation. 1934 besuche ich Lehrgang der Reichsführerschule d. HJ Potsdam, erhalte tiefsten Einblick in die NS Idee; erlebe Preußentum u. Schliff. Nachher in Südt. steigen alle Lager unter meinem Einfluß nun straff und soldatisch, ein neuer Geist beseelt den VKS, es beginnt eine steile Aufbauarbeit. Ich schule alle Zellen im NS Sinne, bekomme ein Krad (= Kraftrad) dazu, bin fast nur mehr f. d. Bewegung da.* 1936 werde ich mit der Schulung des Führerkorps unter dem Organisationsleiter Karl Nikolussi (SS; F.P.N. 15807E) betraut, der Sommer 36 ist ein unermüdliches Kämpfen, Schulen, Organisieren, meine schönste Zeit, bis ich im Herbst 36 verhaftet werde, steht das Führerkorps. Endgültige Festigung der Persönlichkeit im Kerker, dann in der Verbannung in einem Felsennest der Basilicata. Der Gedanke »5 Jahre« und das Bewußtsein, daß Südt. aufgegeben ist, stählt zum Fanatismus. Auf Betreiben von SS Ogrf. Lorenz begnadigt, nach Deutschland. Bitterste Stunde: Palazzo Venezia: die Heimat ist verloren. 2 Jahre als Universit. Assistent Kinderkl(inik) Leipzig. Unbefriedigt, da keine polit. Betätigung. Keine Freude am Arztleben. Beim Kriegsausbruch eingebürgert, freiw. gemeldet, ohne Erfolg. Desh. zur Umsiedlung. Sonthofen-Lehrgang. Will hauptamtlich der NS Idee dienen.

* inzw. wieder Wehrdienst in Süditalien. Robert Helm

Mit diesem vorschriftsmäßig handschriftlichen Lebenslauf bewarb sich Dr. Robert Helm junior zur SS. Der Kinderarzt arbeitete dann als Umsiedlungsarzt in Innsbruck und fiel in den letzten Kriegstagen 1945 an der Moldau. Während die älteste Tochter Heidi am 5. Juli 1939 zur Welt kam, entschloß sich der bei den Helms in der Bozner Marconistraße 8 versammelte VKS nach tagelanger Diskussion für die Auswanderung als geschlossene Volksgruppe.

erübrigt. Wie sollten die Südtiroler nach 1945 die Anrufung des Selbstbestimmungsrechts in Friedenszeiten glaubhaft machen, wenn sie schon in Zeiten brutaler Unterdrückung zu 90 Prozent für Italien optiert hätten, »fürs damals faschistische Italien!?« In den politischen Auseinandersetzungen und Rivalitäten der ersten Nachkriegszeit fand das Optionsdilemma eine indirekte Fortsetzung. Das Emotionspotential des Traumas Option ist nach wie vor ungebrochen. Von Magnago zwar nicht offen ausgesprochen, doch zwischen den Zeilen deutlich hörbar: Die Aufbaugeneration der ersten Stunde, zu der er selbst gehört, hat zeitbedingte Animositäten nie ganz verschmerzt.

Die große Stärke des Dableiberlagers war dessen moralische Legitimation. Die alliierten Besatzer hätten keinen anderen Ansprechpartner akzeptiert. Nur diejenigen, die die Annahme der deutschen Staatsbürgerschaft abgelehnt hatten, galten als verläßliche Nazigegner. Allein ihrer Glaubwürdigkeit war die Zustimmung der Alliierten zur Gründung der Südtiroler Volkspartei bereits in den ersten Tagen nach Kriegsende zu verdanken. Das weitaus größere Lager der Deutschland-Optanten mußte hingegen mit dem Makel der Zweideutigkeit leben lernen. Wer für Deutschland optiert hatte, stand im Geruch der NS-Hörigkeit. Der damaligen allzu pauschalen Zurücksetzung stellt Magnago fast trotzig seine kämpferische These entgegen: Im politischen Wiederaufbau spielten auch die Optanten ihren wichtigen Part. Die Lawine des Protests gegen Italien, die in der Deutschland-Option von 1939 auch zum Ausdruck kam, verlieh den von Südtirol nach 1945 ausgesendeten Hilferufen Glaubwürdigkeit. Die massive Selbstbestimmungsforderung der Volksgruppe wäre sonst kaum verständlich gewesen. Ohne das vorhergehende Signal hätte es wohl geheißen: »Ihr wollt ja bei Italien sein. Wenn's sogar unterm Faschismus da bleiben wolltet's, dann wohl um so lieber in der Demokratie!« Aus heutiger Sicht zieht Magnago daher den versöhnlichen Schluß: »Jedes Resultat hatte wahrscheinlich seine Funktion!«[61]

Politischen Aussagewert hatte die Optionsentscheidung vor allem wegen der damit verbundenen Opferbereitschaft, versichert Magnago. »Wissen, man muß einrücken, abwandern in eine vollkommen ungewisse Zukunft!« Diese Ungewißheit lastete auf jedem einzelnen, wie immer er sich entschied. Jeder Betroffene – ein Einzelschicksal; jeder Einzelfall lief zusätzlich durch die Mühle gruppendynamischer Prozesse, in der Auseinandersetzung innerhalb der Familie, mit Nachbarn, Freunden, mit der örtlichen Gemeinschaft. Wie dieser soziale Druck aufgebaut wurde und wie er sich ausweitete, ist inzwischen ausführlich beschrieben. Die vom VKS ausgegebenen Parolen einer »Schicksalsgemeinschaft« taten ihre Wirkung.[62] Ganz auf dieser Linie lag auch »Die Idee des geschlossenen Siedlungsgebietes, der Traum vom Zusammenbleiben in einer neuen Heimat ... als Anreiz und Verstärkung der Options- und Umsiedlungsbereitschaft ...«, wie Gottfried Solderer schreibt, in seiner Optionsserie »Gell, hinter den Bergen ist Deutschland«.[63] »Solche Versprechungen konnte man glauben oder nicht!« betont Magnago. Die Tatsachen geben ihm recht. Die weitverbreitete Phantasie, die Südtiroler bekämen eine Art Reservat zugewiesen, wo sie bis zu Bergen, Tälern und Weilern alles wiederfinden konnten, was sie in der Heimat zurücklassen mußten,[64] ist ein geradezu tiefenpsychologisch schlüssiger Beleg für die damals herrschende totale Verunsicherung. Propagandaslogans, die den Südtirolern das Blaue vom Himmel versprachen, ließen Magnago kalt. Die künftigen Schreckensszenarien des eben ausgebrochenen Weltkriegs konnte sich vorerst noch niemand ausmalen. Anfangs rechnete man mit einem baldigen Kriegsende, und in diesem Fall »... war mir klar, daß i draußen a Stelle bekomme ...« Als promovierter Jurist, der zwei Sprachen beherrschte, plagten ihn keine beruflichen Zukunftsängste. Der junge Magnago kam aus gutem Haus. In bürgerlichen Verhältnissen aufgewachsen, war er geregelte, aber bescheidene Lebensumstände gewohnt. Unter rein wirtschaftlichen Gesichtspunkten hatte er bei der Option nichts zu gewinnen, aber auch nicht viel zu verlieren: »... keinen Besitz, keinen Hof, kein Haus. In meiner heutigen Wohnung waren wir damals nur in Miete ...« Bei der Wertfestsetzungskommission, wo er wenig später als Beamter arbeitet, hätte Magnago persönlich »nichts anzugeben gehabt«. Er gehörte nicht zu den Bauernsöhnen, denen die Flugblätter des VKS vorschwärmten, sie bekämen in den neuen Siedlungsgebieten gleich bis zum Viertgeborenen einen eigenen Hof.[65] Die zu Spottpreisen vorgenommenen Zwangsenteignungen des faschistischen Regimes, die gerade im Raum Bozen zahlreiche Grundbesitzer trafen, hatten ihn und seine Familie nicht direkt berührt. Vor allem die seit 1935 aus dem Boden gestampfte

Das-Jahr 1933. Der Umbruch im Reich brach+e schlagar+ig auch -
Süd+irol vor die En+scheidung welche Rich+ung wir nehmen woll+en.
Mi+ dem Jahr 1933 +ra+ der Kampf um Süd+irol in eine en+scheidende Phase. Das-ha+ sicher auch Mussolini gemerk+.
Ich glaube nich+ dass es Zufall war, dass ausgerechne+ im Jahr
1933 Mas+roma++ei als Prefek+ nach Süd+irol kam.
In den Reihen der Bewegung war, wie schon erwähn+, e+a seit
1932 über den Na+ionalsozialismus disku+ier+ worden. Es war
aberdoch noch immer eine par+eipoli+ische Angelegenhei+ des
Reiches gewesen; die für uns nich+ so von Wich+igkei+ war.
Nun aber, wo un+er der Führung der NSDAP die so-lange auch
von uns als sehr bi++er empfundene Zerrissenhei+ des Deu+schen
Volkes zu Ende war, schlug die Welle der Erneuerung auch über
den Brenner herein.
Mir fiel es in meinen Os+er--und Sommerferien auf, dass sich die
Menschen mehr für Poli+ik in+eressier+en, öf+er sah-ich das
Hackenkreuzabzeichen und der Gruss "Heil Hi+ler"+ön+e allerorts.
Die Bewegung als solche ha++e eigen+lich an diesen Durchbruch
des-N.S. in der öffen+lichen Meinung von Süd+irol keinen An+eil.
Ers+ens war sie damals noch zahlenmässig zu schach, zwei+ens en+behr+e sie einer Führung und dri++ens war in den Reihen der Bewegung keine einhei+liche S+ellungsnahme vorhanden. Es is+ wunderbar, wenn man sich es heu+e überleg+, dass ganz ohne Propaganda
der ers+e grosse-Schri++ zum Führer sozusagen als Na+urereignis
s+a++gefunden ha+.
Die spä+eren jahrelangen Schulungen und Aufklärungen ha+ diesen
ers+en Durchbruch nur ver+iefen und in geregel+e Bahnen bringen
können.
Na+ürlich war je+z+ in den Reihen der Bewegung die Deba++e über
Na+ionasozialismus leidenschaf+lich wie noch nie. Al+e Kameraden,
die bis je+z+ +ro+z aller immer wieder erfolg+en Zusammenbrüche
und Meinungsverschiedenhei+en im Grunde immer wieder zusammengefunden ha++en, en+zwei+en sich nun en+gül+ig, weil der Eine ganz
klar zur N-S. s+and, beim Anderen aber die konfessionelle Bindung
s+ärker war. Besonders schwirig wurde die Lage, als in der Os+mark
der Dollfussverra+ auch für uns deu+lich wurde.
Der en+scheidende Tag für Südtirol wurde aber der 18-Juni 1933.
Von da ab war Schluss mi+ der Ziellosen, konfuse Zei+.
Auf-einer kleinen Wiese in der Nähe der Haselburg waren die Ver+re+er säm+licher Gruppen zusammengekommen – sogar Tante Rosa
war dabei – und Dr. Hillebrand en+wickel+e hier ein Programm,

verkünde+e das Führerürinzip und leg+e als veran+wor+licher
Führer vor uns den Eid ab. Da wuss+en wir, das nun e+was ganz
wesen+lich Neues geschaffen wurde. Dass das keine der üblichen
Versammlungen war. Am meis+en freu+e es mich persönlich, dass mein
al+er Kamerad Koppels+ä++er seine Komplexe überwunden ha++e und
nun wieder zur Sache s+and. Kur+ Heinricher übernahm nun die Bozner
S+uden+engruppe da ich in Bologna s+udier+e. Ich gab ihm mein
Wort für die dor+igen S+uden+en.
Nun müssen noch einzelne Erignisse des Jahres 1933 geschilder+
werden; eine während der Os+erferien durchgeführ+en Flugze++elak+ion
Norber+ Mumel+er; der damals als Jus-S+uden+ viel-in Bozen war und
engen Kon+ak+ mi+ der Bozner S+uden+engruppe ha++e, woll+e einen
Propagandafeldzug gegen den i+alienischen Wochenmark+ durchführen.
Als ers+es s+and eine Flugze++elak+ion auf eben diesen Wochenmark+
auf dem Programm. Die Flugze++el waren poli+isch völlig neu+ral
gehal+en. Sie sprachen von "hergelaufenen Mark+schreier" im Gegensa+
zu den-eingesessenen Kaufleu+en. Zur Ver+eilung waren ausersehen:
Norber+, Ludwig Klenk, Hauser Scheiber, Toni Schöch-und ich. Wir
misch+en uns in das Gewühl des-Marktes und s+eck+en Ze++el um Ze++el den-Leu+en in die Einkaufs+aschen. Am frechs+en und rasches+en
arbei+e+e der Lu+l. Er ha++e nach-kurzer Zei+ seine Ze++el angebrach+ und liess sich von Norber+, der ers+ wenige ver+eil+ ha++e,
einen neuen-Vorra+ geben.
Ich war nich+ wenig ers+aun+ als ich Nachmi++ag-erfuhr, dass-Klenk
bei der Ak+ion geschnapp+ worden war. Davon nich+s ahnend, ha++en
wir andere ruhig wei+erver+eil+. Lu+l war dann-am Nachmi++ag von
einen Verhör herausgekommen, ha++e rasch Norber+ gewarn+ und war
am Abend schon wieder eingesperr+.
Er bekam drei Wochen Haf+, Verwarnung und Schulausschluss und
dami+ begann für Ludwig Klenk eine Pechs+rähne, die diesen fana+ischen und fähigen Kämpfer nie mehr losgelassen ha+ und, meiner
Überzeugung, auch viel zu seiner Wesensar+ beige+ragen ha+.
Es is+ damals wei+er nich+s geschehen, die vorher schon ausgemach+e
Ausrede, ein unbekann+er Herr habe die Flugze++en geliefer+,
wurde scheinbar geglaub+, da die I+aliener, sehr zu unseren Glück,
den Kopf der deu+schen-Widers+andes in Bozen immer un+era den
oberen zehn+ausen such+en.

Auszug aus dem Tagebuch von Robert Helm junior. Unter den Gründern des »Völkischen Kampfrings« zählte er im Führungskreis zum harten Kern.

Bozner Industriezone mit riesigen Baulandbeschaffungsprogrammen war ein Vernichtungsschlag gegen das bodenständige Kleinkapital.[66] Für die Endzeitstimmung der heißen Optionsphase 1939/40 gab es also genügend Motive.
Und wie hat Magnago die berüchtigten Propagandaschlachten miterlebt, als die militanten Verfechter der Option das kleine Dableiber-Lager zum Teil massiv unter Druck setzten?[67] Meine Frage geht zunächst einmal ins Leere. Dabei hatte ich mir gerade zu diesem emotionsgeladenen Thema gewissermaßen schon beim ersten Antippen eine von Magnagos bilderreichen Schilderungen erwartet. Statt dessen reagiert er mit spürbarem Mißtrauen. Er sei kaum im Lande gewesen, lautet die knappe Auskunft. Diese Abwesenheit untermauert er mit einem regelrechten Zeitfahrplan. Von November 1936 bis Mai 1938 war er beim italienischen Heer, ohne Heimaturlaub, und habe allenfalls für Hochschulprüfungen freibekommen, erinnert er sich. Über die reguläre Militärpflicht hinaus wurden ihm wegen der Sudetenkrise sogar noch ein paar Zusatzmonate aufgebrummt. Nach 17 Monaten Militärzeit übersiedelt der Jus-Student im Herbst 1938 nach Bologna, wo er sich dem Studium jetzt vollzeitlich widmen kann. In knapp zwei Jahren schafft er das Doktorat. »Ich hab' geschaut, daß ich zu meinem Doktor komme ... Ich habe sehr schlechte Noten gehabt im Doktordiplom. Sie dürfen aber nicht vergessen, daß ich nur sieben Semester in Bologna studiert habe ... Mit 17 Monaten Militär zwischendurch war das Jus-Diplom dann trotzdem eine Leistung.«[68]
Ist also die Zeit der Option in Südtirol mit all ihren Zerreißproben an ihm vorbeigelaufen?! Magnago registriert den versteckten Vorwurf, seine Antwort klingt verletzt: »Ich habe mich nicht beteiligt an diesem Streit!« Es überrascht mich, mit wieviel Emotionen das Thema Option noch immer besetzt ist, mehr als ein halbes Jahrhundert danach. Vehement versichert Magnago, nie habe er einen Dableiber bedrängt oder gar attackiert. Schon von seiner Erziehung her wäre ihm das vollkommen ferngelegen. Sein Vorbild war die noble Haltung der Eltern. Weder ihm noch seinen Geschwistern sei eine Entscheidung aufzwungen worden. Trotz aller Besorgnis war es den Eltern wichtig, sich nicht ins Schicksal ihrer Kinder einzumischen. Magnago wehrt sich gegen Vereinfachungen: »Wer den Faschismus mitgemacht hat, der hat das Recht, anders zu denken bezüglich Option!« Trotz politisch motivierter Zurückhaltung läßt er sich aber schließlich doch zu einem persönlichen Bekenntnis hinreißen: »Des muß ma miterlebt haben! Alle haben gelitten. Die Optanten und die Nicht-Optanten haben furchtbare Zeiten mitg'macht!« Er sagt es eindringlich, beschwörend, ungefiltert. »Optier i, optier i net?! Bleib i, geah i?! Die Nacht hast net schlafen können, hast dir lang überlegt ...!« Wie Magnago gesteht, war auch seine Entscheidung nicht frei von inneren Kämpfen. »Nachgedacht hab' i schon! I hab' erst im Dezember optiert.«
Das schmerzlich besetzte Thema Option war lange tabu und provoziert bis heute Sprachlosigkeit und innere Abwehr. Auch Magnago grenzt sich ab, indem er mich ein paar mal kritisch mustert und halb verärgert lacht: Allmählich habe er den Eindruck, er sitze vor Gericht. Trotzdem weicht er nicht aus und vermittelt durch Tonfall und Stimme ungeschminkte Präsenz. Doch auch das generationsbedingte Mißtrauen schlägt durch, bald beteuernd und ein bißchen trotzig, bald an der Kippe zum Ungehaltensein, mit der für Magnago so typischen sich stellenweise überschlagenden Stimme: »Sie können mi fragen bis morgen früah! Propaganda han i koane g'macht! I hab' niemals an Optanten, an Geahner g'sagt, du muaßt dableiben! Und i hab' niemals an Dableiber g'sagt, du muaßt geahn oder ...« Ein paar Sekunden Pause signalisieren, er ist sich durchaus bewußt, daß er jetzt schweres Geschütz auffährt: »Oder wenn du für Italien optierst, dann ... hast du letztlich die faschistische Unterdrückungspolitik gutg'heissen!« Und, wie um alles noch einmal festzunageln: »Sie werden keinen finden, der sagen kann, der Dr. Magnago hat damals Propaganda gemacht!«
In der Silvesternacht 1939 konnten die Optionsbefürworter frohlocken. Rund 86 Prozent hatten für Deutschland optiert.[69] Hat ihn das Ergebnis beeindruckt? Magnago holt tief Atem: Ja, es habe ihn beeindruckt. Der erste tröstliche Gedanke: »I bin net alloan!« Im Gegenteil, er fühlte sich »in guter Gesellschaft«. Daß so viele Leute optiert hatten, war eine Art Bremsklotz, der hoffen ließ, daß es vielleicht gar nicht oder zumindest nicht ganz so schnell zur Abwanderung kommen werde! Magnago war bei weitem nicht der einzige, dem solche Gedanken durch den Kopf schossen: »Italien wird wohl Angst bekommen, wegen der materiellen Folgen ..., mit so vielen Menschen können sie net einfach abfahren von heut auf morgen ...« Diese Hoffnungen bestätigen, daß und wie sehr die Propaganda gegriffen hatte. Denn mit ebendiesen Parolen hatte der VKS für

ein möglichst massives Abstimmungsergebnis geworben: Die Abwanderung wurde als undurchführbar hingestellt, wenn mindestens 90 Prozent für die deutsche Staatsbürgerschaft optieren. Italien sei nicht in der Lage, so hohe Ablösesummen aufzubringen, wurde argumentiert. Effektiv hatte Italien mit Folgekosten dieser Größenordnung nicht gerechnet,[70] wovon sich Magnago bald selbst überzeugen konnte, als junger Beamter der sogenannten Wertfestsetzungskommission.

Mit dem sicheren Gespür des künftigen Politikers hatte Silvius Magnago trotz seiner damals erst knapp 26 Jahre vor allem eines erfaßt: ihrer symbolischen Bedeutung nach war die Option letztlich für viele Südtiroler eine Art Volksabstimmung über den Faschismus. Anders als die historischen Analysen des ausschließlich negativ besetzten Optionstraumas rückt Magnago den politischen Aspekt in den Mittelpunkt. »Ich habe das Gefühl gehabt, des is a starkes Bekenntnis! Ein Bekenntnis im Sinn einer Verurteilung der faschistischen Politik. Wir haben gelitten, und dieses Resultat hat das irgendwie fotografiert ...« Die beklemmende Atmosphäre nach der eigentlichen Entscheidung ist ein weiteres Indiz dafür, daß die Option wohl mehr als Ausdruck einer Protesthaltung empfunden wurde, als daß man sich von der Auswanderung eine Lösung der unerträglichen Situation versprochen hätte.

Unerwähnt läßt Magnago hingegen, daß das nahezu plebiszitäre Votum für die Zugehörigkeit zum Deutschen Reich neue Machtverhältnisse und damit in der weiteren Folge auch neue Ungerechtigkeiten heraufbeschwört. Voll zum Tragen gekommen ist der nationalsozialistische Einfluß allerdings erst nach dem deutschen Einmarsch, also nach dem 8. September 1943. Das heißt, zu einer Zeit, die der nunmehr bereits zur Wehrmacht eingerückte Magnago nicht mehr unmittelbar miterlebt hat. Die Auswirkungen des NS-Regimes in Südtirol sind jedoch hinlänglich bekannt. Offensichtlich gibt es eine tiefere Hemmschwelle, die Magnago hindert, dieses unrühmliche Kapitel von sich aus anzusprechen. Vielleicht weil er sich nur ungern eingesteht, daß es auch unter den Südtirolern genügend nationalsozialistische Fanatiker gab, die im Namen der verfolgten Volksminderheit von Opfern zu Tätern wurden. Die »braunen Dorfpaschas« schikanierten ihre eigenen Landsleute jedenfalls ohne moralische Bedenken. Leidtragende waren vor allem die Dableiber. Denn sie waren bei weitem in der Minderzahl und wurden mit Verhaftungen und völkerrechtswidrigen Einberufungen an die deutsche Front regelrecht verfolgt, erinnert Friedl Volgger an die Jahre des Terrors: »Die braunen Dorfgewaltigen fühlten sich jetzt wirklich allmächtig!«[71] Bereits die mit rüden Methoden ausgefochtene Propagandaschlacht im Vorfeld der Option ließ nichts Gutes ahnen. Wurde das Optionsergebnis gefeiert? Magnagos Antwort kommt dezidiert. »Na! Warum auch?! A wirklich guates Gefühl haben die Leute ja net gehabt.« Ein Gefühl von Solidarität untereinander, das schon. Doch die deprimierende Unsicherheit im Schatten des heraufziehenden Weltkriegs verschonte keinen: »I wußt ja net, wann werd i einberufen? Wo werd i einberufen? Was is mein zukünftiges Schicksal?«

ALS JUNGER JURIST BEI DER WERTFESTSETZUNGSKOMMISSION

Das Schicksal meinte es vorerst gut mit dem frischgebackenen Juristen Silvius Magnago. Zur Wehrmacht seien zunächst die militärpflichtigen Jahrgänge eingezogen worden. Über diese jüngere Kerngruppe war der Mittzwanziger Magnago bereits hinaus. Zudem bot sich beruflich eine Chance. Mit seinem eben erworbenen Jusdiplom wechselt er von der Hochschule in seine erste Stelle als Angestellter bei der in Bozen eingerichteten Wertfestsetzungskommission. Dieses paritätische Gremium war ab 1. April 1940 startklar.[72] Nach anfänglichen organisatorischen Verzögerungen von italienischer Seite waren im Juni 1940 »6 Unterkommissionen, 57 Kanzleien und 557 Vertrauensleute im Wertfestsetzungsverfahren tätig«.[73] Magnagos Dienstvertrag läuft ab 12. Juli 1940 und endet am 10. Jänner 1943 mit der Einberufung.[74] Aufgabe der Wertfestsetzungskommission und der von italienischer Seite eingesetzten wirtschaftlich-finanziellen Delegation »Defi« (Delegazione economica finanziaria italiana)[75] waren die bilateralen Verhandlungen zur Klärung der Eigentumsablösen. Kein Südtiroler mit festem Besitz konnte zur Abwanderung gezwungen werden, solange die vermögensrechtliche Frage nicht geklärt war.[76] Zweisprachige Juristen, die vertraut waren mit dem italienischen Gesetz und mit den lokalen Verhältnissen, waren daher gesucht wie die sprichwörtlichen Stecknadeln. Die Wertfestsetzungskommission bestand aus zwei Verwaltungsinstanzen mit autonomen Arbeitsbereichen. Die Hauptkommission war Rekursinstanz und stand unter der Leitung von Robert Helm sen., Rechtsanwalt und Rechtsberater des deut-

Abschiedsstimmung: Auswanderer in Kaltern feiern den »letzten Fasching in der Heimat ...«

Die Dependance des Hotel »Stiegl« existiert nicht mehr: Hier hatte die für Rekurse zuständige Hauptkommission für Wertfestsetzung unter der Leitung von Dr. Robert Helm sen. ihre Büros.

schen Konsulats in Mailand. Vater und Sohn Helm waren im VKS engagiert. Robert Helm jun. war Mitbegründer des VKS und galt als herausragende Figur im harten Kern der Südtiroler Nationalsozialisten. Für die eigentlichen Schätzungen zuständig waren hingegen die lokalen Unterkommissionen.[77] Die Bozner Unterkommission arbeitete vollkommen autonom unter Leitung des Bozner Sparkassendirektors Paul Mayr, betont Magnago. Die Unterkommission war wiederum nach Sparten gegliedert, in sieben Abteilungen mit branchenkundigen Fachleuten, so daß Gewähr geboten war für realistische Schätzungen. Magnago war als Rechtsbeistand der Abteilung C, also dem Fachbereich Handel und Gewerbe, zugeteilt.[78]

Leiter dieser Abteilung und damit sein unmittelbarer Vorgesetzter war Peter Plangger, der Vater von Ossi und Wilfried Plangger. Im Hause Plangger war Magnago ein gerngesehener Gast, erinnern sich die beiden Plangger-Söhne an ihren Jugendfreund Magnago. Alle drei gehörten ja zur gleichen Bozner Clique. Vater Plangger hatte den jungen Juristen Magnago für das von ihm geleitete Amt angeheuert, wo die Arbeit eben richtig losging, bestätigen die Brüder Plangger. Seinem einstigen Chef bewahrt Magnago ein treues Andenken: Plangger sen., damals Mitte sechzig, war noch geprägt »durchs alte Österreich!« und »in keiner Weise ein Nationalsozialist!« Die Krisen der politisch und wirtschaftlich angespannten Zeit hatten den Getreidegroßkaufmann wie so viele um die Existenz gebracht.[79]

Als Angestellter einer deutschen Dienststelle hatte Magnago einen attraktiven Posten. Aber »alle meine Vorgesetzten waren Südtiroler!«, auf dieses Umfeld legt er ganz besonderen Wert. War er Parteimitglied? Nein! Niemand habe ihn zur NSDAP gedrängt, auch wenn Magnago rückblickend einräumt: Wäre er einer Dienststelle im Reich zugeteilt worden, hätte er sich dem Zwang zur Parteimitgliedschaft wahrscheinlich kaum entziehen können. So hingegen durchläuft er die deutsche Beamtenkarriere bis zur ersten Station, aber sozusagen nur auf dem Papier, vom Historiker Leopold Steurer in Magnagos Personalakte nachgeprüft: Magnago wird mit Wirkung ab 25. September 1941 zum »Regierungsreferendar« in München ernannt. Als Südtiroler braucht er jedoch weder seinen Dienstort zu wechseln, noch muß er der Partei beitreten. Nicht erspart bleibt ihm dagegen der obligate Beamteneid. Laut der im Document-Center in Berlin aufliegenden Personalakte unterzeichnete Magnago die übliche Standardformel: »Ich schwöre, ich werde dem Führer des Deutschen Reiches und Volkes Adolf Hitler treu und gehorsam sein, die Gesetze beachten und meine Amtspflichten gewissenhaft erfüllen, so wahr mir Gott helfe!«[80] Letzteres eine überraschende Entlehnung aus Kaisers Zeiten, denn angelobt wurde Hitlers Beamtenheer ja inzwischen auf eine atheistische Diktatur.

Alltagsfacetten der Auswanderer-Tragödie

Magnagos Arbeitsplatz war das Bozner Hotel Stiegl, wo einst die mit Touristen und Reisegepäck beladenen Kutschen vorfuhren, denen er als Kind so gerne vom Balkon aus zugesehen hatte. Hier hatte sich die Wertfestsetzungskommission mit ihren Büros einquartiert. Die übergeordnete Hauptkommission war räumlich getrennt, sie logierte in der inzwischen nicht mehr bestehenden Hotel-Dependance, erinnert sich Magnago. Die italienische Delegation Defi residierte an einer noch besseren Adresse, nämlich im Hotel Laurin, wo die eigentlichen Verhandlungen stattfanden. Auch politische Tragödien haben ihre Alltagsfacette, mit Akten, Faszikeln, bürokratischen Abläufen. Über den Schreibtisch des jungen Juristen Silvius Magnago gingen damals die wirtschaftlich-existentiellen Folgen der Option, in Form vieler, vieler Einzelschicksale. Als juridischer Sachbearbeiter saß er ja mit am Verhandlungstisch, war also mitbeteiligt an Entscheidungen, von denen Hunderte Existenzen abhingen. Das macht ihn zum wichtigen Zeitzeugen.

Waren diese Eigentumsverhandlungen ein reines Tauziehen unter Technikern? Oder gab es eine politische Strategie, etwa durch bewußte Verzögerung des Verhandlungstempos? Eine Auswanderungs-Bremse wäre jedenfalls im Sinne des VKS gewesen. Setzte man doch von dieser Seite alles dran, die Durchführung der Option hinauszuzögern, in der Hoffnung auf einen späteren Anschluß Südtirols ans Deutsche Reich. Die Dokumente des VKS verweisen auf die eingeschlagene Taktik: Südtirol sollte sich als deutsches Gebiet artikulieren, durch ein demonstratives Votum für Deutschland. Dieses Ziel hatte die VKS-Propaganda ja voll erreicht. Nun galt es, die Optanten möglichst lange im Lande zu halten, die eigentliche Aussiedlung abzuwenden.[81]

Wirklich auswandern wollten die wenigsten. Die ersten Auswandererschübe waren ein Exodus der kleinen Leute. Arbeitslose und sozial Schwache erhofften sich im Deutschen Reich gute Chancen auf eine Besserung ihrer sozialen Lage. Viele hatten keine andere Wahl, als sich mit ihren geringen Habseligkeiten auf den Weg zu machen. Die Abschiedsfotos sagen mehr als viele Worte. Magnago kann das Optionsdilemma nur bestätigen. Wer Vermögen hatte und auf Zeitgewinn setzte, für den bedeutete die langwierige Prozedur der Eigentumsablöse eine Hoffnung auf Änderung der Situation. Wie verhielt sich die Wertfestsetzungskommission? Durfte man Verständnis und kluges Taktieren erwarten von einem Mitarbeiterstab, der vor allem aus Südtirolern bestand, und zwar aus Optanten, also Schicksalsgefährten?

Von seiten der Kommission »haben wir es net besonders eilig g'habt!« Magnago hat die Bitten noch im Ohr, ob man denn nicht noch etwas zuwarten könnte?! Die Betroffenen durften mit Verständnis rechnen. Die Funktionäre hatten zeitliche Spielräume, man konnte Zweifel anmelden und Nachschätzungen beantragen. Wem es dennoch zu schnell ging, dem blieb als letzter Ausweg immer noch der Rekurs. So manchem habe er dazu geraten, auf Zeitgewinn zu spielen, erinnert sich Magnago. Doch auch Drängen auf rasche Abwicklung habe es gegeben. Die klein- und mittelständischen Unternehmer hatten mit den wirtschaftlichen Auswirkungen des Faschismus hart zu kämpfen. Als Mitarbeiter der Schätzkommission für Handel und Gewerbe lernte Magnago zahlreiche Härtefälle kennen. Viele bangten um ihre Existenz, andere standen bereits vor dem Ruin. Die Betroffenen drängten auf rasche Eigentumsablösen: »Viele haben's eilig g'habt!« Bevor der Liquidationswert des abzulösenden Eigentums nicht zumindest annähernd feststand, gab es keine Vorschüsse und Kredite, schreibt Karl Stuhlpfarrer.[82] Die in Reichsmark überwiesenen Entschädigungen waren notwendiges Startkapital, erklärt Magnago, »um sich draußen eine neue Existenz aufzubauen«.

Der junge Jurist kannte die Fälle, die er bearbeitete, übrigens nicht nur vom Schreibtisch. Obwohl die eigentliche Schätzung Aufgabe branchenkundiger Fachleute war, sei er bei den Lokalaugenscheinen mit hinausgegangen, um sich ein möglichst genaues Bild über jede Position zu verschaffen, die er dann am Verhandlungstisch rechtlich zu vertreten hatte. Wurde er Zeuge menschlicher Tragödien? Nicht direkt, denn wer optiert hatte, habe gewußt, was früher oder später auf ihn zukommen würde. »Wir haben keine Ratschläge gegeben, bleibt's oder geht's!« Sondern? »Unsere Aufgabe war, so viel wie

Ministerialrat
Dr. Robert Helm
Obmann der deutschen Gruppe der deutsch-italienischen
Wertfestsetzungskommissionen

Dr. Robert Helm sen., hier mit Visitenkarte, war Rechtsberater des deutschen Konsulats in Mailand. Wie sein Sohn gehörte er zu den einflußreichen Mitgliedern des VKS.

Der Bozner Sparkassendirektor Paul Mayr leitete in Bozen die Unterkommission für Wertfestsetzung.

möglich Geld herauszubekommen.« Die Umsiedlung ganzer Wirtschaftszweige wäre ohne detaillierte finanzielle Abwicklung nicht denkbar gewesen. Am wenigsten verspürt habe man den Abwanderungssog im bäuerlichen Milieu, sagt Magnago: Die Bauern blieben zunächst weitgehend unbehelligt. Dann kam der 8. September 1943, »Gott sei Dank, muß i sagen ...«: denn der deutsche Einmarsch in Südtirol hatte die Abwanderung praktisch gestoppt.[83]

»Was Italien mit der Option bezweckt hat, wissen Sie ja ...?« Auch diese These entspricht der Argumentationslinie des VKS. Magnago bringt sie in gewohnt bilderreicher Sprache auf den Punkt. Die italienische Taktik sei klar gewesen: »... viel Wind machen, um die Intelligenzija hinauszubekommen«, sprich: eine kleine, unbequeme Führungsschicht. »Mit die Schafelen werden ma schon fertig ...«, habe man wohl gedacht. Die damals gängige Ansicht zeigt, in welchem Ausmaß die VKS-Propaganda gegriffen hatte. Doch selbst ein so kritischer Vertreter der nachfolgenden Historiker-Generation wie Leopold Steurer bescheinigt dem VKS eine »im wesentlichen richtige Einschätzung der italienischen Absichten«. »Italien will durch die gewaltsame Aussiedlung mehrerer Zehntausender von *bestimmten* Volksgenossen das politische, kulturelle und vor allem wirtschaftliche Rückgrat der Volksgruppe zerschlagen ...«, zitiert Steurer aus einem programmatischen Dokument des Völkischen Kampfrings.[84] Als Mitarbeiter der Wertfestsetzungskommission kann Magnago aber auch aus persönlicher Erfahrung darauf verweisen, daß Italien weder auf eine Massenabwanderung noch auf Vermögenstransfers dieser Größenordnung gefaßt war.

Auch andere Quellen belegen das italienische Fehlkalkül. Der Historiker Karl Stuhlpfarrer führt zum Beispiel ein Schreiben vom 9. Dezember 1939 an, als sich der antiitalienische Optionstrend bereits klar abzeichnet. Otto Bene, der deutsche Konsul in Mailand, befürchtet in einem Brief an Reichsaußenminister Joachim von Ribbentrop italienische Widerstände. »Man spricht in italienischen Kreisen davon, daß Italien die politische Schlacht verloren habe und jetzt unter allen Umständen die wirtschaftliche Schlacht gewinnen müsse, was mit anderen Worten bedeutet, daß die Abwanderer so gering wie möglich abgefunden werden müssen.«[85]

Zur Abwendung der drohenden Ablösen in Milliardenhöhe schicke Italien einen relativ hochkarätigen Politiker in die Schlacht, ärgert sich der deutsche Generalkonsul. Die Berufung des ehemaligen Außenhandelsministers Felice Guarneri zum ersten Leiter der Defi wertet Otto Bene als offensichtlichen Einschüchterungsversuch.[86] Umgekehrt schürte die VKS-Propaganda derlei Ängste ganz gezielt. Die Warnung, Italien hätte es darauf abgesehen, die Südtiroler mittels Abschiebung eines kleinen Kontingents zu spalten, wird mit dem beunruhigenden Indiz untermauert: »Es ist bezeichnend, daß man an der Bozner Präfektur rechnet, mit nur einer Milliarde Lire die Umgesiedelten abfinden zu können.«[87]

Und die effektive Verhandlungspraxis? Waren die italienischen Chefunterhändler wirklich so tüchtig im Preisdrücken? »Wir waren auch tüchtig!« Das Aufblitzen in Magnagos Augenwinkeln verrät: ein bißchen Pokern gehörte zum Geschäft: »Sie haben versucht und wir haben versucht!« Beide Seiten wußten, daß man sich zu einem Kompromiß zusammenraufen mußte. »Wir haben a bissel drübergeschätzt, inzwischen kann man's ja ruhig sagen. Und die anderen haben halt druntergeschätzt ...« Streng arithmetisch ging es selten zu. Meist wurde

hart gefeilscht. »Damals hab i streiten g'lernt!«, bemerkt der künftige Autonomiepolitiker Silvius Magnago nicht ohne Stolz. Seine Stärke war schon immer die Realpolitik statt trockener Ideologie.
Wie reagierten die Optanten auf die Schätzungen? Von der Stimmung unter den Betroffenen, sagt Magnago, wisse er wenig. Zu ihm seien keine Klagen gekommen, für Beschwerden wäre er ja auch die falsche Adresse gewesen, meint er aus der nüchternen Beamtenperspektive. Als Beamter der Unterkommission endete seine Tätigkeit mit der Ablöseverhandlung. Für Rekurse war die Hauptkommission zuständig, betont Magnago. Daß die Vorstellungen der Umsiedler und die Schätzpreise teilweise aber doch ziemlich auseinanderklafften, ist historisch belegt. Selbst Robert Helm klagt im Dezember 1940, die Südtiroler Umsiedler seien von einem wahren »Wertsteigerungsfimmel« erfaßt![88] Spekulationen schließt Magnago aus. Die sogenannten Selbsterklärungen waren nicht maßgeblich. Verhandlungsgrundlage waren ausschließlich die Schätzgutachten der Fachleute, und »die waren genau!« Der zeitliche Mehraufwand wurde in Kauf genommen: strittige Fälle wurden vertagt, für die nächste Runde rüsteten sich beide Seiten mit neuen Zahlen und Argumenten.
Laut Optionsabkommen sollte die Umsiedlung bis Ende 1942 abgeschlossen sein.[89] Doch bereits Mitte 1940 zeigte sich, der Zeitplan war kaum einzuhalten. Bei rund 60.000 abzulösenden Besitzungen hätte sich ein Plansoll von 400 Vorlagen pro Woche ergeben.[90] Ein unrealistisch hohes Pensum, allein wegen des drastischen Personalmangels seit Kriegsausbruch, meint Magnago. Welche Seite hat stärker gedrängt, die Deutschen oder die Italiener? »Wenn jemand getrieben hat, dann waren's die Italiener!« Aber ohne daß sich die Kommission unter Druck hätte setzen lassen, versichert Magnago. Solide Schätzungen brauchten ihre Zeit. »Wir haben unsere Pflicht getan. Wir mußten schauen, daß die Südtiroler Abwanderer finanziell gut abschneiden! Aus, amen.« Auf italienischer Seite spürte man Nervosität, erinnert sich Magnago an so manchen Stoßseufzer des Defi-Präsidenten, »was Italien wohl noch alles zahlen muß, wenn das mit den Schätzungen so weiter geht!«
Die historische Forschung bestätigt das Dilemma. Im deutschen Interesse lag ein möglichst unbeschadeter Export der Südtiroler Wirtschaftskraft. Italien fürchtete dagegen die wirtschaftliche Ausblutung der Provinz.[91] Warum haben die Faschisten die Optionspanik dann aber erst recht angeheizt, zuletzt mit dem demonstrativen Affront der Toggenburg-Delegation, als Mussolini die Abordnung der verunsicherten Südtiroler nicht einmal empfängt?! Magnago hat eine nüchterne Erklärung: Offenbar gab es zwischen den Achsenpartnern eine stillschweigende Vereinbarung, im Südtiroler Optionsstreit auf direkte Beeinflussungsversuche zu verzichten.[92]

L e b e n s l a u f.

Ich bin geboren in Schlanders, Süd-Tirol, am 4.Oktober 1888 als Sohn des Rechtsanwaltes Dr. Josef Tinzl und der Antonie geb.Wurtz aus Wels (O.Donau), besuchte die Volksschule in Schlanders und Meran, das Gymnasium in Meran(1898 - 1906) und die Universität (juridische F.) in Innsbruck (1906 - 1910); im Jahre 1908/1909 erhielt ich den vollen Preis für die Lösung der Preisaufgabe jener Fakultät zuerkannt. Im Mai 1912 wurde ich auf Grund der durchaus mit Vorzug bezw. Auszeichnung bestandenen Mittelschulstudien und Hochschulprüfungen sub auspiciis imperatoris zum Doktor der Rechte promoviert. Im Mai 1911 absolvierte ich die Rechtspraxis beim Landesgerichte Innsbruck und den Bezirksgerichten Innsbruck und Schlanders. Vom Jänner 1912 - Juli 1913 studierte ich an den Universitäten Leipzig und Berlin bürgerliches und römisches Recht um mich auf die Universitätslaufbahn vorzubereiten und arbeitete an der Habilitations-Schrift, welche ich dann bis August 1914 fast fertiggestellt hatte. Inzwischen war ich teilweise in der väterlichen Kanzlei tätig, ebenso vom August 1914 bis Anfang Jänner 1915. Dort rückte ich zum Militär ein (Gebirgsartillerie) und stand dann vom Juni 1915 bis Oktober 1918 ununterbrochen an der Front.
Als Süd - Tirol zu Italien kam, fühlte ich mich verpflichtet mich für den schweren Volkstumskampf in der Heimat zur Verfügung zu stellen, kehrte unter Aufgabe der geplanten Universitätslaufbahn nach Schlanders zurück und trat in die väterliche Kanzlei ein, die ich in der Folge übernahm. Im Jahre 1921 wurde ich mit drei andern Herrn als Vertreter der deutschen Süd-Tiroler Minderheit in das Italienische Parlament gewählt und vertrat dort bis zum Jahre 1929, vom Jahre 1924 ab nur mehr zu zweit mit einem Kollegen, die Belange der deutschen Volksgruppe. Vom Jahre 1929 ab wurden die Abgeordneten von der Regierung ernannt und hörte die Vertretung der Deutschen auf.
Ich war weiterhin neben meinem Rechtsanwaltsberuf illegal im Volkstumkampfe, besonders bei der Einrichtung und Fortfuhrung des geheimen deutschen Schulunterrichtes tätig und wurde deswegen Ende April 1938 in Haft genommen, jedoch nach einiger Zeit wieder freigelassen. Nach dem deutsch - italienischen Abkommen vom Juni 1939 über die Süd - Tiroler Umsiedlung optierte ich für Deutschland. Im Februar 1941 übernahm ich über Aufforderung die Leitung der Rechtsabteilung der Deutschen Abwicklungs-Treuhandgesellschaft in Bozen, welche von der deutschen Regierung zur Regelung der wirtschaftlichen und finanziellen Verhältnisse der Umsiedler gebildet worden war. Ausser gutachtlicher und sonstiger Tätigkeit entwarf ich dort den Organisationsplan und das Verfahren für das Umsiedler-Schiedsgericht und bin in demselben teils als Beisitzer, teils als Vorsitzender tätig. Ebenso bin ich Mitglied des gemischten Deutsch - Italienischen Schiedsgerichtes.

B o z e n, August 1943.

Der Lebenslauf von Dr. Karl Tinzl, ein Fallbeispiel Südtiroler Geschichte. Weil er für sein Land was tun will, verzichtet er auf eine Berliner Hochschulkarriere. Sein römisches Parlamentariermandat verliert er unter der faschistischen Diktatur. Nun wird der »Völkische Kampfring« seine politische Heimat.

LIEBER AN DIE RUSSISCHE FRONT ALS EIN »IMBOSCATO«, EIN »DRÜCKEBERGER«

Über dem Dritten Reich und seinen riesigen Kriegsschauplätzen braut sich indessen die Katastrophe zusammen. Die russische Offensive beginnt im November 1942. Stalingrad wird eingekesselt. Ab 10. Jänner 1943 gibt es aus der »Hölle von Stalingrad« kein Entrinnen mehr. Die verheerende Vernichtungsschlacht gegen Hitlers 6. Armee wird zum Wendesymbol des Zweiten Weltkriegs. Ab 1943 mobilisiert Deutschland seine letzten Reserven. Auch Magnago wird jetzt einberufen. Ab 11. Jänner 1943 ist er Angehöriger der Deutschen Wehrmacht.[93] Sein Chef Paul Mayr will den jungen Juristen nicht ziehen lassen. Doch der wünscht keinesfalls, daß man ihn bei der Wertfestsetzungskommission für unabkömmlich erklärt. Im Gegenteil, der 28jährige wehrt sich vehement gegen die Freistellung. Obwohl ihm klar war, daß er in den Krieg muß?! Da habe er sich keine Illusionen gemacht. Wie alle Optanten habe er das Risiko der Einberufung stets vor Augen gehabt, »mit dem hab' i absolut gerechnet!«

Hatte er denn keine Angst? Magnagos dezidiertem »Nein!« folgt plötzlich ein sehr leises: »Naa ..., koane ...« Die Zwischentöne sprechen für sich. Die Emotion läuft auf einer anderen Ebene als typische Standardsätze, die den Frontsoldaten aufgepackt wurden wie ihr Marschgepäck: Im Krieg muß man mit Verlusten rechnen; wer an die Front muß, entwickelt eine eigene Mentalität; allenfalls habe man halt auf den »Heimatschuß« gehofft, also auf eine Atempause im Hinterland, wenn auch nur im Lazarett! Wie schnell es ihn erwischen würde, und wie schwer, konnte Magnago nicht ahnen. Bruchstückhafte Antworten, Widersprüche spiegeln die verdrängte Angst. »I hab' net Angst g'habt!«, sagt's, und fügt fast im gleichen Atemzug hinzu: »Natürlich hab' i Angst g'habt!« Wenn »in der Nacht die Figuren kemman sein«, sprich: beim Auftauchen schemenhafter Gestalten in der Dunkelheit. An ihren Pelzmützen waren sie leicht zu erkennen, die Russen. Das gespenstische Position-Beziehen bedeutete beklemmendes Warten, im Wissen, jeden Augenblick konnte es losgehen. Sobald die Leuchtraketen aufflammten, wußten die Soldaten, jetzt waren sie im Visier. »Der Krieg war für mich ein Fragezeichen wie für jeden!«

Sich »zu schraufen« wäre ihm trotzdem nie in den Sinn gekommen, sagt Magnago. Daß er schon beim italienischen Heer Offizier war, mag eine Rolle gespielt haben. Hätte er gewollt, wäre es ihm als perfekt zweisprachigem Offizier freilich nicht schwergefallen, bei der Wehrmacht an einem sicheren Posten in irgendeiner Schreibstube unterzukommen. Sogar ein konkretes Angebot habe es gegeben, für eine wichtige deutsche Kommandostelle in Italien als Übersetzer und Dolmetsch zu arbeiten. Warum hat er statt dessen schon bei der Musterung alles drangesetzt, trotz seines leichten Untergewichts, für tauglich, sprich »kriegsverwendbar«, erklärt zu werden?![94] Andernfalls »hätt i mi schon vor die jungen Madeln g'schamt!« Eine Antwort wie aus einem Landser-Heft? Mag sein. Magnago ist ein typischer Vertreter der Kriegsgeneration. Also ist er auch nicht gefeit gegen Kriegserinnerungen, die man heute als unreflektiert empfinden würde. Doch er reißt keine markigen Sprüche und wirkt nicht peinlich, er verzichtet auf nachträgliche Beschönigungen und sentimentale Färbungen. Man hört ihm zu, als ob er heute noch der 29jährige Frontsoldat wäre, der zusehen mußte, wie er mit den Realitäten zurechtkommt. Der damalige Ehrenkodex war ein legitimes Hilfsmittel. Bis heute hält er diesen Ehrenkodex hoch: Die Zähne zusammenzubeißen und sich nicht unterkriegen zu lassen.

Für seine Abneigung gegen Drückebergerei verwendet er den italienischen Ausdruck: »I bin kein imboscato!« Sich vor der Einberufung zu drükken, wäre ihm schlicht und einfach »schäbig vorgekommen ...« Aus heutiger Sicht – räumt Magnago ein – sei diese Einstellung kaum noch nachvollziehbar, während sie damals ihre Logik hatte. Der psychologische Sog, den jeder große Krieg ausübt, hatte auch ihn erfaßt, gemeinsam mit Millionen Wehrwilligen. »Und i lass' mi unabkömmlich erklären und soll da weiter schätzen?!« Vor dem katastrophalen Zeithintergrund schien der materielle Alltag seinen Sinn verloren zu haben. »Somit hab' i die Sache gehen lassen, wie sie gangen ist ...«

Hat der Schwerkriegsversehrte diese Art von aktivem Fatalismus denn nicht rückblickend bereut?! »Im Krieg ist so viel Leid, da ist man nichts Besonderes, da fühlt man sich net besonders benachteiligt, wenn's einen erwischt ...« Kollektive Sinngebungen und Deutungsmuster waren Teil der Überlebensstrategie. »Wenn Millionen Menschen fallen und Millionen verwundet werden, gehört man einer großen Gemeinschaft an, die ...« Ein paar Sekunden lang zögert Magnago, als ob er eine Anklage auf der Zunge hätte, aber nichts derglei-

Silvius Magnago als Offizier der Deutschen Wehrmacht in Gebirgsjägeruniform. Rechts: der »fesche« Leutnant kurz vor seiner Verwundung im Dezember 1943, die ihn (links) schwer gezeichnet hat.

Adolf Hitler mit Gauleiter Hofer. Beim Treffen des »Führers« mit dem »Duce« vom 4. Oktober 1940 am Brenner war die Atlantikküste in deutscher Hand und die Landung in England in voller Vorbereitung. In Südtirol hoffte man, über die Alpengrenze würde sich Hitler hinwegsetzen, wenn er den Krieg gewinnt.

chen kommt: »... die der Krieg nicht verschont hat«. Nachdenkpause. Der Schock über den Verlust seines linken Beins hat »... vielleicht 20 Sekunden gedauert und Schluß«. Sind Sie sicher, nur 20 Sekunden?! Daß ich ihm das nicht abnehme, sieht er mir an. Eine Amputation einfach wegstekken?! Nur in der Stimme verrät er sich. Wie schwer es dem Frischoperierten damals gefallen sein mußte, den entscheidenden Blick unter die Decke zu wagen: »... ist der Fuaß weg oder net ...?! Natürlich im ersten Moment ...!« Und schon ist er wieder zurück am sicheren Boden sachlicher Schilderung, weg von der Emotion.

Der Mensch und Politiker Silvius Magnago ist durch seine schwere Kriegsverletzung bleibend geprägt, um nicht zu sagen, gezeichnet. Um so mehr fällt auf, wie zurückhaltend er mit seinen Kriegserinnerungen umgeht. Einem Zuhörer seine Erlebnisse aufzudrängen, liegt ihm überhaupt nicht. Mein Interesse an Details, die Fragen nach seinem militärischen Curriculum scheinen ihn zunächst eher zu verwirren. Als er dann aber unter Zuhilfenahme seines Soldbuches Daten rekonstruiert, ist er plötzlich mitten im Erzählen. Seit 11. Jänner 1943 war er also eingerückt bei der Wehrmacht. Die erste Station der Ausbildung durchläuft Magnago wie viele seiner Landsleute und einige seiner Bekannten beim 136. Gebirgsjägerregiment in Tirol. Als ehemals italienischer Offizier wird er umgeschult, unter Beibehaltung seines Dienstrangs, wie dies für Deutschland-Optanten üblich war. Ein Schnellsiedekurs in der Innsbrucker Klosterkaserne. Manöver in Admont. Dann geht's nach Rußland, wo er ab Frühjahr 1943 nunmehr als Leutnant des 138. Gebirgsjägerregiments Marburg-Drau zum Teil in der vordersten Linie an der Donez-Front zum Einsatz kommt. Zudem werden ihm aber auch Truppentransporte anvertraut, die von Österreich nach Rußland abgehen.[95]

Als Begleitoffizier pendelt Magnago also zwischen Rußland und Graz, zum Teil auch Wien. Sein Regiment gehörte ja zur nahezu ausnahmslos aus Österreichern bestehenden Dritten Ostmärkischen Gebirgsjägerdivision. Daß man in »Viehwaggons« fuhr, also in Frachtwaggons mit etwas aufgeschüttetem Stroh, sei in Kriegszeiten die Regel gewesen. Ebenso die vielen ungeplanten Zwischenstopps vor allem in den Weiten der Ukraine. Immer wieder seien die haltenden Konvois von Frauen umlagert worden, die von den Soldaten Brot wollten im

Deutscher Einmarsch in Bozen-Rentsch am 8. September 1943. Die Begeisterung, endlich wieder »deutsch« zu sein, beschränkte sich nicht nur auf Optanten und nationalsozialistisch eingestellte Kreise. Auch Dableiber reagierten erleichtert.

Tausch gegen etwas Butter. Diese beiden Wörter auf russisch hat er sich bis heute gemerkt. Noch stand die Rußland-Front im Zeichen deutscher Durchhalteparolen. Noch rüstete der Führer für seine große Sommeroffensive 1943, die dann freilich alles eher als den erwarteten Erfolg brachte. Der Fehlschlag zeichnet sich nach nur einer einzigen Woche bereits im Juli ab. Die deutschen Niederlagen mit ungeheuren Menschenverlusten im September 1943 leiten den Zusammenbruch ein.[96] Mit seiner endgültigen Verlegung an die russische Front ab Oktober 1943 gerät Magnago also bereits mitten in die sich anbahnende Endphase. Zum Zeitpunkt seiner schweren Verwundung Anfang Dezember bei Nikopol verteidigt seine Einheit einen Brückenkopf etwa 150 Kilometer nördlich der heftig umkämpften Halbinsel Krim. Jetzt juckt es ihn doch ein bißchen, mein Interesse für Details rührt offensichtlich an seinen Ehrgeiz. »Wollen 'S die Auszeichnungen a?« Das Verwundeten-Abzeichen in Silber sei ihm verliehen worden, weil er ein Bein verloren hat. Dann noch zwei Tapferkeitsauszeichnungen, »das Infanterie-Sturmabzeichen in Silber für mindestens dreimal Nahkampf und das Eiserne Kreuz zweiter Klasse ...« Fürs Eiserne Kreuz erster Klasse hätte er sich mit Erfolgsmeldungen etwas mehr ins Zeug legen müssen, aber er habe sich halt nicht gleich bei jedem Teilerfolg ans Feldtelefon gehängt, »i war immer eher bescheiden ...«

Kriegsheirat, Fronteinsatz und Verwundung: »Zustand sehr ernst ...«

Magnagos Erinnerungen drängen sich also auf ein einziges Kriegsjahr zusammen. Für ihn persönlich war dieses Kriegsjahr 1943 von drei einschneidenden Erlebnissen geprägt. Die erste Schlüsselepisode reiht sich in jene überraschenden historischen Zufälle, wie sie Magnagos Biographie immer wieder charakterisieren. Meine Frage berührt ein politisch delikates Stichdatum: nämlich den deutschen Einmarsch am 8. September 1943 in Südtirol – was hat Magnago als deutscher Offizier davon mitbekommen? Wo war er zu diesem Zeitpunkt? In Landeck. Noch war er ja nicht endgültig in Rußland. Wie es der Zufall haben wollte, war Landeck auch das erste Auffanglager für die italienischen Offiziere, die in Südtirol von der eben ein-

Die beschlagnahmten Alpenvereinshütten werden wieder in Besitz genommen. Viktor Malfèr tauscht das Schild aus, seine Frau geht ihm an die Hand. »Schlernvater« Jörgl Mahlknecht (S. 61, äußeres Bild, zweiter von rechts) war eine Kultfigur der Bozner Bergsteigergilde.

Übernahme des Rittnerhorn-Hauses durch D.A.V. 19.9.43

marschierten deutschen Besatzungsmacht mit einem Schlag verhaftet worden waren.[97] Sie hatten die Option, für Hitler beziehungsweise unter den Fahnen des nach Salò geflüchteten »Duce« weiterzukämpfen oder als »Militärinternierte« nach Deutschland deportiert zu werden. In Landeck wird den Italienern also ein zweisprachiger Betreuer zugeteilt. Der Auftrag sei ihm zugefallen, sagt Magnago.

Er nahm seine Aufgabe offensichtlich sehr ernst. Der deutsche Kommandant in Landeck genehmigt ihm jedenfalls eine recht unübliche Sondermission. So reist Magnago, Leutnant der Deutschen Wehrmacht, für seine Schützlinge, also für die in Landeck inhaftierten italienischen Offiziere, als »Postbote« nach Südtirol. Etwa hundert Briefe und Wunschzettel an deren Angehörige habe er mitgenommen. Begleitet habe ihn ein italienischer Offizier, auf Ehrenwort. Hätte sein Begleiter dieses Versprechen auf Fluchtverzicht gebrochen, so hätte er, Magnago, dafür geradestehen müssen. Der Italiener habe ihn zu den Offiziersfamilien geführt, die sich vor allem im Vinschgau niedergelassen hatten. Eine Italienerin sei zu Tode erschrocken, als sie ihn in deutscher Uniform an der Tür stehen sah. Magnago konnte sie beruhigen: Er bringe Post von ihrem Mann und nehme auch Grüße retour.

Mit dem Argument, daß seine damalige Mission rein karitativen Charakter hatte, konnte der spätere Landeshauptmann Silvius Magnago eine Jahre danach im Südtiroler Landtag eingebrachte Anfrage abschmettern, die ihn mit den Repressalien der ehemaligen deutschen Besatzer in Verbindung zu bringen versuchte.[98] Er hat ein reines Gewissen: die einzigen »Gefangenen«, die er damals gemacht habe, seien ein paar Stangen Salami und ein Laib Parmesan gewesen. Diese Lebensmittel zurückzubekommen, sei den in Landeck inhaftierten Italienern nämlich ein ganz besonderer Wunsch gewesen. Daher habe er sich auf das schwierige Unterfangen eingelassen, das gastronomische »Kriegsgut« aus der inzwischen von der SS bewachten, ehemals italienischen Offiziersmensa herauszuschmuggeln und über den Brenner zu bringen, gesteht Magnago mit der ihm eigenen humorvollen Selbstironie das Piratenstück.

Nur wenige Wochen später wird er endgültig nach Rußland abkommandiert. Der Befehl kommt unvermittelt, am 17. Oktober 1943 hatte er sich in Wien zu stellen. Jetzt geht es Schlag auf Schlag. Der Hei-

Fort mit dem „Vogel" des C.A.I

Anbringung der DAV Tafel am Rittnerhorn-Haus 19.9.1943

ratsurlaub für seine Vermählung mit Sofia Cornelissen ist denkbar knapp bemessen. Nicht einmal ganz vier Tage bleiben dem jungen Paar. In Innsbruck treten die beiden am 15. Oktober 1943 vors Standesamt. Tags drauf führt Magnago seine Verlobte in Landeck vor den Altar. Als Offizier der hier stationierten Gebirgsjäger brauchte er nicht in der Kaserne zu nächtigen, sondern hatte sein Stammquartier beim Hotel »Schwarzer Adler«.[99] Den Eheleuten erging es wie unzähligen anderen Kriegspaaren. Kaum verheiratet, wurden sie auseinandergerissen. Sie nahmen den Abendzug nach Wien. Bis dorthin konnte Sofia ihren Mann begleiten, dann hieß es, Abschied nehmen. Keine zwei Monate später erreicht sie ein dramatisches Telegramm: »Leutnant Silvius Magnago schwerstens verwundet – Zustand sehr ernst – Kommen dringend erforderlich – Telegramm dient – behördlich gestempelt – als Ausweis für die Demarkationslinie – Österreich (Ostmark) – Polen –.«[100]

Sofia Magnago reagiert sofort. Die Stärke seiner Frau in diesem Kampf um Leben und Tod wird zum Schlüsselerlebnis ihrer Beziehung. Kennengelernt hatten sich die beiden in Rom, da war Magnago noch italienischer Offizier. Seine spätere Frau war zum Sprachenstudium in Italien. Am Anfang ihrer Bekanntschaft stand ein mißglücktes Rendezvous. Ein Kamerad hatte das Treffen vereinbart und war verhindert. Magnago war gewissermaßen als Ersatzmann eingesprungen. Für »das deutsche Fräulein« aus der Stahlmetropole Essen war der vielumschwärmte Leutnant aus Südtirol eine Liebe auf den ersten Blick, im späteren engen Bozner Freundeskreis war das kein Geheimnis.[101] Jetzt im Krieg wurde den jungen Eheleuten alles abgefordert. Der spätere Südtiroler Landesvater Silvius Magnago dürfte in der patriarchalischen Tiroler Politikerriege der erste gewesen sein, der seiner Frau bei seinen öffentlichen Auftritten mehrfach gedankt hat, lange bevor die Gleichberechtigung in Mode kam.[102] Daß sie seine Lebensretterin war, hat er ihr nie vergessen. Sie hatte ihren mit dem Tode ringenden Mann auch dann nicht aufgegeben, als sein Schicksal bereits besiegelt schien. Auf seiner weiteren Leidenstour von Lazarett zu Lazarett folgte sie ihm als getreuliche Gefährtin. Auch unerfüllbare Kinderwünsche in dieser Ehe mit einem Schwerkriegsversehrten hat sie tapfer mitgetragen. Daß es zwischen zwei so kämpferischen Naturen auch Reibungsflächen und Span-

Hochzeitsfoto am 15. Oktober 1943 nach der Trauung auf dem Innsbrucker Standesamt im »Goldenen Dachl«. Tags darauf folgte die kirchliche Vermählung in Landeck, wo Magnago bei den Gebirgsjägern stationiert war. Die Hochzeitsanzeige wurde im Bozner Tagblatt am 19. Oktober 1943 veröffentlicht.

Dr. Silvio Magnago
Leutnant in einem Gebirgsjäger-Regiment
Sofia Magnago, geb. Cornelissen
zeigen ihre Vermählung an.

Innsbruck, 15. Oktober 1943.

nungen gab, war unvermeidlich. Wer gezwungen ist, seine letzten Reserven zu mobilisieren, kann diese Alles-oder-Nichts-Erfahrung wohl nie mehr ganz abstreifen. Als First Lady an der Seite ihres ständig überstrapazierten Politiker-Gatten hat Sofia Magnago die Rolle der »Kriegs-Frau« jedenfalls in mancher Hinsicht beibehalten. Es war kein sehr dankbares Rollenmuster. Das Dilemma bestand darin, daß ihr der Einsatz für ihren Mann zur zweiten Natur geworden war. Sie selbst hatte ihm also den dominanten Platz zugewiesen, der ihr im Grunde keine andere Wahl ließ, als mit nicht immer leicht nachzuvollziehender Vehemenz für ihn und zugleich um die eigene Selbstbehauptung zu kämpfen. Denn um sich ganz zurückzunehmen, war sie als Frau mit persönlichen Interessen eben doch zu stark. Auffallende Willensstärke ist ihnen beiden eigen, auch wenn die schwere Krankheit der letzten Jahre viel von der Lebenskraft Sofia Magnagos genommen hat.

Magnagos letzter Bestimmungsort in Rußland war also Nikopol, seit seiner Vermählung lag er hier in der südlichen Ukraine, im Südabschnitt der Ostfront. Anfang Dezember 1943 scheint für den Kompanieführer Magnago alles zu Ende.[103] Beim Versuch, den heftig umkämpften Brückenkopf zu halten, gerät seine Einheit tagelang unter russischen Beschuß. Eine Granate trifft den 29jährigen aus unmittelbarer Nähe, verwundet ihn schwerstens.[104] Wegen des anhaltenden Feuers gelingt es erst nachts, ihn überhaupt aus der Schußlinie zu holen. Zusammen mit den Toten sei er auf dem Holzkarren gelegen, der die makabre Fracht aus der unmittelbaren Gefahrenzone abtransportiert. Doch der eigentliche Leidensweg des Schwerverwundeten beginnt erst jetzt. »Die Verbindungen zwischen Front und Hinterland waren schlecht ... 14 Tage haben wir bis Warschau gebraucht!« Bei klirrender Dezemberkälte, auf holprigen, total verwahrlosten Straßen, auf primitiven Wagen und in windigen »Viehwaggons« wurde der Schwerverwundete zusammen mit seinen Leidensgenossen auf verschiedensten Transportmitteln tagelang durchgerüttelt, obwohl jeder Stoß und jede Erschütterung heftigste Schmerzen verursachten. Ein Kurzstreckenflugzeug brachte nur vorübergehende Linderung.

Endlich verhieß ein sechsmotoriger Großraumflieger neue Hoffnung. Die schwere Transportmaschine vom Typ »Gigant« konnte an die hundert Verletzte aufnehmen. »Die fliegt bis Warschau durch, hat's geheißen ...«, also zum Bestimmungsort mit angemessener medizinischer Versorgung. Etwa sechzig Schwerverletzte lagerten am Boden und nahmen den größten Teil des Laderaums ein. »Eingerahmt waren wir von den Leichtverletzten, die entlang der Wand gehockt sind.« Als die Maschine abhebt, scheint die Rettung zum Greifen nahe. Mit dem jähen Ende dieses Flugs habe keiner gerechnet, schon gar nicht Magnago, der auf dem Rücken liegen mußte und sich nicht rühren konnte. An den angstverzerrten Gesichtern der aufrecht Sitzenden konnte er die hereinbrechende Katastrophe jedoch deutlich ablesen. »Die Seitenwand hat's aufgerissen wie a Stückl Pa-

Silvius Magnago und seine Frau Sofia vor dem Heereskurlazarett am Semmering. Ende 1944 erfolgte die dritte Amputation in Wien.

Das Ehepaar Magnago, Blick von der Bozner Wassermauer zum Rosengarten. Die primitiven Prothesen erwiesen sich bald als zu schmerzhaft für seine zarte Statur.

pier ...« Jetzt drohte die Maschine zu explodieren. Magnago wußte, er war nicht fähig, auch nur einen Schritt zu tun und wäre hilflos verbrannt, sobald die Maschine in Flammen aufging. Aber nichts dergleichen geschah. Wie durch ein Wunder hatte sich das Flugzeug nämlich mit den feuergefährdeten Teilen so in den Boden gebohrt, daß ein Brand verhindert wurde. Nur das Heck ragte in die Luft.
Den Schock habe er bis heute nicht verwunden, erklärt der Politiker Magnago, der Dienstflüge gar nicht zu schätzen wußte. Mitten im Krieg war freilich selbst ein heil überstandener Flugzeugabsturz noch lange kein Happy-End. Der Pilot vermutete einen Sabotageakt. Er versprach, Hilfe zu holen. Eine ganze Nacht lang mußten die Verwundeten in ihrer mißlichen Lage ausharren, dann wurden sie aus dem Wrack geborgen. Auf den Weitertransport warteten sie weitere zwei Tage, in leerstehenden Ställen auf schmutzigem Stroh, bei eisigen Temperaturen und ohne Versorgung. Jetzt erst brachte sie ein Sanitätswagen zum rettenden Flug nach Warschau. Wie schlimm es bereits um sein linkes Bein stand, merkt Magnago an seinem Aufschrei, als ihm ein Sanitäter mit einem unvorsichtigen Routinegriff bei der obligaten Entlausungsprozedur Höllenqualen zufügt. Die Akutversorgung in den einfachst ausgerüsteten Feldlazaretten habe sich darauf beschränkt, ihm den einen oder anderen Splitter zu entfernen. »An das zerschossene Bein hat sich keiner drangewagt!«
Der Stabsarzt in Warschau macht ihm keine Illusionen: Wahrscheinlich müsse man das Bein abnehmen. »I war keine 24 Stunden in Warschau, da war i schon amputiert ...« Doch die verspätete Behandlung zeigte dramatische Folgen. Schon hatte sich Sepsis eingestellt. Der Schwerverwundete lag in hohem Fieber. Wiederum hat Magnago Glück. Der Arzt zeigt Mitgefühl. Dieser besonderen Sympathie habe er das rettende Telegramm zu verdanken gehabt, das es seiner Frau ermöglicht, an seine Seite zu eilen und ihn ins Leben zurückzuholen. Um Weihnachten ist er über den Berg. Bei seinem Wohltäter, der ihn aus unerfindlichen Gründen immer mit »Herr von Marengo« angesprochen habe, konnte er sich jetzt bereits revanchieren. Dem wenig redegewandten Mediziner setzt Magnago die Weihnachtsansprache auf. Die zum Diktat entsandte Pflegerin habe sich sogar gegen alle Vorschriften zu ihm an den Bettrand setzen dürfen. Als der notdürftig Genesene am 30. Dezember 1943 zur ersten Nachamputation nach Frankfurt an der Oder verlegt wird, entnimmt er seinen Begleitpapieren, wie knapp er dem Tod entronnen war: »Patient kam in delirierendem Zustand an ...«, faßte der ärztliche Bericht aus Warschau das Fazit knapp zusammen: Mit all seinen Verletzungen, total geschwächt durch den Transport und durch den Flugzeugabsturz zusätzlich geschockt, war er am Ende seiner Kräfte. Insgesamt sieben Operationen mußte Magnago über sich ergehen lassen. Als er im Wiener Hartmannskloster Ende 1944 ein zweites Mal nachamputiert wurde, gab es keine Narkosemittel mehr, so daß man ihn mit Chloroform betäuben mußte, und das kärgliche Mittagsmahl wurde den Kranken bereits morgens gegen zehn Uhr serviert.[105] Denn die Alliierten attackierten Wien jetzt bereits täglich von Süden her mit schweren Bombenangriffen. Ein deutliches Zeichen für das nahende Ende.

Heimkehr auf Krücken

In den letzten Kriegstagen kommt das Ehepaar Magnago nach langer Odyssee zurück nach Südtirol, kurz bevor die Amerikaner den Brenner in Richtung Italien fürs erste abriegeln. Fast eineinhalb Jahre lang hatte der Schwerkriegsversehrte von Lazarett zu Lazarett gewechselt. Zuletzt war er am Semmering in Pflege, in einem Heeres-Kurlazarett für Offiziere unweit des »Panhans«. Die bekannten Semmeringhotels waren zu Erholungsstätten für die Kriegsversehrten umfunktioniert worden. In Gloggnitz hatte seine Frau ein hübsch eingerichtetes Domizil. Die Flucht vor den russischen Besatzungstruppen gelingt nur knapp, mit den notdürftigsten Habseligkeiten.[106] Letzte Station war Igls bei Innsbruck, doch auch dieses Lazarett gerät unter Druck, als die Kapitulation immer näher rückt. In Igls bekommt Magnago schließlich einen Urlaubsschein ausgestellt: mit Datum 14. April bis 19. Mai 1945, lautend auf Kastelruth, einst Sommerfrischadresse der Familie, jetzt Wohnort der Mutter, seitdem sich die Bombenangriffe der Alliierten auch gegen Bozen richten. In den Wirren des Zusammenbruchs nimmt sich der vorschriftsmäßig angegebene Rückkehrtermin auf dem »Urlaubsschein« wie eine Ironie des Schicksals aus.[107] In Innsbruck erwischt das Ehepaar Magnago einen der letzten Züge nach Südtirol.

In Waidbruck steigen sie aus. Die Suche nach einem Nachtquartier gestaltet sich schwieriger als erwartet. Die unruhigen Zeiten machen den Wirten Angst. Im Gasthof Hatzis sind sie dann freilich willkommen, als sich Magnago zu erkennen gibt. Hier erwartete die Familie des Herrn Gerichtsrats einst in besseren Tagen der Zweispänner, der sie unter großem Hallo der Kinder in die Sommerfrische brachte.[108] Jetzt mußte der Schwerinvalide auf seinen zwei Krücken froh sein, daß sich überhaupt eine Fahrgelegenheit fand, die ihn mit seiner Frau und dem wenigen geretteten Gepäck die schmale Bergstraße nach Kastelruth hinaufkutschierte. Obwohl ein Opfer des Zweiten Weltkriegs, hat sich Magnago jedoch Optimismus und Sinn für die Realitäten bewahrt. Das Kriegsende ist ihm nur verschwommen in Erinnerung geblieben. Die erste Nachkriegszeit vertreibt er sich mit seinem Lieblingshobby, beim »Garteln«. Unterkunft findet er bei der Mutter in Kastelruth, die im Kofel-Haus wohnt, mit Blick auf die Straße von Waidbruck aufs Schlernplateau. Als er einen Jeep mit vier Amerikanern bergwärts fahren sieht, weiß er, nun ist der Krieg zu Ende. »Die passen da gar net einer ...!« sei es ihm durch den Kopf geschossen, beim Anblick der Yankees in der vertrauten Schlern-Landschaft. Im Krieg aufgebaute Feindbilder wirken unterschwellig nach.

Silvius Magnago war einer der vielen Südtiroler, die sich damals über den Brenner zurück in die Heimat durchgeschlagen haben. Die Optanten kamen von der Front oder als Vertriebene, führende Optionsgegner und Widerständler wie Friedl Volgger aus dem KZ oder aus dem Exil. Die Gründung der neuen Südtiroler Sammelpartei in der Villa Ravanelli (früher Malfèr) am 8. Mai 1945 fiel auf den Tag der endgültigen Kapitulation des Deutschen Reiches.[109]

Die Amerikaner hatten den Brenner im Mai 1945 nach Süden hin abgeriegelt. Auch in umgekehrte Richtung ging's nur mit Passierschein.

Top-Secrets bei der SVP-Gründung

Aber nicht nur wegen dieses Zeitpunkts war die SVP unter den Parteigründungen der ersten Stunde ein Sonderfall. Noch ungewöhnlicher war die Zusammensetzung. Als Parteigründer kamen für die Alliierten nur Dableiber in Frage. Unter größter Geheimhaltung wurden jedoch auch Deutschland-Optanten eingebunden, also Vertreter der überwiegenden Bevölkerungsmehrheit, die sich 1939 für die Abwanderung ins Deutsche Reich erklärt hatte. Dabei dürfte es sich um eine in dieser Art wohl einmalige Geheimoperation gehandelt haben. Wäre nämlich publik geworden, daß auch Optanten unter den Gründungsmitgliedern der Partei waren, sogar Persönlichkeiten, die sich in der Zeit des Nationalsozialismus politisch betätigt und exponiert hatten, so wäre an die Zustimmung der Alliierten wohl nicht zu denken gewesen. Da stimmen die heutigen Historikermeinungen mit Zeitzeugenaussagen absolut überein.[110]

Dieser Brückenschlag der Dableiber zur Verliererseite war nach Meinung von Friedl Volgger ein »erstaunliches Zeichen politischer Geistesgegenwart!« Hauptinitiator der Parteigründung und wichtigster Garant für die Alliierten war Erich Amonn, erster Obmann der Südtiroler Volkspartei. Amonn galt als unumstrittene Autorität. Bereits während des Kriegs hatte der Bozner Großkaufmann über die Schweiz Verbindung zum österreichischen Widerstand sowie zu britischen und amerikanischen Stellen aufgenommen.[111] Die Unsicherheit der ersten Nachkriegszeit

Die Übergabe von insgesamt 155.000 Unterschriften für die Südtiroler Selbstbestimmung am Ostermontag, 22. April 1946. Das patriotische Großereignis wurde von der französischen Besatzungsmacht diskret unterstützt.

dürfte Amonn in seinem auf Einigung der Volksgruppe bedachten Integrationskurs nur bestärkt haben. Es war schwierig genug, die Kräfte neu zu sammeln.

Noch war die politische Bühne nahezu leer. Der schwerkriegsversehrte Silvius Magnago war vorerst unbeteiligter Zuschauer. Magnagos Parteiausweis datiert erst vom November 1945. Friedl Volgger, als »Organisationsleiter« eine zentrale Figur, ist ab Mitte Juni 1945 wieder im Lande. Toni Ebner, der künftige Abgeordnete und spätere Chef der Tageszeitung »Dolomiten«, fungiert vorübergehend als Parteisekretär,[112] erster Generalsekretär ab 1945 ist Josef Raffeiner.[113] Alfons Benedikter kommt Ende September 1945 als Heimkehrer aus der russischen Kriegsgefangenschaft zurück. Der langjährige SVP-Spitzenexponent, der inzwischen zur Opposition übergewechselt ist, erzählt mit leuchtenden Augen, wie er damals als Politiker »entdeckt« wurde. Die Südtiroler Volkspartei hatte 1945 lokale Gründungsversammlungen im ganzen Land abgehalten, so auch in Schlanders: Friedl Volgger und Otto von Guggenberg seien auf ihn zugekommen, mit einem spontanen »du bist der Richtige!« Als erster Bezirkssekretär der eben gegründeten Partei stürzt sich Benedikter neben seinem damaligen Brotberuf als kleiner Angestellter voll ins neue Ehrenamt. Gebraucht wurde seine Hilfe sofort. Für die Wiedervereinigung mit Österreich wurden damals 155.000 Unterschriften gesammelt, die dem österreichischen Bundeskanzler Leopold Figl am 22. April 1946 in Innsbruck überreicht wurden. Noch hoffte die Öffentlichkeit auf einen günstigen Verlauf der Außenministerkonferenz, die drei Tage später in Paris zusammentreten sollte.[114]

Wie die Unterschriftenpakete von Bozen nach Innsbruck kamen, ist übrigens ein Kapitel für sich. Erst jetzt lüftet Friedl Volgger das jahrzehntelang gehütete Geheimnis. Als »Organisationsleiter« der eben erst im Aufbau begriffenen Sammelpartei hatte er die »heiße Fracht« eigenhändig übergeben: einem geheimen Kurier, der prominenter nicht hätte sein können. Robert von Habsburg war ein Sohn des letzten österreichischen Kaisers. Als Hauptmann der französischen Armee habe er die Unterschriften mühelos über den Brenner gebracht.

Ludwig Steiner, späterer Staatssekretär für Äußeres in Wien, bestätigt, was Volgger sagt. Der Bruder Otto von Habsburgs fungierte tatsächlich als Überbringer Zehntausender Südtiroler Unterschriften für die Selbstbestimmung. Seitens der französischen Militärführung in Tirol erfreute sich die Selbstbestimmung anfänglich größten Wohlwollens. Die als Großdemonstration organisierte Unterschriftenübergabe in Innsbruck war von französischer Seite mehr als nur toleriert. Ohne Reisepapiere des französischen Militärs hätte der Habsburger die Unterschriften nicht über den Brenner schaffen können, betont Steiner. Als führende Figur des österreichischen Widerstands hatte Steiner 1945 an der Seite des künftigen Tiroler Landeshauptmanns und ersten österreichischen Außenministers Karl Gruber mitgewirkt an der Befreiung Innsbrucks noch vor dem Eintreffen der Alliierten.

Als Diplomat der Stunde Null macht sich Steiner allerdings keine Illusionen. Den Franzosen habe das Engagement Südtirols und Österreichs für die Selbstbestimmung zwar ins Konzept gepaßt, doch nur soweit es im Interesse der eigenen französischen Nachkriegspolitik lag. Konkrete Unterstützung für die Selbstbestimmung, die international wirksam geworden wäre, sei von Frankreich nicht gekommen. Daher erübrige sich die Frage, ob die Selbstbestimmung 1945 erreichbar gewesen wäre oder ob man sie nur irgendwo hätte abzuholen brauchen, unterstreicht Steiner. Als einstiger Sekretär von Bundeskanzler Julius Raab ist er übrigens der letzte Zeitzeuge des österreichischen Staatsvertrags von 1955. Steiner hatte nach dem legendären wodkageschwängerten Essen in Moskau Raabs Botschaft an Österreich zu Papier gebracht: »Österreich wird frei!«

Der schwierige Neubeginn in einer politischen Ausnahmesituation hatte die Südtiroler 1945 zusammengeschmiedet. Das Beziehungsnetz der politischen Führungselite war trotz des Optionsstreits ziemlich eng geknüpft. Neben kluger Vorausschau spielten dabei auch andere Faktoren eine Rolle, vom gemeinsamen politischen Hintergrund bis zur Zugehörigkeit zu bestimmten Gesellschaftsschichten. Diesem Umstand wird in den Bewertungen jüngerer Historiker oft zu wenig Rechnung getragen.[115] Da gab es über alle Differenzen hinweg alte Bindungen. Schon im Tiroler Landtag waren Adelsfamilien wie die von Guggenberg, Sternbach, Braitenberg oder Di Pauli traditionsgemäß präsent, zusammen mit Führungspersönlichkeiten aus dem bürgerlich-bäuerlichen Milieu.[116] Zu letzteren gehörte Josef Menz-Popp, jetzt stellvertretender SVP-Obmann an der Seite von Erich Amonn und wie dieser ein engagierter Dableiber.[117] Die politisch erfahrenste Persönlichkeit in der damaligen Führungsgarnitur des Dableiber-Lagers war Otto von Guggenberg, bereits 1919 einer der beiden Südtiroler Emissäre, deren nahezu aussichtslose Mission das »Friedensdiktat« von Saint Germain freilich nicht beeinflussen konnte.[118]

Die Führungsspitze der Dableiber hatte jedoch sehr wohl auch Verbindung zu führenden Optanten. Die dunkle Zeit nach der Abtrennung Südtirols von Österreich hatte die beiden Freunde Paul von Sternbach und Karl Tinzl als Politiker zusammengeführt. Beide waren als Südtiroler Vertreter für den 1919 gegründeten »Deutschen Verband« bei den letzten freien Wahlen vor dem Faschismus ins römische Parlament eingezogen:[119] Die Option vermochte dieser Freundschaft nichts anzuhaben, obwohl die beiden nun in verschiedenen Lagern standen. Tinzl hatten die Nationalsozialisten als Präfekten eingesetzt, nachdem sein Vorgänger Peter Hofer am 2. Dezember 1943 bei einem schweren Bombentreffer in der Bozner Weggensteinstraße nördlich des Deutschhauses ums Leben gekommen war. Sternbach hingegen kam als Widerständler in Haft und wurde in die Verbannung geschickt. Daß Tinzl bei der Gestapo für den schwerkranken Freund die Rückkehrerlaubnis in die Heimat erwirkt, dürfte Sternbach das Leben gerettet haben, auch wenn ihm nur mehr wenige Jahre geschenkt waren.[120] Dieses Fallbeispiel zeigt: Es gab Gründe für die rückblickend überraschende Kontinuität der Eliten.[121] Der Bozner Großbürger Erich Amonn war mit seinem Bruder Walther ebenfalls bereits beim »Deutschen Verband« aktiv. Also konnte er auf einen Beziehungsgrundstock zurückgreifen, der es ihm erleichterte, bereits vor Kriegsende Dableiber, aber auch Optanten im kleinsten Kreis um sich zu scharen.[122] Das Vorhandensein einer solchen Kernstruktur macht auch deutlich, daß die Startbedingungen für einen politischen Neuling und Außenseiter wie Silvius Magnago in der damaligen Konstellation gar nicht so einfach waren.

Südtirol im politisch wirren Szenario der »Stunde Null«

Südtirol stand bei Kriegsende politisch vor einem Scherbenhaufen. Zwar blieb das Land von Kämpfen verschont, dank der am 29. April 1945 in Caserta unterzeichneten Teilkapitulation, die der SS-Obergruppenführer Karl Wolff, Höchster SS-und Polizeiführer und Bevollmächtigter General der Deutschen Wehrmacht in Italien, auf eigene Verantwortung ausgehandelt hatte. Von der Wehrmacht wurde die lokale Verwaltungshoheit aber allein den Italienern abgetreten, gegen den Widerstand der Südtiroler Vertreter. In diesem Punkt vermochte Tinzl seinen Einfluß ebensowenig geltend zu machen wie der Andreas-Hofer-Bund, also die Südtiroler Widerstandsbewegung, deren Verdienste außer Zweifel standen.[123] Der vom norditalienischen Befreiungsausschuß CLNAI nach Südtirol entsandte Delegierte Bruno De Angelis schildert selbst, wie sich das Blatt in letzter Minute zuungunsten der Südtiroler gewendet hatte. Auch wenn dieser tendenziös gehaltene Bericht einseitig für den italienischen Standpunkt Partei ergreift, dürfte er im entscheidenden Punkt voll den Tatsachen entsprechen: Die italienische Seite übte größten Druck aus, um sich Wolff gefügig zu machen. Es kommt zu einer dramatischen Szene. De Angelis droht dem SS-Obergruppenführer mit der Denunziation als Kriegsverbrecher. Wolff beugt sich und opfert seinen Entschluß, zumindest die zivile Verwaltung in die Hände der Südtiroler zu legen.[124] Ein Bild der politischen Ausnahmesituation vermittelt auch Mario Günther Baron von Unterrichter, auch er »stilles« Gründungsmitglied der Südtiroler Volkspartei, da er sich unter dem Nationalsozialismus exponiert hatte. Das zerbombte Bozen bot ein Bild der Verwüstung. »Es war trostlos!« Viele Städter hatten sich in die umliegenden Sommerfrischen geflüchtet. Nicht nur die Bomben hatten sie vertrieben. Auch die Angst, als Nazi belangt zu werden, spielte eine Rolle, bestätigen Zeitzeugen.[125] In der ausgestorbenen Südtiroler Landeshauptstadt agierten Amonn und Tinzl auf einsamem Posten. »Es war ja schon viel, daß sie überhaupt in Bozen waren ...«, statt wie ihresgleichen auf dem Ritten, hebt von Unterrichter hervor. »Ich bin in die Geschichte nur hineingekommen, weil ich mit Tinzl sehr befreundet war und auch den Amonn gut gekannt habe ...« Friedl Volggers nüchterner Kommentar: von Unterrichter habe ein Auto besessen! Autos waren bei der Verkehrsmisere zu Kriegsende unentbehrlich, aber absolute Mangelware, gibt Volgger zu bedenken. Ohne Privatfahrzeuge hätte man die Gründungsmitglieder der Südtiroler Volkspartei aus allen Landesteilen nie und nimmer in Bozen zusammentrommeln können![126]

Der bisherige deutsche Spitzenfunktionär bei der Präfektur in Trient, von Unterrichter, begleitete in diesen Tagen einen Franzosen durch die Südtiroler Landeshauptstadt, also einen Vertreter der Siegermächte. Auch zu dieser geheimnisvollen französischen Präsenz im amerikanisch-britisch verwalteten Südtirol kann Friedl Volgger Hintergrund beisteuern: Details zu dieser Geheimmission der Franzosen habe ihm noch Hans Egarter anvertraut, als damaliger Chef des Andreas-Hofer-Bundes sein Nachfolger an der Spitze der von Volgger mitaufgebauten Widerstandsgruppe. Südtirols Hoffnungen auf die Rückgliederung an Österreich hätten anfänglich dadurch Auftrieb erhalten, daß sich hohe Vertreter des französischen Militärs interessiert zeigten. Wie sich bald herausstellen sollte, allerdings vor allem aus Gründen einer Erweiterung der französischen Besatzungszone Tirol, fügt Volgger erklärend hinzu.[127] Auch in den Aufzeichnungen von De Angelis findet sich eine Bestätigung, daß der »Kommandant« einer »Französischen Delegation in Bozen« mit der Südtiroler Führung in wohlwollendem Kontakt stand. Bei dem französischen Emissär habe es sich um einen Geheimdienstagenten gehandelt, schreibt De Angelis. Sogar einen Brief konnte er veröffentlichen, der ihn nach seiner Ernennung zum ersten Nachkriegs-Präfekten erreicht hatte.

Als Kontaktadresse hatte der Franzose die Villa Ravanelli angegeben, also jene aus der Blütezeit des altösterreichischen Kurortes Gries stammende, dann aber verkaufte Villa Malfèr, wo in diesen Tagen die Südtiroler Volkspartei gegründet worden war.[128] Diese Villa habe damals auch das »Hauptquartier« der Franzosen beherbergt, bestätigt von Unterrichter. Der Sohn des Hauses, Mario Ravanelli, damals noch Oberschüler, hat dunkle Erinnerungen an das französische Intermezzo, dem die reguläre amerikanische Besatzungsmacht übrigens recht bald ein abruptes Ende bereitet habe. Zurückgelassen hätten die Franzosen jede Menge Waffen im Wohnzimmer, wo das »Deuxième Bureau« eingerichtet war, und eine Fahnenstange, die noch Jahre danach ganz banal zum Teppichklopfen gedient habe. Das im Wohnzimmer zurückgebliebene Arsenal sorgte übrigens noch für helle Aufregung. Wer Waffen besaß, konnte sie anfangs straffrei deklarieren. Als seine Mutter dem zu einer solchen Routinekontrolle im Hause erschienenen Militärvertreter aber pflichtschuldig Meldung erstattete, sei der ins Wohnzimmer geleitete Amerikaner beim Anblick des Waffenlagers aus allen Wolken gefallen, schildert Mario Ravanelli das politisch wirre Szenario der »Stunde Null« aus einer sehr persönlichen Perspektive.

In halboffizieller Mission dagegen, von Unterrichter: Eben jenen bereits zitierten »Kommandanten«, Capitaine Henri Clairval, habe er im Mai 1945 durch Bozen geführt. Die Schilderung dieses Rundgangs an der Seite des Franzosen paßt durchaus ins Bild: »Ja, wo sind denn hier die Deutschen?! Lassen Sie doch beflaggen!«, soll Clairval gedrängt haben. Von Unterrichter bedauert: »Unmöglich!« Die deutschen Stadtviertel Bozens waren wie leergefegt. Tiroler Fahnen auszuhängen, sei erst in Klausen gelungen. Mit Blick auf Südtirols unerfüllten Selbstbestimmungswunsch meint Unterrichter: Der ausschließlich italienische Jubel in der Südtiroler Landeshauptstadt sei wohl auch mitschuld gewesen an der verzerrten Optik, die sich der Alliierten Besatzungsmacht darbot: »Hier war alles italienisch. Von einer deutschen Stadt, Null Komma Null!« Auch von Unterrichter ist ein Anhänger der These, Südtirol habe in der unmittelbaren Nachkriegszeit den entscheidenden Moment versäumt.[129] Dennoch bleibt er realistisch: Von einem Großkaufmann und Kosmopoliten wie Erich Amonn hätte man nicht verlangen können, plötzlich als säbelrasselnder Partisan aufzutreten, »und der Tinzl war natürlich auch nicht der Mann, der schießen läßt!«

Die Südtiroler Sammelpartei setzte auf legale Mittel mit ihrem nur drei Punkte umfassenden Programm. Daß die lokale Militärregierung trotz heftigem italienischem Widerstand auch Punkt drei genehmigt, war schon viel, nämlich: »... den Anspruch des Südtiroler Volkes auf Ausübung des Selbstbestimmungsrechtes bei den alliierten Mächten zu vertreten«, »unter Ausschluß aller illegalen Methoden«.[130]

Die Villa Ravanelli in Bozen-Gries, Montellostraße 7, seit 4. Jänner 1945 bombenbeschädigt, bis 1933 im Besitz der Familie Malfer, die noch heute dort wohnt. Gründungslokal der Südtiroler Volkspartei war die zur Straße blickende Diele. Im angrenzenden Eckzimmer war das »Hauptquartier der französischen Delegation« untergebracht. Ein Freund der Familie Ravanelli, nämlich Fritz Führer, kommissarischer Bozner Bürgermeister von 1943 bis zum 8. Mai 1945, also bis zum Tag der SVP-Gründung, dürfte die Adresse vermittelt haben. Erster SVP-Sitz war dann die nahe »Villa Brigl«.

Die SVP-Führung baut auf Stärke durch Zusammenschluß. Für eine so kleine Minderheit war Geschlossenheit die einzige Chance, um auf internationaler Ebene überhaupt etwas zu erreichen. Jede Zersplitterung wäre tödlich gewesen. Die Aussöhnung nach dem Optionsdrama war das Allerwichtigste, lautete das gemeinsame Credo.
Wie ordnet sich das Beispiel Silvius Magnago ein in diesen Kernabschnitt Südtiroler Vergangenheitsbewältigung? Im Fall Magnago kam die für mein Empfinden überzeugendste Antwort von Ludwig Walter Regele, einem historisch beschlagenen Kenner der Zeit: »Magnago steht zu seiner Biographie!« So provozierend das aus heutiger Sicht klingen mag: Option und Einrücken hatten für Magnagos Generation die Bedeutung »eines Befreiungsakts!« Also einer Art Emigration »weg von Italien, weg vom Faschismus, selbst um den Preis einrücken zu müssen an die Front. Das sagt eigentlich alles!« Der junge Magnago sei diesen Weg von der Option bis zur Anmusterung für die Wehrmacht sehr konsequent gegangen. Seine Entscheidung entsprang letztlich der Entscheidung einer ganzen Generation junger, zukunftsgerichteter Südtiroler. »Die sind diesen Weg gegangen, im Glauben, sie gehen in eine bessere Zukunft ...«
Und die Standardfrage nach der »Reue«, wie man sie der Kriegsgeneration immer wieder stellt und abverlangt? Könne man sich denn für eine ganze Generation entschuldigen, hält Regele entgegen. Als Kind seiner Zeit dachte und handelte der junge Magnago wie unzählige andere. Der Sonderfall Magnago, also die außergewöhnliche Karriere des Politiker-Phänomens, habe erst nach Kriegsende begonnen. Nicht nur seine politische Begabung habe ihn zur Symbolfigur prädestiniert, sondern auch seine ganz persönliche Biographie. Eine ganze Generation von Heimkehrern und Kriegsopfern konnte sich in ihm wiedererkennen. Schon die äußere Erscheinung war schlechthin die Verkörperung »des rechtlosen, geschundenen Südtirolers«, also bildlich identifizierbar mit dem Überlebenskampf einer Volksminderheit, die nach dem Krieg materiell und politisch vor dem Nichts stand.

Nach Kriegsende setzte sich die wiedererwachte Lebensfreude über die Last politischer Reminiszenzen hinweg. Dem Kriegsheimkehrer Silvius Magnago ging's freilich vorerst nicht anders als unzähligen Schicksalsgefährten, die um ihre Existenz zu kämpfen hatten. Die Aura des Schwerkriegsversehrten sollte dem aufstrebenden Politiker jedoch schon bald zum Durchbruch verhelfen. Rückblickend meint er: »Als Heimkehrer und Kriegsopfer hat man mir halt geglaubt, wenn i dieser Generation gesagt hab', jetzt müass ma anpacken!« Das Gefühl der Dankbarkeit über die wiedergeschenkte Heimat war ein starkes Motiv für den politischen Einsatz.

Neuerwachte Lebensfreude im Nachkriegs-Bozen

Die Aufbaujahre waren hart, auch in Bozen beherrschten Wohnungsnot und Arbeitslosigkeit den Alltag. Doch in den Zeitzeugenerzählungen dominieren die Lichtblicke. Nächte ohne Bombenalarm, Leben ohne ständige Angst, beinahe kindliche Freude über jedes kleine Zeichen des sich langsam normalisierenden Alltags. Dieses Zeitgefühl spiegelt sich in Magnagos Biographie. In dieser ersten Nachkriegszeit begegnet man einem in mancher Hinsicht überraschenden Magnago. Kennt man ihn doch später nur noch in selbstauferlegter Distanz, getreu seiner Devise: »Als Politiker kann man keine Freunde haben ...« Der »Finsterling«, wie er sich selbst nennt, als Mittelpunkt unbeschwerter Geselligkeit!? So können sich den Polit-Asketen heute nur noch wenige vorstellen. Vom breiten Freundeskreis, den Magnago bis zu seinem Eintritt in die Politik um sich geschart hatte, leben viele nicht mehr.

Die inzwischen denkmalgeschützte Jahrhundertwende-Villa samt großem Garten in der eleganten Runkelsteiner Straße war noch vom Militär beschlagnahmt,[131] als das Ehepaar Magnago in Bozen wieder Fuß zu fassen versucht. Notdürftigen Unterschlupf findet das Paar zunächst unter Dach, in einer kleinen Mansarde. Die elterliche Wohnung lag im Parterre, war aber requiriert. In die Ebenerd-Etage der »Villa Lener« war die Familie 1933 eingezogen.[132] Bei der damaligen Wohnungsnot mußte man selbst auf die eigene Wohnung Jagd machen. Wäre man nach dem Abzug des Militärs nicht sofort eingezogen, hätten sich andere darauf gestürzt, erinnert sich Magnago. Im Nachkriegs-Bozen gehörte diese Adresse bald zu den geselligen Treffpunkten.

Diese private Seite des passionierten Politikers Silvius Magnago lebt in den Erzählungen einer Frau auf: Annemarie Mumelter hatte Magnago durch ihren Mann kennengelernt, zunächst indirekt. Im April 1943 kam sie als junge Braut mit nur 17 Jahren erstmals nach Südtirol. Ihr Verlobter erzählte vom Gebirgsjäger-Lehrgang in Landeck, den er zusammen mit Magnago absolviert hatte, also mit dem ehemaligen Spielkameraden von nebenan. Doch das war nicht die einzige Gemeinsamkeit. Magnagos Frau Sofia aus Essen war Deutsche wie Annemarie Steuter aus Bayern. Beide heirateten mitten im Krieg, während einiger Tage Fronturlaub ihrer Männer. Die Bekanntschaft der Ehepaare Mumelter und Magnago fiel in die Zeit des großen Wiedersehens nach dem Krieg. Für unzählige Überlebende der Katastrophe, Verwandte, Freunde und alte Bekannte, war es das gleiche Erlebnis: Man fühlte sich wie neu geboren. »Eines Tages kommt mein Mann heim und erzählt freudestrahlend. Stell dir vor, wen ich heute getroffen habe! Die Magnagos! Wir sollen unbedingt zu Besuch kommen, am besten gleich morgen ...«

Die erste spontane Einladung war der Beginn einer Freundschaft, wie sie inzwischen kaum noch gepflegt wird. Diese Art gesellschaftlicher und zwischenmenschlicher Beziehungen ist verkümmert, vor allem, weil sich niemand mehr die Zeit zu ihrer Pflege nimmt. Aus dem damaligen Alltag waren solche Freundschaften und Bekanntschaften jedoch nicht wegzudenken. Von Herzen Lachen und Herumalbern gehörte ebenso dazu wie Probleme zu wälzen bis tief in die Nacht, erinnert sich Frau Mumelter an das Hoffen und Bangen im Vorfeld des Pariser Abkommens. Noch hoffte Südtirol darauf, die Alliierten könnten das 1918–19 begangene Unrecht doch noch gutmachen.

Die erste Aufbaugeneration nach dem Krieg, das waren damals die Dreißigjährigen. »Gehabt haben wir alle nichts!« Dieser kleine lapidare Satz trifft die Atmosphäre. Etwas davon lebt auf in der Auswahl vergilbter Fotos, die mir Frau Mumelter in die Hand drückt, und vielleicht noch mehr in den Bildern, die sich aus der Erinnerung spontan einstellen. Obwohl mit ihren erst zwanzig Jahren blutjung, war sie keine gelangweilte Zuhörerin in der politisierenden Männerrunde, in der sich politische Debatten und private Passionen untrennbar überlagerten. Keine politische Fachsimpelei, ohne daß der leidenschaftliche Briefmarkensammler Magnago nicht zugleich all seine Schätze und Al-

Silvius Magnago mit Mutter, Nichte Christl und Neffe Peter. Das Ehepaar Magnago, 15. Feber 1958. Badefreuden. Der passionierte Sportschütze Magnago beim 4. Sommerschießen 1951 in Schnals. Sofia Magnago gestaltete Rundfunksendungen beim RAI Sender Bozen.

Hausball 1951 bei Magnagos in der »Villa Lener« mit bekannten Gesichtern. Bild links, vorderste Reihe: Roland Riz als Neger, Norbert Mumelter klatschend und maskiert. Rückwärtige Reihe von links: Theo Köllensperger, Sofia und Silvius Magnago, Robert von Fioreschy, Annemarie Mumelter, Weinhändler Hugo Mumelter (am Fensterbrett sitzend), Christl Rössler-Lageder und stehend rechts: SVP-Gründer Erich Amonn.

ben um sich ausgebreitet hätte. Und ohne daß seine Frau nicht in die Küche verschwunden wäre, um selbst für unangemeldeten Besuch noch irgendeine kleine Köstlichkeit auf den Tisch zu zaubern. Trotz totaler Lebensmittelknappheit und entsprechend strenger Rationierungen, behauptete sich Sofia Magnago als viel bewundertes gastgeberisches Talent. »Nach zehn Minuten ist sie gekommen mit einem Omelett, gefüllt mit Marmelade, a bissel Zucker drüber ... Obwohl man keine Milch gekriegt hat und der elektrische Strom am Nachmittag abgeschaltet war ...!« Während Partyrunden von heute erlesene Snacks knabbern, delektierte sich der damalige Freundeskreis an einem zu Miniportionen aufgeschnittenen Omelett. Die Gastlichkeit war unverkrampfter. Schwierige Zeiten machen erfinderisch. Menschen leben bescheidener, verstehen das wenige aber auch zu genießen. Auch Magnagos begannen mit nichts. »... ganz zu Anfang hat sie in einer alten Bratheringdose gekocht ...«

Bildhafte Erinnerungen hat Frau Mumelter auch an das erste Faschingsfest nach Kriegsende im Jänner 1946: Für ihre Altersgruppe, also für die Kriegsgeneration, war es der erste Kostümball ihres Lebens. Da mochte Magnagos kleine Mansardenwohnung noch so eng sein. »Es war wie im Märchen!« Nicht zuletzt dank der von Frau Magnago arrangierten Hauptattraktion des Abends. »Immer ist ihr alles gelungen, bei jeder Behörde hat sie so lange die Tür eingerannt, bis sie erreicht hat, was sie wollte ...« Im konkreten Fall erreichte Sofia Magnago freien Ausgang bis Mitternacht für eine Gruppe prominenter Artisten vom berühmten Berliner Wintergarten, die im früheren »KZ Bozen« an der Reschenstraße interniert waren. Im Krieg war das Ensemble mit Musikclown, Vogelstimmenimitator und Tänzerinnen am deutschen Fronttheater aufgetreten. Nach dem Zusammenbruch landete die bunte Truppe samt Requisiten und Kostümen in der Bozner Internierungshaft. Auch der Artistentruppe war die Privatvorstellung willkommener Anlaß, um dem Lagerarrest für ein paar Stunden zu entkommen.

Die Silvester-, Faschings- und Geburtstagsfeiern im Hause Magnago hatten wohl auch ihren tieferen Sinn – dieser Gedanke kommt Frau Mumelter nebenher, während sie mir anhand der Fotos Namen nennt. Eine bunt zusammengewürfelte Gesellschaft mit vielen bekannten Gesichtern: Mittelstand und Großbürgertum, Sportfexe, Künstler und andere Bozner Originale. So locker wie im Nachkriegs-Bozen traf man sich später kaum noch. Die privaten Treffen hatten einen politischen Nebeneffekt: Führende »Dableiber« wie die Amonns oder von Pretz kamen mit Optanten wie Norbert Mumelter oder Silvius Magnago ins Gespräch. Daß man miteinander wieder reden, scherzen, lachen konnte, war ein hilfreicher Schubs für den neuen Anfang. Politische Ambitionen lagen Magnago freilich vorerst fern: »i war a kleiner Schreiberling ...«, sagt er selbst über seinen Einstand bei der Sammelpartei. Sein Parteiausweis vom November 1945 mit der Unterschrift des Parteigründers und ersten SVP-Obmanns Erich Amonn müßte noch irgendwo unter seinen Papie-

Hausball 1951 bei Magnagos. Hausherr Silvius als Chinese mit Frau Sofia. Rechts: Architekt Luis Plattner mit seiner Frau Lizzi. Der erste gewählte Bozner Vizebürgermeister Magnago war bereits 1948 ins Amt des Landtagspräsidenten aufgerückt. Zu den Bozner Stadtratskollegen gehörte auch Luis Plattner. Nach Krieg und Optionsstreit leistete die fröhliche Geselligkeit ihren Beitrag zum politischen Wiederaufbau.

ren liegen. SVP-Generalsekretär von 1945 bis 1947 war der Bozner Rechtsanwalt Josef Raffeiner, der »... war der Macher dort«.

Partei-Job dank guter Italienischkenntnisse

Bemerkenswerter Zufall: Der aufsteigende Stern im Kampf um die Rechte der deutschsprachigen Südtiroler Minderheit kam dank seiner guten Italienischkenntnisse zur Sammelpartei. Die ersten Monate habe er vor allem als Übersetzer gearbeitet, sagt Magnago. Friedl Volgger, damals »Organisationsleiter« der eben gegründeten Südtiroler Volkspartei, bestätigt: »Man brauchte einen Mann mit guten Sprachkenntnissen.« Der Kampf mit den italienischen Behörden gehörte zum Alltag. Die Sammelpartei war Anlaufstelle für Klagen und Hilferufe von Südtirolern. »Die Italiener gebärdeten sich schon wieder allmächtig im Lande, wenn auch das letzte Wort den Alliierten zustand. Es kam zu Übergriffen von seiten der italienischen Militäreinheiten, zu willkürlichen Verhaftungen ...«, schreibt Friedl Volgger.[133] Die Schrecken der Vergangenheit saßen tief. Viele Südtiroler waren gebrannte Kinder, sie wollten nichts mehr wissen von einer Partei. Das Mißtrauen äußerte sich im Standardsatz: »Sie haben doch alle draufgezahlt, die früher bei einer Partei waren. Gleichgültig ob bei der schwarzen oder braunen ...«[134]
Für die Sammelpartei wurde Silvius Magnago buchstäblich von der Straße weg angeheuert, von seinem Studienkollegen Toni Ebner. Magnago sieht die Szene noch vor sich. Es war im September oder Oktober 1945, erinnert er sich an die Zufallsbegegnung. Ebners leutselig-gönnerhaftem »ja, wia geeaht's denn ...?!« hatte er nicht viel entgegenzusetzen, als Arbeitsloser auf zwei Krücken. »sieg'st woll, wia mir's geaht ...!« Der Partei-Job war Magnagos erster, bescheidener Broterwerb nach Kriegsende. Die Politik lief anfangs noch an ihm und seinem Aufgabenbereich total vorbei, gibt Magnago freimütig zu. Friedl Volgger pflichtet bei: »Er war an armer Teufel damals ...« Der Parteiangestellte Silvius Magnago wurde geschätzt, aber in politische Entscheidungen nicht eingeweiht. Wie schnell sich das Blatt wenden sollte, konnte keiner ahnen.
Dabei hatte Magnago eigentlich ganz andere Lebenspläne. Ausgerechnet eine berufliche Enttäuschung wird zum Sprungbrett in die Politik. Eigentlich hatte er seine Hoffnungen auf die väterliche Anwaltskanzlei gerichtet. Als Vater Silvio 1929 seinen Abschied als Richter nehmen mußte, um der Zwangsversetzung zu entgehen, war er zunächst bei einem Anwalt am Waltherplatz eingetreten. Nach dessen Tod mußte er sich auf eigene Beine stellen. Das Schicksal seines 1941 verstorbenen Vaters ist Magnago sehr nahe gegangen, zu ihm hatte er eine besonders enge Bindung. Bis zuletzt habe der Vater gearbeitet, dann sei er einer schweren Bronchitis erlegen. Der Hausarzt habe die Familie auf das Schlimmste vorbereitet. Als der Vater stirbt, war Magnago bei der Wertfestsetzungskommission festangestellt. Dann habe er einrücken müssen. Die verwaiste Rechtsanwaltspraxis wird von einem Stellvertreter weiterge-

führt.[135] Der spätere SVP-Senator Luis Sand war ein gesuchter Strafverteidiger. Sand malt dem Kriegsheimkehrer jedoch ein so düsteres Bild vom Ertrag der Kanzlei, daß Magnago gar nicht erst insistiert. Auf der Suche nach einer anderweitigen Existenz war er für die Zwischenetappe bei der SVP durchaus dankbar, bis ihn die »Sparkasse der Provinz Bozen«, die heutige »Südtiroler Sparkasse AG«, als Juristen einstellte. Sparkassen-Präsident war Carl von Braitenberg, ab 1948 einer der beiden ersten SVP-Vertreter im römischen Senat. Magnago hatte also beruflich eine solide Laufbahn in Aussicht, bevor er seine Blitzkarriere als Politiker begann.[136] Von der Zusicherung der Bank, daß ihm seine Stelle reserviert bleibe, mußte er nie Gebrauch machen, meint er mit schmunzelnder Genugtuung.

Schwerkriegsversehrt und doch politisch aktiv

Schon zu Beginn seiner steilen Politikerkarriere, bei den ersten Wahlauftritten, erhält er auffallend oft das Prädikat eines »Anwalts« im Dienst der Sache.[137] Die Politik war die naheliegendste Alternative für den Gerechtigkeitsfanatiker, als den sich Magnago selbst bezeichnet. Zum Strafverteidiger habe er sich prädestiniert gefühlt, sagt er, schon wegen seines guten Mundwerks. Sein juridisches Rüstzeug freilich kam ihm auch so zustatten, schon in seinem ersten halbpolitischen Amt als Südtiroler Vertreter im Provinzialamt für Nachkriegsfürsorge. Das vom »Ministero Assistenza Post-bellica« (Ministerium für Nachkriegsfürsorge) eingerichtete Bozner Amt war ein Auffangbekken für unzählige persönliche Tragödien dieser Zeit.[138] Kriegsopfer gab es in allen ethnischen Lagern. Das Los als russische Kriegsgefangene teilten die deutschen und ladinischen Südtiroler mit vielen Italienern. Für erstere war die Misere freilich noch auswegloser. Als ehemalige Angehörige der deutschen Wehrmacht, inzwischen aber wieder mit italienischem Paß, warteten sie lange vergeblich auf ihre Invalidenrenten. Keine Seite fühlte sich zuständig. Als Schwerkriegsversehrter war Magnago selbst Betroffener.
Für den späteren Realpolitiker waren diese Erfahrungen eine gute Schule. Vor allem seinen Vorgesetzten, den italienischen Rechtsanwalt Marco Fodera, erlebte Magnago als Muster an Korrektheit. Mit Gespür für die spezifischen Südtiroler Probleme habe der Italiener einen ehemaligen Wehrmachtsangehörigen als Mitarbeiter angefordert. Die Südtiroler Volkspartei habe ihn entsandt. Magnago stellt sein politisches Talent bald unter Beweis. Als Anwalt der Armen und Ärmsten, als geschickter und zäher Verhandler kam er zu ersten Erfolgen. Karitative Aktionen waren der nahezu einzige Ersatz für das fehlende soziale Auffangnetz. Tatkräftige Hilfe beim Auftreiben der Lebensmittel- und Kleiderspenden leistet Sofia Magnago. Vor allem Theateraufführungen füllen die Spendenkasse für die Kriegsopfer. Von seinem damaligen Vorgesetzten in der Kriegsfürsorgestelle habe er eines gelernt, zitiert Magnago seinen Chef, den Rechtsanwalt Fodera: »Da cosa nasce cosa ...«, auf deutsch in etwa: Geduld bringt Rosen!
Auf ihre Kriegsrenten mußten die Südtiroler bis 1958 warten.[139] Die endlosen Verhandlungsrunden boten reichlich Gelegenheit, um die Sisyphusarbeit in Rom von der Pike auf zu erlernen. Der entscheidende Appell an den römischen Schatzminister trägt dann schon unverkennbar den Stempel Magnagos. Italien sei schließlich beteiligt gewesen am Options-Schacher der Achsenpartner Hitler-Mussolini. Jeder Südtiroler, der für Deutschland optiert habe, sei gezwungenermaßen zur deutschen Wehrmacht eingerückt. Andernfalls hätten ihn die Carabinieri als Deserteur verhaftet, erinnert Magnago den römischen Nachkriegsminister an das fatale Zusammenspiel der beiden Diktaturen. Schon deshalb könne Italien nicht so tun, als gingen Tausende Südtiroler Kriegsopfer Rom nichts an.
Zentrales politisches Ereignis in Südtirol nach Kriegsende war die erste Großkundgebung auf Schloß Sigmundskron bei Bozen am 5. Mai 1946. Es war ein verzweifelter Protest. Zwanzigtausend Südtiroler forderten die Selbstbestimmung für ihr Land. Eine gegenteilige Vorentscheidung war jedoch längst schon gefallen, allerdings unter dem strengsten Siegel diplomatischer Verschwiegenheit. Die vier Siegermächte hatten ihre Marschroute bereits auf der Londoner Außenministerkonferenz im September 1945 abgesteckt, wobei auch festgelegt wurde, Österreich nicht zu informieren.[140]
Also hatten die Südtiroler weiterhin gehofft und erstaunliche Aktionen gesetzt, vor allem mit der bereits beschriebenen Unterschriftensammlung für die Rückkehr zu Österreich im Winter 1945/46. Praktisch die gesamte erwachsene Bevölkerung hatte für die Selbstbestimmung unterschrieben, ist Friedl Volgger heute noch stolz auf den politischen und or-

Mit einem eindrucksvollen Schweigemarsch in Bozen protestierten die bis zu 5.000 Kriegsinvaliden, Kriegswitwen und -waisen am Sonntag, 20. Juni 1954, gegen die Nichtausbezahlung der Renten.

Einzelnummer 25 Lire

Dolomiten

Heute Dolomiten-Sport

Tagblatt der Südtiroler

...enpreise: Die 65 mm breite mm-Zeile 75 Lire. — Gerichts-
...en und Anzeigen im Text 150 Lire pro mm. — Kleine
...gen nach besonderem Tarif. Die Steuer wird eigens be-
...et. Anzeigenvertretung außerhalb der Provinz Bozen bei
Filialen der Società Pubblicità Italiana. — Oesterreich
Deutschland: Tyrolia. Innsbruck Maximiliusstraße 9 —

Die Redaktion behält sich das Recht vor, Inseratenaufträge allenfalls zurückzuweisen.

Bezugspreis: jährlich 6250 Lire halbjährlich 3250 Lire, vierteljährlich 1700 Lire, monatlich 600 Lire; Ausland: monatlich 800 Lire. — Postkontokorrent Nummer 14/712. — Einzahlungen bei allen Athesia-Buchhandlungen — im Postabonnement

Direktion, Schriftleitung, Verwaltung und Druckerei, Bozen, Museumstr. 42 und 42a. Telephon: Direktor 73-61, Schriftleitung, Verwaltung und Druckerei Athesia 77-76, 77-77, 77-78, 77-79.

...r. 140 — Montag, den 21. Juni 1954 — 31. Jahrgang

...er Schweigemarsch der Südtiroler Kriegsversehrten

Ein erschütternder Notschrei um Gerechtigkeit

Bozen, 20. Juni.

...olle neun Jahre warten 12.000 Südtiroler ...egsopfer des zweiten Weltkrieges bzw. ihre ...erbliebenen vergebens auf die Pensions...elung, auf die sie einen rechtlichen An...ich haben. 12.000! Das heißt unter hun... Südtirolern gibt es sechs Opfer des Krie... denen die politische Gemeinschaft, der sie Gedeih und Verderben zugewiesen sind, Existenzminimum, den Witwen und Wai... der Gefallenen das zum Leben notwen... Brot vorenthält.

...Wir haben nur unsere Pflicht erfüllt" stand ... einer der in dem Schweigemarsch mit...ragenen Spruchtafeln. Sie haben die höch... und schwerste aller Pflichten erfüllt, die ...inem Staatsbürger auferlegt werden kön... Sie war denen, die im Kriege gefallen ... als Verstümmelte davon zurückgekehrt ..., von der Autorität auferlegt, die damals ... volle Macht im Lande besaß, der gegen... es für den, der zu den Waffen gerufen ..., keine andere Möglichkeit gab als zu ge...chen und mit bewaffneter Hand sich dem ...egsgegner zu stellen. In diesem Gehorsam ...en viele Tausende unserer Landsleute ihr ...en verloren, andere Tausende ihre Ge...dheit geopfert, ihre geraden Glieder ein...üßt, sind unfähig geworden, fernerhin Frau ... Kindern das diesen notwendige Brot zu ...hen.

...ür die Gemeinschaft haben sie Ge...dheit und Leben geopfert. Die Gemein...haft ist und bleibt ihnen und ...ren Familien verpflichtet. Die ...meinschaft heißt in diesem Falle der ...aat. Der aber hat diese Verpflichtung ... schon ein Jahrzehnt vernachlässigt, hat ... taub gezeigt gegenüber allen Bitten und ...derungen der Kriegsopfer selber, und denen ... Volksgruppe, ihrer politischen Organisa... und der gewählten Vertreter unseres ...kes, die nicht aufhörten, die Regierung an ... schwere Verpflichtung zu gemahnen.

...Dann kam eine neue Regierung. Ihr Ober...upt warb um die Stimmen unserer Par...entarier. Diese sicherten, unter vorläufi... Zurückstellung der anderen dringenden ...derungen, auch wenn es sich dabei um ...entliche Lebensfragen für unser Volk han...t, der neuen Regierung ihre Unterstützung ... indem sie nur einige wenige Kapitalfor...ungen als selbstverständliche Bedingung ...ür erhoben. Darunter jene der möglichst ...ortigen Erlassung eines Pensionsgesetzes ... die Südtiroler Kriegsversehrten. Auch die ...e Regierung gab, wie ihre Vorgängerinnen ...seren Parlamentariern bindende Zusiche...ngen.

...Seitdem sind wiederum Monate und Monate ...strichen, in denen die Regierung nichts ...ternommen hat, um ihre Zusicherungen ...zulösen und die Not unserer Aermsten zu ...nnen. Auch die Kriegsversehrten ihrerseits ...ben in dieser Zeit wieder neue Appelle an ... Regierung gerichtet. Sie blieben bisher ...erhört.

...Inzwischen ist die Not der Kriegsopfer noch ...ößer geworden. Dies zwang die alten Sol...ten endlich auf die Straße zu gehen, — in ... Hauptstadt des Landes, die Verstümmelten und im Kriege Erblindeten, die Frauen und Kinder der Gefallenen — nicht, um in einer landläufigen lauten Demonstration ihre Lebensrechte zu reklamieren, sondern in einem Schweigemarsch Tausender von Kriegsopfern, Kriegerwitwen und Waisen.

Wir sahen im Laufe der letzten Jahrzehnte so manche eindrucksvolle Kundgebung durch die Straßen von Bozen ziehen, religiösen, volkstümlichen oder politischen Charakters. Niemals hat eine davon die Zuschauer so tief ergriffen und so bis ins Innerste aufgewühlt, wie dieser Schweigemarsch der 5000 Südtiroler Männer und Frauen.

Der lange Zug der Beinamputierten

Eindrucksvoller und überzeugender hätte die Not eines Großteiles unseres Volkes der Umwelt nicht zum Bewußtsein gebracht werden können. Jeder, der es mitangesehen, fühlte sich aufgerufen, das Seinige, auch das Letzte, beizutragen zur Behebung von so viel und so schwerer Not. Nicht bloß durch persönliche Mithilfe, die nicht fehlen soll, sondern vor allem dadurch, daß er als Glied der Volksgemeinschaft, als Gefolgsmann der politischen Organisation, als Mitglied einer öffentlichen Körperschaft, als Mensch und Christ, die ganze und große Verpflichtung fühlt, welche die uns so ergreifend vor Augen geführte Not jedem von uns auferlegt. Seitdem wir gestern den Zug der Kriegsopfer gesehen haben, darf es uns keine Ruhe mehr lassen, weder bei Tag noch bei Nacht, bis wir alle, jeder von uns, das Unserige getan haben, um die Wahrheit über so viel Not und Ungerechtigkeit einmal in unser eigenes Volk hineinzuschreien, dann aber auch in die Kanzleien der Regierenden, der kleinen und großen, in Bozen und in Rom. Was an unseren Kriegsopfern in so langer Zeit gefehlt worden, rührt an das Gewissen der ganzen italienischen Nation — und an das Gewissen der Welt. —

Zwei von den zwölf Südtiroler Kriegsblinden: Frenes (Bozen) und Moser (Algund). Letzterer ist auch doppelter Armamputierter

Eine stumme, verzweifelte Anklage

„Wir haben nur unsere Pflicht erfüllt" — dies war die Aufschrift, die dem Schweigemarsch der Südtiroler Kriegsversehrten vorangetragen wurde. Im Bewußtsein guten Rechtes waren die Invaliden der Exwehrmacht, die Kriegerwitwen und -waisen, die Angehörigen der Gefallenen, im ganzen waren es an die 5000, aus allen Tälern Südtirols am gestrigen Sonntag in Bozen zusammengekommen, um in stummer, dafür aber um so eindringlicherer Form Protest dagegen zu erheben, daß ein vor acht Jahren gegebenes und seither oft wiederholtes Versprechen immer noch nicht eingelöst ist und die Kriegsopfer neun Jahre nach dem Kriege noch immer ohne Pension sind.

Mit den ersten Frühzügen waren sie aus dem Pustertal und Eisacktal, aus dem Vinschgau und Unterland gekommen. Auf der Bozner Wassermauer sammelten sie sich mit ihren Schicksalsgenossen aus der Stadt und der näheren Umgebung. Bald nach 9 Uhr setzte sich der tragische Zug in Bewegung, in der vordersten Reihe mit dem Organisationskomitee der schwerinvalide Landtagspräsident Dr. Silvius Magnago, ihm folgend in Viererreihen die Blinden und Augenversehrten, die Beinamputierten auf Krücken, auf Rollwagen und Schiebekarren, von sechs Kameraden getragen und hochgehoben das Liegebett mit dem Schwerstinvaliden Lercher, den die Wirbelsäuleverwundung seit neun Jahren aufs Lager zwingt; die beidarmig und einarmig Amputierten; der lange Zug der Kriegerwitwen und -waisen und Angehörigen von Gefallenen, darunter viele alte Mütterchen und Greise mühsam in der Sonnenhitze schreitend, manche mit dem Sarnerhut, mit der blauen Schürze, in der Burggräfler Tracht, das Kopftuch über dem weißen Haar; und wieder Invalide mit Verwundungen aller Art, wieder eine Liegebahre mit einem Unbeweglichen und Frauen, Kinder, Männer — ein schier endloser Zug, und doch nicht die Hälfte der Unglücklichen, die in Südtirol seit neun Jahren vergeblich darauf harren, daß ihnen Gerechtigkeit widerfahre.

Im Zuge schritten auch als Kriegsversehrte Regionalassessor Hans Dietl und Landesassessor Dr. v. Fioreschy.

Langsam, gespenstig stumm bewegte sich der Marsch durch die Straßen Bozens zum Waltherplatz, durch die Bahnhofsallee, zum Gebäude des Regierungskommissariates in strengster Ordnung, in fast unheimlicher Disziplin. Alle die Tausende waren stumm, sie sprachen nicht, riefen nicht, schrieen nicht, ballten nicht die Fäuste, hoben nicht die Arme, streckten nicht die Hände, weder zur Bitte, noch zur Anklage — aber sie selber waren

ganisatorischen Erfolg.[141] Die Unterschrifteninitiative war die ideale Gelegenheit, um der von Null weg gestarteten Partei schlagartig zu ihrem überraschend starken Mitgliedersockel zu verhelfen. Die meisten unterschrieben nämlich mit der Forderung nach Selbstbestimmung auch gleich für die Partei, die dieses Ziel zu ihrem Programm gemacht hatte, enthüllt Friedl Volgger strategische Details, die bisher nicht an die große Glocke gehängt wurden.[142]
Die feierliche Übergabe Tausender Unterschriften an Bundeskanzler Leopold Figl in Innsbruck war als patriotisches Großereignis aufgezogen. Als die Außenministerkonferenz in Paris eine Selbstbestimmungslösung für Südtirol wenige Tage später endgültig ablehnte, habe diese Hiobsbotschaft die engste Sammelparteiführung nicht ganz unvorbereitet getroffen, verrät Volgger. Dennoch seien dem sonst so kühlen und nüchternen SVP-Obmann Erich Amonn Tränen in den Augen gestanden. Der Südtiroler Volkspartei bleibt jetzt nur noch ein Appell ans internationale Gewissen. Die Großkundgebung auf Sigmundskron am 5. Mai 1946 setzt einen moralischen Kraftakt, der Aufruf zur Teilnahme wird massiv befolgt.[143]

»I WAR SCHON DAMALS A KLEINER KAISER«

Doch genau jener Mann, der elf Jahre später vor der historischen Kulisse von Schloß Sigmundskron seine Feuertaufe als Politiker bestehen sollte, war 1946 nicht dabei. Magnagos Stunde schlägt erst beim zweiten Sigmundskroner Treffen am 17. November 1957. Erst diese nunmehr größte Massenkundgebung in der Geschichte Südtirols macht den soeben mit großer Mehrheit gewählten SVP-Chef Silvius Magnago mit seinem Schlachtruf »Los von Trient!« zum neuen Hoffnungsträger im Kampf um die heutige Landesautonomie. Und Sigmundskron 1946, warum ging er damals nicht hin? »Wie hätt' i hingehen sollen?! Ein Auto zu haben, war damals noch eine Seltenheit! Die meisten sein zu Fuaß aussi ...« Mit seinen primitiven Krücken hätte er den Anmarsch nicht geschafft. Auch behelfsmäßige Transportmittel wie Fahrrad und Traktoren schieden aus.
Noch surrten keine Fernsehkameras, um das beeindruckende Bild festzuhalten. Zeitzeugen schildern die gespannte Atmosphäre. Schon die erste Sigmundskroner Kundgebung war überschattet vom hohen Sicherheitsrisiko. Tausende Menschen waren zusammengeströmt, um die Selbstbestimmung zu fordern, in offener Auflehnung gegen Südtirols weiteren Verbleib bei Italien. Die Verantwortung stand seinem Vater ins Gesicht geschrieben, erinnerte sich Christoph Amonn, der inzwischen ebenfalls verstorbene Sohn des Parteigründers. Noch lebende Zeugen der Kundgebung betonen den politischen Signaleffekt und die emotionale Wirkung der Veranstaltung. Natürlich habe man die Mobilisierung der Basis gebraucht, als wirkungsvolles Signal ..., kehrt Mario Günther von Unterrichter den Taktiker hervor. Alfons Benedikter, obwohl sonst eher unsentimental, versinkt in Erinnerungen: »Es war erhebend ..., ergreifend!« Ein starkes Bild dieser Szenen zeichnet Friedl Volgger. Sprache und Gestik entsprachen dem Stil der damaligen Zeit: »Nie werde ich vergessen, wie Parteiobmann Erich Amonn zum Schluß seiner Rede die Arme zum Himmel erhob und rief: 'Wir alle richten heute zu dem, der die Geschicke der Völker entscheidet, die heiße Bitte: Herr mach uns frei!'«[144]
Zu den markanten Bildern dieser Nachkriegsjahre gehört aber auch ein »Schweigemarsch« der Südtiroler Kriegsinvaliden mit Silvius Magnago als Landtagspräsident und Schwerkriegsversehrter in der ersten Reihe. Dem beeindruckenden Ereignis am Sonntag, 20. Juni 1954, widmet die Tageszeitung »Dolomiten« einen eindrucksvollen Bericht. Der »tragische Zug« mit den Kriegsopfern auf Krükken, Rollwagen und Bahren, in Begleitung Hunderter Waisen und Witwen, ist in starken Bildern festgehalten. Volle neun Jahre seien vergangen, und noch immer warten 12.000 Südtiroler Kriegsopfer und Hinterbliebene auf ihre Rente!, lauteten die Klagen.[145] Sogar das angesehene deutsche Nachrichtenmagazin »Der Spiegel« bebildert eine Südtirolreportage über die Sprengstoffwelle der sechziger Jahre mit einem Foto dieses beeindruckenden Invalidenmarsches, als Verweis darauf, was das Hitler-Regime den Südtirolern angetan hatte.[146] Daß sich noch ein Pressefoto findet mit ihm selbst in der vordersten Phalanx, stimmt Magnago fast vergnügt. Das Foto braucht er gar nicht in die Hand zu nehmen. Er hat das Bild im Kopf, wie die Teilnehmer des Protestzuges auf Krücken humpelnd von der Talferbrücke in die Altstadt einbiegen. Im Hintergrund, wie ein Symbol, das faschistische Siegesdenkmal. »Vom Grieser Platz sein ma hermarschiert, a langer Zug! I glaub', die Zeitungen haben Teilnehmerzahlen bis zu 5.000 gemeldet. A paar tausend sein ma sicher gewesen ...!«

Landtagspräsident Silvius Magnago als politischer Hoffnungsträger Tausender Südtiroler Kriegsinvaliden. Er gehörte zu den Promotoren dieses Schweigemarsches, der hier von der Talferbrücke in die Altstadt einbiegt.

An das Jahr erinnert er sich nicht mehr genau. Aber die Stimmung hat er noch präsent. Trotz endloser Verhandlungen ging nichts weiter, bis man sich schließlich sagte: »... jetzt müass ma uns wehren!« Am Straßenrand standen die Italiener. »Sie haben net gepfiffen ...!«, erinnert sich Magnago heute noch erleichtert. Natürlich hätten mehrere tausend ehemalige Wehrmachtsangehörige auf Bozens Straßen auch einiges an Emotion auslösen können. »Die Blicke der Italiener waren net sehr freundlich. Aber sie haben net gepfiffen. Sie haben g'schaut ... teilnahmslos ...« Das Bild will ihm nicht aus dem Kopf, die Szene dieser ungewöhnlichen Demo, »mit die Steck'n ...«, wie Magnago seine Krücken nennt. Ungewollt mischt sich spontanes Pathos in die Erinnerung an seine damalige Erscheinung: »groß ..., hager ...«, und, er sagt's um einen deutlichen Ton leiser: »halt noch a bissel jünger!« Es ist, als ob er Zwiesprache hielte mit sich selbst. Ob er unter den Rednern war beim Abschluß der Kundgebung am Landhausplatz,[147] weiß er nicht mehr. Aber unter den Anführern, ganz sicher! »Sonst wär i ja net in der ersten Reihe marschiert! Also war i damals schon a kleiner Kaiser!«

Sein Potential voll auszuspielen, war schon immer eine Stärke des Politikers Silvius Magnago. »Wenn i net einhaxig wär, hätt'i net so an Erfolg g'habt ...« Über den hohen Preis seines persönlichen Schicksals pflegt er zu schweigen. Von Frau zu Frau hat Annemarie Mumelter dennoch einiges mitbekommen. Sofia Magnago konnte sich nur schwer abfinden mit dem physischen Gebrechen ihres ungewöhnlich gut aussehenden Mannes. »Er war ja wahnsinnig fesch!«, hatte Frau Mumelter schon vom jungen Magnago schwärmen gehört. »Auch als Invalide, wie ich ihn kennengelernt habe, war er noch ein ausgesprochen schöner Mann!« Da schmerzten selbst scheinbare Kleinigkeiten, an die sich seine Frau zu gewöhnen hatte: nie eingehängt zu gehen, kein spontanes In-die-Arme-Nehmen beim Tanzen, »immer muß er erst die Krücken wegstellen ...«

Das Tragen der damaligen, viel zu schweren Prothesen war eine Tortur. Seiner jungen Frau zuliebe hat sich Magnago dennoch jahrelang damit abgequält, bis er einsehen mußte: mit seiner überschlanken, fragilen Statur war es hoffnungslos, sich zum Tragen einer ständig schmerzenden Prothese zu zwingen.

»Vor Paris hab i nix zu melden g'habt!«

Die Politik wird sein Lebensprinzip. »Ich hab' diese herrliche Aufgabe gesehen! Nach den vielen Tragödien im Krieg ...« Kein Einzelschicksal zu sein, hatte etwas Tröstliches. Sich sagen zu können: Millionen haben dein Schicksal geteilt. »Dann tragt man's leichter, des können S' mir glauben!« Die Stimmung dieser ersten Nachkriegszeit war geprägt vom Überlebenswillen. »Man hat gemerkt, jetzt ist a neues Klima da. Der Einsatz lohnt. Des hat mi über meine Verwundung hinweggetröstet!« Dennoch wurde dem Politiker der Traum-Aufstieg nicht etwa geschenkt. »Vor Paris hab i nix zu melden gehabt ...« Bis zum Pariser Abkommen vom 5. September 1946, in der ersten delikaten Phase, »haben die Politik nur a paar Männer g'macht ...« Nur der engste Führungskreis der Sammelpartei war eingeweiht in die Bemühungen der österreichischen Südtiroldiplomatie mit Außenminister Karl Gruber an der Spitze. Österreich war ein besetztes Land. Und Italien hatte die Grenze zum nördlichen Nachbarn mittels Passierschein-Pflicht abgeriegelt. Zur Pariser Friedenskonferenz mußten sich die beiden Südtiroler Emissäre, Otto von Guggenberg und Friedl Volgger, auf Schleichwegen vom hintersten Schnalstal über die Ötztaler Gletscher durchschlagen. Der nicht gerade bergerfahrene von Guggenberg kam mit zerschundenen Knien an.[148]

Auch das für Südtirol entscheidende Ergebnis von Paris kam gewissermaßen auf einer Nebenspur der internationalen Friedensverhandlungen zustande, fernab von den großen Verhandlungsthemen. Wieviel politisches Geschick und diplomatische Kleinarbeit notwendig waren, um bei allem Zeitdruck doch noch zum Erfolg zu gelangen, hat Friedl Volgger in seinen Memoiren ausführlich beschrieben.[149] Zum Durchbruch kam es ohne Pressewirbel und ohne Blitzlichtgewitter. Das offizielle Forum war mit anderem beschäftigt. Der Ausschuß für politisch-territoriale Fragen Italiens stritt an jenem 5. September 1946 über das Schicksal der ehemals österreichischen Hafenstadt Triest und über die Probleme der italienisch-slowenischen Zweisprachen-Region Julisch Venetien.[150] Auch tags darauf berichtete das Südtiroler Tagblatt »Dolomiten« nicht etwa über das eben unterzeichnete Gruber-Degasperi-Abkommen, sondern über das Donnerwetter, mit dem der russische Vize-Außenminister Wischinsky den jugoslawischen Gebietsansprüchen in Istrien Nachdruck verlieh.[151] Der Einfluß Moskaus, das gefürchtete »Njet« der Russen, war für die damalige Behandlung der Südtirolfrage eine ebenso entscheidende Komponente wie der italienische Kampf gegen empfindliche Gebietsverluste vor allem in Istrien. Rückblickend steht der Zusammenhang der Problemkomplexe Istrien/Triest/Südtirol für Historiker außer Zweifel. Die Brisanz zeigt sich in jüngsten Nachwehen: Der neue Rechtstrend in Italien hat die Auseinandersetzungen mit Slowenien und Kroatien um Istrien wieder aufleben lassen.[152] Was Italien nach dem Ende des Weltkriegs an Abtretungen hinnehmen mußte, war gewissermaßen die äußerste Schmerzgrenze. Eine noch härtere Linie, also Einbußen auch im Südtirolstreit, wollte der Westen dem 1943 zu den Alliierten gestoßenen Bündnispartner mit seiner strategisch wichtigen Mittelmeer-Position und mit der stärksten kommunistischen Partei in Westeuropa nicht zumuten.[153]

Das KPI-Blatt »L'Unità« berichtet in seiner norditalienischen Ausgabe als erstes Medium ausführlich über die offensichtlich mit strengster diplomatischer Diskretion zustandegebrachte »Einigung in der Oberetscher Frage« – zwar noch mit Fragezeichen und im Konditional, aber dreispaltig aufgemacht und mit exakten inhaltlichen Details: »Autonomie des Oberetsch im Rahmen des italienischen Staates; kommerzielle Erleichterungen für das Oberetsch in seinen Beziehungen zu Oesterreich; Nichtigkeitserklärung des Vertrages Hitler-Mussolini über die Umsiedlung der Oberetscher Deutschsprachigen; internationale Garantie für die Einhaltung dieses Abkommens«.[154] »Ein Kompromiß« überschreibt die »Dolomiten« ihren Leitartikel in der Ausgabe, Montag, 9. September 1946.

Die Bevölkerung Tirols und Südtirols reagiert mit gemischten Gefühlen. Die »Watschen«, mit der Außenminister Gruber am 27. September 1946 angeblich in Innsbruck empfangen wurde, sei ein Märchen, versichert Friedl Volgger zum aufsehenerregenden Zwischenfall.[155] Volgger sagt, er habe die bewußte Szene aus nächster Nähe miterlebt. Der Obmann des Tiroler Kriegsopferverbandes Hans Blaas war Schwerinvalide und sei um einiges kleiner gewesen als der Außenminister. Die kolportierte Ohrfeige also, eine bloße Drohgebärde ..., beteuert Volgger. Blaas habe eine seiner beiden Krücken erhoben, zum Zeichen des Zorns und der Enttäuschung weiter Bevölkerungskreise. Die breite Öffentlichkeit hatte tatsächlich bis zuletzt auf ein Wunder gehofft. Der Stachel ist geblieben, das

Aufregende Abreise zu den Pariser Friedensverhandlungen. Bundeskanzler Leopold Figl (links), der Tiroler Landeshauptmann Alfons Weißgatterer und Eduard Reut Nicolussi (rechts) geben Otto von Guggenberg (dritter von rechts) gute Wünsche auf den Weg. Friedl Volgger ist mit Außenminister Karl Gruber bereits vorgefahren. Neben Figl, der Vertrauensmann des Brixner Fürstbischofs, Hans Schöfl.

zeigt die in jüngster Zeit neu aufgeflammte Diskussion, ob die um das Pariser Abkommen entfaltete »spätere Magna-Charta-Ideologie« denn nun wirklich berechtigt ist oder nicht.[156] Immerhin hatte das Abkommen bereits unter den unmittelbar beteiligten Zeitzeugen in Paris keineswegs einmütig positive Reaktionen ausgelöst, es gab Kritik in den Reihen der österreichischen Diplomatie und teilweises Mißtrauen bei den Südtiroler Vertretern.[157]

Historiker wie Rolf Steininger mit seinem 1987 veröffentlichten Standardwerk »Los von Rom? Die Südtirolfrage 1945/46 und das Gruber-De Gasperi-Abkommen« haben die Diskussion anhand von Quellen und Fakten neu in Gang gebracht. Die Südtirolexpertin Viktoria Stadlmayer und der Südtiroler Historiker Leopold Steurer sind speziell den römischen Unterlagen nachgegangen und haben mit Details aufhorchen lassen. Für Überraschung gesorgt hat vor allem Frau Stadlmayer mit einer betont kritischen Wortmeldung. Da sie selbst lange Zeit als Expertin in die österreichische Südtirolpolitik aktiv miteingebunden war, klingen Zweifel aus ihrem Munde besonders aufreizend. Rückblickend fragt sich Frau Stadlmayer, ob es nicht doch strategischen Spielraum gegeben hätte für eine Rückkehr Südtirols zu Österreich, während Steurer die römischen Akten gegenteilig interpretiert, nämlich als Bestätigung der These von Rolf Steininger. Demnach habe Gruber zu spät auf Autonomieverhandlungen mit Italien gesetzt.[158]

In einem Punkt hatte sich Gruber jedenfalls tatsächlich getäuscht, nämlich in der Erwartung, den österreichischen Staatsvertrag in Jahresfrist durchzubringen.[159] Der Staatsvertrag wurde erst 1955 unterzeichnet. So lange waren Österreich die Hände gebunden, erst dann bestand die Möglichkeit, das Südtirolproblem international neu ins Spiel zu bringen. Diese Verspätung änderte aber nichts am wesentlichen in Paris erzielten Ergebnis, betont Friedl Volgger: Daß es gelungen sei, das Südtirolproblem auf internationaler Ebene zu hal-

Kleine Verschnaufpause im Ringen um das Pariser Abkommen. Außenminister Gruber (Mitte) mit Friedl Volgger (ganz rechts).

ten, habe sich nämlich als wichtigste Voraussetzung für die spätere Autonomie erwiesen. Die gesamte weitere Südtirolpolitik von der UNO-Befassung bis zum »Paket« war auf dieser internationalen Grundlage aufgebaut. Gewährleistet wurde sie durch die Anfügung des Südtirol betreffenden Pariser Abkommens an den italienischen Friedensvertrag. Gerade dazu habe sich Ministerpräsident Degasperi aber nur sehr schwer und nur unter starkem westlichem Druck durchringen können, unterstreicht Volgger die Bedeutung des Erreichten. Um so mehr, als auch die Wiedergewährung der italienischen Staatsbürgerschaft an die Optanten im Pariser Abkommen verankert werden konnte. Ohne Rückoptionen wäre die Volksgruppe ausgelöscht worden. Österreich hatte nur zwei Optionen, zitierte die Südtiroler Tageszeitung »Dolomiten« einen prominenten Mitarbeiter Grubers: »Eine romantische, die uns wohl flammende Zustimmung der Bevölkerung und der Presse, aber schon im vorhinein keine Aussicht auf Erfolg gegeben hätte. In fünf Jahren wäre die nationale Existenz der Südtiroler durch die Italianisierungstendenz auf das schwerste beeinträchtigt gewesen. Der zweite Weg war der reale ...«[160]

Silvius Magnago war dazu bestimmt, den »realen Weg« weiterzugehen. Bei seinem Einstieg in die aktive Politik sollte er aber bereits einen anderen Degasperi kennenlernen. Das harte römische Pflaster war nicht die Weltbühne der Pariser Friedenskonferenz. Der vom Aufbruch Europas in Paris geprägte Nachkriegspolitiker Degasperi spricht aus einem Exklusiv-Interview, das er einem österreichischen Journalisten nach der offiziellen Präsentation des Abkommens auf einer internationalen Pressekonferenz gewährt. Dem Altösterreicher Degasperi und seiner Geste des Einlenkens zollt auch die Südtiroler »Dolomiten« Respekt, mit einem auf Seite eins plazierten Nachdruck dieses Interviews: »Der Ministerpräsident führte die Unterhaltung in deutscher Sprache ...«, die er als gebürtiger Trentiner und einstiger Abgeordneter zum Wiener Reichsrat »vollendet beherrscht«. Die erste Frage stellt Degasperi selbst, und sie brennt ihm offenbar auf der Zunge: »Nun, wie hat man unser Abkommen bei Ihnen aufgenommen?«

Die diplomatische Antwort des Österreichers, »mit einem heiteren und einem nassen Auge ...«, überrascht Degasperi nicht. Auch er weiß, welches »Opfer« die fallengelassene Volksabstimmung für die Betroffenen bedeutet, und daß sich die Südtiroler jetzt einen Vertrauensbeweis erwarten: »... dieser gute Wille ist das erste, das wir zu den weiteren Verhandlungen mit den Südtirolern und mit Ihrer Regierung mitbringen werden.« Zwar warnt Degasperi vor Illusionen: »Die Verhandlungen werden in den ersten Monaten auf große Schwierigkeiten stoßen ...« Dennoch wirkt er ermutigend: »An dem entschiedenen Willen des Ministerpräsidenten ... zu einer loyalen und vollen Verständigung mit den Südtirolern zu gelangen, ist nicht zu zweifeln.«[161]

In Rom führt der »reale Weg« zunächst ins Leere

Südtirols Politiker mußten allerdings sehr bald feststellen, daß von »Verständigung« oder gar von »Verhandlungen« überhaupt keine Rede sein konnte. In der Riege der Parteigranden war Magnago ein Außenseiter ohne politische Vorgeschichte, als er bei der ersten SVP-Landesversammlung am 9./10. Februar 1947 erstmals in den Ausschuß aufrückt,[162] wie er stolz vermerkt: »in den ersten freigewählten Parteiausschuß!« Sein Aufstieg begann an der Basis, wie man es heute nennen würde. Welchen Instinkt er mitbringt, wie sehr er Menschen, Stimmungen und Herausforderungen nützt und braucht, um zur Hochform aufzulaufen, spiegelt sich schon in der Wortwahl, wenn er sich zurückerinnert an die ersten Anfänge: Nun sei er »aufgetreten«, »hinausgegangen«, »reden gegangen ...« Der Kämpfer ist in seinem Element. Es ist die Zeit der ersten stürmischen Höhepunkte im Nervenkrieg gegen Rom.

In der ersten Führungsriege der Südtiroler Volkspartei stand Silvius Magnago noch im Hintergrund. Parteigründer Erich Amonn und Generalsekretär Otto von Guggenberg (zweiter und vierter von links) hatten die schwere Verantwortung für die 48er-Autonomie auf sich genommen. Josef Menz-Popp (ganz links) war der erste Obmannstellvertreter und Amonns Nachfolger als Parteiobmann.

In der römischen Politik war Südtirol damals freilich ein Detail am Rande, wenn auch ein mit nationalistischen Emotionen aufgeladenes Element von außenpolitischer Relevanz. Bestimmend für diese ersten Nachkriegsjahre in Italien waren jedoch die extrem harten Auseinandersetzungen zwischen links und rechts. Seit Dezember 1945 regierte das Kabinett Degasperi, allerdings vorerst noch ohne Legitimation eines demokratisch gewählten Parlaments. Wie sehr die Stimmung in Rom am Kippen war, belegt ein Schreiben von Randolfo Pacciardi, Sekretär der Republikanischen Partei, an Ministerpräsident Degasperi, der auch das Amt des Außen- und Innenministers in seiner Person vereinigt. Der Republikaner warnt: Degasperis Übergangskabinett verfüge über fast schon bedenkliche Sondervollmachten. Bei aller Berücksichtigung des schwierigen Übergangs von der Monarchie auf die eben erst aus der Taufe gehobene Erste Republik sei die Regierungstätigkeit »auf jedem Gebiete gänzlich negativ ...« Das vernichtende Urteil war ein offenes Wort unter Freunden. Als Antifaschist im Exil stand Pacciardi eindeutig auf seiten der »Resistenza«. Im Kampf gegen den Faschismus hatte die parteienübergreifende Widerstandsbewegung das christlich katholische mit dem sozialistisch-kommunistischen Lager zusammengeschmiedet.

Italiens Abschneiden auf der Pariser Friedenskonferenz hätten sich die alten Kampfgefährten freilich erfolgreicher vorgestellt: »Der Mißerfolg unserer Außenpolitik ist trotz der zuweilen wirklich rührenden Glut, mit der Du die Verteidigung der italienischen Interessen betrieben hast, offenkundig.« Und im innenpolitischen Chaos kämpft das Kabinett Degasperi ohnehin mit dem Rücken zur Wand, »während die monarchistischen, die neufaschistischen und sogar die eingestandenermaßen faschistischen Bewegungen offen an der Niederreißung der Republik arbeiten«.[163] Pacciardis Alarmruf vermittelt ein Bild der Lage. Im wirren römischen Szenario rangierte Südtirol mit seinen Hoffnungen auf die versprochene Autonomie am unteren Ende der Prioritätenliste. Die im Pariser Abkommen in Aussicht gestellte Selbstverwaltung ließ allzu lange auf sich warten.

Der erste Wahlkampf in der wiedererstandenen Demokratie: Von rechts nach links: die künftigen SVP-Parlamentarier Friedl Volgger, Senator Carl von Braitenberg und Bauernführer Franz Innerhofer-Tanner im April 1948 bei einer Wahlveranstaltung in Meran.

Alle Interventionen gingen vorerst ins Leere: informelle Sondierungsversuche ebenso wie die außerordentliche SVP-Landesversammlung vom 9. Dezember 1947, mit einer Protest-Resolution gegen die Weigerung Roms, zur Ausarbeitung des ersten Statuts auch Südtiroler Vertreter beizuziehen, wie dies im Pariser Abkommen ausdrücklich vorgesehen war. Den minimalen Spielraum der Sammelpartei schildert der ehemalige SVP-Obmann Erich Amonn, aus rückblickender Distanz, als er bei den Mailänder Sprengstoffprozessen gegen die Südtiroler Attentäter der Sechzigerjahre in den Zeugenstand gerufen wird. Die Vertrauenskrise entzündete sich am Modus, mit dem Südtirol das erste Autonomiestatut gleichsam aufoktroyiert wurde. Erst in letzter Minute, am 1. November 1947, habe der Bozner Präfekt Francesco Quaini der Sammelpartei einen von Rom im Alleingang ausgearbeiteten Entwurf ausgehändigt,[164] mit einer Frist von zwei Wochen für allfällige Wünsche und Bemerkungen. Ohne Einspruch innerhalb dieses Termins trete der Entwurf automatisch in Kraft, zitiert Amonn die lakonische Antwort auf die Proteste seiner Partei. Die anfängliche Weigerung der SVP, den Entwurf zu prüfen, wäre zwecklos gewesen. Was man in der Hand hielt, war eine »einfache Regionalautonomie mit sehr beschränkten Zuständigkeiten für die Provinzen Bozen und Trient«, und somit eine einzige große Enttäuschung. »Ein großer, aber leerer Sack ...«, lautete das niederschmetternde Urteil der eigens einberufenen SVP- Landesversammlung.[165]
Die Schlußrunde der Verfassunggebenden Nationalversammlung stand bereits unmittelbar bevor, als die Südtiroler Führung Mitte Dezember 1947 schließlich in die Offensive geht. »Vor dem Bruch des Pariser Vertrages?«, titelt das Südtiroler Tagblatt in dicken Balkenlettern. Die Schlagzeile setzt auf internationales Echo. In Alarmstimmung versetzt sah man sich durch ein Pressekommuniqué des Ministerpräsidiums: Regierungschef Degasperi habe »lebhaftes Wohlgefallen« geäußert über die nunmehr abgeschlossenen Arbeiten einer prominent besetzten Siebener-Kommission unter dem vormaligen Ministerpräsidenten Ivanoe Bonomi.[166] Südtirols Politiker waren schockiert über das römische Erpressungsmanöver: Die vom Regierungschef mit der Ausarbeitung des Spezial-Statuts für Trentino-Oberetsch beauftragte Kommission war drauf und dran, »uns eine sogenannte Regional-Autonomie, die uns der Trentiner Mehrheit ausliefern soll, aufzuzwingen ...«[167]

Der »Sturm« auf die Bozner Präfektur

Die administrative Zusammenlegung der Provinz Bozen mit dem Trentino, also wiederum unter einer italienischen Mehrheit, war für die deutsche und ladinische Südtiroler Sprachminderheit ein Absurdum. Degasperi hatte sich verbürgt, den Südtirolern in dieser Frage ein bindendes Mitspracherecht einzuräumen.[168] Degasperis Wortbruch kontert die SVP-Führung mit einem Protesttelegramm an den Ministerpräsidenten: Die »Zusendung des Regierungsprojektes und unsere begründete Ablehnung desselben, sowie die ausschließlich auf eigene Initiative erfolgten Bemerkungen gegenüber einigen Mitgliedern der Präsidialkommission« seien absolut kein Ersatz für Konsultationen.[169] Das von der SVP zitierte Pariser Abkommen besagt deutlich: »Der Rahmen, in welchem die besagten Autonomiemaßnahmen Anwendung finden«, sei »in Beratung auch mit örtlichen Vertretern der deutschsprachigen Bevölkerung« festzulegen.[170]
Nun griff die Sammelpartei zu einem verzweifelten Druckmittel. Südtirol mußte sich dringend Gehör verschaffen, um zu retten, was noch zu retten war, erklärt Magnago den generalstabsmäßig vorbereiteten »Sturm auf die Bozner Präfektur«. Amtssitz des römischen Regierungsvertreters in Bozen war das Palais Widmann, also das künftige Landhaus mit dem Sitz der Südtiroler Landesregierung. Historische Pikanterie am Rande: Silvius Magnago

war an jenem 16. Dezember ausgerechnet vor jenem Gebäude protestierend mitaufmarschiert, in dem er fast auf den Tag genau ein Jahr später, am 20. Dezember 1948, als erster Südtiroler Landtagspräsident feierlich vereidigt werden sollte. Und der Tumult fand genau unter jenen Fenstern statt, hinter denen er ab 1960 als Südtiroler Landeshauptmann fast dreißig Jahre lang regieren sollte. »Wir gehen zum Präfekten und werden laut!«, war die von der Bozner Parteizentrale ausgegebene Devise. Anführer der Aktion waren SVP-Generalsekretär Otto von Guggenberg und Franz Innerhofer-Tanner, als Bauernbund-Obmann und »Bauern-Führer« eine zentrale Figur. Bis zu 700 Kundgebungsteilnehmer hat der »Dolomiten«-Zeitungsreporter gezählt,[171] mehrere hundert waren es jedenfalls. Die Überraschungsaktion durfte sich keinesfalls vorzeitig herumsprechen, erinnert sich Magnago an die Vorbereitungen.

Denn die Aktion blieb trotz aller Vorsichtsmaßnahmen ein Risiko. Der Schauplatz zwischen Bahnhof und Hotel »Laurin« gehört zu den belebten Schlüsselstellen der Bozner Innenstadt. Natürlich war das Regierungsgebäude bewacht. Hier mehrere hundert Mann diskret zusammenzuziehen, war keine Kleinigkeit. »Wir haben uns hinter der Präfektur versammelt«, erinnert sich Magnago, also an der weniger eingesehenen Rückseite des Gebäudes. Der Anmarsch erfolgt in zwei Gruppen. Das Entree ist von Wachen flankiert.[172] Um halb elf Uhr vormittag geht's los. Die Bauern bestimmen das Bild.[173] Magnago hat es noch im Ohr, das Schieben und Drücken der Menge, die gegen das schwere Holztor anrennt, und die Wachen, die den Eingang vergeblich verbarrikadieren. »Plötzlich, net amal a Minut hat's gedauert, a Geräusch, krrrrr ...!« Das Tor gibt nach. »Dem Innerhofer Tanner ist es gelungen, seinen schweren Bergschuh zwischen die Tür zu schieben ...«, schildert Magnago plastisch die Szene: den als Andreas-Hofer-Typ verehrten Bauernführer »mit'n Schuach zwischen drinn«, und die Polizeiwachen, die dem Druck nicht standhalten: »wummm, war'n ma drinn und sein aui ...«

Viele blieben ausgesperrt. Auch Magnago, von seinen Krücken gebremst, war unter jenen, die es nicht über die Treppen hinauf geschafft haben bis zu den Amtsräumen des Präfekten in den oberen Etagen.[174] Präfekt Francesco Quaini erlebt dramatische Momente. Nur zwei Südtiroler Vertreter will er vorlassen, die SVP besteht auf dreißig Mann für jeden Bezirk.[175] Die Stimmung ist explosiv. Erregte

In der Gründerzeit der Südtiroler Volkspartei hatte Otto von Guggenberg den Nimbus des erfahrenen Politikers. Der künftige Publizist und Historiker Claus Gatterer (rechts im Hintergrund mit Brille) fungierte damals als Südtiroler »Presseattaché«.

Zwischenrufe: »Die italienische Regierung versteht keine andere Sprache!« steigern sich bis zu Drohungen, berichtet die Zeitung. Einen Versuch, Zeit zu schinden, gibt der Präfekt bald auf, denn es wird ungemütlich: »... das Volk« hatte »schon eine Scheibe eingedrückt.« Der bedrohlich anschwellende Geräuschpegel verheißt nichts Gutes, und schon strömt eine größere Anzahl Südtiroler Vertreter in den offiziellen Empfangsraum.

SVP-Generalsekretär von Guggenberg gibt sich alle Mühe, die Disziplin zu wahren und Blößen unbedingt zu vermeiden. Auch die verlesene Erklärung an »Seine Exzellenz« ist zwar dezidiert, baut dem Staatsvertreter aber doch auch goldene Brücken: »Wir bitten Sie, der Regierung zu versichern, daß wir vollkommen bereit sind, loyale italienische Staatsbürger zu sein, daß wir aber auch eine ebensolche Loyalität von seiten der Regierung verlangen müssen, und es wäre sicherlich nicht loyal, wenn man sich mit Haarspaltereien und Vorwänden ... feierlich übernommenen Verpflichtungen entziehen wollte.« Der abschließende Passus

Die SVP-Führung bei der Bozner Herz-Jesu-Prozession im Juni 1946. Erste Reihe, von rechts nach links: Toni Ebner, Otto von Guggenberg, SVP-Obmannstellvertreter Josef Menz-Popp, Obmann Erich Amonn, Generalsekretär Josef Raffeiner, Friedl Volgger.

der Erklärung war geradezu prophetisch: »Wir müssen jedoch jetzt schon erklären, daß, auch wenn uns mit Gewalt eine Lösung aufgezwungen würde, dies niemals unsere Zustimmung und unsere Annahme bedeuten könnte, und daß dies nur der Anfang eines Kampfes sein würde und nicht jener Befriedung, die wir alle zutiefst herbeisehnen. Aber die Schuld wird dann nicht auf unserer Seite liegen!«[176] Welche Spirale der Gewalt die Südtirol aufgezwungene Regionalautonomie in Gang setzen würde, von der politischen Kampfansage Magnagos mit seinem »Los von Trient!« bis zu den Bombenattentaten der sechziger Jahre, sollte sich bald zeigen.

Die Regie bei diesem »Sturm« auf die Präfektur war nahezu perfekt. Für dramatische Untermalung sorgten spontane Forderungen und Zwischenrufe: »Wir wollen keine Faschisten mehr!« »Unsere Leute sind aus den Wohnungen und aus den Stellungen hinausgeworfen worden und Neapolitaner an deren Stelle eingezogen ...« Der Einwand des Präfekten, nach dem deutschen Einmarsch vom September 1943 seien die Italiener in Südtirol unterdrückt worden, wird übertönt von Protesten gegen das »25jährige Unterdrückungssystem des Faschismus«! »Wir sind nicht gegen die Italiener, wohl aber gegen die Unterdrücker«! Trotz des bedrohlichen Emotionspegels entgleitet die Situation den SVP-Drahtziehern in keinem Moment. »Ich hoffe, daß Exzellenz uns als Mensch, wenn auch nicht als Regierungsvertreter, verstehen werden ...«, verabschiedet sich von Guggenberg in formvollendeter Diplomatie, während der Bauernführer Innerhofer-Tanner gewissermaßen mit der geballten Faust nachhakt: »Und der Herr Präfekt kann versichert sein: Heute sind nur Vertreter hier, aber wenn es sein muß, werden hundertmal so viele kommen und dann wird man uns hören müssen, ob man will oder nicht!«[177]

Der unerwartete Paukenschlag findet Gehör. Schon tags darauf kommt eine erste telegrafische Zusicherung aus Rom, man wolle die Südtiroler Vertreter doch noch anhören.[178] Die Tiroler Landesregierung schaltet sich mit einem Appell an Wien ein,[179] das Auslandsinteresse an der Südtirolfrage steigt.[180] Eine Großkundgebung in Neumarkt zugunsten einer Rückgliederung des Unterlandes setzt noch eins drauf.[181] Zum Jahresausklang erfolgt dann die meisterwartete Meldung der ganzen ersten Nachkriegszeit: Der Ministerrat genehmigt die Revision der Optionen. Für Tausende Deutschland-Optanten, die entweder ausgewandert waren oder in der eigenen Heimat keine Rechte mehr hatten, rückte die Wiedergewährung der italienischen Staatsbürgerschaft somit in Reichweite. Welch hoher Preis für das Zugeständnis zu bezahlen war, erfuhr die SVP-Delegation erst in Rom. Auf den 9. Jänner 1948 wurde eine Südtiroler Delegation nach Rom bestellt, die von SVP-Obmann Erich Amonn und seinem Generalsekretär Otto von Guggenberg geleitet wurde. Gesprächspartner war die Kommission für die Ausarbeitung der Sonderstatute im Rahmen der Verfassunggebenden Nationalversammlung unter ihrem Leiter Tommaso Perassi. In Verhandlungen mit ihnen hoffte der kleine SVP-Trupp inständig, »das Möglichste zu erreichen ...«[182]

Südtirols erste schwierige Mission auf römischem Parkett

Das römische Tauziehen um das erste Autonomiestatut blieb zunächst selbst den Parteikadern in der Bozner SVP-Zentrale weitgehend verborgen. Für das von zwei, drei Vertrauten begleitete Führungsduo Amonn-Guggenberg wurde die Romreise eine einsame Mission. Die Schwierigkeiten der Südtiroler Vertreter sind am besten aus der Gegenperspektive nachzuvollziehen: Wie der Fall Südtirol aus Sicht der italienischen Diplomatie abrollt, kann man etwa in Mario Toscanos Standardwerk »Storia diplomatica della questione dell'Alto Adige« im Detail nachlesen.[183] Obwohl sich die Südtiroler auf einen internationalen Vertrag berufen konnten, behandelte man sie wie lästige Bittsteller. Das kleine Bozner Aufgebot kämpfte mit dem

Dr. Karl Tinzl, römischer Parlamentarier vor dem Faschismus und dann wieder ab 1953. Von ihm stammt der von Rom nicht berücksichtigte Südtiroler Autonomieentwurf. Wegen seiner exponierten Stellung als ehemaliger Präfekt der Provinz Bozen unter deutscher Besatzung hielt er sich als Mitglied der 1948 nach Rom entsandten SVP-Delegation im Hintergrund.

Rücken zur Wand, gegen kühle Diplomaten, gewiefte Juristen und einen so schwer durchschaubaren Politiker wie Degasperi. Für deren Zentralismusglauben war »Autonomie« ein fast schon staatsgefährdendes Fremdwort. Die Entscheidung, die unscharfe regionale Bestimmung des Pariser Abkommens zu nutzen, um eine italienisch majorisierte Region Trentino-Südtirol zu errichten, war offensichtlich von langer Hand vorbereitet.[184]

Das tief eingewurzelte Südtiroler Mißtrauen gegen Rom wurde durch die Manöver der Regierung neu bestärkt. Zugleich aber lernte die kleine Provinzpartei SVP durch diese Erfahrungen von der Pike auf, »Außenpolitik« zu machen: »Im Kampf gegen Rom«, wie es Claus Gatterer im Titel seines Standardwerks formulierte. »Man muß sich vergegenwärtigen, daß Südtirol und die Südtiroler zunächst – von Ratschlägen abgesehen – auf sich allein gestellt waren ...«, beschreibt Felix Ermacora die Zwangslage, die von extremem Zeitdruck begleitet war.[185] Das Mandat der Verfassunggebenden Nationalversammlung lief Ende Jänner aus, am 29. Jänner 1948 erfolgt nahezu in letzter Minute die Genehmigung des Autonomiestatuts für Trentino Südtirol, »dessen Inhalt in Südtirol niemand kannte ...«, vermerkt eine spätere Jubiläumsschrift der Sammelpartei.[186] Zeitzeugen bestätigen übereinstimmend, daß der Parteiausschuß erst nachträglich informiert wurde.[187] Er könne sich nicht einmal mehr daran erinnern, ob er für oder gegen die Annahme gesprochen habe, bekennt Magnago, mit dem Hinweis, dies müßte den Protokollen zu entnehmen sein. Die sind jedoch noch immer unter Verschluß.[188]

Daß es innerhalb der SVP Diskussionen gab, wird erst durch die bald darauf stattfindende Landesversammlung vom 25. Februar 1948 publik.[189] Doch die Nachwehen halten sich in Grenzen. Der Parteitag bekräftigt die vom Ausschuß am 3. Februar 1948 angenommene Resolution, verabschiedet eine Dankesadresse an die nach Rom entsandten Delegierten, nimmt ihren Bericht zur Kenntnis und beauftragt die Parteileitung, »alle nötigen Schritte zu unternehmen, damit das Autonomiestatut mit größtmöglicher Beschleunigung verwirklicht werde ...«[190] Trotz des problembelasteten Neubeginns setzt Südtirol also einige Erwartungen in das erste Autonomiestatut. Daß die Südtiroler Vertreter in Rom massiv unter Druck gesetzt worden waren, mußte Parteichef Amonn zumindest nach außen zunächst herunterspielen.[191]

Eklatantestes Beispiel für die rüden Pressionen Roms war der sogenannte »Perassi-Brief« vom 28. Jänner 1948, der an Tommaso Perassi, den Präsidenten der Unterkommission für Sonderstatute im Rahmen der Verfassunggebenden Versammlung gerichtet war. Am Vorabend der Verabschiedung des Statuts zeichnen zwei so erfahrene Politiker wie Amonn und Guggenberg dieses Schreiben, das den bescheidenen römischen Zusagen die volle Erfüllung des Pariser Abkommens bescheinigt: »... daß das Pariser Abkommen Degasperi-Gruber vom September 1946, insoweit es das Grundproblem der Autonomie betrifft, nunmehr verwirklicht worden ist ...«[192] Obwohl dem Schreiben jede rechtsverbindliche Wirkung abgeht, da es nur einige Höflichkeits- und Dankesfloskeln für die Anhörung der Südtiroler beinhaltet, wird diese »Zustimmungs«- beziehungsweise Verzichtserklärung von italienischer Seite später als Druckmittel eingesetzt, zum Beispiel im Südtirolstreit vor der UNO.[193]

Die desillusionierenden Erfahrungen mit Rom sollten die Pioniere der Südtirolpolitik entscheidend prägen. Magnago erinnert an die Diskussion über den »Perassi-Brief« im Parteiausschuß. Der politische Preis sei zu hoch, warnten die Kritiker. Vorerst gebe es keinen anderen Ausweg, zitiert Magnago den damaligen SVP-Obmann Erich Amonn. Ablehnend verhielt sich vor allem Friedl Volgger, obwohl anfangs selbst Mitglied der römischen SVP-Delegation. Spekulationen über den Grund seiner vorzeitigen Heimreise hielten sich hartnäckig, denn bei der Unterzeichnung des brisanten Schriftstükkes war Volgger nicht mehr dabei.[194] Amonn und Guggenberg hätten die Verantwortung weitgehend alleine auf sich genommen, bestätigt Volgger übereinstimmend mit anderen Zeitzeugen.[195]

Der Alleingang war durch die damalige Ausnahmesituation bedingt. Kanonikus Michael Gamper zum Beispiel sei »ziemlich schockiert« gewesen, als er vom »Perassi-Brief« erfuhr, beantwortet Volgger meine Frage zum auffallend nüchternen Urteil der von Gamper geleiteten Tageszeitung »Dolomiten«: Gamper wertet die Fassung des Autonomiestatus von 1948 als »bedeutenden Schritt auf dem Wege zur Erfüllung des Pariser Vertrages«, auch wenn er einschränkt: »die Erfüllung ist sie nicht«! Der Medienmann und Meinungsmacher stellte sich also letztlich hinter den Kurs der Partei. Sein Kommentar hatte Gewicht. In der damaligen Südtirolpolitik galt Gamper als eine Art moralische Instanz.[196] Die Amonn-Gruppe hatte mit der Annahme des ersten Statuts auf die einzige Option gesetzt, die sie hatte, nämlich auf eine Politik der kleinen Schritte. Entscheidend war, daß Südtirol jetzt überhaupt ein Autonomiestatut hatte.

Peinliche Enthüllungen zum »Perassi«-Brief

Auch der künftige Gestalter des Südtiroler Autonomiemodells findet daran nicht viel auszusetzen: In der damaligen Situation war die Annahme eine realistische Entscheidung, meint Magnago rückblikkend. Am Hauptstreitpunkt mit Rom gab es nichts mehr zu rütteln, die Region zusammen mit dem Trentino war bereits beschlossene Sache. Realisierbar waren nur noch kleine, aus damaliger Sicht aber nicht unbedeutende Verbesserungen, wie die Rückgliederung des Unterlandes von Trient an die Provinz Bozen. Den dramatischen Hintergrund der Unterzeichnung enthüllte Amonn erst 1964 in Mailand, als der »Perassi-Brief« von der Regierung erneut aus der Versenkung geholt wurde. Damals wurde er dazu verwendet, um die Position der Südtiroler Attentäter auszuhöhlen, die erklärten, sie hätten nur für eine bessere Autonomie gekämpft.[197]

Der Brief war »kein spontanes Schreiben ...!« An diese späte, aber rückhaltlos-mutige Aussage Amonns vor den Mailänder Richtern erinnert sich Magnago heute noch mit Genugtuung. Als Chef der Sammelpartei und zugleich Landeshauptmann fühlte er sich als politischer Anwalt Südtirols. Daher war es ein kleiner Triumph, daß er seinen Vorgänger als Kronzeugen für die Fragwürdigkeit des umstrittenen Dokuments aufbieten konnte. Seitdem die peinlichen Hintergründe des »Perassi-Briefes« gerichtlich protokolliert worden sind, sei das Papier in der Versenkung verschwunden, betont Magnago. Die Amonn-Enthüllungen offenbarten in beklemmender Deutlichkeit den geringen Spielraum der Südtiroler Autonomieverhandlungen. Ihre erste Ernüchterung hatte die Sammelparteiführung bereits beim Sondierungsbesuch in Wien erlebt. Österreich stand damals noch unter

Durch Dr. Frans von Walther wurde mir ein mit 28. Mai 1964 datierter Brief sur Einsicht sugeleitet, der mit "ein Idealist" unterseichnet ist und dessen erster Absats folgendermassen lautet:

"Der einsige ehrliche tüchtige Mann als Politiker den wir in Südtirol haben, ist Dr. Karl Tinsl, leider ist er schwer leidend, sonst wäre er sum Mailänder Prosess gefahren. Ihr Onkel, Herr Amonn, hat ihn im Prosess genannt, aber nicht den Mut gehabt su bekennen, dass Dr. Tinsl ihn beschworen hat, kein Dankschreiben su verfassen, für die gemeinsame Autonomie. Er, als kluger Diplomat, hätte sehr recht gehabt, aber die Herren Dableiber waren das Schöntun so gewohnt, und weshalb hat Dr. Tinsl so lange keine Staatsbürgerschaft bekommen?"

Hiesu möchte ich folgendes bemerken:

Auch ich schätse Herrn Dr. Tinsl als tüchtigen und ehrlichen Politiker ausserordentlich hoch ein und gerade deshalb wurde anlässlich unserer Reise nach Rom, swecks Konsultationen über das Autonomie-Statut, Herr Dr. Tinsl auch über meinen Vorschlag von der Parteileitung dasu bestimmt, die aus Dr. v. Guggenberg, Dr. Raffeiner, Dr. Volgger und mir bestehende Delegation su begleiten, um ihr in jeder Besiehung mit Rat und Tat sur Seite su stehen.

Selbstverständlich wurde mit Herrn Dr. Tinsl auch die Frage des Perassi-Briefes besprochen und, angesichts der bestehenden Verhältnisse, die ich bei meiner Einvernahme in Mailand siemlich genau geschildert habe, hat damals auch Dr. Tinsl dasu geraten, dass das in Frage stehende Schriftstück von uns unterschrieben werde.

Ebenso hat Herr Dr. Tinsl in der ersten Partei-Ausschuss-Sitsung nach den Verhandlungen in Rom - wobei auch über die Frage des Perassi-Briefes gesprochen wurde - erklärt, dass er für seinen Teil voll und gans die Verantwortung su dem erfolgten Schritt übernehme.

Da sich der "Idealist" seine Auffassung, Dr. Tinsl habe mich beschworen das Dankschreiben für die gemeinsame Autonomie nicht su verfassen, nicht aus den Fingern gesogen haben kann, muss er von irgendeiner Seite in böswilliger Weise falsch informiert worden sein. Es wäre daher angeseigt, wenn der "Idealist" diesbesüglich Aufschluss geben könnte bsw. den Namen oder die Namen derjenigen nennen könnte, die ihm aus durchsichtigen Gründen einen Bären aufgebunden haben. Ich verlange nicht, dass der "Idealist" seinen eigenen Namen nennt, denn er mag wohl "ein Idealist" sein, ein Held ist er bestimmt nicht, dafür aber ein Einfaltspinsel.

Gleichseitig bin ich ermächtigt mitsuteilen, dass Herr Dr. Tinsl über diese Erklärung informiert und vollinhaltlich damit einverstanden ist.

Erich Amonn

4.6.64

Die Rückschläge der 48er-Autonomie ließen den alten Konflikt Optanten-Dableiber neu aufflammen. Das Klima der Sechzigerjahre mit den schweren Bombenattentaten tat ein übriges. Im Mailänder Sprengstoffprozeß hatte der frühere SVP-Obmann Erich Amonn enthüllt, welchem Druck die Autonomieverhandler von 1948 ausgesetzt waren. Sofort setzt es versteckte Angriffe aus den eigenen Reihen. Amonns Antwort auf den anonymen Brief stammt übrigens aus dem Nachlaß von Dr. Tinzl, ein Beweis für den funktionierenden Zusammenhalt.

alliierter Besatzung. Außenminister Gruber dürfte zwar diskret nachgeholfen haben, daß die SVP-Delegation in Rom schließlich überhaupt noch empfangen wurde,[198] doch konnte er den Südtirolern keine Illusionen vorgeben: Wien war machtlos gegen das römische Oktroi einer Regionalautonomie. Auch für die diplomatische Hilfe leistenden Briten war dieser von Italien gewünschte territoriale Rahmen tabu.[199]

Die bereits gedämpfte Stimmung der Südtiroler Unterhändler sank auf einen Tiefpunkt, als sich ein unerwarteter »Mittelsmann« einschaltet, um die Verhandlungen zwischen den Südtiroler Vertretern und der von Tommaso Perassi geleiteten Achtzehner-Kommission voranzutreiben. Silvio Innocenti, ehemaliger Präfekt in Bozen und nunmehriger Staatsrat und Südtirolreferent im Ministerpräsidium, war ein ausgesprochener Hardliner.[200] Ein »gerissener und mit allen Wassern gewaschener Toskaner«!, so die Charakterisierung von Friedl Volgger.[201] Obwohl der Faschismus offiziell beseitigt war, blieben autoritäre und repressive Methoden im politischen Instrumentarium aber noch lange akzeptiert. Als typischer Vertreter zentralstaatlichen Machtbewußtseins beherrschte Innocenti entsprechende Einschüchterungspraktiken. Schon bei der ersten Anhörung am 17. Jänner 1948 sahen sich die Südtiroler Unterhändler vor die ultimative Forderung gestellt: entweder den bewußten Brief – mit der Verzichtserklärung auf künftig weiterreichende Autonomieforderungen auszufertigen – oder gleich heimzufahren.

»Wir beschlossen dann einstimmig«, das Schreiben abzufassen, bekannte Amonn. Der Brief sei aber »... nur unter dem Druck dieser Bedingungen zustandegekommen ...«, um nicht ganz ergebnislos dazustehen. Als abschreckendes Beispiel jahrelangen Wartens erinnert Amonn an »das Los der Region Friaul-Julisch-Venetien«. Seine ernüchternde Schlußfolgerung, im Zwischentitel des Zeitungsberichts entsprechend hervorgehoben: »Wenn wir damals mit leeren Händen aus Rom zurückgekehrt wären, so hätte es sicherlich jahrelang gedauert, bis wir ein Autonomiestatut erhalten hätten ...«[202]

Damit nicht genug: Die römische Hinhaltetaktik setzte überdies auf ein noch schmerzlicheres Druckmittel, betont Friedl Volgger.

Ohne Revision der Optionen von 1939 waren die Südtiroler in ihrer Heimat rechtlose Ausländer. Ohne Wiedergewährung der Staatsbürgerschaft, die ihnen im Pariser Abkommen prinzipiell zugesichert worden war, durften sie nicht einmal an den Wahlen teilnehmen. Es lag an Rom, das vom Ministerrat bereits Ende 1947 genehmigte Dekret zum Widerruf der Optionen in Wirkung zu setzen. Tatsächlich ließ man die Südtiroler auf die Veröffentlichung im Amtsblatt warten, um ihre Autonomieforderungen zu dämpfen.[203] Mit Sturheit hätte sich Südtirol also in der heiklen Optantenfrage in eine Sackgasse hineinmanövriert. Diese Art Erpressung offen anzuprangern, hätte die SVP-Führung damals nicht gewagt. Sie suchte die römische Position durch einen Vertrauensvorschuß in der Autonomiefrage aufzuweichen. Die Resolution auf der Sonder-Landesversammlung zur Beratung des Autonomiestatuts spricht eine deutliche Sprache: man »vertraue« darauf, »... daß das Optantendekret nicht dazu benützt werde ... eine beträchtliche Anzahl von Südtirolern von der Ausübung des Wahlrechtes auszuschließen ...«[204]

Im April 1948 finden in Italien Wahlen zum Parlament statt. Auf diese ersten freien Wahlen nach fast einem Vierteljahrhundert faschistischer Diktatur konzentrieren sich jetzt auch in Südtirol alle politischen Erwartungen. Die Sammelpartei präsentiert sich als junge, aber selbstbewußte Kraft. Nach drei harten Kampf- und Aufbaujahren hatte die Partei unter ihrem Obmann Erich Amonn bereits einiges an politischer Erfahrung in die Waagschale zu legen. »Wo wären wir heute, wenn wir in diesen letzten drei Jahren nicht selbst für unsere Sache mit allen uns zur Verfügung stehenden Mitteln eingetreten wären ... wo wären wir, wenn nicht eine S.V.P. durch ihre Tätigkeit und ihre Arbeit, das Ausland und das Inland gezwungen hätten, sich mit unserer Frage zu befassen. Welche Hilfe hätte man uns angedeihen lassen, wenn wir uns nicht in erster Linie selbst geholfen hätten ...«! Amonns selbstbewußte Wahlbotschaft spart die Schwierigkeiten nicht aus. In Rom hatte man gelernt, was es heißt, als politischer Niemand auftreten zu müssen. Während der Verhandlungen – so Amonn – habe man ihn gefragt: »... woher wir das Recht nehmen, im Namen des Südtiroler Volkes zu sprechen, da antwortete ich: weil ich überzeugt bin, daß das Südtiroler Volk in seiner überwiegenden Mehrheit hinter der SVP steht. Den Beweis aber dafür werden wir bei der ersten Wahl liefern ...«[205]

Der Parteigründer setzt also bereits voll auf eine Strategie, mit der die Sammelpartei seither ihr Wählerpotential immer wieder mobilisiert. Dieses erste Votum nach dem Krieg galt als entscheidender Schlagabtausch zwischen dem linken und dem

Bombenschäden waren ein Hauptproblem in den Jahren des politischen und wirtschaftlichen Wiederaufbaus. Auch eines der beiden »Mumelter-Häuser« in Zwölfmalgreien hatte einen schweren Treffer abbekommen. Magnagos wohnten bis 1933 im Nachbarhaus.

rechten Lager und trug daher den Nimbus einer Schicksalswahl. In Bozen war der Rathausplatz die ausstrahlungsstarke Kulisse der Schlußkundgebung. Mit Blick in die mittelalterliche Laubengasse, Bozens Wahrzeichen, und flankiert vom Rathaus mit seiner repräsentativen Jugendstilfassade, liegt der Platz gewissermaßen an einem Schnittpunkt Tiroler Geschichte. Genau hier, im Herzen der einst österreichischen Handels- und Fremdenverkehrsstadt, hatte der Faschismus die Machtergreifung geprobt. Der erzwungene Abschied des legendären Bozner Bürgermeisters Julius Perathoner und die Besetzung des Rathauses durch ein faschistisches Rollkommando am 2. Oktober 1922 waren ein wichtiger Test für den »Marsch auf Rom« gewesen.[206]

1948 war die Vorwahlstimmung aufgeheizt. Die »Dolomiten« hat die Atmosphäre der Schlußkundgebung dramatisch eingefangen: Hunderte füllten den Platz bis tief hinein in die Zugangsstraßen. »Südtiroler Heimattreue ... über allen persönlichen Zwiespalt hinweg, da es um das Ganze geht.« »Auf den Gesichtern der vielen Hunderte, ... lag der Ernst der Stunde.« Auf der Tribüne hatte sich die Phalanx der Kandidaten aufgebaut, »die führenden Männer Südtirols«. Wie zur Krönung dieser Szene prangte über der Rednertribüne ein riesiges, lorbeerumwundenes Edelweiß. Mit »schneidigen Einleitungsmärschen der Zwölfmalgreiner« und dem abschließenden Andreas-Hofer-Lied setzte die Dramaturgie auf eine Mischung aus feierlichem Zeremoniell und Volksfeststimmung. »Für Glaube und Heimat, Freiheit und Frieden. Machtvolle Kundgebung für die Edelweiß-Liste in Bozen«, titelt die »Dolomiten« auf Seite eins.[207]

Schicksalswahl 1948, Versöhnungsbotschaft der SVP

Der melodramatische Innentitel: »Das blutgetränkte Edelweiß der Südtiroler Heimkehrer« wirft ein Schlaglicht auf den ersten großen Auftritt eines neuen politischen Hoffnungsträgers. Erstmals tritt Silvius Magnago voll ins Rampenlicht, mit dem ihm eigenen Gespür für die richtige Botschaft in der jeweiligen Situation. Vor ihm hatte Obmann Erich Amonn die Aussöhnung zwischen Optanten und Nicht-Optanten zum Grundanliegen

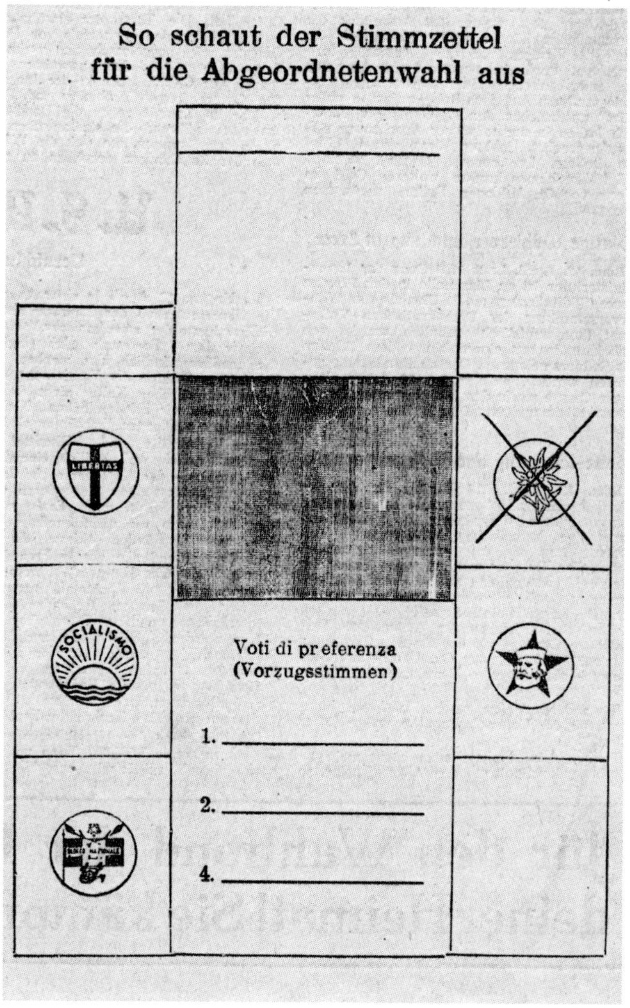

Diese »Wahlanleitung« (»Dolomiten«, 13. 4. 1948) wäre nach heutigen Begriffen eindeutig eine Wahlmanipulation. Der Faksimile-Wahlzettel suggeriert die Nummern der Kandidaten von Guggenberg, Volgger und Ebner. Magnago mit Nummer 6 blieb auf der Strecke.

der Partei erklärt. In Südtirol war es die einzig mögliche Wahl. Denn die Tragödie der Option war ein so tiefer Riß, daß die Sammelpartei schon seit ihrer ersten Gründungsstunde konsequent auf die interne Versöhnung hinarbeitete. Obmann Amonn hätte keinen besseren Mann finden können, um diese Botschaft politisch zu vermitteln als den charismatischen, damals aber noch weitgehend unbekannten Silvius Magnago. In seiner Erzählung blitzt die Erinnerung an jene Schlüsselpassage auf, mit der er intuitiv den Nagel auf den Kopf trifft: »Jetzt red' i, Heimkehrer und Kriegsversehrter der deutschen Wehrmacht ...« Und für die gleiche Sache »... red't der Friedl Volgger, KZler von Dachau. Das ist die Südtiroler Volkspartei!«

Magnago war prädestiniert zur Integrationsfigur, die von 1957 bis 1991 fast dreieinhalb Jahrzehnte lang die Geschicke der Sammelpartei leiten sollte. Im rechten Moment aufs Ganze zu gehen, ist seine Stärke ebenso wie seine besondere Gabe als Vermittler. Von der Option bis zur späteren »Paket-Schlacht« vermochte er auch in schweren Zerreißproben immer wieder das Gefühl zu vermitteln, daß es um mehr ginge als um Sieg oder Niederlage. Vor dem Hintergrund jahrzehntelanger Diktatur war diese Kunst des politischen Ausgleichs Novum und Notwendigkeit zugleich. »Für die SVP gibt es keine Optanten und Nichtoptanten, keine Abgewanderten und Eingebürgerten, keine Bleiber und Geher, für die SVP gibt es nur Südtiroler, denn jeder weiß, was wir damals mitgemacht haben, daß damals das Optieren Opfer gekostet hat und auch das Nichtoptieren, daß damals das Optieren geschmerzt hat und auch das Nichtoptieren, daß es für beides eine große Portion Idealismus gebraucht hat ...«[208]

Erfolg hatte die Sammelpartei mit ihrem Bemühen um Aussöhnung wohl auch deshalb, weil mit Volgger auf der einen – und Magnago auf der anderen Seite Betroffene für das gemeinsame Anliegen einstanden. Als Vertreter der Optanten hatte Magnago zwar einerseits den schwierigeren Part, denn er stand für eine Gruppe, die als kompromittiert galt. Auf eine Abrechnung hatten die »Dableiber« verzichtet, unterstreicht Friedl Volgger.[209] Doch für eine differenzierte Bewertung war die Zeit nicht reif. Auf der Massenoption für die deutsche Staatsbürgerschaft lastete die Hypothek des Nationalsozialismus. Dieser Hintergrund erklärt die Bedeutung von Magnagos Kandidatur. Anstatt sich weiterhin in Zurückhaltung zu üben, hatte er seinen Kopf durchgesetzt. Noch heute hält er es sich zugute, daß er nicht locker gelassen hat, bis er für die Gruppe der Optanten und Heimkehrer, die sogenannte »Kriegsgeneration«, zumindest einen Listenplatz erkämpft hatte. »Wir können net all's Dableiber-Kandidaten haben ...«, erinnert er sich an sein damaliges Insistieren, »... was ist das für eine Sammelpartei, in der die überwiegende Mehrheit der Bevölkerung keinen politischen Vertreter hat?!« Seine Kandidatur verstand Magnago als notwendige Geste der Rehabilitierung, von der er sich nicht abbringen ließ.

Der schwierige Neuordnungsprozeß nach dem Weltkrieg bestimmte das Szenario nicht nur in Italien, sondern in ganz Europa. Die Teilung der Welt in zwei Blöcke, der Ost-West-Konflikt mit dem über Jahrzehnte hinweg beherrschenden »Kalten Krieg«, prägten die Auseinandersetzung. Im Nachkriegs-Italien war diese Parlamentswahl 1948 die erste große Kraftprobe zwischen Rot und Schwarz, die auch aufs kleine Südtirol abfärbte. Via Tageszeitung warnt die Sammelpartei vor Vereinnahmungsversuchen der italienischen Großparteien, vor Flugblattaktionen und Abwerbe-Plakaten,[210] ja sogar vor Betrügern, die sich angeblich an die Leute heranmachten, um ihnen die Wahlscheine abzukaufen.[211] Der Historiker Christoph von Hartungen hält solche Szenarien allerdings für eine propagandistische Überzeichnung, um Stimmung zu machen.

»Die Leut' haben ja nicht kapiert ...«, deutet Magnago vorsichtig die Konflikte in der kaum erst gegründeten Sammelpartei an. Denn der Wahlkampf des angehenden Senkrechtstarters Magnago endete mit einer unerwartet kalten Dusche. Diese einzige Niederlage seiner langen Karriere hat er bis heute nicht ganz verschmerzt. Tatsächlich hatte ihn das Südtiroler Tagblatt in diesem Wahlkampf elegant ausgetrickst. Der Anti-Magnago-Coup war als Wahlanleitung getarnt. Das Südtiroler Hausblatt gab diskrete Empfehlungen, wer auf dem Wahlzettel anzukreuzen war und wer nicht: jedenfalls nicht der Vertreter der Trentiner Autonomisten, der auf der SVP-Liste mitkandidierte. Ähnlich wie heute der Nachfolgepartei PATT hatte die SVP damals der ASAR einen Platz auf ihrer Liste eingeräumt. Der Italiener wird mitgenommen, aber natürlich nicht in Konkurrenz zur eigenen Mannschaft.

»Dolomiten«-Intrige gegen das Heimkehreridol Magnago

Der klärende Hinweis des Blattes, Südtiroler Kandidaten zu wählen, gab vor, Verwechslungen vorzubeugen. Wegen seines italienischen Namens lief der noch weitgehend unbekannte Magnago Gefahr, als Trentiner abgestempelt zu werden. Aber damit nicht genug. Die »Dolomiten« erteilt ihren Lesern weitere Nachhilfe. Ziemlich unverblümt wird dem Wähler am Beispiel eines Faksimile-Wahlzettels nahegelegt, bestimmte Nummern anzukreuzen, nämlich die Nummern 1, 2 und 4. Magnago hingegen hatte die Nummer sechs. Heute wäre diese »Wahl-Anleitung« ein Fall für den Staatsanwalt, zumindest aber für die Wahlaufsichtsbehörde.[212] Damals trafen die Folgen den Kandidaten Magnago: nach Otto von Guggenberg und Friedl Volgger macht nicht er das Rennen, sondern Toni Ebner. Der »Dolomiten«-Journalist und künftige Zeitungschef wußte seine starke Presse-Hausmacht hinter sich. Noch während des Kriegs

Dr. Toni Ebner, SVP-Kammerabgeordneter ab 1948, Chefredakteur der »Dolomiten« ab 1956, SVP-Obmann 1951–52 und 1956–57, SVP-Sekretär unmittelbar nach der Parteigründung.

hatte Ebner am 10. April 1944 eine Nichte des Kanonikus geheiratet. Gamper übernimmt ab 1946 die Chefredaktion der »Dolomiten«, nachdem er bereits seit 1919 den »Volksboten« geleitet hatte.[213] Den ersten Höhepunkt erreichte Ebners Aufstieg im kleinen Südtiroler Presse-Imperium am 1. Juni 1951 mit der Bestellung zum Direktor des Hauses Athesia.

»Da bin i halt durchgflogen, bei der Parlamentswahl, da gäb's Romane zu erzählen ...«, die er jedoch für sich behält, gibt sich Magnago gewohnt diskret. Friedl Volgger bestätigt das Tauziehen im Hintergrund indirekt, indem er den Ball indigniert zurückspielt. Bei der Kandidatenauswahl sei er, Volgger, in die engere Wahl gekommen, und auf seinen Vorschlag hin, auch Kollege Toni Ebner. Eine Seilschaft mit Magnago im Bunde gegen den wesentlich älteren von Guggenberg schließt Volgger hingegen aus. Das kolportierte Angebot, »die Jungen« sollten sich untereinander durch gegenseitige Werbung auf Kosten des Älteren unterstützen, hätte nach Meinung Volggers keinen Sinn gemacht: »Der Guggenberg war so sicher wie das Amen im Gebet!« Aus Magnagos Umgebung verlautet hingegen eine Gegenversion: sogar ein freiwilliger Rücktritt von der Kandidatenliste sei Magnago nahegelegt worden, weil dieser sich geweigert habe, »den Alten hinauszubeißen«. Der Querschuß via Zeitung nur eine Woche vor der Wahl sei dann die Quittung gewesen.[214]

So leicht ließ sich Magnago aber nicht abschütteln.

Er fühlte sich als politischer Vertreter der Heimkehrer und Optanten; daß ihm dieser Auftrag ein echtes Anliegen war, kehrt er heute noch hervor. Die Nachwehen der Optionszeit wollten so schnell nicht abklingen. Auf dieser Linie liegt auch Volggers heftige Reaktion. Ebner und Volgger waren damals ja nicht nur politische Rivalen Magnagos, sie waren auch Berufskollegen als führende Köpfe an der Seite des »Dolomiten«-Chefredakteurs, Kanonikus Gamper. Warum hat sich Volgger von der unfairen Zeitungsintrige gegen Magnago nicht distanziert? »Gewisse Kreise« hätten plötzlich für Magnago »ganz groß Propaganda gemacht!«, verweist Volgger auf die Endphase des Wahlkampfs. Das Dableiberlager mit seinem publizistischen Sprachrohr fühlte sich also zum Gegenschlag herausgefordert. Volgger gibt deutlich zu verstehen, warum. Das massive Engagement bestimmter Kreise in Bozen nährte Befürchtungen, die Optanten und ihr brauner Rand könnten die sich abzeichnende Symbolfigur Magnago allzu sehr für sich vereinnahmen. Aber waren grundsätzliche Befürchtungen von persönlichen Ambitionen überhaupt zu trennen?!

Im Parteiausschuß habe es ein stürmisches Nachspiel gegeben ...!, erinnert sich Magnago mit Genugtuung. Die Causa Magnago hatte ein über jeden Verdacht erhabener Mann aufgegriffen, der als Autorität gelten konnte: »Des war an integrer Mensch, ein Ehrenmann durch und durch, der alte Baron Georg Di Pauli ...« SVP-Bezirksobmann Di Pauli war Dableiber, sein Protest gegen die Behandlung des Heimkehrer- und Optanten-Vertreters Magnago durch die Südtiroler Tageszeitung hatte entsprechendes Gewicht: »Der Baron Di Pauli hat sich furchtbar aufgeregt ... Der hat oan aufgefordert zu gehen, um mir Platz zu machen!« Adressiert war die Aufforderung an den letztgewählten Toni Ebner, der hiezu freilich keine Anstalten traf. Magnago blieb aber nicht lange auf der Wartebank. Noch im selben Jahr 1948 wird er Bozner Vizebürgermeister und Präsident des ersten Südtiroler Landtags. Und keine zehn Jahre später steht er als neuer Hoffnungsträger an der Spitze der Sammelpartei. SVP-Obmann Toni Ebner hatte nicht mehr kandidiert.

Die Aufbaujahre waren spartanisch, auch in der Politik. In der Stunde Null gab es noch keinen »amerikanischen« Wahlkampf mit Hochglanzprospekten, kostspieligen Werbespots und Reklamegags. Der Begriff »Quereinsteiger« war noch kein Modewort. Selbst ein Politikerphänomen wie Magnago hat sich solide hochgedient, allerdings in atemberaubendem Tempo. Erste Meriten gesammelt hatte er bereits ab 1947 im noch nichtgewählten Bozner Gemeinderat. Daß in Südtirols Gemeinden später gewählt wurde als im übrigen Italien, war eine Folge der Option. Vor Wiedergewährung der Staatsbürgerschaft waren die meisten Südtiroler von der Wahl ausgeschlossen. Daher die Überbrückungslösung in der Landeshauptstadt, »um das Manko an Demokratie auszumerzen«, sagt Magnago, als einer jener Bozner Gemeinderäte, die von den Parteizentralen delegiert wurden. Die Parteien hätten ein eigenes Komitee gebildet, das die Mandate nach einem bestimmten Schlüssel zuteilte.

Politische Feuertaufe im Bozner Rathaus

Auch die ersten zwei Bürgermeister Bozens wurden noch nicht gewählt, sondern auf Vorschlag des nationalen Befreiungskomitees vom Präfekten ernannt. Dr. Guido Dalla Fior war »ein gemäßigter Sozialdemokrat«,[215] erinnert sich Magnago. Er selbst pflegte sich als Vertreter der Südtiroler Volkspartei schon damals kein Blatt vor den Mund zu nehmen.[216] Zum Beispiel angesichts der Mißstände im heruntergekommenen Bozner Krankenhaus: »Ein Schweinestall ...!, 'porcaio' hab' i g'sagt!« und erst recht im italienisch verwalteten Wohnbauamt. Die Benachteiligung der Südtiroler war eklatant. Einer der von Magnago publik gemachten Fälle war besonders peinlich. Das Wohnungsamt übernahm damals auch die Instandsetzung bombengeschädigter Wohnungen, die weitervermietet wurden. Im Fall eines Südtiroler Wohnungsbesitzers, der an eine Südtiroler Familie vermieten wollte, habe der Beamte von seinen Oberen folgende Weisung erhalten: »finga di accettare ... e poi lo soffiamo ad un italiano ...«, also: »Tun Sie ruhig so, als ob wir eingingen auf das Angebot, wenn die Wohnung erst einmal saniert ist, werden wir sie schon einem Italiener zuschanzen.«

Das Rathaus der Landeshauptstadt mit ihrer zu 75 % italienischen Bevölkerung ist für Südtirols Politiker bis heute eine harte Schule. Daß ein gewisser Dr. Magnago in den italienisch dominierten Rededuellen für die Südtiroler Anliegen kräftig auf die Pauke hauen konnte, hatte sich bald herumgesprochen. Magnago hatte also bereits einen Ver-

Nach der langen Fahrt von Süditalien bis Südtirol, xxxx ruhen die xxxxx " Zugvögel" auf den Bänken des Bahnhofs von Bozen aus. Bevor sie sich auf die Suche nach einem Arbeitsplatz umsehen, müssen sie sich zunächst akklimatisieren, liegt doch ihr xxxxx " Paese" (Heimat) dem afrikanischen Kontinent näher als das Südtiroler Land.

Die forcierte Zuwanderung aus Süditalien hielt nach dem Faschismus weiter an. Die systematische Überfremdung bedrohte die Sprachminderheit. Scharen von Südtirolern mußten mangels Arbeit in der Heimat als Gastarbeiter nach Deutschland auswandern. Unter den Solidaritätsbekundungen des deutschen Auslands waren allerdings auch so zweifelhafte wie dieser gehässige Pressetext zu einem DPA-Bild.

trauensbonus bei den Wahlversammlungen in der heißen Phase des Bozner Gemeinde-Wahlkampfs, als die Landeshauptstadt im Juli 1948 als erste Südtiroler Gemeinde ihre erste Nachkriegsverwaltung wählt. Damals war Südtirol noch nicht übersät mit aufgedonnerten Vereins- und »Kultur«-Häusern. Die Versammlungsorte waren bescheiden. Im gutbürgerlich-bäuerlichen Gries hatte man das Rednerpult für die Politiker im Hof der Kellereigenossenschaft aufgebaut.[217]

»Mit Spannung und häufigem Beifall ...« folgt das Publikum Magnagos Wahlrede, und das nicht nur wegen »seiner volksnahen, anschaulichen Art«. Magnagos brillante Analyse der Bozner Verwaltungs- und Finanzmisere ist ein kleines Lehrstück. Vor dem heutigen Hintergrund Italiens haben seine Argumente nichts an Aktualität eingebüßt, im Gegenteil. Das Fallbeispiel Bozen zeigte damals schon im kleinen, woran der Krisenstaat Italien bis heute krankt. Bereits anno 1948 klafft die Ein- und Ausgabenschere im Bozner Rathaus um gewaltige 237 Millionen Lire auseinander. Damals wie heute, das gleiche Bild: statt unpopulärer Einsparungen, Kreditaufnahme, man »gerät also immer tiefer in Schulden, die zur Katastrophe führen müssen ...« Im Fall Bozen hat das Finanzdesaster freilich seine ganz besondere politische Brisanz.

Mit Blick auf die Folgen der faschistischen Italianisierungspolitik nennt der Wahlredner Magnago die wunden Punkte: »... die Verarmung der Gemeinde unter den faschistischen Podestàs, die einen Großteil des Gemeindegutes verschenkt haben; die Kriegsschäden; die unverhältnismäßig hohe Anzahl von Gemeindeangestellten (rund 300, davon nur zirka 45 Südtiroler und nur zirka 30 bis 35 doppelsprachige); die künstliche Vergrößerung der Stadt, wobei die neuen Bewohner zum allergrößten Teil steuermäßig passiv sind; die unverantwortlich geförderte Zuwanderung in letzter Zeit: vom 3. Mai 1945 bis 31. Dezember 1947 wurden 13.000 neue Wohnsitzrechte vergeben ...« Großteils werde nicht einmal ein Beschäftigungsnachweis verlangt, obwohl dringendster Bedarf an Arbeit und Wohnungen für die Opfer der Option herrschte. Allein für Bozen veranschlagt der Redner 9.000 Rückwanderer. Der forcierte Zuwandererstrom von Süden war mit dem Ende des Faschismus jedoch keineswegs zum Stillstand gekommen. Eine Gemeindekommission gegen diese unkontrollierte Zuwanderung wurde vom italienischen Lager vehement bekämpft.[218]

»Grazie anche per i fischi ..., Danke auch für die Pfiffe!«

Magnago verbindet taktisches Kalkül mit einem klaren Konzept. »Visionen«, um es mit einem heute gängigen Begriff auszudrücken, waren seine Sache nicht. Zum Völkerrechtspionier hatte er wenig Ambition. Alles, was er je angestrebt und erreicht hat, steht im unmittelbaren Zusammenhang mit der besonderen Südtiroler Situation. Magnago verkörpert den Typus des gestandenen Tirolers, dem das Hemd näher ist als der Rock. Allerdings mit dem auffallenden Talent, die lokale Situation mit einem weitergespannten politischen Horizont in Beziehung zu setzen. Eben dieser Magnago wagt im Bozner Gemeindewahlkampf, was heute kaum mehr denkbar erscheint. Selbst die liberalsten Pragmatiker der Südtiroler Volkspartei würden heute wohl nicht mehr riskieren, was Magnago damals vorexerziert hat: nämlich mit einer Wahlkampfveranstaltung in italienischer Sprache ausgerechnet am Bozner Siegesplatz in das nationale Sanktuarium der anderen Sprachgruppe zu steigen, wo die Neofaschisten in den folgenden Jahrzehnten mit Lautsprechern, Transparenten und nationalistischen Parolen das Feld beherrschten.

Ungewöhnlich wie die Strategie war auch das Timing dieser SVP-Kundgebung. Der Bozner Gemeindewahlkampf schien gelaufen, nur zwei, drei Tage fehlten noch bis zum Urnengang am 11. Juli 1948. Die Sammelpartei hatte bei ihrer Schlußkundgebung am Bozner Rathausplatz eben alle Register gezogen, um die deutschsprachige Wählerschaft zu mobilisieren. Die Aufrufe zur Geschlossenheit gegen die Vormachtstellung der Italiener in der Südtiroler Landeshauptstadt konnte man im Innenteil der deutschsprachigen Tageszeitung ausführlich nachlesen. Um so überraschender daher das Inserat in derselben Ausgabe, mit dem die Südtiroler Sammelpartei ihre Siegesplatz-Veranstaltung groß ankündigt. Man rechne mit zahlreichem Erscheinen, wendet sich diese absolut ungewöhnliche Einladung ans »deutsche« Bozen.[219] Die »italienischen« SVP-Kandidaten, nämlich zwei gebürtige Trentiner und ein Wahl-Bozner Triestiner Abstammung, waren auf das gemäßigte Italienerpotential zugeschnitten.[220] Der Hauptredner Silvius Magnago paßt in diese Optik, hatte aber natürlich mehr einzubringen als seinen Trentiner Vater. Der Newcomer war das politische Zugpferd.

Abgespielt hat sich das Ganze vor einer aufgeheizten Stimmungskulisse. In der Stadt warben Plakate mit dem Slogan: »Il comune agli italiani – gl'italiani al comune«. »Die Gemeinde den Italienern – die Italiener in die Gemeinde«.[221] Die nationalen Kreise machten mobil gegen die drohende Preisgabe italienischer Machtpositionen. Offensichtlich unter dem Druck dieser Kampagne entschließt sich die SVP zur Flucht nach vorn und schiebt in letzter Minute die Siegesplatz-Veranstaltung ein.[222] Der Siegesplatz war auch nur mehr zum relativ ungünstigen 20-Uhr-Termin frei, da sich den Spätabendtermin zum eigentlichen Wahlkampfabschluß bereits die Sozialisten gesichert hatten.[223] Das national gefärbte Hausblatt der Bozner Italiener, der »Alto Adige«, nimmt vom unmittelbar vorhergehenden SVP-Vorstoß am Siegesplatz kaum Notiz, feuert aber eine Breitseite gegen den »nationalistischen Block« der Sammelpartei ab. Die SVP-Forderung nach einem Zuwanderungsstopp wird als arbeitnehmerfeindlicher Querschuß gegen dringend notwendige Wohnbauvorhaben abqualifiziert. Wer in Villen mit Garten lebt, statt in Baracken, Kellern und Mansarden zu hausen, hat leicht reden ..., zitiert der »Alto Adige« den Präsidenten der Südtiroler Sozialdemokraten Lorenz Unterkircher.[224]

Die Südtiroler Tageszeitung hingegen schlägt zurückhaltende Töne an: »Nicht Nationalismen, sondern fruchtbare Zusammenarbeit ...« Auf dem Siegesplatz hatte sich eine beachtliche, nämlich »über tausendköpfige Menge« eingefunden. »Gestern wi-

Der erste Schritt , der zum Volkswohnhaus führt , Eine Baracke zum Unterschlüpfen wird errichtet ; für das weitere wird dann schon gesorgt werden, denn nirgends ist Mutter Italia so grosszügig wie in Südtirol ,

Menschenunwürdige Behausungen brachten Vorzugspunkte beim Erhalt einer Sozialwohnung. Solche Notunterkünfte waren daher heiß begehrt und hoch gehandelt. Entsprechend umstritten waren diese Zuwanderer-Schleusen bei den Südtirolern, die das Nachsehen hatten. Erst seitdem die geförderten Wohnungen nach dem Sprachgruppenproporz zugeteilt werden, hat jede Volksgruppe einen angemessenen Anteil.

derhallten Bozens Plätze«, berichtet die Zeitung von gleich drei römischen Schwergewichten, die sich an diesem letzten Wahlkampfabend Konkurrenz machten. Erwartete Störaktionen und Anpöbelungen junger Neofaschisten kontert Magnago souverän, indem er nicht nur für den reichen Beifall dankt, sondern auch gleich für die Pfiffe. Die Buhrufe als »Beweis, daß manche Leute die Wahrheit nicht vertragen ...«, kamen ihm zur Untermauerung seiner Kritik an den Zuständen im Bozner Rathaus gerade recht. Daß er sich kein Blatt vor den Mund nehmen würde, auch hier nicht, vor italienischem Publikum, hatte er schon vorweg betont. Also gleich eins zu null zum Auftakt: es sei nicht seine Gewohnheit, »zweierlei Maßstab anzulegen«.[225]

DEMOKRATIE-LEKTIONEN EINES POLITISCHEN KÖNNERS

Die Magnago-Auftritte am »deutschen« Rathausplatz und am »italienischen« Siegesplatz waren natürlich genau auf die jeweilige Zielgruppe abgestimmt. Aus den feinen Schattierungen spricht der politische Könner. Vor dem faschistischen Siegesdenkmal erteilt Magnago den Nationalisten eine Lektion, »die aus zwei

Weltkriegen nichts gelernt haben ... Wir haben aber gesehen, wohin Nationalismen führen«![226] Und seine eigenen Landsleute ermahnt er: »Wir bilden uns zwar nicht ein, schon vollkommene Demokraten zu sein, wie manche andere, die jüngst noch das schwarze Hemd trugen, aber wir wollen uns bemühen, wirkliche Demokraten zu werden ...«![227] Genau diese Bereitschaft zur Vergangenheitsbewältigung hat man bei Südtirols Politikern in der Folge immer wieder vermißt.

Auch das Credo des Minderheitenschutzpolitikers Magnago ist bereits erkennbar. Seine Linie basiert auf Selbstbehauptung und geregelter Koexistenz mit der anderen Volksgruppe. Mit späteren Thesen des »Zusammenlebens« konnte er sich zwar nur zögernd anfreunden, statt dessen plädiert Magnago für »Zusammenarbeit, die wir nicht als ein Verhältnis zwischen Herr und Diener aufgefaßt sehen möchten, sondern als ein tatsächliches Zusammengehen auf der Grundlage der Gleichberechtigung ...«[228] Von diesem Geist ist in den Jahrzehnten des Kämpfens und Feilschens um die Autonomie leider viel verlorengegangen. Die Sammelpartei-Basis hatte kaum Verständnis für Experimente, mochte die Logik auch dafür sprechen. Die Siegesplatz-Veranstaltung blieb eine Episode. Daß Annäherungssignale längerfristig einen Sinn gehabt hätten, konnten nur wenige nachvollziehen. Arnold Heidegger zum Beispiel, Magnagos Banknachbar im Bozner Gemeinderat von 1948 bis 1952, schüttelt den Kopf auf meine Frage nach seiner Anwesenheit beim Siegesplatz-Auftritt: »Nein, da war i vielleicht zu stur ...«

»Ringrazio per gli applausi e per i fischi ...«, – dieser elegante Konter brachte Magnago überraschenden Beifall. »Da haben viele Italiener halt a g'lacht und applaudiert ...« Bis zu diesem befreienden Schlußapplaus hatte sich die Menge nämlich akustisch in zwei Lager geteilt. »Wenn die andern pfeifen, müssen wir applaudieren ...«, erinnert sich Magnago an die Solidarität vieler Südtiroler, die hinausgezogen waren zum ungewohnten Versammlungsort, um »diesen Abenteurern a bissel den Rücken zu stärken!« In enthüllender Diktion sagt Magnago übrigens »hinunter«-gegangen und »unten« am Siegesplatz. Dabei liegt die Piazza, deren Monumentalarchitektur die Grenze zum italienischen Stadtteil jenseits der Talfer markiert, um nichts tiefer als die Bozner Altstadt an der gegenüberliegenden Flußseite. Natürlich war es ein gewagtes Unternehmen!, gibt Magnago freimütig zu. Als er nach drei Vorrednern das Wort ergriff, sei es schon dunkel gewesen. Gesichter habe er kaum ausmachen können. Dafür sehr viel Polizei.

Wer hatte überhaupt die Idee zu diesem Auftritt, Magnago selbst? Genau wisse er es nicht mehr, »aber ich vermute«. Eingeleuchtet habe ihm dieser Vorstoß über die Talfer jedenfalls, sonst hätte er sich nicht drauf eingelassen. Daß mit allen Mitteln gekämpft wurde, zeigte sich am eigentlichen Wahltag. Gegen Abend sei die Wahlbeteiligung in den Bozner Stadtvierteln mit italienischer Bevölkerungsmehrheit deutlich niedrigerer gelegen als in den deutschen. Prompt habe die RAI, also der öffentliche Rundfunk, in Sondersendungen pausenlos aufgerufen: »Italiani, andate a votare!« Über diese Unkorrektheit ist Magnago jetzt noch empört: Der Appell richtete sich nicht an die Bürger, die »cittadini«, sondern einseitig an die Italiener. Eine eindeutige Wahlmanipulation! Der Staatssender in der Bozner Sparkassenstraße, den die italienische Rundfunkanstalt nach dem Intermezzo der deutschen Wehrmacht wieder in Besitz genommen hatte, galt anfangs zu Recht als nationales Bollwerk der Italiener.[229]

Die Frage nach dem Erfolg dieser einzigen Großveranstaltung, mit der sich die Sammelpartei direkt an die Italiener wandte, beantwortet Magnago positiv. Und er meint damit nicht nur das erstaunlich gute Resultat, das mit 13 von 40 Mandaten deutlich über dem Südtiroler Bevölkerungsanteil Bozens (25 %) lag. Gewiß, in erster Linie war der Erfolg das Resultat der stärkeren Südtiroler Wahlbeteiligung. Doch auch die zwei, drei italienischen SVP-Kandidaten und die italienische Kundgebung hätten etwas gebracht, vor allem fürs politische Klima.[230] Magnago weicht nicht aus: »Wenn sie auch gepfiffen haben, nicht alle, aber doch einige«, hatten die Italiener offensichtlich das Gefühl, »sie werden ernst genommen! Man nimmt Rücksicht auf uns ...«

Warum hat die SVP diese Chance später nicht mehr wahrgenommen? Direkte Kontakte mit den Italienern habe es gegeben, wenn auch beschränkt auf einzelne Anlässe, bekräftigt Magnago seine grundsätzliche Gesprächsbereitschaft. Den Siegesplatz meide er allerdings, seitdem das Denkmal samt seinen provozierenden Inschriften mehr und mehr zum nationalistischen Kultobjekt stilisiert worden sei. Den Vorwurf der Vernachlässigung des Dialogs mit den Italienern kann Magnago akzeptieren, hat dafür jedoch eine Erklärung: »Vielleicht aus übertriebener Korrektheit« gegenüber seinen italienischen Politikerkollegen habe er sich bewußt zurückgehalten. Bloßen Stimmenfang lehnt er nämlich kategorisch ab. Als Partei zum Schutz der deutschen und ladinischen Minderheit habe die SVP einen statutarisch verankerten Auftrag. Deshalb kann der nunmehrige Ehrenobmann Magnago jüngsten Expansionsthesen nichts abgewinnen, wie sie in der SVP diskutiert werden, seitdem sich etwa bei Europawahlen zeigt, daß mit einem sauberen Image durchaus auch außerhalb Südtirols Stimmen zu holen wären. »Wir könnten bis hinunter nach Sizilien kandidieren ...«, aber »was sagen wir dem Süditaliener, der uns gewählt hat und heraufkommt, weil er Wohnung und Arbeit braucht?!«

TROTZ ROT-SCHWARZER SCHREIDUELLE, »ZIZERLWEISE WAS ERREICHT ...«

Das Bozner Rathaus wurde zum ersten politischen Lernort, noch vor dem Landtag oder Regionalrat. Gerade hier, wo sich die Südtiroler mit einer bis zu Dreiviertel-Italiener-Mehrheit auseinandersetzen müssen, sind die Temperamente seit jeher aufeinandergeprallt. Demokratiepraxis und Umgang der Volksgruppen wollten gelernt sein. Arnold Heidegger, im Hauptberuf Lehrer, erinnert sich an bewegte Szenen im Bozner Ratssaal, in denen sich Rot und Schwarz nichts schuldig blieben. Pietro Mitolo, das Urgestein der Bozner Neofaschisten, betrat damals die politische Bühne. Alcide Berloffa vertrat die Gegenposition: Der überzeugte Autonomist und spätere langjährige Präsident der Sechser- und Zwölferkommission gehört im Italienerlager selbst heute noch zu den Ausnahmen. Auch unter Sozialisten und Kommunisten profilierten sich die künftigen kleinen und großen Stars: als markante Gestalt etwa Maestro Andrea Mascagni, Fraktionsführer der Kommunisten im Bozner Gemeinderat ab 1948 und späterer KPI-Senator in Rom, ein Nachkomme des Komponisten der »Cavalleria Rusticana« Pietro Mascagni.[231] Im Bozner Musikleben und speziell am Bozner Konservatorium hat der Name Mascagni Tradition. Vater Mario war hier als Direktor eine Institution, ebenso er selbst, als Professor. Wer den Musiker-Politiker nicht kennt, würde in dem vornehmen Seigneur kaum den Kommunisten und ehemaligen Widerstandskämpfer vermuten, der Schweres mitgemacht

»Bozen, Eine Stadt im Wiederaufstieg, 1948–1952«, nennt sich eine Broschüre der Stadtgemeinde mit einer stolzen Leistungsbilanz. Das Wahlamt war eine neue Errungenschaft nach mehr als zwanzigjähriger Diktatur.
Am klassischen Gymnasium-Lyzeum (heute Hauptpost) ist von den Bombenschäden nichts mehr zu sehen. Silvius Magnago hatte hier die erste Klasse Volksschule besucht, an der zur LBA gehörenden deutschen Übungsschule, und später das Gymnasium, als es nur mehr italienische Schulen gab.
Der neu und großzügig angelegte Verdiplatz. Schwere Bombenschäden um den Bozner Bahnhof gaben der Stadtgestaltung damals freie Hand.

hat. Der Vater und die Frau von Mascagni waren im »Bozner KZ«.
In der Bozner Ratsstube prallten die Ideologien und Argumente hart aufeinander. Die Gegner Mitolo und Mascagni, die Sozialisten Marcello Caminiti und Claudio Emeri, der kämpferische Silvius Magnago schenkten sich nichts. Arnold Heidegger erinnert sich an so manches Schreiduell: »Es ist wirklich wild zugegangen!«, aber auch an ein persönliches Aha-Erlebnis: Selbst ausgesprochene Kampfhähne standen womöglich schon eine Stunde später am Buffet, bei einem Gläschen friedlich vereint. »Auch Magnago mit Mascagni ... Das war für mich etwas total Neues!« staunte Heidegger über die, wie er lächelnd zugibt, ihm bis dahin vollkommen unbekannten Rituale italienischer Politik mit ihrem ausgeprägten Sinn für Kommunikation. Was Heidegger im speziellen Fall Magnago-Mascagni allerdings nicht wußte: Die Bekanntschaft datierte noch aus der Schülerzeit am Fußballplatz. Beide waren Spieler in der Mannschaft des Bozner Lyzeums, Magnago als Torhüter und der etwas jüngere Mascagni als Stürmer. Weitere Spieler in dieser politikträchtigen Elf waren Pietro Mitolo, die künftige Schlüsselfigur der Bozner Neofaschisten, und der spätere Kulturlandesrat Anton Zelger, damals Rechtsaußen am Fußballplatz.
Mascagni und Magnago sind sich bis heute in gegenseitiger Wertschätzung zugetan. Gerade von italienischer Seite sei Magnago immer wieder Respekt gezollt worden als Musterbeispiel eines integren Politikers, betont Mascagni. Ein Politiker, der sich ein Leben lang für seine Volksgruppe einsetzt, ohne persönliche Nebeninteressen, sei keine Selbstverständlichkeit. Zudem gibt es einen entscheidenden gemeinsamen Punkt: »Magnago war nie ein Nationalist!« Ein Kompliment, das Magnago gerne zurückgibt: Mascagni war »immer sehr liberal und nie gehässig!« In der heutigen, sogenannt post-ideologischen Ära ist ein Politiker wie Magnago mit seinen festen Grundsätzen die wohltuende Ausnahme. Auch weil er weiß, daß Prinzipien und pragmatisches Handeln nicht unvereinbar sind. »I schau net unbedingt auf die Ideologie. I behalt meine und schau, wie's steht mit der Zusammenarbeit ...« In der ersten Nachkriegszeit war diese Konsensbereitschaft besonders notwendig. Die Wogen des Nationalismus gingen damals noch bedenklich hoch, nicht nur im MSI, sondern auch in weiten Kreisen der DC, verweist Mascagni auf die Stimmungskulisse. Dennoch war das Klima konstruktiv, die Notwendigkeit gemeinsamen Aufbaus gab klare Perspektiven vor. Arnold Heidegger bringt dies auf den Punkt: »Das Schöne war, man hat doch zizerlweise etwas Positives erreichen können ...!«

Magnagos Wahl zum Bozner Vizebürgermeister, der erste politische Triumph

Für Silvius Magnago waren die Bozner Gemeindewahlen von 1948 der erste politische Triumph. Mit einer Lawine von 14.141 Vorzugsstimmen hängt er den Favoriten seiner Partei spielend ab. Walther Amonn, kunstliebender Großkaufmann mit beträchtlichem Privatvermögen, ein typischer Vertreter des wohlhabenden Bozen und noch dazu Bruder des Parteigründers, kommt nur auf knapp 11.000 Stimmen.[232] Amonn habe bereits vor der Wahl als designierter Vizebürgermeister gegolten. Mit einem aufblitzenden Lächeln bemerkt Magnago: Es war keine Kleinigkeit, den Repräsentanten der »Laubenkönige« und seine Lobby auszustechen. Der Übername »Laubenkönige« – so heißt die geschäftstüchtige Kaufmannsgilde im Bozner Volksmund – hat in diesem Fall mehr symbolische Bedeutung. Die Amonns waren Großbürger und quittierten das Wahlergebnis mit einer noblen Geste. Beide hätten ihn ersucht – so Magnago – das Amt des Vizebürgermeisters zu übernehmen.
Walther Amonn leitet das Finanzressort der hochverschuldeten Stadt. Schon nach vier Jahren konnte die SVP ihr Wahlversprechen einlösen und wieder einen geordneten Haushalt präsentieren.[233] Dritter SVP-Vertreter im Stadtrat war Architekt Luis Plattner. In zähen Verhandlungen sei eine nahezu gleichgewichtige Vertretung der SVP im Bozner Stadtrat durchgesetzt worden, »wie wir sie danach nie mehr wiederbekommen haben«, sinniert Magnago. Drei Stadträte für die Deutschen, drei für die Italiener, die zusätzlich den Bürgermeister stellten.[234] In der ersten Bozner Nachkriegsära war Bürgermeister Lino Ziller die prägende Figur und ein Garant guter Zusammenarbeit. Dem gebürtigen Nonsberger, also Trentiner, bescheinigt Magnago Ausgewogenheit als Mensch und Politiker. »Er war kein Nationalist!« und somit für damalige Zeiten schon fast eine Ausnahmeerscheinung.

In dieser politikträchtigen Elf des Bozner Gymnasiums war Silvius Magnago Torhüter. Vorderste Reihe, knieend, von links: der spätere Kulturlandesrat Anton Zelger; Nino Boscarolli, künftiger Sekretär des GUF (Gioventù Universitaria Fascista); als Linienrichter im Vordergrund mit Fahne: Pietro Mitolo, Spitzenexponent der Bozner Neofaschisten nach dem Krieg. Auch Pietro Mascagni, nach 1945 führende Persönlichkeit der Kommunisten, spielte in der Mannschaft, ist aber wie Magnago nicht auf dieser Aufnahme von 1932 im Drususstadion, nach einem 1 : 1 gegen die Handelsschule.

Die Stadtregierung war das verwalterisch effiziente Gegenstück zum rhetorisch überbordenden Gemeinderat. Das kleine Gremium war mit den konkreten Problemen des Bozner Alltags befaßt. Nach den Sitzungen ging man mit den italienischen Kollegen häufig zum Abendessen, zumindest anfangs, meint Magnago, »später sind wir öfter getrennt gegangen, wir Südtiroler ...« Magnago konnte sehr fröhlich sein, erinnert sich Arnold Heidegger. Leider sei es meist schon zu spät gewesen für einen Abstecher ins Kaffeehaus. Das Stammlokal am Eingang der Lauben hatte bis drei Uhr früh geöffnet. Während der Nachtmensch Silvius Magnago bei heißen Spätdebatten erst so richtig aufzuleben begann, habe er selbst diesen Streß neben Lehrberuf und diversen Ehrenämtern nur eine einzige Amtsperiode lang verkraftet. Bürgermeister Ziller ließ der Debattierlust des Gemeinderats nahezu ungebremsten Lauf, bis tief in die Nacht hinein oder gar in den heraufgrauenden Morgen, seufzt Heidegger. An eine Szene erinnert er sich deutlich: Einmal sei er sogar auf dem Heimweg mit Hochwürden Dr. Jakob Aufderklamm zusammengetroffen,[235] der bekannte Geistliche eilte bereits zur Frühmesse in den Bozner Dom. Ihm selbst hingegen sei gerade noch Zeit zum Rasieren geblieben, bevor er seinen Schülern gegenübertrat – wie jeden Tag pünktlich um zehn vor acht.

Die letzte Marathonsitzung der ersten Amtsperiode des Bozner Gemeinderats beschreibt die »Dolomiten« vom 29. Oktober 1952, unter dem Titel: »'Kehraus' im Bozner Rathaus. Nach neunstündiger Nachtsitzung beschließen die Stadtväter ihre Tätigkeit«. Eine Reportage, die Stimmung aufleben läßt. Noch während der Debatte langten bereits die ersten Presseberichte über die Sitzung im Ratssaal ein: um vier Uhr früh kamen die ersten Zeitungen, die »von den Korrespondenten direkt von der Rotationsmaschine in den Saal geliefert wurden«. Zu den zeitraubenden

Walther Amonn (Mitte) hatte sich im Bozner Rathaus als Finanzstadtrat um die Sanierung der hochverschuldeten Stadt verdient gemacht, hier im Gespräch mit Senator Karl Tinzl (rechts).

Themen der Tagesordnung gehörten eine Gefallenengedenktafel[236] und das Drusus-Theater im ehemaligen Gebäude der faschistischen Jugend. Dennoch leistete man sich noch um 5 Uhr früh eine Fragestunde, die in allgemeiner Heiterkeit endet. Das Schlußlicht war nämlich ausgerechnet ein von der SVP vor Monaten eingebrachter Antrag auf Beschränkung der Redezeit! Als Bürgermeister Lino Ziller die Sitzung endlich für geschlossen erklärt, war es 6 Uhr 10: »... draußen stieg der neue Tag auf und in den Straßen begann der Alltag zu pulsieren, als die Stadtväter mit abgekämpften Gesichtern den rauchigen Sitzungssaal des Bozner Rathauses verließen. Die letzte Sitzung war zu Ende.«

Die Schlußstatements der Gemeinderäte finden sich in der Südtiroler Tageszeitung hervorgehoben als Zwischentitel, von Bürgermeister Ziller: »Wir haben unsere Aufgabe erfüllt« bis zu Arnold Heidegger: »Die Frage der Cairolischule noch ungelöst«.[237] Gerade mit Schulanliegen habe er bei Magnago stets ein offenes Ohr gefunden, erinnert sich Heidegger. Noch fehlte es ja an allem, von Papier und Tafelkreide bis zu Putzmitteln und Gardinen. Mit den Bittgängen um Schulutensilien hatte der passionierte Lehrer aber schneller Erfolg als in seinem siebenjährigen Kampf für die Umbenennung der ehemaligen Kaiser-Franz-Joseph-Volksschule in die heutige Goetheschule. Mit der italienischen Namenspatronin Adelaide Cairoli hätten sich weder Lehrer noch Eltern anfreunden können, erklärt Heidegger seinen Einsatz. Auf seine Petitionen um Namensänderung erhielt er immer wieder die gleiche Antwort, im besten Fall höfliches Bedauern: eine Streichung von bedeutenden Persönlichkeiten der Nationalgeschichte sei nicht vorgesehen. Als er wieder einmal ein solches Antwortschreiben des Schulamts in der Hand hielt: »... personaggi storici non possono essere eliminati ...«, war er nahe am Aufgeben. Hätte ihm nicht Magnago moralisch den Rücken gestärkt mit seinem: »... lei net lugg lassen, Herr Heidegger, weiterkämpfen ...!«[238]

War Heidegger mit Magnago per du, wie das heute unter Politikerkollegen üblich ist? »Ich habe es jedenfalls nie gewagt, per du zu sein!« Nicht einmal Magnagos joviale Andeutung bei einem späteren Treffen der ehemaligen SVP-Gemeinderäte hat das Eis gebrochen. Trotz seines sprühenden Politiker-Temperaments besaß Magnago schon damals seine ganz besondere Aura. Formvollendete Höflichkeit verbindet er mit distanzierter Zurückhaltung. Selbst für eine Persönlichkeit wie Andrea Mascagni ist es etwas ganz Besonderes, als italienischer Politiker mit Magnago per du zu sein. Er spricht davon fast mit Andacht, wie von einer besonderen Auszeichnung. Magnago habe dieses Du aus der Jugendzeit auch später im frostigen Klima der Achtzigerjahre nicht versteckt, erinnert sich Mascagni an eine Parteiendiskussion zur Sprachgruppenerklärung im Rahmen der Volkszählung. Ihre konträren Positionen lagen auf der Hand: Mascagni war Exponent der Kommunistischen Partei, Magnago Landeshauptmann und Obmann der Südtiroler Volkspartei. Sicherheitshalber habe er bei seinem einstigen Schulkollegen rückgefragt, wie er's halten wolle mit der Anrede. Magnagos selbstverständlichen Verbleib beim »Du« weiß Mascagni bis heute zu schätzen.

WÄHLT! WÄHLT ALLE! WÄHLT GÜLTIG!

Gängige Darstellungen zeichnen Südtirols Geschichte bis zum Paket in der Regel in düsteren Farben. Realhistorisch ist das Bild zu differenzieren: Zumindest in der Anfangsphase wurde in die magere Autonomie von 1948 doch einiges an Hoffnung und Aufbruchstimmung investiert. Die Südtiroler betraten politisches Neuland und waren bereit zu kämpfen. Die flammenden Aufrufe zur ersten Landtagswahl vom 28. November 1948

Der Regionalrat tagte schon damals abwechselnd in Trient und in Bozen. Der Bozner Ratssaal diente als Ausweiche, bis der Saal im neuen Landhaus zur Verfügung stand. Am Präsidiumstisch: Silvius Magnago (Mitte), links: Alfons Benedikter, Sekretär des Regionalrates, rechts: Vizepräsident Luigi Menapace und Sandro Panizza (DC). Vorne, dritter und vierter von links: Tullio Odorizzi, der erste Regierungschef der Region, und der Regionalassessor für Finanzen Paul Mayr.

sind selbstbewußt: »Das ist der Stolz Tirols. Früher als die meisten Völker Europas, schon vor sieben Jahrhunderten, hatte es seinen eigenen Landtag, regierte sich selbst. 1918 riß die ehrenreiche Tradition für Südtirol ab. Nun, nach dreißig Jahren, wird sie wieder aufgenommen ...« Jetzt gehe es darum, »eigene Landeskinder« zu wählen.[239] In Zeitungsinseraten wurden die demokratie-unerfahrenen Südtiroler ermahnt, nur ja nicht nochmals 3.000 ungültige Stimmen wie bei der ersten Parlamentswahl zu verschenken. »Drum noch einmal: Wählt. Wählt alle. Wählt gültig!«[240]
Listenführer der SVP-Landtagskandidaten war Parteiobmann Josef Menz-Popp, auch er ein profilierter Dableiber wie sein Vorgänger Erich Amonn. Nummer 12 (ohne alphabetische Reihung) war Silvius Magnago, der als erster Obmann-Stellvertreter der Sammelpartei und als Vizebürgermeister der Stadt Bozen inzwischen ein beachtliches Curriculum vorzuweisen hatte.[241] Die euphorische »Dolomiten«-Schlagzeile »Glänzender Erfolg der Edelweißliste«[242] ging in erster Linie auf sein Konto: Mit 22.995 Vorzugsstimmen war Magnago haushoher Sieger.[243] Der wesentlich ältere Dr. Karl Erckert, im Anschluß an die Wahl zu Südtirols erstem Landeshauptmann ernannt, erreichte mit 9.182 Stimmen nicht einmal die Hälfte des Resultats.[244] Warum wurde Magnago dann aber »nur« Landtagspräsident statt Landeshauptmann? »I hab' der Partei nie Schwierigkeiten gemacht, wenn's um die Stellenrauferei gangen is ...«, meint er im Ton verhalten, aber bestimmt. Man sei an ihn herangetreten: Dr. Erckert habe Rechtsanwalts- und Verwaltungserfahrung, sei wesentlich älter ..., er habe das akzeptiert.[245] Das eigentlich Verblüffende an dieser Landeshauptmann-Kür streift Magnago scheinbar beiläufig, in einem versteckten Nebensatz.
Erckerts »Verwaltungserfahrung« stammte aus seiner Zeit als kommissarischer Bürgermeister Merans 1943–45. Damals, in der Zeit der deutschen Besetzung Südtirols und Oberitaliens, waren in der Provinz Bozen die italienischen Amtsbürgermeister durch deutsche Kommissare ersetzt worden. Erckerts Aufstieg zum Präsidenten der neugeschaffenen Provinz war daher keine Selbstverständlichkeit, wurde jedoch von der Sammelpartei voll mitgetragen. Die Kontinuität der Eliten ist ein besonders ausgeprägtes Südtiroler Phänomen, entsprechende Beachtung findet es bei jüngeren kritischen Historikern wie Anton Holzer oder Günther Pallaver. Unter dem Titel »Schlamm drüber ...« bemängelt der Journalist und Politologe Pallaver, daß die Ära der Säuberungen Südtirol bestenfalls gestreift hat: »Unter dem allumfassenden Mantel des Volkstumskampfes hatten antinazistische Grundeinstellungen immer weniger Platz. Die Reihen

wurden geschlossen, die Gräben zugeschüttet, der Kampf gegen Rom schweißte die Volksgruppe zusammen. Beim nationalen Abwehrkampf wurde nicht auf die Vergangenheit geschaut ...«[246]
Natürlich wundert man sich über die Optantenkarrieren so bald nach Kriegsende, nachdem die bloße Beteiligung von Optanten an der SVP-Gründung am 8. Mai 1945 noch höchst vertraulich geblieben war, um die Zustimmung der Alliierten nicht aufs Spiel zu setzen. Und nur drei Jahre später entsendet diese Partei der »Dableiber« und Widerständler in alle neugeschaffenen Schlüsselämter des Landes Optanten?! In der damaligen Lage habe jeder verstanden, daß nur Einigkeit Erfolg verspreche, meint Magnago. Dieser Kernsatz hat die Aufbaugeneration zusammengeschmiedet. Als Protagonisten der ersten Aufbauzeit hatten Optanten wie Tinzl und Erckert auch die »Dableiber«-Kreise hinter sich, da beide als unparteiische und integre Verwalter galten. Auch von italienischer Seite sei ihnen Respekt gezollt worden, versichern kritische Zeitzeugen wie Friedl Volgger. Erckerts Verhaftung durch die Gestapo am 28. April 1945, also nur einen Tag vor der Unterzeichnung des Waffenstillstands in Caserta, war für sein Image ein weiterer Pluspunkt. Sohn Karlheinz Erckert erinnert sich an diese aufregenden Tage, die er als Neunjähriger miterlebt hat.
Der Mutter sei es gelungen, umgehend den Präfekten Karl Tinzl einzuschalten, der Erckert am 30. April aus der Gestapo-Zentrale im heutigen Vierten Armeekorps herausholt. Erckert kehrte unverzüglich nach Meran zurück, ohne sich auch nur zum Rasieren Zeit zu nehmen. Sein sechster Sinn hatte ihn nicht getäuscht. Er sei gerade zum »Partisanensturm« zurechtgekommen, der bei Erckerts Erscheinen im Meraner Rathaus jedoch zusammengebrochen sein soll, stützt sich der Sohn auf Informationen aus erster Hand. Dem nach Südtirol entsandten Vertreter des Norditalienischen Befreiungsausschusses Bruno De Angelis wird immer wieder vorgeworfen, er habe seine Hand im Spiel gehabt bei den in letzter Minute vom Zaun gebrochenen Auseinandersetzungen zwischen Partisanen und Wehrmacht, die allein in Meran elf Tote forderten.[247] Es sollte der Eindruck entstehen, wie ein italienischer Nachkriegshistoriker behauptet: »in Bozen und Meran hätten die Deutschen trotz der unterzeichneten Kapitulation Italiener niedergemetzelt«.[248] »Diese 'Aufstandsversuche', angeregt durch ... Bruno De Angelis« sollten »den italienischen Anspruch auf die Grenzprovinz untermauern«, bestätigt der Südtiroler Historiker Christoph von Hartungen.[249] Der Partisanenchef De Angelis hat seine Intentionen also mit zum Teil sehr fragwürdigen Methoden durchgesetzt. Dennoch rückt De Angelis als neuer Präfekt ab 12. Mai 1945 und Nachfolger von Karl Tinzl an die Spitze der Provinz auf.[250] Moralisch hatte man sich also nicht allzuviel vorzuwerfen, folgerte Silvius Magnago zwanzig Jahre später in der Schlußpassage eines Vortrags vor italienischen Akademikern: »Ich glaube, daß die Südtiroler die moralische Probe gut bestanden haben, die ihnen die zweijährige deutsche Besetzung nach 20jähriger faschistischer Unterdrückung auferlegte.«[251]

»Die Rollen waren gut verteilt ...!«

Funktionäre wie Tinzl und Erckert gehörten nach Ansicht des Historikers Leopold Steurer zu der von den deutschen Machthabern eingesetzten und unterstützten Führungselite, ohne daß sie selbst Fanatiker gewesen wären. Den für die Landtagskandidatur notwendigen Entnazifizierungsprozeß hat Erckert im Sommer 1948 problemlos überstanden.[252] Die erste Südtiroler Vertretung im römischen Parlament von 1948 bestand ausschließlich aus »Dableibern«. Im Landhaus hingegen hatten die Optanten das Sagen: Landeshauptmann Erckert und Landtagspräsident Magnago hatten ebenso wie die drei Assessoren Dr. Alfons Benedikter, Dr. Friedrich Teßmann und Sparkassendirektor Paul Mayr alle für Deutschland optiert. »Das Signal hätte nicht eindeutiger sein können, daß der Aussöhnungskurs wirklich greift«, bekräftigt der Parade-Zeitzeuge des »Dableiber«-Lagers Friedl Volgger. »Die Rollen waren gut verteilt ...«, meint auch Magnago. Gab es denn keine Rivalitäten? Volggers Antwort ist nüchtern: mit einem nur 14prozentigen Bevölkerungsanteil wären Alleinregierungsansprüche der »Dableiber« utopisch gewesen.
Die Rolle als Präsident des ersten Südtiroler Landtags und zugleich Vizepräsident des neuen Regionalrats war für den noch nicht einmal ganz 35jährigen Silvius Magnago ein Idealstart.[253] In der Stunde Null der Demokratie hatte sein politisches Temperament endlich ein weitläufiges Handlungsfeld gefunden. »Mit dem heutigen Tag beginnt eine neue Epoche, erhält das Autonomiestatut erstmals Form und Gestalt. Autonomie heißt Selbstverwaltung ...« beginnt Magnagos programmatische Rede zur Eröffnung des Regionalrats. Diese programmatischen Aussagen

Silvius Magnago bei einer Regionalratssitzung im Bozner Rathaus. Nach dem ethnischen Rotationssystem begann Magnago als Landtagspräsident und Vize-Präsident des Regionalrats, um in der zweiten Hälfte der Legislatur das Amt des Regionalratspräsidenten auszuüben. Links: Alfons Benedikter, rechts: Luigi Menapace, erster Präsident und nun Vizepräsident des Regionalrats.

zum Start in eine neue Ära könnte man heute noch unterschreiben. »Selbstverwaltung« definiert Magnago als eine zumindest »teilweise verwaltliche Trennung von der Zentralregierung mit allen Vorteilen, die wir uns daraus erhoffen ...« Verwalterische Selbständigkeit brauche ein solides Fundament, so die nüchterne Einsicht Magnagos. Fürs erste sei daher »viel Verwaltungsarbeit« angesagt »und wenig oder gar keine Politik. Nur so wird die Autonomie, die von vielen noch als ein Experiment bezeichnet wird, wirklich eine glückliche Zukunft für uns bedeuten.« Stichwort »Zusammenleben«, auch da spricht der Realpolitiker: »Das Geheimnis des Gelingens der Autonomie liegt in der Zusammenarbeit zwischen verschiedenen Bevölkerungen, die in dieser Region leben, den Italienern, Deutschen und Ladinern ...«[254]

Die Reihung nach Bevölkerungsstärke ist nüchtern und korrekt, trifft aber genau den brisanten Punkt der Regionalautonomie Trentino-Südtirol. Im Regionalparlament waren die Italiener sehr eindeutig in der Übermacht. Trotzdem hätte Magnago zunächst alles eher vorgeschwebt als der Bruch, den er 1957 lancieren sollte, mit seinem zündenden Schlachtruf »Los von Trient!« Regionalratspräsident Luigi Menapace hatte in seiner Eröffnungsrede das Beispiel Schweiz angesprochen. Magnago bekräftigt es mit dem Appell: »Wenn es dort möglich ist, warum nicht auch bei uns? Dort hält man es so: je schwächer eine Volksgruppe ist, um so mehr und sorgfältiger werden ihre Rechte geschützt ...«[255] Vorerst war das freilich ein frommer Wunsch, denn der Südtiroler Landtag hatte im Unterschied zum übergeordneten Regionalrat mit italienischer Mehrheit fürs erste nur ein kümmerliches Minimum an Kompetenzen. Trotz des minimalen Handlungsspielraums war der erste Anfang jedoch keineswegs vom Gefühl politischer Bedeutungslosigkeit getragen. Die Einsetzung des Landtags hatte geradezu etwas Weihevolles. Bereits als Vorspann zum Ereignis veröffentlicht die Südtiroler Tageszeitung eine Art »Who's who«, man mußte sich ja nicht nur an die neue Demokratie gewöhnen, sondern auch an die aus dem Italienischen importierte Nomenklatur. Daher die kleine Nachhilfelektion mit Rückgriffen auf Alt-Österreich.

Der neue »Präsident des Landesausschusses« war im alten Tiroler Landtag der »Landeshauptmann«, zum Unterschied vom Landtagspräsidenten. Und aus den einstigen »Beisitzern« wurden nun »Assessoren«.[256]

Mit Trikolore und Kruzifix

Am Montag, 20. Dezember 1948, unmittelbar vor Weihnachten, war es soweit. Ort der Handlung: das Präfekturgebäude, dritter Stock.[257] Ziemlich genau ein Jahr zuvor hatte Magnago beim »Sturm auf die Bozner Präfektur« vor diesem Haus mitdemonstriert,[258] in dem jetzt seine feierliche Wahl zum ersten Präsidenten des Südtiroler Landtags erfolgt. Präfekt Francesco Quaini war unter den Ehrengästen. Die autonomen Regionen hatten ihre besondere Verwaltungsstruktur. Der neue Südtiroler Landesausschuß übernahm weitgehend den Wirkungskreis der Präfektur. Der Regierungskommissär für die Region Trentino – Tiroler Etschland verblieb hingegen weiterhin Vertreter der Staatsautorität.[259] Auch Bischof Johannes Geisler gehörte zur Prominenz, die zur Geburtsstunde des Landesparlaments zusammengeströmt war. Man drängte sich auf engstem Raum, vorläufig fehlte noch ein Sitzungssaal. Der Neubeginn in Bozen war entsprechend bescheiden. Die Szene vermittelt eine seltsame Mischung aus familiärer Atmosphäre mit fremden Akzenten. »Der etwas kleine Raum war mit den Fahnen der italienischen Republik geschmückt, an der Wand ober dem Präsidenten hing das Kruzifix ...« Für den Präsidenten samt Stellvertretern und Sekretären war eine eigene Stuhlreihe aufgestellt. Davor wartete die Wahlurne. Rund um einen ovalen Tisch, fast wie in einem bürgerlichen Salon, scharten sich die Landtagsabgeordneten. Damals waren es noch bescheidene zwanzig an der Zahl.[260]

Es ist bezeichnend für Magnago, daß er bei seiner Antrittsrede in Bozen und Trient unterschiedliche Schwerpunkte setzte. Gemeinsamer Nenner war der Versöhnungsappell an die Zusammenarbeit aller Sprachgruppen, »gleich, welcher ideologischen Richtung sie angehören ...« Instinktiv hatte Magnago sofort erfaßt: Um Fortschritte zu erzielen, mußte man auch die Italiener dazu bringen, sich mit dem Anliegen Autonomie zu identifizieren. Denn an den ungünstigen Rahmenbedingungen des ersten Autonomiestatuts gab es nichts zu rütteln. Der Staat habe der autonomen Region »nicht viel und den beiden Provinzen – somit auch unserer Provinz – noch bedeutend weniger gegeben«. Anstatt Klage zu führen, setzt Magnago aufs positive Beispiel, also auf Ausbau der Autonomie durch Überzeugungsarbeit. Aus heutiger Sicht war dies der letztlich richtige Weg, für damals aber eine erstaunlich gewagte Zielvorgabe. In Magnagos Zuversicht spiegelt sich der starke Aufbauwille dieser Zeit. Trotz des mageren Ist-Zustands gab er sich überzeugt, »daß wir in Zukunft den Beweis erbringen können, daß wir uns auch im Rahmen dieser Aufgaben ... als fähige Verwalter – sei es in der Provinz, sei es in der Region – bewähren werden und somit den Nachweis erbringen, daß die Autonomie für diese unsere Heimat und für die in ihr wohnende Bevölkerung – somit auch dem Staate selbst – zum Vorteil gereichen wird; dann werden wir uns einen Titel des Verdienstes und des Vertrauens erworben haben, der in Rom anerkannt und die Regierung von sich heraus veranlassen wird, unsere Autonomie einer Verbesserung zuzuführen«.[261]

»Von sich aus ...« ging bei der römischen Regierung nun freilich gar nichts voran. Südtirol mußte sich die Verbesserung seiner Autonomie hart erkämpfen. Daß schon die erste konstituierende Sitzung des Regionalrats für die Südtiroler Volkspartei buchstäblich mit einem Unfall begann, schien ein symbolträchtiger Zufall. Auf der Fahrt nach Trient wurden gleich vier SVP-Abgeordnete aus der westlichen Landeshälfte bei einem Autounfall zum Teil schwer verletzt. Am schwersten erwischt hatte es SVP-Obmann Josef Menz-Popp und den designierten Landeshauptmann Karl Erckert.[262] Alfons Benedikter und sein Vinschgauer Kollege Ernst Muther saßen auf dem Rücksitz. Von Schlanders nach Meran hatten sie den Zug genommen. Neblig sei es gewesen, erinnert sich Benedikter an den Frontalzusammenstoß mit einem Militärfahrzeug in Sinich, kurz nach Meran. Schon damals macht Benedikter dem Übernamen alle Ehre, den er später als zweitmächtigster Mann der SVP und beinharter Autonomieverhandler von Italiens Medien verpaßt bekam, nämlich »il panzer«: Trotz Unfallschock nützt er die erstbeste Fahrgelegenheit und schafft es tatsächlich noch, mit einiger Verspätung an der ersten Sitzung des Regionalrats in Trient teilzunehmen. Magnago hat das Bild noch in Erinnerung, wie »der hinkende Alfons« mit beschädigter Brille im Saal auftaucht.[263]

Magnagos fulminanter Aufstieg zum Bannerträger des »Los von Trient!« war keineswegs so linear und problemlos, wie es vielleicht rückblickend

Für die feierliche Eröffnung des Landtags mit anfänglich nur zwanzig Abgeordneten unter seinem ersten Präsidenten Silvius Magnago (rechts am Podium) war der Saal viel zu klein. Das Palais Widmann war damals noch Sitz der Präfektur. Später wurde der Saal zur Arbeitsstätte der Landesregierung umgebaut. Geradezu als Symbol der neuen Autonomie wertet Magnago den Einzug des Landeshauptmannes in seine heutigen Amtsräume. Vorher hatte der Regierungskommissar hier Rom repräsentiert.

scheint. Der Kleinkrieg um die verweigerte Landesautonomie griff auch innerhalb der Südtiroler Volkspartei um sich. »Das hat mit den fünfziger Jahren angefangen ...«, erinnert sich Benedikter. Er selbst gehörte zu den Ungeduldigen: »Wir müssen schauen, wie wir dieses Autonomiestatut überwinden!« Magnago dagegen habe zunächst zur moderaten Gruppe gezählt, also eher zum Kreis um Erich Amonn, der das Erreichte nicht gleich wieder über den Haufen werfen wollte.

Die Kunst, mit Radikalen gemässigte Politik zu machen

In der ersten Nachkriegszeit gab es sogar Tendenzen, die Trentiner als Bundesgenossen im Kampf um mehr Autonomie gegen Rom zu gewinnen, verweist Volgger auf Parallelen zur heutigen Konstellation. Geht es heute um Selbstbehauptung im Umwandlungsprozeß des italienischen Nationalstaats, so war damals Selbstbehauptung gegen Zentralismus und Zuwanderung angesagt. Das gemäßigte Lager um Parteiobmann Erich Amonn habe diesen Versuch einer Zusammenarbeit mit dem Trentino unterstützt, betont Volgger. Die Schuld am historischen Zerwürfnis lastet Volgger dem Starrsinn einer kleinen, uneinsichtigen Clique in Trient an.[264]

Magnago und Benedikter sind die letzten Südtiroler Abgeordneten des 1948er Landtags. Beide haben Autonomiegeschichte geschrieben: Magnago als Mann des Ausgleichs und als Symbol der Kontinuität, Benedikter als Fundamentalist, mit einer höchst kontroversiellen Politikerbiographie. Im heutigen Landtag ist Benedikter mit seinem Mandat seit 1948 Rekordhalter. Früher mächtigster Mann der Südtiroler Volkspartei nach Magnago, drückt er inzwischen die Oppositionsbank. Der jetzige Selbstbestimmungsbefürworter war schon 1969 Paket-Gegner. Dennoch findet man ihn an der Seite Magnagos wieder, in den Jahren der »Paket«-Durchführung, als Autonomiejurist, der mit seiner harten Linie weitgehend freie Hand hatte. Die Wege trennten sich endgültig, nachdem sich Benedikter mit der internationalen Beilegung des Südtirolkonflikts vom Juni 1992 nicht abfinden konnte.

Die Kunst, mit Radikalen gemäßigte Politik zu machen, wurde zum Markenzeichen der Politikerpersönlichkeit Silvius Magnago. Die griffige Formel stammt übrigens vom Schulmann Rainer Seberich, der die Südtirolpolitik seit den späten Fünfzigerjahren publizistisch mitverfolgt hat. Magnago blieb die Leitfigur, unverwüstlich, aber nicht unverwundbar. Für seine politischen Botschaften hat er auch Rückschläge kassiert und Lehrgeld bezahlt. Ein Schlüsselbeispiel war seine Rede, die RIAS-Berlin zum Jahreswechsel 1951/52 ausstrahlt, mit dem bemerkenswerten Titel »Südtirol ein kleines Europa«. In einigen Passagen ließ Magnago verblüfft aufhorchen. Etwa in der Feststellung, trotz des schwierigen Zusammenlebens zwischen zwei Volksstämmen, vor allem in der Vergangenheit unter einem totalitären Regime, sei: »... das Leben hier friedlich, behaglich und voller Zukunftserwartungen«. Nach dem Krieg sei in Südtirol nämlich »etwas in seiner Art Einzigartiges« passiert: »Die deutsche Volksgruppe wurde

Trotz aller Härten des Autonomiekampfs in den Fünfzigerjahren pflegten die politischen Vertreter des Landes und der Region geselligen Umgang. Das brachte die Gegner näher: Tullio Odorizzi, erster Regierungschef der Region, an der Seite von Regionalratspräsident Magnago und Landeshauptmann Karl Erckert (oberes Bild, ganz rechts).

Von der einstigen zwanglosen Gesprächskultur ist viel verloren gegangen, bedauern Zeitzeugen rückblickend. (oberes Bild, links): Alfons Benedikter. (unten, von links): SVP-Gründer Erich Amonn; der erste Präsident des Regionalrats nach 1945 Luigi Menapace; Ing. Alois Pupp (2. Reihe, Mitte), künftiger Landeshauptmann nach Karl Erckert (1955 †).

durch Gesetze als bestehend anerkannt ... Im Rahmen einer verhältnismäßig begrenzten Selbstverwaltung kann sie sich selbst um den Schutz der einheimischen Bevölkerung deutscher Zunge kümmern ...«[265]

STURZ AUS DEN WOLKEN

Mit dieser unkonventionellen Botschaft über den Stand des Südtirolproblems erreicht der damals international noch vollkommen unbekannte Magnago über den legendären Radiosender im amerikanischen Sektor Berlins ein Millionenpublikum. Auf Jahrzehnte hinaus blieb diese Magnago-Rede der einzige Südtiroler Versuch, über den lokalen Horizont hinauszuschauen und das eigene Problem zu relativieren. Magnago steht heute noch dazu. Seine Botschaft, sagt er, richtete sich an Millionen deutsche Vertriebene, denen er Hoffnung machen wollte. »So wie die Situation damals war in Berlin, mitten im Vertreibungs-Holocaust!«, rührt er mit Nachdruck an ein Kapitel Nachkriegsgeschichte, das man gerne vergißt. Die Zahlen sprechen für sich: 14 Millionen deutsche Vertriebene, bis zu zwei Millionen Todesopfer! Der dramatische Hintergrund der Vertreibungen erklärt die Mischung aus Schock und Dankbarkeit, die der ersten Südtiroler Politikergeneration um Erich Amonn so tief in den Knochen steckte.[266] Rückoption, Rückwanderung, Minderheitenschutz für die Betroffenen der Hitlerschen Umvolkungspolitik – mit solchen Schutzbestimmungen war die deutschsprachige Minderheit in Italien vergleichsweise privilegiert. Magnagos Versuch, den Südtiroler Lösungsansatz in einen europäischen Rahmen zu stellen, zeugt von politischer Logik. Eine breitere Rezeption des Südtiroler Beispiels wäre auch für das Land selbst von Nutzen gewesen. Gerade im geteilten Deutschland durfte er die stärkste Resonanz erwarten, auf seinen Appell, daß: »... Italien und Österreich einen Weg gewiesen haben, der auch für viele von Ihnen bedeutungsvoll werden kann, und der zeigt, wie leicht eine europäische Einigung bei gutem Willen erzielt werden könnte«. Magnago gibt offen zu, daß seine Radioansprache fürs deutsche Ausland bestimmt gewesen sei, nicht für Südtirol. Den Rückkoppelungseffekt im eigenen Land hatte er nicht einkalkuliert. Genausowenig gefaßt war er darauf, daß die italienische Presse seinen als positive Motivation verstandenen Appell sofort dazu benutzte, um Südtirols Proteste gegen die Nicht-Erfüllung der römischen Zusagen ad absurdum zu führen.[267] Die Südtiroler Tageszeitung quittiert Magnagos Ausführungen mit einem vernichtenden Kommentar: »Der Sturz aus den Wolken« – den Titel dieser Generalabrechnung kennen Insider bis heute auswendig. Als Verfasser des nicht gezeichneten Kommentars gilt Kanonikus Gamper.[268] »Ich hab' in keiner Weise reagiert!«, die schroffe und doch auch stolze Reaktion Magnagos zeigt heute noch, wie sehr ihn das Scherbengericht damals getroffen hat. Er habe schon öfter was auf sich beruhen lassen, brummelt er in sich hinein; den immer leiser werdenden Rest des Satzes, daß er im Interesse der Sache auch schweigen könne, muß man sich fast schon dazu denken. Sein eigentliches Anliegen »haben die net verstanden!«, verweist er noch einmal auf den brisanten Zeithintergrund. »Die Rede war als Trost gedacht, daß wir eine Lösung gefunden haben, die nicht Vertreibung lautete. Was für uns wenig war, wäre für Millionen Vertriebene und Flüchtlinge sehr viel gewesen ...« Versucht, Abkommen auszuhandeln, lautete seine Botschaft. Tausenden, die im Elend lebten, wollte er damit »einen Funken Hoffnung geben!«[269]

Mit ätzender Ironie mokiert sich die Südtiroler Tageszeitung über Magnagos außenpolitische Ambition, »die Apostel eines neuen Europa am Beispiel 'Südtirol' zu ermutigen ...« Magnagos vorsichtige, beinahe überdiplomatische Kritik an den wunden Punkten der römischen Südtirolpolitik veranlaßt die Zeitung, die sich gern mit dem Anspruch eines deutschen Bollwerks schmückt, zum niederschmetternden: »Halbe Wahrheit führt zum Teufel«! Der Kanonikus schleudert geradezu einen Bannstrahl. Der Glaubensstreit verdeutlicht das Urdilemma der Südtiroler Politik mit ihren zwei unversöhnlichen Polen Konfliktbewältigung und Kampfbereitschaft. Denn auch die Argumente der »Dolomiten« gegen die »halben Wahrheiten« hatten Brisanz: Wer nur diese Glocke hört, der wisse natürlich nichts davon, »daß in Mißachtung internationaler Verträge heute noch fast ein Drittel der Südtiroler dazu verurteilt ist, in der Verbannung zu leben, weiß nichts davon, daß Zehntausende von ihnen darum nicht in die Heimat der Väter zurückkehren dürfen, weil ihre Dienst- und Arbeitsplätze von fremden Zuwanderern besetzt werden, die unaufhörlich und systematisch in ihr Heimatland einströmen, daß deren Zahl das Hunderttausend bereits überschritten hat, während zur selben Zeit ein halbes Hunderttausend

Zwischen Silvius Magnago und dem Südtiroler Tagblatt gab es zeitweise dramatische Beziehungskrisen.

Dolomiten
Tagblatt der Südtiroler

Südtiroler von ihrer Heimat ferngehalten werden, und durch die solcherart erzielte Verschiebung des Nationalitätenverhältnisses dem Land ein neues, fremdes Antlitz aufgedrückt wird. Daß die Südtirol zugestandene 'begrenzte Selbstverwaltung' in vieler Hinsicht noch nicht zum Funktionieren gekommen ist, weil vier Jahre nach Inkrafttreten des Autonomiestatutes noch nie die entsprechenden Durchführungsbestimmungen erlassen wurden ...«[270]

WAHLJAHR 1952, AUFRÜSTEN ZUM AUTONOMIEKAMPF

Der Streit leitet das stürmische Wahljahr 1952 ein. Dieser nunmehr zweite Wahlkampf für den Landtag steht bereits ganz im Zeichen einer Polarisierung um die Autonomie. Für die SVP-internen Auseinandersetzungen, die sich nach außen mehr durch versteckte Signale ankündigen, hatte die italienische Tageszeitung ein feines Ohr. Von 13 SVP-Abgeordneten kandidierten nur noch fünf: »mit Ausnahme des Dr. Magnago, der in den zwei Jahren seiner Amtszeit als Regionalratspräsident ohne Zweifel bemerkenswerte Ausgeglichenheit bewiesen hat«, sei der Kern der Harten, der »duri«, geblieben. Amonn, Menz Popp oder die Regionalassessoren Teßmann und Direktor Paul Mayr, die »den aufrichtigen Wunsch nach Zusammenarbeit mit der italienischen Volksgruppe« gezeigt hätten, hatten sich zurückgezogen. Der »Alto Adige« macht sich seinen Reim drauf: man wisse »sehr wohl, daß die Regionalautonomie als nicht genügend angesehen wird in den Extremistenkreisen der Volkspartei, die mit Benedikter an der Spitze weiter gesteckte Ziele antreten, nämlich eine Provinzautonomie im extensiven Sinne ...«[271]
Die Einschätzung war nicht falsch. Der Kampf um die Landesautonomie hatte begonnen, in einer vorerst noch weitgehend offenen personellen Konstellation. Um Magnago blieb es auffallend still in der Südtiroler Tageszeitung. Sein Ansehen bei den Italienern ließ ihn zu konziliant erscheinen, bestätigt Friedl Volgger die drohende Isolation. Wenn er vom nationalen Kampfblatt »Alto Adige« doppeltes Lob einheimst, als Regionalratspräsident mit »Autorität« und »unbestreitbarem persönlichem Ansehen sowohl in deutschen als auch in italienischen Kreisen«,[272] so war ihm das in diesem von Südtiroler Seite hart und bereits erstaunlich professionell geführten Wahlkampf wenig hilfreich. Die Südtiroler Tageszeitung fungiert dabei als verlängerter Arm der SVP. Für einen Wahlfonds der Partei wird in wochenlangen Inseratenkampagnen um Spenden geworben, mit Sprüchen, die zuweilen an den Entscheidungszwang der Optionszeit erinnern. »Nicht nur Südtiroler heißen, sondern für Südtirol handeln ...«[273] »Südtiroler, ohne Geld keine Musik!«[274] »Kein Südtiroler verweigere seinen Beitrag!«[275] »Keiner darf sich druck'n! Nur wer der Heimat die Stimme gibt, hat ein Recht auf sie«.[276]
In den letzten vierzehn Tagen vor der Wahl präsentierte sich Südtirols Tageszeitung mit dem Parteilogo im Titel: in den »Dolomiten«-Schriftzug war nun das Edelweiß eingebaut, die Dachzeile schmückten Slogans à la: »Des Südtirolers Wahrzeichen ist stets nur das Edelweiß!« Die Peinlichkeiten reichen von Wahlanweisungen, zur »gültigen Wahl« sei »erforderlich, daß du das... Edelweiß mit einem Kreuz wie oben durchstreichst«[277] bis zu Regieanleitungen im Kriegsjargon: »Nun wird es ernst. Es ist Zeit, uns zu überlegen, wie wir am Sonntag in Haus und Stall die Arbeit einzuteilen haben ...«, um alle Kräfte der politischen Schlacht zuzuführen, denn: »Alle für einen und einer für alle. Der sogenannte Sieg (!) soll ein Sieg aller werden«![278] Das erste schüchterne Auftauchen einer deutschen Linksopposition um Silvio Flor wird gnadenlos bekämpft. Auch wenn sich die Liste »Selbstverwaltung und Gerechtigkeit« mit einem gestandenen Sozialdemokraten an der Spitze und einem bodenständigen Symbol mit Dolomitengipfel und drei Alpenrosen präsentiert,[279] wird sie als »kommunistische Dissidentenliste« abqualifiziert.[280] Besondere Pikanterie übrigens – Silvio Flor, späterer Direktor der Graphischen Berufsschule in Bozen, war Setzer bei Athesia![281]
Flor versucht sogar unter Berufung auf ein päpstliches Rundschreiben plausibel zu machen, daß den Arbeitern, den kleinen Bauern und Rücksiedlern eine Vertretung gesichert werden soll. Politisch hilft ihm dies freilich ebensowenig wie seine nachweisliche Trennung von der italienischen Linksgewerkschaft CGIL. Alfons Benedikter, später selbst mit ähnlichen Vorwürfen konfrontiert, brandmarkt Flor als »treuen Moskauschüler«.[282] Eine Lawine der Verachtung prasselt unmittelbar vor dem Wahltag auf die Dissidentenliste nieder. »Plumpes Wahlmanöver der Krypto-Kommunisten« betitelt sich die ganzseitige diffamatorische Attacke der Südtiroler Tageszeitung. Im heutigen Par-Conditio-Zeitalter liest man kopfschüttelnd die in den Zeitungstitel eingebauten Werbeschaltungen mit strammen Parolen: »Wer ret-

tet die Südtiroler Autonomie? Der Mann, die Frau, die für das Edelweiß stimmen!« »Falsche Propheten versuchen an allen Wänden mit unglaublichen Versprechungen und Prahlereien Stimmen zu gewinnen ...« »Südtiroler! Keiner von Euch fehle am 16. November. Jeder wählt Edelweiß!«[283]

Für einen Mann des Ausgleichs war in diesem Klima wenig zu holen. Ein einziges Mal läßt die Tageszeitung Magnago zu Wort kommen, als Redner bei der Schlußkundgebung hätte man ihn ja auch nicht gut totschweigen können. Sein sachlicher Appell hebt sich wohltuend ab vom reißerischen Tenor der damaligen Wahlkampagne: die offenen Probleme erforderten unbedingt einen geschlossenen Wahlgang, andernfalls würden die Vertreter in Land und Region auch noch moralisch geschwächt.[284] Daß die »Dolomiten« Alfons Benedikter als neuen Mann aufbaute, war nicht zu übersehen. Die Zeitung gewährt ihm nicht nur breiten Raum für politische Beiträge, sondern widmet ihm auch als einzigem Kandidaten ein Foto mit PR-Text: »Dr. Alfons Benedikter, Assessor für Handel, Fremdenverkehr und Handwerk. Auch im kommenden Regionalrat soll er wieder sitzen ...«[285]

Sein kämpferisches Image hatte sich Alfons Benedikter allerdings redlich verdient. Seit seiner Übersiedlung nach Bozen, dann sogar nach Trient, hatte er sich sozial engagiert, etwa für den Aufbau des Katholischen Verbands der Werktätigen und der christlichen Gewerkschaft CISL.

Sein politisches Selbstverständnis dürfte vor allem durch die Verwaltung des undankbarsten Ressorts geprägt worden sein, das ein Südtiroler Landesassessor damals innehaben konnte: Der Volkswohnbau war römischer Willkür total ausgeliefert. »Dabei hatten wir primäre Zuständigkeit, von Anfang an!« ist Benedikter jetzt noch entsetzt über die Präpotenz, mit der Südtirols Überfremdung auch nach 1945 vorangetrieben wurde. Staatliche Großwohnprogramme öffneten dem Strom italienischer Zuwanderer weiter Tür und Tor. Bereits während des Faschismus waren mit staatlichen Geldern 3.500 Wohnungen gebaut worden, betont Benedikter. Die Bewohner waren und blieben zu 90 bis 95 Prozent Italiener. Daß es in diesem Punkt zum Bruch kommen würde, war also abzusehen. Bis zu Sigmundskron 1957 sollten freilich noch fünf Jahre vergehen. Magnagos »Los von Trient« war dann die Antwort auf das 2,5-Milliarden-Lire-Programm für weitere 5.000 Wohnräume.[286] Mit dieser Provokation trieb Minister Togni die Südtiroler endgültig auf die Barrikaden.

Gemälde von Albert Stolz

Halten wir nicht zusammen, dann krauten sie uns auf. Keiner darf sich druck'n! Nur wer der Hoamat die Stimme gibt, hat ein Recht auf sie.

Ohne Wahlfonds kein Südtiroler Wahlerfolg!

Diese Worte habe:. wir euch im Jahre 1948 zugerufen, als es zum erstenmale galt, unsere Vertreter in den Regionalrat zu entsenden, und diesen Aufruf wiederholen wir heute! Damals hieß es, dem Südtiroler Volk eine möglichst starke und möglichst tüchtige Vertretung zu sichern, um unsere Autonomie zum wirklichen Leben zu erwecken. Heute brauchen wir eine solche Vertretung nicht weniger notwendig als damals, um die zarte Pflanze dieser Autonomie gegen alle Bedrohungen zu schützen und ihr jene Entwicklung zu geben, auf die wir ein verbrieftes Recht besitzen. Kein Opfer dürfte uns für dieses Ziel zu groß sein. Aber wir verlangen nichts Unmögliches oder Unbescheidenes. Wenn jeder Südtiroler für den Kampf, in dem wir stehen, und dessen notwendigen Aufwand soviel spendet als ihm seine Kräfte gestatten, wenn jeder zum Wohle der Heimat nur ein kleines Opfer bringt, dann können wir des Erfolges gewiß sein, und jeder kann das stolze Bewußtsein haben, durch die Tat dazu beigetragen zu haben. Es geht heute wie damals um unsere Zukunft!

Darum: nicht nur mit dem Herzen, sondern auch mit offener Hand für Südtirol!

Spendet für den Wahlfonds!

Die Landesleitung der Südtiroler Volkspartei

Im zweiten Landtagswahlkampf 1952 zog die Südtiroler Volkspartei mit Hilfe der Tageszeitung nunmehr alle Register. Das Klima hatte sich spürbar verschärft. Ausschnitt aus der »Dolomiten« 8. 11. 1952.

Die schweren Mängel des Autonomierahmens hatte Benedikter indessen bereits in der 1952 auslaufenden ersten Legislatur feststellen müssen: mit Gesetzesinitiativen, die trotz primärer Südtiroler Zuständigkeit von Rom abgeschmettert wurden. Noch dazu mit dem provozierenden Hinweis auf die noch immer fehlenden Durchführungsbestimmungen![287] Also eine zusätzliche Strafe für römische Säumigkeit. Benedikter ist heute noch stolz darauf, daß er schon damals mit einem strengen, wenn auch prompt rückverwiesenen Südtiroler Landschaftsschutzgesetz in Rom aufhorchen ließ.[288] Der Kleinkrieg mit römischen Rückverweisungen von Landesgesetzen und Beharrungsbeschlüssen auf Südtiroler Seite wird ihm zur zweiten Natur. In der ihm eigenen Hartnäckigkeit war er fest entschlossen, nicht locker zu lassen, solange Südtirol nicht einmal sein Handwerks- oder Berufsbildungsgesetz über die Runden bekam.[289]

DAS »LOS VON TRIENT BRAUT SICH ZUSAMMEN

Als selbst Erich Amonn – also ein Gemäßigter par excellence – seine Stimme gegen die Haltung Roms erhebt, hätte eigentlich klar sein müssen, wie gefährlich weit der Bogen bereits gespannt war. »Unsere Autonomie darf nicht regressiv sein«!, kontert Amonn geschickt die italienischen Angstparolen von der »progressiven Autonomie«: »Dieses Wort stammt nicht von uns... Wir müssen aber mit allem Nachdruck verlangen, daß unsere Autonomie nicht zu einer regressiven Autonomie herabgewürdigt werde«. Amonn wird deutlicher als je zuvor: »... wir können auf unsere Landesautonomie auf keinen Fall verzichten, denn nur unter der Bedingung, daß die Selbständigkeit des Landes weitgehend gesichert bleibe, haben wir seinerzeit der regionalen Autonomie zugestimmt«![290] Diese Kernaussage ist ein wichtiger Beleg. Südtirol hatte sich mit der ersten mageren Autonomie von 1948 also nicht einfach abspeisen lassen. Als Amonn und Guggenberg die Verantwortung auf sich nahmen, taten sie dies schweren Herzens, aber mit einer realen Perspektive. Die konkrete Hoffnung auf angemessene Selbstverwaltung war durch die italienischen Partner enttäuscht worden.

Konkret ging es um den Artikel 14, der vorsah, daß die Region bei Wahrung ihrer gesetzgeberischen Vorrangstellung zumindest die entsprechenden Verwaltungszuständigkeiten dem Land übertragen sollte.[291] Magnago unterstreicht die Bedeutung dieser Abmachung. Rom hatte der Südtiroler Delegation den Passus im letzten Abdruck als entscheidende Verbesserung zugesagt. Um so größer die Enttäuschung, daß nicht einmal dieses Zugeständnis eingehalten wurde. Selbst ein ausgesprochener Hardliner wie Alfons Benedikter versichert, er könne nur immer wieder sagen: Hätte die Region Ernst gemacht mit dem Artikel 14 und wären die ohnehin bescheidenen Südtiroler Gesetzesinitiativen anstandslos passiert, dann wäre es weder zu Sigmundskron noch zum Auszug der Südtiroler aus der Region gekommen. Gescheitert sind die endlosen, vergeblichen Verhandlungen am ersten Präsidenten der Region, Tullio Odorizzi. Für den eingefleischten Zentralisten war die Abgabe von Zuständigkeiten ein rotes Tuch, erinnert sich Magnago. »Dem Starrsinn dieses Odorizzi hatten wir es eigentlich zu verdanken, daß wir das 'Los von Trient' ausrufen konnten. Weil sich gezeigt hatte, auf der Grundlage der alten Autonomie gab's kein Weiterkommen!«

Mit dem »Los von Trient!« sollte Silvius Magnago also ins Rampenlicht treten. Die dramatische Kundgebung, zu der sich 35.000 Südtiroler am 17. November 1957 auf Schloß Sigmundskron versammelten, vermittelt der Weltöffentlichkeit genau jenes Signal, dem Südtirol seine heutige Autonomie verdankt. Der Hilferuf rüttelt an das internationale Gewissen, die Kampfbereitschaft signalisiert das Gefährliche einer krisenhaften Situation, die zu einem europäischen Sicherheitsproblem zu eskalieren drohte. Magnago wurde zum Träger dieser doppelten Botschaft. Die Urheberrechte am »Los von Trient« hatte er dagegen zumindest nicht direkt. Das erste entscheidende Zeichen hatte sein politischer Gegenspieler Hans Dietl gesetzt. Dietls Austritt aus der Regionalregierung war vorläufig ein Alleingang geblieben.[292] Die Sammelparteiführung zog nicht mit.[293] Dietl drängte, zusammen mit Benedikter und Peter Brugger, Magnagos späterem Kontrahenten im »Paket«-Streit, auf eine harte Linie der Partei. Ein Dorn im Auge war der SVP-internen Opposition die ihrer Meinung nach übertriebene Bereitschaft der SVP-Führung zur Zusammenarbeit mit der Trentiner DC.[294] Baron von Unterrichter, ebenfalls 1952 gewählt und Mitglied der Regionalregierung,[295] verweist auf die Trentiner Autonomisten. Ein Phänomen, dem die heutige Lega-Bewegung eine neue Dimension verliehen hat. Eine solche Entwicklung war für die SVP damals freilich kaum vorstellbar.

»Die Partei der Trentiner Autonomisten, die ASAR, die hatte damals um die 100.000 Mitglieder. Die sind mit'n Tiroler Adler in Trient herummarschiert und haben sich sogar prügeln lassen für uns. Wir haben das nie honoriert!«, eine Auffassung, mit der von Unterrichter nicht allein steht.[296] »Wenn wir mit den ASAR-Leuten gegangen wären, hätten wir eine rein autonomistische Linie verfolgt. Natürlich wäre das viel schwieriger gewesen, denn die ASAR war ja keine einheitliche Partei, sondern eine typische Autonomistenbewegung. Da war alles dabei. Schwarze, Rote, Liberale. Dementsprechend sind sie von den Trentiner Geistlichen bekämpft worden. Die wurden von den Kanzeln herunter niedergeschrien! Wir sind immer mit der DC gegangen, daher mußten wir mit Rom gehen. Der Magnago war DC-gebunden ...« Auf meine etwas ungläubige Reaktion kommt eine vehemente Antwort: »Das war ja auch richtig, weil die DC die Macht hatte! Die DC war in Südtirol mächtig, hatte in Trient die Macht und hatte vor allem in Rom die Macht!«

Wende-Parteitag 1957. Magnagos heimliche »Königsmacher«

Im Kampf um die Landesautonomie war Silvius Magnago der politische Motor. Seine große Stärke war es ja, reale Möglichkeiten wahrzunehmen und konkrete Erfolgschancen zu nutzen. Auf den neuen Kurs umgeschwenkt ist die Sammelpartei beim Wende-Parteitag vom 25. Mai 1957. Magnago war als neuer Parteiführer offiziell designiert. Dabei gab es einen heimlichen »Königsmacher«, dessen bestimmender Einfluß bisher unbekannt war. Kanonikus Michael Gamper habe ihn zu sich nach Hause gebeten, erinnert sich Magnago an die Unterredung in der längst abgerissenen »Villa Habsburg« in Gries. Er sei aus allen Wolken gefallen und habe eher abwehrend reagiert, beim Ersuchen, er, Magnago, möchte das Amt des Parteiobmannes übernehmen. »Wieso denn, der Ebner macht's ja guat ...«, versucht er, sich erst einmal diplomatisch aus der Affäre zu ziehen.
Was Magnago dabei durch den Kopf gegangen sein mochte, warum er zögert, ist leicht zu erraten. Toni Ebner war im Verlag die rechte Hand des Kanonikus und diesem noch dazu verwandtschaftlich verbunden. Rückblickend konnte Magnago erahnen, was den Kanonikus zu seinem überraschenden Angebot bewogen haben mochte. Gamper starb am 15. April 1956, und die Aussprache habe kurz vorher stattgefunden. Vorstellbar sei also, daß Gamper seine Nachfolge in der Zeitung regeln wollte, nachdem er Toni Ebner zum neuen Chef der »Dolomiten« ausersehen hatte. Daß Partei und Zeitung »eine Vermählung eingehen«, war dem Kanonikus nämlich offenbar nicht recht. Der als weitblickend geschätzte, politisch einflußreiche Kirchenmann gab Magnago zu verstehen, er traue ihm zu, als Bindeglied zwischen Optanten und Dableibern zu wirken. »Ich glaube, der Kanonikus hat in mir einen Menschen gesehen, der von beiden Seiten akzeptiert wird und abkühlend gewirkt hat.«
Im unmittelbaren Vorfeld der Wahl von Silvius Magnago zum Parteiobmann und neuen Hoffnungsträger des Autonomiekampfes hatte dann aber eine andere Gruppe heimlich Regie geführt. Die »Palastrevolte« brachte eine neue härtere Führungsmannschaft ans Ruder. Drahtzieher war Franz Widmann. Friedl Volgger zählte zu den Eingeweihten. Die »Rebellen« trafen sich einige Male in Widmanns Wohnung, bestätigt Volgger. Magnago sei nicht eingeweiht worden in das Vorhaben. Auf meine erstaunte Frage, wie der als gemäßigt geltende Magnago denn überhaupt den Anforderungen des harten Lagers entsprochen habe, bekräftigt Volgger die einhellige Meinung der Widmann-Gruppe: »Den Magnago brauch'n ma!« Im übrigen herrschte Zuversicht: »Wir werden ihn schon für unsere Linie gewinnen!« »Ob der Kurs dann so scharf ausgefallen ist, wie sich's manche erwartet haben, des möcht i dahingestellt sein lassen«, pflegt sich Magnago mit leisem Schmunzeln zu erinnern, wenn man ihn anspricht auf die Aktion Obmannwahl. »Des haben andere besorgt ...« Die Regisseure hatten ihn mit vollendeten Tatsachen konfrontiert. Prominentester Verlierer war Erich Amonn, der bei der Obmann- Stellvertreter-Wahl Friedl Volgger unterlag. Und bei den Wahlen zum Parteiausschuß, sonst eine reine Routineangelegenheit, waren diesmal elf der offiziell vorgeschlagenen Kandidaten durchgesaust![297]
Natürlich wußte Magnago, die Selbstbestimmungsbefürworter hatten die Latte der Erwartungen viel höher gelegt. Die Kunst des Realpolitikers war indessen, die großen Linien zu erkennen und in diesem Rahmen das Machbare anzupeilen. Genau darin lag die Chance der größten Massenkundgebung in der Geschichte Südtirols auf Sigmundskron. Der Zeitpunkt hatte seine Logik, bestätigt Magnago den außenpolitischen Zusammenhang: »Der österreichische Staatsvertrag ist 1955 gekommen, das 'Los von Trient' 1957. Wenn ma des 'Los von Trient' vor dem Staatsvertrag ausgerufen hätten, dann hätten wir niemals diese Unterstützung bekommen können! So viel hab' i von der Politik schon verstanden, daß ein freier Staat, der Partner des Pariser Abkommens ist, mehr tun kann als ein Staat unter Besatzung, dem die Hände gebunden sind. Somit haben wir 1957 mit der Hilfe Österreichs gerechnet ...« Die Internationalisierung der Südtirolfrage war das große Verdienst des damaligen österreichischen Außenministers Bruno Kreisky. Der Weg nach New York, in den Glaspalast der UNO, war begleitet von der Bombenwelle der sechziger Jahre. Auch die Rolle dieses bedrohlichen Hintergrundes für den politischen Durchbruch ist heute anerkannt. Dennoch wurde Südtirol zum

Modellfall einer friedlichen Konfliktlösung. Daß ein so kompliziertes Forum wie die Vereinten Nationen in der schwierigen Ära des Kalten Kriegs sich einer zahlenmäßig so kleinen Minderheit mit Erfolg annahm, macht Südtirol in der Geschichte der UN zum Sonderfall. Auch wenn noch Jahrzehnte vergingen, bis nach endlosen Verhandlungen und unzähligen Rückschlägen erreicht wurde, was Südtirol heute hat.

Gradaus gehen und nie zurückschauen

Begegnungen mit Silvius Magnago, Eindrücke bei und am Rande der politischen Ereignisse, Interviews und Gedanken, wenn das Tonband weiterläuft. Warum schreibt er keine Memoiren? Nein! Kann er nicht, will er nicht, als Politiker fühlt er sich zur Schweigsamkeit verpflichtet. Im persönlichen Gespräch weicht er auch schwierigen Themen nicht aus. »I hab' Ihnen die Wahrheit gesagt!« Obwohl ihm manchmal schon vorgekommen sei, »jetzt bist völlig bei Gericht!« Magnago kennt die Angriffsflächen von Generation zu Generation. Immer wieder kreisen die Gedanken um die Option, da habe er »lange geschwiegen ...« Selbst auf das Risiko hin, daß ihm dieses Schweigen als mangelnde Bereitschaft zur Vergangenheitsbewältigung angekreidet wurde. Als Politiker hielt er sich eisern an den Grundsatz: sich auf dieses Thema einzulassen, heißt nur alte Wunden aufreißen. Als Betroffener Position zu beziehen, hätte ihn in Konflikt gebracht mit seinem Gerechtigkeitssinn. »In der Optionszeit haben alle Furchtbares mitg'macht!«

Wer in der Politik steht, kommt nicht umhin, auf der Hut zu sein. Mißtrauen gehört zum Beruf. Um so mehr überrascht Magnagos entwaffnende Offenheit, zum Beispiel, wenn er unausgesprochene Fragen nicht stehen läßt. »Sie wollten herauskriegen, waren Sie net doch ein überzeugter Nazi, wenn Sie für Deutschland optiert haben?! Des war i net!« Mit der ganzen Bandbreite seiner stimmlichen Expression durchläuft er noch einmal das Dilemma, beginnend bei der leisen Rückfrage an sich selbst: »Ja, wie hab' i mi denn gefühlt? Ich hab' mich wehrlos gefühlt!« Um gleich noch einmal festzunageln, in dieser Situation schien ihm die Option der einzig mögliche Protest: »Nur so konnt' i reagieren!« Und der Krieg? Die schwere Verletzung? Sicher habe er viel mitgemacht, mehr als ein Jahr lang nur auf dem Rücken liegen, die vielen Operationen, die Phantomschmerzen, die ihn bis heute verfolgen und die er mit schweren Medikamenten bekämpft. »Aber mir hat's Leben so a g'fallen ...« Kleine Pause. »Und es g'fallt ma no weiterhin!«

Hatte der Schwerkriegsverletzte überhaupt mitbekommen, daß er bereits aufgegeben war? »Ja, des hab' i begriffen ...«, allein wegen des Telegrammtexts und der Besuchserlaubnis für seine Frau. »I hab' schon mitgekriegt, daß es mir dreckig geht. Und daß i net sicher sein kann, ob i's derpack ...« Aber der Mut hat ihn trotzdem nicht verlassen? »Der Petrus hat die Tür aufg'macht ..., er hat sie wieder zuag'macht.« Diese schmunzelnde Feststellung hatte er eigentlich als Schlußpunkt gedacht. Aber dann läßt's ihm doch keine Ruhe. »I hab' des als eine Ungerechtigkeit empfunden! Eine Ungerechtigkeit, daß i jetzt schon gehen muß. I hab' ja vom Leben no nix g'habt, Studium, Militär, zwei Tag verheiratet, und wieder an die Front ...« Mit voller Vehemenz, als ob er sich jetzt noch zur Wehr setzen müßte, klammert er sich an seine damalige Überlebensformel: »I geah net, i geah net, i geah net ...«

Und die Auswanderung, das Auswandererelend, die Abschiedsszenen auf den Bahnhöfen? »Fast achtzigtausend müssen es gewesen sein mit denen, die zur Wehrmacht einberufen worden sind. Aber ich bin nie zu einem Zug gegangen. Weil des war so eine wehmütige Stimmung, des Abschiednehmen ...« Das blitzartige Überspringen der Emotion überrascht mich immer wieder. Eben hatte er sich noch im ruhigen Tonfall sachlichen Beschreibens bewegt, da schnellt die veränderte Stimmlage den Tonpegel bis an die äußerste Grenze des roten Warnfelds, das die maximale Übersteuerung der Aufnahme anzeigt. Bahnhöfe wurden für Magnago zum symbolischen Ort für die emotionale Zerrissenheit der Zeit. Stimme und Tempi verraten aufwühlende Erinnerungen. Da reiht sich Bild an Bild. Hat ihn die Mutter denn nicht zum Bahnhof begleitet, als er einrücken mußte ? Die Antwort kommt dezidiert: »Nein! Des hätt' i nie wollen, daß Mutter und Vater mitgehen!« So hart, wie die Antwort scheinen mag, ist sie keineswegs. »I hab' in meinem ganzen Leben Tränen unterdrückt. Aber i möcht net, daß andere weinen ...«

Nur ein einziges Mal hätten ihn selbst die Tränen übermannt, beim Tod des Vaters. Aber dann nie mehr, »i hab' nie geweint!« Die Figur des Vaters war emotional dominierend, daß dem Vater unter der Faschistenherrschaft Unrecht zugefügt wurde, war für den späteren Politiker Silvius Magnago ein starkes Motiv. Noch glaube ich's ihm nicht ganz, daß ihn die Mutter nicht begleitet hätte, als er in den Krieg mußte. Ging er wirklich ganz allein zum Bahnhof? Für Magnago werden Erinnerungen wach, die er leise weiterspinnt. »Nein, da hat mi keiner begleitet ... weder Vater noch Mutter. I weiß net, ob meine Schwester mich begleitet hat, da müßt ich sie ...«, abrupt besinnt er sich: »Die leben ja nimmer«. Doch schon hat er sich wieder gefangen. »In solchen Fällen ist's besser, sich nicht begleiten zu lassen!« Wieder verrät die Stimme Gefühle, vor denen er Angst hat. Warum er Bahnhofsszenen nicht gewachsen ist, weiß er, er kann sie sich ausmalen: hilflose Gespräche, schnell noch ein Kuß, »jetzt mußt einrücken ...« Das Tempo wird hastig, als ob sich Nervosität und Hektik übertragen würden. Aber nur kurz, dann hält er inne, mit einem Bild, das Fassung ausstrahlt. »Da hat man sich zu Hause verabschiedet. Und dann schaut man gradaus und nicht mehr zurück ....« Denkpause. »So ist's mir ergangen, wie ich das letzte Mal aus meinem Büro heraus bin, als Landeshauptmann ...« Stille. Ein tiefer Atemzug und dann ein erklärendes: »... 's letzte Mal, nachdem i 28 Jahr lang Landeshauptmann war ...« Seinen freiwilligen Abtritt hatte er ganz im Stil des »Gradausschauens« durchgezogen. Das Büro für seinen Nachfolger pünktlich auf den Tag zu räumen, war Ehrensache, über die er kein Wort verliert. Der gute Geist des Büros stand ihm auch bei dieser letzten Pflicht zur Seite, »der Rainer-Karl, Sie wissen ja ...« Als persönlicher Sekretär und Kabinettschef in einer Person war Dr. Karl Rainer an den extensiven Stundenplan seines Chefs gewöhnt. »Der is immer geblieben, solange ich im Büro war ...« Beim Nachtmenschen Magnago konnte das oft sehr lange sein, gibt er zu. »Abends war's immer a bissel spät. Da war ka Teufel mehr im Landhaus!« Genau dieses Bild der Einsamkeit, wenn die Lichter im alten Palais Widmann längst erloschen sind und jeder einzelne Schritt zu hören ist in den leeren Korridoren, genau mit diesem Bild hat sich auch der Abschied in Magnagos Gedächtnis festgegraben. Ein letztes Mal hört er sich zu seinem treuen Adlatus sagen: »Sperrn S' ab! Und jetzt gehn ma wie immer gradaus und schau'n nicht zurück!«

Das Pressefoto mit eingezeichnetem Bildausschnitt und den an der Rückseite eingetragenen Veröffentlichungsdaten spiegelt den Aufstieg des Politikers. Seit dem »Los von Trient« auf Sigmundskron steht Silvius Magnago im Blickfeld der internationalen Presse.

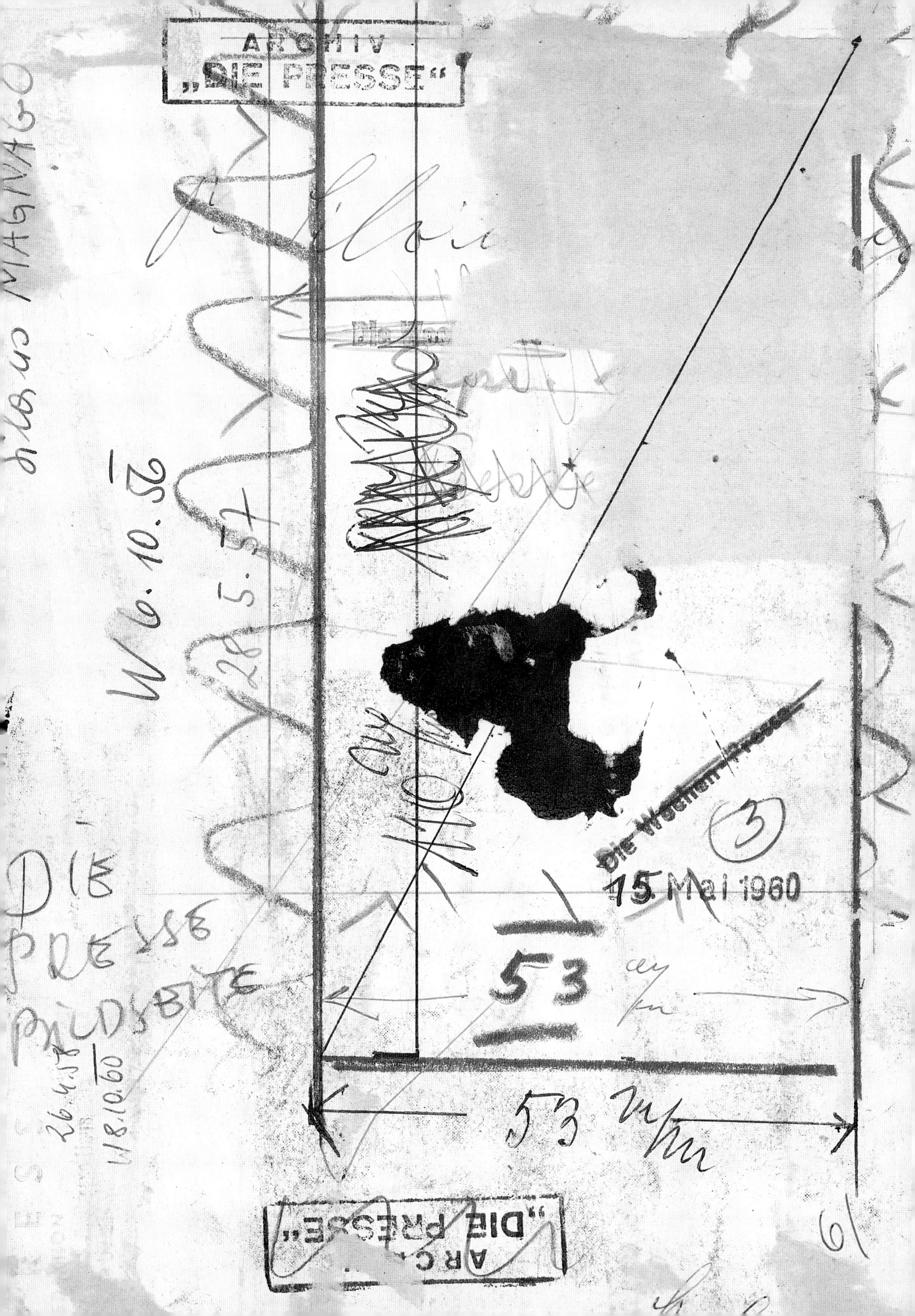
ARCHIV
„DIE PRESSE“
Die Wochen-Presse
15 Mai 1960
53
53

Hans Mayr

»Los von Trient«

Magnagos Aufstieg zur Macht, Sigmundskron und die Bomben

Als Silvius Magnago 43jährig am 25. Mai 1957 auf der Landesversammlung der Südtiroler Volkspartei in Bozen zum Nachfolger von Toni Ebner gewählt wurde, schien dies auf den ersten Blick eine Obmannschaft wie jede andere zu sein. Man ging zwar politisch schweren Zeiten entgegen. Der rauhe Wind aus Rom und die zunehmende Unduldsamkeit in der Südtiroler Bevölkerung ließen auf eine Periode politischer Spannungen schließen. Doch alles deutete darauf hin, daß sie mit derselben Behäbigkeit und demselben Langmut ertragen und bewältigt würden, die die bäuerlich geprägte SVP und die Generationen der Väter immer schon ausgezeichnet haben. Nichts ließ für den Nichteingeweihten auf den ersten Blick erahnen, daß sich mit der Wahl Magnagos ein fundamentaler Wandel innerhalb der Südtiroler Volkspartei vollziehen würde.

Magnago war mit derselben komfortablen Mehrheit ausgestattet worden wie seine Vorgänger. Er wurde mit der Unterstützung aller Richtungen gewählt, hatte also die Stimmen des gesamten Parteispektrums erhalten, von den aufstrebenden Radikalen angefangen bis hin zu der liberal ausgerichteten Gründergeneration um Erich Amonn. In dem Jahrzehnt seiner politischen Tätigkeit zuvor in der Gemeinde Bozen und dann als Landtagspräsident hatte sich Magnago als politisches Naturtalent entpuppt, das, mit Charisma, gutem Mundwerk und Sachkompetenz ausgestattet, bei Landtagswahlen allen anderen von Anfang an das Nachsehen gab.

Magnago galt als ausgleichende, jeder politischen Radikalität abholde Persönlichkeit von großer Integrationskraft. Aber auch als jemand, der zupacken und einmal gewonnene Einsichten mit großer Überzeugungs- und Willenskraft vertreten konnte. Und als Optant und Schwerkriegsversehrter hat Magnago nicht zuletzt jene Bevölkerungskreise besonders angesprochen, die in den unmittelbaren Nachkriegsjahren vom politischen Leben praktisch ausgeschlossen waren: die Optanten und die Soldaten, und das war die Mehrheit der Bevölkerung. Außerdem gehörte Magnago keiner Parteirichtung an. Er hatte also keine Gruppeninteressen zu vertreten, war unabhängig. Und diese Unabhängigkeit ist Magnago dann auch zeitlebens heilig gewesen.

Die Partei also in politisch schweren Zeiten jüngeren Händen anzuvertrauen und damit den Generationswechsel rechtzeitig zu vollziehen, schien 1957 durchaus angebracht und weitsichtig zu sein und mußte nicht unbedingt einen Bruch mit der Gründergeneration der Partei bedeuten, die bisher das Heft in der Hand hatte.

Und doch wurde die Wahl Magnagos praktisch ohne sein Mitwissen und seine Mithilfe zur Bruchstelle mit der Vergangenheit, wie es sie vorher und danach in der Geschichte der Südtiroler Volkspartei nie mehr gegeben hat – vom gescheiterten Aufbau-Putsch einmal abgesehen, der ja noch rechtzeitig gekittet werden konnte. Klammheimlich nämlich war ohne Wissen des neuen und auch des alten Obmanns in monatelanger Kleinarbeit eine Art innerparteiliche Revolution vorbereitet worden. Die alte Garde wurde dann auf der Landesversammlung im Bozner Romkino ohne viel Federlesens nach Hause geschickt.

Von der »Todesmarsch«-Generation als zu weich und nachgiebig gegenüber Rom und Trient eingestuft, mußte sie einer Politikergeneration das Ruder überlassen, die im Kampf für die Landesautonomie eine härtere Gangart einschlagen wollte und die Auseinandersetzung mit Trient und Rom nicht scheute. Selbst ein Erich Amonn, der Parteigründer, fand in ihren Augen keine Gnade mehr. Die Los-von-Trient-Generation, die dann das Zweite Autonomiestatut in einem gut zehn Jahre währen-

immer zufrieden, freundlich und hilfsbereit war. „Auch sein Verlust ist für uns ein schwerer, auch er hat sein Leben für unsere Sache geopfert, deshalb wollen auch wir ihm

mentarier und Landtagsabgeordneten für d
zirksobmänner, drei weitere Delegierte d
Vertreter der ladinischen Täler (welche v
Delegierte des Südtiroler Gewerkschaftsb

Blick in den dichtgefüllten Versammlungssaal

Landesversammlung der Südtiroler Volkspartei am 3. März 1956. Magnagos künftiger »Königsmacher« Franz Widmann ließ erstmals mit neuen Tönen gegen die Zuwanderung aufhorchen. Das Parteiorgan »Volksbote« meldet 800 Zuhörer. Der Reichrieglerhof oberhalb von Bozen präsentierte sich damals noch ganz im Stil der einst altösterreichischen Jausenstation.

auer einer Legislaturperiode, die acht Bezirke mit über 10.000 Mitgliedern, zwei iesen selbst gewählt werden), sowie zwei s.

auch an dieser Stelle dafür den herzlichsten und aufrichtigsten Dank zu sagen.

Wenn ich nun zu den **Bericht** selber komme, den ich Ihnen zu erstatten habe, so

nks am Rednerpult Parteiobmann Dr. Karl Tinzl. Alle Aufnahmen: Photo Kretz

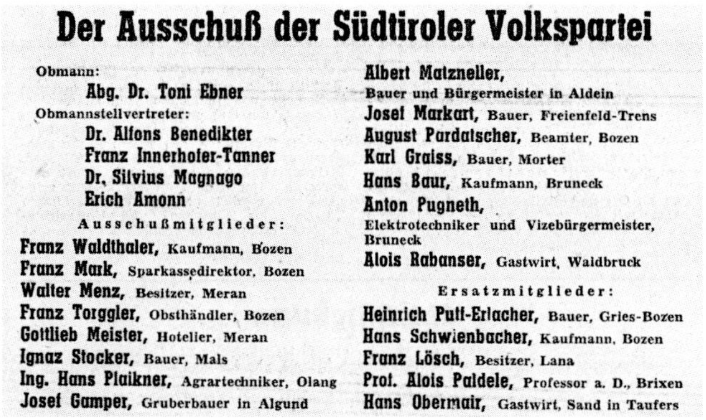
Der Ausschuß der Südtiroler Volkspartei

Obmann:
Abg. Dr. Toni Ebner
Obmannstellvertreter:
Dr. Alfons Benedikter
Franz Innerhofer-Tanner
Dr. Silvius Magnago
Erich Amonn
Ausschußmitglieder:
Franz Waldthaler, Kaufmann, Bozen
Franz Mark, Sparkassedirektor, Bozen
Walter Menz, Besitzer, Meran
Franz Torggler, Obsthändler, Bozen
Gottlieb Meister, Hotelier, Meran
Ignaz Stocker, Bauer, Mals
Ing. Hans Plaikner, Agrartechniker, Olang
Josef Gamper, Gruberbauer in Algund
Albert Matzneller, Bauer und Bürgermeister in Aldein
Josef Markart, Bauer, Freienfeld-Trens
August Pardatscher, Beamter, Bozen
Karl Graiss, Bauer, Morter
Hans Baur, Kaufmann, Bruneck
Anton Pugneth, Elektrotechniker und Vizebürgermeister, Bruneck
Alois Rabanser, Gastwirt, Waldbruck
Ersatzmitglieder:
Heinrich Putt-Erlacher, Bauer, Gries-Bozen
Hans Schwienbacher, Kaufmann, Bozen
Franz Lösch, Besitzer, Lana
Prof. Alois Paldele, Professor a. D., Brixen
Hans Obermair, Gastwirt, Sand in Taufers

Die neugewählte Parteiführung von 1956, noch ganz im Zeichen der Kontinuität. Kritische Stimmen im Vorfeld konnte der »Volksbote« noch als böse Gerüchte abtun. Die »Väter« des »Los von Trient« begannen erst ab September 1956 mit geheimen Vorbereitungen.

den Kraftakt erkämpfen sollte, hat sich 1957 unüberhörbar zu Wort gemeldet. Deshalb kommt dieser Landesversammlung eine historische Bedeutung zu. Wortführer war der Bozner Franz Widmann. Er war es, der die parteiinterne Revolte von langer Hand vorbereitet hatte.
»Die erste Phase«, so Widmann, »hat sich vom September 1956 bis Mai 1957 abgespielt. Das ist die Zeit, in der wir die Landesversammlung vorbereitet haben, mit dem Ziel, die Parteigremien so zu besetzen, daß wir das 'Los von Trient' angehen konnten. Wir haben den Magnago in keiner Weise informiert. Das wäre ein zusätzliches Risiko gewesen, denn es sollte ja nicht durchsickern, was wir vor hatten.« Es sei aber völlig falsch, von einem Parteiputsch zu sprechen, fährt Widmann fort. »Wir haben einfach nur die Wahlordnung ausgenutzt, und die besagte damals, daß man auch Leute in den Parteiausschuß wählen kann, die nicht auf der offiziellen Parteiliste aufscheinen. Das haben wir zum Teil getan. Im wesentlichen aber haben wir auf der Parteiliste jene Leute gewählt, die unsere Linie vertreten haben, die also für das 'Los von Trient' eingetreten sind.«
Ungefähr zehn Leute, so Widmann, hätten in dieser Vorbereitungszeit für die parteiinterne Ablöse der alten Garde gearbeitet. Zu ihnen gehörte der Brunecker Kaufmann Hans Karl Neuhauser, der den SVP-Bezirk Pustertal reorganisierte, Eduard Weis aus Leifers, der Lehrer Helmut Kritzinger aus dem Sarntal, dann natürlich Hans Dietl aus Göflan bei Schlanders, der mit seinem Rücktritt aus der Regionalregierung bereits 1955 sein persönliches »Los von Trient« ausgerufen hatte. Peter Brugger, der spätere Antagonist von Silvius Magnago, zählte ebenfalls zum Kreis der »Verschwörer«, Alfons Benedikter, Joachim Dalsass, bis vor kurzem Europaparlamentarier, sowie Hans Stanek aus Brixen.
Etwas später stieß dann Friedl Volgger dazu. Ihn hatte der Bozner Staatsanwalt Dell'Antonio gerade in der wichtigen Vorbereitungsphase ins Gefängnis gesteckt mit der Anschuldigung, die ersten Bombenleger rund um Hans Stieler unterstützt zu haben. Vor allem aber mit Hans Dietl, so Widmann, habe er in jenen Monaten viele tausend Kilometer zurückgelegt und landauf, landab Überzeugungsarbeit geleistet. Kurzum, Franz Widmann ist es in jenen Monaten gelungen, die Führungsgarnitur der Südtiroler Volkspartei für die kommenden Jahrzehnte zusammenzuholen.

»Mit dem Magnago werden wir schon handelseins«

Für Altsenator Friedl Volgger sind neben Franz Widmann vor allem Hans Dietl, Hans Karl Neuhauser und Hans Stanek die eigentlichen Väter der parteiinternen Richtungsänderung. Widmann habe bereits 1956 auf der Landesversammlung eine sehr harte Rede gehalten und dann Freunde gesucht, um das Ruder noch herumzuwerfen. Widmann, so Volgger, habe einen Mitschüler gehabt, einen Geistlichen, Matthias Thaler aus Dorf Tirol, und der habe den Dietl gut gekannt: »Sie haben sich dann in Göflan getroffen, und dort hat der Widmann den Dietl auf seine Seite gekriegt. Der war's ja sowieso schon, dann den Neuhauser, den Stanek, den Bürgermeister von Brixen. Die haben das Ruder herumgeworfen. Das war ja eine Sensation. Die sind die Väter des 'Los von Trient'.« Magnago habe überhaupt nichts gewußt. »Er hat sich dann aber angepaßt und mußte mit einer ganz anderen Parteispitze regieren als vorgesehen. Das war eine Meisterleistung, die die vollbracht haben«, begeistert sich Volgger noch heute. »Mit dem Magnago, haben die sich gedacht, mit dem werden wir schon handelseins. Und der hat dann schnell umgestellt und den Hans Stanek zum Parteisekretär gemacht.« Magnago habe, obwohl er nicht zu denen von der schärferen Tonart gehörte, das richtige Gespür bewiesen für die neue Zeit. Der Dietl, fährt Volgger fort, hat sicherlich von sich aus schon vorher das »Los von Trient« betrieben, doch habe ihm die Organisation gefehlt. Gerade das sei das Meisterstück des Franz Widmann gewesen. »Ohne Widmann wäre gar nichts passiert.« Davon ist Friedl Volgger felsenfest überzeugt. Es habe zwar eine ganze Reihe Leute gegeben, die für eine schärfere Tonart waren, aber »ohne den Widmann hätten die nie zusammengefunden«.

»Die haben geglaubt, sie können uns fertigmachen«

»Wir sind ja die ganzen Nachkriegsjahre herauf mit eingezogenem Schwanz durch die Gegend geschlichen, ohne Courage. Man hat sich ja fast entschuldigt, daß man politisch lebt.« Mit plastischen Worten schildert Franz Widmann die Beweggründe, die ihn dazu gebracht haben, die Wende in der Südtiroler Volkspartei zu versuchen. »Anfang der fünfziger Jahre, da haben wir ja noch diese Angst aus der Faschistenzeit in den Knochen gehabt, diese kolonialistischen Minderwertigkeitskomplexe. Alles Deutsche befand sich praktisch im halbkriminellen Raum nach diesem Krieg.« Österreich, so Widmann, sei noch nicht handlungsfähig gewesen, ein besetztes Land, Südtirol war auf sich allein gestellt. Durch eine systematisch betriebene Unterwanderung und die Zentralisierung aller Befugnisse bei der Region in Trient habe Italien vollendete Tatsachen schaffen wollen, und das habe das Volk gespürt. »Die haben wirklich geglaubt, sie können uns fertigmachen«, beschreibt Franz Widmann die italienische Haltung von damals. Die Menschen, vor allem aber die Partei, hätten einfach die Hoffnung auf die Durchsetzbarkeit der Landesautonomie verloren. Jeder habe gespürt, »daß wir uns auf einem Schiff im Nebel, daß sich unser Volk auf dem Todesmarsch befindet«.

Die alte Parteiführung unter Erich Amonn, die sich ja große Verdienste erworben hatte, sei nicht bereit gewesen, die Auseinandersetzung mit dem Staat aufzunehmen. Sie habe die dünne, liberale, wirtschaftlich ausgerichtete Oberschicht repräsentiert, für normale Zeiten die durchaus berufene Führungsschicht. Doch damals, so Widmann, »als es um Sein oder Nichtsein ging, da haben sie volkstumspolitisch versagt, da haben sie keine Kraft mehr gehabt. Deshalb mußte die alte Führung ausgewechselt werden«.

»Auf Magnago«, fährt Widmann fort, »haben wir auch deshalb gesetzt, weil wir in ihm den Mann gesehen haben, in dem sich dieser neue Widerstandswille gegen den italienischen Staat bündeln läßt. Er war für uns der Mann, der für diesen hartnäckigen Widerstandswillen steht. Und Magnago ist dann ja

Der neugewählte Ausschuß der SVP

Obmann: Landtagspräsident Dr. Silvius Magnago
Obmannstellvertreter: Abg. Dr. Karl Tinzl
Reg.-Ass. Dr. Alfons Benedikter
L.-Abg. Hans Dietl
Dr. Friedl Volgger

Ausschußmitglieder:
(In der Reihenfolge der erhaltenen Stimmen)

Dr. Hans Stanek, Rechtsanwalt, Brixen
Josef Gruber, Bürgermeister, Lana
Johann Jöchler, Bauer, Vahrn
Hermann Nicolussi, Frächter, Deutschnofen
Franz Strobl, „Troyer", Aufkirchen
Franz Widmann, Besitzer, Bozen
Karl Grais, Bauer, Morter
Ing. Ernst Watschinger, Forsttechniker, Sexten
Dr. Hainold Steger, Agrartechniker, Bruneck
Dr. Karl Trienbacher, Apotheker, Salurn
Eduard Weis, Tischler, Leifers
Hans Baur, Kaufmann, Bruneck
Helmut Kritzinger, Lehrer, Sarnthein
Ing. Anton Pugneth, Techniker, Bruneck
Hans Eschgfäller, Beamter, Meran

Dr. Max v. Röggla, Arzt, Auer
Ignaz Stocker, Bauer, Mals
Albert Matzneller, „Raster", Aldein
Alfons Benedikter, Gastwirt, Trens
Franz Mark, Sparkassedirektor, Bozen

Die SVP-Führung mit ihrem neuen Obmann Silvius Magnago nach der »Palastrevolte« von 1957. Mehr als zwei Drittel der Ausschußmitglieder waren ausgewechselt. Einziger »Überlebender« von vier Obmannstellvertretern: Alfons Benedikter. Dabei hatte Franz Widmann nur das Wahlreglement geschickt, aber korrekt ausgeschöpft.

die Figur geworden, die all das repräsentiert. Ohne ihn wäre es nicht möglich gewesen, diese Kraftprobe durchzustehen und die Spaltung der Südtiroler Volkspartei zu vermeiden.« Daran, so Widmann, bestehe kein Zweifel. Magnago habe sich bereits 1957 als die große Integrationsfigur erwiesen, die er dann ein Leben lang geblieben sei.

Die Gefahr der Spaltung

Es dürfe auch nicht vergessen werden, so Widmann, daß die Situation auch nach der Ablösung der alten Garde intern und außen schwierig blieb. Es habe heftigen internen Widerstand gegen den neuen Kurs der Partei gegeben. Davon hätten die Leute ja keine Ahnung. Es gebe Dokumente, die das bezeugen. Kreise, die den Parlamentariern Josef Raffeiner und Carl von Braitenberg sowie dem katholischen Unternehmer Leo von Pretz nahestanden, hätten furchtbar gewettert und die neue Politik ganz offen »als verbrecherisch« hingestellt.

Daß die Gräben, die sich zwischen der alten und neuen Führung aufgetan hatten, teilweise fast unüberbrückbar geworden waren, bestätigt auch der damalige Bozner SVP-Bezirkschef Josef Rössler. Das innerparteiliche Klima habe sich nach der Landesversammlung verschärft. Der Gegensatz zwischen Gemäßigten und Radikalen sei über Jahre hinweg virulent geblieben. Die Gemäßigten um Braitenberg und Raffeiner seien der Kundgebung in Sigmundskron bewußt ferngeblieben. Und er könne sich, so

Mitgliedern, zwei Vertreter der ladinischen
den), sowie zwei Delegierte des Südtiroler

konnten nicht ausreichen, eine klare Entscheidung zu erzielen. Eines aber können wir mit stolzer Befriedigung sagen: Unser Volk

Photo Flunger. Bozen

Senator Dr. Josef Raffeiner. — Bild rechts: **Der Parteiobmann Abg. Dr. Otto v. Guggenberg gibt vom Rednerpult aus den Rechenschaftsbericht. Zu seiner Linken am Präsidententisch Sparkassedirektor Franz Mark.**

Auf der SVP-Landesversammlung am 22. Mai 1954 präsentierte sich die Rednertribüne noch wie ein Altar. Das weihevolle Dekor paßte zur Honoratiorenpartei. Otto von Guggenberg hatte das Obmannamt eben an Karl Tinzl abgetreten. Parteigründer Erich Amonn, Landeshauptmann Karl Erckert und Ex-Generalsekretär Josef Raffeiner teilten sich die Ehrenplätze im Publikum.

Josef Rössler, noch gut an ein Treffen mit Braitenberg und Raffeiner einige Zeit nach der Kundgebung von Sigmundskron erinnern, wo beide ganz offen ihr Mißfallen über Sigmundskron zum Ausdruck gebracht hätten.

Daß es nicht zur Spaltung der Partei gekommen ist, mag auch damit zu tun haben, daß vor allem nach Sigmundskron die Los-von-Trient-Politik konkurrenzlos populär dastand und allenfalls von der Selbstbestimmungsfraktion gefährdet wurde, die sich auf allen Landesversammlungen ab 1957 massiv zu Worte meldete. So sehr hatten sich innerhalb kürzester Zeit die Gewichte verschoben. Die Gemäßigten alten Schlages, die bisher die Südtirolpolitik bestimmt hatten, standen plötzlich ohne Truppen da.

Obmann Magnago hatte also einiges zu tun, um alle bei der Stange zu halten. Die Integrationsfigur Magnago war von Anfang an gefordert. Auch daß die Zerreißprobe mit der »Aufbau«-Bewegung nach den Anschlägen der »Feuernacht« überwunden werden konnte, habe, so Widmann, mit der Persönlichkeit und vertrauenswürdigen Führungsgestalt Magnagos zu tun. Aber auch mit seiner Mannschaft, die getreu dem Willen des Südtiroler Volkes gehandelt habe, und dieser Wille habe »Los von Trient« geheißen. Damals hätten der frühere Obmann Toni Ebner und jene Kreise, die 1957 in die Minderheit geraten waren, versucht, den Augenblick der Schwäche nach den Bombenanschlägen auszunutzen, um die Macht in der Partei an sich zu reißen. Jene Kreise, die es schon damals nicht gewagt hätten, die Kraftprobe mit dem italienischen Staat anzugehen.«

Und wie sieht Silvius Magnago selbst seinen Aufstieg zum Obmann der Südtiroler Volkspartei? »Ich habe mich nie in meinem Leben um eine Stelle oder um ein hohes Amt beworben und auch in diesem

Das nüchterne Ambiente des Bozner Rom-Kinos unterstreicht den Wandel zur professionell agierenden Großpartei. Magnagos Wahl vom 25. Mai 1957 bedeutete auch organisatorisch eine Zäsur. Als Vorsitzender der hitzigen Landesversammlung hat Friedl Volgger am Präsidiumstisch Regie geführt. Der radikale Kurswechsel überrumpelte die alte Garde unter dem scheidenden Obmann Toni Ebner.

Fall mit niemandem 'gepackelt', weder mit den einen noch den anderen.« Magnago gibt damit zu verstehen, daß es die neue Mehrheit war, die ihn gebraucht habe: »Denn die wollten durch meine Wahl einen Bruch in der Partei vermeiden, weil ich ja nicht dem rechten Flügel zugerechnet wurde. Man wollte, glaube ich, mit dem Magnago einen Obmann küren, von dem man sich erwartete, er würde sich für das Selbstbestimmungsrecht einsetzen; dem man aber auch zutraute, einen parteiinternen Bruch abzuwenden, weil er gute Beziehungen zum Wirtschaftslager hatte, zu den realistischen Leuten. Das glaube ich, ist der Grund, warum ich gewählt wurde.«

Zu ihm habe ja keiner etwas gesagt, erinnert sich Magnago. Er sei zwar schon einmal gefragt worden und habe dabei vor allem eines klargestellt: »Wir können Blumen pflücken auf dem Weg hin zur Autonomie. Ich bin aber strikt dagegen, daß mir die Selbstbestimmungsfrage gestellt wird. Ich verpflichte mich für eine neue Autonomie, das Selbstbestimmungsrecht aber kann nur ein Fernziel sein.«

Magnago hat also von Anfang an in dieser zentralen Frage der Südtirolpolitik Klarheit geschaffen und keine falschen Hoffnungen geweckt. Er habe aber auch klargemacht, fährt Magnago fort, daß das mit der Region nicht mehr geht. Die Region habe zwar für italienische Verhältnisse viele Zuständigkeiten gehabt. Die Trentiner Democrazia Cristiana aber sei so regierungstreu gewesen, daß sie keinen Schritt unternommen habe, ohne in Rom nachzufragen. Das sei so weit gegangen, daß er den damaligen Präsidenten der Region, Tullio Odorizzi, einmal gefragt habe: »Sind Sie nun ein Präfekt oder der Präsident einer autonomen Re-

Wie gespannt die Atmosphäre im Lande war, zeigt sich in diesen Bildern. Nach Sigmundskron stand Bozen am 19. November 1957 im Zeichen einer italienischen Studentendemonstration. Mit gehässigen Sprüchen wurde Stimmung gemacht gegen Südtirols Autonomieforderungen. Lautstark bewegte sich der Zug durch die Stadt zum Siegesdenkmal. Anführer der von Rom genehmigten Gegenkundgebung waren die Neofaschisten.

gion?« Er habe also den Südtirolern versprochen, sich für das »Los von Trient« einzusetzen, für die Abschaffung der Region. »Und 90 Prozent«, meint der Altlandeshauptmann im Rückblick, »haben wir ja erreicht.«

Der Volgger soll vorsitzen

Auf der Landesversammlung selbst, die hinter verschlossenen Türen stattfand, ist es heiß hergegangen. Das wird von verschiedenen Seiten bestätigt. Als der scheidende Parteiobmann Toni Ebner nach der Eröffnung darauf hinwies, daß zunächst der Vorsitzende zu wählen sei, haben Eduard Weis aus Leifers und Helmut Kritzinger aus dem Sarntal bereits gerufen, »der Volgger soll vorsitzen«. Volgger, der erst kurz zuvor aus der Untersuchungshaft entlassen wurde, weil Staatsanwalt Dell'Antonio mit seinen Anschuldigungen Schiffbruch erlitten hatte, wurde per Akklamation und unter großem Beifall zum Vorsitzenden gewählt. Das war die erste Überraschung des Tages.
Die Wahl von Volgger hatte eine Vorgeschichte: »Ein paar Tage vor der Versammlung«, erzählt Friedl Volgger, »sind der Franz Widmann und der Dietl zu mir gekommen. Sie haben mich auf einen Kaffee eingeladen, und die beiden haben mich dann gefragt, ob ich mit den Attentaten der Stielergruppe etwas zu tun hätte. Ich hab' gesagt, ihr könnt euch verlassen, ich hab' überhaupt nichts zu tun damit, und dann haben sie mich gefragt, ob ich bereit wäre, die Landesversammlung zu leiten. Ich hab' gesagt, ich weiß net, ob ich dazu berufen bin, aber wenn's sein soll, dann tu ich's.«
Die Wahl Volggers war bereits ein Stimmungstest dafür, in welche Richtung sich die Landesversammlung bewegte. Die Bozner Tageszeitung »Alto Adige« schreibt am nächsten Tag, mit der Wahl Volggers habe sich die SVP für die Vorgangsweise der Justiz gegen einen ihrer Spitzenvertreter rächen wollen.[1] Daß sie andere Hintergründe hatte, konnte die Zeitung nicht wissen.

Autonomiefrust auf Südtiroler Seite, die Transparente gegen die »Scheinautonomie« sprechen eine klare Sprache. Die Stimmung auf Sigmundskron war am Kippen. Die meisten Südtiroler waren mit ihrer Geduld am Ende. Bereits bei Magnagos Wahl zum neuen Parteichef hatte sich ein harter Schlagabtausch angekündigt, den der Autonomiepolitiker mit dem militanten Selbstbestimmungslager auszufechten hatte.

Radikale Stimmen

»Volgger als Vorsitzender, das war eine Garantie für uns«, meint Franz Widmann, der auf der Landesversammlung nichts dem Zufall überlassen wollte. Es sei dann hitzig zugegangen, »weil vom Volk radikale Stimmen gekommen sind.« Vor allem die weiche Linie der damaligen Führung sei scharf kritisiert worden. »Wir haben alles Vertrauen in Italien verloren«, habe es geheißen. »Sie haben unsere Geduld überstrapaziert. Wir glauben ihnen gar nichts mehr! Die einzige Politik ist das Los von Trient, die Selbstbestimmung.« So habe der Grundton auf dieser Landesversammlung gelautet. Es habe großer Anstrengung bedurft, so Widmann, die Parteilinie zu halten: »Wir wußten nämlich, daß wir den Weg der Autonomie konsequent angehen müssen, denn der Pariser Vertrag spricht von Autonomie, nicht von Selbstbestimmung.« Das sei sicherlich die einzig mögliche Linie gewesen, die damals eingeschlagen wurde. Auch die sogenannten Radikalen haben also von Anfang an auf die Autonomie und nicht auf die Selbstbestimmung gesetzt.

Daß es sehr hitzig zugegangen ist, bestätigt auch Silvius Magnago. Eine Gruppe habe die Wahl des Obmanns mit der Forderung nach Selbstbestimmung verbinden wollen. »Ich wußte gar nicht, daß ich die Stimmen dieser Leute bekomme«, erzählt Magnago. »Ich hab' mich dann gewehrt und gesagt, ich bin nicht bereit, im Zusammenhang mit meiner Wahl eine Resolution zur Anrufung der Selbstbestimmung zu akzeptieren, weil wir ja genau gewußt haben, daß die Partei die Selbstbestimmung schon 1946 in Sigmundskron unter Amonn feierlich verlangt hat und die Alliierten nein gesagt haben. Obwohl die Grenzen damals noch nicht zementiert waren. Die Selbstbestimmung 1957 nochmals zu verlangen, das habe ich als absolut unrealistisch empfunden. Durch den Staatsvertrag hatte Österreich seine Grenzen ja akzeptiert.«

Sowohl Franz Widmann und seine Leute als auch Silvius Magnago mußten sich also ins Zeug legen, um eine Selbstbestimmungsresolution zu verhin-

Diese größte Kundgebung in der Geschichte Südtirols vermittelt der Weltöffentlichkeit ein doppeltes Signal, nämlich Hilferuf und zugleich Warnung vor einem Krisenherd mitten in Europa.

uss mit der
anderung!

Weise gerecht. Es ist fürwahr keine Kleinigkeit, eine so große Zahl von Gästen in einer

Frühe wurde sie von über 400 Leuten benützt, während zirka 200 zu Fuß hinauf-

Die vier bisherigen Obmänner der S.V.P.
Von links nach rechts: Abg. Dr Toni Ebner, der bisherige Obmann, Erich Amonn, der erste Parteiobmann, Josef Menz-Popp, der zweite in der zeitlichen Aufeinanderfolge, und der Abg. Dr. Otto v. Guggenberg, der am 16. Februar

Die »alte Garde« auf der Landesversammlung am 16. Februar 1952. Otto von Guggenberg als neuer Obmann und seine Vorgänger, von rechts nach links: Josef Menz-Popp, Erich Amonn und Toni Ebner.

dern. Doch dies wird in den heißen Endfünfzigerjahren immer wieder geschehen, 1960 mußte Magnago sogar mit dem Rücktritt drohen, um eine Mehrheit für die Selbstbestimmung abzuwehren, die zudem die Gefahr einer Auflösung der Partei mit sich gebracht hätte.

Verabschiedet wurde schließlich eine Resolution[2], in der sich die Landesversammlung in Erinnerung an Kanonikus Michael Gamper zu einem wahrhaft autonomen, selbständigen Land Südtirol bekennt. Italien und Österreich wurden aufgefordert, bei den bevorstehenden Verhandlungen den Pariser Vertrag durchzuführen, damit Südtirol die Landesautonomie erhält, die dem Land zustehe. Das alte Autonomiestatut müsse abgeändert werden. Klage geführt wird auch darüber, daß ein Landesgesetz, das die Einführung von Proporz und Zweisprachigkeit im öffentlichen Dienst vorsah, von Rom abgelehnt wurde. Dies sei eine offene Verletzung des Pariser Vertrages. Auch der Appell der vergangenen Landesversammlung gegen die Zuwanderung sei wirkungslos geblieben. Im Gegenteil, ein Vertreter der Regierung habe erst kürzlich die weitere kräftige Förderung der Industrialisierung in Bozen und damit auch der Zuwanderung angekündigt, während einheimische Arbeitskräfte brotlos gemacht würden und abwandern müßten. Feierlich erklärt dann die Landesversammlung, daß man sich mit allen Rechtsmitteln dagegen zur Wehr setzen werde, in der angestammten Heimat in die Minderheit versetzt zu werden. Sollten die im Wortlaut und Geiste des Pariser Vertrages vorgesehenen Schritte zu keiner gerechten Lösung führen, heißt es abschließend, dann werde die Südtiroler Volkspartei das heilige, vom gegenwärtigen Außenminister Onorevole Pella für Triest geforderte Selbstbestimmungsrecht anrufen. Soweit diese Resolution der Landesversammlung 1957. Bis hin zu den sechziger Jahren wird es noch eine ganze Reihe Resolutionen ähnlichen Inhalts geben, ohne daß Rom jemals darauf reagiert hätte.

Der Fenstersturz von Bozen

Doch nicht der Inhalt dieser Resolution war die Überraschung des Tages. Die brachten dann die Ausschußwahlen, mit denen die Mitglieder des Führungsgremiums der Partei neu bestimmt wurden. Der damalige Bozner SVP-Bezirkschef Josef Rössler erinnert sich an den »Fenstersturz von Bozen«, wie er ihn im Rückblick mit einem Anflug von Ironie bezeichnet: »Ich war total überrascht und habe absolut nichts davon gewußt, was da hinter den Kulissen vor sich ging«, erinnert er sich. »Wie immer haben die Bezirke ihre Vorschläge gemacht, und die sind bis dahin von jeder Landesversammlung ohne Diskussion gutgeheißen worden.« Doch diesmal sollte es anders kommen: »Alle fünf Bozner Vertreter für den Parteiausschuß sind ohne mein Wissen abgewählt worden. Ich höre es heute noch: Zu streichen sind Amonn Erich, Amonn Walther ... Alle fünf Plätze sind neu besetzt worden nach dem Geschmacke der extremen Linie.«

Und so wie den Boznern ist es noch manch anderem ergangen auf dieser Landesversammlung. Insgesamt elf Kandidaten, die sich praktisch schon als gewählt betrachten durften, sind durchgefallen. Die Strategie von Franz Widmann hatte sich als erfolgreich erwiesen. Die Partei befand sich somit in der Hand der sogenannten Radikalen. Selbst Erich Amonn, der verdienstvolle Gründer der Volkspartei, mußte Friedl Volgger im Rennen um die Vizeobmannschaft den Vortritt lassen. Dies habe den Toni Ebner so empört, erzählt Friedl Volgger, »daß er mich aufgefordert hat, ich soll zurücktreten. Ich sah aber keinen Grund dafür, denn der Amonn hätte eh nicht mehr angenommen«. Franz Widmann bekennt heute, daß ihm der Sturz der alten Garde nicht leichtgefallen sei, denn schließlich habe auch er zu den sogenannten Bozner Herren gehört, die damals ihre politische Führungsrolle im Lande endgültig eingebüßt haben. »Die Bauern«, rechtfertigt er sich, »die haben einfach mehr Kraft gehabt.«

Hans Dietl setzte bereits 1955 den ersten Schritt. Sein Austritt aus der Regionalregierung war aber noch ein Alleingang.

Provozierendes Telegramm des römischen Wohnbauministers

Der »Fenstersturz von Bozen« hat dann noch lange nachgewirkt. Auf den Parteiausschußsitzungen, die der Landesversammlung folgten, sei es wild zugegangen, weiß Josef Rössler zu berichten. Es sei auch verlangt worden, die Ausschußwahlen zu korrigieren. Auf jeden Fall, das innerparteiliche Klima hat sich verschärft, und der neue Obmann Magnago hatte zunächst alle Hände voll zu tun, um ein völliges Ausufern dieser Gegensätze zu verhindern. Doch allzuviel Zeit ist der Südtiroler Volkspartei nicht geblieben, um sich dem parteiinternen Hader hinzugeben. Zum einen hat der Sommer den Streit gebremst, weil sich die Bozner Herren in den heißen Monaten ja von alters her in die Sommerfrische begeben und dort Abkühlung finden. Zum anderen wurde die Volkspartei schon bald durch ein Telegramm aus Rom auf Trab gebracht, das heute manch einer der Los-von-Trient-Kämpfer als Geschenk der Götter ansieht. Es handelt sich um das Telegramm des Ministers für öffentliche Arbeiten, Giuseppe Togni, das am 15. Oktober 1957 um 5 Uhr abends, wie der »Volksbote«[3] penibel verzeichnet, beim Bozner Bürgermeister Giorgio Pasquali eintrifft und die Errichtung eines neuen Stadtteils mit 5000 Wohnungen in Bozen ankündigt. Damit hatte die Los-von-Trient-Fraktion das Rennen gegen die alte Garde endgültig gewonnen, und Silvius Magnago konnte einen Monat später vor 35.000 Südtirolern auf Sigmundskron sein »Los von Trient« in die begeisterte Menge rufen.

Friedl Volgger (links) war der hochkarätigste »Verschwörer« gegen die alte Führungsspitze.

Franz Widmann (rechts), der »Königsmacher« von Silvius Magnago.

Die neue Ära: SVP-Obmann Magnago und der ÖVP-Generalsekretär Alfred Maleta bei der SVP-Landesversammlung am 12. Juli 1958. Nach dem Staatsvertrag konnte Österreich für Südtirol aktiv werden.

Das »Los von Trient!« wurde zum Symbol für den Kampf um Südtirols heutige Landesautonomie. Das Sicherheitsrisiko war hoch bei dieser Mischung aus Bauernaufstand und Massenprotest.

Beeindruckend war schon der Anmarsch Tausender Kundgebungsteilnehmer aus allen Teilen des Landes. Die mächtige Burganlage auf dem Felsenhügel thront als Wahrzeichen über dem Bozner Talkessel.

Ein Großereignis war Sigmundskron auch für Filmer und Fotografen. Es war der aktuelle Anlaß schlechthin für politische Reporter mit künstlerischem Auge und Sinn für die ungewöhnlichen Perspektiven dieser alpinen »November-Revolution«.

SVP-Obmann Magnago wäre um ein Haar im Verkehrsstau auf der Bozner Ausfallstraße hängen geblieben. Dann wären die auf Sigmundskron zusammengeströmten Massen nicht mehr zu halten gewesen. Angesichts der massiven Polizeipräsenz drohte ein Blutbad.

Sigmundskron

Das Telegramm von Arbeitsminister Togni, das die Errichtung eines neuen Stadtteils in Bozen ankündigte, war also nicht an den Südtiroler Landeshauptmann gerichtet, der die eigentliche Adresse hätte sein müssen. Der Volkswohnbau gehörte nämlich damals schon zu den Kompetenzen des Landes, auch wenn die Durchführungsbestimmungen dazu zehn Jahre nach Inkrafttreten des ersten Autonomiestatuts immer noch nicht erlassen waren. Das sagt eigentlich schon alles darüber, wie Rom mit Bozen damals verfahren ist. Noch dazu wäre der Volkswohnbau nach Aussagen vieler die einzige Kompetenz von wirklicher Bedeutung im ersten Autonomiestatut gewesen. Weil sie nur auf dem Papier bestand, brauchte man sich auch nicht um die Landesverwaltung zu scheren und auf die Formen zu achten. Die frohe Botschaft wurde statt dessen dem Bürgermeister von Bozen direkt zur Kenntnis gebracht.
Als man davon erfuhr, habe jeder zunächst gedacht, es handle sich um die vom Minister persönlich versprochenen Sofortmaßnahmen zugunsten der von der Unwetterkatastrophe Betroffenen, schreibt der »Volksbote«, das Organ der Südtiroler Volkspartei, nicht ohne Ironie. Jetzt aber wisse man, daß man in Rom mit der Italianisierung Südtirols endgültig Ernst machen wolle. Denn es sei nur allzugut bekannt, wem die neuen Wohnungen zugute kommen werden. Es bleibe dabei, fährt der »Volksbote« fort, was Innenminister Fernando Tambroni im Mai auf einer Wahlveranstaltung in Bozen in die Menge gerufen habe: »Ihr seid eine große Stadt und werdet eine noch größere werden.« Die Mitteilung des Ministers bestätige, daß das Programm Tambronis, das gleichzeitig das Programm der radikalisierten Bozner DC sei, schonungslos und rückhaltlos durchgeführt werde. Von maßgeblicher Seite der DC habe man schon vor Jahren verkündet, daß die Südtirolfrage erst dann gelöst werden könnte, wenn im »Alto Adige« so viele Italiener wie Deutsche wohnten.
Zunächst aber das Telegramm von Minister Giuseppe Togni, das Südtirolgeschichte geschrieben hat, in seinem Wortlaut:[4]
»Dem Herrn Bürgermeister von Bozen und zur Kenntnis an S. Exz. den Präfekten von Bozen.
Es freut mich, Ihnen mitteilen zu können, daß das Koordinierungskomitee für Volkswohnbauten (CEP) eine schnelle Realisierung des zweiten Wohnbauprogramms beschlossen hat, in welchem die Errichtung eines neuen Stadtteils in Bozen, und zwar für den Betrag von 2,5 Milliarden Lire für die Errichtung von 5000 Wohnräumen, zusätzlich Kirchen und die Gebäude für soziale und öffentliche Dienste, vorgesehen ist.
Ich bin sicher, auf Ihre Mitarbeit bei der Verwirklichung dieser Initiative der Regierung rechnen zu können und bezweifle nicht, daß dieser wesentliche Beitrag zur Durchführung des sozialen Wohnbauprogrammes in dieser Stadt gewürdigt wird.
Togni, Minister für öffentliche Arbeiten«.
Im schon heißen Jahr 1957 war das der Tropfen, der das Faß zum Überlaufen brachte. Die Aussicht auf einen neuen Schub von Zuwanderern aus dem Süden bei gleichzeitig hoher Arbeitslosigkeit in Südtirol selbst: Das war der Anfang der Entwicklung, die schließlich in der »Feuernacht« enden sollte. Im Jänner war die Stieler-Gruppe ausgehoben worden. Vierzehn jungen Burschen rund um den Athesia-Zeitungssetzer Hans Stieler wurden kleinere Anschläge nachgewiesen. Gleichzeitig wurde der Schriftleiter der Tageszeitung »Dolomiten«, Friedl Volgger, verhaftet. Im Juli 1957 waren sieben Bauernburschen aus Pfunders im Pustertal in einem Schwurgerichtsprozeß, der auf keineswegs überzeugenden Indizien beruhte, der Ermordung eines Finanzpolizisten für schuldig befunden und zu sehr hohen Gefängnisstrafen verurteilt worden. Das Urteil hat das ganze Land in Erregung versetzt und stark zur weiteren Radikalisierung beigetragen. Sigmundskron war unter diesen Umständen nach dem Togni-Telegramm die logische Antwort auf diese Radikalisierung, ein Ventil für den Volkszorn und zugleich die Möglichkeit für den jungen Obmann, die

politische Marschroute auf lange Sicht festzulegen und das »Los von Trient« in einer Art riesigen Landesversammlung vom Volk direkt absegnen zu lassen.

Schon lange, so Franz Widmann, hätte man die Abhaltung einer Großkundgebung ins Auge gefaßt, um die Weltöffentlichkeit auf die Südtirolfrage aufmerksam zu machen. Jetzt war der Augenblick gekommen. Am 26. Oktober hat der Parteiausschuß die Großkundgebung beschlossen und die Bevölkerung zur Teilnahme aufgerufen. Es gehe um die Grundfragen des Daseins des Südtiroler Volkes, hieß es im Aufruf. Hans Karl Neuhauser zufolge soll Hans Dietl Sigmundskron regelrecht erzwungen haben. Innerhalb von nur wenigen Wochen wurden die Voraussetzungen für diese größte Kundgebung in der Geschichte Südtirols geschaffen. Eine organisatorische Meisterleistung, vor allem wenn man bedenkt, daß diese drei Wochen noch mit Hürden aller Art vollgepflastert waren. Franz Widmann winkt ab: Der Volkszorn, die tiefe Verbitterung hätten die Südtiroler nach Sigmundskron getrieben, das sei die Ursache für den großen Erfolg der Kundgebung gewesen.

Dieses Foto ist eine Rarität: Den Kranz am Siegesdenkmal hatte Luis Amplatz niedergelegt, ein führender Kopf der künftigen Sprengerbewegung. Die Wachen konnten nicht Deutsch, noch waren sie historisch genügend beschlagen, um den brillant getarnten Protest gegen die »Unrechtsgrenze« am Brenner sofort zu durchschauen, erinnert sich der Zeitzeuge Friedl Volgger.

»Sie haben Mut, Herr Magnago«

Die Südtiroler Volkspartei wollte die Kundgebung unbedingt in der Landeshauptstadt abhalten, wurde dann aber, obwohl verschiedene Kundgebungsplätze wie der Landhausplatz, der Waltherplatz, das Drususstadion oder der Grieser Platz ins Auge gefaßt wurden, aus der Landeshauptstadt verbannt und nach Sigmundskron abgeschoben. Im Rückblick kann man sagen, zum Glück, denn all die genannten Örtlichkeiten hätten die Menschenmassen, die dann auf Sigmundskron zusammengeströmt sind, nie fassen können. Bitter hat sich die Volkspartei darüber beklagt, die Sicherheitsbehörden hätten dem Druck der Neofaschisten nachgegeben, die sofort nach dem Bekanntwerden der Kundgebungsabsichten der Volkspartei zu einer Gegenkundgebung zur selben Zeit und am selben Ort aufgerufen hatten. Sowohl Quästor Angelo Mazzoni, ein den Südtirolern sehr gewogener Mann, als auch Regierungskommissar Sandrelli befürchteten, wie wir heute wissen zu Recht, daß die Gefahr von Auseinandersetzungen durchaus im Bereich des Möglichen lag.

»Ich wollte eine friedliche und dadurch eindrucksvolle Demonstration, um auch die internationale Öffentlichkeit zu überzeugen, um sie zu beeindrucken. Also berechtigte Forderungen stellen, ohne daß es zu Tätlichkeiten kommt«, beschreibt Silvius Magnago die Strategie der SVP. Doch der Obmann war sich nicht sicher, daß alles reibungslos über die Bühne geht. »Ich hatte diese Angst, daß man uns alles versauen könnte«, bekennt er. Kurz vor der Kundgebung nämlich haben ihn der Quästor und der Präfekt zu sich gerufen: »Sie hätten gehört«, erzählt Magnago, »daß nicht alle einen friedlichen Abschluß der Kundgebung wollen, daß Leute die Absicht hätten, Gewalt anzuwenden und daß auch ein Marsch auf Bozen im Bereich des Möglichen liege.« Der höchste Polizeibeamte des Landes und der Vertreter der Regierung in Südtirol seien sehr besorgt gewesen. »Die haben um ihre Karriere gefürchtet, einfach ein bißchen geschlottert. Ich habe gesagt, das kann ich Ihnen schriftlich geben, und der Präfekt hat das beim Wort genommen und Papier hervorgeholt. Wir haben einen Brief zusammengestellt, und für ihn war das mehr wert als ein Scheck. Sie waren zufrieden und haben ihn wie ein Lottogeschenk eingesteckt, sie waren entlastet.« So hat

Magnago die Verantwortung übernommen für die Kundgebung in Sigmundskron, daß alles ordentlich verlaufen werde. Und der Regierungskommissar, der Magnago zum Ausgang begleitete, sprach dem Obmann der Südtiroler Volkspartei noch seine Anerkennung aus. Mit den Worten »Sie haben eigentlich Mut, Dr. Magnago«, sei er entlassen worden, erinnert sich der Altlandeshauptmann an diese Begegnung.

»Der kimmt net, der Magnago oi mit die Walschn!«

Und so ist der 17. November 1957 angebrochen, der Tag, an dem das Südtiroler Volk Jahrzehnte der Niederlagen, der Resignation und der Erniedrigung abschütteln sollte. Der eigentliche Tag der Wende in der Geschichte des Landes, auch wenn diese noch lange auf sich warten lassen sollte. Denn an diesem Tag wurden jene Energien gebündelt, ist jene Übereinkunft zwischen der politischen Führung und dem Volk zustande gekommen, die es erst ermöglicht hat, das schier Unmögliche wahrzumachen, vom Kampf um die Landesautonomie nicht mehr abzulassen, bis sie errungen war. Und an diesem Tag ist auch jener Mann endgültig zur Leitfigur des neuen Südtirol aufgestiegen, der für all das steht: Silvius Magnago.
In den peripheren Landesteilen sind die Menschen noch bei tiefer Nacht aufgebrochen, um rechtzeitig in Sigmundskron zu sein. Franz Innerbichler, der legendäre Ortsobmann des Ahrntals, erinnert sich an die Fahrt nach Sigmundskron: »Mit zwei Postautos bei finsterer Nacht sind wir gestartet, rund 100 Leute, die meisten in Tracht.« Der Magnago habe schon vor der Landesversammlung 1957 im Ahrntal geredet, und »das hat nachgewirkt, die Rede vom Magnago«. Und so wie die Hundertschaft aus dem Ahrntal sind sie aus allen Bergtälern und Bergdörfern des Landes losgezogen. Wer ein Auto besaß, der hatte an diesem Tag meist Taxidienst. Er sei zwischen Meran und Bozen bestimmt vier- fünfmal hin- und hergefahren, immer mit einer Fuhre Leut, erzählt Sepp Innerhofer. Bereits um acht Uhr früh wälzte sich eine riesige Kolonne von Fahrzeugen durch die schwer bewachte Landeshauptstadt. Autos, Traktoren, Motorräder, sehr viele zu Fuß. Ein ganzes Volk hatte sich auf den Weg gemacht.
Silvius Magnago war zwar pünktlich mit seinem Dienstwagen von zu Hause abgefahren, doch bereits in der Drususstraße war die Fahrt zu Ende. Es gab kein Weiterkommen mehr, die Zufahrtsstraße nach Sigmundskron war hoffnungslos verstopft. »Gott sei Dank hat mich ein Motorradfahrer mitgenommen, ein gewisser Pardatscher. In Sigmundskron hat's schon gekocht.« Vor ihm, so Magnago, habe der Vater vom Jörg Pircher gesprochen, der Hofmannbauer aus Lana. »Der kimmt net, der Magnago, oi mit die Walschn«, hätten sie schon von den Mauern gerufen. »Ich war schon beeindruckt, und ich gebe auch zu, ich war nervös, doch die Obmannwahl hatte mich bestärkt, und so habe ich dann sehr klar gesprochen, und das war ernüchternd für viele.«
Über 30.000 Menschen hatten sich eingefunden, waren dem Aufruf der Südtiroler Volkspartei gefolgt. Der riesige untere Schloßhof und auch der obere waren bis zum Bersten gefüllt. Die Waghalsigsten hatten die Mauern und Turmspitzen erklommen, hingen in den Bäumen, und auch außerhalb standen noch Tausende, die im Schloßhof keinen Platz gefunden hatten. Mit zehn- bis zwanzigtausend Teilnehmern hatten die Optimisten gerechnet. Doch diesmal schien wirklich ganz Südtirol auf den Beinen zu sein. »Zählt man noch die Greise, die Kranken und Frauen ab, dann kann man ruhig behaupten, die Männer und Burschen Südtirols waren in der Mehrzahl nach Sigmundskron gekommen«, zitiert der »Volksbote« vom 21. November die »Tiroler Nachrichten«: »Da sollen die Italiener noch einmal sagen, daß das Volk die Führer des Landes nicht unterstütze ..., daß es nur ein paar Hetzer seien, die die Forderungen stellen!«.
Im Schloßhof und auf den Zinnen wehte die verbotene Tiroler Fahne an diesem Tag. Erst drei Tage vorher hatte Regierungskommissar Luigi Sandrelli die weiß-rote Parteifahne der SVP mit dem Edelweiß in der Mitte verbieten lassen, um – wie er in der Verordnung schrieb – schwere Störungen der öffentlichen Ordnung zu vermeiden. Ein Beispiel dafür, mit wieviel Fingerspitzengefühl von staatlicher Seite damals vorgegangen wurde. Erst die Sturheit des Staates in der Fahnenfrage hat zum Beispiel einen Sepp Kerschbaumer landesweit bekannt gemacht. Er hat die Tiroler Fahne gehißt, die Carabinieri gerufen, sich verhaften lassen und ist schließlich in den Hungerstreik getreten.
In Sigmundskron wurde die erste der vielen weißroten Fahnen, die an diesem milden Novembertag trotz des Polizeiverbots noch gehißt werden sollten, mit ungeheurem Jubel begrüßt, wie verschiedene Zeitungen berichten. Besonders groß

In der »kochenden« Menge war Magnago nur ein winziger Punkt. Dennoch gelang es ihm, einen blutigen »Marsch auf Bozen« abzuwenden.

Die schattenrißartige Szene hat starke Symbolkraft. Unter jenen, die in den Bäumen hingen, war der spätere Historiker und Attentäter Josef Fontana. Die Tiroler Fahne flatterte trotz Verbot.

aber seien Jubel und Heiterkeit gewesen, schreibt die »Süddeutsche Zeitung«[5], als über Bozen ein kleiner Ballon geflogen kam, von dem eine lange Fahne in den Tiroler Farben herabhing.« Ein erster Ballon sei von den Carabinieri abgeschossen worden, der zweite aber »war zu hoch über dem Eisack, als man ihn entdeckte« und somit für die Kugeln nicht mehr erreichbar gewesen. Die Tiroler Fahne sei getragen von Luftballonen wie ein Adler dem Horst von Sigmundskron entstiegen, wird der Volksbote[6] dann voller Stolz den Streich vermerken, den man damit der groß aufmarschierten Staatsmacht gespielt hatte.
Stürmisch umjubelt, so die »Tiroler Tageszeitung«[7], habe schließlich der Obmann der Südtiroler Volkspartei, Dr. Silvius Magnago, das Rednerpult betreten. Nur eine halbwegs aggressive Rede hätte anschließend Tausende auf die Straßen in Richtung Bozner Stadtzentrum gebracht, beschreibt die »Süddeutsche Zeitung«[8] das große Risiko dieses außergewöhnlichen Tages. Denn kein resigniertes und zaghaftes Volk war auf Sigmundskron zusammengekommen. Tiefer Zorn und Verbitterung hatten die Menschen hierher geführt. Die vielen hundert Plakate und Spruchbänder, die Sprechchöre, sie sprachen eine eindeutige Sprache. Die Schilder, die über den Tausenden von Köpfen hochgehalten wurden, seien zwar durchaus gemäßigt gewesen, schreibt die SZ.[9] »Die Zurufe und Sprechchöre vor und während der Reden jedoch zeugten von einer schärferen Stimmung, von offener Wut.«

Magnago verhindert den Marsch auf Bozen

Unter diesen Voraussetzungen die Kraftprobe mit dem verhaßten Staat zu wagen, indem man die Wucht der 35.000 in die Waagschale warf, das war eine große Versuchung. Magnago, der wußte, welche Folgen das haben konnte, stemmte sich mit aller Macht dagegen. Der BAS aber, der eben gegründete »Befreiungsausschuß Südtirol«, der wollte sich die einmalige Chance nicht entgehen lassen, um nach dem behördlichen Kundgebungsverbot in Bozen den Zugang zur Landeshauptstadt zu erzwingen. Daß dies nicht ohne Blessuren abgehen würde, darauf hatte man sich schon eingerichtet. Gar einige hatten vorsichtshalber die Pistole dabei, bestätigt Sepp Innerhofer aus dem engsten Kreis um Sepp Kerschbaumer. Ein Zeichen für die Radikalisierung bereits 1957.
Fünf Minuten lang gleich zu Beginn hat Magnago seine Landsleute beschworen, kein Sonderprogramm nach der Kundgebung zu machen, sondern besonnen zu bleiben. Und der junge Obmann wußte bereits damals, wie er seine Tiroler zu packen hat: »Ich habe mein Wort gegeben, ich habe mein deutsches Wort gegeben, daß alles friedlich verläuft«, rief er in die über diesen Auftakt zunächst gar nicht so begeisterte Menge. Gerade weil die Italiener den Südtirolern gegenüber ihr Wort so oft gebrochen hätten, müsse dieses Wort unter allen Umständen gehalten werden.
»Ich hab' sie bei der Ehre gepackt«, stellt Magnago im Rückblick mit einem gewissen Stolz fest. »Das ist angekommen, das hat's gebracht, das ist mir dort in dem Augenblick eingefallen. Wenn man im richtigen Moment das Richtige sagt ...« Magnago, der Charismatiker, der ausgefuchste Volkstribun, der immer schon ein besonderes Nahverhältnis zu den Menschen fand und besonders in schwierigen Momenten jederzeit imstande war, einen Saal umzudrehen, spricht den Satz nicht zu Ende. »Wenn ich damals in Sigmundskron nicht gewesen wäre – ich will nicht überheblich sein – dann wäre es wahrscheinlich anders ausgegangen. Damals war mein Wort und vielleicht mein Charisma ausschlaggebend, auch weil die Leute gesehen haben, daß ich durchdrungen war

Der einsame Parteichef Silvius Magnago war Gewinner in der Konfrontation mit dem radikalen Lager, obwohl er am primitiven Rednerpult keine andere »Waffe« hatte als seinen politischen Instinkt. Zunächst hatten die von Luis Amplatz lautstark angefeuerten militanten Kreise auf den Schloßmauern die Stimmung dominiert.

von der Überzeugung, daß dies der einzige Weg ist. Und das wirkt halt, wenn die Leute sehen, daß einer mit dem Herzen spricht und nicht nur mit dem Verstand, daß er selber besorgt ist. Das war schon ausschlaggebend in Sigmundskron genauso wie 1969 dann bei der Annahme des Paketes.«

Er habe relativ weich geredet in Sigmundskron, auch um das Klima nicht weiter aufzuheizen, fährt Magnago fort. »Ich hab' mir dann gedacht am Abend, vielleicht sind einige unzufrieden nach Hause gegangen. Aber es ist ja eine Resolution verabschiedet worden zum »Los von Trient«, und das war der Wendepunkt in der Politik der SVP.«

Doch während der Obmann sich um Abkühlung bemühte, stand der Menge der Sinn nach harten Parolen. Der erwähnte Bericht der »Tiroler Nachrichten« hat die Atmosphäre auf Sigmundskron eingefangen. Er schreibt: »Wer wie der Schreiber dieser Zeilen dicht eingekeilt in der Menge stand, wer ihr erregtes Atmen spürte, wer empfand, wie sie, innerlich aufgewühlt, der Rede Magnagos folgte, wer die stürmischen Beifallskundgebungen bei den einen Stellen und die wütenden Pfuirufe und Pfeifkonzerte hörte, wenn Magnago Italiens perfide Politik gegenüber den Südtirolern geißelte, wer die halblauten Zwischenbemerkungen der Umstehenden hörte, der kann den Eindruck nur bestätigen, den wir schon seinerzeit anläßlich des großen Landestages im Mai des Jahres hatten: Das Volk will mehr als bloß die gerechte Durchführung der Doppelsprachigkeit, mehr als die Unterbindung der Zuwanderung, mehr als eine anständige Berücksichtigung der Landessöhne bei den Stellenbesetzungen. Es will mindestens die volle Landesautonomie.«

Der Obmann hat zwar weich geredet und trotzdem klar und deutlich gesprochen. Im Zentrum seiner Kritik an Staat und Region standen all die Themen, die den Südtirolern am Herzen lagen, die die Südtirolpolitik der fünfziger Jahre geprägt haben: Zuwanderung, Wohnbaupolitik, die Nichtverwirklichung des Pariser Vertrages, die Forderung nach Gleichstellung der Sprachen, nach Gleichberechtigung bei der Stellenbesetzung im öffentlichen Dienst, und als neuen entscheidenden Punkt, die Loskoppelung von der Region, das »Los von Trient«, die Forderung nach der vollen Landesautonomie.

Kein Vertrauen mehr zu Italien

Dabei brannte vor allem die Wohnbaufrage den jungen Südtirolern unter den Nägeln. Es ging hier nicht nur um ein Problem von grundsätzlicher autonomiepolitischer Bedeutung, sondern mit der Arbeitsplatzbeschaffung um die zentrale soziale Frage, die die Menschen damals am meisten bedrückte. Wo sollten z. B. die vielen tausend Weichenden hin, für die es auf den Berghöfen keinen Platz mehr gab. Magnago nannte in Sigmundskron beeindruckende Zahlen: Seit 1945 seien in Bozen 4.100 Wohnungen mit staatlichen Mitteln errichtet worden. Davon seien den Italienern 93 Prozent, den Südtirolern knapp sieben Prozent zugewiesen worden.

Zahlen, die es in sich haben. Es gab nämlich kein soziales Auffangnetz für die Südtiroler der fünfziger Jahre, es gab noch keine Hochkonjunktur, die den vielen Chancenlosen andere Möglichkeiten eröffnet hätte. Der Weg, den viele schließlich gehen mußten, war der Weg ins Ausland. Der Zugang zu den Sozialwohnungen war den Südtirolern fast gänzlich verschlossen, ebenso die Stellen im öffentlichen Dienst, die ebenfalls zu 90 Prozent in italienischer Hand waren. Und wurden dann doch ein paar Stellen ausgeschrieben, dann waren sie oft nur schwer zu besetzen. Denn nachdem eine ganze Generation in den Schulen des Faschismus praktisch zu Halbanalphabeten erzogen worden war, fehlte es auf der Südtiroler Seite auch an entsprechend ausgebildeten Leuten. Die Italiener in den Städten und größeren Zentren des Landes verteidigten mit Hilfe von Staat und Region ihre Privilegien, die sie allein dem Faschismus zu verdanken hatten, und wollten sich die von den Bergen herabströmenden Bauern gefälligst vom Leibe halten. Sie verteidigten aber nicht nur Privilegien, die ihnen nicht zustanden. Der Sozialwohnbau, für den das Land zuständig sein sollte, wurde darüber hinaus weiterhin dazu benutzt, um Italiener ins Land zu schleusen, um das ethnische Gleichgewicht aus den Angeln zu heben. So als wäre immer noch der Duce am Ruder. Kurzum, in Sigmundskron versammelte sich eine Südtiroler Jugend, die gut zehn Jahre nach dem Krieg in der eigenen Heimat wenig Perspektiven sah, und das, nachdem man jahrelang im Vertrauen auf eine bessere Zukunft auf das demokratische Italien gesetzt hatte. Ein um seine Hoffnungen betrogenes Volk begann sich auf Sigmundskron zur Wehr zu setzen.

Diese Fragen von großer sozialer und ethnischer Sprengkraft standen im Mittelpunkt der Rede Magnagos.[10] In anschaulichen Bildern beschrieb der Obmann, wie die Südtiroler in der Wohnbaufrage hinters Licht geführt wurden, wie die Entnationalisierungspolitik Mussolinis diesmal hinter der Wohnbaupolitik versteckt auch in der Nachkriegszeit vom demokratischen Italien fortgeführt wurde; kurzum, wie die wichtigsten Punkte des Pariser Vertrages mehr als zehn Jahre nach seiner Unterzeichnung immer noch hintertrieben wurden. Denn von der Gleichberechtigung der deutschen Sprache konnte keine Rede sein. Und was die Stellenbesetzung im öffentlichen Dienst betraf, erinnerte Magnago daran, daß vor allem in den unteren Diensten der Straßenverwaltung, der Post, der Eisenbahn und anderer Ämter, die für die Südtiroler damals besonders wichtig gewesen wären, bis Ende 1957 keine Stellen ausgeschrieben wurden. Selbst ein Briefträgerposten im entfernt gelegenen Gsieser Tal konnte nicht an die einheimische Bevölkerung vergeben werden, sondern wurde italienweit ausgeschrieben.

Bitter beklagte sich der Obmann darüber, daß die bescheidene Landesautonomie, wie sie im ersten Autonomiestatut vorgesehen war, zehn Jahre nach dem Erlaß des Statuts immer noch nicht durchgeführt sei. Höchstens 40 Prozent der Kompetenzen seien auf die Landesverwaltung übergegangen. Die Zuständigkeit für den Volkswohnbau und die Schulautonomie wurde einfach mit dem Argument verweigert, daß die Durchführungsbestimmungen noch nicht erlassen worden seien. Dafür aber war Rom zuständig. »Man sagt nicht ja und auch nicht nein, sondern hält uns hin«, beschrieb Magnago diese Verzögerungstaktik. Ohnmächtig mußte man in Bozen zuschauen, wie Rom und Trient das Autonomiestatut sabotierten. Deshalb, so Magnago, habe man alles Vertrauen in Italien verloren.

Deshalb die Forderung nach dem »Los von Trient«. Unter stürmischem, nicht endenwollendem Beifall, so der Volksbote, habe Magnago dann die Beseitigung der gemeinsamen Autonomie mit dem Trentino gefordert und angekündigt, »daß die Südtiroler Parlamentarier einen Gesetzentwurf einbringen werden, der eine wirkliche Eigenge-

setzgebung und -verwaltung für Südtirol allein vorsieht. »Wir wollen nicht die Regionalautonomie mit der Provinz Trient«, rief der Obmann in die Menge. »Uns steht aufgrund des Pariser Vertrages eine Autonomie für Südtirol alleine zu.«
Nur kurze Zeit später haben die Parlamentarier der Südtiroler Volkspartei dann tatsächlich einen Gesetzentwurf im Parlament eingebracht, der die Errichtung einer eigenen Region Südtirol und somit die Trennung von Trient vorsah. Er ist allerdings nie zur Behandlung gekommen und in den Schubladen der Staatsbürokratie verstaubt.
In der Protestresolution, die Magnago den 35.000 Demonstranten in Sigmundskron zur Abstimmung vorlegte, sind alle Forderungen noch einmal zusammengefaßt:
»Das Südtiroler Volk, verbannt aus der Landeshauptstadt, hat sich heute an derselben Stätte zusammengefunden, von welcher es schon einmal an die Welt einen Appell um Recht und Gerechtigkeit gerichtet hat ... Die Sicherung der Lebensrechte der Südtiroler Volksgruppe ... sollte durch den Pariser Vertrag vom 5. September 1946 gewährleistet werden. Sinn und Zweck des Vertrages ist, Südtirol als deutsches Land seiner angestammten Bevölkerung in ihrer geschichtlich gewordenen Einheit zu erhalten.
Das Südtiroler Volk stellt fest, daß dieser Sinn und Zweck bis heute nicht erfüllt, sondern eher in sein Gegenteil verkehrt worden ist. Die Autonomie ... ist uns versagt geblieben ... neun Zehntel der Stellen der staatlichen Verwaltung (sind) von Landesfremden besetzt ... Das Südtiroler Volk sieht sich so, 11 Jahre nach Abschluß des Pariser Vertrages, in seiner Existenz immer mehr bedroht.
Den Staat aber mahnen wir an die Erfüllung der übernommenen Verpflichtungen. Dazu gehören vor allem: die Gewährung einer echten Autonomie für Südtirol als eigene Region ...
Sollten unmittelbare Verhandlungen zu keinem Ergebnis führen, so fordern wir Österreich schon heute auf, vor den geeigneten internationalen Instanzen Recht und Gerechtigkeit für Südtirol zu verlangen.«[11]
Durch Zuruf haben die vielen Tausend der Resolution zugestimmt. Die Linie der Parteiführung war durch das Volk legitimiert, der lange Kampf um die Autonomie konnte beginnen.
Die Kundgebung war damit zu Ende. Diszipliniert, wie sie gekommen waren, verließen die 35.000 das Schloßareal. Der Volksbote wird dann in seinem Bericht vom »diszipliniertesten Volk der Welt«[12] sprechen. Die rund 5000 Mann des Polizeiaufgebots, die von Bozen bis Sigmundskron fast Spalier standen, konnten die Stahlhelme abnehmen und die Maschinenpistolen beruhigt beiseite legen. Der Sturm auf Bozen, die befürchtete »sommossa hoferiana«, ein Volksaufstand nach Art des Andreas Hofer, war ausgeblieben.

Rom hat den jungen Obmann im Stich gelassen

Jetzt war Rom am Zuge. Von der Reaktion der Regierung auf den disziplinierten Protest der 35.000 hing es ab, in welche Richtung sich Südtirol entwickeln würde. »Ob Magnago seine Landsleute lange im Zaume halten kann, wenn Rom so hart bleibt wie bisher, ist zu bezweifeln«, schreibt die »Süddeutsche Zeitung« in ihrem Bericht über Sigmundskron. Und Rom bleibt hart. Damit war die Entwicklung des Südtirolkonfliktes in den späten fünfziger Jahren praktisch vorprogrammiert. In Sigmundskron konnte Magnago den BAS noch aufhalten. Danach war die gewaltsame Entwicklung ohne die Mithilfe der Regierung, ohne Zugeständnisse in der Autonomiefrage nicht mehr aufzuhalten. Rom hat das Signal von Sigmundskron nicht verstanden und den jungen Obmann im Stich gelassen.
Sigmundskron hat also keine unmittelbaren Folgen gezeitigt. Trotzdem war die Kundgebung ein Jahrhundertereignis für das Südtiroler Volk. Dort haben die Südtiroler wieder zu sich gefunden, alle in den Jahrzehnten von Faschismus und Krieg angehäuften Minderwertigkeitskomplexe und Ängste über Bord geworfen und somit jene ungeahnte Zufuhr von Energie erfahren, die den Kampf um die Autonomie erst möglich gemacht hat. Darüber hinaus ist auf Sigmundskron jener Mann gleichsam vom ganzen Volk zum Sachwalter des Kampfes um die Autonomie erkoren worden, der sich bereits dort bei seiner ersten großen Bewährungsprobe als ein Glücksfall für Südtirol erwiesen hat: Silvius Magnago.

Wie eine Pilgerfahrt

Noch nie habe ich in meinem Leben eine so schöne, würdevolle, erhebende und ergreifende Kundgebung erlebt. Du auch nicht, lieber Landsmann, stimmt's etwa nicht?
(Der Berichterstatter des Volksboten, des Organs der Südtiroler Volkspartei)

Vielleicht einmal alle hundert Jahre – wenn es Glück hat – wird einem Volk eine solche Erfahrung zuteil.
(Franz Widmann)

Um Sigmundskron zu beschreiben, gibt's nur ein Wort – überwältigend.
(Joseph Rössler, Ortsobmann der SVP Bozen)

Die einen haben gerufen »Los von Rom« und »Los von Trient«. Der Luis Amplatz, der auf der Mauer oben saß, hat dazwischen gerufen »Von allen Walschn los.«
(Anna Mayr, Rammlhof, Rentsch)

Ich bin mit Begeisterung nach Sigmundskron gegangen. Das Signal war richtig, das Schlagwort falsch. Heute müssen wir den Bruch mit Trient wieder zusammenflicken. Der Nationalismus der Trentiner auf der einen und der Nationalismus der Magnagogruppe auf der anderen Seite haben die Region blockiert. Das »Los von Trient« war deshalb richtig und falsch zugleich. Der Magnago selbst, der hat gerochen, wo's langgeht. Die eigentliche Frage aber war die soziale Frage, die der sozialen Eingliederung der Südtiroler, das war das große Problem. Die sind von den Tälern und den Bergen herabgekommen, und die Italiener in den Städten haben gemauert. Ich persönlich habe 1956 um eine Assistentenstelle im Bozner Krankenhaus angefragt. Ich habe bis heute noch keine Antwort erhalten.
(Egmont Jenny, ehemaliger Landtagsabgeordneter)

Sigmundskron war der verständliche und notwendige Massenprotest gegen den italienischen Kolonialismus und Nationalismus unter dem bedenklichen Vorzeichen einer volkstumspolitischen und ethnozentrischen Radikalisierung der Südtiroler Autonomiepolitik.
(Leopold Steurer, Historiker)

Mich hat Sigmundskron geprägt und mein politisches Interesse geweckt. Im Antonianum wurde es uns freigestellt, an der Kundgebung teilzunehmen, und so sind wir mit vielen anderen Oberschülern des Franziskanergymnasiums mit der Kalterer Bahn hinausgefahren. Die Menschenmassen und der Magnago, das hat mich schon ganz stark beeindruckt.
(Hans Gamper, Journalist)

Den Marsch auf Bozen, den hat uns nur der Magnago mit einer großen Rede abspenstig gemacht. Das war eine Enttäuschung. Es war alles schon organisiert und abgemacht. Und wir vom BAS, wir wären vorangegangen.
(Sepp Innerhofer, BAS)

Damals im November 1957 war ich voll und ganz von Magnagos Parole »Los von Trient« überzeugt, und ich glaube heute noch, daß dieser junge Mann, dessen Charisma noch dadurch verstärkt wurde, daß er augenscheinlich ein Kriegsinvalide war, recht hatte. Denn ohne die Kundgebung von Sigmundskron hätte es keine »Feuernacht« und ohne die »Feuernacht« keine Autonomie gegeben.
(Wolfgang Pfaundler, Schriftsteller)

Als 16jähriger Pimpf bin ich hinaus nach Sigmundskron. Ich war eigentlich politisch noch nicht so interessiert, habe aber verstanden, daß da was Wichtiges passiert. Die gewaltige Masse Menschen, das hat mich ungeheuer fasziniert, das hatte aber nichts Bedrohliches an sich. Und dann die rhetorischen Fähigkeiten vom Magnago, das war ein gewaltiger Auftritt auch aufgrund der Kulisse. Das war ja wie eine Pilgerfahrt. Denn auf Sigmundskron ist man ganz bewußt hinausgegangen, auf dem Waltherplatz, da hätte jeder vorbeikommen können. Ich erinnere mich auch noch an recht originelle Plakate einiger Hochschüler. Da war eines mit dem Tiroler Adler, der die Ketten zerreißt. Das hat mir besonders imponiert.
(Heini Oberrauch, Landesbeamter)

Ich war ein junger Bursch, zwanzig Jahr alt, ich war noch nicht beim BAS und habe auch den Kerschbaumer noch nicht gekannt. Aber soviel habe ich verstanden, daß das ein Wendepunkt ist, daß es ab Sigmundskron anders läuft. Vorher war die Partei irgendwie richtungslos. Mit dem Magnago hat das alles eine Linie gekriegt.

Ein Stilleben Südtiroler Politik: der Autonomiepionier und »Sieger« von Sigmundskron Silvius Magnago erlebte seine große Stunde mit einem von Kerzen umrahmten Herz-Jesu-Bild zu seinen Füßen.

Die Bombenserie in der »Feuernacht« am Herz-Jesu-Sonntag, 11./12. Juni 1961, hatte Italien aufgeschreckt. Starreporter eilten ins »Alto Adige«. Südtirol durchlebte die Schreckensszenarien des Polizeiterrors.

Die Mandr und der Obmann

Als Silvius Magnago in den fünfziger Jahren noch Präsident des Südtiroler Landtags war, da ist in St. Leonhard in Passseier der französische Friedhof eingeweiht worden. Er erinnert an die französischen Soldaten, die im Kampf mit einem der letzten Tiroler Aufgebote 1809 gefallen sind. Die Franzosen kamen über den Jaufen herüber, und einige Dutzend sollen bei St. Leonhard gefallen sein. Sie wurden in einem Massengrab beigesetzt. Dieses Massengrab, erzählt Silvius Magnago, sei ein bißchen hergerichtet worden mit einer Umfriedung aus Steinen. Der französische Konsul aus Venedig sei gekommen, und der Jörg Klotz ist mit seiner Schützenkompanie Walten stolz vorbeimarschiert bei der Einweihung. Es sei zwar nicht zu einer persönlichen Kontaktaufnahme gekommen, der Klotz aber habe ihn dann kurz danach zum zehnjährigen Jubiläum der Schützenkompanie Walten eingeladen und da, so Magnago, »bin i hin«.

Man hatte ihn gebeten, eine Rede zu halten. Und wie Magnago dann die Ehrenfront der Waltener Schützen abschreitet in einer Zeit, in der es noch unter Strafe verboten war, die Tiroler Fahne auszuhängen, da findet er eine Schützenkompanie vor, die nicht nur die Fahne aushängt, sondern dem Landtagspräsidenten nach altem Tiroler Brauch mit Stutzen und Gewehr die Reverenz erweist.

»Ich war furchtbar überrascht«, erzählt Magnago, »da find ich am Ende der Welt eine Schützenkompanie, alle mit Gewehr und er, der Klotz, der sich als Schützenoffizier mit dem Säbel präsentiert wie in Nordtirol. Da ist mir ein bißchen schwummrig geworden, denn immerhin war ich ja Landtagspräsident. Dann hab ich zum Klotz gesagt, ja was fallt Ihnen denn ein, wissen Sie nicht, daß es verboten ist, Waffen zu tragen. Ich bin ja Landtagspräsident, Sie können mich in Schwierigkeiten bringen. Da können Sie nicht von mir verlangen, daß ich eine große Rede halte. Daraufhin hat der Klotz gesagt, Sie kennen ruhig sein, Herr Landtagspräsident, weil wenn mir do obn schiaßn, hearn die Carabinieri untn in St. Leonhard gor nix. I hob' gredet, und die Waltner Schützen haben geschossen. So habe ich den Klotz kennengelernt«, faßt Magnago sein Abenteuer mit den Waltener Schützen zusammen.

Und Jörg Klotz hat Magnago dann noch ein kleines Angebot unterbreitet. Er hat dem Landtagspräsidenten sein Waltener Aufgebot angeboten. Klotz: »I hon meine Mandr do, und wenn Sie mi brauchn, brauchn's nur wos sogn.« Magnago: »I brauch koane Mandr, der Kompf für die Autonomie und für Südtirol muaß friedlich sein. Ich hab' ihm abgeraten von die Mandr, er hätt so gern a bißl den Partisanen gschpielt. Das hat er mir oben bei der Gelegenheit gsagt. I brauch lei an Wink zu gebn, er hot schon Leit; und i hob' gsogt, i brauch koan Wink.«

Die heißen Jahre der Südtirolpolitik kündigen sich an. Der Obmann und die Mandr, ein Wechselspiel von besonderer Brisanz in der zweiten Hälfte der fünfziger Jahre, in der sich die politische Situation in Südtirol immer mehr radikalisiert. Immerhin wird es auch darum gehen, wer das Sagen hat in der Südtirolpolitik, die Mandr oder der Obmann der Südtiroler Volkspartei, ob die Südtirolpolitik berechenbar bleibt oder nicht. Denn zwei unversöhnliche Gegensätze prallen da aufeinander: die Bereitschaft zum bewaffneten Kampf um die Selbstbestimmung zumindest beim späteren Klotz, der damit zwar nur eine Minderheitenposition innerhalb der Sprenger einnimmt, und auf der anderen Seite die Strategie des »Los von Trient« als Alternative zur Selbstbestimmung, die der junge Obmann mit Überzeugung verficht. Doch zunächst machen wir einen Sprung nach vorne ins Jahr 1991.

»Wir alle haben mit ihnen gelitten«

Als Silvius Magnago am 27. April 1991 im Kursaal von Meran nach 34 Jahren Obmannschaft Abschied nimmt und die Führung der Partei Senator Roland Riz überläßt, kommt er in seiner Abschiedsrede auch auf die Südtiroler Bombenleger rund um Sepp Kerschbaumer zu sprechen; auf jene Männer also, die am Herz-Jesu-Sonntag 1961, der als »Feuernacht« in die Tiroler Geschichte eingegangen ist, rund 40 Strommasten gesprengt haben und die dann ihren Aufstand gegen die Zentralregierung in Rom mit vielen Jahrzehnten Kerker büßen mußten. »Wir alle haben mit ihnen gelitten und mit ihnen gehofft, auch wenn wir es nie zugegeben haben«,[13] sagte Magnago vor der Parteiversammlung, zu der viele Korrespondenten aus dem In- und Ausland gekommen waren, um Magnagos Abschied von der Politik festzuhalten. Und weiter:

Jörg Klotz, Kommandant der Waltener Schützen in Passeier, und Fähnrich Franz Haller um 1948, beim »Wanser Kirchtag« am 24. Juni. Schützen in Tracht hatten damals Seltenheitswert. Die Fahne hatte übrigens der Pfarrer versteckt, um sie vor faschistischen Zugriffen zu retten. Schützenpionier und »Waffennarr« Jörg Klotz war in Südtirols Bombenjahren die schillerndste Figur. Sogar Außenminister Bruno Kreisky hat den Schützenmajor am Ballhausplatz empfangen. Für Italien war der radikale Einzelgänger hingegen Staatsfeind Nummer eins.

»Sicherlich sollten Probleme nie mit Gewalt gelöst werden, doch ich habe diese Südtiroler verstanden, ihre Verzweiflung und ihren Idealismus. Heute können wir ganz offen sagen, daß diese Landsleute grundlegend dazu beigetragen haben, den friedlichen Weg in Richtung Südtirolpaket zu öffnen. Sie haben einen hohen Preis dafür gezahlt und nicht immer jenes Verständnis gefunden, das sie sich verdient hätten.«

Das war die moralische Rehabilitierung der Bombenleger vor der versammelten nationalen und internationalen Presse, obwohl Magnago auch schon früher in dieser Angelegenheit Stellung bezogen hatte. Magnago tat diese Aussage zudem just an jenem Tag, an dem der österreichische Außenminister Alois Mock ihn vor den Delegierten der Südtiroler Volkspartei für den Friedensnobelpreis vorschlagen sollte, unter anderem mit der Begründung, der Vater der Südtirolautonomie sei nie auch nur einen Millimeter in seinem lebenslangen Kampf um die Rechte seiner Volksgruppe vom Weg der Rechtsstaatlichkeit abgewichen.

Für die italienischen Zeitungen waren die Titel nach diesen Aussagen schon vorprogrammiert. »Magnago nimmt Abschied und wertet die Terroristen auf«, titelt die Tageszeitung »La Repubblica«[14] und schreibt in der Oberzeile: »Und gleichzeitig schlägt ihn der österreichische Außenminister Mock für den Friedensnobelpreis vor.« Auch dem »Resto del Carlino«[15] war der pikante Gegensatz zwischen der Rehabilitierung der Bombenleger und dem Nobelpreisvorschlag nicht entgangen: »Magnago: Ich habe die Bombenleger verstanden, und Österreich schlägt ihn für den Nobelpreis vor«, läßt die Zeitung aus Bologna den Südtiroler Altlandeshauptmann schon im Titel zu Wort kommen.

Magnago hätte in der italienischen Presse sicher weihevollere Schlagzeilen haben können am Tag seines Abschieds von der offiziellen Politik. Es war zugleich der Tag, an dem ihm Staatspräsident Francesco Cossiga die Verleihung der höchsten Auszeichnung ankündigte, den Cavaliere di Gran Croce, und zwar wegen seiner Verdienste um die italienische Republik. Es muß für ihn, der sich nach eigenem Bekunden als eitel einstuft, also wirklich ein Herzensanliegen gewesen sein, daß er die Passage über die Bombenleger in seine Abschiedsrede vor den rund 1500 Delegierten der Südtiroler Volkspartei aufgenommen hat. Die Tageszeitung »La Repubblica« verzeichnet nach den Worten Magnagos den befreienden Applaus der Landesversammlung. Und Roberto Bianchin, der Berichterstatter, zeigt Verständnis für den alten Obmann, der 77jährig aus seinem Herzen keine Mördergrube mehr machen müsse und endlich sagen könne, daß er mit den Attentätern von damals gehofft und gelitten habe.

Doch Silvius Magnago hat nicht nur das gesagt. Er hat verlangt, daß die ehemaligen politischen Häftlinge, wie die Bombenleger in Südtirol bezeichnet werden, ehestens ihre bürgerlichen Rechte zurückerhalten. Denn Jahrzehnte, nachdem sich die Gefängnistore für sie geöffnet hatten und die Strafe damit abgebüßt war, gab und gibt es immer noch Ehemalige, denen die bürgerlichen Rechte vorenthalten werden. Außerdem war ihr Besitz jahrzehntelang mit einer Hypothek belastet, die von

Das 150. Todesjahr des Tiroler Freiheitshelden Andreas Hofer mit Feiern wie hier in Kaltern versetzten das Land in patriotische Hochstimmung. Rom hatte ausnahmsweise Trachten und Fahnen erlaubt, aber sonst auf stur geschaltet, vor allem mit Einreiseverboten für Tiroler Politiker am 20. Februar und zu Jahresende 1959.

staatlicher Seite als Sicherstellung für den angerichteten Schaden sowie die Gerichtskosten auferlegt wurde.

Magnago hat mit seinen Aussagen bestimmt das zum Ausdruck gebracht, was die übergroße Mehrheit der Südtiroler denkt und insgeheim immer gedacht hat. Daß nämlich erst die »Feuernacht« den Weg zu den Autonomieverhandlungen freigemacht und ein Umdenken in Rom bewirkt hat. Bei aller Friedfertigkeit der Südtiroler: Dies ist der innere Zwiespalt, dem sich die Südtiroler Gesellschaft und damit auch die Südtiroler Volkspartei seit den fatalen Entwicklungen ab Mitte der 50er Jahre ausgesetzt sah; jener Hang zur kontrollierten und kalkulierten Gewaltbereitschaft gegenüber dem Staat, wie er in der »Feuernacht« zum Ausdruck gekommen ist. Eine Gewaltbereitschaft, die für die Südtiroler Volkspartei nach Sigmundskron auch eine ständige Gefahr bedeutete. Denn ein Sepp Kerschbaumer z. B., der Gründer und Chef des Befreiungsausschusses Südtirol (BAS), der Mann, der dann für die »Feuernacht« verantwortlich zeichnen sollte, zählte ohne Zweifel zum Urgestein der Südtiroler Volkspartei und mit ihm auch die meisten jener Männer, die sich aufs Mastensprengen einließen.

Und damit sind wir schon mitten im Thema, bei der Frage, die immer wieder argwöhnisch gestellt wurde und heute noch gestellt wird: Welcher Art waren die Beziehungen zwischen der Südtiroler Volkspartei und den Bombenlegern der 50er und 60er Jahre und vor allem, welche Rolle hat Silvius Magnago dabei gespielt? Wurde auf zwei Ebenen Politik gemacht? Einmal auf der Ebene der Legalität und dann, als das trotz aller Bemühungen, trotz der Mithilfe Österreichs und der UNO nichts brachte, hat man sich da einer anderen Ebene besonnen, um Rom an den Verhandlungstisch zu zwingen? Ist so die Idee entstanden, daß man mit Dynamit vielleicht mehr erreichen kann? Könnte es sein, daß man in der SVP doppelgleisig gefahren ist mit einem politischen und einem militärischen Arm?

»Mit dem Dietl haben wir uns regelmässig getroffen«

Eine Hypothese, die in den Kreisen der früheren Bombenleger vor allem bei jenen, die dem Heimatbund und damit dem Selbstbestimmungsflügel nahestehen, gepflegt wird. Eine Hypothese, für die durchaus einiges spricht. Denn der Befreiungsausschuß Südtirol hat ja nicht im politisch luftleeren Raum operiert. »Ohne Absprache mit der politischen Führung hier in Südtirol und in Österreich hätte der BAS nie gehandelt«, betont z. B. Sepp Mitterhofer, einer der Bombenleger der »Feuernacht«, der heute als Obmann des Heimatbundes fungiert. Und Sepp Innerhofer, Goyenbauer in Schenna, der noch zur Führungsgruppe um Sepp Kerschbaumer gehörte, legt ein Scheit nach: »Wir von der BAS-Gruppe Burggrafenamt und Vinschgau haben uns gelegentlich mit Hans Dietl getroffen, Franz Muther aus Laas war der Kontaktmann.« Dietl war immerhin Vizeobmann der Partei, Regionalassessor, später Parlamentarier und stand im Ruf, einer von der ganz harten Linie zu sein. Darüber hinaus sind die Kontakte des BAS nach Österreich bekannt. Der österreichische Außenminister Bruno Kreisky hat sowohl Sepp Kerschbaumer, den Chef des BAS, als auch Georg Klotz zu Aussprachen empfangen. Die BAS-Führung hat das natürlich als Ermunterung aufgefaßt. Und auch in Innsbruck und München standen die Türen zu den Mächtigen des Landes anscheinend weit offen.

In der Tat haben die Bomben der Interessenlage der SVP und der damaligen Südtirolpolitik Österreichs im Rückblick eindeutig entsprochen. Wie Italien, wie die starrköpfigen Verhandlungspartner in Rom an den Verhandlungstisch zwingen, zu

Auf den Parteitagen der sechziger Jahre wurde SVP-Chef Magnago von der Presse bestürmt. Die »Feuernacht« hatte Südtirol in die internationalen Schlagzeilen gebracht. Unter dem Eindruck der Bomben und blutiger Polizeiaktionen hatte im Bozner Romkino auch der Sonderparteitag im »heißen« Juni 1961 getagt. Die schwere Anschlagsserie machte Südtirol buchstäblich über Nacht zum Risikofaktor im Ost-West-Konflikt. Italien kam unter Druck. Genau diese Chance hat der Autonomiepolitiker Magnago erkannt und genutzt.

Konzessionen in der Autonomiefrage, zur Erfüllung des Pariser Vertrages? Das war die Gretchenfrage der Südtirolpolitik Ende der fünfziger Jahre. Denn trotz der augenscheinlichen Radikalisierung in Südtirol, trotz des Drängens der SVP, der österreichischen Regierung und schlußendlich sogar der UNO, wich die italienische Regierung bis in das Jahr 1961 hinein keinen Millimeter von ihrer Position ab: daß der Pariser Vertrag mit dem ersten Autonomiestatut von 1948 bereits erfüllt sei, daß die Republik Italien den Südtirolern all das zugestanden hatte, was man unter einer großzügigen Selbstverwaltung zu verstehen habe. Könnte da angesichts der Aussichtslosigkeit, über den normalen Verhandlungsweg zum Erfolg zu kommen, nicht die Einsicht gesiegt haben, Italien vor Augen zu führen, daß man auch anders konnte. Oder ist Südtirol damals einfach explodiert wie eine Art Druckkessel, in dem sich einfach zuviel aufgestaut hatte?

Eines ist sicher. Italien konnte sich damals einen größeren Konfliktherd mit dem Risiko eines Guerillakrieges an seiner Nordgrenze angesichts der angespannten innenpolitischen Situation nicht leisten. Die Eindämmung der kommunistischen Gefahr stand absolut im Mittelpunkt der römischen Politik, war das Thema Nummer eins, das die DC-Politiker und italienischen Sicherheitsexperten wie ein Alptraum verfolgte. Weder die NATO noch sonst jemand in Europa – von den Sowjets abgesehen – konnte ein Interesse an einem Konfliktherd im Herzen der Alpen haben, der zudem im Falle eines Ost-West-Konfliktes die wichtige NATO-Nachschublinie über den Brenner bedrohte. Dies um so weniger, als ein solcher Konflikt die Gefahr in sich barg, die freundschaftlichen Beziehungen zwischen Italien und dem deutschen Sprachraum zu stören, die nicht nur bilateral, sondern für ganz Westeuropa enorme Bedeutung hatten. Unter diesen Gesichtspunkten war der Zeitpunkt der »Feuernacht« sicherlich sehr geschickt gewählt und hat tatsächlich das gebracht, was man in Südtirol wollte, nämlich Konzessionen Roms in der Autonomiefrage.

Die Bombenleger haben als Männer fürs Grobe jene Vorarbeit geleistet, die zu ernsthaften Verhandlungen und dann in der Folge zum Südtirolpaket führte. Die Mandr hat es also doch gebraucht. Daraus ergibt sich aber jenes frappierende Ineinandergreifen der terroristischen und politischen Aktion. Denn es ist kein Zweifel, daß die SVP die politische Nutznießerin der Anschläge war. Deshalb natürlich die Frage, hat die SVP mitgezündelt und dann fleißig Feuerwehr gespielt, oder hat man nur politisch sehr geschickt die Situation zu nutzen gewußt, wie das einer Partei wohl zusteht?

»Ich kann Ihnen nicht die Hände zubinden« Magnagos Begegnung mit Kerschbaumer

Als ich Silvius Magnago die Frage stelle und hinzufüge, daß das ausschaut, als wäre da ein besonders schlauer Fuchs am Werke gewesen, da lacht er belustigt auf: »Das sind Märchen«, sagt er. Es habe nur eine einzige Unterredung zwischen dem damaligen Ortsobmann von Frangart, Sepp Kerschbaumer, und ihm, Magnago, gegeben. Kerschbaumer habe gesagt: »Wir müssen lauter werden, dafür werde ich schon sorgen. Und meine Antwort hat gelautet, mit der Gewalt, da erreichen wir nichts, denn wenn wir Gewalt anwenden, dann werden immer die Schwachen unrecht bekommen, auch wenn sie zehnmal im Recht sind. Und siegen tun die, die Macht einsetzen können. Wir müssen die Gewalt grundsätzlich abweisen.« Man sei nicht ins Detail gegangen, so Magnago über diese Aussprache mit Sepp Kerschbaumer. Von Sprengstoff sei nicht die Rede gewesen. Dann habe er zu Kerschbaumer noch folgendes gesagt: »Ich muß Sie darauf aufmerksam machen, daß ich da nicht einverstanden bin. Ich nehme das zur Kenntnis, ich kann Ihnen nicht die Hände zubinden. Auf jeden Fall mache ich Sie darauf aufmerksam, daß Sie Ortsobmann der Südtiroler Volkspartei sind und durch Ihr Verhalten die Partei schädigen könnten.«
Soweit Magnago über diese Aussprache mit Kerschbaumer, die 1957 stattgefunden haben dürfte und erahnen läßt, auf welch schweres Amt sich der junge Obmann eingelassen hatte. Seine große Sorge damals war es, daß die Südtiroler Volkspartei durch unbedachte Aktionen radikaler Elemente Schaden nehmen könnte. Dies bestätigt Franz Widmann: Der Magnago, sagt er, habe eine geradezu panische Angst vor einer möglichen gewaltsamen Entwicklung in Südtirol gehabt. Die Partei hätte sich auch jenseits des moralischen Standpunktes nie auf solche Dinge einlassen können, wenn sie nicht Gefahr laufen wollte, aufgelöst zu werden. Widmann zufolge hätten die Justizbehörden nur auf die Gelegenheit gewartet, um die Volkspartei auflösen zu können.
Die Befürchtung, daß der Justizapparat die Südtiroler Volkspartei nicht schonen würde, war nicht unbegründet. Eindeutige Signale waren die Hausdurchsuchung in der Villa Brigl, dem damaligen Parteisitz der SVP, nachdem irgend jemand Flugzettel des BAS im Stiegenhaus abgelegt hatte. Dann die Verhaftungen von Friedl Volgger, dem verantwortlichen Schriftleiter der Tageszeitung »Dolomiten«, und später dann von Parteisekretär Hans Stanek, der immerhin drei Jahre lang unschuldig im Gefängnis saß. Das sind eindeutige Belege dafür, daß die Ängste Magnagos nicht unbegründet waren. »Wenn man damals etwas gefunden hätte, dann wär' ja die Partei gflogn, und so eine Partei hättn wir nie wieder zusammengebracht«, weist Magnago auf das enorme Risiko hin, das selbst die geringste Verbindung zur Terrorszene mit sich gebracht hätte.
Aber auch die Bombenleger, die nach ihrer Verhaftung die Sonderbehandlung durch die Carabinieri über sich ergehen lassen mußten, bestätigen: Die Ermittlungsbehörden seien vor allem auf eines scharf gewesen. Sie wollten hören, daß die Volkspartei die große Drahtzieherin hinter den Anschlägen sei. »Wenn an dieser These wirklich etwas dran gewesen wäre, damals bei den Folterungen, wäre es herausgekommen«, sagt Josef Fontana,[16] der Direktor des Südtiroler Kulturinstituts, der acht Jahre Haft auf dem Buckel hat und weiß, wovon er redet. Franz Widmann weist noch auf einen anderen Aspekt hin. Alle hätten gesehen, daß es gärt und brodelt. Er könne sich noch an die Landesversammlung im Jahre 1959 erinnern, als der Generalsekretär der ÖVP, Withalm, die Versammlung beschworen habe, ja nicht vom Weg der Legalität abzugehen und zur Gewalt zu schreiten. Außerdem, so Widmann, dürfe nicht vergessen werden, daß es in den Führungskreisen der alten Parteigarde den einen oder anderen gegeben habe, »der nur darauf gewartet hat, daß Exponenten der neuen Führung sich in den Widerstand mitverwickeln lassen und daß sich das nachweisen läßt.« Auch das sei ein Grund gewesen, besonders aufzupassen.

Speck und Waffen, der BAS, Magnago und Sigmundskron

Die Partie zwischen Silvius Magnago und den Bombenlegern vom Befreiungsausschuß Südtirol beginnt schon 1957 in Sigmundskron. Die Ankündigung von Bautenminister Togni, man werde in Bozen einen neuen Stadtteil errichten, war der sprichwörtliche Funke im Pulverfaß. Die Situation war zum Zerreißen gespannt. Für Silvius Magnago war es die Gelegenheit, die er sich nicht entgehen ließ, um auf Sigmundskron sein »Los von Trient«, sein Konzept einer neuen Landesautonomie zu lancieren. Doch auch andere wollen den Volkszorn nutzen, um auf dieser Großkundgebung Wasser

Die Gerichtsverhandlung gegen die »Pfunderer Buam« mit deutlichen Zügen eines Schauprozesses. Für viele Südtirolaktivisten war dieser Prozeß ein Schlüsselerlebnis auf dem Weg zum gewaltsamen Widerstand. Zur Last gelegt wurde den Burschen der nie geklärte Tod eines Finanzers in der Nacht zum 16. August 1956.

auf ihre Mühlen zu leiten, und zwar der im Aufbau begriffene Befreiungsausschuß Südtirol (BAS). Sigmundskron wird nicht nur zur ganz großen politischen Bewährungsprobe, die Magnago glänzend besteht. Sigmundskron bedeutet auch einen ganz wichtigen Etappensieg des jungen Obmanns über den BAS. Denn die Strategie des BAS, nach der Kundgebung durch einen Marsch auf Bozen den Zugang zur schwer bewachten Landeshauptstadt zu erzwingen, wurde von Magnago souverän durchkreuzt.
Magnago wußte nämlich, daß manche Bauern, die zornig nach Sigmundskron geeilt waren, nicht nur die traditionelle Wegzehrung, die Speck-Marende, in ihren Rucksäcken mitgebracht hatten. Die ganz Radikalen nämlich, die dem BAS nahestanden, hatten auch die Waffen, ihre Pistolen, nicht vergessen. Magnago wußte, wie sehr sich die Lage nach der Ankündigung des neuen Wohnbauprogramms für Bozen radikalisiert hatte und was auf dem Spiele stand. Der Obmann war bereits vom Präfekten und Quästor informiert worden, daß die geplante Großkundgebung der Kontrolle entgleiten könnte. Informanten, so die beiden Spitzenvertreter des Staates, hätten ihnen Beunruhigendes zugetragen. Radikale Elemente hätten die Absicht, die Kundgebung umzufunktionieren. Und in der Tat wollte der Befreiungsausschuß Südtirol unter allen Umständen nach der Kundgebung nach Bozen marschieren, um zu beweisen, wer der Herr im Lande sei. Dies hätte mit Sicherheit schwere Auseinandersetzungen mit der Polizei und den Carabinierieinheiten, die Rom zur Sicherung und Bewachung der Landeshauptstadt nach Bozen beordert hatte, zur Folge gehabt.
Sepp Innerhofer, Goyenbauer in Schenna, der zur Führungsgruppe des BAS rund um Sepp Kerschbaumer gehörte, sagt, er sei schwer enttäuscht gewesen, »daß uns der Magnago den geplanten Marsch auf Bozen abspenstig gemacht hat.« Transparente, Marschordnung, alles, so Innerhofer, sei schon geplant gewesen. Der BAS habe die Konfrontation mit der berühmten CELERE, den Spezialeinheiten von Innenminister Scelba, nicht gescheut. Im Rückblick sagt Innerhofer, daß ein Marsch auf Bozen sicherlich Tote gefordert hätte, und die habe letztendlich der Magnago verhindert. Dem Obmann, so Innerhofer, sei es mit einer meisterhaften Rede gelungen, die Pläne des BAS zunichte zu machen. Trotzdem, so Innerhofer, sei er dem Altlandeshauptmann nicht böse. Unter seiner Führung habe die Partei immer eine klare Linie gehabt. Magnago sei sicher ein Vorbild als Südtiroler Politiker. Ihm und dem Wallnöfer habe er jedes Jahr trotz der Enttäuschung von Sigmundskron einen Brief geschrieben, um ihnen für das zu danken, was sie für die Heimat getan hätten.

Statt den jungen Obmann stärkt Rom den BAS

Magnago hat also den BAS in die Schranken gewiesen auf Sigmundskron und sich und die SVP vor der internationalen Öffentlichkeit als glaubwürdige und verantwortungsbewußte Demokraten und Verhandlungspartner ausgewiesen. Doch die eindrucksvolle Kundgebung mit 35.000 Teilnehmern hatte politisch gesehen keine Folgen. Es war zwar unübersehbar klar gemacht worden, wie sehr die Südtiroler hinter Magnagos Losung, dem »Los von Trient«, standen und damit seine Forderung nach einer Landesautonomie, die diesen Namen auch verdient, voll unterstützten. Doch in Rom stellte man sich weiterhin taub. Die Zeichen der Zeit wurden nicht erkannt. Anstatt die realistischen Forderungen zu erfüllen, auf die der Staat ja problemlos hätte eingehen können und die er später dann ja erfüllt habe mit dem Paket, habe die Regierung, so Magnago, die bewährte Hinhaltetaktik weiter fortgesetzt. Es sei nur gequatscht worden. Die italienische Regierung habe Gespräche geführt, wie es in der römischen Diktion hieß, keine Verhandlungen also, weil es dem Standpunkt Roms zufolge nichts zu verhandeln gab. Mehr stehe der Minderheit nicht zu, bekam er immer wieder in Rom zu hören. Statt durch Zugeständnisse den Radikalen das Wasser abzugraben, hat die sich nach Sigmundskron breitmachende Enttäuschung den BAS erst stark gemacht. Denn die erwarteten Ergebnisse blieben aus.
Die Menschen verloren den Glauben an die Durchführbarkeit einer Landesautonomie. Anstatt aber auf den jungen Obmann der Südtiroler Volkspartei zuzugehen, der sich in Sigmundskron als loyaler und verantwortungsbewußter Gesprächspartner angetragen und sogar die Verantwortlichen für die öffentliche Sicherheit durch seine Unterschrift entlastet hatte, trug Rom mit seiner Politik der Verweigerung letztlich entscheidend zur Radikalisierung im Lande bei.
Erst Ende der fünfziger Jahre nämlich, nach drei Jahren des Abwartens und der unnützen Quatscherei – wie Magnago die vielen Gespräche bezeichnet – setzte dann die wirkliche Aufrüstung des BAS ein.

Der Politiker und Rechtsanwalt Roland Riz auf den Treppen des Bozner Landesgerichts. Den Attentaten folgte eine massive Verhaftungswelle, auch mit grausamen Folterungen. Parlamentarier Riz zählte zur Verteidigerelite bei den Mailänder Sprengstoffprozessen.

Die »Feuernacht« vom 11. auf den 12. Juni 1961 mit mehr als 40 Anschlägen war ein Schock für die Italiener in Bozen. Der Plan wäre gewesen, die unter dem Faschismus aus dem Boden gestampfte Bozner Industriezone lahmzulegen.

Ziel der Attentate waren Hochspannungsmasten wie hier im Überetsch bei Altenburg (Bild links) und bei Frangart. Die Stromversorgung der norditalienischen Industriegebiete erfolgte unter Ausbeutung der Südtiroler Wasserkraft: schwere Schäden als Zeichen des Protests.

Tote auf beiden Seiten: In Durnholz im hintersten Sarntal wird der 21jährige Sepp Locher zu Grabe getragen, ein Opfer der nächtlichen Ausgangssperre nach der »Feuernacht«. Gestorben war er in der Kiste einer Materialseilbahn, die sich auf Zurufen nicht anhalten ließ. Bozen stand indessen im Zeichen der offiziellen Trauerfeiern. Die Carabinieri Luigi de Gennaro und Palmero Ariù waren in Sexten am 26. 8. 1965 aus dem Hinterhalt erschossen worden. Mit der Spirale der Gewalt nach 1964 hat sich die bodenständige Sprengerbewegung nie identifiziert.

Es ist bekannt, wie lange Sepp Kerschbaumer gezögert hat, bis der große Schlag dann doch gewagt wurde. Darüber ist es im BAS selbst zu ernsthaften Differenzen zwischen Kerschbaumer und den Radikalen um Jörg Klotz und Wolfgang Pfaundler gekommen.[17] Immer und immer wieder wurden die Ergebnisse der Gespräche zwischen Wien und Rom abgewartet, in der Hoffnung, daß es doch noch Resultate gibt. Erst als die Aussichtslosigkeit des Zuwartens immer offensichtlicher war, wurden die Kontakte zu Innsbruck zunehmend enger gestaltet, begannen die Sprenglehrgänge in Nordtirol und in Bayern und die Sprengstoffbeschaffung im großen Stil.

Was da in Nordtirol und in Bayern vor sich ging, muß wohl unter der politischen Protektion von ganz oben geschehen sein. Wie sonst ließe sich die offenbar mühelose Ausbildung Dutzender Sprengmeister verheimlichen, außer es ist ein Staatsgeheimnis. Erst langsam sind Eingeweihte zu detaillierten Informationen in diesem Zusammenhang bereit. Dabei werden solche Aussagen in Sprengerkreisen stark angezweifelt, was die Recherche nicht einfach macht. Sepp Innerhofer bleibt aber bei seinen Aussagen: »Als wir am Tegernsee von einem pensionierten Offizier der Wehrmacht ausgebildet wurden – der Martl Koch, der Jörg Pircher und der Tietscher waren noch dabei – da hat es zur Überraschung aller hohen Besuch gegeben. Ein zu höchsten Ämtern aufstrebender bayerischer Politiker hat vorbeigeschaut.« Deutlicher will Innerhofer nicht werden. Er habe sich informiert und nachgefragt, »was wir noch alles brauchen.«

Auch in Nordtirol hatten die Südtiroler Sprenger mächtige Fürsprecher. Da deckt sich die Aussage Innerhofers mit den Erzählungen anderer Betroffener, darunter so einflußreicher Persönlichkeiten wie Wolfgang Pfaundler. Dem künftigen Landeshauptmann Eduard Wallnöfer war Südtirol ein Herzensanliegen. Er selbst hielt sich zwar immer im Hintergrund. Ihre Informationen, sagt Innerhofer, bezogen sie über Hans Dietl, der mit der Meraner und Vinschger BAS-Gruppe Kontakt gehalten habe, und zwar über seinen näheren Landsmann Franz Muther aus Laas. Der habe zur Führungsgruppe um Kerschbaumer gehört. Eines Tages sei der Dietl vorbeigekommen und habe gesagt, der Wallnöfer ersuche den BAS, keine Baracken mehr aufzubrechen, um zu Sprengstoff zu kommen. Ein solcher Einbruch hatte nämlich zu Komplikationen geführt. »Es wurden uns dann Kontaktpersonen genannt«, so Innerhofer, »und die haben uns mit Sprengstoff versorgt.« Der Dietl, so Innerhofer, sei immer dann kontaktiert worden, wenn eine größere Aktion bevorstand.

Verfügte die SVP mit dem Obmannstellvertreter Hans Dietl also doch über einen hochkarätigen Parteienvertreter, der mit den Bombenlegern Kon-

Kriegsszenerie rund ums Bozner Siegesdenkmal. Nach den schweren Anschlägen der sechziger Jahre glich Südtirol einer Festung. Unter dem Eindruck der »Feuernacht« wurden hier bis zwanzigtausend Soldaten zusammengezogen.

IN HONOREM ET MEMORIAM FORTISSIMORVM VIRORVM QVI IVSTIS ARMIS STRENVE
PVGNANTES HANC PATRIAM SANGVINE SVO PARAVERVNT ITALI OMNES AER COLL.

Italiener-Emotionen ante portas, besorgte Blicke aus dem Landhaus: Nach Sigmundskron mobilisierte die italienische »Gegenkundgebung« am 19. November 1957 den Druck der Straße. Existenzängste und Ressentiments ergaben ein explosives Gemisch. Die Südtiroler Tageszeitung »Dolomiten« berichtet tags darauf über die Parolen skandierende »Studenten«-Demonstration.

takt pflegte? Und auch das direkte Engagement eines hohen bayrischen Politikers, wie Sepp Innerhofer sagt, und des späteren Landeshauptmannes Eduard Wallnöfer, ist nicht ohne. Dies ließe auf ein strategisches Vorgehen auf höchster Ebene schließen, um Italien zum Einlenken zu zwingen. Eine illustre Runde aus Alpenfürsten im Verein mit mächtigen Wiener Freunden scheint da in der Causa Südtirol tätig geworden zu sein.

Was die Südtiroler Volkspartei angeht, stellt sich zunächst die Frage, ob Hans Dietl der Kontaktmann der SVP-Führungsspitze zum BAS war oder ob er auf eigene Faust gehandelt hat? Hans Dietl, den immer schon die Aura des Radikalen umgab, könnte durchaus auf eigene Faust gehandelt haben. Schon sein Ausstieg aus der Regionalregierung 1955, in der er das Landwirtschaftsassessorat bekleidet hat, war laut Magnago ein Alleingang und sei ohne Absprache mit der Partei erfolgt. Dietl hat auch später mit spektakulären Einzelaktionen bewiesen, daß er nicht der Mann war, der sich von Parteibeschlüssen einengen ließ. Auch sein Ausschluß aus der SVP und die Gründung der Sozialdemokratischen Partei Südtirols beweisen dies.

Franz Widmann, der Dietl durch den gemeinsamen politischen Kampf über viele Jahre hinweg auch freundschaftlich sehr eng verbunden war, ist vom angeblichen Kontakt Dietls zum BAS völlig überrascht. »Davon hat er nie ein Wort verlauten lassen«, sagt Widmann. »Das ist mir völlig neu. Wahrscheinlich wollte er mich damit nicht belasten.« Vielleicht wollte Dietl über den direkten Draht zum BAS dafür sorgen, daß die Bombenleger nicht ganz der politischen Kontrolle entgleiten.

»Eine solche Komödie spiel i net«

Von Dietl zu Magnago: Ist es statthaft, von Dietl und den anderen klingenden Namen auf Magnago zu schließen? Beim derzeitigen Wissensstand kann diese Frage nur mit einem klaren Nein beantwortet werden. Als der Obmann des Südtiroler Heimatbundes und frühere Sprenger, Sepp Mitterhofer, Magnago vor mehr als einem Jahr im Rahmen einer Diskussionsrunde im ORF drohte, »Sie wären nie Landeshauptmann geworden, wenn wir nicht geschwiegen hätten«, hat Magnago sehr energisch reagiert. »Bringen Sie bitte Zeugen, und sonst schweigen Sie!« lautete die klare Antwort des Altlandeshauptmannes. »So geht des net, weil i kann ja morgn sogn, du hast die Großmutter umgebracht mit der gleichn Stirn, ohne Beweise zu führen. Wo kommen wir da hin. In der Diskussion mit dem Mitterhofer sind wir schon sehr tief gesunken«, kommentiert ein noch Monate später aufgebrachter Magnago diese Auseinandersetzung im Fernsehen, um dann fortzufahren: »Also i muß

Ein ungewohnter Aufmarsch in traditionsreicher Kulisse mit gotischem Dom, Hauptpost (rechts) und dem zur Niederlassung einer italienischen Warenhauskette umfunktionierten ehemals eleganten Bozner Lichtspieltheater der zwanziger Jahre (links). Bei der Studenten-Demo gegen die Autonomie hatten die Neofaschisten Regie geführt. Der harte Kern wurde von auswärts importiert.

schon sogn, des sein Märchen, weil eine solche Komödie spiel i net.« Im übrigen hat Sepp Mitterhofer die Beweise immer noch nicht vorgelegt.
Außerdem genügt es, darauf hinzuweisen, daß Magnago bereits in Sigmundskron – von Anfang an also – alles getan hat, um jede illegale Handlung soweit als möglich schon im Keime zu erstikken. Er hat in Sigmundskron sogar persönlich die Verantwortung für die öffentliche Sicherheit übernommen mit seiner Unterschrift vor dem Regierungskommissär und sich somit dem Staate gegenüber mehr als loyal verhalten. Eine auch nur um Spuren härtere Rede Magnagos hätte genügt, und der Marsch auf Bozen wäre kaum zu verhindern gewesen. Verhindert hat den Marsch allein Magnago und sonst niemand.
Auch muß darauf hingewiesen werden, daß Magnago nie dem radikalen Flügel der Partei nahestand. Der radikale Flügel hat auf Magnago gesetzt, weil ohne ihn der Bruch in der Partei nicht zu verhindern und somit auch das »Los von Trient« nicht möglich gewesen wäre.
Franz Widmann verweist auf die, wie er sagt, geradezu panische Angst Magnagos vor einer möglichen gewaltsamen Entwicklung in Südtirol, auf die mögliche Auflösung der Partei durch die Justizbehörden beim kleinsten Beweis einer Mitverwicklung. Die Bombenleger, die gefoltert wurden, bestätigen, daß die Beziehungen zur Partei die zentrale Frage war, die die Carabinieri besonders interessiert habe. Denn die Sammelpartei war nun einmal das politische Rückgrat der Volksgruppe, das es möglichst zu brechen galt. Zudem, so Magnago, sei das Verhalten des Bozner Staatsanwalts Dell'Antonio geradezu gehässig gewesen. Es galt also doppelt vorsichtig zu sein. Sich unter solchen Umständen auf illegale Handlungen einzulassen, wäre das nicht tödlicher Leichtsinn gewesen?

Das politische Barometer klettert auf Sturm

Und was die gewaltsame Entwicklung angeht, die war ab einem bestimmten Punkt von niemandem mehr aufzuhalten, wie die Bombenleger selbst bestätigen, und ist fast einem Naturereignis gleich über das Land hereingebrochen. »Die Spatzen haben es schon vom Dach gepfiffen«, erinnert sich der Bozner Journalist Franz Berger, der das ganze Umfeld bestens kannte. Warum da nicht abwarten und zuschauen, wie der Staat mit dem Schlamassel fertig wird, das er ja selbst mit seiner Politik angerichtet hat, um dann zur rechten Zeit die politische Ernte einzufahren. Genau das dürfte Magnagos Strategie gewesen sein. Denn Magnago wußte, die müssen zu mir kommen und mit mir reden, wenn sie dieses Land regieren wollen, und dann ist es an der Zeit, präzise Forderungen zu stellen, und die sind dann ja gestellt worden.
Auf jeden Fall, das politische Barometer ist Ende der fünfziger Jahre immer weiter auf Sturm geklettert. Daß Österreich bei der UNO im Herbst 1960 ein Verhandlungsmandat durchsetzt,[18] ist zwar ein spektakulärer diplomatischer Erfolg, mehr aber nicht. Die erste Verhandlungsrunde im Sinne des UNO-Mandats am 27. und 28. Jänner 1961 in Mailand bleibt wie alle bisherigen Verhandlungen ohne Ergebnis, und 48 Stunden später geht bei Waidbruck im Eisacktal der Aluminium-Duce hoch, eine Reiterstatue, die die Züge von Benito Mussolini trug. Der BAS hatte zugeschlagen. Am ersten Februar folgte der Anschlag auf das Haus von Ettore Tolomei, dem fanatischen Verfechter der Italianisierung Südtirols. Weitere Anschläge unter anderem auf Volkswohnbauten in Bozen folgen.
Noch am Tag des Waidbrucker Anschlags wird der Parteisitz der Südtiroler Volkspartei durchsucht. Obmann Silvius Magnago protestiert in Rom, wird aber von Ministerpräsident Amintore Fanfani kalt abgekanzelt. Magnago antwortet in einem offenen Brief: Jede illegale Tat und jeder Gewaltakt sei von der SVP öffentlich verurteilt worden. Und weiter: »Als Obmann bin ich immer wieder mit Energie eingeschritten, wenn es den Anschein haben konnte, daß die Legalität gefährdet sei. Ich verweise auf Sigmundskron.«
In dieser Situation der Spannung ist dann am 11. Juni 1961, dem Herz-Jesu-Sonntag, der große Schlag erfolgt. Vierzig Masten wurden gesprengt.[19] Die Südtiroler Volkspartei verurteilt die Anschläge. Innenminster Scelba beordert rund 20.000 Mann nach Südtirol. Er selbst eilt höchstpersönlich nach Bozen, um sich ein Bild von der Lage zu verschaffen. Dabei kommt es im Park des Herzogspalastes, des Sitzes des Regierungskommissariats in Bozen, zu jenem Gespräch zwischen Scelba und Magnago, das für die Zukunft Südtirols von entscheidender Bedeutung sein wird. Scelba steht unter dem Eindruck der Bombennacht und versteht, daß Rom nicht nur militärisch, sondern auch politisch handeln muß. Die Neunzehnerkommission wird ins Leben gerufen. Die fast ein Jahrzehnt währenden Verhandlungen, die dann zum

Unter dem Druck der Bomben stand SVP-Obmann und ab 1960 auch Landeshauptmann Silvius Magnago vor der schwierigen Aufgabe, als Politiker Kämpfer und zugleich Vermittler zu sein. Von Gewalt hat sich die Sammelpartei stets distanziert. Das Wissen um die Tragödien hinter den Gefängnismauern und um die Not unzähliger Häftlingsfamilien lastete schwer auf der politischen Führung.

zweiten Autonomiestatut führen werden, beginnen im Herbst 1961.

Inzwischen war es den Carabinieri gelungen, die Kerschbaumergruppe, die für die Feuernacht verantwortlich war, auszuheben. Die meisten der Bombenleger wurden dingfest gemacht. Die Methoden, die dabei angewandt wurden, sind bekannt. Tagelang waren die Schreie der Gefolterten aus den Kasernen zu hören.[20] Als Silvius Magnago aber den SVP-Bezirksobmann von Bozen Stadt und Land, Josef Rössler, nach Eppan schickt, um die Anrainer der dortigen Folter-Kaserne zur Zeugenaussage zu bewegen, ist niemand bereit auszusagen. Die Schreie der Gequälten haben die offensichtlich verängstigten Anwohner stumm gemacht. Doch warum hat keiner der damaligen Parlamentarier der Volkspartei, die ja Zutritt zu den Kasernen gehabt hätten, nachgeschaut, was da passiert? Dies, sagt Franz Widmann, sei viel schlimmer als die Reaktion der Anwohner, die aus ihrer Angst nicht herauskonnten. Und Widmann liefert auch gleich die Erklärung nach für dieses Verhalten, die ein beredtes Zeugnis davon ablegt, wie tief die Gräben in der Südtiroler Volkspartei damals waren. Alle damaligen Parlamentarier der Südtiroler Volkspartei seien der neuen Führungsspitze in tiefer Abneigung gegenübergestanden und hätten ihr insgeheim ein Nahverhältnis zu den Bombenlegern unterstellt.

Die Schuldfrage

Erst als es den Häftlingen dann gelingt, Briefe aus dem Gefängnis zu schmuggeln und Silvius Magnago zukommen zu lassen, kommt das, was in den Kasernen passiert ist, an die Öffentlichkeit. Hans Dietl verliest den Brief von Sepp Innerhofer im Südtiroler Landtag. Und als Magnago dann in Rom die Einsetzung einer Untersuchungskommission fordert, wird er wiederum von Amintore Fanfani brüsk zurechtgewiesen. Anstatt Untersu-

Der Parteiführer Magnago im Kreise seiner Mitstreiter im Regierungskommissariat. Nach der »Feuernacht« hatte Innenminister Mario Scelba hier alle Südtiroler Bürgermeister am 18. Juni 1961 kurzfristig zusammenrufen lassen. Wortmeldungen wurden nicht gestattet, nicht einmal dem Landeshauptmann.

chungskommissionen zu fordern, sollte Magnago besser dafür sorgen, daß die Anschläge in Südtirol aufhören.

Am 9. April 1964 ist Magnago dann im Rahmen des ersten Mailänder Sprengstoffprozesses, bei dem die Kerschbaumergruppe abgeurteilt wurde, als Zeuge gehört worden. Einmal, um die politische Situation darzulegen und die Hintergründe zu beschreiben, die zu den Anschlägen geführt haben, und dann, um Hans Stanek, den Parteisekretär, zu entlasten, der ja in Mailand vor Gericht stand und schon drei Jahre Untersuchungshaft auf dem Buckel hatte.

Magnago habe bei dieser mehrstündigen Anhörung einen glänzenden Eindruck hinterlassen. Er sei über sich hinausgewachsen, beschreibt der Historiker Josef Fontana, der damals in Mailand zu zwölf Jahren Haft verurteilt wurde, den Eindruck, den der Auftritt des Obmanns der Südtiroler Volkspartei bei ihm hinterlassen hat. Magnago habe das Gericht regelrecht in seinen Bann gezogen, so wie es ihm auch sonst immer wieder gelinge, die Menschen zu beeindrucken. Das, so Fontana, mag auch mit seiner hageren Gestalt zusammenhängen, die einerseits zerbrechlich wirke, andererseits zu ungeahnten Energieaufschwüngen fähig, also ganz Energiebündel sei. Auf jeden Fall habe Magnago die Sympathien des Gerichts erwirkt. Dies sei besonders deutlich geworden, als die Verteidiger der Zivilparteien, allen voran der Bozner Faschistenführer Andrea Mitolo, versucht hätten, auf ihn einzuhacken.

Magnago selbst ist vor allem froh darüber, daß er den Stanek hat entlasten können. Zum einen ist es ihm gelungen, dem Gericht klarzumachen, daß der Parteisekretär der SVP im Unterschied zu den Parteisekretären der italienischen Parteien vor allem mit der Verwaltung zu tun hat und nicht die politische Linie bestimmt. Stanek wurden die Kontakte zum Bergiselbund in Innsbruck vorgeworfen, der für die Selbstbestimmung eingetreten ist und auch die Sprenger unterstützt hat. »Ich hab' ausgesagt«, so Magnago, »daß der Stanek in meinem Auftrag hinausgefahren ist, um denen vom Bergiselbund auszurichten, daß sie uns in Ruh' lassen sollen. Ich habe auch noch gesagt, der Stanek sei es als früherer Offizier und Soldat gewöhnt gewesen, Aufträge exakt und genau auszuführen.« Und genau das habe er getan. »Der Stanek«, so Magnago, »ist drei Jahre in Untersuchungshaft gesessen, um nach drei Jahren vom Staatsanwalt zu hören, er muß freigesprochen werden, weil er mit den Bomben nichts zu tun hat.«

Magnago hat später dann, als alles überstanden war, in einem Beitrag zum 30jährigen Bestehen des Pariser Vertrages zur Schuldfrage Stellung bezogen. Die Ursachen für die Gewaltanwendung in Südtirol seien ausschließlich in der Politik der damaligen italienischen Regierungen zu suchen, schreibt er. »Die Verantwortung für die damaligen Vorkommnisse tragen somit jene Kreise, die durch ihre Verzögerungstaktik und Nichteinhaltung überkommener Pflichten die Voraussetzungen dafür geschaffen haben.« Man dürfe sich nicht wundern, wenn Südtiroler damals das Vertrauen in die Instrumente der Demokratie verloren haben, da sie ja mitansehen mußten, daß die Inanspruchnahme dieser Mittel, der Weg der Verhandlungen, nichts gebracht hat. Deshalb sei es zwar nicht nach dem Strafgesetzbuch, dafür aber menschlich absolut erklärbar und gerechtfertigt, wenn diese Männer nach solch bitteren Erfahrungen zu anderen Mitteln gegriffen haben, in der festen Überzeugung, Südtirol einen guten und notwendigen Dienst zu erweisen. Die Einsetzung der 19er-Kommission, so Magnago, sei sicher unter dem Eindruck des damals Geschehenen erfolgt. Es sei nur traurig feststellen zu müssen, daß Staaten sich erst dann rühren, wenn Gewalt angewendet wurde, »anstatt daß diese zeitgerecht und in Ausübung ihrer demokratischen Befugnisse und Pflichten nach dem Rechten sehen.«

Der römische Hardliner Scelba und der Südtiroler Autonomiepolitiker Magnago kamen erst nach dem offiziellen Ende des Treffens ins Gespräch. Im Park des Herzogspalais war die Stimmung spurbar gelockert. Auf Initiative von Innenminister Scelba wird die 19er-Kommission eingesetzt, als erste Gesprächsplattform zwischen Rom und Bozen.

Silvius Magnago, der Charismatiker. Bei der »Paket-Schlacht« 1969 mobilisierte er sein volles Potential.

Gottfried Solderer

»Blumen am Wege pflücken«

Die wichtigsten Stationen auf dem steinigen Weg zum Paket

Der erste wirklich ernste Versuch, zu einem inneritalienischen Dialog zwischen der Südtiroler Minderheit und qualifizierten Vertretern der italienischen Regierung und den Parteien zu kommen, war die Einsetzung der Neunzehnerkommission am 1. September 1961. Die »Feuernacht« im Juni desselben Jahres mit massiven Anschlägen auf Einrichtungen des italienischen Staates und eine neuerliche Bombenwelle im Juli hatten Rom einen Schock versetzt. Innenminister Mario Scelba reagierte mit Massenverhaftungen, Folterungen durch Sondereinheiten, nächtlichen Ausgangssperren und anderen Schikanen. Bei einem Treffen mit Landeshauptmann Silvius Magnago im Bozner Herzogspalast gab er sich besorgt. »Man hatte den Eindruck«, erinnert sich Magnago, »daß er die Südtirolproblematik überhaupt nicht kannte und somit sehr verwundert war über die Dinge, die in Südtirol passierten.«[1]
Als der Parlamentsabgeordnete Roland Riz in der Folge interne Verhandlungen zur Lösung des Südtirolproblems vorschlug, ohne hierfür Bedingungen zu stellen, stimmte Scelba dann auch sofort zu. Gegen den Widerstand der römischen Außenpolitiker, »die befürchteten, daß dieser interne Weg später doch wieder zur Einschaltung Österreichs führen werde.«[2] Scelba teilte diese Bedenken nicht. Im Gegenteil. Eine Anekdote bezeugt, mit welcher Vehemenz er selbst die Einsetzung dieser Kommission betrieb. Eines Tages bat er den damaligen SVP-Kammersprecher Karl Mitterdorfer zu sich ins Innenministerium. Er wollte von ihm in Erfahrung bringen, ob die SVP nun in diese Kommission gehen werde oder nicht. Für den Fall einer Ablehnung hatte er für Mitterdorfer, wie er ihm später einmal unter vier Augen, aber auch im Beisein von Zeugen, bestätigte, schon einen Rotkreuzwagen und eine Zelle in der römischen Haftanstalt »Regina coeli« reservieren lassen. »Ich war damals Landeskommandant der Schützen geworden«, erzählt Mitterdorfer, »und somit war ich für Scelba der gefährlichste Mann Südtirols.«[3]
Die Südtiroler Volkspartei hatte die Einsetzung der Neunzehnerkommission begrüßt, weil sie hoffte, mit der römischen Regierung damit erstmals ernsthaft ins Gespräch kommen zu können. Wenn auch von vornherein klar war, daß an eine Auflösung der Region Trentino-Tiroler Etschland nicht zu denken war. Der Ausschuß der Südtiroler Volkspartei stimmte der Einsetzung der Kommission dann auch einhellig zu, »weil die italienische Regierung damit, wenn auch spät, ein Instrument geschaffen hat, mit welchem sie mit den Südtirolern ins Gespräch kommt.«[4] Dieser Umstand allein müsse schon als positiver Faktor gewertet werden, ganz unabhängig von einem guten oder schlechten Ausgang der Arbeiten dieser Kommission. Auch Österreich hat den Standpunkt vertreten, die Südtiroler müßten auf alle Fälle in diese Kommission gehen, das Gespräch mit der italienischen Regierung suchen und es möglichst produktiv gestalten. Denn im Falle einer Internationalisierung des Problems mußte man darlegen können, daß man die innerstaatlichen Möglichkeiten voll ausgeschöpft habe.[5]
Am 1. September wurde die Neunzehnerkommission eingesetzt, am 13. September hielt sie ihre konstituierende Sitzung ab. Scelba deutete einige Gründe an, die zu ihrer Einsetzung geführt hatten: »Der beste Weg, um die Terroristen zu entwaffnen und um die Ordnung wiederherzustellen, ist die Rückführung des Südtirolproblems auf seine wahren Proportionen. Es geht hier keinesfalls um Leben und Tod der Minderheit (...), und deswegen gilt es, die Lösung der Probleme im Innern zu finden.«[6] Für die Südtiroler Kommissionsmitglieder bedauerte Karl Tinzl, daß das Gremium nicht pa-

Einsatzbereite Männer stehen ein für:

Neues Aufbauprogramm innerhalb der Südtiroler Volkspartei

70 Bürger- und Vizebürgermeister und über 100 Vertreter von Vereinen, Ständen und Berufen bekennen sich dazu

Eine sehr beachtliche Gruppe von führenden Persönlichkeiten aus allen Ständen und Organisationen Südtirols hat sich seit einiger Zeit mit dem Ziel zusammengeschlossen, ein grundlegendes politisches, soziales und wirtschaftliches Programm für die Gestaltung der künftigen Entwicklung in unserem Lande festzusetzen und innerhalb der Südtiroler Volkspartei in die Tat umzusetzen. Die programmatische Erklärung wurde uns gestern mit dem Ersuchen um Veröffentlichung zugeleitet. Der Obmann der Südtiroler Volkspartei,Dr. Silvius Magnago, wurde bereits vorher über das Vorhaben der Richtung „Aufbau" unterrichtet und am Donnerstag hat ihm eine Abordnung derselben das Programm in offizieller Form überreicht.

Auf dieser Seite veröffentlichen wir das Programm, die Namen der Bürgermeister, Vizebürgermeister, der Vertreter aus allen Organisationen, Ständen und Berufen, die sich mit vielen anderen zu den Zielsetzungen der Richtung „Aufbau" bekannt haben:

Bürgermeister und Vizebürgermeister

Adami Karl, Bürgermeister von Gargazon; Alber Franz, Bürgermeister von Hafling; Bacher Johann, Bürgermeister von Pfitsch; Bonell Michael, Bürgermeister von Truden; Bonell Peter, Bürgermeister von Andrian; Craffonara Alois, Bürgermeister von Abtei; Debiasi Willi, Bürgermeister von Naturns; Eisenkeil Artur, Vizebürgermeister von Partschins; Elsler Alois, „Wötzl", Bürgermeister von Dorf Tirol; Ennemoser Johann, Bürgermeister von St. Martin in Passeier; Ennemoser Josef, Bürgermeister von Moos in Passeier; Eppacher Dr. Josef, Bürgermeister von Sand in Taufers; Gamper Alois, Bürgermeister von Jenesien; Gamper Josef, Krautsamer, Vizebürgermeister von Marling; Ganner Dr. Bruno, Vizebürgermeister von Meran; Geiger Hans, Bürgermeister von Welschnofen; Gitzl Karl, Bürgermeister von Ratschings; Golser Alois, Bürgermeister von Tscherms; Gratl Anton, Vizebürgermeister von Kaltern, Obmann der Konsumgenossenschaft; Gröbner August, Bürgermeister von Brenner-Gossensaß; Gruber Josef, Bürgermeister von Lana; Höller Hugo, Bürgermeister von Terlan; Huber Dr. Konrad, Vizebürgermeister von Terlan, Obmann des Bauernbundes Terlan; Kaslatter Rudolf, Bürgermeister von Wolkenstein; Kiem Johann, „Bachguter", Vizebürgermeister von Algund; Knoll Matthias, Bürgermeister von Tisens; Knoll Dr. Paul, Vizebürgermeister von Bozen; Kollmann Alois, Bürgermeister von Laurein; Kostner Franz, Bürgermeister von Corvara; Kröss Ignaz, Bürgermeister von Vöran; Lantschner Franz, Bürgermeister von Karneid; Lechthaler Jakob, Vizebürgermeister von Schlanders; Leitgeb Leonhard, Bürgermeister von Gsies; Leutsch Hartmann, Bürgermeister von Branzoll; March Alfred, Bürgermeister von Montan; Meßner Johann, Bürgermeister von Villnöß; Muther Ernst, Bürgermeister von Laas, Altlandtagsabgeordneter; Nagele Willi, Bürgermeister von Auer; Pattis Karl, Bürgermeister von Tiers; Pichler Johann, Bürgermeister von Ritten; Pircher Johann, Bürgermeister von Riffian; Plank Johann, Bürgermeister von Deutschnofen; Ploner Alois, Bürgermeister von Völs; Pöder Bartholomäus, Bürgermeister von St. Pankraz in Ulten; Pohl Hubert, Bürgermeister von Kastelbell; Riffeser Anton, ANRI, Vizebürgermeister von St. Christina; Rott Anton, Bürgermeister von Sarntal; Santifaller Luis, Vizebürgermeister von St. Ulrich, Gebietsvertreter von Gröden in der SVP; Saxl Hans, Bürgermeister von Sterzing; Schenk Anton, Bürgermeister von Lajen; Seebacher Viktor, Bürgermeister von Vintl; Skasa Josef, Bürgermeister von St. Christina; Sölva Siegfried Bürgermeister von Kaltern; Stecher Karl, Bürgermeister von Mals; Tavella Josef, Bürgermeister von St. Martin in Thurn; Ties Anton, Bürgermeister von Enneberg; Tröcker Josef, Bürgermeister von Kastelruth; Tschöll Josef, Bürgermeister von St. Leonhard in Passeier; Ueberbacher Johann, Bürgermeister von Natz-Schabs; Volgger Walter, Bürgermeister von Vahrn; Wachtler Walter, Bürgermeister von Innichen; Wielander Heinrich, Bürgermeister von Latsch; Wieser Wilhelm, Bürgermeister von Freienfeld; Wild Josef, Vizebürgermeister von Franzensfeste; Winkler Hans, Bürgermeister von Villanders; Wolf Oskar, Bürgermeister von Glurns; Zingerle Anton, Bürgermeister von Rasen-Antholz; Zwerger Franz, Bürgermeister von Altrei;

Vertreter von Organisationen, Ständen und Berufen

Amonn Erich, Gründer und Altobmann der SVP; Andersag Alois, Bauer zu Buchen in St. Pankraz in Ulten; Aufschnaiter Dr. Paul, v., Vizepräsident der Apothekerkammer der Prov. Bozen; Außerer Hubert, Fraktionsvertreter, Vilpian; Badstuber, Trens, Arbeitnehmer; Benedikter Alfons, Bezirkssekretär der SVP Sterzing; Benedikter Josef, Ortsobmann der SVP in Trens; Breitenberger Franz, Ortsobmann der SVP in St. Nikolaus und Gemeinderat in Ulten; Braitenberg Senator Dr. von Carl, Präsident des Landesfremdenverkehrsamtes; Comploj Toni, Gemeinderat und Präsident des Fremdenverkehrsamtes in St. Christina; Dietl Oskar, Generalsekretär des Südtiroler Gewerkschaftsbundes; Di Pauli Baron Pius, Gemeinderat in Kaltern, Obmann der Di Pauli-Kellerei; Eisendle Konrad, Fraktionsvertreter Pflersch; Eisenkeil Artur, Gemeindeassessor in Marling; Fioreschy Dr. Robert v., Landesassessor für Handel-, Gewerbe und Fremdenverkehr; Forni Graf Franz Josef, Bozen; Gamper Josef, Altbürgermeister in Ulten, St. Pankraz; Gander Johann, Ortsobmann der SVP Jaufental; Ghirardini Ferdinand, Beamter in Bozen; Gliera Dr. Josef, Wirtschaftsberater Bozen; Gruber Jakob, Ortsobmann der SVP und Gemeinderat in St. Pankraz-Ulten; Heiß Wolfgang, Gemeindeassessor in Brixen, Präsident des Fremdenverkehrsamtes; Hillebrand Peter, Grems, Gemeinderat in St. Pankraz in Ulten; Hinteregger Hans, Gemeindeassessor in Kiens; Innerebner Dr. Ing. Georg, Bauunternehmer, Bozen; Innerhofer Franz, Tanner, Ehrenobmann des Bauernbundes; Irsara Paul, Obmannstellvertreter der SVP Abtei; Kapfinger DDr. Anton, Landesabgeordneter; Keim Josef, Ortsobmann der SVP von Außerratschings; Kemenater Dr. Franz, Präsident der Athesia; Kempter von Karl, Gemeinderat in Brixen; Kerschbaumer Johann, Ortsobmann der SVP in Laurein; Klotz Heinrich, Ortsobmann der SVP in Ridnaun; Kößler Willi, Obsthändler, Sigmundskron; Kofler Josef, Ortsobmann der SVP in Penon; Ladurner Aribo, Ortsobmann der SVP von Meran; Lageder Adolf, Arbeitnehmer, Bozen; Leider Willi, Gemeinderat, Außerpfitsch; Mair Alois, Ortsobmann der SVP in Tuins; Mair Johann, Lehengasser, Ortsobmann der SVP Außerpfitsch; Marchetti Hans, Ortsobmann der SVP Terlan und Siebeneich; Markart Josef jun., Sprechenstein, Sterzing; Meßner Walter, Bauer, Sterzing; Morawetz Dr. Hanno, Arzt, Bozen; Moroder Johann, Lehrer, Gemeinderat von St. Ulrich, Ortsobmann KVW; Nicolussi-Leck Dr. Hermann, Altlandtagsabgeordneter Kaltern; Nicolussi-Leck Karl, Kaufmann, Bozen; Noggler Toni, Obmann der GEOS und Präsident der Höfekommission Schlanders; Oberrauch Luis, Industrieller, Bozen; Ortner Josef, Präsident der Höfekommission Oberes Pustertal, Fraktionsvorsteher von Niederdorf; Pircher Ernst, Altbürgermeister von Kastelbell; Pitscheider Peter, Ortsobmann der SVP Kolfuschg; Pizzini Luis, Ortsobmann der SVP Branzoll; Platter Hans, Stadtrat von Meran; Plattner Josef, Rieper, Elzenbaum; Ploner Karl, Gemeindeassessor von Wolkenstein; Pobitzer Dr. Hans, Rechtsanwalt, Bozen; Pohl Xaver, Präsident der Höfekommission in Kastelbell; Pretz Dr. Leo von, Bezirksobmann der SVP im oberen Eisacktal; Prinoth Magister Ernst, Gemeinderat in St. Ulrich; Prugger Josef, Altbürgermeister von Olang; Puff-Erlacher Alois, Obmann der Kellereigenossenschaft Gries; Purger Walter, Verleger, Gemeinderat von St. Ulrich; Pupp Ingenieur Doktor Alois, Landtagspräsident; Putzer Florian v., Bauunternehmer, Bozen; Rabanser Alois, Ortsobmann der SVP Waidbruck; Rabanser Alois, Gemeinderat St. Ulrich; Rainer Dr. Karl, Tierarzt, Welsberg; Ralser Josef, Ortsobmann der SVP in Tschöfs; Rienzner Urban, Kaufmann in Brixen; Riz. Dr. Roland, Parlamentsabgeordneter; Sanoner Josef jun., Gemeinderat von St. Ulrich; Schwienbacher Hans, Präsident der Kaufleutevereinigung der Prov. Bozen; Schwienbacher Karl, Innergraber, St. Nikolaus; Seebacher Otto, Gemeinderat in Brixen; Segna Dr. Walter, Sekretär der Kaufleutevereinigung Bozen; Selva Fritz, Präsident des Landesverbandes der Handwerker; Senoner Adolf, Industrieller in Sankt Ulrich; Siller Josef, Ortsobmann der SVP Algund; Sinn Robert, Gemeinderat von Kaltern, Obmann der Bauernkellerei; Sorg Johann, Ortsobmann der SVP Mauls; Sölder-Nicolussi Ida, Präsidentin der Katholischen Frauenschaft; Sölva Otto, Obmann der Obstgenossenschaft, Kaltern; Sölva Johann, Obmann der Ersten Kellereigenossenschaft Kaltern; Stafler Karl, Mauls; Staffler Max jun., Präsident der Hoteliervereinigung der Provinz Bozen; Stötter Vinzenz, Altgeneralsekretär der SVP; Tamere Karl, Ortsobmann der SVP in St. Vigil; Teissl Franz, Ortsobmann der SVP Innerpflersch; Tessadri Reinhard, Altobmann SVP Salurn, Ortsobmann KVW; Thaler Georg, Bezirksobmann des Bauernbundes Brixen; Thuile Fridolin, Altbürgermeister von Gargazon; Ties August, Gebietsvertreter der SVP des Gadertales; Torggler Franz, Landwirt und Obsthändler in Gries; Valentini Johann, Ortsobmann der SVP Abtei; Valentini Johann, Ortsobmann der SVP Stern; Walther Dr. von Walter, Präsident der Handelskammer; Weger Josef, Ortsobmann der SVP Graun (Unterland); Wiedenhofer Josef, Bezirksobmann des Bauernbundes Bozen; Winkler Hermann, Ortsobmann der SVP Montal (St. Lorenzen); Wirth-Anderlan Benedikt, Obmann der Neuen Kellereigenossenschaft Kaltern; Wörndle Wilfried, Altpräsident der Südtiroler Hochschülerschaft.

Programm der Richtung „Aufbau"

Die unterzeichneten Vertreter der Südtiroler Bevölkerung deutscher und ladinischer Sprache, sowie der verschiedenen Stände und Berufszweige, die sich mit vielen anderen zur Richtung „Aufbau" in der SVP. bekennen, sind zur Überzeugung gelangt, daß es dringend notwendig ist, zur Gesamtlage in Südtirol Stellung zu nehmen, die Grundzüge ihrer Gedankengänge klar zu stellen und den Weg aufzeigen, den sie zum gedeihlichen Fortbestand unserer Volksgruppe für unerläßlich halten.

Die Richtung „Aufbau" beabsichtigt, ihre politische Zielsetzung innerhalb der SVP zur Geltung zu bringen. Daher verlangt sie in den zuständigen Parteiorganen eine entsprechende Vertretung und wird alle notwendigen Schritte unternehmen, um dies zu erreichen.

Es muß festgestellt werden, daß nach Abschluß des Pariser Vertrages die Gewährung der Autonomie im Sinne der Übertragung von verwaltungsmäßigen und legislativen Befugnissen dauernd verzögert wurde oder überhaupt nicht erfolgte; sprunghafte, oft unüberlegte und verspätete Konzessionen seitens des Staates konnten die politische Lage keineswegs verbessern, weshalb Staat und Region zweifellos Schuld daran tragen, daß sich die Lage in Südtirol dauernd verschlechtert hat.

Ebenso muß zugegeben werden, daß durch den steigenden Einfluß einiger unbedachter extremer Elemente in den letzten Jahren versucht worden ist, von der ursprünglichen Zielsetzung der SVP. abzuweichen. Ferner mangelte bei diesen die Bereitschaft zu einer konstruktiven Politik und zudem wurde von diesen die Bevölkerung oft einseitig und tendenziös informiert, so daß viele Südtiroler von der letzten Entwicklung überrascht und enttäuscht sind.

Die Südtiroler Wirtschaft ist gegenüber dem Wirtschaftsaufschwung im übrigen Europa zurückgeblieben und zwar nicht nur wegen den negativen Auswirkungen der letzten Ereignisse, sondern vor allem, weil es an einer aufbauenden Wirtschafts- und Sozialpolitik fehlte.

Die zunehmende Abwanderung heimischer Arbeitskräfte in besser entwickelte und daher lohngünstigere Gebiete ist ein beredtes Zeugnis dafür, daß tiefgreifende strukturelle Änderungen auch bei uns getroffen werden müssen.

Es besteht daher kein Zweifel darüber, daß ein neuer Weg beschritten werden muß. Hiefür ist in erster Linie die Wiederherstellung des gegenseitigen Vertrauens unerläßlich. Sicher gibt es auch innerhalb der italienischen Volksgruppe viele, die eine politische Befriedung des Landes im Sinne des europäischen Geistes und im Sinne wirtschaftlicher Interessen anstreben.

Das allgemeine Vertrauen der Bevölkerung in die politische Führung muß dadurch wieder gefestigt werden, daß die Südtirolpolitik von verantwortungsbewußten Südtirolern bestimmt wird und daß die SVP ihre politischen, sozialen und wirtschaftlichen Zielsetzungen gemäß nachstehenden Grundsätzen ausrichtet:

1. **Die Entfaltung aller geistigen und wirtschaftlichen Kräfte zum Aufbau einer zeitgemäßen Sozial- und Wirtschaftsstruktur ist die entscheidende Vorbedingung zur Erreichung des obersten Zieles: die Erhaltung und Förderung unseres Volkes, seiner Religion, Sprache und Tradition.**
2. **Bei voller Wahrung und steter Verfechtung der eigenen Rechte sind die Pflichten dem italienischen Staat gegenüber anzuerkennen und ist ein friedliches Zusammenleben der Volksgruppen im Lande anzustreben.**
3. **Die Richtung „Aufbau" fußt auf christlicher Weltanschauung, lehnt jeden übertriebenen Nationalismus ab und stellt sich positiv zu den wirtschaftlichen und politischen Einigungsbestrebungen für ein freies und demokratisches Europa, in dessen Rahmen — außer den zu erwartenden wirtschaftlichen Vorteilen — auch ein Ausgleich nationaler Differenzen auf höherer Ebene erfolgen wird und muß.**
4. **Als Grundlage ihrer politischen Bestrebungen betrachtet die Richtung „Aufbau" die im Pariser Vertrag vorgesehene Autonomie. Eine gerechte und sinngemäße Auslegung dieses Vertrages und die rasche Durchführung desselben müssen den Interessen der in Südtirol lebenden Volksgruppen gerecht werden. Zu diesem Zwecke muß von den hiezu berufenen Vertretern Südtirols vor allem versucht werden, durch direkte Verhandlungen mit den staatlichen Behörden die Frage der Verwirklichung der im Pariser Vertrag vorgesehenen Autonomie ehestens einer Lösung zuzuführen.**
   Es muß einerseits eindeutig festgestellt und auch danach gehandelt werden, daß mit der Forderung auf Erfüllung des Pariser Vertrages ein offener oder versteckter Irredentismus unvereinbar ist. Andererseits wird unmißverständlich verlangt, daß die Forderung nach Gewährleistung unserer Rechte von keiner Seite als Irredentismus ausgelegt werden darf. Terrormethoden werden mit aller Entschiedenheit abgelehnt und einseitige und unrichtige Berichterstattungen, durch welche alle im Lande lebenden Volksgruppen irregeführt werden, verurteilt.
5. **Zur Erreichung dieser Ziele ist es auch notwendig, in unserem Lande eine aufbauende Wirtschaftspolitik zu betreiben, die sich in erster Linie auf die eigene Kraft und die eigenen Menschen stützt. Diese müssen beruflich ausgebildet und geschult werden, um mit der wirtschaftlichen Entwicklung des In- und Auslandes Schritt halten zu können. Man stütze wohl Altes, nicht aber Überholtes und Überlebtes.**
   Mit aufgeschlossenem Sinn die Erfordernisse unserer Zeit zu erkennen, Landwirtschaft, Handel, Handwerk, Industrie und Fremdenverkehr in gleicher Weise zu fördern und zu stärken, muß verpflichtende Aufgabe sein.
6. **Die Richtung „Aufbau" ist im weitesten Maße sozial aufgeschlossen. Sie strebt eine zunehmende Förderung der Eigentumsbildung für alle an, Anerkennung des Tüchtigen auf der Basis des Leistungsprinzips, sowie eine immer verständnisvollere Zusammenarbeit zwischen Arbeitnehmer und Arbeitgeber.**
7. **Ohne geistigen Aufbruch ist das allgemeine Aufbauwerk und damit die Behauptung der Volksgruppe nicht möglich.**
   Eine volkstumsbewußte, beruflich und geistig ertüchtigte Jugend ist die beste Gewähr für unseren Fortbestand. Daher müssen alle Mittel und Kräfte der geistigen und kulturellen Erziehung der Jugend durch weiteren Ausbau des Schulwesens in all seinen Gliederungen gewidmet werden.
8. **Jeder Südtiroler muß sich bewußt werden: Auch im kommenden Zeitalter eines vereinten Europa bedeutet Treue zur Heimat vor allem charaktervolle Aufgeschlossenheit sowie aufbauende Tüchtigkeit in der Heimat.**

Pflicht eines jeden Südtiroler ist es, an diesem Aufbauwerk mitzuarbeiten!

Außenminister Segni:

Italien kann nicht neutral sein

Rom, 29. Sept. Zum Schluß einer viertägigen außenpolitischen Kammerdebatte lehnte Außenminister Antonio Segni am Freitag alle Forderungen auf Neutralität Italiens scharf ab. Er machte ausdrücklich darauf aufmerksam, daß diese Forderungen nicht nur von den Kommunisten, sondern auch von den Nennisozialisten kämen. Italien stehe nach wie vor voll zum Westen und zur NATO. Segni bezeichnete die These, daß die Eingliederung der Bundesrepublik in die NATO die Ursache der jetzigen Berlinkrise sei, als unbegründet und geißelte die von den Sowjets in Berlin begangenen „Ungesetzlichkeiten".

Ministerpräsident Fanfani rechtfertigte sich gegen die Angriffe, die von den Liberalen und von den Rechtsparteien wegen seiner Moskaureise und des Verdachts, Rom stehe nicht mehr absolut solidarisch zum Westen, gegen ihn gerichtet worden waren. Er betonte, der Besuch bei Chruschtschow sei erst nach Beratungen mit allen verbündeten Italiens zustande gekommen. Wie aus den Protokollen eindeutig hervrgehe, habe er Chruschtschow klargemacht, daß er nicht zum Vermitteln nach Moskau gekommen sei, daß er sich mit der NATO solidarisch fühle, daß er einseitige Drohungen und Aktionen verurteile und statt dessen geduldige Verhandlungen empfehle.

Man habe versucht, Italien die einseitigen Aktionen des 13. August anzuhängen. „Aber wir verurteilten in Moskau jede uns von Chruschtschow gemachte Ankündigung einseitiger Maßnahmen", sagte Fanfani, „und gerade wegen unserer Voraussicht, daß sich solche Maßnahmen trotz unserer Proteste und unserer ausdrücklichen entschiedenen Verurteilungen hätten ereignen können, schlugen wir unseren Alliierten in den Unterredungen vom 9. und 10. August (mit Dean Rusk und Adenauer) vor, Verhandlungen mindestens sofort nach einem gewissen kritischen Datum zu beginnen, bis zu dem — wie wir in unserem vertraulichen Gespräch mit Herrn Chruschtschow vom 5. ermittelt hatten — von sowjetischer Seite keine irreparablen Entscheidungen getroffen würden.

Mitten in den ersten Autonomieverhandlungen kam es zur schwersten Krise in der Sammelpartei. Die innerparteiliche Oppositionsbewegung »Aufbau« präsentierte sich mit einem medialen Überraschungsschlag. Das Manifest mit vielen gewichtigen Unterschriften erhielt durch die große Aufmachung in der Südtiroler Tageszeitung einen halboffiziellen Anstrich. In einer Gegenstellungnahme ging SVP-Obmann Magnago hart ins Gericht: gegen seine Bitten und trotz bereits zugesagter Debatte im Parteiausschuß sei die Veröffentlichung erfolgt.

Tagungsort der 19er-Kommission war das Bozner Merkantilgebäude. Höhepunkt der anfänglich wöchentlichen Sitzungen waren die »Sprechtage« am 16. und 17. Juni 1962. Bei diesem Hearing unter Vorsitz des späteren Verfassungsgerichtspräsidenten Paolo Rossi wurden Parteien, Wirtschaftsvertreter und Bürgermeister gehört. Von den sieben Südtiroler Kommissionsmitgliedern, hier von links nach rechts: Landeshauptmann Magnago, die Senatoren Karl Tinzl und Luis Sand, Kammerabgeordneter Roland Riz. Danach drohte die Kommission einzuschlafen, hätte sich nicht der damalige DC-Sekretär Aldo Moro für Südtirol stark gemacht.

ritätisch zusamengesetzt sei. Es umfaßte sieben deutschsprachige Südtiroler, einen den italienischen Christdemokraten nahestehenden Ladiner und elf Italiener.

Die 19er Kommission

Hinzu kam, daß Scelba schon im voraus erklärt hatte, lediglich einstimmige Empfehlungen dieser beratenden Kommission würden von der Regierung übernommen werden. Und der Vizepräsident der Kommission, der Christdemokrat Roberto Lucifredi, lehnte die Tätigkeit der Unterkommission für Autonomiefragen sofort ab, womit er die Einstimmigkeit a priori gefährdete. Präsident der Neunzehnerkommission wurde Paolo Rossi, ein Sozialdemokrat, »ein intelligenter, gebildeter Professor, ein vornehmer, guter Mann«, wie Kommissionsmitglied Karl Mitterdorfer sich später ausdrücken sollte.[7] Kommunisten, Neofaschisten und Monarchisten waren ausgeschlossen, wie auch den beiden Präsidenten der Handelskammern von Trient und Bozen keine Vertreter der Arbeitnehmerschaft entgegengestellt wurden.

SVP-Obmann Silvius Magnago, der nach den Wahlen von 1960 auch noch Landeshauptmann geworden war und damit gegenüber Rom aus einer Position der Stärke auftreten konnte, führte die Südtiroler Delegation an. »Jede Woche haben wir da unten Sitzung gehabt«, erinnert sich Karl Mitterdorfer, »Magnago hat da fest mitgemacht.«[8]

Es war die Zeit, als man den italienischen Vertretern in Kommission und Regierung in harter Kleinarbeit die Grundbegriffe des Minderheitenschutzes beibrachte, als man die Basis für die heutige Autonomie legte. Um einzelne Bereiche vertiefen zu können, hat man eine Unterkommission gebildet, so zum Beispiel bei der Wirtschaft. Mitterdorfer: »Wir wollten ja auch im wirtschaftlichen Bereich die Kompetenzen von der Region auf die Provinz verlagern. Und das hat dann Schwie-

Senator Karl Tinzl und der junge Kammerabgeordnete Karl Mitterdorfer. »Der war wie ein Vater zu mir ...«, erinnert sich Mitterdorfer an eine weitgehend verlorengegangene politische Kultur.

rigkeiten gebracht, weil man sich das gar nicht vorstellen konnte.«[9] In diesem Bereich sei Präsident Rossi überfragt gewesen. Wohl habe er gemeint, man könne beispielsweise eine Milliarde Lire für wirtschaftliche Zwecke in Südtirol zur Verfügung stellen, darüber könne man ja auch reden. Aber daß man Südtirol in diesem Bereich Kompetenzen übertragen, daß Bozen in Wirtschaftsfragen selber entscheiden solle, »das hat er gar nicht verstanden, obwohl er ein intelligenter und guter Mensch war«[10].

Dabei hatte es Magnago gerade in jener Zeit dringend nötig, auf der Wirtschaftsfront zu punkten. Denn Ende September 1961, also wenige Tage nach der Einsetzung der Neunzehnerkommission, trat die Südtiroler Wirtschaft mit der Gruppe »Aufbau« die Flucht nach vorne an und stürzte die SVP in eine tiefe Krise. Gegen den Willen Magnagos, der nur wenige Tage zuvor von der Richtung Aufbau in Kenntnis gesetzt worden war, veröffentlichte diese in den »Dolomiten« und der »Südtiroler Wirtschaftszeitung« ein Aktionsprogramm, das innerhalb der SVP in die Tat umgesetzt werden sollte. In einem primär aus der Feder von Erich Amonn und Karl Nicolussi-Leck, einem der späteren Landesentwicklungsplaner, stammenden Acht-Punkte-Manifest wurde eine aufbauende Wirtschaftspolitik und ein geistiger Aufbruch gefordert. Man beklagte sich über den zunehmenden Einfluß »einiger unbedachter, extremer Elemente«[11] in der SVP und rief die Partei auf, durch direkte Verhandlungen mit den staatlichen Behörden die Frage der Verwirklichung der Autonomie ehestens einer Lösung zuzuführen. Zu den Unterzeichnern des Manifests gehörten Größen wie der SVP-Gründer Erich Amonn, der Parlamentarier Roland Riz, Regionalräte, Wirtschaftsvertreter, der Obmann des mitgliederstarken Katholischen Verbandes der Werktätigen und rund die Hälfte der Südtiroler Bürgermeister. Also eine recht unhomogene, aber von ihrem Einfluß und von ihrem Ausmaß her gesehen äußerst starke Gruppierung.

Magnago und die »Aufbau«-Krise

Der »Aufbauputsch« war bis ins kleinste Detail vorbereitet und sollte den Anhängern der neuen Richtung auf Anhieb die Mehrheit in den Parteigremien sichern. Das konnte nur durch eine generalstabsmäßige Planung erreicht werden. Südtirol wurde in Zonen unterteilt, für die jeweils einer oder mehrere Aufbauführer zuständig waren. Sie hatten u. a. die Aufgabe festzustellen, wie die Leute vor Ort eingestellt waren. Vom SVP-Ortsobmann über den Bürgermeister, den Ortspfarrer bis hin zu den Obleuten der Vereine sollten alle politisch geröntgt werden. Arbeitspläne und Listen wurden erstellt, wer um welche Stimmen werben sollte, Versammlungswellen wurden organisiert, Vorträge gehalten und Presseartikel abgefaßt. Das Büro von Rechtsanwalt Roland Riz fungierte als Treffpunkt.

Parteiobmann Silvius Magnago wurde in einem internen Papier als Persönlichkeit gehandelt, die noch für die neue Richtung gewonnen werden könnte. Toni Ebner, einer der bedeutendsten Verfechter der neuen Richtung, schrieb am Tag der Veröffentlichung des Aufbauprogramms in einem »Dolomiten«-Leitartikel, man wolle vor allem jene gesunden Kräfte für die Partei gewinnen, die bislang aus den verschiedensten Gründen außerhalb des politischen Geschehens gestanden hätten, »um sie in geordneter Reihe innerhalb der Südtiroler Volkspartei aktiv werden zu lassen«.[12] Insbesondere Obmann Magnago, so gab sich Ebner hoffnungsvoll, werde »diese bedeutende Blutzufuhr und Blutauffrischung nur bejahen und als kraftspendenden Strom in der politischen Gemeinschaft betrachten«.[13] Doch Ebner sollte sich täuschen. In einer am 3. Oktober 1961 von den »Dolomiten« veröffentlichten Erklärung bedauerte Magnago, daß man das Aufbauprogramm in den Medien veröffentlicht hatte, bevor es in den Parteigremien behandelt worden war. »Auch die Demokratie«, schimpfte er über die Vorgangsweise, »erfordert Disziplin.«

Aufstellung der PARTEIAUSSCHUSSMITGLIEDER,
die nicht unterschrieben haben, die aber im
Sinne der Richtung beeinflusst werden muessen,
damit sie im Ausschuss fuer diese stimmen.

Liste der ~~XXXX~~ Parteiausschussmitglieder

(+) Die für die Richtung Aufbau sind
(-) Die gegen die Richtung Aufbau sind
(?) Die für die Richtung gewonnen werden könnten. (Diese kommen nicht für die Unterschrift, sondern nur für eine positive Stimme in Frage).

+	?	-
Ing. Alois Pupp	Dr. S. Magnago	Hans Dietl
Dr. Toni Ebner	Dr. H. Benedikter	Dr. Friedl Volgger
Dr. Karl Tinzl	~~Konrad Eisendle~~	Hans Bauer
Dr. Roland Riz	Peter Kollmann	Josef Beikircher
Dr. Leo von Pretz	Franz Lochmann	Hans Öschgfeller
Dr. Anton Kapfinger	Herm. Nikolussi	Anton Gitzl
Dr. Robert Fioreschy	Peter Obwexer	Peter Wieland
Dr. Anton Schatz	Karl Vaja	Josef Mair Jenner
Dr. Nikolussi	Dr. Luis Sand	Ing. Anton Pugneth
Josef Gamper	Dr. Karl Mitterdorfer	Ignaz Stocker
Josef Prader	Dr. Toni Zelger	Franz Widmann
[illegible]	Josef Jud	Josef Wielander
[illegible]	Dr. Josef Ziernhöld	Peter Brugger
[illegible]	Josef Rössler	Dr. Franz Walzmüller
[illegible]	Dr. Franz Spögler	Dr. Joachim Dalsass
~~[illegible]~~	Stimpfl	Ing. Hans Plaickner
[illegible]	Franz Mark, Bozen	Josef Holzner
[illegible]	Theiner	Hans Karl Neuhauser
	~~Hans Oberhauser~~	
~~11~~ XXX 17	~~19~~ 17	18

Dr. Pupp spricht mit: ....

Dr. Roland Riz spricht mit: Dr. Karl Tinzl, H. Nikolussi, Deutschnofen, Ing. Karl Vaja, Dr. Toni Zelger, Josef Rössler.

Dr. Toni Ebner spricht mit: ....

Dr. Leo von Pretz spricht mit: ....

K. Nikolussi spricht mit: Sand, Josef Jud.

Dr. Anton Kapfinger spricht mit: ....

Erich Amonn spricht mit: ....

Max Staffler spricht mit: ....

Hermann Nikolussi spricht mit: ....

Peppi Senoner spricht mit: ....

Wenn alles in Ordnung geht, könnten wir im Parteiausschuss die Mehrheit erzielen.

Nicht aufscheinen tun folgende Mitglieder:
Abwesende: Stanek, Röggla, Kritzinger Helmut, Rudolf Oberhuber, Mair Johann.
Nicht Stimmberechtigte: Franz Runge, Dr. Reinold Steger.

JEDER VON UNS HAT DIE PFLICHT AN DER SITZUNG DES PARTEIAUSSCHUSSES VON ANFANG BIS ZUM ENDE ANWESEND ZU SEIN!

Die Aktion der Gruppe »Aufbau« war generalstabsmäßig vorbereitet. Hier waren Strategen am Werk, die wußten, wie man innerparteiliche Mehrheiten beschafft.

Nur mit Mühe gelang es Magnago in jenen Monaten, das Ruder in der Hand zu behalten. »Das war ein Anlaß«, denkt Mitterdorfer über die Zeit nach, »wo man Magnago wirklich helfen mußte.«[14]
»Richtungen gibt es in allen Parteien, wenn man vielleicht von der kommunistischen absieht. Partei kann und darf es aber nur eine geben«,[15] kanzelte er die Aufbauler auf dem Parteikongreß ab. Er habe sich in seiner Eigenschaft als Obmann redlich bemüht, zerschlagenes Porzellan wieder zu kitten. Und er habe das Empfinden, »daß mir dies dank des guten Willens aller auch gelungen ist.«[16]
Und in der Tat schloß sich in den Jahren 1963/64 der größere Kreis der wirtschaftlich-administrativ orientierten Aufbauanhänger wieder der SVP-Führungsgruppe um Magnago an.[17] Der Rückzug wurde ihnen allerdings leicht gemacht, »da Magnago indessen die vom Aufbau geforderte Politik in wesentlichen Teilen übernommen hatte.«[18]
Es war die Zeit, wo in Rom intensiv verhandelt wurde. Insgesamt mehr als zweihundert Sitzungen hielt die Neunzehnerkommission ab, vielfach verzögert und mitunter auch sabotiert. Magnago: »Man wollte die Kommission schon einmal einschlafen lassen, als man sah, was die alles vorschlug.«[19] Die 19er Kommission sollte gerade die territoriale Autonomie der Provinz Bozen behandeln, als sie nach der Sommerpause einfach nicht mehr einberufen wurde. Erst dem Leiter der Südtirol-Kommission des Europarates, Paul Struye, gelang es im Jänner darauf, die Arbeiten der Kommission wieder flottzukriegen.[20]
Am 10. April 1964 schließlich übergab die Kommission dem Ministerpräsidenten Aldo Moro die Früchte ihrer Arbeit: einen fünfundsiebzig Seiten umfassenden Bericht, der in der Folge die Unterlage für alle bilateralen Verhandlungen zwischen Österreich und Italien bilden sollte. Eigentlich hätten die Empfehlungen der Kommission ein Minimum dessen darstellen können, was im italienischen Parlament ohne Schwierigkeiten durchsetzbar gewesen wäre. Dem war aber nicht so. Bis zur Verabschiedung des Paketes, das in wesentlichen Teilen auf der Arbeit der 19er Kommission beruhte, vergingen weitere fünf Verhandlungsjahre.
Es ging darum, über ein international einklagbares Paket von Maßnahmen die Region Trentino-Tiroler Etschland auszuhöhlen und möglichst viele Kompetenzen vom Staat und der Region auf die Provinzen Bozen und Trient zu übertragen.
»Das Ziel einer eigenen Region Südtirol und damit die eindeutige Garantie ihrer Autonomie durch

ENTWURF (Karl Nicolussi-Leck)

August 1960

Die hier unterzeichneten Vertreter der südtiroler Bevölkerung deutscher und ladinischer Sprache, die zur neugebildeten Richtung "Aufbau" gehören, sind zur Überzeugung gelangt, daß es notwendig ist, die Grundzüge Ihres Programmes zu veröffentlichen und somit den Weg aufzuzeigen, der zum Fortbestand unserer Volksgruppe in Hinkunft beschritten werden muß.

Zweifellos tragen Staat und Region erhebliche Schuld daran, daß sich die politische Lage in Südtirol dauernd verschlechtert hat. Nach Abschluß des De Gasperi-Gruber Abkommens und nach dem in Kraft treten des Autonomie-Statutes wurde die Erlassung wichtiger Durchführungsbestimmungen ständig verzögert; der Art. 13 u. 14 des Statutes (Delegierung von Verwaltungsbefügnissen des Staates und der Region an die Landesverwaltungen oder Lokalen Körperschaften) wurden anfänglich überhaupt nicht, später nur sehr mangelhaft durchgeführt. Hierzu kommen noch sprunghafte, oft unüberlegte und verspätete Konzessionen oder Einschüchterungsmaßnahmen seitens des Staates.

Andererseits muß zugegeben werden, daß auch unsererseits durch den steigenden Einfluß extremer Elemente in den letzten Jahren die Bereitschaft zu einer konstruktiven Politik mangelte und die Bevölkerung einseitig und tendenziös informiert wurde, sodaß heute viele Südtiroler von der letzten Entwicklung überrascht und enttäuscht sind.

Außerdem ist die Südtiroler Wirtschaft gegenüber dem Wirtschaftsaufschwung in Europa und besonders in Italien zurückgeblieben und zwar nicht nur wegen der negativen Auswirkung der letzten Ereignisse, sondern auch, weil es an einer aufbauenden Wirtschafts- und Sozialpolitik fehlte. *

Es besteht kein Zweifel, daß ein neuer Weg aufgezeigt und beschritten werden muß. Dazu ist es in erster Linie notwendig, gegenseitiges Vertrauen zu schaffen. Wir sind überzeugt, daß auch alle vernünftigen Elemente der italienischen Volksgruppe einsehen werden, daß es ohne politische Befriedigung auch für sie in Südtirol nie eine wirtschaftliche Lebens- und Entfaltungsmöglichkeit geben kann.

Andererseits muß auch das Vertrauen in die politische Führung der deutschsprachigen Bevölkerung dadurch wieder gefestigt werden, daß die SVP ihre politischen, sozialen und wirtschaftlichen Zielsetzungen gemäß den nachstehenden Grundsätzen neu ausgerichtet.

* **Die zunehmende Abwanderung heimischer Arbeitskräfte in besser entwickelte und daher lohngünstigere Gebiete ist hiefür ein beredtes Zeugnis.**

Parteigründer Erich Amonn war federführend bei der Erstellung des »Aufbau«-Programmes. Auch Karl Nicolussi-Leck gehörte zum Kreis der Promotoren. An diesen zwei Beispielen wird deutlich, wie heterogen die Gruppierung »Aufbau« war. Der Widerständler Erich Amonn war Führungsfigur der Dableiber, Karl Nicolussi war Organisationsleiter des VKS und hochdekorierter Hauptmann der Waffen-SS. Dennoch gab es zwischen den beiden Wirtschaftsexponenten politisch verbindende Elemente.

Die Richtung "Aufbau" beabsichtigt ihre Politik innerhalb der S.V.P. zur Geltung zu bringen. Sie verlangt aber, daß die innerhalb der Partei, also sowohl im Parteiausschuss als in der Parteileitung entsprechend vertreten ist.
Die Gruppe verlangt, daß bis zur Erlassung eines gerichtlichen Urteiles, Parteifunktionäre, die mit den Terrorakten der letzten Zeit verwickelt erscheinen, suspendiert werden.

Erich Amonn

4.) Die Richtung „Aufbau" beabsichtigt ihre Politik innerhalb der S.V.P. zur Geltung zu bringen. [illegible]

[illegible]

Die Unterlagen belegen auch, wie tief die Bombenwelle die Sammelpartei erschüttert hatte, trotz demonstrativer Geschlossenheit nach außen. Prominentestes Opfer des »Aufbaus« war der Politiker-Journalist Friedl Volgger, der seine Stelle als verantwortlicher Schriftleiter bei der »Dolomiten« verlor. Er bekam bei Athesia sogar Hausverbot. Toni Ebner habe sich für seine »Aufbau«-Linie in der Zeitung freie Hand verschafft, sagt Volgger, der den damaligen Machtkampf in der Sammelpartei als größte Spaltungsgefahr überhaupt einschätzt.

1.) Das oberste Ziel der Richtung „Aufbau" ist die Wahrung u. Stärkung unseres südtiroler Volkstums deutscher u. ladinischer Nationalität in friedlicher Zusammenarbeit mit der im Lande lebenden italienischen Volksgruppe. Bei voller Wahrung u. steter Verfechtung der eigenen Rechte anerkennt sie vollinhaltlich die Pflichten dem ital. Staat gegenüber. Auf christlicher Weltanschauung fussend, lehnt die Richtung „Aufbau" jeden ungesunden Nationalismus und jeden Irredentismus ab, und stellt sich positiv zu den wirtschaftlichen und politischen Einigungsbestrebungen eines freien u. demokratischen Europas, in dessen Zeichen außer den zu erwartenden wirtschaftl. Vorteilen auch ein Ausgleich nationaler Differenzen auf höherer Ebene erfolgen wird und muss.

1) Das oberste Ziel ist die Wahrung und Stärkung unserem südtiroler Volkstums deutscher und ladinischer Sprache.
Bei voller Wahrung und steter Verfechtung der eignenen Rechte, anerkennt sie auch voll und ganz die Pflichten dem italienischen Staat gegenüber und wird eine friedliche Zusammenarbeit mit der im Lande lebenden italienischen Volksgruppe angestrebt.
Auf christlicher Weltanschauung fussend, wird jeder ungesunde Nationalismus ~~wird~~ abgelehnt, stellt sich positiv zu den wirtschaftlichen und politischen Einigungsbestrebungen eines freien und demokratischen Europa, in dessen Zeichen ausser den zu erwartenden wirtschaftlichen Verteilen auch ein Ausgleich nationaler Differensen auf höherer Ebene erfolgen wird und muss.

2) Als Basis des Verhältnisses zum italienischen Staat betrachtet die Richtung "Aufbau" den Pariser Vertrag, der zur Ermöglichung einer Befriedung der in Südtirol lebenden deutschen und ladinischen Sprachgruppe abgeschlossen wurde. Eine vernünftige und gerechte Auslegung dieses Vertrages und eine dementsprechende Verwirklichung sollte sowohl den Interessen der in Südtirol lebenden Volksgruppen und den Interessen des Staates gerecht werden.
Um dies zu erreichen soll in erster Linie alles versucht werden um durch direkte Verhandlungen der hiezu bestimmten Vertreter Südtirols mit den staatlichen Behörden eine befriedigende Lösung zu erreichen.
Oberster Grundsatz ist dabei der, daß die Südtirol-Politik von Südtirolern gemacht wird.
Wir lehnen es als verantwortungslos ab unerreichbare Ziele durch Terrormethoden anzustreben und die Bevölkerung durch eine einseitige und z.T. unrichtige Berichterstattung irrezuführen.
Es muss klar gesagt werden, daß der Anspruch auf Erfüllung des Pariser Vetrages mit offenem oder verstecktem Irredentismus unvereinbar ist.
Andererseits darf der Anspruch auf Wahrung unserer Rechte nicht als Irredentismus ausgelegt werden.

3) Zur Verwirklichung dieser Grundsätze ist es notwendig, daß in unserem Lande eine aufbauende Wirtschaftspolitik betrieben wird, die sich in erster Linie auf die eigene Kraft und die eigenen Menschen stützt, wobei diese entsprechend ausgebildet und geschult werden müssen, um mit der fortlaufenden wirtschaftlichen Entwicklung des In-und Auslandes Schritt halten zu können. Daher wird es unsere Aufgabe sein wohl Altes zu stützen, nicht aber Überholtes und Überlebtes, und mit aufgeschlossenem Sinn die Erfordernisse unserer Zeit erkennend, Landwirtschaft, Handel, Handwerk, Industrie und Fremdenverkehr im gleicher Weise und ohne Bevorzugung der einen Wirt chaftsgruppe zu Gunsten der anderen, zu stützen und zu stärken.

4) Bei Ablehnung jedes marxistischen Sozialismus ist die Richtung "Aufbau" im weitesten Masse sozial aufgeschlossen, strebt einen zunehmenden Ausgleich der Besitzverhältnisse, Anerkennung des Tüchtigen auf der Basis des Leistungsprinzips, sowie eine immer verständnisvollere Zusammenarbeit zwischen Arbeitnehmer und Arbeitgeber an.

5) Die Entfaltung aller geistigen und wirtschaftlchen Kräfte zum Aufbau einer zeitgemässen Sozial-und WirtschaftsStrktur ist die entscheidende Vorbedingung für die Erhaltung und Förderung un eres Volkstums, seiner Religion, Sprache und Tradition.

Ohne geistigen Aufbruch ist der Sozial-wirtschaftliche Aufbau und damit die Behauptung der Volksgruppe nicht möglich. Jeder Südtiroler muss sich bewusst werden, dass im heraufkommenden, neuen Zeitalter des werdenden vereinten Europa ~~ir~~ Treue zur Heimat gdstige und charackterve11e Aufgeschlossenheit in der Heimat bedeutet.
Pflicht ei s jeden Südtdrolers ist es, an diesem Aufbauwerk mitzuarbeiten.

Parteigründer Erich Amonn war also Autor des »Aufbau«-Programms, das zeigt dieser handschriftliche Entwurf zum Zeitungsabdruck auf Seite 170. Verbitterung mag eine Rolle gespielt haben, daß die vom radikalen Lager entmachtete Parteielite jetzt ihrerseits in die Offensive ging. Mit Zweifeln am »Herbeibomben« einer Lösung für Südtirol stand Amonn aber nicht allein. Den Boden entzogen hat dem Experiment »Aufbau« der Schock nach Bekanntwerden der Häftlingstragödien und Folterungen. Die »Dolomiten« habe den Antipathie-Effekt sogar an den Verkaufszahlen zu spüren bekommen, verrät ein Insider. (Die handschriftlichen Notizen von Erich Amonn sind aus Platzgründen nur ausschnittweise wiedergegeben. Sie stammen wie die maschinegeschriebenen Unterlagen aus Erich Amonns Nachlaß.)

Karl Nicolussi-Leck, einer der Promotoren des »Aufbaus«, 1959 in Bozen. Im Hintergrund rechts: Kurt Heinricher, einst Exponent des VKS, Autor des Buches »Südtirol und der italienische Nationalismus«, das er unter dem Pseudonym Walter Freiberg veröffentlicht hat. Nicolussi-Leck war ehemaliger Organisationsleiter des »Völkischen Kampfrings«.

Karl Nicolussi-Leck

Aufbau zur falschen Zeit

Die SVP in der Zerreißprobe

Die »Aufbau-Bewegung« in der Südtiroler Volkspartei ist als Putschversuch in die Parteigeschichte eingegangen. Der Politiker, Parteiinsider und Journalist Friedl Volgger wertet die »Aufbau«-Krise vom September 1961 als größte Spaltungsgefahr, der die Sammelpartei je ausgesetzt war. Als Kopf der Verschwörung galt Toni Ebner, die »Athesia«-Presse hatte ja für die neue Bewegung als Sprachrohr fungiert. Nach Durchsicht von bisher unveröffentlichten Dokumenten ist das Bild zu differenzieren. SVP-Gründer Erich Amonn hatte das »Aufbau«-Programm zu Papier gebracht, also eine Persönlichkeit, die unbelastet war von internen Intrigen. Die politische Vision des »Aufbaus« kam damals in einem unglücklichen Moment, bestätigt Karl Nicolussi-Leck, selbst am »Aufbau« federführend beteiligt.

Dubiose Begleitumstände rücken den »Aufbau« in ein schiefes Licht. Man ist SVP-Obmann Magnago damals gewissermaßen mit einem medialen Handstreich in den Rücken gefallen. Friedl Volgger wurde als Schriftleiter der »Dolomiten« abgesetzt. Wie er selbst sagt, weil man ihn als »Aufbau«-Gegner in der Zeitung ausschalten wollte. Auch sonst wurde die Aktion in aller Heimlichkeit generalstabsmäßig vorbereitet ...?

Das Vorhaben war bestimmt gut überlegt und, wie Sie sagen, generalstabsmäßig vorbereitet. Da gab es genaue Absprachen, zum Beispiel, wer mit wem redet. Denn das Ganze sollte ja hundertprozentig innerhalb der SVP stattfinden.

Wer hatte die Idee? Amonn? Nicolussi? Ebner?

Amonn und Ebner vor allem, auch Roland Riz. Hinter dem »Aufbau« standen die Wirtschaftskreise, beziehungsweise die Auffassung, wenn man der Politik in Südtirol nicht endlich auch wirtschaftliche Perspektiven öffnet, würden immer mehr Südtiroler zur Auswanderung gezwungen. Anfang 1960 war es um Arbeitsmöglichkeiten im Lande sehr schlecht bestellt, daher der zunehmende Gastarbeiterstrom von Südtirol nach Deutschland. Damit wäre automatisch eingetreten, was Italien für die Italianità in Südtirol schon immer angestrebt hat. Wirtschaftsnahe Südtiroler Politiker wollten daher den Aufbau einer gesunden Wirtschaft im Lande vorantreiben. Aus diesem Grund – der Name »Aufbau«.

Wie sind Sie zum »Aufbau« gestoßen? Hat Ihre Vergangenheit in der NS-Zeit denn nicht gestört – Erich Amonn war führender Südtiroler Widerständler. Sie selbst hingegen waren Organisationsleiter des »Völkischen Kampfrings« und Hauptsturmführer der Waffen-SS. Nach dem Krieg waren Sie dann ja auch in Südamerika ...

Aus Südamerika kam ich schon 1954 zurück. Ich war dann mehrere Jahre als Projektleiter der französischen Regierung unter anderem in Madagaskar. Als Mitarbeiter des deutschen Konzerns Mannesmann im Bereich Landtechnik wurden mir wichtige Aufgaben in Übersee anvertraut. Diese Erfahrung bedeutete Prestige. Weil ich also in der Industrie international und in Italien eine gewisse Rolle gespielt habe, bat man mich mitzumachen. Was ich dann auch getan habe, in einzelnen Formulierungen. Vor allem aber, um internationale Erfahrung beim wirtschaftlichen Aufbau des Landes einzubringen.
Was die Differenzen Optanten-Dableiber betrifft, hat es zumindest an der Spitze keinen so fundamentalen Gegensatz gegeben, wie das meist dargestellt wird. Nur ist das den heutigen Historikern unmöglich beizubringen. Die Optionszeit war nicht so, daß man sich ständig nur bekämpft und gegenseitig Gemeinheiten angetan hätte ! Zumindest auf der oberen Ebene war das nicht so. Ich hab die Dableiberführung geschätzt und umgekehrt. Nach dem Krieg habe ich zum Beispiel eine Zeitlang im Hause von Walther in Maria Himmelfahrt gewohnt. Erich Amonn hat mich sofort angerufen, kaum daß ich in Bozen wieder erreichbar war. Da waren keine Gegensätze. Deswegen ist auch nichts Absonderliches dabei, daß sich so verschiedene Kreise in dieser sagen wir – geschichtlich antagonistischen Richtung »Aufbau« gefunden haben.

Wer war denn die zentrale Figur? Toni Ebner hat es den »Aufbau«-Kritikern zu Lebzeiten verübelt, daß er zum Oberrädelsführer abgestempelt wurde, während der eigentliche Initiator laut jetzt vorliegenden schriftlichen Quellen tatsächlich Erich Amonn zu sein scheint?

Erich Amonn hatte in diesen Kreisen, die der Wirtschaft nahestanden, das größte Renommee. Denn er war in seiner Darstellungsweise sehr ruhig, und er war auch ein sehr erfolgreicher Geschäftsmann. Natürlich war gerade das auch ein Angriffspunkt. Die Kritiker sagten: Die denken nur ans Geld und an nichts anderes. Aber unser Anliegen war wirklich, daß man versuchen muß, einen Ausgleich zu finden. Hätte die Spannung nämlich angehalten, so wäre Südtirol immer weiter in die Isolierung geraten. Die Auswandererwelle hätte immer bedrohlichere Ausmaße angenommen. Damals gab es Scharen von Heimatfernen. Viele Südtiroler sind aus der wirtschaftlich aufstrebenden Bundesrepublik Deutschland nicht mehr zurückgekommen. Daher die Sorge, wenn das so weitergeht, brauchen wir gar keine Zuwanderung vom Süden mehr, dann erledigt sich das Südtirolproblem von selbst.

War für Erich Amonn denn nicht auch Verbitterung aus-

schlaggebend? Beim Aufstieg Magnagos zum Parteiobmann wurde die alte Garde mit brüskierender Gründlichkeit abserviert. Was hätte also näher gelegen als ein Gegenschlag der Gruppe Amonn-Ebner, um wieder Macht zu gewinnen?
Verbitterung hat Erich Amonn zumindest nicht zum Ausdruck gebracht. Das habe ich nie bei ihm bemerkt, wobei ich natürlich nicht ausschließen kann, daß solche Gefühle innerlich nicht doch eine Rolle gespielt haben. Ich weiß nicht, ob Sie Amonn noch persönlich gekannt haben. Es wäre jedenfalls nicht seine Art gewesen, Verbitterung zu zeigen. Sein Grundanliegen war aber sicher die Sorge, was aus Südtirol werden soll, wenn sich die Spannung im Lande womöglich über Jahre hinaus immer weiter zuspitzt. Mit der Folge, daß sich die Auswanderungsspirale immer schneller gedreht hätte, weil sich die Existenzbedingungen im Lande weiter verschlechtert hätten. Diese politische Sorge war für Amonn sicher fundamentaler als die Enttäuschung, mit seinen Anhängern aus dem Machtbereich der Partei ausgestoßen worden zu sein.

Auf einen Sturz des Hoffnungsträgers Silvius Magnago wäre die Operation »Aufbau« aber doch hinausgelaufen?
Mhm ... Das glaube ich eigentlich nicht. Die haben immer gehofft, daß sie im Parteiausschuß wieder eine bedeutende Kraft darstellen – nicht unbedingt die Mehrheit, aber doch so zwischen 30 und 40 Prozent. Ich selbst war weder SVP-Mitglied noch sonst für die Partei irgendwie tätig. Aber fast alle übrigen Exponenten der Gruppe »Aufbau« waren in der SVP aktiv. Das Ziel war, in der Parteiführung wiederum eine respektable Kraft darzustellen.

Also nicht unbedingt gegen Magnago, sondern mit Magnago, aber mit neuen Gewichtsverteilungen?
Ja, genau! Das war die Hoffnung. Sonst hätten Ebner oder Riz, also aktiv führende Parteiexponenten, sich wahrscheinlich gar nicht so weit exponiert. Allerdings haben die Wirtschaftskreise, die ja hinterm »Aufbau« standen, die Stärke der Bauernschaft und der Landwirtschaft in den Parteigremien offensichtlich unterschätzt. Die Bedeutung des Wirtschaftslagers in der Gesellschaft war sicherlich viel größer, aber eben nicht in der Partei.

Und all die Bürgermeister, die das »Aufbau«-Manifest unterzeichnet hatten ? Gerade durch diese beeindruckende Zahl von Unterschriften bekam der »Aufbau« ja ein so bedrohliches Gewicht für die Parteiführung Magnago. Hatten Sie bei dieser »Meisterleistung«, wie Friedl Volgger schreibt, Ihre Hand im Spiel?
Nein, bei der Unterschriftensammlung habe ich kaum mitgewirkt, weil ich durch meine langen Auslandseinsätze beruflich zu sehr in Anspruch genommen war. Wer die Bürgermeister angeworben hat, erinnere ich mich nicht mehr. Aber es war nicht schwer, die Bürgermeister zu überzeugen. Die kamen zu den »Aufbau«-Versammlungen. Besonders die Bürgermeister in peripheren Gebieten haben ja gespürt, daß ihre Leute nicht leben können und aus Existenzgründen abwandern. Und deswegen waren die komischerweise alle wirtschaftsorientiert, also »Aufbau«-orientiert, aus diesem einen Grund.

Der »Aufbau« war also eine politische Vision zur falschen Zeit? Denn unter dem Eindruck der schweren Attentate und der darauffolgenden Verhaftungswelle mit brutalen Folterungen richtete sich gegen den »Aufbau« das Odium, den Freiheitskämpfern in den Rücken zu fallen, die so viel für die Heimat geopfert hatten. War das der Grund für den raschen Zusammenbruch der neuen Bewegung?
Ja, ja, das war der Grund! Die Folterungen sind erst im Herbst bekannt geworden, kurz nach der Gründung des »Aufbaus«. Dieser Schock hat den politischen Vorstellungen von Amonn, Ebner und Riz einen Todesstoß versetzt. Wie brutal diese Freiheitskämpfer behandelt würden, darauf waren ja nicht einmal die unmittelbar Beteiligten gefaßt. Nach Bekanntwerden der Folterungen ist die Stimmung vollkommen umgekippt! Mit dem hat man einfach nicht gerechnet! Die Leute vom »Aufbau« haben schon gesagt, wir müssen schauen, daß sich die Auseinandersetzung nicht auf diese Ebene verlagert, denn dann werden wir indirekt darunter leiden. Doch mit Bekanntwerden der Folterungen – und dann hat sich ja noch vieles andere ereignet – hat sich die »Aufbau«-Bewegung automatisch abgeschwächt. Also praktisch von selber aufgelöst. Da hat niemand mehr Lust gehabt, sich weiß Gott wie zu exponieren oder zu engagieren, weil man das Gefühl hatte, man könnte den Betroffenen schaden. Oder zum Ausdruck bringen, daß man nicht Anteil nimmt am Schicksal der Häftlinge.

Und das geschah wirklich aus freiwilliger Einsicht? Nicht nur, weil SVP-Chef Magnago in der Partei gegen den »Aufbau« dezidiert dreingeschlagen hat? Denn er hatte die drohende Spaltung ja gewissermaßen bereits vor der Haustüre?
Was sich in der Partei abgespielt hat, da müßten Sie vielleicht Roland Riz fragen. Aber aus meiner Erfahrung als Außenstehender und was die Erinnerung noch hergibt, war das Bekanntwerden der Folterungen der Grund für den Stimmungsumschwung. Von meiner Erlebnisebene aus war das Ende des »Aufbau« eine Reaktion auf das, was aus der Dantestraße gekommen ist.

Das Interview führte Elisabeth Baumgartner.

Österreich mittels Pariser Abkommen war schon während der Verhandlungen der 19er Kommission von den Südtirolern aufgegeben worden.«[21] Magnagos Strategie der »Blumen am Wege pflücken und sie allmählich zu einem ansehnlichen Strauß zu binden« hatte die Oberhand behalten. Eines freilich, was er früher aus politischen Rücksichten Rom gegenüber konsequent leugnen mußte, gesteht er heute ein: »Zu verdanken hatten wir die Kommission vor allem den »dinamitardi«, die haben ja 40 Masten gesprengt, und das hat Eindruck gemacht.«[22]

Magnago und die Verhandlungen mit Rom

Südtirols Verhandlungspartner in der römischen Regierung waren nicht die jeweiligen Außenminister, sondern die Regierungschefs. Italien wollte damit demonstrieren, daß Südtirol kein außenpolitisches Problem sei, sondern eine innerstaatliche Angelegenheit. »Ein einziges Mal«, erinnert sich Magnago, »haben wir mit einem Außenminister gesprochen, aber nicht in der Villa Farnesina, dem Außenministerium, sondern am Sitz der Partei, damit das Gesicht gewahrt bleibt.«[23]

Bei seinen zahllosen »Pilgerfahrten« in die sprichwörtlich Ewige Stadt hatte Magnago neben der vielfach unnachgiebigen Haltung der Regierung eine typisch italienische Krankheit zum Feind: den häufigen Regierungswechsel. Kaum hatte er einen Ministerpräsidenten in mühevoller Kleinarbeit von der Notwendigkeit einer Ausweitung der Südtirolautonomie überzeugen können, war der auch schon wieder weg oder saß in irgendeinem Ministerium eines neuen Regierungschefs. Über 50 Regierungen hat die Republik Italien seit ihrer Gründung nach dem Zweiten Weltkrieg gesehen, eine Großzahl davon waren Magnagos Verhandlungspartner.

Und bei weitem nicht alle waren dem hageren Mann aus den Tiroler Bergen gewogen. Magnago über einige von ihnen: »Der Forlani war ein bequemer Kerl, der hat mich angehört und gesagt: Kommen S' in drei Monaten wieder, dann gebe ich Ihnen eine Antwort, der war überhaupt nicht vorbereitet. Der hat mich zu seinem Kabinettschef geschickt, mit dem hat man reden können. Forlani selbst habe ich als einen untätigen, wenn auch nicht bösen Menschen kennengelernt. Der Rumor war auch gut, doch war er kein Rechtsprofessor und etwas unsicher. Der Fanfani, bis man bei dem was gekriegt hat! Der war eher arrogant. Da bin ich einmal hinunter, und da hat er mich und den Alfons (Benedikter A. d. V.) einen ganzen Tag warten lassen, bis uns dann ein hoher Ministerialbeamter empfangen hat.«[24]

Und als Magnago schließlich in einem Telegramm gegen die Folterungen politischer Südtiroler Häftlinge in italienischen Gefängnissen protestiert habe, »hat mir Fanfani geantwortet, ich würde besser daran tun, mich nicht um diese Dinge zu kümmern, denn das sei Angelegenheit der italienischen Justiz, und es gäbe ja eine unabhängige Justiz.«[25]

Die besten Erfahrungen in der Vorpaketzeit hat Magnago mit Aldo Moro, in der Nachpaketzeit mit Giulio Andreotti gemacht. Ohne diese beiden Regierungschefs würde es zwar auch ein Paket geben, aber es würde anders ausschauen. »Ich habe«, erzählt Magnago, »kaum einen Ministerpräsidenten getroffen, der nicht nach einer gewissen Zeit auf die Uhr geschaut hätte und damit höflich zu verstehen gab, daß er noch andere Verpflichtungen hat. Mit dem Moro war dies anders. Ich habe ihn gefragt: Wieviel Zeit haben Sie für mich, und er hat mir geantwortet: soviel Sie brauchen.«[26]

Magnago hat dann auch zweimal drei volle Stunden lang unter vier Augen in wichtigen Fragen des Paketes mit Moro verhandelt. »Er hat sich mit Riesengeduld alles angehört, er hat mir für ein einziges Argument auch 20 Minuten Zeit gelassen. Er war ein ausgezeichneter Jurist und konnte mit einer gewissen Sicherheit sagen, was drinnen ist und was nicht. Wäre der Ministerpräsident beispielsweise Musikprofessor oder Literat gewesen, dann hätte er nicht diese Verantwortung übernehmen können.«[27]

Mit Aldo Moro hat Magnago auch die sogenannten Fußnoten ausgehandelt, die den 137 Paketmaßnahmen sozusagen als Auslegung und Präzisierung zur Seite gestellt wurden und teilweise schon wichtige Inhalte der späteren Durchführungsbestimmungen vorwegnahmen. »Und ich weiß noch genau«, erinnert sich Magnago, »daß Moro später in Kopenhagen diese Fußnoten gegenüber dem österreichischen Außenminister als gültig bestätigt hat.«[28]

Einmal allerdings konnte sich Magnago gegenüber Moro nicht durchsetzen. Als er nämlich einen Artikel in das Paket aufnehmen wollte, wonach der Schutz der deutschen und ladinischen Volksgruppe ein nationales Interesse darstellen sollte. Moro

Bis zum »Paket« war ein hartes Tauziehen durchzustehen. Magnago beim Verlassen des Südiroler Kulturinstituts in Bozen, Dr. Streitergasse Nr. 20, wo damals Verhandlungen geführt wurden.

Südtiroler
Kulturinstitu
PLANUNGSBURO
DR.ARCH
PUTZER
STUDIO TECNICO

Rundfunkansprache des Obmannes der SVP Dr. Magnago

Der Landeshauptmann und Obmann der SVP Dr. Magnago hat am Mittwoch abend über den Bozner Sender zu den Südtirolern gesprochen. Wir veröffentlichen nachstehend den Wortlaut der Ansprache.

„Liebe Landsleute!

Sehr viele von Ihnen haben in den letzten Tagen von Dr. Josef Raffeiner Post bekommen, mit welcher er um Ihre Stimmen wirbt. Der Mann, der sich geweigert hatte, den von der SVP ausgearbeiteten Gesetzentwurf zur Erreichung einer echten Landesautonomie für Südtirol im Parlament einzubringen, geht heute her und behauptet, die Partei sei von ihrem Programm abgegangen. Gerade dieser Gesetzentwurf, den Dr. Raffeiner nicht einreichen wollte, bildet heute die Grundlage der Diskussion in der Neunzehner-Kommission; diese Kommission konnte erst errichtet werden, nachdem die Frage Südtirol vor die höchsten internationalen Gremien gebracht worden war.

Daß Dr. Raffeiner in seiner Wahlpropaganda nicht bei der Wahrheit bleibt, hat besonders seine letzte Rundfunkansprache bewiesen. Dort verbreitete er beispielsweise auch die Lüge, Sen. Dr. Karl Tinzl sei von der Partei ausgebootet worden, während die Wahrheit die ist, daß Dr. Tinzl schon geraume Zeit vor der Kandidatenaufstellung mündlich und schriftlich seinen Entschluß mitteilte, er müsse aus Alters- und Gesundheitsgründen auf eine weitere Kandidatur verzichten. Kein Wort verliert Dr. Raffeiner über den Pariser Vertrag, der die Grundlage und die internationale Sicherung und Garantie für die weitere Existenz in ethnischer, kultureller und wirtschaftlich-sozialer Hinsicht der Südtiroler darstellt. Auch sein Begriff von Autonomie wird sehr vage, unklar und unverbindlich dargestellt. Dr. Raffeiner kann und will natürlich nicht die zentralistische und anti-autonomistische Gesinnung der Trentiner Liberalen, die seine Verbündeten sind, verletzen. Seine prahlerische Selbstverherrlichung gipfelt in der unglaublichen Behauptung, daß er durch seine Kandidatur nicht die Einheit des Südtiroler Volkes spaltet, sondern dadurch wieder die Einheit herstellen will.

Die Südtiroler Volkspartei hat hingegen klar ihre Autonomieforderungen gestellt und jene Zuständigkeiten genau umrissen, die das autonome Land morgen braucht, damit die Landesautonomie wirklich den Schutz der Südtiroler in ihrer Heimat gewährleisten kann und damit alle drei Volksgruppen in Südtirol unter Wahrung ihrer Rechte und unter Sicherung ihrer völligen Gleichberechtigung nebeneinander friedlich leben können.

Könnt Ihr Südtiroler Euch erinnern, daß vor zwei Jahren Rom noch fest auf dem Standpunkt beharrte, die Lösung der Südtiroler Autonomie könne nur innerhalb des bestehenden und für uns ungenügenden Autonomiestatutes gefunden werden? Diese Einstellung ist heute aufgegeben worden und die italienischen Parteien, die heute die Regierungsmehrheit bilden, haben unseren Standpunkt angenommen, eine Lösung der Südtiroler Frage könne es nur geben, indem über ein neues Autonomiestatut für das Land Südtirol neue wichtige Kompetenzen und Zuständigkeiten in Gesetzgebung und Verwaltung eingeräumt werden müssen.

Ich kann als Mitglied der Neunzehner-Kommission mit gutem Gewissen behaupten, daß, falls die bisherigen Vorschläge dieser Kommission durchgeführt würden, wir eine wesentlich bessere Landesautonomie hätten. Dieser Anfangserfolg ist das Resultat einer zielbewußten realistischen Politik, den die Südtiroler Volkspartei unter Mitwirkung aller Südtiroler erreicht hat. Diese Politik kann ich mit folgenden Worten umreißen: Keine unvernünftigen Forderungen stellen, d. h. nichts Unmögliches verlangen — und eine echte Autonomie für Südtirol ist keine unmögliche Forderung, sondern eine mögliche —, aber dafür hart bleiben in der Durchsetzung dieser mäßigen und realistischen Forderung und in dieser harten und festen Haltung Ausdauer bewahren. Diese Politik soll auch in Zukunft für uns richtungweisend sein. Sie wird aber nur dann morgen einen vollen Erfolg erringen können, wenn wie bisher das Südtiroler Volk geschlossen zu dieser Politik steht und sie mit ihrem Bekenntnis zum „Edelweiß" neu bekräftigt. Ich sage Ihnen das aus meiner innersten Ueberzeugung heraus und aus der genauen Kenntnis, die mich die langjährige Erfahrung gelehrt hat. Nur die ernste Sorge allein um Heimat und Volk hat mich bewogen, dies Ihnen ans Herz zu legen; ich vertraue darauf, daß diese meine Worte am 28. April beherzigt werden."

Geschlossenheit gegenüber Rom lautete das Erfolgsrezept der Minderheitenschutzpartei. Zu dieser Strategie gehört auch gnadenloses Bekämpfen der Opposition, erst recht, wenn es sich um prominente Dissidenten aus den eigenen Reihen handelt. Beispiele sind: Alfons Benedikter, Hans Dietl, Egmont Jenny und Josef Raffeiner, erster SVP-Generalsekretär von 1945–47. Magnago hat seinen Gegnern nichts geschenkt. Seine Rundfunkrede kontra Raffeiner ist in der »Dolomiten« sowie hier im Parteiorgan »Volksbote«, 25. April 1963, abgedruckt.

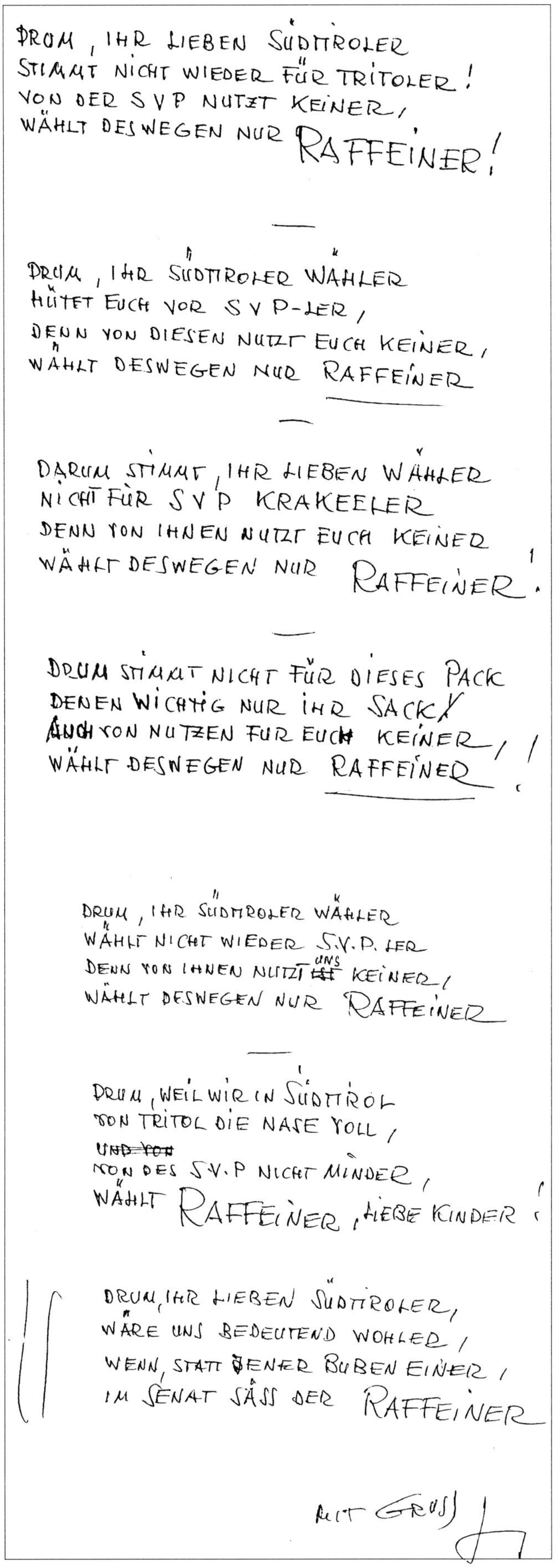
DRUM, IHR LIEBEN SÜDTIROLER
STIMMT NICHT WIEDER FÜR TRITOLER!
VON DER SVP NUTZT KEINER,
WÄHLT DESWEGEN NUR RAFFEINER!

—

DRUM, IHR SÜDTIROLER WÄHLER
HÜTET EUCH VOR SVP-LER,
DENN VON DIESEN NUTZT EUCH KEINER,
WÄHLT DESWEGEN NUR RAFFEINER

—

DARUM STIMMT, IHR LIEBEN WÄHLER
NICHT FÜR SVP KRAKEELER
DENN VON IHNEN NUTZT EUCH KEINER
WÄHLT DESWEGEN NUR RAFFEINER!

—

DRUM STIMMT NICHT FÜR DIESES PACK
DENEN WICHTIG NUR IHR SACK!
AUCH VON NUTZEN FÜR EUCH KEINER,
WÄHLT DESWEGEN NUR RAFFEINER!

DRUM, IHR SÜDTIROLER WÄHLER
WÄHLT NICHT WIEDER S.V.P. LER
DENN VON IHNEN NUTZT ~~EUCH~~ UNS KEINER,
WÄHLT DESWEGEN NUR RAFFEINER

—

DRUM, WEIL WIR IN SÜDTIROL
VON TRITOL DIE NASE VOLL,
~~UND VON~~
VON DER S.V.P NICHT MINDER,
WÄHLT RAFFEINER, LIEBE KINDER!

DRUM, IHR LIEBEN SÜDTIROLER,
WÄRE UNS BEDEUTEND WOHLER,
WENN, STATT JENER BUBEN EINER,
IM SENAT SÄSS DER RAFFEINER

MIT GRUSS

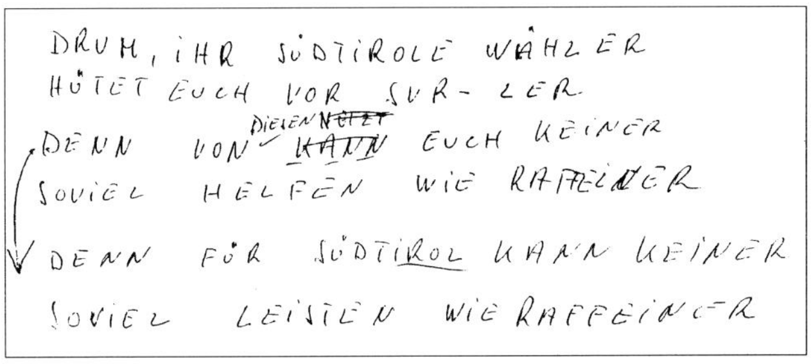
DRUM, IHR SÜDTIROLE WÄHLER
HÜTET EUCH VOR SVP-LER
DENN VON DIESEN ~~NUTZT~~ ~~KANN~~ EUCH KEINER
SOVIEL HELFEN WIE RAFFEINER
DENN FÜR SÜDTIROL KANN KEINER
SOVIEL LEISTEN WIE RAFFEINER

Wahlwerbung in Versen aus dem Erich-Amonn-Archiv für den ehemaligen Parlamentarier Josef Raffeiner, SVP-Senator von 1948-58. Landtagswahlen 1964. Raffeiner errang zwar ein Mandat. Seine »Tiroler Heimatpartei« überlebte nur eine einzige Legislatur. Der Dableiber, Widerständler und Gestapo-Häftling vertrat die erste, als zu weich abservierte Führungsgarnitur der SVP.

wollte das nicht so explizit formuliert wissen, denn dann, so fürchtete er, würden die Slowenen, Okzitanen, Aostaner, Griechen usw. ebenso mit ihren Wünschen kommen.[29]

Was Moro für Magnago vor der Annahme des Paketes durch die Landesversammlung war, wurde Andreotti für ihn bei der Durchführung des Paketes: ein Mann mit viel Macht, Durchsetzungsvermögen und Verständnis für die Belange der Südtiroler. Magnago hatte ihn schon kennengelernt, als er noch unter der Regierung Moro Industrieminister war, also noch vor der Paketentscheidung in Meran. Er hat ihn während seiner Südtirolurlaube zu Speckmarenden nach Feldthurns eingeladen und auch später ein gutes Verhältnis zu ihm gepflegt.

»Andreotti«, weint Magnago dem inzwischen wegen Verdachts der Mafiazugehörigkeit unter Anklage stehenden Politfuchs nach, »war uns Südtirolern gegenüber immer sehr verständnisvoll. Er hat oft in der Regierung etwas durchgebracht, obwohl verschiedene Ministerien negative Urteile abgegeben hatten.«[30] Und Andreotti war es schließlich auch, der den italienischen Weg für die Streitbeilegungserklärung von seiten Österreichs freigab. Es war einer seiner letzten politischen Kraftakte.

Römische Hochs und Tiefs

Im übrigen hat sich Magnago bei seinen Verhandlungen mit den italienischen Regierungsstellen nicht leicht getan. Seine feurigen, temperamentvollen Auftritte verhallten nur allzu oft, selten bekam er auf konkrete Fragen konkrete Antworten. Es wurde verzögert, verwässert und vergessen. »Ich bin«, gesteht Magnago auch heute noch, »durch die Verhandlungen mit Rom mißtrauisch geworden. Es ist sicher eine Schwäche mancher Politiker, daß sie viel versprechen und dann vielleicht nicht alles einhalten können. Aber die einen tun das in gutem Glauben, und die anderen versprechen alles, um nur wieder ihre Ruhe zu haben. Sie denken gar nicht daran, es auch einzuhalten.«[31] Die Römer nähmen das Prinzip des »pacta sunt servanda« nicht sehr genau, »ein bißl«, gibt Magnago noch eins drauf, »bin ich mißtrauisch geblieben.«[32]

Wenn er aber einmal in Rom Erfolg hatte, dann ist Magnago in aufgeräumter Stimmung wieder zurückgefahren: »Wenn man dann wieder mit einem Versprechen in der Hand heimgefahren ist, dann war das so was Schönes, so was Erfreuliches, dann hat einen die Politik wieder gefreut.«[33] Dann hat sich Magnago hingesetzt und dem Minister einen Brief geschrieben, wo er ihm für das Gespräch gedankt, ihn aber auch gleichzeitig an das Zugeständnis erinnert hat. »Weil bei so vielen Verpflichtungen hätte der eine oder andere ja auch wieder etwas verschwitzen können. Man hilft ihm dabei, aber auch sich selbst.«[34] Und hat, wenn man nichts Gegenteiliges mehr hört, damit auch ein Dokument, eine Bestätigung, in der Tasche.

Wie gut hat sich Magnago auf die Sitzungen in Rom vorbereitet? »Ich schreibe mir Stichworte auf, damit es mich nicht verträgt. So ein vorbereiteter Zettel ist gut für eine gewisse Ordnung.«[35] Sonst braucht Magnago keine Vorbereitung, weil er die Probleme ja kenne. Mit Ausnahme der Sitzungen in der Sechserkommission[36]. »Dort genügt es nicht zu sagen, na da bin ich dagegen. Da sitzen erfahrene Leute und Juristen, da muß man so vorbereitet sein, daß man auf politischer und juristischer Ebene Gegenargumente bringen kann.«[37] Und eines hatte Magnago vielen anderen Südtirolern in Rom voraus. Man schätzte ihn und schätzt ihn heute noch. Magnago wußte das: »Ich habe eigentlich schon viel verlangt, bin aber immer in einem gewissen Rahmen geblieben. Ich bin hartnäckig geblieben, habe aber nie eine Tür zugeschlagen. Und wenn ich ein bißl laut geworden bin, dann habe ich mich entschuldigt: Das ist nur mein Temperament, ich meine es nicht so.«[38]

Die eine oder andere politische Notlüge konnte sich Magnago dabei nicht verkneifen. »Ein bißl übertreiben muß dem Politiker schon gestattet sein, um seine Argumente besser untermauern zu können. Wenn ich sage, von der Herausgabe dieser Gesetzesmaßnahme hängt das Schicksal von 500 Leuten ab, ist es etwas anderes, als wenn ich sage, 50 Leute hängen davon ab. Also ein bißl übertreiben schon, aber anlügen tu ich niemand und schon gar nicht meine Landsleute.«[39]

Magnago kannte und kennt die Italiener. Er hatte unter dem Faschismus beim italienischen Militär gedient und in Bologna studiert. Er konnte sich in die Mentalität seiner Gesprächspartner hineindenken. Er sagte ihnen klar und deutlich, daß man ihn in Südtirol als Verzichtspolitiker verhöhnen würde, wenn Rom ihm nicht gewisse Zugeständnisse machen würde. Und dann würde ein Schärferer nach ihm kommen, was die Italiener fürchteten wie der Teufel das Weihwasser.

Paketler und Antipaketler

»Unser Bundesherr«, schrieb SVP-Landessekretär Josef Atz drei Wochen vor der Paketentscheidung im Meraner Kursaal in einem Brief an alle SVP-Funktionäre, »hat uns bisher nicht im Stich gelassen.« Auch jetzt sollte man auf ihn vertrauen. Er bitte deshalb, »mit dem Seelsorger Ihres Ortes Fühlung aufzunehmen, um die Abhaltung eines gemeinsamen Bittgottesdienstes der ganzen Ortsbevölkerung für eine richtige Entscheidung zu erreichen.« Über den Erfolg der Initiative berichten die »Dolomiten«: »In verschiedenen Orten des Landes sind die angeregten Gottesdienste bereits abgehalten worden«.[40] Wodurch sich der Haslacher Ortsobmann Oswald Ellecosta auf der Landesversammlung zum sarkastischen Kommentar hinreißen ließ, der Parteiausschuß habe »ohne Beistand des Heiligen Geistes über das Paket befinden dürfen, während man uns die Abhaltung eines Bittgottesdienstes für diese arme Seele von Paket angeraten hat.«[41]

So viel Selbstsicherheit wie Ellecosta zeigten damals freilich nur wenige Ortsobmänner. Die meisten fürchteten sich vor einer Entscheidung über ein Paragraphenwerk, das sie nicht zu verstehen und zu durchschauen vermochten. Und während ein Leserbriefschreiber noch am 20. November eine »allgemeine Volksabstimmung in geheimer Wahl« forderte, »so wie es sich in jeder Demokratie gehört«[42], wäre vielen Ortsobmännern eine Entscheidung des Parteiausschusses genehmer gewesen, der allein über das nötige Wissen verfügt hätte. Nicht so Günther Ennemoser, Ortsobmann von Gossensaß: »Ich persönlich erblicke in der Betrauung der Landesversammlung mit dieser Entscheidung eine Aufwertung der Ortsobmänner, denn es soll wirklich nicht allein ihre Aufgabe sein, die undankbaren Kleinarbeiten in den Dörfern des Landes auszuführen.«[43]

In der Tat waren zwischen der Forderung nach dem »Los von Trient« im November 1957 bis zur Annahme des Paketes am 20. Oktober 1969 durch den Parteiausschuß 12 volle Jahre vergangen, während die Ortsobmänner und die übrigen Parteifunktionäre jetzt innerhalb eines Monats über das in Geheimverhandlungen ausgehandelte Paket (Magnago: »Heikle Fragen löst man nicht mit der Publizität, auch wenn's ein bißchen undemokratisch ausschaut.«)[44] entscheiden sollten. 41 Jastimmen hatte die Abstimmung im dritthöchsten

Alfons Benedikter, einer der vehementesten »Paket«-Gegner auf der Landesversammlung von 1969. Jahrzehntelang war Benedikter dann in Rom »Chef«-Verhandler in Sachen Autonomiedurchführung. Selbst Landeshauptmann Luis Durnwalder, Integrationsfigur ab 1988, war als junger Politiker 1969 »Paket«-Gegner.

Gremium der Partei gebracht, bei 23 Neinstimmen und zwei Enthaltungen. Die Sache schien gelaufen, als der Volksbote, das Organ der Partei, am 23. Oktober schrieb: «Es gibt kein Ausweichen. Wir glauben am Ende dieses Weges zu sein – wer weitergehen würde, müßte wahrscheinlich nach einiger Zeit feststellen, daß er im Kreise gegangen ist und nach einem Umweg wieder am alten Wegende landet.«[45] Doch die Paketgegner gaben sich nicht geschlagen. Die als Aufklärungskampagne gedachten Versammlungen in allen sieben SVP-Bezirken und zahllosen Treffen der Ortsgruppen arteten in eine Wort- und Materialschlacht aus, die an die Zeit der Option im Jahre 1939 erinnerte.[46] Während sich damals »Gianer« (Optanten) und »Bleiber« (Nichtoptanten) die heftigsten Gefechte lieferten, lagen sich jetzt die »Paketler« und die »Antipaketler« in den Haaren. Die »Dolomiten« berichteten: »Immer, wenn eine Seite eine Behauptung aufstellte, wurde diese von der anderen Seite entkräftet. Es gab kaum Punkte, in denen beide Seiten übereinstimmten.«[47]

»Klüger sind wir aus diesen 'Aufklärungen' nicht geworden«, zitiert die Tageszeitung dann auch einen Ortsobmann. »Im Gegenteil, wir kennen uns bald überhaupt nicht mehr aus, da die Parteispitze selbst sich nicht einig ist, und die einen so, die anderen anders sagen. Wem sollen wir glauben?

Dem Dr. Magnago oder dem Dr. Brugger, dem Dr. Mitterdorfer oder dem Dr. Dalsass? Wir haben sie alle gewählt, wir haben ihnen allen unser Vertrauen geschenkt. Und nun streiten sie sich untereinander, und wir kleines Parteivolk müssen zusehen, wie die Meinungen unserer Vertreter weit auseinandergehen.«[48] »Dieser Mann«, so kommentierten die »Dolomiten« seinen Auftritt in Schlanders, »erhielt viel Beifall, denn die von ihm vertretene Meinung wird in weitesten Kreisen des sogenannten Parteivolkes und in der Öffentlichkeit geteilt.«[49]

So zeichnete sich schon damals ab, daß man auf der Landesversammlung nicht so sehr nach Argumenten für oder gegen das Paket abstimmen werde, sondern nach persönlichen Sympathien und Gefolgschaften. »Darf das«, fragten die »Dolomiten«, »dem Südtiroler Volk zugemutet werden?«[50] Dieses wiederum war an der Debatte kaum beteiligt. Lediglich die Südtiroler Hochschülerschaft unter ihrem damaligen Vorsitzenden und Magnago-Neffen Hansjörg Dell'Antonio lud zu einer öffentlichen Veranstaltung in das Bozner Rathaus. Und selbst bei dieser Gelegenheit wurde nach demselben Schema verfahren. Der damalige Antipaketler und heutige stellvertretende Landeshauptmann Otto Saurer rügte Italien, das sich »in ein Netz unglaublicher juridischer Spitzfindigkeiten« geflüchtet habe, »die dazu angetan sind, das 50 Jahre alte Mißtrauen endgültig zu untermauern.«[51]

Der Paketbefürworter und spätere langjährige Chefredakteur des Senders Bozen, Hansjörg Kucera, beschwor gar eine Spaltung der Partei herauf, wenn die Landesversammlung zum Paket nein sagen sollte. Den Antipaketlern warf er vor, schon länger dagegen gewesen zu sein, »aber sie haben es nicht fünf Minuten vor zwölf, sondern erst fünf Sekunden vor zwölf gesagt.«[52]

Schwere Geschütze fuhr auch der Parteiobmann selbst auf. Silvius Magnago zog mit dem Argument durchs Land: »Besser den Spatz in der Hand als die Taube auf dem Dach« und ließ mehr als deutlich durchblicken, daß er im Falle einer Abstimmungsniederlage sein Amt als Obmann zur Verfügung stellen müsse. Den Vorwurf der Erpressung wies er zurück. »Nach so einer Schlacht im Falle einer Niederlage Obmann bleiben«, rechtfertigt er noch heute seinen Standpunkt, »wäre unmöglich gewesen. Ich hatte mich so eingesetzt, ich hätte gehen müssen.«[53] »Wenn wir heute nein sagen«, erinnert er sich an seine damaligen Argumente, »müssen wir später um das betteln gehen, was wir heute abgelehnt haben.«[54] Dies habe er um so mehr befürchtet, als Rom ihm in aller Deutlichkeit gesagt habe, jetzt sei Schluß, mehr sei nicht mehr drin. Und hätte man die Vorschläge von damals abgelehnt, »so hätten wir nicht dort starten können, wo wir angekommen waren, sondern hätten von vorne anfangen müssen.«[55]

Ein Thema, das die Paketgegner gerne ins Feld führten, waren die sogenannten Fußnoten, von ihnen abschätzig als Fußangeln bezeichnet. Magnago hatte sie in zähen Verhandlungen Ministerpräsident Aldo Moro abgerungen. Es waren Präzisierungen zu einzelnen Paketmaßnahmen, an deren Wert die Antipaketler aus Mißtrauen in den italienischen Staat nicht glauben mochten. »Sie haben sich alle bewahrheitet, sie haben alle gegolten«,[56] freut sich Magnago heute noch über diese Zugeständnisse Moros.

Die Gegner des Paketes hingegen sahen die Zukunft im Falle der Ablehnung des Paketes keineswegs schwarz. Sie vertrauten »auf die Kraft und Ausdauer des Volkes, auf die Türen, die man sich dann nicht für immer zuschlagen würde, auf die Chancen, über europäische Institutionen zu einer gerechten Lösung der Minderheitenfrage zu kommen, auf den weiteren Beistand Österreichs.«[57] In einer 24 Seiten umfassenden Broschüre wurde versucht, die Argumente der Paketbefürworter zu entkräften. »Eine unzulängliche Lösung«, hieß es beispielsweise darin, »die wir heute akzeptieren, kann uns in Zukunft den Weg versperren, jemals etwas Besseres zu erreichen.«[58] »Wir weigern uns zu glauben, daß unsere Jugend und unser Volk bereit sind, politisch aufzugeben.«

So ging die Redeschlacht allmählich ihrem Ende zu. Auf die Seite Magnagos hatten sich neben der Wirtschaft, die sich durch die Paketannahme eine Beruhigung des politischen Klimas erwartete, die Kirche und die ihr nahestehenden Verbände geschlagen. Brugger konnte auf die Unterstützung der Bauern zählen, wobei vielfach das Bezirksdenken stärker ins Gewicht fiel als die soziale Zugehörigkeit. Der Bezirk Pustertal beispielsweise stand zu 80 Prozent hinter Peter Brugger. Auf allen Veranstaltungen wurde streng darauf geachtet, daß immer zwei Paketbefürworter und zwei Paketgegner auftreten konnten, man ließ sich auch von Bombendrohungen (z. B. am 13. November im Bozner Waltherhaus) die Propagandaschlacht nicht vermiesen.

Neben Parteiobmann Magnago waren es vor allem Karl Mitterdorfer, Roland Riz und Friedl Volgger, die für das Paket Stimmung machten,

Man spürt die schwere Entscheidung förmlich, die auf der »Paket«-Versammlung vom 22. November 1969 lastete. Als »Paket« bezeichnet man die von Rom angebotenen 137 Maßnahmen zum besseren Schutz der Südtiroler, 97 davon mußten unter Abänderung des bestehenden Autonomiestatuts von 1948 durchgeführt werden. Die Minderheitenresolution der Gegner setzte auf weitere Verhandlungen. Magnago warnt vor Illusionen: Die Ablehnung des römischen Angebotes würde alles bisher Erreichte zunichte machen.

auf der gegnerischen Bank saßen Parteigrößen wie Peter Brugger, Alfons Benedikter, Joachim Dalsass und Hans Dietl. Immer wieder ging es um zwei wesentliche Punkte, die sogenannte Bilanzgarantie und die Endfertigungserklärung. Die Paketgegner wollten nämlich ein Vetorecht der italienischen Abgeordneten gegen den Landeshaushalt verhindern und befürchteten, daß Österreich im Falle einer Endfertigungserklärung, also einer Beilegung des Streites mit Italien, jede Art von Schutzmachtfunktion in Südtirol verlieren werde. Magnago seinerseits wies immer wieder darauf hin, daß der Pariser Vertrag ja bestehen bleibe und daß es in der Politik nichts Endgültiges gäbe.

Österreich, so war es auch der Wunsch der Süd- und Nordtiroler, sollte sich in dieser Phase aus der Paketschlacht heraushalten. Vom Beschluß des Parteiausschusses am 20. Oktober 1969 bis zur Landesversammlung am 22. November wurden keine Treffen zwischen Nord- und Südtirol anberaumt. Trotzdem konnte sich der österreichische Außenminister Kurt Waldheim in einer Fragestunde während der Budgetdebatte eine eindeutige Stellungnahme zugunsten einer Paketannahme nicht verkneifen: »Eine Ablehnung des Paketes und Operationskalenders durch die Südtiroler Volkspartei«, formulierte er nicht gerade als distanzierter Diplomat, »käme einem Bankrott der derzeitigen Verhandlungsphase gleich.«[59]

Die Tageszeitung »Dolomiten«, die während der Paketschlacht nicht gerade auf seiten Magnagos gestanden hatte, rief noch am Tage der Landesversammlung zur Ablehnung des Paketes auf, worüber sich Magnago dann auch bitter beklagte, weil ihm damit keine Möglichkeit der Replik geblieben war. Sein Aufruf zur Annahme von Paket und Operationskalender war schon am Tag zuvor erschienen. Eindringlich warnte der Parteiobmann darin vor einer Ablehnung des Paketes, »weil ich es als einen ganz verhängnisvollen Fehler ansehen muß, wenn die Landesversammlung zu dem Angebot nein sagen sollte.«[60]

Dem Aufruf seines Parteisekretärs allerdings, bei einem Bittgottesdienst für eine richtige Entscheidung zu beten, leistete er nicht Folge. »Ich bin zwar ein gläubiger Katholik«, schmunzelt er darüber noch heute. »Aber so viel Vertrauen auf die göttliche Vorsehung habe ich nicht. Weil ich der Meinung bin, das dies ein Menschenwerk ist, wo man den Herrgott nicht einspannen soll.«[61]

»Wenn ich Gefahr wittere«, beleuchtet Silvius Magnago seine Psyche, »dann steigere ich mich.«[62] Und eine solche Gefahr muß der Parteiobmann gewittert haben, als er am 22. November 1969 auf der Paketschlacht im Meraner Kurhaus sein Lebenswerk verteidigte. 13 Jahre lang war er nun Obmann. Unter äußersten Strapazen hatte er den Römern eine Reihe von Zugeständnissen abgerungen, doch über das Erreichte konnte auch er selbst nicht ganz zufrieden sein. »Das Paket war einfach nicht so gut, daß man leichten Herzens hätte ja sagen können«, erinnert sich Magnago an das Dilemma von 1969, es war aber auch nicht so schlecht, daß man leichten Herzens hätte nein sagen können.»[63]

Die Schlacht von Meran

Entsprechend groß war dann auch die Gegnerschaft, die drauf und dran war, Magnago das bisher Erreichte wieder aus der Hand zu schlagen. «So wie die Abstimmungen draußen waren, mußte man damit rechnen, daß die Paketbefürworter nur auf 45 Prozent kommen«, beschreibt Magnago die Gefahr von damals. »Wenn es dann schließlich mehr wurden, dann ist das schon ein bißl mein Verdienst. Weil, wenn ich rede, erwecke ich den Eindruck, daß ich total durchdrungen bin von dem, was ich sage. Und ganz überzeugt bin. Das war vielleicht ein Vorteil, den ich gehabt habe gegenüber den anderen, die vielleicht diese Überzeugung nicht so zum Tragen bringen konnten.«[64]

So wurde jener Novembertag des Jahres 1969 neben der Großkundgebung in Sigmundskron 12 Jahre zuvor zum zweiten Schlüsselerlebnis für Silvius Magnago. Die Vorschläge für ein neues Autonomiestatut waren ausgearbeitet, nun ging es darum, die rund 1000 Delegierten der Südtiroler Volkspartei zu überzeugen, daß damit der Weg für eine bessere Zukunft geebnet sei. Erneut stand damit Magnagos Politik auf dem Prüfstand. Als die Teilnehmer dieser vierten außerordentlichen Landesversammlung um 9.30 Uhr in den Kursaal kamen, da erwartete sie neben der großen Unsicherheit über den Ausgang der Entscheidung ein Berg von Papier: Dokumentationen, Entschließungsentwürfe, Resolutionen. Schnell hatten die Paketbefürworter ihre Argumente auch noch in einer Broschüre niedergelegt. Und die trug nicht etwa den selbstsicheren Titel »Warum wir ja sagen«, son-

Magnago kämpft. Splitter aus dem Protokoll: »Ich habe gemolken und gemolken, was nur gegangen ist. Weiterverhandeln hat keinen Sinn ... Warum so viel Eile, ist heute noch gesagt worden. Ich bin mit Ihnen sehr offen: Wir halten es in der Partei nicht mehr durch! Wenn das so weitergeht, dann reißen wir die ganze Partei auseinander!«

dern das zweckpessimistische Motto »Warum wir nicht nein sagen können.«

Es herrscht Spannung im Kursaal von Meran. Magnago eröffnet als Obmann der Partei die Versammlung. Sein Bericht ist kurz, viel kürzer als sonst. »Es soll darüber befunden werden über Annahme oder Nichtannahme von Paket und Operationskalender. Diese unsere Entscheidung wird für die nächste Zukunft, nicht aber für alle Zukunft, für unsere Heimat bestimmend sein«,[65] vermeidet Magnago zunächst noch jeden polemischen Ton. Sachlich erklärt er eine Reihe von Maßnahmen, um dann mit der neutralen Feststellung zu enden: »Wir müssen die Kraft aufbringen, die erforderliche Entscheidung zu treffen.«[66]

Doch bei diesem Ton bleibt es nicht. Ein Vinschgauer Delegierter nennt das Maßnahmenpaket einen »Frevel gegen unser Volk«.[67] Magnago bezeichnet er als Totengräber Südtirols und stellt ihn mit Tolomei gleich.[68] Ein anderer verliest den Brief eines politischen Häftlings, der seine bittere Enttäuschung über das bisher Erreichte zum Ausdruck bringt. »Aus Magermilch kann man keine Schlagsahne machen«, giftete ein Delegierter, ein weiterer bespöttelte die Paketbefürworter: »Vielleicht ist der Tiroler Adler in Form des Heiligen Geistes über euch herabgekommen.« Das Ende des Schutzes der Minderheit wird heraufbeschworen, Erinnerungen an vergangene Jahrzehnte unter Italien wachgerufen und Mißtrauen gegen Rom sowie Zweifel an dessen Verläßlichkeit geschürt. »Wir haben eine alte, nichtmelkende Kuh bekommen statt einer jungen gutmelkenden«, versuchte sich ein bäuerlicher Delegierter in Symbolen, und ein Pusterer begann seine Ausführungen mit der Anrede: »Liebe Tiroler, soweit wir uns noch Tiroler nennen können.« Pathetisch begründete er sein Nein: »Ich will nicht unsere Kinder und Kindeskinder den Italienern ausliefern. Ich möchte mir nicht im Grabe nachsagen lassen müssen, ihr Väter habt unsere Zukunft den Italienern in die Hand gespielt.« Hugo Gamper, damals Vizebürgermeister in Bozen, kanzelte das Paket als »Sanktionierung des Faschistenunrechts« ab, drückte mit Verweis auf das Leid der politischen Gefangenen gehörig auf die Tränendrüse, um dann pathetisch zu enden: »Dieses Nein ist gleichzeitig unser feierliches geschichtliches Bekenntnis zur Freiheit unseres Landes, der Beweis dafür, den Italien und die ganze Welt zur Kenntnis nehmen werden müssen, daß wir überleben wollen und daß dieses Land, das unser ist, durch den Schweiß und Fleiß der Ahnen, unser bleibt auch in Zukunft.« Neben diesen emotional geladenen Wortmeldungen gab es auch den Versuch der Antipaketler, dem vorgeschlagenen Paket mit sachlichen Argumenten zu Leibe zu rücken. Peter Brugger, Hans Dietl, Alfons Benedikter und Joachim Dalsass ergingen sich in langen juristischen Diskursen.

Zu realistischer Einschätzung der Lage gemahnten hingegen immer wieder die Paketbefürworter. »Man kann im Leben eben nicht von der Straße in den 2. Stock springen, man muß schrittweise vorgehen«, bat beispielsweise Friedl Volgger um Vernunft. Die Macht sei ausschlaggebend, und die hätte Südtirol nun einmal nicht, forderte er Realitätsbezug. »Die Meraner würden sich auch wünschen, daß der Petersdom hier wäre«, trat Roland Riz effektvoll auf den Plan, »dann hätten sie noch mehr Fremde, als sie schon haben, aber es braucht jemanden, der wünscht, und jemanden, der gibt.« Magnagos Gefühl während der Redeschlacht war nicht das beste. Es hat Zeiten gegeben auf der Landesversammlung, während der das Pendel eindeutig zugunsten der Antipaketler ausgeschlagen hat. »So gegen vier, fünf Uhr am Nachmittag hat mir der Atz gesagt, es sei immer noch eine Mehrheit gegen das Paket«, erinnert sich Magnago an das Motiv seiner vielen Auftritte. »Ich habe gemolken und gemolken«, übernimmt der Parteiobmann den Jargon der bäuerlichen Ortsobmänner, »ich habe herausgepreßt, was herauszupressen war.« Und weil er immer wieder auf die plötzliche Eile bei der Paketverabschiedung angesprochen wird, gibt er auch darauf eine Antwort. »Wir müssen entscheiden, denn sonst geht uns die Partei vor die Hunde. Es ist nicht mehr auszuhalten zwischen 'Paketlern' und 'Antipaketlern', jeder schaut den anderen schief an.«

Magnago weiß, daß er sich noch steigern muß, um das Steuer herumreißen zu können. »Und jetzt pack ich amol aus, und ich muß auspackn«, brüllt er in den Saal, um dann ein lang gehütetes Geheimnis zu lüften. Er sei nur deshalb bei der letzten Militärparade auf der Ehrentribüne zu sehen gewesen, weil er mit diesem Schritt Rom das Zugeständnis abgerungen habe, daß 12 entlassene politische Häftlinge nicht wieder ins Gefängnis zurück müssen. Die Paketbefürworter toben, jetzt ist Magnago in seinem Element, jetzt spielt er alle Register. Er droht mit seinem Rücktritt, falls sein Paket keine Mehrheit finden würde, und weiß dabei genau, daß ihn, den erfahrenen und bislang nahezu unumstrittenen Parteiführer, auch viele

Antipaketler nicht gehen lassen wollen. Vehement wehrt sich Magnago gegen die Einstellung so mancher Delegierter, man müsse schon deshalb gegen das Paket stimmen, damit es nicht eine so große Mehrheit bekomme. Italien solle nur sehen, daß viele mit dem Angebotenen nicht zufrieden seien. Wenn dieses Argument auf der Landesversammlung Schule macht, befürchtete Magnago, »ja dann gibt es keine Mehrheit.« Vorübergehend hat Magnago wieder ein gutes Gefühl, aber immer wieder hagelt es neue Vorwürfe. Geheime Packelei mit den Italienern wird ihm vorgeworfen, Heimatverrat und Nachgiebigkeit. Immer wieder kommt es zu Tumulten. »Pfeifen ist die Art der Beatfans, nicht der Tiroler«, schimpft der Versammlungsvorsitzende Robert von Fioreschy die Störenfriede. Und dann noch einmal Peter Brugger, der große Widersacher Magnagos: »Meine Sorge ist nicht, was sein wird, wenn diese Lösung abgelehnt wird. Meine große Sorge und Angst ist, was kommt, wenn sie angenommen wird«, wirbt er ein letztes Mal um die Neinstimmen.

Es war inzwischen Nacht geworden in Meran. Zahlreichen Delegierten war wegen ihrer langen Heimreise schon frühzeitig Gelegenheit geboten worden, ihre Stimme in die Urne zu werfen. Und dann trat Magnago zum Schlußwort ans Rednerpult: »Viele sagen, der Magnago wacht erst in der Nacht auf, mir kommt es auch so vor«, bringt der Obmann wieder Stimmung in den Saal. »Wenn wir das Paket annehmen, bleibt die Tür offen, und inzwischen marschiert das ganze Paket herein, und das ist allerhand. Wenn wir nein sagen, bleibt sie auch offen, aber bei der Tür marschiert inzwischen nichts herein«, wird Magnago immer anschaulicher. »Es heißt: Vogel friß oder stirb! Das mag schon sein. Aber wenn der Vogel frißt, dann lebt er, und sonst stirbt er, das ist der Unterschied«, gibt er noch eins drauf. »Nur zuschauen, wie die Zuwanderung weitergeht, nur weinen und jammern und weinend und jammernd zugrunde gehen, das ist keine verantwortungsvolle Politik.« Magnago weiß, daß er jetzt ein letztes Mal Gelegenheit hat, seinen Standpunkt durchzusetzen, er weiß, daß er sich in der Gefahr steigert: »Ein Nein, auch wenn es in gutem Glauben gegeben wird, ist für mich ein verhängnisvoller Fehler zum Schaden unserer Heimat. Davon bin ich überzeugt, und von dieser großen und echten Überzeugung werde ich heute getragen, und deswegen ersuche ich Sie, Ihre Zustimmung zu geben. Das ist mein heißester Wunsch.«

Die Mischung aus Märtyrer und »Power-Man« verleiht Magnago seine besondere Aura und ist ein Geheimnis seines Erfolgs. Der österreichische Journalist Herbert Weissenberger erinnert sich an »die zweisprachige Bitte des nach 15stündiger Debatte völlig erschöpften Kettenrauchers Magnago an die Journalisten: 'Hat oaner für mi una sigaretta?'« (»Kleine Zeitung«, 6. 4. 1977)

Der dann auch prompt in Erfüllung ging. »O meiner Seel'!« entfährt es dem halb erleichterten, halb enttäuschten SVP-Obmann, als gegen drei Uhr früh der hauchdünne Paket-Sieg durch den Lautsprecher verkündet wird. Magnagos Resolution erhält 52,8 Prozent der abgegebenen Stimmen, jene von Brugger 44,6 Prozent. Den wartenden Journalisten hatte Magnago das Ergebnis in etwa schon vorweggenommen. »Es geht aus wie ein Boxkampf über 15 Runden, wo der Sieger 8 Runden gewinnt und der Verlierer 7.«[69] Nur hatte er nicht sagen können, wer schließlich acht oder nur sieben Runden gewinnen würde. Dafür hatte er früher als seine neben ihm sitzenden Gegner Brugger und Dalsass vom positiven Ausgang der Landesversammlung erfahren. Magnago hatte nämlich vor Auszählung der Stimmen seinem Sekretär Atz Anweisung erteilt, dieser solle bei Wiedereintritt in den Saal für den Fall einer Annahme des Paketes schmunzeln und für den Fall einer Ablehnung ein ernstes Gesicht machen.

Als er dann schließlich Atzens Schmunzeln sah, wußte er, er hatte gewonnen. Zufrieden freilich

Senator Peter Brugger, Anführer der »Paket«-Gegner, war ein fairer Verlierer. »Auf in den Kampf, Torero ...«, mit diesen Worten habe sich sein Vater daheim verabschiedet, mit einem versöhnlichen »... vielleicht war es besser so«, habe er das Ergebnis akzeptiert, erinnert sich der heutige SVP-Obmann Siegfried Brugger, damals 16.

war er mit dem Ergebnis noch immer nicht: »Ich war ursprünglich ein bißchen enttäuscht, vielleicht persönlich enttäuscht. Ich hätte mir ein bißl mehr zugetraut. Es war für mich net grad eine Niederlage, aber halt auch net ein Sieg, es war ein bescheidener Erfolg.«[70] Trotzdem freute sich Magnago über die Blumen: »Es war a mords Applaus im Saal, als ob alle dafür gestimmt hätten.«[71]
Aber noch war die Landesversammlung nicht zu Ende. Während sich Magnago feiern ließ, trat sein Gegner Brugger zu ihm ans Rednerpult und reichte ihm demonstrativ die Hand. »Wie Sie gesehen haben«, präzisierte Brugger in seinem Schlußwort, »haben wir uns die Hände gereicht. Vielleicht haben Sie nicht gesehen, daß wir uns dabei auch in die Augen geschaut haben.« Magnago war überrascht: »Da ist mir der Brugger zuvorgekommen, mir ist es halt nicht eingefallen.«[72] Für den Parteiobmann war es ein erlösendes Moment, »weil ich wußte, daß wir trotz dieser Spaltungsgefahr jetzt wieder zusammenarbeiten werden, das war für mich eine große politische Genugtuung.«[73] Magnago hat diesen Handschlag dann auch nie mehr vergessen. Noch bei der Grabrede für Peter Brugger würdigte er dessen damals gezeigte Größe. Viel geschlafen hat Silvius Magnago in jener Nacht nicht mehr: »Ich war froh, daß es so gegangen war und nahm dann noch eine Schlaftablette. Das hat mir damals viel Nerven gekostet, aber ich leide Gott sei Dank nicht an Depressionen.«[74]
Mit der Entscheidung vom 22. November 1969 in Meran war nun der Weg frei für ein zweites Autonomiestatut, das am 20. Jänner 1972 in Kraft trat. Unter Beibehaltung der Region, die nunmehr Region Trentino-Südtirol genannt wurde, waren darin den beiden Provinzen Trient und Bozen weitgehende autonome Rechte zuerkannt worden. Für Magnago hatte man das 1957 ausgerufene »Los von Trient« zu 80 Prozent erreicht, und er ist auch heute noch überzeugt, »daß meine Politik die richtige war.«[75] Und wenn ihm jemand vorwirft, er habe damit auf das Selbstbestimmungsrecht verzichtet, wird er geradezu grantig: »Wir haben auf gar nichts verzichtet. Das Selbstbestimmungsrecht bleibt für unser Land unverzichtbar. Aber wer heute nicht auf dem Mond lebt, der weiß, daß derzeit nicht die geringsten Chancen bestehen, die Grenzen zu ändern. Dutzende von sprachlichen Minderheiten in den ehemaligen kommunistischen Ländern würden es als Präzedenzfall ansehen und ebenfalls Grenzänderungen verlangen.«[76]
Da ist dem umtriebigen Ehrenobmann der Partei schon lieber, wenn diese Minderheiten ihre Delegationen nach Südtirol schicken und mit der Erkenntnis nach Hause fahren, daß die Lösung der Südtirolfrage gerade heute wieder Modellcharakter haben kann. »Heute«, nimmt Magnago die Politiker in die Pflicht, »muß jeder Staat den Schutz für die Minderheiten in seine Verfassung einbauen.«[77]

Magnagos knapper Sieg war hart errungen, nachzulesen im Protokoll: »Was passiert, wenn wir nein sagen? Auf diese Frage hat eigentlich niemand eine Antwort gegeben. Ich kann es Ihnen gleich sagen ...« Laut UNO-Resolution hätte Südtirol nach einem Scheitern der Verhandlungen ein anderes »friedliches Mittel« akzeptieren müssen. Welches, das war vollkommen ungewiß.

SVP-Obmann Magnago hatte mit Parteisekretär Josef Atz (im Bild links) ein Zeichen vereinbart, bevor dieser das Auszählungsergebnis offiziell verliest: »... damit i Haltung bewahren kann!« Atz sollte beim Betreten des Saales entweder eine ernste Miene aufsetzen oder schmunzeln. Das Auszählen der 1.104 Stimmen dauerte eine kleine Ewigkeit. Die Entscheidung nach 14stündiger Debatte fiel um zwei Uhr früh.
Im Tonarchiv leben Emotionen auf. »O meiner Seel ...!«, entfährt es dem halb erleichterten, halb enttäuschten SVP-Obmann, bevor der hauchdünne »Paket«-Sieg durch den Lautsprecher verkündet wird: nur 52,8 Prozent, aber dennoch tobender Applaus.

Der legendäre Handschlag, ein Symbol, das Südtiroler Zeitungs- und Fernsehgeschichte gemacht hat. In bewegten Worten hatte Magnago erklärt, er werde keine Anstrengung scheuen zur Aufrechterhaltung der Einheit nach geschlagener Schlacht: »Diese Einheit ist notwendig, denn wir brauchen die Schlagkraft morgen, was die Durchführung des 'Pakets' anbelangt. Morgen darf es keine 'Paketler' und keine 'Antipaketler' mehr geben ... !« Magnago hat die noble Geste seines Gegners Peter Brugger nie vergessen: »Wie Sie gesehen haben, haben wir uns, Dr. Magnago und ich, die Hände gereicht. Vielleicht haben Sie nicht gesehen, daß wir uns dabei auch in die Augen geschaut haben ...«

Nach der »Paket«-Schlacht, die Pressekonferenz gegen drei Uhr morgens: SVP-Chef Silvius Magnago mit Stellvertreter Joachim Dalsass zu seiner Rechten, Peter Brugger mit Alfons Benedikter (links)

»Paket«-Sieger Magnago beim Interview. Piero Agostini († 1992), ab 1976 Chefredakteur der RAI-Bozen, zählte zu den italienweit angesehenen Journalisten der Region. Die italienische Presse war nicht zugelassen und mußte den Ausgang der »Paket«-Schlacht vor verschlossenen Türen abwarten.

Hansjörg Kucera

Der Handschlag

Es gibt vielleicht keinen anderen Politiker in Südtirol, über den wie bei Peter Brugger ein einziger Moment seines Lebens alles über ihn aussagt. Bei Peter Brugger gab es einen solchen Moment. Es war der Händedruck mit seinem Parteiobmann und damaligen politischen Gegner Silvius Magnago am Ende der denkwürdigen Paketschlacht um halb drei Uhr in der Früh des 23. November 1969: der eine – Silvius Magnago – der Sieger; der andere – Peter Brugger – der Verlierer. Verlierer aber nur in der politischen Auseinandersetzung. Als Mensch ging Brugger damals gestärkt hervor. Der Händedruck besiegelte zwar den Sieg der Paketbefürworter, aber auch die Achtung vor Peter Brugger, dem das Wohl der Sammelpartei und die menschliche Versöhnung mehr am Herzen lagen als der Sieg seiner politischen Linie.

Wie die breite Südtiroler Öffentlichkeit ihn damals schätzen lernte, kannten ihn seine Parteifreunde freilich schon von früher her. Peter Brugger gehörte zu jener alten Garde, die in den allerersten Jahren die SVP als Sammelpartei der Südtiroler aufbauen half. Brugger hatte schließlich als junger Student am eigenen Leib den unheilvollen Streit der Südtiroler in der Optionsfrage miterlebt und miterlitten. Damals – im Jahr 1939 – fiel Bruggers Interesse am politischen Schicksal seiner Heimat erstmals einer größeren Gruppe auf, und zwar seinen Mitschülern im Vinzentinum. Daran erinnert sich einer seiner Mitschüler – ein anderer Pusterer, der vorzeitig gestorben ist, Claus Gatterer. Er schreibt in seinem Buch »Schönes Land, böse Leut'«, Peter Brugger habe schon damals für manche Unruhe gesorgt. Das konnte er – Gott sei Dank, möchte man hinzufügen – auch später nicht ganz sein lassen.

Der endgültige Einstieg in die aktive Politik gelang Brugger als Vertreter seiner engeren Heimat – des Pustertales – und des Bauernbundes. Er rückte sehr rasch zum anerkannten agrarpolitischen Sprecher der SVP auf, überall bekannt durch seinen Einsatz und seine Leutseligkeit. Damals entstand das geflügelte Wort, der Brugger kenne nicht nur jeden Pusterer, sondern habe auch mindestens einmal auch jeder Pusterer Kuh ins Maul geschaut.

So sehr er bis zu seinem Tod dem Pustertal – und insbesondere seinem Ahrntal – und der Landwirtschaft verbunden blieb, sein Betätigungsfeld suchte er trotzdem nicht nur hier im Land. Nach einer erfolgreichen Karriere in der Landes- und Parteipolitik als Landesrat für Land- und Forstwirtschaft, als Fraktionssprecher im Regionalrat, als Parteivizeobmann wurde es ihm ein bißchen eng, es zog ihn weg; nach Rom als Senator und als Fraktionsführer der gemischten Fraktion, nach Luxemburg und Brüssel als Europaparlamentarier. Daraus entstand fast zwangsläufig auch eine gewisse Distanz zu dem täglichen politischen Kleinkram in Südtirol, was allerdings seinem Engagement in der und für die SVP keinen Abbruch tat. Nicht von ungefähr galt Brugger bis zum Ausbruch seiner Krankheit als der aussichtsreichste Kandidat für die Nachfolge Magnagos als Parteiobmann. Brugger war für alle akzeptabel geworden, für die Gegner wie für die Befürworter des Pakets, an dessen Verwirklichung er ja tatkräftig mitgearbeitet hat. Auch der Wirbel, den Brugger seinerzeit – im Jahr 1975 – durch sein Interview über die Selbstbestimmung ausgelöst hatte, war ihm von der Partei schon längst verziehen worden. Wenn es überhaupt noch einen Rest von Bedenken gab, dann wohl nur deswegen, weil sich Brugger manchmal gegen seine Überzeugung ins politische Schlepptau nehmen ließ, und das nicht immer von den besten Ratgebern. Niemand kann aber Brugger Lebensweisheit und menschliche Wärme abstreiten. Die Volkspartei verliert mit ihm einen ihrer großzügigsten Politiker, und darüber hinaus die Südtiroler Bevölkerung einen Menschen mit Herz und Verstand.

Hansjörg Kucera, Chefredakteur des Senders Bozen der RAI, »Der Kommentar«, zum Tod von Peter Brugger am 6. April 1986.

Nord-Südtiroler »Paket«-Treffen am 10. Dezember 1969 im Innsbrucker Hotel »Europa« mit Außenminister Kurt Waldheim nach dem Treffen mit dem italienischen Amtskollegen Aldo Moro am 30. November 1969 in Kopenhagen. Vor den Fernsehkameras der RAI-Bozen und des ORF, von links nach rechts: der Tiroler Landeshauptmann Eduard Wallnöfer, »bekniet« vom ORF-Journalisten Hans Benedict, Minister Waldheim im Interview mit Robert Pöder, SVP-Obmann Magnago, Peter Brugger interviewt von Aldo Gorfer.

Viktoria Stadlmayer

Der Komplex vom Nehmen

Die Grande Dame der österreichischen Südtirolpolitik über Magnago und das Verhältnis Südtirols zu Österreich*

Der Kampf gegen die Schmerzen

Wenn ich spontan an Altlandeshauptmann Silvius Magnago denke, sehe ich zuerst das Bild vor mir, wie er im fernen Jahr 1946, jung, mager, von gewinnendem Äußeren, mühsam zu uns in die »Landesstelle Südtirol« heraufgeklettert kam, die sich damals, ohne Lift, im 3. Stock der Credit-Anstalt auf der Maria-Theresien-Straße befand. Er kam, um als Sprecher des Südtiroler Kriegsopferbundes seine Mithilfe in unserem Kampf um die Selbstbestimmung Südtirols anzubieten. Er tat dies mit einer außergewöhnlichen Bescheidenheit, aus der die Unsicherheit sprach, ob er, mit seiner schweren Verletzung, überhaupt einer solchen Mithilfe fähig sei. Noch lange, als seine politische Karriere bereits voll eingesetzt hatte, behielt er ein mit einem skeptischen Unterton gefärbtes Staunen über seine eigenen Leistungen.
Beim zweiten Bild, das mir beim Namen Magnago vor Augen tritt, handelt es sich tatsächlich um ein Bild. Es hängt in seiner Wohnung, mag künstlerisch vielleicht nicht das wertvollste Porträt sein, das von Magnago geschaffen wurde, aber es ist für mich das aussagekräftigste. Es zeigt nämlich, daß der größte Kampf, den Magnago auszufechten hatte, nicht der mit Rom, mit Wien, mit Widersachern in seiner Partei war, sondern der dauernde, nie Pausen kennende Kampf gegen seine Schmerzen.

Die Erfahrung mit dem Tod

Alles, was Magnago errang, hat er als Sieg gegen sich selbst, als Sieg über diese Schmerzen, errungen. Silvius Magnago war sehr jung, als er seine Verwundung an der russischen Front erlitt, die ihn an den Rand des Todes brachte, ein schöner Mensch, lebensfreudig, alle Türen und Herzen standen ihm offen, ein großer Sportler, ein begeisterter Bergsteiger.
Das war mit einem Schlag vorbei. Und die körperlichen Schmerzen: Die Nachoperationen zuerst, mit denen er seine Hoffnung begrub, durch eine Beinprothese wieder einigermaßen normal gehen zu könnnen; die entsetzlichen Phantomschmerzen, die ihn in seinem nicht mehr existierenden Fuß plagten; die Auswirkungen der vielen Medikamente auf Magen- und Kopfnerven. Dennoch hat er fast nie einen wichtigen Termin auf dem politischen Kampffeld versäumt, und wenn er von seinem Leiden sprach, tat er das fast verlegen.
All das kann man in dem Porträt lesen, aber nur wenige bekommen es zu sehen. Und die heutigen Jungen lernen nur den Magnago kennen, der meisterhaft auf dem Klavier der Politik und der Volksseele zu spielen weiß und dabei auch dramatische oder ätzende Töne bewußt einsetzt.
Die Erfahrungen an der russischen Front, die persönliche Erfahrung mit dem Tod, mögen der Grund sein, daß Magnago in der Politik stets die offene oder allzu offene Konfrontation gescheut hat. Das hat ihm zu Beginn seiner Laufbahn auch Auseinandersetzungen mit Kanonikus Michael Gamper eingetragen, der bis zu seinem Tod im April 1956 den granitenen, durch keinen Sturm zu erschütternden Fels in der Südtirolpolitik seit der Trennung von Österreich dargestellt hat.
Ich selbst war immer nur ein kleines Rädchen in dieser Politik, ihr »Archiv«, wie es Bruno Kreisky einmal genannt hat, aber manchmal hatte ich gewünscht, daß diese beiden, von den selben Zielen beseelten Persönlichkeiten gegenseitig voneinander etwas annähmen.
Nach Gampers Tod und nach der Ausschaltung von Professor Franz Gschnitzer als österreichischer Staatssekretär für Südtirol im März 1961 hatte Magnago keinen kongenialen Mitstreiter mehr, der für ihn gleichzeitig »Widerpart« gewesen wäre. Das habe ich manchmal bedauert, gerade was die Politik Bozens gegenüber Wien betraf.
Das mag auf den ersten Blick merkwürdig klingen. Aber während die Südtiroler Volkspartei, und mit ihr Nordtirol, es im Jänner 1965 noch wagte, dem österreichischen Außenminister Bruno Kreisky »nein« zu sagen, – nein zum Verhandlungsergebnis vom Dezember 1964 zwischen Kreisky und seinem italienischen Kollegen und Parteifreund Giuseppe Saragat über Paket und dessen »Verankerung« in Form einer internationalen Schiedskommission, weil in den Augen der Tiroler das Paket noch zu klein war, – wagte die Südtiroler Volkspartei unter Führung Magnagos ein solches Nein gegenüber den Nachfolgern Kreiskys nicht mehr.

Die Haltung Österreichs

Dabei war der kluge Kreisky, der weit über Europa hinaus bekannt und angesehen war, eine imponierende Persönlichkeit, ein sehr starker Außenminister, was man von seinen Nachfolgern nicht sagen konnte. Unter ihnen ging es zwar langsam mit dem Paket weiter, aber die Schiedskommission als Garantie des Pakets war schon beim ersten Treffen in Straßburg des gerade ernannten österreichischen Außenministers Lujo Toncic mit seinem italienischen Kollegen Amintore Fanfani zu Ostern 1966 gefallen, und mit ihr eine weitere Verbesserung der Abschlußmodalitäten, die Kreisky zumindest auf Beamtenebene im Herbst 1965 noch erzielt hat.
Allerdings war diese Vorentscheidung für Wien, Bozen und Innsbruck keineswegs verbindlich. Es ist immer meine, freilich unbeweisbare, Überzeugung gewesen, daß bei einer starken, unbeugsamen Haltung Österreichs, – einer Haltung, die von den Südtirolern hätte veranlaßt werden können – Rom der Forderung nach, zumindest, Wiederherstellung der 1964 bereits erzielten Einigung über die Paket-Verankerung hätte nachgeben müssen. Es war auch immer meine Überzeugung, daß Bozen zwar Wien nicht immer zwingen kann, zu tun, was Bozen will, daß es aber sehr wohl Wien zwingen kann, nicht zu tun, was Bozen nicht will. Von jener Zeit im Frühsommer

1966 an, so scheint mir rückblickend, wich die vertrauensvolle Zusammenarbeit zwischen Bozen und Wien, die gerade dadurch bewiesen war, daß auch gegensätzliche Ansichten ausgetragen werden konnten, einem gegenseitigen »Anhören«, das im Lauf der Jahre immer weniger in die Tiefe zu gehen schien.

Der Einsatz hat sich gelohnt

Die SVP, und an ihrer Spitze Magnago, sah die unmittelbaren Interessen Österreichs im Vordergrund der österreichischen Politik: Schon damals spielte das Verhältnis Österreichs zur EG eine Rolle: Rom hatte wegen Südtirol gegen die von Österreich beantragte Assoziierung mit der EG ein Veto eingelegt. Doch hat Österreich durch viele Jahre dieses Veto ziemlich unbeschädigt ausgehalten; in dieser Zeit hätte es auch eine härtere Sprache Rom gegenüber geben können. Die Südtiroler bedachten nicht, daß auch ein begeisterter freiwilliger Feuerwehrmann herzhaft flucht, wenn er mitten in der Nacht aufgeweckt und zu einem Brand gerufen wird; dennoch geht er: Dies zu tun, hatte er sich ja schon entschlossen, als er der Feuerwehr beitrat.

Es ist kein erstrebenswertes Ziel, immer allen zu gefallen; am wenigsten gilt dieses Gefallenwollen den eigenen Leuten, der eigenen Seite gegenüber. Ich habe also nie ganz verstanden, warum die Südtiroler das »Fluchen« des österreichischen Feuerwehrmannes fürchteten und es von vornherein vermieden, indem sie meinten, sie könnten Österreichs Interessen nicht belasten. Zu dieser »Belastung« hatte Österreich sich ja entschlossen, als es das Pariser Abkommen abschloß. Wenig hat dem österreichischen Selbstverständnis und damit dem österreichischen Selbstbewußtsein so gut getan wie der Kampf um Südtirol 1945/46 und der Entschluß Österreichs im Frühjahr 1960, Südtirols wegen vor die Vereinten Nationen zu gehen.

In beiden Fällen kostete das Wien sehr viel Arbeit, viele Aufregungen, von Geld nicht zu reden; im Jahr 1960 setzte es damit, nur 5 Jahre nach dem Staatsvertrag, nach der Räumung Österreichs durch die Alliierten, der Räumung Ostösterreichs durch die Russen, sein Prestige aufs Spiel. Aber es hat sich für beide gelohnt, nicht nur für Südtirol.

Nachdem die Südtiroler Volkspartei nach dem Ausscheiden Kreiskys darauf verzichtete, sich mit Wien vorbehaltlos, aber auch vertrauensvoll auseinanderzusetzen, klar die Notwendigkeiten Südtirols geltend zu machen, vornehmlich eine tragfähige Verantwortung des Pakets, war es die logische Frage, daß sie sich von Wien langsam entfernte und Rom als den eigentlichen Gesprächspartner anzusehen begann. Es war eine ebenso logische Folge, daß in Südtirol die Stimmen immer stärker wurden, die meinten, daß Wien die Südtiroler im Stich lasse, wegen der EG-Assoziierung gestern, und heute wegen des Eintritts in die EG (oder EU). Dabei ist es noch nicht einmal sicher, ob die österreichische Bevölkerung dem EU-Beitritt überhaupt zustimmen wird. Und wiederum war es eine logische Folge, daß Wien die Südtiroler nicht mehr voll verstand (und wohl auch: versteht):

Silvius Magnago hatte in der Südtiroler Volkspartei sehr bald keine »getreueste Opposition« mehr, wie es in Großbritannien immer üblich war: Die »getreueste Opposition Seiner Majestät« vertritt (oder vertrat zumindest) die grundsätzlichen, idealen und moralischen Ziele, während die vom König (oder der Königin) eingesetzte Regierung – durch diese Opposition im Grunde nur gestärkt – Realpolitik betrieb. Auch Magnago wäre durch eine Opposition, die sich so verstand, – und die er so verstand – wohl in seiner Politik gestärkt worden. Aber in den allerletzten Jahren war es manchmal so, daß er selbst den »radikalen Mann« spielen mußte.

Die moralische Statur Magnago wird durch diese Darstellung nicht beeinträchtigt. Wer seine Jugend durch das russische Erlebnis geprägt sieht, hat andere Prioritäten als jene vor ihm und jene nach ihm, die nur den unblutigen politischen Kampf kannten und kennen. Die Schwächen, die er sich im Lauf seines Lebens erwarb, seine Freude an der ursprünglich von ihm so völlig unerwarteten Zuneigung der Menschen, zu denen er spricht, machen ihn nur menschlicher. Keiner, der ihn bei Veranstaltungen, gerade auch unpolitischer Art, erlebt, kann seinem Humor, seiner Schlagfertigkeit widerstehen. Für alle Menschen, vor allem für die Jugend, ist seine Integrität, seine persönliche Bedürfnislosigkeit, seine stete Bereitschaft, anderen zu helfen, auch in unerreichtem Ausmaß bei großen Sorgen helfend einzuspringen, ein Vorbild.

Silvius Magnago wurde vor einigen Jahren Ehrenmitglied des Bozner »Freundeskreises der Universität Innsbruck«: Er begrüßte diese neue Würde mit einer Rede, die zu Lachstürmen hinriß, jeder Entertainer müßte ihn beneiden, und stiftete in seiner neuen Eigenschaft eine Assistentenstelle an der Universität Innsbruck, die abwechselnd einem Südtiroler und einem Nordtiroler zugute kommt. Er wies damit gerade in jüngster Zeit einen Weg, der zwischen beiden Landesteilen (oder muß ich sagen, Ländern?) beschritten werden sollte: nicht den der vermeintlichen Abhängigkeit, des Gebens auf der einen, des auf die Dauer zu Komplexen führenden Nehmens auf der anderen Seite, sondern den Weg der völlig unbefangenen Zusammenarbeit, die auf gegenseitigem Geben und Nehmen beruht, eine Zusammenarbeit, die sachliche Auseinandersetzungen nicht scheut, auf beiden Seiten von echtem Selbstbewußtsein gespeist wird und dumme Vorurteile zum Schwinden bringt.

In diesem Sinn wünsche ich Silvius Magnago zu seinem 80. Geburtstag viel Erfolg – neben dem selbstverständlichen Wunsch für noch lange Bewahrung seiner im Grunde so eisernen Gesundheit – und zeichne, zwar als sehr bescheidene, eigentlich völlig unzuständige, aber immerhin – manchmal – »Seiner Majestät getreueste Opposition«.

**** aus südtirol profil extra vom 3. Februar 1994, S. 28 ff.***

Claus Gatterer

Südtirols Dr. Silvius Magnago

Nicht unterkriegen lassen

Claus Gatterer schreibt in der Wiener Wochen-Presse vom 6. Oktober 1956, also rund ein Jahr vor der Ausrufung des *Los von Trient*, über den *Vater* des Südtirol-Pakets Silvius Magnago:

»Jeden Morgen fährt in scharfem Tempo ein hellgrauer Fiat 1100 mit der Nummer BZ 24.614 vor dem Bozner Landhaus vor. Noch bevor der Pförtner dazukommt, die Wagentür zu öffnen, steigt ein großgewachsener schlanker Mann, ein Kriegsversehrter, aus: Dr. Silvius Magnago, derzeit Präsident des Regionalrates und damit der erste Mann der Region Trentino-Tiroler Etschland. Er betritt das Gebäude, in dem er seit fast acht Jahren den Vorsitz der gesetzgebenden Körperschaft führt.

Von diesen paar Blättern hängt unser Leben ab, sagt Dr. Silvius Magnago, in seinem luftigen Büro sitzend – und wie es seine Gewohnheit ist – den Besucher mit halbgesenktem Kopf freundlichfest anschauend, mit jenem immer ein wenig melancholischen Blick des Grenzlandbewohners, der sich stets der Tragik des Minderheitenschicksals bewußt bleibt. In schmalen feingliedrigen Händen wägt er nachdenklich das Autnomiestatut, die 97 Artikel des Verfassungsgesetzes Nr. 5, mit dem die verfassunggebende Versammlung Italiens dem Gebiet Trentino-Südtirol am 31. Jänner 1948 Sonderrechte verlieh. Dieses Statut liegt allen Gesetzen für die Region zugrunde, es bildet den Rahmen für jeden Verwaltungsakt, seine Auswirkungen reichen in den Alltag jedes einzelnen Bewohners der Region, und es bestimmt das Schicksal der Südtiroler als Volksgruppe.

Zehn Jahre nachdem Italiens Ministerpräsident, Alcide de Gasperi, und Österreichs damaliger Außenminister, Karl Gruber, in der italienischen Botschaft zu Paris das Abkommen unterzeichneten, das die deutschsprachige Bevölkerung Südtirols in ihrem Bestand und ihren Rechten schützen sollte, fast acht Jahre, nachdem das Autonomiestatut in Kraft getreten ist, loderten am Samstag in der vergangenen Woche auf den Höhen zwischen Brenner und Salurn, rings um Bozen wie über Meran, Bergfeuer als Protest gegen die Art der Durchführung des Pariser Abkommens und des Autonomiestatuts.

Das italienische Blatt Bozens, der *Alto Adige*, verharmloste den flammenden Protest zur *Wiedererweckung einer alten Tradition*: Seiner Meinung nach hatten die Südtiroler nichts anderes bezweckt, als den alten Brauch der Bergfeuer zum Sankt-Michaels-Tag wiederzubeleben. Daß am gleichen Tag in der Huberkaserne an der Meraner Straße ein Sprengkörper Mauer- und Fensterschäden verursachte, schien sich ins Tiroler Brauchtum nur bedingt einfügen zu lassen ...«

Silvius Magnago, Obmann der Südtiroler Volkspartei ab 1957 und Südtiroler Landeshauptmann ab 1960, hat den Kampf um die heutige Autonomie vor dem bedrohlichen Hintergrund des Bombenterrors mit friedlichen Mitteln und mit politischer Hilfe der Schutzmacht Österreich gewonnen.

Silvius Magnago war zeit seines Lebens ein leidenschaftlicher Autofahrer. Claus Gatterer: »Den ihm zustehenden Dienstwagen mit Chauffeur will er nicht. 'Ich fahre lieber selbst, so bin ich unabhängig. Und die Unabhängigkeit geht mir über alles.'« Geparkt hat »der Chef« das Auto vis à vis vom Landhaus, neben der früheren »Landhaus-Bar« (das alte Gebäude weicht demnächst einem neuen Bürokomplex).

Karl Heinz Ritschel

Die Kunst des Machbaren

Silvius Magnago und das Paket

Ohne Silvius Magnago gäbe es kein Südtirol-Paket, also die Summe aller Zugeständnisse Italiens an die Südtiroler und ladinische Volksgruppe. Das ist keine Hypothese, sondern unbestreitbares Faktum. Die Prozedur, die auf einen Zeitraum von drei Jahren geplant gewesen war, erstreckte sich auf 22 Jahre. Die Nachfolger konnten ernten, was Magnago eingeleitet hatte. Sicher, ohne Italien und Österreich und eine ganze Reihe von Politikern, Beamten und Experten, die an dem Vertragswerk arbeiteten, wäre die Ausweitung und Absicherung der Autonomie nicht möglich gewesen. Aber umgekehrt wäre alles vergebens gewesen, hätte Magnago nicht durch seine überzeugende und beschwörende Kraft die Weichen für die Annahme des Paketes durch die Südtiroler selbst stellen können.

Um es vorwegzunehmen: In der heutigen politischen Konstellation in Rom wäre das Verhandlungsergebnis wohl nicht erreichbar. Es war also ein Wettlauf gegen die Zeit mit einem sich auflösenden, ja sterbenden System, das aber immerhin die Kraft besessen hat, in europäischem Geist die Minderheitenfrage zu lösen. Man mag heute dem damaligen Regierungschef Giulio Andreotti vieles vorwerfen, doch in der Südtirolpolitik hat er sein Wort gehalten.

Und noch eine Feststellung: Es wird immer Gegner des Südtirol-Paketes geben, weil es Menschen gibt, die jedwede Autonomie als zu wenig erachten. Doch eine Verschiebung der Grenzen in einem zusammenwachsenden Europa ist kein vorrangiges Ziel mehr. Viel wichtiger sind die Durchlässigkeit der Grenzen und die Zusammenarbeit der europäischen Völker bei strikter Achtung der Minderheiten. Ein gemeinsames Europa hat in Zukunft viele Sprachen und Volksgruppen, die gleichberechtigt neben- und miteinander leben müssen. Das gilt auch für kleine Gruppen innerhalb nationaler Staaten. Ich meine, diese Tendenz ist unumkehrbar und wird letztlich die europäische Politik im ersten Jahrhundert des dritten Jahrtausends bestimmen.

Ich weiß, daß diese große Leitlinie weder Schikanen noch krasse Verletzung der Autonomie beseitigen kann. Hier wird es die Wachsamkeit und Kraft der Südtiroler und Ladiner sein, die das Erreichte bewahren müssen. Es gilt also immer wieder, Maß zu nehmen am Vertrag selber, an seiner Verwirklichung und an seiner Auslegung. Jeder Vertrag ist so gut, wie ihn die Vertragspartner einhalten. Deshalb ist auch in der geänderten politischen Situation gerade die internationale Absicherung so wichtig, weil durch den Internationalen Gerichtshof ein Schiedsspruch erreicht werden kann. Die durch Verwirklichung des sogenannten Operationskalenders gesetzten Schritte seitens Österreichs und Italiens sind Meilensteine der Völkerverständigung, gerade weil sie das Sorgerecht Österreichs für Südtirol festgeschrieben haben.

Es war Außenminister Bruno Kreisky, der 1960 das Südtirolproblem der UN-Generalversammlung vortrug. Am 31. Oktober 1960 erging daraufhin die UN-Resolution 1497 (XV), die zwecks Beilegung des Streites um die Durchführung des Pariser Vertrages zu Verhandlungen zwischen Österreich und Italien aufforderte. Die Verhandlungen blieben erfolglos, weswegen die UN-Generalversammlung am 28. November 1961 mit der Resolution 1661 (XVI) Italien und Österreich zu weiteren Anstrengungen aufforderte.

Auch wenn es offiziell nicht zugegeben wird, so stand diese neuerliche Aufforderung zweifellos unter dem Eindruck der »Feuernacht« vom 11. Juni 1961, also von Sprengstoffanschlägen durch Südtiroler, die auf diese Weise für ihre Heimat kämpfen wollten. Der Exkurs sei gestattet: Diese Männer, denen auch der Mailänder Gerichtshof ein ethisches Prinzip bestätigte, sind zu unterscheiden von Agitatoren, Terroristen und Unverbesserli-

Die ersten Schritte des freien Österreich auf internationalem Parkett galten Südtirol: Außenminister Kreisky mit seinem Stab. Die Reisediplomatie war damals auch noch mit der Bahn unterwegs.

Österreichs und Italiens Außenminister Bruno Kreisky (links) und Giuseppe Saragat (rechts), zwei Sozialdemokraten und überzeugte Europäer, 1964 in Genf. Die Genfer Treffen führten am 16. Dezember 1964 zu einem Ergebnis mit Grundzügen des »Pakets«.

chen, die glaubten, den Paketabschluß verhindern zu müssen. Doch die »Feuernacht« hatte eine Auswirkung auch darauf, daß Italien im Herbst 1961 die rein innerstaatliche »Neunzehner-Kommission« schuf, um Vorschläge für eine Verbesserung der Autonomie zu erarbeiten. Das Außenministertreffen Saragat und Kreisky am 25. Mai 1964 führte zur Weiterverhandlung in einer italienisch-österreichischen Expertenkommission. In weiterer Folge einigten sich die beiden Staaten auf ein doppelgleisiges Vorgehen: Rom und die SVP verhandelten die Inhalte des Pakets, während zwischen Rom und Wien der Operationskalender beschlossen wurde, der zur internationalen Verankerung des Paketes führen sollte.

»PAKET«, »OPERATIONSKALENDER«: WAS SO KOMPLIZIERT KLINGT, HAT SICH BEWÄHRT

137 Einzelmaßnahmen zur Ausgestaltung und Sicherung der Autonomie bildeten schließlich das Südtirol-Paket. Am 22. November 1969 stimmte die SVP-Landesversammlung den Verbesserungen und Änderungen der Autonomie und des Schutzes der Minderheiten mit 52,8 Prozent der Stimmen zu. Es war also eine knappe Mehrheit, die Magnago Gefolgschaft leistete. Das liest sich heute sehr leicht. Magnago hatte um die Annahme des Paketes um die Stimmen ringen müssen. Der Parteiausschuß hatte zugestimmt, daß sowohl Magnago und seine Gruppe als auch die innerparteiliche Opposition Kampagnen führen konnten und innerhalb von zwei Wochen bei sieben Bezirksversammlungen den Delegierten der Landesversammlung die verschiedenen Standpunkte vorgetragen werden sollten. Je Bezirk war ein Tag Debatte vorgesehen, Magnago selbst nahm an allen Sitzungen teil.

Nach dieser Abstimmung trafen am 30. November 1969 in Kopenhagen einander die Außenminister Moro und Waldheim und einigten sich über den »Operationskalender«. Moro übergab dabei dem österreichischen Amtskollegen die Letztfassung des Paketes.

Zum Abschluß des Paketes und des Operationskalenders meinte ich in einem Leitartikel in den »Salzburger Nachrichten« (Südtirol – Europa im Hintergrund, 13. 12. 1969): »Zwischen den Regierungen Italiens und Österreichs hat der sogenannte Operationskalender zu laufen begonnen, um den Südtirol-Streit zu beenden. Wie bei jedem Kompromiß gibt es weder Sieger noch Besiegte. Hinzu kommt, daß es hier allerdings auf jeder Seite – und zwar in Wien genauso wie in Rom und ebenfalls in Bozen – sehr viele Unzufriedene gibt. Das kommt wohl daher, daß eben ein Minderheitenstreit mit allzuviel Emotion geladen ist, die abzubauen eine Zeitspanne von 50 Jahren zu gering ist.

Wien und Rom haben ein Paket ausgehandelt, wie die Summe aller Bestimmungen heißt, die durch Änderung des Autonomiestatuts die Selbstverwaltung Bozens stärken soll. Dieses Paket ist vom Bozner Landeshauptmann Dr. Magnago im direkten Gespräch mit den italienischen Zentralstellen angereichert worden. Eine knappe Mehrheit der Landesversammlung der Südtiroler Volkspartei hat die Annahme beschlossen, worauf eben der Operationskalender eingesetzt hat. Dieser Kalender ist eine raffinierte Konstruktion, denn danach setzt jede Regierung in ihrem eigenen Land politische und rechtliche Handlungen – ohne daß jedoch eine zwischenstaatliche Kontaktaufnahme erfolgt. Damit hat Italien seinen Standpunkt der sogenannten Inneritalianität der Durchführung des Pariser Abkommens nachdrücklich durchgesetzt. Die einzige völkerrechtlich verbindliche Handlung ist die Unterzeichnung eines Vertrages, wonach künftige Auslegungsdifferenzen dem Internationalen Gerichtshof in Den Haag vorgelegt werden …

Realistisch betrachtet kann man sagen, daß Italien bereit war, den Südtiroler Wünschen entgegenzu-

Der »Kreisky« und »der Magnago«, zwei Große reichen sich die Hand. (Mitte): der Tiroler Landesamtsdirektor Rudolf Kathrein. Kreisky hat der Südtiroler Führung das Nein »der Schwarzen« zum »roten« Kreisky-Saragat-Erfolg lange nicht verziehen. Ratifiziert wurde das spätere »Paket« von der ÖVP-Alleinregierung unter Josef Klaus, gegen die Warnung Kreiskys vor einer unzureichenden internationalen Absicherung.

Bei der UNO-Generalversammlung 1957 war Südtirol höchstens ein Thema am Rande im diplomatischen Meinungsaustausch. Die offizielle Debatte im Dezember 57 drehte sich um das Algerienproblem, im Bild die zwei österreichischen Diplomaten Franz Matsch (rechts), Heinrich Haymerle (links), der kanadische Vertreter (Mitte) und Botschafter Leonardo Vitetti (von rückwärts). Seit dem Staatsvertrag 1955 hatte Österreich die Voraussetzungen, um das Südtirolproblem international aufzurollen, wie dies bei der UNO-Generalversammlung 1959 erstmals der Fall war.

kommen und dies als Preis angesehen hat, den Rom zahlen muß, um damit die Tür, die Österreich vor der UNO und dem Europarat geöffnet hat, wieder zuzuschlagen. Denn es ist wohl klar, daß mit der Unterzeichnung des IGH-Vertrages eine künftige Internationalisierung auf politischer Ebene kaum mehr möglich sein wird.
Die Frage bleibt: Ist Südtirol geholfen? Die Antwort darauf allein ist entscheidend. Und diese Antwort lautet: Ja, obgleich dieses Ja mit noch sehr vielen Wenn versehen ist. Nur, wenn wirklich alle Gesetze und Dekrete in der vereinbarten Form erlassen und auch durchgeführt werden, ist eine Besserung der Situation zu erhoffen. Es geht darum, daß die Südtiroler Volksgruppe ihr eigenständiges Leben führen und weitgehend autonom gestalten kann, was einem zentralistischen Staatsgebilde wie Italien an sich fremd ist. Zweifellos hat die Tatsache geholfen, daß die römische Bürokratie durch die EWG gelernt hat, Rechte zu delegieren. Ein Hurra-Geschrei ist sicherlich nicht angebracht, wohl aber ein dankbares Seufzen, daß nun ein Krisenherd im europäischen Zentralgebiet einer Befriedung entgegengeht …«

Kein Hurrageschrei, aber dankbares Seufzen

25 Jahre sind seither vergangen, der Kommentar gilt auch heute noch. Verbessert ist jedoch die Internationalität. Der Operationskalender war, wie ich schrieb, eine raffinierte Konstruktion, um die gegenteiligen Standpunkte der Regierungen unter einen Hut zu bringen. Rom beharrte auf der Diktion, es handle sich beim Paket um eine völlig ein-

Für die kleine Republik Österreich war die internationale Südtiroldemarche 1960 gegen den NATO-Staat Italien ein Wagnis. Bundeskanzler Adolf Schärf (rechts) verabschiedet die Delegation, von links: Außenminister Kreisky, Abg. Franz Prinke (VP), Gesandter Hans Thalberg (teils verdeckt), die Abg. Otto Winter (SP) und (ab 4. von rechts): Gustav Zeilinger (FP), der künftige UNO-Generalsekretär Kurt Waldheim, Gesandter Heinrich Haymerle, der spätere Bundespräsident Rudolf Kirchschläger.

seitige Maßnahme der römischen Regierung, und Österreich beharrte darauf, das Paket sei das Ergebnis der Aufforderung der Vereinten Nationen, das Pariser Abkommen zu erfüllen.

In der Chronologie ist der 20. Januar 1972 ein wichtiges Datum, denn es trat das neue Autonomiestatut in Kraft, wodurch Südtirol als Provinz von Trient gelöst wurde. Bozen bekam Gesetzgebungs- und Vollzugsbefugnis gewährt, insbesondere finanzielle Autonomie. Der Rechtslehrer und ÖVP-Abgeordnete Andreas Khol meinte dazu (Österreichisches Jahrbuch für Politik »Zur Paket-Übergabe am 22. April 1992: Südtirol ein abgeschlossenes Kapitel«):

»An Qualität der Gesetzgebungsbefugnisse, der finanziellen Mittel und der allgemeinen Ausstattung ist diese Autonomie den Rechten eines österreichischen Bundeslandes weit überlegen. Im neuen Autonomiestatut wurde aber auch eine Durchbrechungsschleuse eingebaut, indem festgelegt wurde: Im Interesse der Wirtschafts- und Sozialreformen kann der italienische Gesetzgeber auch in die Gesetzgebungsbefugnisse des Landes mit entsprechenden Reformgesetzen eingreifen. Darüber hinaus engte der Verfassungsgerichtshof in über 40 Urteilen die Südtiroler Autonomie immer stärker, im wesentlichen auf die Sprachautonomie, ein und erfand den Auslegungsgrundsatz der italienischen Verfassung auf Verfassungsrang der 'Koordination im nationalen Interesse'. Das Resultat nach mehreren Jahren neuen Autonomiestatuts und neuer Gesetzgebungsbefugnisse war eine ständige gegenläufige Aushöhlung Südtiroler Gesetze und damit der Aushöhlung der Autonomie, wogegen kein Rechtsmittel offensteht. Ein Gesetz, das dem italienischen Ministerpräsidium eine Ausrichtungs- und Koordinierungsbefugnis in dem Sinne gab, daß das Ministerratspräsidium durch Verordnung im nationalen

Beim Außenministertreffen in Mailand am 27./28. Jänner 1961 herrschte nicht nur meteorologisch Eiszeit. Von links nach rechts: Der italienische Vertreter begrüßt den österreichischen Staatssekretär Franz Gschnitzer und den Außenminister Bruno Kreisky.

Erfolglose Außenministerkonferenz in Klagenfurt am 24./25. Mai 1961. Italien hatte die Südtirolexpertin Viktoria Stadlmayer kurz vorher verhaften lassen. Kreiskys Protest beantwortet Außenminister Antonio Segni (rechts) ausweichend. Die österreichische Delegation von links nach rechts: Staatssekretär Ludwig Steiner, Minister Kreisky, Prof. Franz Gschnitzer, die Abgeordneten Otto Winter und Rupert Zechtl.

Das Außenministertreffen in Zürich am 24. Juni 1961 im Hotel Dolder war überschattet von der »Feuernacht« und brachte einen neuerlichen Tiefpunkt. Italien beschuldigte Österreich, die Anschläge durch Hetzkampagnen zu fördern. Italienischen Protest gab es auch gegen die Teilnahme der zwar enthafteten, aber in Italien angeklagten Südtirolexpertin Viktoria Stadlmayer.

Außenministerkonferenz in Genf am 23. Oktober 1963. Die österreichische Seite, von rechts nach links, ganz im Vordergrund: Prof. Franz Matscher, am Tisch rechts: Botschafter Kurt Waldheim (teilweise verdeckt), Landeshauptmann Eduard Wallnöfer, Minister Bruno Kreisky, Staatssekretär Ludwig Steiner, Nationalrat Rupert Zechtl, ganz links: Gesandter Hans Thalberg.

Interesse Südtiroler Landesgesetze außer Kraft setzen und durchbrechen könnte, brachte das Faß zum Überlaufen. Die Gefahr der totalen Aushöhlung der Südtiroler Gesetzgebungskompetenz im Laufe der Zeit drohte. So ergab sich zum Jahresbeginn 1991 die weitgehende Durchführung der 137 Paketmaßnahmen, die nach und nach erfüllt wurden, während bereits erfüllte Paketmaßnahmen nach und nach wieder ausgehöhlt wurden. Dazu kam das Gesetz über die Ausrichtungs- und Koordinierungsbefugnis, das inakzeptabel war.«

Tauziehen um den Paketabschluss

Die Verwirklichung des Südtirol-Paketes hatte zuerst vielversprechend begonnen, doch verlangsamte sich gegen Ende der 70er Jahre das Tempo beim Erlassen der Bestimmungen immer mehr. Mit Inkrafttreten des neuen Autonomiestatuts war die »Sechserkommission zur Erarbeitung der Durchführungsbestimmungen« eingesetzt worden; bei Befugnissen für die Region trat die »Zwölferkommission« zusammen, beide Kommissionen hatten ihre Vorschläge der Regierung zu unterbreiten. Bis zum 20. Januar 1974 hätten alle Durchführungsbestimmungen zum Autonomiestatut verabschiedet sein sollen. Es war also kein Wunder, daß angesichts der Säumigkeit der römischen Zentralstellen sich gegen Ende der 80er Jahre in der SVP immer stärker der Widerstand aufbäumte gegen einen Abschluß ohne wirkungsvolle Absicherung. 1988 legte die Landesversammlung eine 10 Punkte umfassende Resolution vor, in der die Bedingungen für die Abgabe der Streitbeilegungserklärung Österreichs aufgelistet wurden. Hauptkritikpunkt war natürlich die Ausrichtungs- und Koordinierungsbefugnis, mit der Rom »im nationalen Interesse« in die Zuständigkeit des Landes eingreifen kann. Somit wurde der Ruf nach einer Vollautonomie, ja selbst nach Anwendung des Selbstbestimmungsrechtes auch in der SVP immer lauter. Die SVP erklärte auch, bei weiterer Einschränkung der Autonomie durch Rom behalte sie sich vor, auch nach einem Paketabschluß weiterzuverhandeln.

Der Zusammenbruch des Kommunismus und damit die Erlangung der Freiheit für so viele Staaten brachten naturgemäß auch in Südtirol die Debatte nach Selbstbestimmung neuerlich in Schwung. Silvius Magnago aber blieb seiner Linie treu. Im Frühjahr 1991 trat Magnago als Parteiobmann zurück, sein Wunschkandidat, der Jurist und Senator im römischen Parlament, Roland Riz, wurde sein Nachfolger.

Im April 1991, als Riz offiziell den Parteivorsitz übernahm, waren von 137 Paketmaßnahmen 130 erfüllt. Die Negativseite zeigte, daß 20 Maßnahmen inzwischen ausgehöhlt und 110 abgeschwächt erfüllt waren. Und als Rute im Fenster drohte nach wie vor die Ausrichtungs- und Koordinierungsbefugnis.

Der neue Parteiobmann ging auch mit neuen Forderungen an die Öffentlichkeit. Das Paket müsse erfüllt werden. Gleichzeitig verlange er eine internationale Verankerung des Paketes selber, denn es handle sich um kein innerstaatliches Abkommen, sondern um eines zwischen Österreich und Italien. Schließlich: Das Autonomiestatut und seine Durchführungsbestimmungen müßten als Verwirklichung des Pariser Abkommens anerkannt und vor dem Internationalen Gerichtshof einklagbar werden.

Nicht genug damit, stellte Riz der römischen Regierung das Ultimatum, sie müßte bis zur Landesversammlung am 23. November 1991 alle ausständigen Maßnahmen treffen. Regierungschef Andreotti gab sich redlich Mühe, er erfüllte das Ultimatum fast, aber eben nur fast. Vier Paketmaßnahmen waren offen, und die Landesversammlung stellte fest, daß 20 früher erlassene Bestimmungen ausgehöhlt worden waren. Also beschloß sie eine neue Resolution an Rom, nämlich die vier offenen Paketmaßnahmen zu erfüllen, die ausgehöhlten Paketpunkte in Ordnung zu bringen und die Ausrichtungs- und Koordinierungsbefugnis zu ändern. Riz und Magnago hatten in Rom Durchführungsbestimmungen für diese Befugnis ausgehandelt, die diese für die Regierung wieder einschränkten.

Die Meinung in der Landesversammlung wogte hin und her. Nur ganz knapp konnten Magnago und Riz sich durchsetzen, denn die Hälfte der Delegierten war der Meinung, die in der Zwölferkommission ausgehandelte Regelung sei zu wenig und werde vor dem Verfassungsgerichtshof nicht bestehen.

Die Tage der Regierung Andreotti waren um die Jahreswende 1991/92 gezählt. Es war klar, daß das Parlament sich auflösen würde. In dieser Situation zeigte der Ministerpräsident noch einmal Durchsetzungsvermögen: Die Omnibus-Durchführungsbestimmung – so genannt, weil Maßnahme an Maßnahme gereiht wurde – erfüllte die Südtiroler

»Nachdenken über Tirol« nannte sich diese grenzüberschreitende Kundgebung am Brenner vom 15. September 1991, zu der sich auch Autonomisten aus Welschtirol eingefunden hatten. Tirols Landeshauptmann Alois Partl am Rednerpult und der Südtiroler Amtskollege Luis Durnwalder punkteten, weil sie sich durch anfängliche Pfiffe aus dem Selbstbestimmungslager nicht einschüchtern ließen. Die umstrittene Brennerkundgebung war ein Vorbote der jetzt offiziell angestrebten Europaregion Tirol.

Der Anschlag auf das Gebäude des Senders Bozen der öffentlich rechtlichen Rundfunkanstalt RAI vom 17. Mai 1988 war einer der traurigen Höhepunkte des Bombenterrors der Achtzigerjahre. Die Hintergründe blieben weitgehend ungeklärt. Die Terrorwelle erzeugte ein Klima der Spannung. Spätestens seit dem »Paket«-Abschluß hat sich der Volksgruppenkonflikt jedoch beruhigt.

Forderungen – ausgenommen jene nach internationaler Verankerung. Die 20 ausgehöhlten Paketmaßnahmen wurden wesentlich angereichert, die vier offenen Maßnahmen erlassen und die Einschränkung der Ausrichtungs- und Koordinierungsbefugnis per Durchführungsbestimmung in Kraft gesetzt.

Am 22. April 1992 wurde das Paket für abgeschlossen erklärt. An diesem Tag wurden die letzten Durchführungsbestimmungen im italienischen Gesetzblatt veröffentlicht, womit sie Rechtskraft erhielten. Sie waren am 30. Januar 1992 im Parlament beschlossen worden, wobei es sich um die Ausrichtungs- und Koordinierungsbefugnis des Staates, die Finanzregelung und den deutschsprachigen Unterricht im Musikkonservatorium Bozen handelte. Vor dem Parlament erklärte Andreotti, es »müssen die gemeinsame Verantwortung und der bereits bisher zwischen der Zentralgewalt und den betroffenen Volkgruppen bezeugte politische Konsens auch für den Fall sichergestellt werden, daß gesetzliche Änderungen erforderlich wären.«

Nun ging es Schlag auf Schlag: Als am 22. April die letzten Durchführungsbestimmungen im italienischen Gesetzblatt veröffentlicht wurden und Rom das Paket für abgeschlossen erklärte, wurde die österreichische Botschaft in einer offiziellen Note verständigt, daß die 137 Paketmaßnahmen durchgeführt wurden. Wichtig: Im Text der Note wurde auf den Pariser Vertrag, den Operationskalender, das Paket und das Autonomiestatut Bezug genommen. Noch am selben Tag wurde die italienische Note mit einer österreichischen beantwortet. Mit diesem Tag begann auch die im Operationskalender vorgesehene Frist von 50 Tagen, innerhalb derer die Schlußerklärung abzugeben war, zu laufen.

Außenminister Alois Mock legte dem Nationalrat am 25. Mai 1992 den Bericht über die Durchführung des Südtirolpaketes vor. Und die Südtiroler Volkspartei trat am 30. Mai 1992 in Meran zu einer außerordentlichen Landesversammlung zusammen. In geheimer Abstimmung votierten 82 Prozent, daß unter der Voraussetzung der »internationalen Absicherung des Pakets«, das heißt der Zitierung der italienischen Note vom 22. April 1992 in der Streitbeilegungserklärung, Österreich diese abgeben könne. Der Südtirol-Ausschuß des österreichischen Nationalrates verabschiedete am 5. Juni 1992 die Resolution, mit der die Abgabe der Streitbeilegungserklärung empfohlen wurde;

Landeshauptmann Silvius Magnago durchschneidet das Band bei einer der vielen Einweihungen öffentlicher Bauten. Die finanzielle Ausstattung der Autonomie ist gut, trotz des römischen Finanzdesasters, durch das die Gelder oft mit großen Verspätungen ankommen. Südtirols Bauboom ist ein sicherer Gradmesser für den Wohlstand. Farbenprächtige Einweihungsfeiern öffentlicher Gebäude gehören zum politischen Alltag.

der Ausschuß hatte zu Beratungen und zur Anhörung Vertreter der Südtiroler Landtagsfraktionen, mit Ausnahme des MSI, geladen. Fünf Tage später, am 10. Juni 1992, wurden in Wien die Ratifizierungsurkunden zum sogenannten IGH-Vertrag ausgetauscht. Dieser Vertrag ist wesentlich, denn durch ihn wird das 1957 in Straßburg unterzeichnete Übereinkommen über gerichtliche Beilegung von Streitigkeiten so abgeändert, daß es auch auf bilaterale Verträge vor 1957 anzuwenden ist. Damit ist gewährleistet, daß der Pariser Vertrag und die in seiner Durchführung ergangenen Maßnahmen, also das Autonomiestatut und das Paket, der Gerichtsbarkeit des Internationalen Gerichtshofes unterworfen sind.
Österreich gab am 11. Juni 1992 die Schlußerklärung gemäß Operationskalender ab, die noch am selben Tag in einer Antwortnote von Rom zur Kenntnis genommen wurde. In einer gemeinsamen Vorsprache am 19. Juni setzten die Botschafter Österreichs und Italiens den Generalsekretär der Vereinten Nationen von der Streitbeilegung offiziell in Kenntnis. Der österreichische Delegationsleiter bei der KSZE wiederum informierte am 30. Juni die Mitgliedsstaaten, und das Inkrafttreten des IGH-Vertrags wurde dem Kanzler des Internationalen Gerichtshofes in Den Haag sowie der Generalsekretärin des Europarates »notifiziert«. Damit war das Lebenswerk Magnagos Wirklichkeit geworden in einer sich kurz darauf ändernden politischen Umwelt. Die Bedeutung dieser wesentlich erweiterten Autonomie liegt vor allem darin, daß es gelungen ist, ein umfassendes Paket mit 137 Einzelmaßnahmen zu schnüren, und zwar von Maßnahmen, die in der Summe den ethnischen, kulturellen, wirtschaftlichen und sozialen Fortbestand der deutschsprachigen und der ladinischen Volksgruppe in Südtirol sichern.

International abgesichert oder nicht?

Zur internationalen Absicherung ist zu sagen, daß die österreichische These der völkerrechtlichen Verankerung des Pakets auf der Basis des Pariser Vertrages durch die Übermittlung der italienischen Note vom 22. April wesentlich gestärkt wurde. Dies deshalb, weil ursprünglich im Operationskalender keine formelle Übermittlung der Dokumen-

Ministerpräsident Giulio Andreotti, hier 1988 in Bozen, war ein Förderer der Südtiroler Autonomie. In die Ära Andreotti fiel ein Großteil der »Paket«-Durchführung. Seinen Einfluß hatte Andreotti auch noch für den »Paket«-Abschluß aufgeboten, bevor die »Tangentopoli«-Krise die römische Führung hinwegfegte.

tation über die Paketdurchführung vorgesehen war und Österreich in seiner Streitbeilegungserklärung zusätzlich – was 1969 anders formuliert war – auf diese Dokumentation Bezug nimmt. Im »Außenpolitischen Bericht 1992« heißt es dazu wörtlich: »Jede internationale Instanz – sei es ein politisches Gremium, sei es der Internationale Gerichtshof – wird den dargelegten Kontext von Paket und Durchführung des Pariser Vertrages gebührend in Rechnung zu stellen haben. Die österreichische Überzeugung der ausreichenden internationalen Verankerung des Pakets ruht daher auf soliden Fundamenten.« Und, so der Schlußsatz im Bericht des Außenministeriums an das Wiener Parlament: »Von Österreich wurde die Abgabe der Streitbeilegungserklärung stets als eine Etappe in der Südtirolpolitik betrachtet. Die Schutzfunktion für Südtirol, die auf dem Pariser Vertrag beruht, bleibt weiterhin unverändert aufrecht.«

Die im Südtirolpaket vorgesehene Kommission, die sich mit »den mit dem Schutz der örtlichen sprachlichen Minderheiten und mit der weiteren kulturellen, sozialen und wirtschaftlichen Entwicklung der Bevölkerung besonders zusammenhängenden Problemen befaßt«, trat am 6. April 1993 zu ihrer konstituierenden Sitzung zusammen.

Die Durchführungsbestimmungen über den Gebrauch der deutschen und ladinischen Sprache im Umgang mit der öffentlichen Verwaltung und in den Gerichtsverfahren traten am 8. Mai 1993 in Kraft. Daß damit nicht alle Probleme gelöst sind, liegt auf der Hand. Kurze Zeit später übersandte mir zum Beispiel ein Bozner das Scheidungsurteil des Landgerichtes Bozen – ausschließlich in italienischer Sprache abgefaßt. Der Übersender schrieb mir dazu: »Alle an dem Verfahren Beteiligten, außer dem Richter, waren deutscher Muttersprache. Sowohl meine Exfrau als auch ich sind der italienischen Sprache nicht mächtig.« Auch die Rechtsanwältin ist Südtirolerin. Man sieht erst am konkreten Beispiel, daß es nicht leicht ist, einem Vertrag auch wirklich Leben zu geben.

Am 22. September 1993 sprach eine SVP-Delegation in Rom bei Ministerpräsident Ciampi vor und überreichte ihm eine Liste mit Aspekten der Aushöhlung der Autonomie. Besonders bereitete der ethnische Ämterproporz Sorge, weil zunehmend staatliche Dienste privatisiert werden. Dabei ging es vor allem um die Privatisierung des Telefondienstes. Die Regierung beschloß daraufhin, den Proporz bei der Post zu gewährleisten.

Eine andere Frage, die in Zukunft noch eine Rolle spielen könnte, scheint mir die Übersiedlung staatlicher Stellen aus der Provinz Bozen in andere Provinzen zu sein, weil dadurch die Verpflichtung der Zweisprachigkeit wegfallen würde. Überhaupt Zweisprachigkeit: Hier ist eine Menge von Bestimmungen bis hin zu Sprachkursen vorgesehen. Doch dies alles nützt nichts, wenn die handelnden Personen nicht guten Willens sind. Immer wieder sind beispielsweise Klagen zu vernehmen, daß Carabinieri-Patrouillen prinzipiell nicht deutsch sprechen, daß es bei so manchen Ämtern Verständigungsschwierigkeiten gibt usw. Doch das sind jene Auswüchse, die abgebaut werden können. Doch viele Menschen haben in ihrer Heimat ein ungutes Gefühl, daß eine eventuell rechtsorientierte Regierung zu einer neuen »Italianisierung« umschwenken könnte und daß manche späten Tolomei-Nachfahren in Südtirol die Köpfe heben und Morgenluft wittern.

Um so mehr war das Südtirol-Paket notwendig, ist notwendig und wird es in Zukunft auch sein. Letzt-

Auf den SVP-Landesversammlungen wie hier im November 1991 wird mit Stimmkarten abgestimmt, von rechts: SVP-Ehrenobmann Silvius Magnago, sein Nachfolger Roland Riz und Landeshauptmann Luis Durnwalder. Den »Paket«-Abschluß hatte die SVP hingegen in geheimer Abstimmung am 30. Mai 1992 mit 82,86 Prozent befürwortet.

Ende einer Ära und Generationenwechsel. Bevor der Nationalrat dem »Paket«-Abschluß zustimmte, wurden alle Südtiroler Parteien in Wien angehört. (vordere Reihe, ab 3. von links): SVP-Obmann Roland Riz, Nationalratspräsident Heinz Fischer, der nach dem Hearing am 26. Mai 1992 zum Mittagessen geladen hatte; Außenminister Alois Mock. (Reihe gegenüber): Landeshauptmann Luis Durnwalder (Mitte), mit Ex-Außenminister Peter Jankowitsch (links) und dem ÖVP-Exponenten Andreas Khol (rechts).

lich muß man davon ausgehen, daß man das Zusammenleben von Volksgruppen nicht ausschließlich durch Gesetze regeln kann. Voraussetzungen ändern sich, das Leben und Zusammenleben, Wirtschaft und Kultur – die gesamte Gesellschaft ist in einem Umbruch. Daher wird es notwendig sein, immer wieder darum zu ringen, das Paket den Fakten anzupassen.

Das geschieht auch. Aus der italienischen Wahlrechtsreform hat sich für Südtirol eine große Problematik ergeben. Das neue italienische Kammerwahlgesetz sieht für 25 Prozent der Sitze die Anwendung des Verhältniswahlsystems vor, 75 Prozent der Sitze werden nach dem Mehrheitssystem vergeben. Bei der Vergabe dieser Sitze werden nur die Parteien berücksichtigt, die auf nationaler Ebene mehr als 4 Prozent der Stimmen erreichen. Das ist für die deutschsprachige Minderheit in Südtirol nicht möglich, weil sie weniger als ein Prozent der italienischen Wählerschaft beträgt. Das Land Südtirol hat beim Verfassungsgerichtshof Beschwerde erhoben. Der Verfassungsgerichtshof hat jedoch den Rekurs des Landes Südtirol gegen das staatliche Wahlreformgesetz am 13. Dezember 1993 als nicht zulässig abgewiesen. Gleichzeitig hat er in der Urteilsbegründung die Beschwerde des Landes in der Substanz als fundiert bezeichnet. Die Verfassungsrichter meinten, nicht sie hätten einzugreifen, sondern das Parlament selbst müsse die Gesetzesänderung vornehmen. Die SVP, nicht gewillt, das Unrecht hinzunehmen, hat sich an den Europäischen Gerichtshof gewendet.

Der Operationskalender sieht als letzten Punkt den allfälligen Abschluß eines Freundschaftsvertrages zwischen Rom und Wien vor. Noch ist es nicht soweit. Vor allem muß man wohl die endgültige Zielrichtung der neuen politischen Kräfte kennen. Überdies winkt Bozen ab: Die beschlossenen Gesetze und Dekrete müßten greifen, müßten tagtägliche Wirklichkeit werden, denn das sei selbstverständlich unter Freunden. Außerdem wünschen sich Österreich

Unterzeichnung des IGH-Vertrags in Wien, demnach sind künftige Streitigkeiten beim Internationalen Gerichtshof auszutragen. Unterzeichner waren Außenminister Alois Mock (ganz rechts am Tisch) und der italienische Botschafter in Wien, Alessandro Quaroni, im Beisein von Bundespräsident Kurt Waldheim (links, sitzend) und des Tiroler Landeshauptmanns Alois Partl (zweiter von links, stehend).

und Südtirol eine Amnestie für die Südtirolaktivisten der 60er Jahre, die aus verzweifelter Heimatliebe zum Sprengstoff gegriffen hatten. Bisher hat Rom, vom Staatspräsidenten abwärts, abgewinkt. Doch wenn man die Erklärungen des ehemaligen Außenministers Mock vor den Generalversammlungen der Vereinten Nationen 1992 und 1993 liest, in denen von einer neuen Qualität der österreichisch-italienischen Beziehungen die Rede ist, so ist daran deutlich der Unterschied zu den Reden vor dreißig Jahren zu erkennen.

Und das ist die Wirklichkeit. Silvius Magnago hat durch unbeugsame Überzeugung, hohes politisches Können und wachen Sinn für das Machbare sein Land in eine ungleich verbesserte Ausgangslage zur Bewältigung der Zukunft gebracht. Mehr noch. Er hat Südtirol eine, so meine ich, helle Zukunft gegeben.

Magnago-Ära: Meinungen, Erinnerungen, Streitthemen

Viktoria Stadlmayer

Eine vertane Chance?

Elisabeth Baumgartner sprach mit der Südtirol-Expertin über die italienischen Friedensverhandlungen und die Ablehnung des Selbstbestimmungsrechtes

ELISABETH BAUMGARTNER: *Sie haben in einem Vortrag in Bozen bisher unbekannte Dokumente über die Vorgeschichte des Pariser Abkommens zitiert, die nach Ihrer Ansicht zeigen, daß die Aussichten der Südtiroler für das Selbstbestimmungsrecht günstiger gewesen seien, als man damals ahnte. Sie haben zahlreiche Reaktionen ausgelöst. Fühlen Sie sich durch diese verstanden oder mißverstanden?*

VIKTORIA STADLMAYER: Ich fühle mich weder völlig verstanden noch völlig mißverstanden. Das Problem ist ungeheuer vielschichtig. Man muß auch die Ausgangslage in Österreich im Sommer 1945 sehen; damals hat ein Wiener eineinhalb Tage gebraucht, um nach Bregenz zu kommen, und der erste Brief gelangte im März 1946 von Innsbruck nach Bozen. Außerdem gab es in Österreich eine Hungersnot. Man hat doch tausend furchtbare Sorgen gehabt, man hat 500.000 Flüchtlinge und »displaced persons« in Österreich gehabt. Die Kärntner Grenze war bedroht, die Jugoslawen waren schon in Kärnten. Das alles hat doch mitgespielt bei der Behandlung auch der Südtiroler Frage. Die Rückkehr Südtirols war ein wunderschöner Traum, und man hat es sich sehr gewünscht, aber es war nicht das, was man täglich und ununterbrochen angegangen ist. Ein großer Teil der Menschen hatte ja nicht einmal ein Dach über dem Kopf oder intakte Fenster; es gab also existenzbedrohende Sorgen. Wenn man es aber aus heutiger Sicht und von den Akten her betrachtet, die jetzt erst in den Archiven einsehbar sind, dann stellt man fest, daß Südtirol eigentlich viel größere Chancen gehabt hätte, als man damals geglaubt hat. Wenn ich das sage, bedeutet das keinen Vorwurf an die damaligen Akteure in Wien und Bozen – wenn man das aus meinen Ausführungen herausliest, hat man mich mißverstanden. In der Situation, wie sie damals war und wie ich sie eingangs darstellte, hat man sehr viel geleistet. Das ist zumindest mein Eindruck aus den Akten, die ich bisher gesehen habe. Ich glaube allerdings, daß es eine ganze Menge Akten gibt, die auch heute nicht gezeigt werden. Und zwar vor allem nicht in Rom und zum Teil, gerade was Kärnten betrifft, auch nicht in Wien.

Haben Sie in Rom Schwierigkeiten gehabt, an die Akten heranzukommen?

Überhaupt keine. Ich habe mich auch nicht allein für Südtirol interessiert. Es hat mich vor allem der Vergleich Südtirol und Triest interessiert, die österreichische Südtirolpolitik und die italienische Triestpolitik. Mit diesen Absichten bin ich nach Rom, hatte die Befürwortung eines Professors und der österreichischen Botschaft und mußte dann noch vom italienischen Außenminister die Zustimmung bekommen, in die Akten Einsicht nehmen zu können. Die habe ich anstandslos bekommen. Obwohl das auch Grenzen gehabt hat. So konnte ich zum Beispiel den Sammelordner mit dem Titel »Alto Adige« nie einsehen. Es hat geheißen, er sei gerade ausgeborgt, der Ordner sei bei einem Professor, und man wisse ja, daß Professoren nie etwas zurückgeben. Daß er da war, bin ich völlig überzeugt. Aber das kann ich ihnen nicht übelnehmen, weil alle Staaten gewisse Akten viel länger gesperrt halten. Zum Beispiel die Engländer halten gewisse Akten bis zum Jahre 2020 oder für immer gesperrt.

Und die Österreicher sind scheinbar nicht viel besser.

Also die Innsbrucker sind ja strenger als der Bund. Die Wiener haben 40 Jahre, und die Innsbrucker

Das Meraner Kurhaus mit seinem altösterreichischen Flair gibt den Landesversammlungen der Südtiroler Volkspartei eine besonders stilvolle Note.

haben 50 Jahre Sperrfrist. Das ist in meinen Augen sinnlos. Allerdings sind Ausnahmen – 30 Jahre – relativ leicht zu erwirken.

Wie gut ist eigentlich die Südtiroler Volkspartei über die Hintergründe informiert gewesen? Einmal abgesehen von Friedl Volgger, der selbst in Paris war.

Man sollte doch nicht immer nur von Friedl Volgger und Otto von Guggenberg sprechen, die in Paris waren. Das war Mitte August und Anfang September 1946. Da waren doch die Dinge längst entschieden. Altsenator Dr. Friedl Volgger und der längst verstorbene Otto von Guggenberg brauchen (bzw. bräuchten) sich überhaupt nicht betroffen zu fühlen, wenn man sagt, es hätte vielleicht mehr herauskommen können; denn im Sommer 1946 waren die Dinge schon entschieden. Die entscheidenden Monate waren nach der Nationalratswahl in Österreich im November 1945 bis März, April, vielleicht sogar bis Ende Mai 1946. Aber im Juli, August war alles längst passé.

Die Außenministerkonferenz in London im September 1945 hat den Grundsatzbeschluß gefaßt, die Selbstbestimmung nicht zuzulassen ...

Das war kein Grundsatzbeschluß. Die Außenministerkonferenz vom September 1945 hat keineswegs beschlossen, daß es für Südtirol keine Selbstbestimmung geben darf. In der Septemberkonferenz, die übrigens mit einem totalen Gegensatz der Westmächte zu Rußland geendet hat, hat man lediglich den Weg beschlossen, der für die Ausarbeitung des Friedensvertrages mit Italien eingeschlagen werden sollte. Dabei darf man nicht vergessen, daß die Engländer und die Amerikaner nicht so gut miteinander befreundet waren, wie es nach außen hin schien; auch hier waren die Probleme vielschichtig.

Der amerikanische Außenminister James Byrnes war, wie er immer wieder äußerte, ein Anhänger von Volksabstimmungen. Die Engländer waren ursprünglich für eine Rückkehr Südtirols zu Österreich. Aber wie sie gesehen haben, daß die Russen im April 1945 in Wien standen und große Gefahr bestand, daß Österreich überhaupt in den russischen Einflußbereich fallen könnte, da sind sie zurückgeschreckt. Das sind wir hier in Innsbruck natürlich auch. Hier haben doch unzählige Leute, und zwar selbst große Patrioten, gesagt: Bitte trennen wir uns von Wien, wir wollen nicht in den russischen Einflußbereich fallen.

Noch einmal zurück zur Außenministerkonferenz ...

Die Engländer haben einen sehr harten Entwurf für den Friedensvertrag mit Italien vorbereitet. Obwohl sie Italien als Freund haben wollten: es sollte ja nicht in den russischen Einflußbereich fallen. Andererseits sollte Italien bestraft werden, weil es einen Eroberungskrieg geführt hatte. Deshalb haben die Engländer einen viel schärferen Entwurf gemacht, als die Amerikaner ihn machen wollten, zum Beispiel hinsichtlich der Kolonien. Die Engländer haben den Amerikanern vorher gesagt, sie würden ihnen diesen Entwurf schon zeigen. Der amerikanische Außenminister James Byrnes hatte diesen Entwurf bis zur Außenministerkonferenz aber noch nicht bekommen. Bei der Eröffnung am 11. September lautete der pragmatische Verfahrensvorschlag der Amerikaner: Hören wir alle Staaten, die am italienischen Friedensvertrag interessiert sind, an, und zwar vor allem die Grenzstaaten Jugoslawien, Österreich und Frankreich. Diese Staaten sollten ihre Anliegen schriftlich vorbringen, Untersuchungen an Ort und Stelle sollten vorgenommen werden, die stellvertretenden Außenminister sollen darüber beraten, und zum Schluß sollen die Außenminister entscheiden. Daraufhin erklärte der englische Außenminister Ernest Bevin, England habe bereits einen Entwurf für den Friedensvertrag und legte ihn vor. Byrnes sagte, er kenne ihn nicht, und der Russe Molotow äußerte, Moskau kenne ihn nur zum Teil, die militärischen Beschlüsse und Klauseln kenne er nicht. Also gab es zwei Tage Pause. Dabei stellte sich heraus, daß der englische Entwurf Grenzberichtigungen zwischen Jugoslawien und Italien und die Wegnahme der Kolonien vorsah. Aber über die italienisch-österreichische Grenze stand kein Wort. Warum? Weil die Briten die Entwicklung in Österreich abwarten wollten, sowohl die innenpolitische Entwicklung – hier setzten sie auf eine lange Periode der »Umerziehung« – wie im Verhältnis zu Rußland. Die Engländer glaubten, die Fäden in der Hand zu halten, man könne ja später noch einmal darüber reden. Am 12. September hatten die Russen den amerikanischen Verfahrensvorschlag angenommen. Aber am 14. September stimmten alle vier Mächte (USA, Rußland, Frankreich und – China, das damals noch an den Verhandlungen beteiligt war), zu, den britischen Plan als Verhandlungsbasis anzunehmen. Doch Byrnes machte nun folgenden Vorschlag, wobei er rein »geographisch« vorging: die französisch-italienische Grenze solle unverändert bleiben, bis auf kleinere Grenzberichtigungen, die Frankreich zu seinen

Auch nach dem Zweiten Weltkrieg wurden Südtirols Hoffnungen auf Selbstbestimmung enttäuscht. »Volkskundgebungen« wie hier in Klausen standen im Zeichen des Protests gegen die Aufrechterhaltung des »Schandvertrags« von 1919. Nach dem Außenministerentscheid in Paris vom 1. Mai 1946 schien klar, die Grenze bleibt. Selbstbestimmung war das Anliegen der Sammelpartei. Klausen war die Geburtsstadt des Alttiroler Politikers Paul Baron Sternbach (am Balkon sitzend, ganz links, teils verdeckt), einst Mitglied der österreichischen Delegation in Saint Germain. Rechts neben ihm: Otto von Guggenberg.

Gunsten vorbringen mag; die schweizerisch-italienische Grenze solle unverändert bleiben (von dieser war ja in Wirklichkeit nie die Rede gewesen); die österreichisch-italienische Grenze solle unverändert bleiben, bis auf kleinere Grenzberichtigungen, die Österreich zu seinen Gunsten vorbringen mag. Mit diesem Weg schuf Byrnes Österreich die Möglichkeit, überhaupt auf der Friedenskonferenz aufzutreten. Dieser Weg wurde von allen angenommen.

Die Engländer vertraten überdies den Standpunkt, von Österreich liege ja gar kein Antrag vor. Was völlig klar war, weil Österreich ja noch gar keine Ansprechpartner hatte. Das war ja auch ein Unglück, die »coincidenza« der Daten, um es auf italienisch auszudrücken, daß am 11. September die Außenministerkonferenz in London losgegangen ist und am selben 11. September erst der Alliierte Rat in Wien eingesetzt worden ist. Am 5. September hatte die österreichische Regierung schon ein umfassendes Südtirol-Memorandum erstellt und es dann sofort dem Alliierten Rat übergeben, aber es kam für die Londoner Konferenz vom 11. bzw. 14. September zu spät. So konnten die Engländer sagen, von den Österreichern liege noch gar nichts vor. Die vielen halboffiziellen Depeschen von Landeshauptmann Gruber, vom Bischof von Brixen usw. sind natürlich gewertet worden, ein offizieller Antrag aus Wien aber lag noch nicht vor. Ganz abgesehen davon, daß die Wiener Regierung von den Briten damals als nicht existent angesehen wurde.

Woher wissen Sie das? Gegenüber Österreich bestand ja eine Informationssperre. Österreich sollte zwar gehört, nicht aber informiert werden über die Beschlüsse dieser Konferenz.

Die Akten des State Departments sind ja alle ab Anfang der 60er Jahre herausgekommen. Der größte Teil dieser Akten liegt jetzt gedruckt vor. Außerdem wurde Gruber im Jänner 1946 vom britischen politischen Beauftragten in Wien, William Mack, mit Zustimmung des Foreign Office, über die »provisorische Entscheidung« (sic) vom 14. 9. 1945 unterrichtet. Gruber ist erst Anfang Oktober 1945 Außenminister geworden, bzw. Staatssekretär im Bundeskanzleramt in einer provisorischen Regierung. Ob Gruber schon damals informiert war, weiß ich nicht. Aber jedenfalls hat der österreichische Diplomat Ludwig Kleinwächter die britische Haltung bereits Anfang September gekannt. Bei der Übergabe des Memorandums der österreichischen Regierung vom 5. September an den politischen Beauftragten der USA, John Erhardt, den späteren Botschafter, erklärte Erhardt, daß die USA nichts gegen eine Rückkehr Südtirols zu Österreich hätten. Kleinwächter darauf: Ja, das wissen wir schon, aber wir haben den Eindruck, daß sich die englische Haltung in der allerletzten Zeit geändert hat. Darauf erwiderte Erhardt, das wüßte er nicht, vor zwei Monaten jedenfalls seien die Engländer noch für die Rückkehr zu Österreich gewesen. Tatsächlich hatte London die Rückgabe Südtirols noch im April 45 vorgesehen; genau zwei Monate vor dem Gespräch Kleinwächter-Erhardt, am 12. Juli, hat aber der englische Ministerrat beschlossen, eine Entscheidung aufzuschieben. Später dachten alle, diese Wendung wäre unter der Labour-Regierung von Clement Attlee erfolgt und nicht mehr unter Winston Churchill; es war aber noch unter Churchill. Ich kann die These des Helmut Golowitsch in seinem Buch »Kapitulation in Paris« nicht teilen, daß Außenminister Gruber quasi ein Agent der Engländer und ein »Verräter« war. Das stimmt überhaupt nicht. Man kann die Kontakte des Widerstands mit den Alliierten vor Mai 1945 nicht als »Agententätigkeit« bezeichnen. Auch als Außenminister ließ Gruber sich ausschließlich von österreichischen Interessen leiten. Dadurch ist dieses Buch weitgehend entwertet, obwohl es neben den bereits veröffentlichten Dokumenten des State Departments bisher unbekannte Dokumente publiziert, die untermauern, wie stark sich Byrnes noch bis März 1946 für eine Volksabstimmung engagiert hat. Unter den Beamten des State Departments gab es eine sehr italienfreundliche neben der österreichfreundlichen Gruppe. Diese war aber auch sehr stark.

Da war der Leiter der Mitteleuropaabteilung im US-State-Department James W. Riddleberger. Der war absolut österreich- und südtirolfreundlich gesinnt, und Erhardt hat die Grenzen, z. B. die Details einer Grenzziehung im Süden Bozens, besser gekannt als manche im Außenamt in Wien; er stand geradezu mit Leidenschaft hinter den Österreichern und den Südtirolern. Der stellvertretende Staatssekretär, der die USA bei den vorbereitenden Konferenzen in London Anfang 1946 vertrat, James Dunn, verfolgte aber eine eher italienfreundliche Politik auf eigene Faust.

Welche Rolle hat denn der italienische Außenminister De Gasperi gespielt?

Eine verhängnisvolle. Er hat die Österreicher schon im Herbst 1945 hineinlegen wollen. Im November 1945 teilte er in allen vier Außenministerien mit, Italien habe die große Gnade, mit Österreich bereits diplomatische Beziehungen aufnehmen zu wollen. Obwohl die Österreicher in Italien inhuman gewirkt hätten an der Seite der deutschen Wehrmacht, sei Italien in seiner großen humanistischen Gesinnung doch bereit, Beziehungen mit Österreich aufzunehmen. Natürlich unter der Voraussetzung, daß es zwischen beiden Ländern keine territorialen Fragen gebe. Die Engländer, die Amerikaner und die Russen sollten diese Bereitschaft den Österreichern weiterleiten. Dies taten sie aber nicht. Außenminister Gruber und mit ihm die Österreicher haben gar nicht erfahren, was ihnen da gedroht hat. Aber Erhardt hatte das von seinem Außenamt erfahren und hat dann zum Wiener Außenamt gesagt: Es könnte sein, daß in nächster Zeit ein italienisches Angebot an euch herangetragen wird, um Gottes willen, bitte unterschreibt ja nichts, auch wenn es noch so gut verpackt ist.

Wurde etwas unterschrieben?

Nein, es wurde nichts unterschrieben. Aber De Gasperi wollte schon damals die Österreicher hineinlegen. Er wollte sie ständig hineinlegen.

Churchill war ja auch kein Musterknabe. Seine berühmte Rede, in der er sagte, er kenne kein Land, für das die Selbstbestimmung angemessener sei als Tirol, das Land Andreas Hofers, hat er ja gehalten, wie er schon in Opposition war.

Ja, das war im Mai 1946 und damals schon recht billig. Denn da lag schon die Ablehnung der Außenminister vom 1. Mai vor. Das eigentliche Hindernis waren ja die Russen. Die Russen hatten ihre wohlwollende Neutralität in der Südtirol-Frage, die sie noch im September 1945 gewahrt haben, nach den Novemberwahlen in Österreich mit der totalen Niederlage der kommunistischen Partei völlig geändert. Nun wollten sie keine Stärkung

Österreichs, während Engländer und Amerikaner, die noch im Frühjahr 1945 für eine Rückgabe Südtirols waren, dann wegen der russischen Präsenz in Wien zurückgesteckt hatten, nun von Volksabstimmung sprachen: Byrnes forderte sie (im Jänner und März 1946), und auch im Foreign Office überwog ab Dezember 1945 die proösterreichische Tendenz. Natürlich war ihnen die ganze Sache sehr unbequem!

Aber der russische Widerstand dürfte nicht unüberwindbar gewesen sein. Die Russen stimmten im Mai einer Volksabstimmung in Istrien und Venezia Giulia zu, die Byrnes am 4. Mai, 3 Tage nach der Ablehnung betreffend Südtirol durch die Außenministerkonferenz, vorgeschlagen hatte. Es war De Gasperi, der diesen Vorschlag von Byrnes sofort ablehnte, weil für ihn die Folgen betreffend Südtirol klar waren. Am 1. Mai war ja der Anspruch Österreichs auf Südtirol abgelehnt worden, von einer Volksabstimmung war damals nicht die Rede. Denn auch hier spukte die scheinbar so gefährliche Optantenfrage dazwischen: die Frage, ob die Optanten in Südtirol zu einer Volksabstimmung zugelassen würden. De Gasperi aber wußte, daß die Alliierten auch die nicht abgewanderten Optanten als italienische Staatsbürger ansahen, eine Volksabstimmung in Südtirol also zweifellos eine Mehrheit für Österreich ergeben hätte. So sah De Gasperi den Byrnes-Vorschlag als so gefährlich an, daß er seinen Botschaftern die Weisung gab, sich nie auf eine Debatte über Volksabstimmung in Istrien-Triest einzulassen.

Dennoch, wenn die Österreicher und vor allem die Südtiroler ununterbrochen geschrien hätten … Die Südtiroler wagten aber nicht zu schreien. Die großen Kundgebungen für die Selbstbestimmung kamen ja erst nach dem 1. Mai 1946, während Gruber bereits auf die »Pustertaler Lösung« eingeschwenkt war. Hier gab es tatsächlich keine Koordination zwischen Bozen und Wien, hier hat Gruber die Süd- und die Nordtiroler »überfahren«.

Vor dem 1. Mai haben die Südtiroler aber nie etwas gemacht, außer der Unterschriftensammlung.

Die war aber immerhin gewaltig.

Die Unterschriftensammlung war gewaltig, aber sie wurde von der SVP nicht wirklich gedeckt.

Aber z. B. hat Alfons Benedikter als Bezirkssekretär in Schlanders für die SVP diese Unterschriften gesammelt.

Natürlich, sicher taten das auch andere SVP-Funktionäre, aber sie war nicht von der SVP-Spitze offiziell abgesegnet. Da gibt es diesen wunderschönen Bericht von Silvio Innocenti, dem Präfekten von Bozen, an Alcide De Gasperi: Es war die große Übergabe der Unterschriften zu Ostern 1946 in Innsbruck an Bundeskanzler Figl. Da war eine Reihe von Auslandsjournalisten in Innsbruck, die anschließend nach Bozen fuhren. Es waren zwei Amerikaner, einer der bekannten Brüder Molden, ein Tscheche und noch ein paar. Zuerst haben sie große Schwierigkeiten gehabt, dann aber hat sie der Präfekt Innocenti eingeladen und gesagt, er möchte auch mit ihnen reden. Innocenti hat dazu auch den Generalsekretär der SVP, Josef Raffeiner, und den Obmann der SVP, Erich Amonn, eingeladen und hat sie neben sich gestellt. Und dann hat er gesagt, man verhandle ja mit den Südtirolern, es gehe doch bestens, man verhandle gemeinsam über die Regelung der Optantenfrage, über die Möglichkeit der Rückoptionen. Man rede über alle möglichen Dinge, und wie man sehe, stünde man hier im besten Einvernehmen beisammen. Daraufhin hat der tschechische Korrespondent den Einwand vorgebracht, die Unterschriftensammlung, die gerade in Innsbruck übergeben worden sei, spreche doch völlig gegen diese Aussage. Da sagt Innocenti mit einem absichtlichen Lapsus linguae »diese Nordtiroler Unterschriftensammlung« habe für die Südtiroler Bevölkerung nichts zu sagen. Da sagte der tschechische Korrespondent, es habe sich doch um eine Südtiroler Unterschriftensammlung gehandelt. Darauf Innocenti: »Eine Südtiroler Unterschriftensammlung mit der SVP, wissen Sie etwas, meine Herren?« Und die Volksparteiler haben geschwiegen, weil sie sich nichts zu sagen getraut haben. Um das geht es ja. Der Grund für diese Haltung war kein persönlicher, denn sie selber waren ja Dableiber und wären nie aus Italien ausgewiesen worden, und Erich Amonn hätte sein Unternehmen auf alle Fälle behalten können. Aber sie hatten wegen der Optanten Angst, wegen der nicht gelösten Optantenfrage. Es sind ja im Winter 1945/46 noch Leute entlassen worden aus dem Forstdienst usw. …

Sind Sie damals zufällig dabeigewesen?

Wie sollte ich? Die Grenze war doch damals hermetisch gesperrt! Molden hat wahrscheinlich über die Franzosen einen Passierschein erwirkt. Ich selbst durfte erst im Herbst 1948 über den Brenner fahren, und auch das nur mit einem angeblichen Auftrag der Tiroler Handelskammer. Nein, das hat Innocenti triumphierend nach Rom berichtet. Ich habe seinen Bericht und einen Bericht von Molden, der etwas weniger kraß, aber klar schrieb, daß Innocenti den

Eindruck erwecken wollte, die Unterschriftensammlung habe nur in Nordtirol stattgefunden. Obwohl ihm das keiner geglaubt habe, hätten sich Amonn und Raffeiner nicht zu sagen getraut, daß alle die Selbstbestimmung wollten. Die Leute von den 125.000 Unterschriften und sie selbst auch. Wenn Amonn das in dem Moment gesagt hätte, wäre die Situation eine ganz andere gewesen, meine ich. Denn dann wäre die Frage Volksabstimmung aufs Tapet gekommen, Optantenfrage hin oder her.

Man hat später auch Außenminister Gruber den Vorwurf gemacht, daß er bei der Unterschriftenübergabe in Innsbruck ohnehin schon gewußt habe, daß da nichts mehr zu machen wäre.
Im April 1946 hat er es nicht gewußt. Die entscheidenden Monate waren zwischen Ende November 1945 bis April, eventuell auch noch Mai 1946. Die Unterschriftensammmlung wurde am 22. April übergeben. Da hatte die Außenministerkonferenz in Paris ja noch nicht abgelehnt gehabt.

Das stimmt. Aber man hat Gruber trotzdem den Vorwurf gemacht, er hätte zu diesem Zeitpunkt das Hintergrundwissen haben müssen, daß nichts mehr zu machen wäre.
Zu machen wäre etwas gewesen, wenn man die Bevölkerung in Südtirol mobilisiert hätte. Wir haben riesige Denkschriften gemacht, wir haben Unterlagen gesammelt über die Geschichte, über die Geographie, über die Bevölkerungszusammensetzung und alles mögliche. Das haben die Alliierten, die Engländer, die Amerikaner aber genauso gut gewußt wie wir, in manchen Fällen sogar besser. Hätten wir ein Bergbauernpaar mit sechs Kindern oder gar mit elf Kindern vor das Foreign Office in die Downing Street gesetzt und eins vor das Weiße Haus und eins vor das Palais Luxembourg in Paris, das ununterbrochen gesagt hätte, bitte, wir möchten zu Österreich zurück, hätten wir mehr erreicht als mit diesen vielen Denkschriften, die heute in vielen Bibliotheken herumliegen.

Na, warum ist Ihnen das als Frau nicht eingefallen?
Ich ahnte genausowenig wie alle anderen, daß die Engländer und Amerikaner sowieso alles gewußt haben über die Geographie usw. Wieso sollte ich das gewußt haben? Aus der heutigen Sicht kann ich nur sagen, mit den Kindern hätten wir mehr erreicht. Ich nehme es niemandem übel, daß sie es nicht getan haben, abgesehen davon wäre es wahrscheinlich technisch sehr schwer möglich gewesen, weil ja ein Südtiroler nicht einmal nach Innsbruck kommen konnte, geschweige denn nach Paris oder Amerika. Mit anderen Worten: Wir hätten viel mehr und rechtzeitig das Volk mobilisieren sollen, ohne, um Gottes willen, illegal zu werden. Die Leute hätten mit ihren Forderungen auf die Straße gehen sollen, so wie sie beim sogenannten »Sturm« auf die Bozner Präfektur im Dezember 1947 auf die Straße gegangen sind mit der Autonomieforderung. Das war die einzige spontane Aktion. Noch am selben Tag oder am Tag darauf hat De Gasperi die SVP eingeladen, nach Rom zu kommen. Die größte Lehre auf diesem Gebiet können wir aus dem tschechischen Widerstand vom Sommer 1968 ziehen. Daß man ungeheuer viel erreichen kann durch passive Resistenz und durch eine konkrete Willensäußerung. Aber die Südtiroler konnten sich aus ihrem Wissen zu Recht nicht getrauen. Sie wußten ja nicht, daß die Alliierten den Italienern nie erlauben würden, die Optanten auszuweisen oder ihnen die italienische Staatsbürgerschaft abzuerkennen.

Für die damaligen Verhältnisse war schon der Marsch auf Sigmundskron vom 5. Mai 1946 gewaltig, aber zu spät.
Es wäre selbst damals nicht zu spät gewesen, wenn nun alle bei dieser Selbstbestimmungsforderung von Sigmundskron geblieben wären. Auch in Innsbruck gab es bereits am 2. Mai 1946 einen spontan ausgerufenen von allen befolgten Generalstreik, mit Zehntausenden von Leuten und der Beteiligung der Landesregierung, in Salzburg demonstrierten 30.000 Menschen. Aber statt nun nur mehr von Volksabstimmung zu reden, von Selbstbestimmung und nichts anderem, bahnte Gruber nun die »Pustertaler Lösung« an, während man unter dem Eindruck dieser Gruberschen Haltung in Bozen langsam begann, Autonomielösungen nicht mehr auszuschließen. Hier fehlte tatsächlich die Koordination zwischen Wien und Bozen, und auch den Innsbruckern, vor allem Reut-Nicolussi, der total auf Südtiroler Seite stand, gelang es nicht, diese Koordination zu erzwingen. Die Südtiroler Führung hatte überdies die Auffassung eines Musterschülers. Sie waren furchtbar stolz, Amonn und Guggenberg, wie die Alliierten einmal im Frühjahr 1946 gesagt haben, man schätze ihre verantwortungsvolle Haltung. Wenn ich so etwas höre, muß ich eigentlich die Ohren aufmachen und mir sagen: Mein Gott, mir scheint, da ist eine Falle. Ich bin viel zu brav, ich muß lästig fallen. Da gibt es beispielsweise einen alten Film, der

Für die Selbstbestimmungspetition wurden 155.000 Unterschriften gesammelt, 125.000 davon in Südtirol. Die Übergabe an Bundeskanzler Leopold Figl am Ostermontag, 22. April 1946, gestaltete sich zum patriotischen Großereignis. Die französische Besatzungsmacht stand wohlwollend dahinter, auch als es galt, die Unterschriftenpakete über den Brenner zu bringen. Als Kurier fungierte Robert von Habsburg, Wiener Kaisersohn und Hauptmann der französischen Armee. Diese Enthüllung des einstigen »Organisationsleiters« der SVP, Friedl Volgger, wird auch von Ludwig Steiner bestätigt, einer der zentralen Gestalten im politischen Wiederaufbau.

heißt »Die Maus, die brüllte«, über einen kleinen Zwergstaat, der wirtschaftlich elend beisammen und völlig am Ende war. Er hatte keine Rohstoffe und kein Geld mehr, und die Leute fragten sich, was wohl zu machen sei. Da beschlossen sie, den Vereinigten Staaten von Amerika den Krieg zu erklären. Das haben sie dann auch getan. Als sie dann mit einem Schlag am Boden gelegen sind, haben die Amerikaner ihre Schulden tilgen und sie wieder aufpäppeln müssen. Damit waren sie gerettet. Es war nur eine verbale Kriegserklärung, aber die hat schon genügt. Das heißt: Wenn ich schwach bin, muß ich lästig fallen. Und wenn ich gelobt werde, muß ich wissen, daß ich zu wenig lästig falle. Also muß ich lästig fallen, aber ich darf mich nicht ins Unrecht setzen. Sonst hat die Katze die moralische Möglichkeit, mich zu fressen.

Welchen Anteil hatte eigentlich die SVP an der österreichischen Südtirolpolitik, wieviel hatte sie mitzureden, welchen Spielraum hatte sie?

Wenn man vergleicht, was De Gasperi mit den armen Triestinern und Istrianern anstellte, hat Außenminister Gruber die Südtiroler schon sehr stark herangezogen. De Gasperi hat die Triestiner wochenlang um einen Termin betteln lassen und sie furchtbar schlecht behandelt. Da können sich die Südtiroler nicht über Gruber und die österreichische Regierung beklagen, jedenfalls nicht bis zum Mai 46.

Wer hatte eigentlich die Ideen für die Aktionen wie den Marsch nach Sigmundskron oder die Unterschriftenaktion?

Wem die Unterschriftenaktion eingefallen ist, weiß ich nicht. Sie war aber sehr naheliegend, da ja im Sommer 1945 schon die Geistlichkeit eine ähnliche Aktion gemacht hatte und im Jahr 1919 alle Südtiroler Gemeinden. Die übrigen Aktionen haben sie dann schon gemeinsam beschlossen, d. h. die Südtiroler haben beschlossen, und die Nordtiroler waren auch dafür. Sie haben schon gesehen, daß man schärfer werden muß, aber es war dann zu spät.

Wurden die Aktionen von Österreich angeraten?
In Innsbruck war man sicherlich mit den Südtirolern in Kontakt.

Sie schreiben, die Österreicher hätten immer auf die Engländer gesetzt, nicht wissend, daß auf der Londoner Außenministerkonferenz eine klare Entscheidung gegen das Selbstbestimmungsrecht getroffen wurde.
Das habe ich nie geschrieben; wie ich schon sagte, wurde keine »klare Entscheidung« getroffen, sondern nur ein Weg festgelegt, wobei die Engländer glaubten, die »kleinere Grenzberichtigung« später, wenn sie wollten, noch immer beliebig auslegen zu können. Bevin sagte noch im März 1946, sie seien sich eigentlich gar nicht so klar, was sie unter dieser Formulierung verstanden hätten, und Byrnes sagte, ob kleinere oder größere Grenzberichtigung sei nicht so wichtig – Hauptsache, daß es sich um eine gerechte Entscheidung handle. Die Engländer waren im allgemeinen den Österreichern weniger freundlich gesinnt als die Amerikaner, sie wünschten eigentlich vor einer Entscheidung über Österreich eine lange Periode der »Umerziehung«. Während die Amerikaner viel pragmatischer dachten. Die Amerikaner waren aber nicht entscheidend, weil es ja zwischen England und Amerika ein gewisses Gentlemen's Agreement gegeben hat, wonach die Engländer in allen Fragen Mitteleuropas und des Mittelmeers maßgebend sein sollten. Aber wenn man trotzdem mehr auf die Amerikaner gesetzt hätte, dann hätte man bei ihnen eine breitere Stimmung hervorrufen können, die die Engländer unter Druck gesetzt hätte.

Außenminister Gruber stand damals erst am Beginn seiner Karriere. Er hatte noch kaum diplomatische Erfahrungen.
Das war es ja. Gruber hatte überhaupt keine diplomatische Vorbereitung. Inwieweit er über die Zusammenhänge England-Amerika informiert war, weiß ich nicht. Gruber hat in seinem Buch »Zwischen Befreiung und Freiheit« geschrieben, die Amerikaner hätten von Südtirol gar nichts wissen wollen: Es habe in Amerika eine große italienische Lobby gegeben, die Amerikaner dächten vor allem in materiellen Kategorien. Gruber hat da die alten Klischees, die über Amerika verbreitet waren, wiederholt. Ob er erfahren hat, was Ludwig Kleinwächter schon im September 1945 gewußt hat, das weiß ich nicht. Ich weiß nicht, ob Gruber, wie er nach Wien gekommen ist, seine Beamten aufgefordert hat, ihn über frühere Vorgänge zu unterrichten. So wie ich ihn einschätze, glaube ich, daß er das eher nicht getan hat. Ich habe nie bemerkt, daß Gruber eine Teamarbeit gepflegt hat, im Unterschied zu Kreisky, der stets Teamarbeit gefördert hat.

Man hat Gruber zum Vorwurf gemacht, er sei zu selbstherrlich vorgegangen.
Karl Gruber war ein Elektroingenieur, und Elektroingenieure glauben, alles selber machen zu müssen, das liegt ihnen auch viel mehr.

Wann hat sich das Blatt Ihrer Meinung nach entscheidend gewendet?
Das kann ich nicht sagen. Ich kann nur sagen, daß die positive Zeit aus Mangel an Wissen nicht wirklich genutzt worden ist und man nie gesagt hat: Hier stehe ich, und da bleibe ich.

Baron Mario Günther von Unterrichter behauptet, entscheidend sei auch gewesen, daß Österreich keine Exilregierung gebildet habe, im Gegensatz zu anderen, wie beispielsweise die Tschechoslowakei. Und dann meint er noch, daß der Konflikt zwischen Rot und Schwarz aus dem Jahre 1934 innenpolitisch noch eine Belastung war.
Das mit der Exilregierung glaube ich nicht. Denn gerade jene Staaten, die eine Exilregierung gebildet hatten, sind unter die gnadenlose russische Herrschaft gefallen. Das waren die Polen, und das waren die Tschechen. Also das stimmt einfach nicht. Und der Rot-Schwarz-Konflikt war im Jahre 1945 völlig überwunden. Die sind ja gemeinsam in Dachau gesessen. Leopold Figl ist aus der Todeszelle gekommen und ist Kanzler geworden. Sie haben damals alles gemeinsam gemacht. Wir hätten ja nie den österreichischen Aufbau bekommen, wenn nicht bis in die sechziger Jahre hinein diese »KZ-Generation« regiert hätte. Natürlich hat es gewisse Gegensätze gegeben, aber nie nach dem Rot-Schwarz-Muster.

Welche Rolle hat Südtirol in der österreichischen Innenpolitik gespielt? Sie schreiben in einem Buch, Südtirol habe den Österreichern nach dem Krieg zur Identitätsfindung geholfen.
Das einzige, was die Österreicher wollten, war einmal der Staatsvertrag mit einer wirklichen Befreiung und andererseits die Rückkehr Südtirols. Mit Südtirol war etwas alle Verbindendes auf dem Tapet, es war ein Land, das alle immer geliebt haben. Z. B. die

Steirer haben sich damals für Südtirol besonders eingesetzt, auch in der Regierung, obwohl die Steiermark selber Gebiete an Jugoslawien verloren hatte, nach dem Ersten Weltkrieg. Südtirol war ein Thema, das über die Alltagssorgen hinausging. Obwohl die Österreicher nur 700 oder 1000 Kalorien am Tag hatten und soundsoviele Straßen und Häuser kaputt waren, hofften sie, für Südtirol etwas Positives erreichen zu können. Das war ein ideales Ziel, das die Leute aus dem Alltag emporgehoben hat.

Also keine parteipolitische Vereinnahmung?
Da haben immer alle Parteien mitgetan, und das blieb bis in die allerletzten Jahre so.

Die Österreicher haben gemeint, man würde schneller zu einem Staatsvertrag kommen, als es dann der Fall gewesen ist. Hat man gemeint, man schließe halt einmal dieses Pariser Abkommen ab und werde dann, wenn man einmal einen Staatsvertrag hat, mehr und anderes auch noch verlangen können?
Ich will keineswegs pietätlos sein – obwohl Gruber, glaube ich, selbst von Pietät nicht viel hielt –, aber Außenminister Gruber hat immer im letzten Moment vor einer Entscheidung Angst bekommen. Er hat zum Beispiel im April 1946 dem britischen Vertreter in Wien, William Henry B. Mack, dem späteren Botschafter, gesagt, man könne vielleicht Bozen und das Unterland bei Italien belassen, und zwar die Ostseite der Etsch, und nur das übrige Land wieder zu Österreich schlagen. Er hat den britischen Vertreter gebeten, dies nach London zu berichten mit der Bitte, ja nicht zu verraten, daß dieser Vorschlag von ihm komme. Er solle sagen, dieser Vorschlag komme von einem bedeutenden Österreicher in Wien. Wie konnte Gruber annehmen, daß ein britischer Botschafter seiner Regierung nicht sagt, von wem er das hat, da würde er ja seine Pflicht verletzen! Natürlich hat Mack den Briten gesagt, daß dieser Vorschlag von Gruber höchstpersönlich stammt. Das war Mitte April. Und wenn die Briten Mitte April wissen, daß Gruber selber nicht mehr daran glaubt, sondern schon Konzessionen macht, dann werden sie nicht am 1. Mai für die Rückkehr Südtirols stimmen. Gruber hat immer vor einer Entscheidung Angst bekommen und etwas Neues aufs Tapet gebracht. Er hat gedacht, er müsse immer am Bandl bleiben. Aber damit hat er dieses Bandl immer dünner gemacht. Er hat in seiner Rede im Mai 1946 in Paris gesagt, Österreich verlange das Pustertal aus verkehrspolitischen Gründen, was sowieso reiner Nonsens war, weil ja klar war, daß es für den Verkehr bald viele Erleichterungen geben würde, siehe heute das »Deutsche Eck«. Und gleichzeitig hat er aber gesagt, man behalte sich natürlich vor, später die Selbstbestimmung zu verlangen. Die Engländer, die Franzosen und die Amerikaner hätten Österreich das Pustertal ja nur gegeben, wenn sie sicher gewesen wären, daß dann niemals mehr etwas gefordert würde, wenn die Österreicher und die Südtiroler geschworen hätten, daß sie niemals mehr etwas fordern würden. Gruber schreibt in seinem Buch, daß ihm dies wohl bewußt gewesen sei, er es den Südtirolern aber nicht hätte zumuten können, sonst wäre er verjagt worden, oder es hätte einen fürchterlichen Aufstand gegeben. Aber warum hat er die »Pustertaler Lösung« dann überhaupt aufgeworfen? Gruber hat sich folgendes vorgestellt: Wenn ich das Pustertal in der Tasche habe, dann fliege ich nach Rom und sage zu De Gasperi, ich schenke dir das Pustertal, wenn wir dafür ein Kondominium über ganz Südtirol machen, dafür kannst du die militärische Grenze am Brenner behalten und auch noch die Industrie usw., wir aber müssen alles Übrige bekommen. Ziemlich naiv, leider.

Haben Sie mit Gruber darüber gesprochen?
Aber nie. Sie werden doch nicht glauben, daß Gruber mit mir geredet hätte! Sie überschätzen mich. Er hat mich nicht einmal gekannt. Ich weiß das alles nur aus seinen Büchern.

Und waren Sie in Paris, dort gab es ja auch eine Pressekonferenz?
Nein, was glauben Sie, ich war ja nur eine Hilfskraft, provisorisch auf je 2 Monate angestellt, die immer wieder verlängert wurden. Wer dabei war, war Frau Paula Forcher-Mayr, die war Dolmetscherin und eine sehr hübsche Frau, die sehr gut gewirkt hat.

Sie sagen, Gruber war ein Mensch, der immer wieder Angst bekommen hat vor den Entscheidungen. Michael Gehler titelt z. B. »Pariser Abkommen, ein Rückzug in Raten«[1] Sehen Sie das auch so?
Es war von Anfang an ein Rückzug in Raten. Von Jänner 1946 an, wo man in der Argumentation immer mehr auf materielle Fragen übergegangen ist.

Sie würden also bei der Formulierung »Rückzug in Raten« bleiben?
Ja; man hätte sagen sollen, es sei völlig egal, wo die Südtiroler hinwollen. Auch wenn sie sich zu China

Die Wiener Südtirolpolitik ist traditionsgemäß überparteilich. Der Grundkonsens hat bisher jeden Wechsel am Ballhausplatz überstanden. Gruppenbild der österreichischen Südtiroldiplomatie, um 1961-62: 1. Außenminister Bruno Kreisky, 2. Bundeskanzler Alfons Gorbach, 3. Staatssekretär Ludwig Steiner, 4. Max Lowenthal, langjähriger österreichischer Botschafter in Rom, 5. Botschafter Kurt Waldheim, 6. Legationsrat Franz Parak, 7. Hans Thalberg, Kreiskys Kabinettschef, 8. Gesandter Heinrich Blechner, 9. Nat.Rat Gustav Zeilinger (FPÖ), 10. Staatssekretär Franz Hetzenauer, ab 1966 Innenminister, 11. Prof. Felix Ermacora, 12. Südtirolexpertin Viktoria Stadlmayer (teils verdeckt), 13. Hans Tschiggfrey, Landeshauptmann von Tirol, 14. Staatssekretär a. D., Univ. Prof. Franz Gschnitzer, 15. Landesrat Rupert Zechtl.

bekennen wollen: Sie sollen die Selbstbestimmung haben. Man hätte nie österreichische materielle Interessen ins Spiel bringen sollen. Denn damit konnte natürlich auch Italien seine materiellen Interessen anführen, und die waren natürlich viel durchschlagskräftiger. Man hätte allein die Selbstbestimmung verlangen sollen, nichts anderes. Das habe ich damals auch meinem Chef Herbert Thalhammer geschrieben, als er mit der Pustertaler Lösung nach Paris gefahren ist. Thalhammer war damals ja auch in Paris dabei, wie Gruber schreibt: »Ich nahm keine Delegation mit, ich nahm nur den geographischen Experten mit.« Thalhammer war Geograph, und man nahm ihn mit in der Einbildung, man könne denen da Landkarten zeigen, wie die verschiedenen Grenzen gehen, obwohl die das besser gewußt haben oder zumindest genauso gut wie Thalhammer und zehnmal so gut wie Gruber. Denn Gruber hat in seinem Buch »Zwischen Befreiung und Freiheit« geschrieben, die Südtiroler hätten, wie die Pustertaler Lösung auf dem Tapet war, sich dagegen ausgesprochen, sie hätten dagegen intrigiert und auch den Alliierten gesagt, daß sie dagegen seien, weil damit das Burggrafenamt und der Vinschgau bei Italien bleiben würden. Seine geographischen Kenntnisse waren also wirklich unter jeder Kritik. Es waren Bozen und das Unterland, es waren das Sarntal und das Grödental, es war Brixen sogar. Vier Fünftel von Südtirol wären bei Italien geblieben.

Und die hat er gar nicht erwähnt?
Nein. Er hat nur gesagt, Bozen sei dagegen gewesen, weil das Burggrafenamt und der Vinschgau bei Italien geblieben wären.

Und wie ist es dann Ihrer Meinung nach dazu gekommen, daß es in Paris zu einem den Verhältnissen entsprechend doch guten Resultat gekommen ist?
Die Engländer haben den Italienern immer gesagt, sie müßten was tun. Die Engländer waren z. B. die ersten, die gesagt haben, es gehe nicht an, daß man eine Regionalautonomie zusammen mit Trient gewähre. Die Engländer haben den Italienern gesagt, daß sie eine ordentliche Autonomie machen müssen, und dadurch ist dann der Pariser Vertrag zustande gekommen.

Und wer war Ihren Recherchen zufolge schlußendlich die treibende Kraft? Es heißt, wenn Amerika nicht gewesen wäre, dann würde es kein Pariser Abkommen geben.
Das habe ich gesagt. Wenn Amerika am 14. September 1945 nicht durchgesetzt hätte, Österreich müsse hinsichtlich der österreichisch-italienischen Grenze gehört werden, auch wenn es nur wegen kleinerer Grenzberichtigungen ist, hätte man überhaupt keinen Bezug gehabt. Nur mit der englischen Haltung von damals hätte man überhaupt keine Möglichkeit gehabt, bei den Alliierten tätig zu werden. Die Verhandlungen der Außenminister und ihrer Vertreter liefen übrigens nicht unter dem Tagesordnungspunkt »Kleine Grenzberichtigungen«, sondern unter: »South Tyrol«!

Hinter den Kulissen wurde energisch betont, die Österreicher und die Italiener sollten verhandeln und zu einer Lösung kommen. Welche Verhandlungsspielräume gab es, als die Südtiroler dann in Paris waren?
Man hatte keine Wahl mehr zwischen Selbstbestimmung oder Nichtselbstbestimmung, zwischen Grenzberichtigungen oder Nichtgrenzberichtigungen. Es war nur mehr die Autonomie auf dem Tapet. Natürlich haben auch die Amerikaner immer wieder helfen wollen. Der stellvertretende amerikanische Außenminister Dean Acheson hat noch im Juni nach Wien geschrieben, daß im Falle einer Ablehnung der Pustertaler Lösung die Österreicher nicht verzweifeln sollten, denn die UNO könnte immer noch eine andere Lösung treffen. Deshalb ist Gruber ab Juni wieder in erster Linie dem Staatsvertrag nachgelaufen. Er war ja in Paris nicht nur wegen Südtirol, sondern in erster Linie wegen des Staatsvertrags. Er hat, wie Sie früher richtig sagten, gemeint, wenn er den Staatsvertrag habe, dann könne Österreich in die UNO, und dann könne es bezüglich Südtirol ganz anders auftreten. Ich bin überzeugt, daß der Vorwurf der Golowitsch-Gruppe, Gruber habe in Paris Verrat geübt, nicht stimmt. Sondern er ist immer wieder einer neuen Hoffnung nachgelaufen. Damals hat man ja auch gedacht, daß man den Staatsvertrag vielleicht in einem Jahr bekommen werde. Statt dessen hat es neun Jahre gedauert. Gruber hat dann auch die Südtirol-Vereinbarung so vorgesehen, daß Österreich und Italien sich grundsätzlich auf eine Autonomie einigen, die gemeinsam auszuarbeiten sei und über die dann in einem Jahr entschieden werden sollte. Eine solche Bestimmung sollte nach Auffassung Grubers in den italienischen Friedensvertrag aufgenommen werden. Und wenn die Italiener nichts getan hätten und man in einem Jahr den Staatsvertrag habe, dann könnte man die Sache ganz neu aufrollen. De Gasperi aber hat das über den Haufen geschmissen und faktisch den fertigen Text des spä-

teren Pariser Abkommens vorgelegt, der nur mehr in Kleinigkeiten geändert werden konnte. In Kleinigkeiten im Verhältnis zum Vorhaben, denn an sich waren es auch nicht nur Kleinigkeiten.

De Gasperi wird immer als halber Teufel gemalt. Er war sicherlich sehr raffiniert und hatte eine voll entwickelte Diplomatie hinter sich.

Soviel ich gesehen habe, war Ministerpräsident Ferruccio Parri im Herbst 1945 viel freundlicher als De Gasperi, der unter ihm damals Außenminister war. Zum Beispiel hat im Herbst 1945 der italienische Botschafter in London, Nicolò Carandini, dringend gemahnt, Italien müsse Schritte zugunsten der Südtiroler unternehmen; wenn Italien völlig unbeweglich bleibe, werde es Südtirol verlieren. Daraufhin beschloß die italienische Regierung ein Dekret zur Einrichtung deutscher Schulen in Südtirol und ein weiteres mit Bestimmungen über den Gebrauch der deutschen Sprache im öffentlichen Leben. Giulio Andreotti schreibt dazu in seinem Buch »De Gasperi e il suo tempo«[2]. De Gasperi wollte dazu die Einschränkung, daß die Südtiroler zwar die deutsche Schule erhalten sollen, daß sie aber von Lehrern italienischer Muttersprache, die perfekt Deutsch können, unterrichtet werden sollen. Es sollte also nicht festgelegt werden, daß die Lehrer in den deutschen Schulen deutscher Muttersprache sein müssen. Diese Bestimmung erfolgte durch die Regierung, also gegen die Stellungnahme De Gasperis, der offenbar die Südtiroler wie ein Kolonialvolk behandeln und überdies »spätere Entwicklungen nicht präjudizieren«(!) wollte. Damals hieß es auch, daß Parri im Herbst 1945 mit dem ehemaligen österreichischen Bundeskanzler Kurt Schuschnigg gesprochen und sich dabei betreffend Südtirol recht positiv gezeigt habe. Dies rief Aufregung vor allem bei De Gasperi hervor, worauf es hieß, Parri habe dementiert. Ein ausdrückliches Dementi von Parri selbst habe ich aber in den römischen Akten nicht gefunden. Noch eine Episode. Als De Gasperi nach Abschluß des Pariser Abkommens nach Rom zurückgekehrt ist, behauptete er, es habe in Rom deshalb riesige Aufregung gegeben, und er wies Botschafter Carandini an, der Londoner Regierung gegenüber darauf hinzuweisen, daß er es wegen des Pariser Vertrages sehr schwer habe; damit wollte er die Aufnahme in den Friedensvertrag verhindern. In Wirklichkeit hatte sich nur der alte Nitti (der nach dem Ersten Weltkrieg Ministerpräsident war) darüber aufgeregt.

Daß das Pariser Abkommen in den Friedensvertrag aufgenommen wurde, war ja wirklich eine Leistung.

Aber nicht von De Gasperi, sondern letztendlich nur von den Engländern. Die Engländer haben die Holländer und die Belgier beauftragt, und die haben das gemacht. Ursprünglich war ja vorgesehen gewesen, daß die Vereinbarung zwischen Gruber und De Gasperi vom 5. September 1946 als »Amendment to article ten« in den Friedensvertrag aufgenommen wird, daß sie also unmittelbar einen Bestandteil des Friedensvertrages bildet. Dementsprechend wurde auf einem Briefpapier der italienischen Delegation »Delegation Italienne à la conference de Paris« mit dem Titel »Draft paece (sic) treaty with Italy« mit dem Untertitel »Proposed Amendment to article ten« (Entwurf zum Friedensvertrag mit Italien – vorgeschlagene Erweiterung zum Artikel 10) der gesamte Text der später Pariser Abkommen genannten Vereinbarung unterschrieben, von Gruber und De Gasperi am 5. September 1946. Damit war völlig klar, daß die Vereinbarung nach Absicht auch De Gasperis für Italien verbindlich in den Friedensvertrag aufgenommen werden sollte. Mit seiner Unterschrift hatte Gruber nur bestätigt, daß er mit dem Text einverstanden war. Wäre es dabei geblieben, hätte es später keine Schwierigkeiten gegeben, und es hätte der Interventionen von Belgien und Holland gar nicht bedurft. Aber De Gasperi erklärte am nächsten Tag, er sei nach einer »schlaflosen Nacht« zur Erkenntnis gekommen, daß er diese Vorgangsweise dem italienischen Volk nicht zumuten könne. In Wirklichkeit lagen die Dinge einigermaßen anders. Ich werde hier ausführlicher, weil es mir sehr wichtig scheint, und stütze mich auf das Buch Giulio Andreottis »De Gasperi – visto da vicino«[3].

De Gasperi unterrichtete unmittelbar nach Unterzeichnung der Vereinbarung die italienische Delegation, wobei auch fast alle italienischen Botschafter teilnahmen. Teilnehmer war aber auch Giulio Andreotti, damals Unterstaatssekretär, der aus Rom nach Paris gesandt worden war, um De Gasperi wegen großer innenpolitischer Querelen schleunigst zurückzuholen. Andreotti veröffentlicht sein Protokoll über die Besprechung. Nur die Botschafter in Warschau – der führende italienische Kommunist Eugenio Reale – und in Brasilien – Augusto Martini – erhoben Einwände gegen die Einschaltung des Abkommens in den Friedensvertrag, also gegen eine internationale Garantie. Der Präsident der Consulta (Vorläufer des Parlaments), Ivanoe Bonomi, Botschafter Nicolò Carandini und De Gasperi verteidigten die Einschaltung

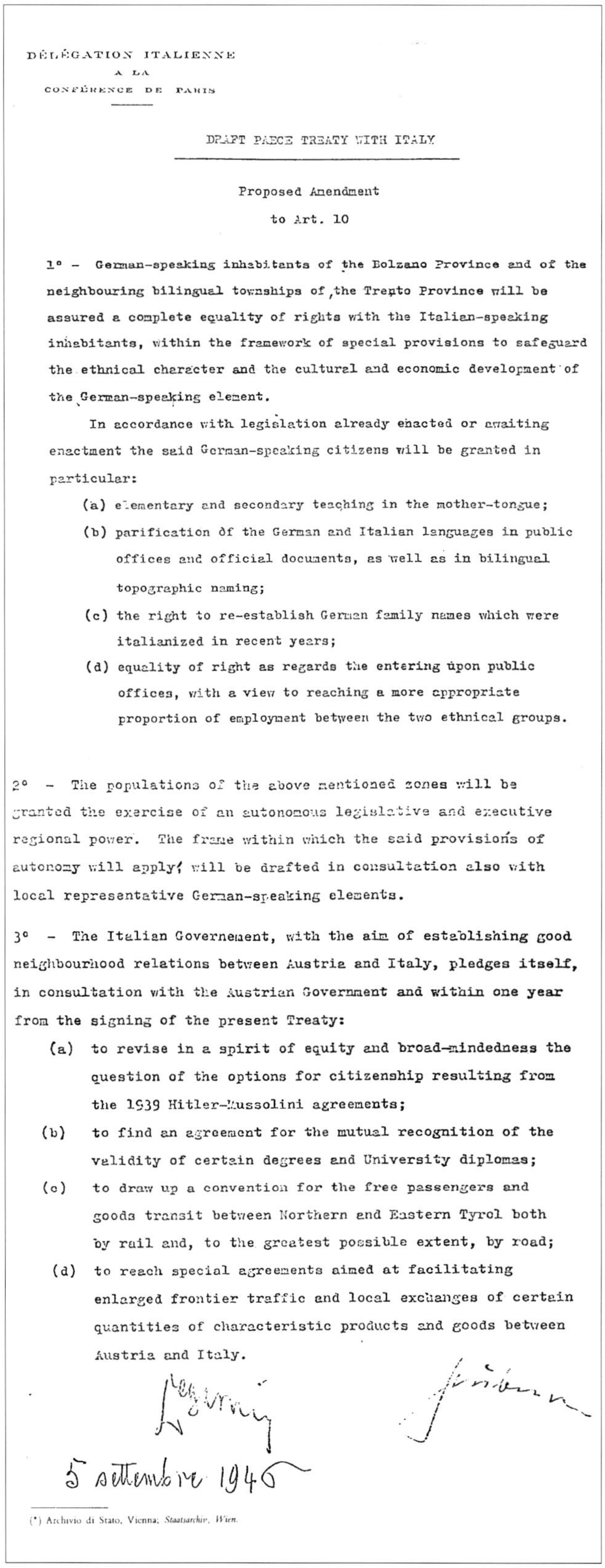

DÉLÉGATION ITALIENNE
A LA
CONFÉRENCE DE PARIS

DRAFT PAECE TREATY WITH ITALY

Proposed Amendment
to Art. 10

1° – German-speaking inhabitants of the Bolzano Province and of the neighbouring bilingual townships of the Trento Province will be assured a complete equality of rights with the Italian-speaking inhabitants, within the framework of special provisions to safeguard the ethnical character and the cultural and economic development of the German-speaking element.

In accordance with legislation already enacted or awaiting enactment the said German-speaking citizens will be granted in particular:

(a) elementary and secondary teaching in the mother-tongue;

(b) parification of the German and Italian languages in public offices and official documents, as well as in bilingual topographic naming;

(c) the right to re-establish German family names which were italianized in recent years;

(d) equality of right as regards the entering upon public offices, with a view to reaching a more appropriate proportion of employment between the two ethnical groups.

2° – The populations of the above mentioned zones will be granted the exercise of an autonomous legislative and executive regional power. The frame within which the said provisions of autonomy will apply, will be drafted in consultation also with local representative German-speaking elements.

3° – The Italian Governement, with the aim of establishing good neighbourhood relations between Austria and Italy, pledges itself, in consultation with the Austrian Government and within one year from the signing of the present Treaty:

(a) to revise in a spirit of equity and broad-mindedness the question of the options for citizenship resulting from the 1939 Hitler-Mussolini agreements;

(b) to find an agreement for the mutual recognition of the validity of certain degrees and University diplomas;

(c) to draw up a convention for the free passengers and goods transit between Northern and Eastern Tyrol both by rail and, to the greatest possible extent, by road;

(d) to reach special agreements aimed at facilitating enlarged frontier traffic and local exchanges of certain quantities of characteristic products and goods between Austria and Italy.

5 settembre 1946

(*) Archivio di Stato, Vienna; *Staatsarchiv, Wien.*

Das Pariser Abkommen vom 5. September 1946: Die heiß umkämpften zwei Seiten Papier sind Südtirols politische Lebensgrundlage. Die Aufnahme in den italienischen Friedensvertrag verlieh dem Abkommen internationalen Charakter.

in den Friedensvertrag mit der Begründung, dadurch solle erreicht werden, daß die Frage der Abtretung Südtirols an Österreich nicht wieder aufleben sollte. Gruber habe offen erklärt, er werde, wenn eine Einigung scheitere, die Frage später auf höherer Ebene, lies UNO, vorbringen; es wäre also gefährlich, die Frage offen zu lassen. De Gasperi sagte laut Andreotti: »Südtirol ist eine in der ganzen Welt bekannte Region. Unruhen dort hätten sofort internationale Resonanz. Heute kann die russische Opposition verhindern, daß die Südtiroler Frage auf der (Friedens-) Konferenz eine schlimme Wendung nimmt, aber sie kann weder den Irredentismus noch eine neuerliche Aufrollung des Problems in der Zukunft verhindern.« Botschafter Reale stimmte zu, daß die russische Opposition nur unmittelbaren Wert habe, meinte aber, der Südtiroler Irredentismus lasse sich auch durch das Abkommen nicht vermeiden.

Aus diesem Protokoll ist also zu ersehen, daß De Gasperi damals unter großem Druck stand und sich klar war, daß die Westmächte gegen den Verbleib Südtirols bei Italien waren. Er konnte sich nur auf die Haltung Rußlands stützen. Diese wollte er nun noch weiter ausnützen. Deshalb startete er nach der »schlaflosen Nacht« den Versuchsballon, die Aufnahme der Vereinbarung in den Friedensvertrag als italienischen Vorschlag zurückzuziehen. Schließlich hatte er bereits die Unterschrift Grubers!

Merkwürdigerweise setzte sich De Gasperi mit diesem Versuchsballon sehr rasch durch, die Seite 1 der Vereinbarung über »Die Erweiterung des Artikels 10« wurde nun auf einem normalen Papier (ohne Briefkopf!) und ohne Titel neu geschrieben, und aus einem vorgesehenen Artikel des Friedensvertrages wurde damit das »Pariser Abkommen«. Genau genommen stimmte das Datum 5. September nicht mehr, aber die Seite 2 mit dem Datum wurde nicht mehr neu geschrieben, da sie die Unterschriften von De Gasperi und Gruber enthielt. Aus Gruber, der nur die Zustimmung zu einem Artikel des Friedensvertrages gegeben hatte, wurde damit ein vertragsschließender Partner. Gruber hatte bis zum 6. September zu Recht glauben können, daß die Bestimmungen der Vereinbarung nur Italien binden und daß, wenn Italien diese Bestimmungen nicht durchführe, Österreich zu den Vereinten Nationen gehen könne, wenn es einmal selbst seinen Staatsvertrag habe. Aus einer Verpflichtung Italiens durch die Alliierten wurde ein bilateraler Vertrag, den die Alliierten nur »zur Kenntnis« nahmen. Für die Unterstützung Rußlands in der Südtiroler Frage opferte De Gasperi Triest und den italienischen Teil Istriens.

Das Pariser Abkommen ist ja nur auf einer Nebenspur unterschrieben worden ...?
Dr. Thalhammer, der dabei war, hat mir damals erzählt, die Italiener hätten damals die Reinschrift gemacht – was ja auch verständlich war, da sie ja die Vereinbarung als »italienische Delegation« vorschlagen wollten – und man habe es sehr eilig gehabt, so daß die Vereinbarung zwischen Tür und Angel stehend unterschrieben worden ist. Dabei wurden auch zwei Dinge übersehen. Die Österreicher hatten ein »angemessenes Verhältnis« zwischen Deutschen und Italienern bei der Stellenbesetzung verlangt. Die hatten vorher ein »angemesseneres« geschrieben und auf Wunsch der Österreicher dieses dann korrigiert. In der Reinschrift stand dann aber wieder »angemesseneres«. Das haben die Österreicher in der Eile gar nicht mehr gesehen. Und im Artikel 2 hieß es, über die Ausdehnung der Autonomie solle die deutschsprachige Bevölkerung gehört werden. Da haben die Italiener das Wörtchen »auch« hineingebracht, das schon einmal gestrichen war. Es hieß somit: Es sollte, (neben vielen anderen) auch die deutschsprachige Bevölkerung gehört werden.

Und das Abkommen wurde wirklich zwischen Tür und Angel unterschrieben?
Schwören kann ich es nicht, weil ich nicht dabei war. Aber so hat es mir Herbert Thalhammer erzählt.

Wie waren nun die Reaktionen in Südtirol und in Österreich auf das Pariser Ergebnis?
In Südtirol war man tief enttäuscht, obwohl man sich schon nicht mehr viel erhofft hatte. Besonders entsetzt war Kanonikus Michael Gamper vor allem über die unklare Formulierung des Art. 2 des Abkommens. Auch in Österreich und in Nordtirol war man sehr enttäuscht, und Außenminister Gruber erntete viel Kritik. Doch hoffte man, daß mit dem Vertrag nicht das letzte Wort gesprochen sei. Der außenpolitische Ausschuß des österreichischen Nationalrates nahm am 1. Oktober 1946 das Pariser Abkommen zur Kenntnis, erklärte aber gleichzeitig, daß nach seiner Meinung nur die Anwendung des Selbstbestimmungsrechtes auf Südtirol eine dauernde Lösung herbeiführen könne, und er hoffte, daß eine geänderte Weltlage diese Möglichkeit bieten werde. Laute Demonstrationen der Bevölkerung wie nach dem 1. Mai blieben jedoch aus.

Außenminister Karl Gruber (rechts) und Italiens Ministerpräsident Alcide De Gasperi: Der Handschlag besiegelte ein Dokument, an dem sich selbst ein halbes Jahrhundert danach noch die Geister scheiden.

Man hat in Österreich schon langsam resigniert. Im Juni 1946 haben die Russen das gesamte »deutsche Eigentum« beschlagnahmen wollen, und zwar fast die gesamte Industrie im östlichen Österreich. Österreich hat dann die Industrie noch schnell verstaatlicht, und die Westmächte haben uns geholfen. Aber es bestand weiterhin die Gefahr, daß Österreich überhaupt geteilt wird, und die Wiener Regierung hat sich überlegt, ob sie nicht nach Salzburg gehen solle. In Wien und im Ostsektor sind in diesen Jahren rund 700 Menschen verschwunden, von denen man nie wieder etwas gehört hat. Das waren damals alles Sorgen, die die Südtiroler Sorgen überlagert haben.

14 Millionen Deutsche sind vertrieben worden, 2 Millionen davon sind gestorben. Angesichts dieser Zahlen haben die Südtiroler ihr Problem vielleicht ein bißchen überschätzt?
Das eigentliche Wunder war ja, daß die Engländer und Amerikaner überhaupt über Südtirol nachgedacht haben, und zwar schon seit dem Jahr 1943. Sie haben ganz systematisch darüber nachgedacht, obwohl sie Südtirol genauso behandeln hätten können wie Oberschlesien, wo die Volksabstimmung zugunsten Deutschlands ausgegangen war im Jahre 1919 und es trotzdem zu Polen gekommen ist. Sie hätten die Südtiroler auch behandeln können wie die Sudetendeutschen oder wie die Südsteirer, aber das haben sie nicht getan. Das

ist das große Wunder und das große Plus, das man an dieser Sache sehen muß.

Muß man das nicht auch De Gasperi zugute halten, der zwar damit geprotzt und gesagt hat, Italien sei mit der Gewährung der Staatsbürgerschaften an die Optanten usw. ja noch großzügig gewesen?
Ich glaube, kürzlich nachgewiesen zu haben, daß De Gasperi das nicht freiwillig tat. Im Herbst 1945 wollte er mit einem Gesetzentwurf die Möglichkeit schaffen, die Umsiedlung so zu Ende zu führen, wie sie der faschistische Präfekt Mastromattei ursprünglich geplant hatte: nämlich jenen nicht abgewanderten Optanten, wenn nötig aus nichtigen Gründen, die italienische Staatsbürgerschaft zu verweigern und die damit zur Abwanderung zu zwingen, auf die die italienische Wirtschaft verzichten konnte, und sie umgekehrt jenen zu geben, die unersetzlich sind, nämlich den Bergbauern. Diese Absicht geht aus den vorbereitenden Denkschriften im italienischen Außenministerium vom Sommer und Herbst 1945 und aus dem Text des Gesetzentwurfes klar hervor. Auch die Beamten des Außenamtes, auch De Gasperi dachten so, nicht nur die Faschisten. Diesen Gesetzentwurf hat aber die Alliierte Kommission in Rom im Winter 1945/46 abgelehnt. Die Briten standen auf dem Standpunkt, daß die nichtabgewanderten Optanten die italienische Staatsbürgerschaft gar nicht verloren haben. So war es De Gasperi hoch willkommen, als die SVP-Führung, von lancierten Meldungen über den italienischen Gesetzentwurf zutiefst erschreckt, bittend Anfang Jänner 1946 nach Rom kam. Er stellte es als große Gnade dar, daß er sich zu einer gemischten Kommission von Südtiroler und Staatsvertretern bereit erklärte, die einen neuen Gesetzentwurf ausarbeiten sollten. Damit erreichte er zweierlei: die Mitarbeit der Südtiroler mit italienischen Staatsvertretern und die Zustimmung der Südtiroler zu immer noch relativ strengen Bestimmungen. Die Südtiroler ahnten ja nichts von der Ablehnung durch die Alliierte Kommission. Man vergißt immer, daß Italien damals noch fast genausowenig »souverän« war wie Österreich.
De Gasperi stand nicht nur unter dem Druck der Alliierten, sondern als Trentiner auch unter dem Druck seiner eigenen Landsleute. In Trient formierte sich im Sommer und Herbst 1945 eine Massenbewegung, die eine »totale Autonomie« – eine »autonomia integrale« von Rom forderte. Dieser ASAR gehörten ganze Gemeinden geschlossen an, sie hatte schließlich über 100.000 Mitglieder. Die Extremsten unter ihnen wollten die Trennung von Italien. Anfang 1946 hieß es: wenn in Südtirol Volksabstimmung, dann auch im Trentino Volksabstimmung. Der Trentiner De Gasperi mußte also alles tun, um eine Volksabstimmung in Südtirol zu verhindern und gleichzeitig den Trentinern eine möglichst große Autonomie zu verschaffen; da aber die angeblich italianissimi 1918 »erlösten« Trentini an sich gar kein Recht auf Autonomie hatten, mußte er sie ihnen als »Wärter« über die Südtiroler zuschanzen. Wären die Trentiner nicht gewesen, wäre nicht gerade ein Trentiner Außenminister und schließlich Ministerpräsident gewesen, hätte Südtirol viel eher die Selbstbestimmung bekommen. Es war ein Unglück, daß in diesen entscheidenden Monaten De Gasperi am Ruder war.

Hat Außenminister Gruber die Fußangel mit dem Wort »Frame« im Pariser Abkommen, Artikel 2, das den Rahmen der Autonomie mit dem Trentino abgesteckt hat, durchschaut?
Natürlich hat er sie durchschaut. Er hat ja gewußt, daß es ein vager Ausdruck ist und dieser nur umschreiben sollte, daß das Trentino trotzdem mit Südtirol in einer Region zusammenkommen soll. Doch wollte er bewirken, daß dies nur mit Zustimmung der Südtiroler erfolgen könne.

In einem Brief an Guggenberg hat sich Gruber verteidigt, De Gasperi hätte andernfalls nicht unterschrieben.
De Gasperi hat damit gedroht. In Wirklichkeit hatte er nur Angst, daß Gruber nicht unterschreibt! De Gasperi bluffte, wo er nur konnte. Es gab aber auch bei den Südtirolern, so ähnlich wie heute mit der Europaregion Tirol, eine gewisse Zweideutigkeit. Viele in Bozen haben geglaubt, wenn das Trentino dabei sei, habe man wenigstens eine gewisse Sicherheit und eine Pufferzone gegenüber Rom. Andere hingegen waren gegenteiliger Auffassung. Da waren auch zwei Seelen in der Brust der Südtiroler.

Wer hat die Idee von der Pufferzone vertreten?
Erich Amonn zum Beispiel. Er hat überlegt und sich gesagt, wenn das Trentino dabei sei, habe es irgendwo auch etwas Positives. Und es hat in Innsbruck viele gegeben, wie zum Beispiel den damaligen Landeshauptmannstellvertreter Hans Gamper und den Grafen Hans Trapp. Das waren alte Großtiroler, die mit den Trentiner Separatisten und den Trentiner ASAR-Vertretern verhandelt hatten. Der große Clou der Italiener war, daß sie an allen Ecken und Enden Spione hatten, in Innsbruck und überall.

Damals schon?
Sie hatten schon bei der Unterschriftenübergabe im April 1946 in Innsbruck Spione. Präfekt Innocenti hat einen ganz begeisterten Bericht nach Rom gemacht und hat gesagt, diese Spione nützen ihm derartig, daß er nur Geld für solche Leute brauche, mehr brauche er nicht. Sie haben alles gewußt von uns, sie haben alles erfahren.

Waren die Spione Hiesige?
Nein, d. h. ich weiß es nicht, wir kannten sie ja nicht. Zum Teil waren es sicher Trentiner. Ich fand im römischen Archiv einen Bericht eines solchen Spions, der an der Seite der Trentiner Separatistenführerin Dr. Clara Marchetto mit Innsbrucker Großtirolern verhandelt hatte und brennheiß darüber nach Rom berichtete. Ich erinnere mich, daß dieser Mann schon damals auch den Innsbruckern nicht ganz geheuer schien. Ein sozusagen offizieller, nicht italienischer, sondern britischer Agent war der englische ehemalige Kaufmann Edgeworth M. Leslie. Er war schon vor dem Krieg in Innsbruck, ein echter Freund Tirols, der alles nach London berichtete und zweifellos glaubte, damit den Südtirolern zu helfen. Die Briten hatten das ausgezeichnete Prinzip, in den verschiedenen Ländern jeweils echte Freunde des Landes einzusetzen. So erwarben sie sich im betreffenden Land das größtmögliche Vertrauen, und im Londoner Außenamt erhielten sie aus den verschiedenen Berichten ein fast lückenloses Bild. Der britische Botschafter in Rom, Sir Noel Hughes H. Charles z. B., war fast ein besserer Italiener als die Italiener selbst. Unser »Tiroler« Leslie war in den letzten Kriegsjahren in der Berner Spionageorganisation des Amerikaners Allan Dulles (OSS, Office of Strategic Services). Er kam im Mai 1945 mit den Amerikanern nach Tirol und blieb dann da. Er hatte schon vor dem Krieg enge Kontakte in Bozen, und einiges spricht dafür, daß er es war, der im Herbst 1938 den Südtirolern nahelegte, in den Tagen der Sudetenkrise das Selbstbestimmungsrecht zu verlangen. Das hätte zwar die Achse Berlin-Rom äußerst belastet – was ja der Zweck war –, hätte aber eine Katastrophe für die Südtiroler bedeutet, da Hitler sie sicher preisgegeben hätte. Wenn es Leslie war, der diese Londoner Intrige weitergab, tat er es sicher ahnungslos über die Hintergründe, denn seinem Wesen nach war er eher ein harmloser Privatmensch. Jedenfalls hatte er ab Sommer 1945 in Innsbruck und in Bozen das Vertrauen fast aller Politiker, war bei den wichtigsten Sitzungen dabei und ging in der Landesstelle Südtirol ein und aus. Als ich mit meinem damaligen Chef Dr. Thalhammer – er war der Leiter der wissenschaftlichen Abteilung der Landesstelle – darüber sprach, man dürfe doch nicht vergessen, daß Leslie Engländer sei und in erster Linie Interessen seines Landes verfolge, sagte mir Thalhammer, daß auch er die Südtiroler gewarnt habe. Ob das etwas nützte, weiß ich nicht. Leslie war nicht das, was man einen »Spion« nennt. Jeder wußte ja, daß er Engländer ist. Aber jeder Engländer im Ausland berichtet seinem Land, wenn er etwas für wichtig hält. Die meisten Briten sind immer und überall Patrioten. Im Unterschied zu uns, die wir sehr oft unseren Gegnern mehr vertrauen als uns selbst.

Die ASAR im Trentino forderte die »integrale Autonomie«. Nach dem Pariser Abkommen wurde diese starke Autonomistenbewegung 1946/47 von der Trentiner DC unter dem Vorwurf kommunistischer Einstellung erbittert bekämpft. »Die wurden von den Kanzeln niedergeschrieen ...«, erinnert sich Mario Günther von Unterrichter. Südtirol hatte bis zum Sommer 1946 nur auf Selbstbestimmung gehofft und dann auf eine international garantierte Landesautonomie. Erst als die Region Trentino-Südtirol nicht mehr zu verhindern war, kam es zum vorsichtigen Bündnis mit den Trentiner Autonomisten.

Was halten Sie von der Magnago-These, wonach man nach 1945 überhaupt kein Selbstbestim-

mungsrecht hätte verlangen können, wenn es die Optanten nicht gegeben hätte. Laut Magnago hätte man nämlich gesagt: Wenn die schon unter dem Faschismus bei Italien bleiben wollen …
Das sehe ich nicht ganz so. Die Optantenfrage ist schon von Südtirolfeinden benützt worden, auch im amerikanischen State Department, etwas weniger vielleicht bei den Engländern. Aber insgesamt hat die Optantenfrage keine entscheidende Rolle gespielt. Für die Amerikaner und die Engländer war das Entscheidende die ethnische und historische Zugehörigkeit Südtirols. De Gasperi hat später die These vertreten: Südtiroler Optanten = Nazis. Südtiroler Dableiber = zufrieden in Italien sogar unter dem Faschismus.

Nach Verabschiedung des Autonomiestatutes von 1948 hat sich Magnago bei seiner Antrittsrede ziemlich zuversichtlich geäußert. Man hat schon Erwartungen in die neue Autonomie gesetzt, obwohl sie mager war.
Sicher, immerhin hatte das Statut von Jänner 1948 einige Verbesserungen gegenüber dem ursprünglichen römischen Text. Das wichtigste war vielleicht, daß das gesamte Unterland bis Salurn wieder zu Südtirol zurückkam, wogegen sich Rom und Trient ursprünglich heftig gesträubt hatten. Dazu kam, daß unmittelbar nach Verabschiedung des Autonomiestatuts vom 31.1.1948 das Optantendekret verabschiedet wurde (2.2.1948) und die Südtiroler Optanten endlich rückoptieren konnten. Das Dekret war zwischen Wien und Rom gemäß Pariser Abkommen, Artikel 3, nach langen Verhandlungen schon im Herbst 1947 vereinbart worden, aber die Italiener erließen es nicht, um die Südtiroler in der Autonomiefrage unter Druck zu setzen. Erich Amonn hat als Parteiobmann damals in der Landesversammlung eine große Rede zugunsten des Statuts gehalten, die viele überzeugte. Er sah es im großen europäischen Rahmen: in Ungarn und in der Tschechei schickten sich die Kommunisten an, die Macht zu ergreifen, in Wien zeigten die Russen ihre Stärke, und in Italien standen die ersten Parlamentswahlen in der Republik bevor: Vieles sprach damals dafür, daß die KP die stärkste Partei würde. Unter diesem Aspekt war man in Bozen froh, wenigstens dieses Statut als Verfassungsgesetz zu haben. Daß es dann am 18.4. mit der absoluten Mehrheit für die DC ganz anders kam, konnte damals niemand ahnen. In diesem Zusammenhang möchte ich sagen, daß ich für Erich Amonn immer den größten Respekt hatte. Nur wenige Wirtschaftler werden sich derartig politisch engagieren, wie er es tat. Wenn ich an die Industriellen im Saargebiet nach 1945 denke!

Zu Jahresende 1951 hat Silvius Magnago dem Radio Freies Berlin ein Interview gegeben, wo er die Entwicklung in Südtirol eigentlich recht positiv dargestellt hat. Diese Aussagen haben in Südtirol damals heftige Kritik ausgelöst. Er steht aber heute noch dazu, weil sie an die Deutschen adressiert waren, denen es mit den Vertreibungen damals viel schlechter gegangen ist als den Südtirolern und denen er eine Hoffnung geben wollte.
Kanonikus Gamper hat damals einen Artikel geschrieben, den er unter das Motto »Sturz aus den Wolken« gestellt hatte. Weil Magnagos Aussagen von den Italienern ja sehr ausgeschlachtet wurden. Magnago hatte geglaubt, daß man im Berlin der damaligen Zeit wohl nicht viel jammern konnte.

Wie hat man dieses Interview in Innsbruck aufgenommen, auch so drastisch wie Kanonikus Gamper?
Nicht ganz. Ich meine, natürlich glücklich war man darüber auch nicht. In Innsbruck hat man vielleicht besser gesehen, daß die Italiener alles bis zum letzten Beistrich ausnützen werden.

Wann ist Ihnen Magnago zum ersten Mal als Politiker aufgefallen?
Wie er Vizebürgermeister von Bozen und dann Regionalratspräsident war. Ab 1948 bin ich ja oft nach Bozen gekommen. Er war ja nicht Vertreter der Radikalen, er war ja so eine Art Rudolf von Habsburg zwischen Toni Ebner und den ganz Radikalen.

Seine Kunst bestand ja darin, mit den Radikalen eine gemäßigte Politik zu machen.
Er war in meinen Augen manchmal ein etwas zu gemäßigter Taktiker. Er ist ein unglaublich korrekter und loyaler Mensch, davon bin ich überzeugt. Wer im Krieg mitgemacht hat, was Magnago mitgemacht hat, der denkt freilich wesentlich gemäßigter und nach allen Seiten hin verantwortungsbewußter als ein anderer.

Daß mit Magnago aber dann doch ein etwas härterer Obmann ans Ruder gekommen ist und daß man eine Ausweitung der Autonomie angestrebt hat, wurde das in Österreich positiv gesehen?
Es ging ja zuerst, immerhin bis 1957/58, um die Einhaltung und Durchführung der im Statut von 1948 zugesicherten Autonomie. Wien hat schon ab 1951 immer wieder in Rom gegen die Nichteinhal-

Die Leiterin des Südtirolreferats der Tiroler Landesregierung Viktoria Stadlmayer verläßt das Bozner Gefängnis nach 42 Tagen U-Haft, in Begleitung des österreichischen Generalkonsuls in Mailand Dr. Friedrich Müllauer und Rechtsanwalt Roland Riz. Ihre Verhaftung am Brenner am 29. April 1961 war für Österreich ein Affront. Die Expertin konnte am Außenministertreffen in Klagenfurt am 24./25. Mai 1961 nicht teilnehmen. Dafür war sie unmittelbar nach ihrer Enthaftung Mitglied der österreichischen Delegation beim Züricher Treffen am 24. Juni 1961.

tung wesentlicher Bestimmungen, vor allem betreffend Sprache und Schule, protestiert. Schon 1950 wollte z. B. Rom Durchführungsbestimmungen zur Schule erlassen, in denen der Besuch der deutschen Schule auf nachweislich zur deutschen Volksgruppe gehörende Kinder beschränkt werden sollte, wobei diese Zugehörigkeit von jedem Außenstehenden bestritten werden konnte und die Zugehörigkeit schließlich von einem Richter entschieden werden sollte. Das kann man sich heute gar nicht mehr vorstellen. Diese Absicht fiel unter dem allgemeinen Protest in Österreich und in der gesamten Öffentlichkeit. Hier kam genau dieselbe Auffassung zum Ausdruck wie in den Schuldekreten von 1921, die zur Abschaffung der deutschen Schule vor allem im Südtiroler Unterland führen sollten. Wien protestierte also vor 1955 unzählige Male in Rom, ohne dies sehr publik zu machen und ohne jeden Erfolg.

Ab 1955 war es Wien, das unter Bundeskanzler Julius Raab ganz offen eine härtere Sprache führte.

Backhendl und Doppeladler, ein Anti-Österreich-Transparent, 1959 bei einer neofaschistischen Demonstration vor der österreichischen Botschaft in Rom. Österreich hat mit seinem Südtirolengagement die nationalistischen Kräfte auf den Plan gerufen.

Und 1956 übergab es Rom eine umfassende Denkschrift über alle Verletzungen des Pariser Abkommens und des Autonomiestatuts durch Rom. Die Kundgebung von Sigmundskron, in der das »Los von Trient« und damit erstmals eine Ausweitung und Änderung des Autonomiestatuts gefordert wurden, war erst im November 1957. Schon seit Sommer 1956 aber war der Tiroler Universitätsprofessor Dr. Gschnitzer Staatssekretär für Südtirol im österreichischen Außenministerium. Schon Anfang Oktober 1956 fand in Wien eine Südtirol-Kundgebung mit 20.000 Teilnehmern und Vertretern aller Parteien statt.
Im Frühjahr 1955 hatte man in Bozen und Innsbruck für kurze Zeit gefürchtet, mit dem Staatsvertrag und der Neutralität Österreichs seien Österreichs Möglichkeiten für Südtirol beschnitten. Die italienische Presse verbreitete die Meinung, Österreich habe nun kein Recht mehr, für Südtirol einzutreten. Gleichzeitig erklärten die Westmächte in einer NATO-Sitzung in Paris, die diskriminierenden Klauseln des italienischen Friedensvertrages seien, was sie betreffe, aufgehoben. Damit wurde nicht das Pariser Abkommen getroffen, aber die Mechanismen, die im Friedensvertrag bei dessen Nichteinhaltung durch Italien vorgesehen waren. Bozen und Innsbruck waren in jenen Tagen verzweifelt. Ich erinnere mich an die damalige Sitzung des »Südtiroler Rats« in Innsbruck. Der »Südtiroler Rat« war eine offiziöse, halbamtliche Einrichtung, an der neben Vertretern der Landesregierung auch Einzelpersonen teilnahmen, Universitätsprofessoren, an der Spitze Prof. Reut-Nicolussi usw. und von Südtirol z. B. neben SVP-Vertretern auch Kanonikus Gamper. Nun, Ende April, kamen die Südtiroler unter Führung von Michael Gamper, um quasi Abschied zu nehmen: Sie stünden nun wieder ganz allein. Merkwürdigerweise teilte man auch in Innsbruck diese Meinung. Nur Univ. Prof. Dr. Franz Gschnitzer glaubte das nicht, verschaffte den Südtirolern eine sofortige Aussprache mit Bundeskanzler Raab, der sie völlig beruhigte: Durch die wiederhergestellte Souveränität Österreichs könne Wien wesentlich kräftiger für Südtirol eintreten. Raab stellte dies bereits am Tag nach Abschluß des Staatsvertrages unter Beweis, als er in der großen Pressekonferenz vom 16. Mai 1955 erklärte, nach Ansicht Österreichs habe Rom das Pariser Abkommen bisher nicht korrekt durchgeführt.

Und in den Staatsvertrag hätte man sowieso nichts hineingebracht?
Die Südtiroler und Prof. Reut-Nicolussi warfen diese Frage Ende April auf, also 14 Tage vor der Unterzeichnung. Da war natürlich nichts mehr zu machen. Abgesehen davon waren ja die Westmächte keineswegs begeistert vom Staatsvertrag und von der Neutralität Österreichs. Sie schlossen ihn nur sehr ungern ab, auch, weil er Österreich hohe Reparationen an die Russen auferlegte. Die Westmächte hätten also betreffend Erwähnung des Pariser Abkommens im Staatsvertrag bestimmt nicht geholfen. Daß Österreich die Reparationen unter Aufbietung aller Kräfte sehr rasch abzahlte, sah damals übrigens niemand voraus.

Wie hat man eigentlich die Verteilung der politischen Ämter in Südtirol gesehen? Es war ja doch absonderlich, daß nach 1948 die Südtiroler Vertreter in Rom alles Dableiber und in der Landesregierung, angefangen vom Landeshauptmann bis hin zum Landtagspräsidenten und den Regierungsmitgliedern, alles Optanten waren?
Man darf nicht vergessen, daß die Dableiber nur 16% der deutschen Bevölkerung ausmachten. Ihr Reservoir von politisch Interessierten war sehr klein und mit wenigen Namen, Amonn, Raffeiner, Ebner, Guggenberg, Walther, Braitenberg und noch einige, bald ausgeschöpft. Ihre Vertreter stellten die Führung der SVP und ab April 1948 die Abgeordneten in Rom. Die Landtagswahlen waren ein halbes Jahr später, im November 1948, damals hatte ein großer Teil der Optanten bereits die italienische Staatsbürgerschaft wieder erhalten, nämlich jene, deren Op-

tion bis zum Sturz Mussolinis 1943 noch gar nicht durchgeführt war. Abgesehen davon stellt man sich heute, 50 Jahre später, die Kluft zwischen Optanten und Nichtoptanten durchwegs viel größer vor, als sie tatsächlich war. Leute wie Dr. Tinzl, Präfekt unter der deutschen Besetzung, Bürgermeister Dr. Führer von Bozen, sein Kollege Dr. Erckert in Meran, arbeiteten schon vor Mai 1945 mit Amonn und anderen Bleibern zusammen, um, wie alle damals hofften, beim Kommen der Alliierten die Verwaltung des Landes zu übernehmen. Erich Amonn selbst schilderte das sehr eindrucksvoll im Frühjahr 1965 in »Südtirol in Wort und Bild«.[4]

Beim Zusammenbruch der Deutschen Wehrmacht wollten die Südtiroler die Verwaltung übernehmen, aber der Mailänder De Angelis war schneller?
Nein. Das deutsche Oberkommando in Italien, das zum Schluß in Bozen saß, übergab selbst am 3. Mai 1945 dem Entsandten des Italienischen Befreiungskomitees (CLN), Bruno De Angelis aus Mailand, die Verwaltung. Das taten der SS-Obergruppenführer Wolff und der Generaloberst Vietinghoff – gegen den Protest Amonns und seiner Freunde.

Die Südtiroler hätten nicht überfallsartig die Verwaltung an sich reißen können?
Ausgeschlossen. De Angelis drohte mit Aufstand der italienischen Arbeiter in der Bozner Industriezone und Kriegsgericht für Wolff, wenn er nicht übergebe. Das geschah wohlgemerkt nach dem Waffenstillstand vom 2. Mai. Es kam, wohl auf Anweisung von De Angelis, tatsächlich zu Scharmützeln in Bozen und Meran. Die deutschen Truppen waren auch keineswegs von Bozen und Südtirol abgezogen, wie man sich das heute vorstellt, es gab kein Vakuum. Die Deutschen waren noch im Land, als die Angloamerikaner zwei oder drei Tage später nach Bozen kamen. Die deutschen Truppen, vor allem ein Pionierregiment, blieben noch bis September, bauten die von den Alliierten zerstörten Brücken etc., nun im Auftrag der Alliierten und mit entsprechenden Armbinden, wieder auf. Andere machten an der Seite der Alliierten Ordnungsdienst. Wie hätten da die Südtiroler auf eigene Faust gegen Alliierte, Italiener und Deutsche handeln können?

Kanonikus Gamper, der den Plan zur Übernahme der öffentlichen Verwaltung ausgearbeitet hat, hat damit sicherlich nicht gerechnet.
Natürlich nicht, er kam ja auch erst später nach

Univ. Prof. Franz Gschnitzer, Staatssekretär für Äußeres von 1956 bis 1961, Rektor der Universität Innsbruck (1946/48). Gschnitzer hat mit seiner Rede vom 20. Oktober 1960 vor der UNO den entscheidenden Durchbruch in der Südtiroldebatte erzielt, erinnert sich die Südtirolexpertin Viktoria Stadlmayer. Für die Italiener war er wegen seines unbeugsamen, aber rechtlich unanfechtbaren Eintretens für die Südtiroler stets ein rotes Tuch.

Bozen zurück. Außerdem wußten auch Amonn und und seine Freunde sehr genau, was sie wollten. Aber es war eben nicht durchführbar. Heute können sich die Jüngeren überhaupt nicht vorstellen, wie die Dinge damals lagen. Verbindungen waren nur zu Fuß über die Berge möglich.

Seit dem Autonomiestatut von 1948 sind die Südtiroler doch im wesentlichen auf eigenen Beinen gestanden, wer hat sie bei der Verwirklichung der Autonomie behindert?
Von »eigenen Beinen« konnte keine Rede sein. Alle wichtigen Kompetenzen, z. B. auch die Landwirtschaft, lagen bei der Region, also bei der Trentiner Mehrheit. Die Südtiroler bekamen nicht einmal die Verwaltung, obwohl der Artikel 14 des Statuts das vorsah. Deutsch wurde als Hilfssprache eingestuft, da gab es eine Verordnung von Andreotti (vom 17. Juli 1952). So durften z. B. zwei deutsche Schuldirektoren nicht deutsch miteinander korrespondieren. De Gasperi wollte die Autonomie für

Die Südtirolkundgebung in den Wiener Sophiensälen am 2. Oktober 1964 stand unter dem Motto: Bekenntnis Wiens zu Südtirol. Veranstalter waren der Bergiselbund, der Notring für Südtirol und der Tirolerbund in Wien. In diesen Kreisen hatten die als Hardliner von Innsbruck nach Wien verbannten Südtirolaktivisten Luis Amplatz und Jörg Klotz verkehrt. Bei einem heimlichen Abstecher nach Südtirol wurden die beiden dann am 7. September 1964 Opfer eines Feuerüberfalls. Amplatz wurde tödlich getroffen, Klotz wurde schwer verletzt.

Trient, und er hat sie mit seiner damals fast totalen DC-Herrschaft erreicht. Er und Trient konnten deren Berechtigung aber nur rechtfertigen, wenn sie sich als Vormund der Südtiroler aufführten, als Wächter über die Brennergrenze. Und diese Situation nützten die Trentiner weidlich aus. Die Autonomiebewegung ASAR war schon 1946/47 mit allen Mitteln zerschlagen worden, vor allem denunzierte man sie fälschlich als »kommunistisch«.

Waren die Südtiroler insgesamt den Italienern nicht gewachsen?

Natürlich nicht. Wie sollen 250.000 Leute ohne Machtmittel einem 50-Millionen-Volk, das alle Macht in der Hand hat, denn gewachsen sein?
Es gibt im übrigen nur sehr wenige, die den Italienern auf politisch-diplomatischer Ebene gewachsen sind. Die Italiener haben in Jahrhunderten der Fremdherrschaft gelernt, ihre Interessen zu vertreten. Selbst die Engländer und Amerikaner im alliierten Oberkommando in Caserta ab 1944 sind der Geschicklichkeit der Italiener weitgehend erlegen. Die Italiener trennen streng persönliche Herzlichkeit, ja große Menschlichkeit, und politisches Kalkül. So glauben Deutsche, Österreicher, Südtiroler, aber auch Briten, daß persönliche Freundschaft härteste politische Zielsetzungen ausschließe. Sie sind dann sehr enttäuscht, wenn sie merken, daß sie sich geirrt haben. Dann heißt es, die Italiener seien falsch. Sie sind gar nicht falsch, sie trennen nur persönliche, sozusagen private Freundschaft, von politischer Auseinandersetzung. Politik ist für sie ein Schachspiel, in dem Emotionen keine Rolle spielen, wo sie einfach siegen wollen. Natürlich setzen sie auch im politischen Spiel Emotionen ein, aber die sind eben nur gespielt. Die darf man nie ernst nehmen!

War es für Magnago nicht auch von Vorteil, daß er ein bißchen was vom italienischen Charme hat?

Der italienische Charme von Magnago ist für ihn natürlich ein großer Vorteil. Noch dazu hat er den schwer erkauften Vorteil, daß er Schwerkriegsver-

Südtirolkundgebung vor dem Parlament auf der Wiener Ringstraße am 13. Oktober 1956. Das Echo kam prompt. In Rom mobilisierte das nationalistische Lager zu Anti-Südtirol-Kundgebungen. Die geforderte Landesautonomie war für Italiens Zentralisten geradezu staatsgefährdend. Die großen Persönlichkeiten der Südtirolpolitik wie Kreisky oder Magnago wußten den Druck der Öffentlichkeit für ihre gemäßigte Politik zu nutzen.

sehrter ist und damit überall gleichzeitig Respekt und Mitgefühl erregt.

Und wie schätzen Sie Magnago ein?
Das ist sehr schwer zu sagen, und es ist noch schwerer zu sagen, wenn man seinen Nachfolger sieht. Ich hätte mir manchmal gewünscht, daß er energischer wäre. Und zwar gerade nach dem Jahr 1966, wie die Alleinregierung Josef Klaus gekommen ist, daß er mehr darauf bestanden hätte, daß es zu einer wirklichen internationalen Garantie für das Paket kommt.

Gegenüber Bruno Kreisky war die SVP ja sehr energisch, gegenüber Klaus hingegen relativ sanft.
Das ist eine der Merkwürdigkeiten, da Kreisky in meinen Augen ein wesentlich größerer Kopf war als fast alle seine Nachfolger und er eigentlich von den Südtirolern und Nordtirolern längst nicht so respektvoll behandelt worden ist wie die anderen. Was der Grund dafür war, ist mir ein Rätsel. Aber vielleicht ist es immer so, daß man vor Leuten, die verständnisvoller sind, nicht so viel Angst und Respekt hat. Ich verstehe nicht ganz, daß man nicht mehr an der Kreisky-Linie festgehalten hat von Südtiroler Seite und schon gar nicht von österreichischer Seite.

Es hat damals schon auch einen gewichtigen Südtiroler Einwand gegeben. Man hätte die Streitbeilegungserklärung sofort abgeben müssen.
Das ist die alte These von Volgger. Im Herbst 1965 hatten aber die österreichischen Beamten im italienischen Außenamt bereits erreicht, daß die Streitbeilegungserklärung erst nach Durchführung des Paketes abzugeben wäre. Nur haben die Italiener dann wegen des Schiedsgerichtes geschwankt und sich gefragt, ob sie nicht doch lieber den IGH durchsetzen sollten, ließen aber im Herbst 1965 die Möglichkeit Schiedsgericht offen.

Sie haben gesagt, Magnago hätte sich stärker für eine internationale Absicherung des Paketes einsetzen sollen. Also ist es Ihrer Meinung nach nicht international abgesichert?

Angenommen wurde das Südtirol-»Paket« im Wiener Nationalrat von der ÖVP-Alleinregierung unter Bundeskanzler Josef Klaus (links im Bild). SPÖ und FPÖ stimmten dagegen. Es kam zu turbulenten Szenen zwischen Außenminister Kurt Waldheim und dem Vorgänger Bruno Kreisky, der jetzt eindringlich vor der unzureichenden internationalen Absicherung warnte.

Seit den ersten Südtiroldemonstrationen nach dem Zweiten Weltkrieg ist ein halbes Jahrhundert vergangen. Südtirol hat politisch auf eigenen Beinen stehen gelernt. Österreich bleibt aber aufgrund des Pariser Abkommens die Schutzmacht der Südtiroler. Vor allem in Osteuropa, aber auch in Italien wird Südtirol heute um seine Sonderrolle als international geschützte Minderheit beneidet.

Nicht so ganz. Ich bin auf der Seite von Professor Matscher und von Karl Zeller. Das Paket besteht ja aus dem Autonomiestatut vom Jahr 1948 und aus allen bilateral 1964-69 erreichten neuen Kompetenzen und Bestimmungen. Das ist jetzt, d. h. seit 1972, ein Statut. Die Italiener haben immer gesagt, mit dem Autonomiestatut vom Jahre 1948 hätten sie das Pariser Abkommen erfüllt. Da aber dieses Autonomiestatut vom Jahre 1948 im neuen Autonomiestatut aufgegangen ist, ist natürlich ein Teil dieses neuen Autonomiestatuts abgesichert. Das sind aber letztendlich immer nur die Sachen, die in Punkt 1 des Pariser Abkommens stehen, nämlich die Bereiche Schule, Sprache und Stellenbesetzung. Letztere mit großer Einschränkung, weil das »angemessenere« statt das »angemessene« Verhältnis steht. Diese Punkte sind natürlich international verankert. Aber wieweit die wirtschaftlichen und sonstigen Bestimmungen des Statuts, die mit dem Paket 1964–69 dazukamen, international verankert sind, das ist eine große Frage. Ich habe da meine Zweifel, weil ja darüber das Pariser Abkommen nicht wirklich etwas sagt.

Hat Magnago Ihrer Meinung nach einen Fehler gemacht, als er die Kreisky-Lösung offensichtlich unterschätzt hat?

Ich glaube nicht, daß er die Kreisky-Lösung vom Dezember 1964 unterschätzt hat. Der internationalen Seite der Kreisky-Lösung haben die Südtiroler ja im Jänner 1965 zugestimmt, sie haben nur dem Inhalt des Pakets nicht zugestimmt. Dem haben auch die Nordtiroler nicht zugestimmt. Franz Gschnitzer, der Landeshauptmann und alle anderen haben diesen Paketvorschlag abgelehnt, weil das Paket zu klein war und Sachen vorgesehen hat, die absolut diskriminierend waren. So hat z. B. selbst Außenminister Giuseppe Saragat den Österreichern und den Südtirolern zugemutet, daß die Landeskompetenzen im Bereich der Industrie nur bis 100 oder später 150 Arbeiter reichen sollten, während die Großindustrie in Bozen nicht in die Kompetenz des Landes übergehen sollte. Man könne, so argumentierte Saragat, den italienischen Arbeitern nicht zumuten, daß sie einer mehrheitlich deutschen Landesregierung und einem mehrheitlich deutschen Landtag unterstünden. Das war ja eine Diskriminierung ersten Ranges. Denn wenn ich den Südtirolern zumute, daß sie innerhalb einer italienischen Region und innerhalb eines italienischen Staates stehen, dann muß man auch italienischen Arbeitern zumuten können, daß sie in einer Fabrik mit 700 oder 800 Arbeitern unter deutscher Landesverwaltung stehen. Wobei die deutsche Lan-

Zu Beginn der Kreisky-Ära in Wien hatte Südtirol seine heutige, 1972 in Kraft getretene Autonomie in Reichweite. Bundeskanzler Kreisky (links) mit dem Südtiroler Landeshauptmann Magnago und Bundespräsident Kirchschläger (rechts), anläßlich einer Magnago-Visite 1970 in Wien. Der Tiroler Landesamtsdirektor Rudolf Kathrein (zweiter von links) war als Südtirolexperte bei vielen Verhandlungsrunden dabei.

desverwaltung ja hundertfach gebunden gewesen wäre, u. a. durch die verschiedenen Schutzbestimmungen für die italienische Bevölkerung, die im Paket ja ohnehin vorgesehen waren.

Dann war die Ablehnung Ihrer Meinung nach richtig?

Die Ablehnung vom Jänner 1965 war richtig. Nur war damals Kreisky so gekränkt, daß er ein halbes Jahr lang gedacht hat, man habe den Vorschlag nur deshalb abgelehnt, weil er Sozialist sei. Im Frühsommer 1965 hat dann Franz Gschnitzer vor Kreisky und allen anderen eine eindringliche Rede gehalten und ein dankbares Bekenntnis zu seiner Politik abgelegt. Er wußte mit seiner Ehrlichkeit Kreisky zu versöhnen. Darauf hat Kreisky sich erneut in Rom eingesetzt, und dann ist im Herbst 1965 intern noch alles Mögliche erreicht worden. Aber das konnte nicht mehr festgeschrieben werden, weil die Italiener wegen der baldigen Wahlen in Österreich eine Außenministerkonferenz hinausschoben. Und dann kamen im Frühjahr 1966 die Wahlen, und Kreisky ist gefallen, mit ihm die Koalitionsregierung ÖVP-SPÖ.

Übrigens bedeutete die Paket-Ablehnung vom Jänner 1964 nicht den ersten großen Knick in der Südtirol-Politik ab 1960, also ab der UNO-Resolution vom 31.10.1960. Der erste große Knick war im Sommer 1961, als Rom die innerstaatliche 19er Kommission schuf. Mit der Zustimmung zu ihr hatten die Südtiroler den bilateralen, also internationalen Weg aufgegeben, zumindest zurückgestellt. Diese Internationalität durch bilaterale österreichisch-italienische Außenministerkonferenzen wurde ab 1963/64 wiederhergestellt, aber es konnte bis 1992 nicht mehr durchgesetzt werden, daß die Vereinbarungen von Dezember 1969, »das Paket«, klar und eindeutig ein Ergebnis der UNO-Resolutionen waren, also »die Durchführung des Pariser Abkommens« darstellten.

Erster Weltkrieg, 1914. Ende einer Ära. Die Zeitenwende hat Magnagos Generation geprägt. Szenen wie dieser kaiserliche Truppenaufmarsch im Süden Bozens sind nur noch Heimatforschern und Nostalgikern geläufig. Im Hintergrund: der Mode-Aussichtsberg des altösterreichischen Südtiroler Fremdenverkehrs. Von der Mendel sind im November 1918 die Italiener einmarschiert.

Lothar von Sternbach

»Wie eine Feldwache in einer aufgegebenen Stellung ...«

Das Gespräch führte Elisabeth Baumgartner

Der Zeithintergrund Magnagos war sehr stark geprägt durch die Zerreißprobe der Option und deren Nachwirkungen. Zum Verständnis der Südtiroler Politik nach 1945 sind die heftigen Auseinandersetzungen zwischen Optanten und Dableibern eine wichtige Voraussetzung. Zwischen den gegnerischen Lagern gab es aber auch Gemeinsamkeiten. Sonst hätte die um ihre Rechte kämpfende Volksminderheit die alten Gegensätze wahrscheinlich nicht so schnell zurückstecken können. Persönliche Erinnerungen vermitteln Zugang zur Zeit. Als erster ist Friedl Volgger mit seinen 1984 veröffentlichten Memoiren aus dem Schatten getreten. Er schildert die Dableiber-Perspektive. Magnago hat Krieg und Diktatur aus Sicht des Optanten erlebt. Die Anfänge dieser Politikergeneration fallen bereits in die Zeit des Neubeginns nach 1945. Die Erinnerungen Lothar von Sternbachs runden das Zeitbild ab. Am Beispiel seines prominenten Vaters kommt darin auch zum Ausdruck, wie die Alttiroler Politikergarde diese schwierige Zeit erlebt hat. Reichsfreiherr Paul von Sternbach war noch Abgeordneter des Tiroler Landtags unter Altösterreich, Mitglied der österreichischen Delegation in Saint Germain und Südtiroler Vertreter im römischen Parlament ab 1924, also ab jenem Jahr, als Matteotti ermordet wurde und der Faschismus die Demokratie in Italien ausgeschaltet hat.

ELISABETH BAUMGARTNER: *Ihr Vater und Sie selbst waren führende Dableiber. Die erste Politikergarnitur nach 1945 im Landhaus wurde hingegen von den Optanten gestellt, von Landeshauptmann Karl Erckert und Landtagspräsident Silvius Magnago bis zu den Südtiroler Assessoren in der ersten Landesregierung. Haben die Dableiber diese Optantenkarrieren als ungerecht empfunden?*

LOTHAR VON STERNBACH: Auch die Dableiber hatten wichtige politische Funktionen, angefangen vom SVP-Obmann Erich Amonn. Wir waren uns einig, wegen der alten Zwistigkeiten können wir nicht auf die ganze Gruppe der Optanten verzichten. Erstens waren sie in der Überzahl, und zweitens waren in ihren Reihen sehr aktive, energische Leute. Gegenüber den Alliierten waren nur wir als Nicht-Nazi anerkannt. Die Optanten galten als politisch kompromittiert, sie waren pauschal als Nazi verschrien. Aber wir Dableiber haben uns sofort nach Kriegsende gesagt: Die Gehässigkeit zwischen den beiden Lagern muß aufhören. Eine kleine Volksgruppe kann sich solche Zerreißproben nicht leisten. Wir müssen zusammen das neue Südtirol aufbauen!

Über den Konflikt zwischen Optanten und Dableibern ist ja schon sehr viel gesagt und geschrieben worden ...

Ab Juli 1939 konnte man, bis 31. Dezember gleichen Jahres mußte man optieren. Da mußte der letzte Wahlzettel abgegeben sein. Dann war dieser gewaltige Bergrutsch! 86 Prozent hatten für die deutsche Staatsbürgerschaft optiert und nur 14 Prozent für die italienische. Da haben wir Dableiber uns halt gesagt, wir sind eine ganz kleine Minderheit. Die – um es bildhaft auszudrücken – wie eine Feldwache in einer aufgegebenen Stellung zurückbleibt. Schon damals nannte man die Auswanderung ja auch eine ethnische Flurbereinigung. Allein das war für uns ein Motiv, gegen ein so brutales widerrechtliches Mittel zu stimmen!

Den Optanten ist das überhaupt nicht bewußt geworden. Die wollten möglichst viele Stimmen. Denn sie waren von der fixen Idee besessen, wenn wir genügend Stimmen vorweisen können, dann ist das eine Volksabstimmung. Dann wird uns der

Der Bozner Waltherplatz im Zeichen des Ersten Weltkriegs: Feldmessen, Truppenaufmärsche, Abschiedszeremonien bestimmen den Alltag. (oben): Das erste und zweite Bataillon des vierten Kaiserjägerregiments Ende August 1915 nach verlustreichen Kämpfen auf dem Plateau von Doberolo. (unten): Fahnenweihe im Beisein von Bürgermeister Julius Perathoner (in Zivil, zweite Reihe hinterm Altar).

Bilder wie im Kino: die k. und k. Armee auf dem Exerziergelände südlich von Bozen und vor dem Schießstand in Bozen-Oberau (das große Gebäude auf dem oberen Bild). Zwanzig Jahre später haben die Faschisten in dieser Gegend die Bozner Industriezone aus dem Boden gestampft. Heute tobt hier der Streit um einen Bozner Flugplatz.

Dr. Paul Reichsfreiherr von Sternbach war eine Symbolfigur: der Alttiroler Politiker und römische Parlamentarier von 1924-29 hier als Redner auf der »Volkskundgebung« in Toblach am 26. Mai 1946. (Links im Bild): der Journalist und Historiker Claus Gatterer.

Hitler »heimholen«. Unter den damaligen Verhältnissen war das eine vollkommen unrealistische Überlegung.

Eine Anschluß-Theorie?
Die Theorie war, daß sich Hitler im Falle des sogenannten Endsiegs doch zur Angliederung Südtirols ans Deutsche Reich entschlossen hätte. Ob es dann wirklich so gekommen wäre, läßt sich rückblikkend nicht mehr beurteilen. Aber man muß doch bedenken, welche Funktion Hitler den »Auslandsdeutschen« in seinen Plänen zugedacht hatte. Die wurden doch nur deshalb »heimgeholt«, also aus ihren Siedlungsgebieten abgezogen, um die im Osten neu eroberten Gebiete zu besetzen.

Auf die heutige Situation bezogen, also menschliche Verschubmasse, wie jetzt die Flüchtlingsströme im ehemaligen Jugoslawien?
Solche Beispiele gab es schon damals genug. Die Donauschwaben, die Bessarabien-Deutschen, die ganzen deutschen Sprachinseln im Südosten, die nicht unmittelbar an den deutschen Kernraum grenzten. Die hat Hitler alle durch ein Reichskommissariat für die Erhaltung des deutschen Volkstums »zurückgenommen«, also umgesiedelt.

Sie meinen, es wäre leicht zu durchschauen gewesen, daß die Südtiroler »Volksabstimmungs«-Theorie nicht aufgehen konnte?
Ich kann nur für mich persönlich antworten. Als Dableiber habe ich einer durchaus düsteren Zukunft entgegengesehen. Ich habe damals in Uttenheim als Bauer gelebt. Indem ich das Familiengut selber bewirtschaftet habe, habe ich ein richtig bäuerliches Leben geführt. Damals hatte Uttenheim nicht ganz hundert Familieneinheiten. Nur vier waren Dableiber!
Da haben wir Dableiber uns natürlich schon gesagt, als so kleine Minderheit haben wir unter den nachrückenden Italienern wirklich kein Sein mehr! Trotzdem habe ich fürs Bleiben optiert. Für mich war dieses Votum ein Protest gegen die Aussiedlung als Mittel einer Minderheitenlösung!
Außerdem wurde den Optanten versprochen, sie bekommen im Deutschen Reich Ersatz für ihr Eigentum. Da konnte man sich doch ganz leicht ausrechnen, daß es sich bei diesen Ersatzgütern nur um enteignetes Gut handeln konnte. Also um fremdes Eigentum, das anderen weggenommen wurde, den sogenannten Feinden des Nationalsozialismus, den Juden usw. Mein Protest hat sich auch dagegen gerichtet. Denn das war doch eine totale Ungerechtigkeit und Unmenschlichkeit! Die Auswanderer hier zum Aufgeben von Grundbesitz und Eigentum zu zwingen, um es dort durch geraubten Besitz zu ersetzen!
Da muß ich auch meiner Frau große Anerkennung aussprechen. Sie ist keine Südtirolerin. Bei der Option hat sie gesagt: Schau, du siehst doch, welchem Schicksal du entgegengehst, für dich wäre es eigentlich logisch zu optieren... Als ich ihr dann aber auseinandergesetzt habe, daß es für mich da auch moralische Gründe gibt, hat sie gesagt: Du hast entschieden, ich helfe zu dir.

Das Optionsergebnis, trotz allem ein Geschenk »von oben«

Beide Lager berufen sich auf eine Entscheidung aus Protest. Sie sagen, Sie waren Dableiber aus Protest gegen die Aussiedlung. Magnago sagt, er war Deutschland-Optant aus Protest gegen den Faschismus. Magnago knüpft daran auch die politische Überlegung, daß die Südtiroler Selbstbestimmungsforderungen nach 1945 ohne das Protestvotum der Optanten nicht glaubhaft gewesen wären. Weil es geheißen hätte, wenn ihr sogar unterm Faschismus bleiben wolltet, dann erst recht in einem demokratischen Italien?!
86 Prozent Optanten, 14 Prozent Dableiber, dieses Zahlenverhältnis gilt heute als gesichert. Dieses Verhältnis war sicherlich das optimalste, was herauskommen konnte. Das ist uns geradezu von Gott geschenkt worden!

Wären es nämlich zu hundert Prozent Dableiber gewesen, dann hätten wir heute keine Autonomie. Italien hätte in Paris sagen können, die Südtiroler haben alle für Italien optiert, die fühlen sich hier wohl. Die brauchen keine Autonomie!
Wäre die Abstimmung umgekehrt ausgefallen, nämlich zu hundert Prozent für die Optanten, dann hätten sie wahrscheinlich gehen müssen. Dann hätte es nämlich die 14 Prozent Dableiber nicht gegeben, die den Alliierten nach dem Krieg immer wieder garantiert haben, daß die überwiegende Mehrzahl der Südtiroler nicht für Hitler optiert hat, sondern gegen den Faschismus!
Für dieses Zahlenverhältnis konnten wir also nur dankbar sein. Ich bin noch immer überzeugt, das war ein Geschenk von oben!

Zum Psychoterror der Optionszeit gehörten Gerüchte, die Dableiber würden nach Süden abgeschoben, nach Sizilien, oder gar bis Afrika, zumindest südlich des Po. Offiziell dementiert wurden diese Gerüchte erst nach bereits erfolgter Option, beim römischen Empfang einer Dableiber-Delegation im März 1940. Die erste Delegation mit dem Abgeordneten Graf Toggenburg an der Spitze wurde hingegen nicht einmal bei Mussolini vorgelassen. Das war Mitte November 1939 ...
Ganz richtig, da war mein Vater mit. Das hat auch Niederschlag in meinem Tagebuch gefunden. Nach dem brüskierenden Fehlschlag in Rom war mein Vater schwer deprimiert, von bösesten Vorahnungen geplagt. Von Mussolini hatte man sich doch gewisse Garantien erwartet, daß wir in Südtirol bleiben dürfen. Das war unser Hauptanliegen. Denn die Drohung, abgeschoben zu werden, war ja das Hauptargument der Optanten gegen das Dableiben. Doch Mussolini hat sich vor einem Dementi gedrückt. Erst nachdem die Option bereits über die Bühne war, hat er eine Südtiroler Delegation empfangen, bei diesem Empfang im März 1940 war mein Vater ebenfalls mit ...

Waren diese Audienzen beim Duce für die Dableiber kompromittierend?
Natürlich war das Wasser auf die Mühlen! Das hat vielleicht am meisten weh getan, daß wir zu »Volksverrätern» abgestempelt wurden! Obwohl wir früher vielleicht bessere Deutsche waren als viele Optanten. Viele Optanten haben zunächst das schwarze Hemd angehabt. Natürlich habe ich Verständnis, daß man einer so beherrschenden politischen Strömung seinen Tribut zollt, wenn's um

Die Annahme des Friedensvertrages in der Nationalversammlung.

Staatskanzler Karl Renner vor der Wiener Nationalversammlung im September 1919 bei der Annahme des »Friedensdiktats« von Saint Germain. Wien hatte keine Wahl. »Arbeiten, arbeiten und nicht verzweifeln ...«, lautete Renners Botschaft an den Rest der Nation.

die Existenz geht. Denn mehr als ein Lippenbekenntnis war's ja nicht! Umgekehrt hat dieses Verständnis aber gefehlt. Wir wurden zu Verrätern abgestempelt, obwohl wir uns wirklich für die Notschule eingesetzt haben und und und.

Umstrittene Taktik: Führende Dableiber wurden Mitglieder der faschistischen Partei

Etwas möchte ich dazu noch sagen. Nach dem Sieg über Frankreich von 1940 ist für uns Dableiber die Faschistische Partei aufgemacht worden. Das heißt, für Südtiroler wurde eine Ausnahme gemacht, indem der Eintritt in die Partei auch Älteren offenstand. Das war eine besondere Vergünstigung, gegen die strenge Vorschrift, daß einer normalerweise die Partei-Jugendorganisation durchlaufen haben mußte. Mein Vater und ich gehörten damals zum Kreis von dreißig bis vierzig Vertrauensleuten, die sich immer bei Kanonikus Gamper getroffen haben. Eines Tages haben Kanonikus Gamper und mein Vater uns mit sehr ernstem Gesicht erklärt, Mannder, jetzt werden ma in die faschistische Partei eintreten müssen. Unsere Reaktion war natürlich helle Empörung: Na! Des tuan ma net!
Mein Vater hat uns dann mit ernster Miene zugeredet. Schaut's, wir sind eine so kleine Minderheit, wir kön-

Bombenalarm in Bozen anno 1917. Der Blindgänger am Waltherplatz war eine Sensation. Die Fliegerangriffe auf die Brennerlinie und den Bozner Bahnhof gehören zu Magnagos frühesten Kindheitserinnerungen.

An den Jahrestagen des »Marschs auf Rom« hatte der Festakt im Bozner Stadttheater seinen festen Platz im Ritual. Freiberufler und andere exponierte Berufsgruppen konnten den offiziellen Anlässen nicht ganz ausweichen. Das Tragen des schwarzen Hemds war Pflicht. Den eigenen Landsleuten in diesem Aufzug unter die Augen zu treten, war peinlich. Oft gab es Spott und Vorwürfe.

nen diese ausgestreckte Hand von italienischer Seite nicht zurückweisen! Alle, die soweit Italienisch können, um für ihre Landsleute bei den Behörden einzutreten, die müssen dieses Opfer auf sich nehmen. Er selbst ist eingetreten in die Partei. Mein Vater ist Mitglied der Faschistischen Partei gewesen ...

Sie sagen das heute lachend, wohl weil es sich wie ein Paradox anhört. Ihr Vater zählte ja zu den Symbolfiguren des Widerstands?
Man muß das natürlich ins Vorhergesagte einordnen, also in die von mir geschilderten Umstände der Zeit. Mich hat's übrigens auch getroffen, mein Italienisch wurde für ausreichend bewertet, um auch für andere bei den Behörden intervenieren zu können.

Bisher hat man aber nichts davon gehört, daß es im führenden Kreis der Dableiber Eintritte in die Faschistische Partei gegeben hat. Friedl Volgger gehörte zum Beispiel zu diesem Kreis. Als ich bei ihm nachgefragt habe, versicherte er, Kanonikus Michael Gamper sei nicht einverstanden gewesen. Von Gamper wisse er, allein Ihr Vater habe gedrängt, das italienische Angebot nicht auszuschlagen. Volgger zitiert Gamper: »... Der Sternbach will das, und ich kann es nicht verhindern ...«
Kann sein, daß mein Vater Ansprechpartner war, dem das Angebot möglicherweise vom Präfekten übermittelt wurde. Von uns dreißig Vertrauensleuten hat es ungefähr die Hälfte getroffen. Aber zugeben tu nur ich es. Wir haben damals natürlich auch noch ein bißchen unter uns gewitzelt: Ja, tragst du jetzt es Wappele, oder tragst es net?! Ich trag's von jetzt an, hab ich gesagt. Bisher war's für mich ein Schandfleck, jetzt ist's eine Dornenkrone. Natürlich sind wir heftigst angegriffen worden. Auf offener Straße wurden wir beschimpft und angespuckt. Eine besonders schlimme Erinnerung habe ich an einen offiziellen Aufmarsch in Bruneck, da mußten mein Vater und ich natürlich im schwarzen Hemd mitmarschieren. Meinen Vater hat dieses Spießrutenlaufen unter dem Spott der Brunecker Bürger schwerstens getroffen. Ich mußte ihn beim Arm nehmen, um ihn zu stützen, und habe ihm zugeredet: »... steinernes Gesicht!, Vater, steinernes Gesicht! Grad ausschauen! Nichts anmerken lassen!« Er war nahe am Zusammenbrechen.

Faschistenaufmärsche wie hier auf der Bozner Talferbrücke prägten das Straßenbild der zwanziger und dreißiger Jahre. Präfekt Giuseppe Mastromattei (erste Reihe, dritter von rechts) galt als Inbegriff faschistischer Unterdrückungspolitik. Nach dem für Italien peinlichen Optionsergebnis fiel er in Ungnade. Die Gerüchte von der Abschiebung nach Süden hatten Tausende zur Option für Deutschland bewogen.

Es ist mir dann aber gelungen, durch eine Intervention wirklich etwas zu erreichen. In die Partei eingetreten bin ich 1940. Im folgenden Jahr war ein Prozeß gegen sieben Bauern aus Uttenheim, die zu wenig Butter abgeliefert hatten. Im Krieg standen darauf strengste Strafen. Einer kam zu mir mit der Bitte, ihm zu helfen. Warum kommen denn die sechs anderen nicht, hab ich ihn gefragt. Die trauen sich nicht, weil sie dich vorher zu sehr verfolgt haben. Das ist jetzt wurscht, sag ich, die gehören alle her! Also habe ich die Verteidigung vorbereitet. Rechtsanwalt war Dr. Fritz Egger.
Meine Aufgabe waren die landwirtschaftlichen Gutachten. Der Staatsanwalt hat mich scharf attackiert. Warum ich denn als italienischer Staatsbürger diese Verräter mit deutscher Staatsbürgerschaft verteidige?! Als Dableiber bin ich Vertreter des Bauernsyndikats, hab' ich gesagt. Als solcher habe ich die Pflicht, jeden Bauern meiner Gemeinde zu vertreten. In der zweiten Instanz haben wir tatsächlich den Freispruch erreicht. Vier Monate später ist einer der Betroffenen auf mich zugekommen mit den Worten, du bist a besserer Deutscher als wir alle! Das war für mich schon eine sehr große Genugtuung! Von da an hab' ich eigentlich vor den Optanten a Ruah g'habt.

Neubeginn nach 1945: Eingeschlagene Fensterscheiben und andere unliebsame Erinnerungen

Nach Kriegsende bestand sogar Gefahr, daß Italien die nicht ausgewanderten Optanten mit deutscher Staatsbürgerschaft ausweist. Davon war zumindest in einem ersten römischen Gesetzentwurf die Rede, der dann allerdings fallen gelassen wurde. War die Angst vor der möglicherweise drohenden Ausweisung zu spüren?
Das ist wohl klar! Dieses Damoklesschwert ist tatsächlich über ihnen gehangen. Erst das Pariser Abkommen hat diese Gefahr definitiv abgewendet. Die Verankerung der Rückoptionen gehört zu den großen Verdiensten von Außenminister Gruber! Ich unterstreiche das immer wieder, weil Gruber wegen des Abkommens doch sehr stark angegriffen wurde.

Sie haben bereits eingangs betont, daß die Südtiroler Volkspartei ihre Politik bereits 1945 konsequent am Aussöhnungskurs ausgerichtet hat. Hat die breite Öffentlichkeit da aber wirklich mitgezogen?
Natürlich waren unter den Dableibern auch welche, die die Fähigkeit des Vergessens nicht hatten. Da wurden schon Stimmen laut, was?! Der darf jetzt auch schon wieder mitreden? Der hat doch dies und jenes angestellt! Aber die kleinlich Gesinnten haben sich dann doch der großen Überlegung beugen müssen !

Der Vergangenheitsbewältigung hat dieses Verdrängen aber nicht unbedingt gedient. Genau dieser Vorwurf kommt ja von der heutigen Historikergeneration, daß die Sammelpartei der Einigkeit zuliebe eine Menge unter den Teppich gekehrt hat, und zwar auf Kosten der Dableiber ...
Ich finde diese Vorwürfe ungerecht. Ich betone, ich bin Dableiber. Mir sind auch die Fensterscheiben eingeschlagen worden. Und mir ist auch vor die Türe geschissen worden – ich bitt' um Verzeihung. Heute kann man ruhig drüber lachen. In einem derart erbitterten Wahlkampf wie damals passieren halt solche Dinge! Diesen Zwist nochmals aufzuwärmen, heißt nicht, den Opfern gerecht zu werden. Bei der nachträglichen Polemik geht's mehr darum, jetzt einen neuen Gegner zu treffen!

Sie sagten, die Dableiber haben die politischen Karrieren der Optanten auf Anhieb akzeptiert. War diese Fairness wirklich die Regel?
Ich kann wiederum nur versuchen, die Frage persönlich zu beantworten. Nach dem deutschen Einmarsch am 8. September 1943 ist mein Vater als einer der führenden Dableiber verhaftet worden und bis November in Bozen gesessen. Dabei möchte ich gleich anmerken, daß der Volksgruppenführer Peter Hofer sich als damaliger Präfekt wirklich eingesetzt hat, um die Mehrheit der Dableiber vor Härten zu verschonen.
Peter Hofer hat sich auch dafür eingesetzt, daß mein Vater nicht ins Gefängnis kam, sondern in Einzelhaft, unter Hausarrest. Interniert war er beim «Schlutzigen Luis», also im Bozner Gasthaus Unterhofer. Ein Mann des SOD, des sogenannten Südtiroler Ordnungsdienstes, war als Wache aufpostiert. Peter Hofer hat es gut gemeint mit dieser Sonderunterbringung. Die Isolation ist dem Vater freilich nicht gut bekommen. Einige der zwanzig, dreißig anderen inhaftierten Dableiber meinten später, mit uns hätte dein Vater eine fröhlichere Gefangenschaft mitgemacht. Die hatten Galgenhumor. Mit Essen und Trinken waren sie im Bezirksgefängnis recht gut versorgt, und allzu lang sind sie ja nicht gesessen.
Während seiner Haft wurde mein Vater kein einziges Mal verhört. Als man ihn schließlich in eine Polizeidienststelle beorderte, wurde ihm mitgeteilt, er müsse Südtirol verlassen. Begründet wurde die Abschiebung mit dem angeblichen Volkszorn wegen seiner führenden Rolle im Kampf gegen die Option. Die Südtiroler seien gegen ihn so aufgebracht, daß die deutsche Polizei seine Sicherheit nicht garantieren könne, hieß es. Daß er unter Berufung auf seine Landsleute des Landes verwiesen wurde, hat ihn sehr geschmerzt. Den Ort des Exils durfte er selber wählen. Er entschied sich für Innsbruck, eine Schwester war dort verheiratet. Zwei mal die Woche mußte er sich bei der Polizei melden, sonst war er frei, auch wenn ihn die ungerechte Verbannung sehr gekränkt hat.
In Innsbruck wurde mein Vater schon beim ersten massiven Bombenangriff am 15. Dezember 1943 schwer verletzt. Der Schwager und die Köchin kamen ums Leben. Präfekt Karl Tinzl konnte für den Schwerkranken schließlich die Aufhebung des Verbannungsbefehls erreichen. Die beiden waren noch aus Parlamentarierzeiten gute Freunde, mein Vater war auch Tinzls Trauzeuge. Präfekt wurde Tinzl, nachdem Peter Hofer Anfang Dezember 1943 in Bozen bei einem Bombenangriff ums Leben gekommen war. Dank Tinzl kam mein Vater also im Jänner 1944 sterbend nach Bruneck zurück. Er hat sich dann doch noch etwas erholt. Bei den SVP-Gründungsversammlungen in seiner Geburtsstadt Klausen, in Sterzing und in Toblach hat er noch als Redner mitgewirkt.

Ihr Vater war ein führender Dableiber, Tinzl hingegen ein führender Exponent der Optanten. Tinzl wurde vom NS-Regime als Präfekt eingesetzt, auch wenn er selbst nicht Mitglied der NSDAP gewesen ist. Politisch stand er eindeutig auf der anderen Seite. Und doch hat diese Freundschaft mit Ihrem Vater gehalten?
Sie sagten »eindeutig auf der anderen Seite...« Tinzl wurde Präfekt, weil er als Verwalter große Erfahrung hatte. Dabei war Gauleiter Hofer und den damals führenden Kreisen vollkommen klar, daß Tinzl in keiner Weise ein richtiger Nationalsozialist war. Er war ein sehr guter Jurist und ein absolut ehrenhafter Mensch. Tinzl war der einzige, der damals als Präfekt in Frage gekommen wäre!

Nach 1945 war Tinzl jedoch als ehemaliger Präfekt unter dem NS-Regime politisch belastet. Gerade die Italiener sind in diesem Punkt doch sehr mißtrauisch und sensibel. Dennoch wurde Tinzl bereits 1953 ins römische Parlament gewählt. Hat ihm seine Vergangenheit nicht geschadet?

Nein! Als Präfekt war er auch gegenüber den Italienern so korrekt, daß von Südtiroler Seite sogar gemurrt wurde, er nehme zu viel Rücksicht auf die Italiener. Als mit dem totalen Krieg die Zwangsrekrutierungen kamen, hat sich das Klima dann natürlich schon sehr verschärft. Besonders nach dem Hitler-Attentat vom 20. Juli wurde sehr scharf vorgegangen.

Wie erklärt sich dann die Toleranz, als Tinzl mit seiner Parlamentskandidatur seine zweite Karriere startet?

Dr. Tinzl hatte sich durch seine Korrektheit einen so guten Ruf erworben, daß auch von italienischer Seite keine Einwände kamen. Er war ein so korrekter Mann, im Wesen so ruhig und jedem Fanatismus abhold, daß er allein dadurch überzeugte.

Und wie wurde Landeshauptmann Erckert eingeschätzt? Auch er bekleidete ja als kommissarischer Verwalter von Meran nach dem Einmarsch der deutschen Truppen vom 8. September 1943 eine öffentliche Position unter dem NS-Regime?

Erckert wurde sehr ähnlich bewertet wie Tinzl. Er galt gleichfalls als sehr korrekt, als guter Jurist und umsichtiger Verwalter.

Stichwort deutsche Truppen. Zu den Vorwürfen, die Südtiroler hätten den deutschen Truppen zugejubelt, muß ich ehrlich sagen: Da haben die Südtiroler – und ich, Sternbach, Dableiber, an erster Stelle – ganz einfach eine Riesenfreude gehabt, daß die Italiener jetzt endlich einmal nichts mehr zu sagen haben! Des müssen die Italiener schon auch derleiden! Die haben uns derart schikaniert und verfolgt, daß die allermeisten Südtiroler den Einmarsch der deutschen Truppen mit Erleichterung aufgenommen haben. Und was man sich erhofft hatte, ist dann ja auch eingetreten. Unsere Kinder hatten wieder eine deutsche Schule. Unsere Leute konnten wieder Bürgermeister sein. Wir konnten unser Haus selber verwalten und brauchten dazu nicht mehr italienische Podestàs, die es mit mein und dein nicht immer so genau genommen haben. Das muß schon auch einmal gesagt werden!

Karl Tinzl war mit Paul Sternbach Südtiroler Vertreter im römischen Parlament. Die beiden blieben befreundet, obwohl Tinzl von 1943 bis 1945 Präfekt unter nationalsozialistischer Verwaltung war, während Sternbach politisch verfolgt wurde.

Haben Sie Ihre erste Begeisterung nicht bald bereut? Schon bald wurden auch die Dableiber zur Wehrmacht zwangsrekrutiert – unter grober Mißachtung des Völkerrechts, wie Friedl Volgger betont. Die heute als Widerständler anerkannten Deserteure wurden damals allerdings als Verräter und Feiglinge gebrandmarkt ...

Ich war selbst ein »Beutegermane«. Als Dableiber und italienischer Staatsbürger hätte ich nicht eingezogen werden dürfen. Doch da hieß es, als Südtiroler sei ich Volksdeutscher, und irgendwie hat das ja auch gestimmt. Deutschland war in einem Krieg – zugegeben, ein selbstverschuldeter Krieg, aber der Krieg war nun einmal da. Ich habe mich auch als italienischer Staatsbürger immer als Deutscher gefühlt. Übrigens waren die Deserteure nicht nur Dableiber, es waren auch genügend Optanten darunter. Also ich nehme es keinem übel, wenn er desertiert. Aber der Hauptgrund war doch, glaube ich, daß man die eigene Haut zu retten versuchte.

Der Krieg war ungerecht, das habe ich gewußt. Aber in der Endphase werden eben alle einberufen, sagte ich mir, also trifft es auch mich. Ich bin natürlich nicht freiwillig eingerückt, aber als die Einberufung kam, bin ich gegangen. Manchmal wurden mir deshalb Vorwürfe gemacht, unter Hinweis auf das Beispiel Josef Mayr-Nusser, der dem Führer den Eid verweigert hat. Ich muß sagen, ich hätte nicht die Kraft gehabt, wie Mayr-Nusser ein Märtyrer zu werden!

Und der politische Wiederaufbau nach dem Krieg? Ihr Vater war als ehemaliger Tiroler Abgeordneter, als ehemaliges Mitglied des römischen Parlaments

und als einer der führenden Dableiber eine Symbolfigur. In der ersten Zeit der Südtiroler Volkspartei galt er als eine Art moralische Instanz, auch wenn er bei der eigentlichen SVP-Gründung in Bozen nicht selbst dabei war?
Mein Vater ging damals bereits gegen Achtzig und war nach seinem langen Krankenlager leidend und gebrechlich. Aus gesundheitlichen Gründen konnte er nicht mehr so aktiv mitarbeiten. Aber durch den Brunecker Vertreter bei der SVP-Gründung war er stets auf dem laufenden. Selbst wenn es ihm nicht gut ging und er keine Besuche empfing, gab es bei uns zu Hause die Anordnung, Hans Baur sei immer vorzulassen.
Der große Wunsch war damals die Selbstbestimmung. Ganz Südtirol stand geschlossen hinter diesem Wunsch. Wir haben aber verhältnismäßig früh gewußt, daß sehr große, starke Mächte dagegen sind. Das war die große Sorge! Wird es gelingen, wird es nicht gelingen?! Endgültig abgelehnt wurde die erhoffte Volksabstimmung am 1. Mai 1946 von der Außenministerkonferenz der Siegermächte.

Die letzte Bestätigung brachte das Pariser Abkommen. Wie war die Stimmung? Was wußte Ihr Vater über die Reaktion in den SVP-Gremien: Wurde das Abkommen tatsächlich als einzig realistische Lösung akzeptiert – oder nahm man es verbittert zur Kenntnis?
Als einzig realistische Lösung hat man es natürlich nicht akzeptiert. Ich gestehe offen, ich bin heute noch verbittert, daß uns diese Patent-Demokraten die Selbstbestimmung ein zweites Mal verweigert haben! Ich sehe das als einen sehr dunklen Fleck auf der Ehre des demokratischen Italien nach 1945. Natürlich war man damals furchtbar niedergeschlagen. Aber mein Vater und ich waren nicht der Meinung, daß Gruber Südtirol verkauft hätte! Dagegen sind wir immer aufgetreten! Grubers Verdienst war es, daß er die Rückoptionen erreicht hat und daß er das Pariser Abkommen in den italienischen Friedensvertrag hineingebracht hat.

Wie hat Ihr Vater auf das erste Autonomiestatut von 1948 reagiert?
Da war er sehr enttäuscht, sehr enttäuscht! Er sehe schon, daß wir wieder unter die Räder kommen! Erlebt hat er natürlich nur die erste Anbahnung dieser Autonomie, er ist am 22. Oktober 1948 gestorben. Aber ganz sauber ist unsere Autonomie doch nicht einmal heute! Der italienische Staat mußte sich gegen seinen Willen zu dieser Autonomie bekennen, mußte sie annehmen, sabotiert sie aber, wo er kann.

Selbständigkeit Südtirols: »Magnago hat die Dinge erledigt, die dazwischenliegen ...«

Was hat Ihren Vater im Todesjahr zu seinem »Politischen Testament« veranlaßt? Darin heißt es eingangs: »Es ist selbstverständlich, daß ein Volk, das seine Freiheit verloren hat, bereit sein muß, sie mit großen Opfern und wenn es sein muß, auch mit dem letzten Opfer zu erringen. Bevor es aber dazu kommt, soll untersucht werden, ob nicht doch eine gütliche Vereinbarung zwischen den Streitteilen getroffen werden kann, die auf jeden Fall als Nachbarn miteinander leben müssen ...« Zwischen den Zeilen klingt das ganz nach einer im beiderseitigen Einvernehmen erzielten Selbstbestimmungslösung, wie man sie wohl erhofft haben mochte. Dennoch steht in dem kurzen Text von Selbstbestimmung kein Wort. Da ist nur von einer Autonomie nach dem Vorbild der Ålandinseln die Rede?!
Dieses politische Testament wurde im Dezember 1947 verfaßt. Die plötzlich wiederaufgetretenen Nachwirkungen seiner Bombenverletzung von 1943 zwangen den Vater damals zum Spitalsaufenthalt in Innsbruck. Eduard Reut-Nicolussi hat ihn in der Klinik besucht und dürfte ihn zu diesem Testament bewogen haben. Mein Vater hat es im Krankenbett diktiert. Bei der Veröffentlichung in der Presse kam das Wort Selbstbestimmung aber nicht mehr vor, übrigens auch nicht in der Trauerrede von Reut-Nicolussi für meinen Vater am 5. November 1948. Ich erinnere mich, daß der Vater beim Abdruck des Testaments mit einer Abänderung im Text nicht einverstanden war. Das Testament fordert eine Wiedergutmachung des Unrechts. Es ist sehr unwahrscheinlich, daß mein Vater diese Wiedergutmachung nur durch eine Autonomie vorgeschlagen hätte. Soweit ich mich erinnere, müßte er gefordert haben: Nur wenn Selbstbestimmung nicht möglich wäre, käme eine Autonomie als unvollkommener Ersatz in Frage. Im Zeitraum 1947–48 erschien diese Formulierung jedoch offensichtlich nicht opportun.

Als Magnago zum Präsidenten des ersten Südtiroler Landtags gewählt wird, fällt auf, daß er damals in die magere Autonomie von 1948 doch noch einige Hoffnungen investierte? Gab es dafür Rückhalt in der Bevölkerung, zum Beispiel draußen im Pustertal?

Paul von Sternbachs »Politisches Testament«

Ende 1947 hatten sich Nachwirkungen der schweren Bombenverletzung eingestellt. Paul von Sternbach ist am 22. Oktober 1948 in Bruneck gestorben. Das sogenannte »Politische Testament« hat er im Krankenbett einer Innsbrucker Klinik diktiert. Eduard Reut-Nicolussi hat es mitgeschrieben. Es lautet:

»Gestützt auf die Erfahrung von nahezu 80 Lebensjahren und nachdem ich fast sechs Jahrzehnte in öffentlicher Stellung Staat und Land gedient habe, fühle ich die Berechtigung, meine Ansicht in der Südtiroler Frage darzulegen. Es ist selbstverständlich, daß ein Volk, das seine Freiheit verloren hat, bereit sein muß, sie mit großen Opfern und wenn es sein muß, auch mit dem letzten Opfer zu erringen. Bevor es aber dazu kommt, soll untersucht werden, ob nicht doch eine gütliche Vereinbarung zwischen den Streitteilen getroffen werden kann, die auf jeden Fall als Nachbarn miteinander leben müssen.
Unbedingte Voraussetzung jeder Streitschlichtung ist nun aber, daß jeder Teil das Unrecht einsieht, das er begangen hat, und sich entschließt, es wieder gut zu machen. Wenn wir Südtiroler heute unseren Gegensatz zu den Italienern überdenken, so können wir mit voller Überzeugung behaupten, daß uns seit dem Jahre 1919 von allen italienischen Regierungen Unrecht geschehen ist und daß wir daher berechtigt sind, dafür Wiedergutmachung zu fordern, wie selbst vorurteilsfreie Italiener zugegeben haben. Wenn Italien ernstlich zu einer dauernden Verständigung mit uns kommen will, muß es dies Unrecht einsehen und bereit sein, es auszugleichen, wobei ich mir klar bin, daß vieles überhaupt nicht mehr gutzumachen ist.
Für die Art der Wiedergutmachung gibt es einen einfachen Maßstab: die Italiener müssen uns Südtiroler als nationale Minderheit im Staate gesetzlich anerkennen und uns zum mindesten das geben, was sie für sich und ihre im Ausland lebenden Volksgenossen verlangen.
Für die praktische Durchführung einer solchen verfassungsmäßigen Stabilisierung unserer Rechte denke ich an einen Vertrag, der jenem zwischen Finnland und Schweden über die Ålandinseln gleichen sollte. Auch dort handelte es sich um die Regelung der Lebensbedingungen einer Grenzbevölkerung zwischen zwei Staaten und um die Schaffung guter nachbarlicher Beziehungen zwischen diesen. Die Regelung wurde zwischen Finnland und Schweden in Freiheit und aus gutem Willen getroffen, von der höchsten internationalen Autorität, dem Völkerbunde, genauestens überprüft und gutgeheißen und hat sich nach dem Zeugnisse beider Teile vollauf bewährt.
Wenn wir Südtiroler im Zeitalter der Demokratie für uns eine Stellung verlangen, wie sie den Åländern vor rund 20 Jahren eingeräumt wurde, so kann uns niemand übertriebene Forderungen zum Vorwurf machen.
Falls die Italiener uns eine solche Rechtsstellung schaffen und sie in freier Anerkennung, daß sie uns gebührt, in guten Treuen achten, so werden sie damit zu unserem Volk und zu den Nachbarstaaten ein dauernd gutes Verhältnis gewinnen. Wenn sie aber vor einer solchen gerechten Behandlung der Südtiroler aus Sorge vor einem zukünftigen Irredentismus zurückschrecken, so begehen sie den verhängnisvollen Fehler, denn die Neigung zum Irredentismus wird in einem Volke um so stärker, je mehr Anlaß es hat, eine Veränderung der Lage anzustreben.

Im Dezember 1947

Dr. Paul Baron Sternbach
ehemaliger Tiroler Abgeordneter und
Mitglied des römischen Parlaments.

Das Original ist verschollen. Lothar von Sternbach hat das sogenannte »Politische Testament« seines Vaters in einer Publikation der Nachwelt überliefert, und zwar in der Festschrift für Kanonikus Michael Gamper, Schlernschrift, Innsbruck 1954, S. 318–319.

Eröffnung des Andreas-Hofer-Gedenkjahres 1959 am Vorabend des 20. Februar im Reichrieglerhof oberhalb von Bozen. Mit hereinbrechender Dunkelheit flammen Bergfeuer auf und eine Flammenschrift mit dem Wort »Recht«. Das Gedenkjahr zum 150. Todestag des Tiroler Freiheitshelden überzieht das Land mit einer wahren Orgie von patriotischen Feiern und Schützenaufmärschen bis ins kleinste Dorf. Politische Aufbruchstimmung regt sich. (Erste Reihe): Weihbischof Heinrich Forer (links) Landtagsabgeordneter Joachim Dalsass (ganz rechts). (Zweite Reihe, von links): Kammerabgeordneter Karl Mitterdorfer, Valerius Dejaco, Vize-Schulamtsleiter Fritz Ebner, Alfons Benedikter.

Geburtsfehler der Autonomie von 1948 war die politische Zwangsehe Südtirols mit dem Trentino. Natürlich hat man das gar nicht gerne gesehen. Also gab es auch Vorwürfe, die Verantwortlichen seien zu wenig hart gewesen. Dennoch überwog die Stimmung: Jetzt müssen wir eben das Beste herausholen! Ich habe Magnago immer für einen ganz großen Realpolitiker gehalten. Sein Ziel war die Selbständigkeit Südtirols. Er hat die Dinge erledigt, die dazwischenliegen.

Sie sagten, Ihr Vater war sehr, sehr enttäuscht vom ersten Autonomiestatut und habe gemeint, er sehe Südtirol schon wieder unter die Räder kommen. Aber unter Altösterreich war das Trentino ja auch im Tiroler Landtag vertreten. Als Tiroler Abgeordneter wußte Ihr Vater doch, daß das einigermaßen funktionierte?

Das war noch unter der Habsburger Monarchie. In der Donaumonarchie wurden die Minderheiten doch gut behandelt. Österreich hatte ein vorbildliches Minderheitenrecht ...

Was veranlaßte Ihren Vater zur Befürchtung, daß Italien das anders handhaben würde ? Wo sah er die Fallen?

Die Fallen, die sind ganz leicht zu sehen. Italien hat die Eierschalen des Nationalstaates noch nie abgeworfen, nicht einmal bis heute! Ein zentralistischer Nationalstaat läßt seine Minderheiten nicht leben. Er bekämpft sie, oder wenn's mit der Bekämpfung nicht klappt, assimiliert er sie. Das wäre heute noch der Wunsch der Italiener, uns zu assimilieren. Die Italiener können bis heute nicht wirklich verstehen, daß ein Volk eine andere Sprache spricht als Italienisch.

Wie hat man im Hause Sternbach, also in einem Haus mit politischer Tradition, Magnagos Aufstieg gesehen? Als Bozner Vizebürgermeister und erster

Der Auftakt des Andreas-Hofer-Jahres 1959 in Südtirol war überschattet von den ersten Einreiseverboten Roms gegen Landeshauptmann Hans Tschiggfrey und andere führende Persönlichkeiten Tirols. Silvius Magnago verliest das Telegramm des Tiroler Landeshauptmannes mit dem prophetischen Schluß: Der Tag werde nicht ausbleiben, an dem der freie Weg über die Grenze »jedem Europäer möglich sein wird ...« Fürs erste passierte freilich genau das Gegenteil. Rom nahm die heftigst umstrittenen Einreiseverbote nur kurzfristig zurück, um sie noch im selben Jahr zu Weihnachten zu verschärfen. Dennoch hat sich auf lange Sicht das entschlossene, aber ausgewogene Lager durchgesetzt.

Landtagspräsident in nur einem einzigen Jahr hat Magnago in Bozen durch eine Blitzkarriere beeindruckt. War seine Popularität an der Peripherie auf Anhieb ebenso groß?

Magnago ist erst mit Sigmundskron 1957 wirklich in mein Blickfeld eingetreten. Vorher wußte ich von ihm nur, daß er korrekt und fleißig ist. Jedenfalls war Magnago auch in ehemaligen Dableiberkreisen immer ein geachteter Mann. Doch der politische Hoffnungsträger Magnago beginnt erst mit Sigmundskron. Für die breite Masse ist er 1957 als neuer Parteiobmann in Erscheinung getreten. Sigmundskron war seine große Stunde. Da ist es ihm gelungen, die Hoffnungen eines ganzen Volkes auf sich zu vereinen. Und er hat ja auch gehalten, was er versprochen hat.

Dr. Paul Reichsfreiherr von Sternbach, geboren am 29. Juli 1869 in Griesbrugg bei Klausen, gestorben 22. Oktober 1948 in Bruneck, Statthaltereirat in Innsbruck, Liberaler, Abgeordneter des Tiroler Landtags 1902–1920, Mitglied des Landesausschusses, Vertreter der Tiroler Landesregierung in der von Karl Renner geleiteten deutsch-österreichischen Friedensdelegation in Saint Germain. Abgeordneter zur römischen Kammer 1924–29, bei diesen letzten einigermaßen freien Parlamentswahlen in Italien wurde Sternbach zusammen mit Karl Tinzl für den »Deutschen Verband« als Südtiroler Vertreter nach Rom gewählt. Ab 1935 prominentestes Opfer der unter dem Vorsitz von Präfekt Mastromattei verfügten 70 Konfinierungen. Nach dem deutschen Einmarsch vom 8. September 1943 von der Gestapo verhaftet wegen Widerstands gegen die Option, nach Innsbruck abgeschoben. 1945/46 wirkt er am politischen Wiederaufbau Südtirols mit.
Lothar von Sternbach, geboren am 7. Dezember 1905, hat bei der Gründung des Bauernbundes im Pustertal mitgearbeitet, ebenso bei der Gründung der Saatbaugenossenschaft und des Pinzgauer Zuchtverbandes. Durch seinen Vater und als Exponent des Dableiberlagers hatte er engen Kontakt zum politischen Geschehen.

Hier an der Stirnseite des Landhauses im Palais Widmann hinter den Erkerfenstern im zweiten Stock hat Landeshauptmann Magnago regiert. Das schwere Tor war einst der Eingang zur Präfektur. Hier hatte Magnago noch in der rebellierenden Menge gestanden beim »Sturm auf die Bozner Präfektur« am 16. Dezember 1947, um die magere Autonomie von 1948 zu erkämpfen. Die Stunde der Selbstverwaltung schlug erst 1972. Hinter die Kulissen des vielbeschäftigten Landeshauptmanns Magnago blickt der folgende Beitrag.

Georg Schedereit

»Es ist nicht so, daß ich nicht menschelen täte«

Ein intimes Gespräch mit Landeshauptmann Silvius Magnago*

GEORG SCHEDEREIT: *Hier in Feldthurns, in seinem Ferienhaus oberhalb des Dorfes, hat Silvius Magnago einmal im Jahr seine Ruhe. Er hat es gar nicht gern, wenn man ihn hier aufstöbert. Aber nur hier können wir ihn einmal privat kennenlernen und nicht als Politiker. Wir haben eineinhalb Stunden Zeit. Wir wollen nicht mit der Tür ins Haus fallen, wir wollen ihn nicht gleich auf die Grundfragen seines Lebens ansprechen. Oft geht jemand eher aus sich heraus, wenn er zunächst über die kleinen Dinge plaudert.*
SILVIUS MAGNAGO: Dann schießen wir los.

Gut, Herr Doktor Magnago, darf ich Sie bei der Gelegenheit nur einmal so nennen und nicht Herr Landeshauptmann und nicht Herr Parteiobmann?
Ja, ja sicher.

Wir möchten Sie bitten, für ein paar Minuten, wenn es geht, ganz zu vergessen, was für eine politische Verantwortung Sie tragen. Ist Ihnen das überhaupt möglich, da Sie Landeshauptmann, Parteiobmann und sonst noch einiges sind?
Ah, das ist jetzt schon eine Frage?

Ja.
Ah, das hat schon begonnen. Ja, ich muß sagen, diese Ämter wie das Amt eines Landeshauptmannes, das Amt eines Parteiobmannes sind eigentlich schwere Ämter, die einen voll auslasten und die mein Engagement und meinen Einsatz voll beanspruchen. Und nachdem es so ist, ist es schwer, sich aus dieser Rolle einmal herauszustellen und so zu tun, als ob das alles nicht wäre oder nur ein Traum. Man tut sich schwer, einmal ganz außer diesem Rahmen zu denken und einmal ganz anders, ganz privat zu denken, weil diese Ämter doch so sind, daß sie einen sehr beanspruchen. Man müßte weit weg sein von dem geographischen Ort, wo man diese Ämter und diese Pflichten ausübt. Einmal weit weg, weil man dann auch geographisch nicht daran erinnert wird, weil man nicht das Landhaus sieht oder nicht den Parteisitz.

Ja, von da aus sehen wir es ja nicht, hier sind wir in Feldthurns.
In Feldthurns hier oben, zum Beispiel, kann man schon abschalten; wenn ich aber in Norwegen wäre, nicht, oder auf einer Mittelmeerinsel ...

... wäre es noch besser ...
... da könnte man sich noch mehr davon entfernen und könnte mehr als privater Mensch denken. Ich weiß nicht, war das jetzt die Frage?

Und bei welchen Beschäftigungen können Sie am ehesten vergessen, daß Sie politische Verantwortung tragen? Ganz vergessen können Sie das wahrscheinlich nie, aber bei welchen Gelegenheiten und Beschäftigungen am ehesten?
Ja, das kann man bei solchen Beschäftigungen am ehesten vergessen, die einen besonders in Anspruch nehmen. Und sie nehmen einen dann besonders in Anspruch, wenn man diesen Beschäftigungen sehr gerne nachgeht. Zum Beispiel wenn ich einmal oder höchstens zweimal im Jahr Zeit habe, mich meiner Markensammlung zu widmen. Ich habe schon als junger Student Marken gesammelt, und jetzt schaue ich halt gerade so, daß ich à jour bleib. Ich sammle hauptsächlich österreichische Marken, und einmal, zweimal im Jahr, zu Weihnachten, kann ich mich diesen Marken

Der Hobbygärtner Magnago ist das Gegenstück zum Politiker, den seine Gegner fürchten, weil er blitzschnell reagiert. In seinem Garten ist er ein geradezu pingeliger Ordnungsfanatiker.

widmen und diese Sammlung wieder etwas in Ordnung bringen. Und zu wissen, daß sie in Ordnung ist, ist ein beruhigendes Gefühl. Dann kann man gut abschalten, weil man etwas tut, was man gerne tut und wo man mit Herz und Verstand dabei sein muß. Das Markensammeln läßt somit gewisse Sorgen vergessen, aber nicht nur das Markensammeln.

Ich bin hier oben in Feldthurns, und Sie wissen, ich habe ja immer nur im August Zeit, herauf zu kommen. Das Haus liebe ich sehr, es ist auch ganz nett gebaut, es paßt schön in die Landschaft hinein und in die Umwelt.

Es hat auch nichts Protziges ...

... es ist nichts Protziges. Es ist bescheiden, aber nett, dieses Häuschen, das ein bereits verstorbener Bozner Architekt damals mit viel Liebe und Engagement gebaut hat. Und wenn ich da herauf komme, dann pflege ich jedes Gras, weil ich daran so hänge, dann pflege ich jede Rose, die da wächst, dann pflege ich jede Blume, dann bin ich dahinter mit einer pedantischen Peinlichkeit für Ordnung in diesem Haus. Wenn jemand in diesem Haus irgendwie an einer Tür anstößt, und es kommt ein kleiner Fleck hinein, dann kann ich in der Nacht nicht mehr schlafen. Dann muß ich sozusagen mit dem Pinsel und mit der Farbe nachlaufen, um irgendwie diesen kleinen Schaden auszumerzen, weil ich dies als Störung sehe und als Trübung in dieser netten Ordnung hier oben. Wenn ich das Unkraut aus meinem Steingarten wegbringe, kann ich mich wunderbar konzentrieren. Ich habe auch ein kleines Klappstühlchen da ...

Und da denken Sie dann einmal nicht mehr an die Politik und an die Akten?

Dann kann ich abschalten. Oder sagen wir, hier gibt es ja auch vieles aus Holz. Das Holz leidet ja in der freien Natur, es ist ja der Sonne, der Feuchtigkeit, dem Regen ausgesetzt. Wenn ich dann in der kurzen Zeit, in der ich da bin, das Holz mit Holzschutzmittel widerstandsfähiger machen kann, daß es haltbarer wird, dann ist das für mich eine große Genugtuung. So als ob dieses Holz mein eigener Körper wäre, den ich wieder schön hergestellt habe, oder mein Hax, der mir wehtut und den ich mit einer Salbe eingeschmiert habe. Wenn ich Eisenteile, die etwas gerostet sind oder wo halt die Farbe etwas nachgelassen hat, wieder ergänzen kann, und wenn ich die richtige Farbe errate, so daß es gut hineinpaßt, daß es nicht wie ein billiges Flickwerk aussieht, dann freue ich mich besonders. Ich mache die Sachen sicher sehr gut. Ich brauche dafür zwei- oder dreimal so lang wie ein richtiger Maler, ich mache es mit einer peinlichen Exaktheit. Ich weiß, ich bin zwar kein Maler, ich bin kein Anstreicher, ich bin kein Tischler, ich bin kein Gärtner – aber ich bin imstande, Fähigkeiten zu entwickeln. Man freut sich mehr, wenn man das selber geleistet hat, als wenn es ein anderer gemacht hätte.

Ja, da haben wir ja schon Gelegenheit gehabt, Ihnen ein bißchen zuzuschauen und Sie sozusagen in Aktion zu sehen bei solchen Beschäftigungen, wo Sie die Politik vergessen.

Stimmt. Sie sehen, wie das ausgesehen hat und wie die Platten immer mehr und mehr verschwinden.

Also, eine Ordnung haben Sie schon da vor dem Haus.

Ja, wie Sie sehen, es ist alles eigentlich recht ordentlich beieinander, nur diese Hand schaut momentan nicht sehr schön aus. Ich ziehe mir gar keine Handschuhe an, weil ich draufgekommen bin, daß man sich mit freier Hand wohl bekleckst, aber das kann man dann mit Terpentin wunderbar wegputzen. Sehen Sie, jetzt kann man da weitermalen, und da geht es dann wunderbar hinunter. Ich lasse mir natürlich Zeit, schaue dann fast mit dem Vergrößerungsglas nach, ob ich nicht noch eine Stelle finde. Weil ich ja Zeit habe und mir das Vergnügen mache. Ich bin ganz gegen schreiende Farben, die tun mir immer weh, und ich habe immer gern das Graugrün. In diesem Fall, wie Sie sehen, habe ich das Olivgrün gewählt, weil mir vorkommt, das Olivgrün ist doch eine passende, schöne Farbe, auch wenn hier oben keine Oliven wachsen.

Haben Sie vielleicht irgendwo eine künstlerische Ader?
Nein, glaube ich nicht, nein, das ist nur die Freude an der Ordnung, daß dies wieder in Ordnung ist. Nur ist es so: Ich verbringe meinen ganzen Urlaub zwischen Unkrautjäten, sagen wir Zupfen, zwischen Rosen- und Blumenpflegen, zwischen Anstreichen und wieder das Haus ein bißchen pflegen, und wenn dann alles wunderbar ist, dann ist er zu Ende, und dann muß ich wieder heimfahren, wenn also wieder alles, sagen wir, schön gemacht ist. Hinter mir haben Sie sogar ein schönes schmiedeeisernes Gitter, das ich erst vor einem Jahr gestrichen habe. Sie sehen, es ist heute noch sehr schön. Es freut mich, wenn das Haus einen gepflegten Eindruck macht, ich zeige es dann auch gern.

Also Schlampigkeit ist etwas, was Sie nicht leiden können, auch nicht im Privatleben?
Nein, da leide ich darunter. Und wenn man sich draußen im Freien beschäftigt, bekommt man immer Sauerstoff, was während meiner normalen Zeit in Bozen nicht der Fall ist. Denn mein Leben ist etwas eintönig: In der Früh fährt man mit dem Auto ins Büro, vom Büro fährt man mit dem Auto heim. Am Nachmittag ist es das gleiche, und abends, wenn man auswärts ist, geht man ja auch in ein Lokal und ist nicht im Freien. Und so komme ich sehr wenig in die Luft.

Privat gesehen ist das eigentlich kein Leben, was Sie in Bozen führen?
Nein, ich führe überhaupt kein privates Leben in Bozen, und da bin ich allein. Wenn es draußen läutet, dann denke ich mir: Um Gottes willen, hoffentlich stört mich niemand, habe ich meine Ruh'. Allerdings lade ich immer einige Bekannte ein, hier oben, zu einer kleinen Speckmarende. Und dann zeige ich mit großem Stolz das Haus. Es ist vielleicht eines der wenigen Dinge, die mich wirklich freuen. Ich zeige ihnen auch, daß ich es gut pflege, und ich bin ein bißchen stolz darauf.

Jetzt einige telegrafische Fragen sozusagen, die alle mit dem Wort »Lieblings-« beginnen. Was ist ihr Lieblingskomponist?
Die klassische Musik, die imponiert mir sehr. Mozart ist ein Lieblingskomponist von mir, aber auch Wagner …

Zwei völlig verschiedene …

Die Schützenscheibe hat einen Ehrenplatz im sommerlichen Feriendomizil in Feldthurns. Der Sportschütze Silvius Magnago ist sehr ehrgeizig. Treffsicherheit war stets ein Markenzeichen des Politikers.

… die passen zwar gar nicht zusammen, aber sie begeistern mich beide. Ich bin vielleicht auch sehr verschieden und nicht so einheitlich ausgerichtet. Deswegen gefällt mir der Wagner wegen seiner Ernsthaftigkeit …

Das Gewaltige?
… das Gewaltige, das er da schafft, wenn man sich hineinversetzt. Und Mozart, der halt spielerisch und so schön ist. Neben der klassischen Musik ist aber das Volkslied, das echte Volkslied, das mir natürlich auch sehr gefällt, zu unterscheiden von den Schnulzen, die oft billig angepriesen werden, und von dem Kitschigen, das man heute so bietet. Selbstverständlich bin ich auch ein begeisterter Anhänger unserer Musikkapellen. Ich könnte mir vorstellen, wenn ich musikalisch ausgebildet wäre, ein Dirigent zu sein. Ein Orchester zu dirigieren, müßte schon eine immense Befriedigung sein. Etwas zu dirigieren, was aus Harmonie besteht, aus innerer Harmonie, wo jeder Mensch ein Instrument hat und wo sich jeder Mensch trotz einer bestimmten Freiheit unterordnen muß, wo jeder Mitwirkende warten muß, bis sein Einsatz kommt. Der eine wichtiger ist und der eine vielleicht weniger wichtig. Und wo man so das Empfinden hat, man hat eine Gemeinschaft von Menschen ein bißchen in der Hand, und sie gehorchen einem, wo man nicht einen Diktator spielt, aber sie gehorchen einem. Wenn ich einen Abend lang die Befriedigung einmal haben könnte, ein solches Orchester zu dirigieren, dann käme mir vor, dies würde viel zur Stärkung meiner Selbstsicherheit beitragen. Wenn ein großer Dirigent ein Orchester zum Höhepunkt bringt, dann kann der nicht Minderwertigkeitskomplexe haben.

Silvius Magnago auf der Terrasse seines Hauses in Feldthurns im September 1993. Das Gefühl von Freiheit und Unabhängigkeit hat dem Schwerkriegsversehrten immer sehr viel bedeutet.

Am Steuer seines Mercedes 190 D mit Automatik ist Magnago auch noch als über Achtzigjähriger mit Begeisterung unterwegs. Der Wagen war ein Abschiedsgeschenk an den Landeshauptmann, der als Parteiobmann und Mitglied wichtiger Autonomiekommissionen für Südtirol noch weiterhin Verpflichtungen hatte. Gewohnt korrekt, hat er beim Abtritt als SVP-Obmann »seinen« Mercedes privat erworben.

Also, in Ihrem Fall hat bestimmt niemand den Eindruck, daß es Ihnen an Selbstsicherheit fehlt.
Ja, wissen Sie, man wird oft kritisiert, und wenn man oft ein Urteil abgegeben hat und man hat sich das ganze Ding nicht gut überlegt, und es fällt einer einem dann ins Wort, und mir kommt vor, die Gegenäußerung, die sitzt eigentlich ...

Man hat auch Schwachstellen?
Man weiß, daß Schwachstellen da sind, und daß jeder Mensch seine Grenzen hat, und daß es auch Menschen gibt, die oft einen besseren Einfall und eine bessere Lösung parat haben. In diesem Moment kann man vielleicht eine Spritze von Zuversicht und Selbstbewußtsein ganz gut gebrauchen.

Was ist denn Ihre Schwachstelle, wenn wir da Sie so indiskret danach fragen dürfen?
Meine Schwäche – jeder Mensch hat Schwächen und gute Seiten – ist vielleicht, daß ich Dingen, die ich bearbeiten muß, sagen wir Aufgaben, die ich zu erfüllen habe, im letzten Moment erst nachkomme, sobald es also wirklich fünf Minuten vor zwölf ist. Das heißt nicht, daß ich es dann nicht gründlich machen will, denn das, glaube ich, ist doch wieder eine gute Eigenschaft. Aber eine schlechte Eigenschaft von mir ist vielleicht, daß ich alles bis zum letzten Moment lasse. Es darf mir also im letzten Moment nichts dazwischen kommen, sonst würde ich verzweifelt werden, nicht, da muß es klappen. Während andere Leute diese Dinge in aller Ruhe, mit aller Konzentration, auch schon früher machen, ich schiebe sie immer bis zuletzt hinaus. Warum? Ich weiß nicht warum. Es geht nicht. Ich finde auch nicht die nötige Konzentration, wenn ich nicht gezwungen werde. Das ist sicher eine meiner schlechten Eigenschaften, man wirft mir ja auch vor, daß ich gerne unpünktlich bin. Das stimmt auch. Das wird mir als schlechte Eigenschaft oft vorgeworfen. Aber manchmal muß ich sagen, finde ich die übertriebene Pünktlichkeit einfach gar nicht recht salopp, gar nicht so recht in Ordnung. Ja, was gibt es denn dann noch? Nach meinen guten Qualitäten haben Sie nicht gefragt, nur nach meinen Schwächen.

Das kommt schon noch.
Ah, das kommt auch noch. Daß ich alles auf zuletzt lasse mit der Arbeit und daß ich ungern pünktlich bin, ich meine, das genügt, oder? Genügt das nicht? Oder soll ich noch etwas sagen?

Das wissen Sie selbst am besten, was Sie als Ihre Fehler oder schlechten Eigenschaften sehen.
Gut. Daß ich kein Namensgedächtnis habe. Somit ist es sehr peinlich, wenn man Leute wieder sieht, die man einmal getroffen hat. Dann tue ich so und sage: Ja, wir haben uns ja damals gesehen, wir kennen uns. Ja, ja, selbstverständlich kennen wir uns. Und dann frage ich oft, wenn der einen Moment weggeht: Wie heißt denn der eigentlich, wer ist denn der, der neben mir sitzt. Es ist mir ganz peinlich, ich tue so, als ob ich den kennen würde, ich habe aber schon völlig vergessen, einmal wie er heißt und einmal, wann ich ihn getroffen habe.

Silvius Magnago mit Frau Sofia beim »Garteln«. Der Politikerpensionist begeistert sich für jede Art Gartenarbeit, inklusive Gartenspritzen. Eine Assoziation, die den Altpolitiker zum Lachen bringt: »Gartengießen ... Gießkannenprinzip .... mein Gott, wenn ich denke, wie viele Gelder haben wir so verteilt ...!« Doch nichts geht ihm über »das Arbeiten mit den Blumen«. Der Politiker beschwört ein Bild mit starker Symbolkraft: »Da heißt's, richtig herausschneiden und radikal strafen, damit ein starker Nachfolger nachwachsen kann!«

Wohl eventuell nicht vergessen, was er damals gesagt hat oder was ich mit ihm zusammen erlebt habe.

Jetzt schieße ich ein paar Fragen wie aus der Pistole auf Sie ab und hoffe, daß Sie sie auch im Telegrammstil beantworten können. Welches Auto würden Sie eigentlich privat am liebsten fahren?
Also, einen spritzigen, lustigen, lebendigen Wagen, mit dem man ein bißchen etwas riskieren und ein bißchen rasant fahren kann sozusagen. Er soll aber nicht zu groß sein, er soll sehr lebendig sein, man soll schnell fahren können. Wenn man einen solchen Wagen beherrscht, und man fährt dann schnell und sicher, gewinnt man ein gewisses Vertrauen in die eigenen Fähigkeiten zurück.
Meine Fahrer, die machen oft etwas mit. Sie haben sich aber daran gewöhnt, daß ich sage: Fahren wir vor, fahren wir vor, es ist frei.

Ihnen kann es gar nicht schnell genug gehen?
Ja, denn ich fahre gewöhnlich im letzten Moment weg, dann habe ich es oft sehr eilig. Dann fahre ich gerne sehr schnell und freue mich auch, wenn man einmal über 200 km/h fahren kann. Ich freue mich auch, wenn ich jemanden mithabe und ihm das zeigen kann. Und wenn der dann etwas ängstlich wird, dann habe ich so quasi eine Schadenfreude.

Was ist Ihr Lieblingssport?
Leichtathletik und danach lange nichts mehr. Schießen auch und danach erst vielleicht die anderen Sportarten. Ich bin ganz traurig, wenn ich sehe, daß bei großen Leichtathletikveranstaltungen weniger Leute zuschauen als bei einem Fußballspiel.

Ganz etwas anderes – ihre Lieblingsblume?
Lieblingsblume?

Sehen Sie sie vielleicht von da aus?
Ja, von da aus, wenn ich da hinunterschaue, sehe ich einige Rosen. Ich muß sagen, die schönste Blume bleibt vielleicht doch die Rose, wenn sie auch nicht die bescheidenste ist.

Sind Sie ein Tierfreund?

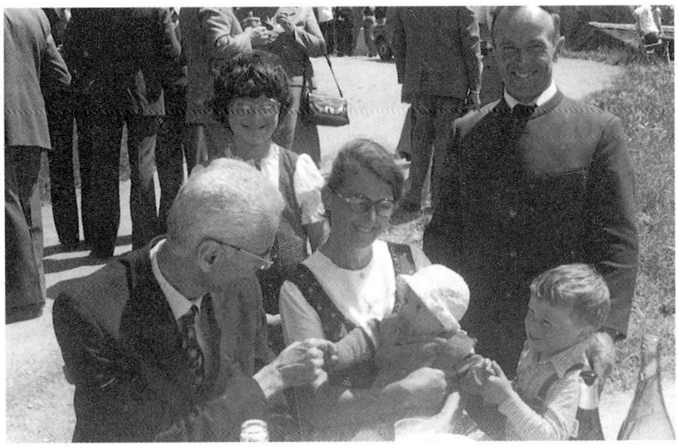

Dem schwerkriegsversehrten Magnago und seiner Frau blieben eigene Kinderwünsche versagt. Der Schnappschuß hat Seltenheitswert. Magnago war kein »amerikanischer« Wahlkämpfer, nach der Grundregel politischer Publicity: nie ohne Kind im Arm vor die Kamera!

Wenn ich von Tieren sprechen kann, die man im Haus halten kann – man soll aber nicht viel halten, man soll ihnen die Freiheit lassen – so ist es ein schöner Singvogel. Das kann ein Zeisig sein, das kann ein Stieglitz sein, das kann ein Kreuzschnabel sein.

Haben Sie einen?
Nein, jetzt nicht, aber früher. Wir haben als Kinder immer so ein Ding gehabt, es kann auch ein schöner Kanarienvogel sein.

Sie haben Fische. Haben Sie die gern?
Fische, ja auch Fische. Diese exotischen Fische, die habe ich zu Hause, die pflege ich auch sehr, über die freue ich mich. Das sind natürlich die, die am wenigsten stören, die reden nie. Die Vögel singen oft. Hunde und Katzen sollte man eigentlich nur halten, wenn man genügend Auslauf für sie hat. Wenn mir heute jemand ein reinrassiges, liebes, nettes Tier schenken würde, einen Hund zum Beispiel, ich würde ihn nicht behalten, weil mir der zu Hause zu viel Sorgen machen würde. Ich sehe nämlich alles, mir entgeht leider nichts. Und wenn morgen eine Katze oder ein Hund mir das Sofa zerkratzt oder sonst etwas ...

Sie sind ein bißchen ein Perfektionist, wenn ich recht verstehe?
Ja, dann geht das gegen mein Ordnungsgefühl, nicht wahr, und das stört mich einfach, das paßt nicht mehr in meine Welt hinein, und deswegen möchte ich solche Haustiere zu Hause nicht vertragen. Ich könnte wohl Haustiere vertragen, aber nicht in der Wohnung. Kaninchen zum Beispiel. Es gibt ja nichts Lieberes als junge Kaninchen, nicht wahr, die so knabbern – reizende Tiere, nicht? Aber dafür braucht es Zeit und Freude. Eine Kaninchenzucht würde ich mir als Hobby, als Pensionist, ganz gern aneignen. Ein bißchen Gras pflükken, ein bißchen füttern und sauberhalten macht sicher eine riesengroße Freude.

Jetzt fällt mir eine ganz verrückte Frage ein. Die Psychologen stellen sie manchmal ganz gern und machen sich dann eine Menge Gedanken darüber. Wenn Sie ein Tier wären, in welcher Haut würden Sie sich ganz wohl fühlen?
Da hätte ich keine Zweifel. Da würde ich mich am wohlsten fühlen, wenn ich zu einer Vogelart gehören könnte. Denn mir kommt vor, das sind die Tiere, die am freiesten sind. Sie sind nicht gebunden an das Stück Wald oder an das Stück Wiese.

Ein Singvogel natürlich?
Nein, wenn ich ein Tier sein könnte, dann möchte ich schon, sagen wir, einer größeren Vogelart angehören.

Es kann auch ein Adler sein? Oder?
Ja, kann, würde mich sogar sehr freuen. Entweder möchte ich zu den Zugvögeln gehören, die im Winter andere Regionen aufsuchen und in der guten Jahreszeit wieder zurückkommen, denn diese Tiere sehen die Welt, oder ein Tier, das zwar nicht Kontinent ändert, aber das frei herumfliegen kann. Also so ein Adler oder ein Geier oder ein kleiner Greifvogel – es muß ja nicht gerade ein Adler sein, der in den Lüften schweben, sich vom Wind tragen lassen und so die Freiheit genießen kann. Ja, es sollte ein größerer Vogel sein, der auf der anderen Seite nicht böse sein und nicht kleinen Vögeln etwas antun sollte. Aber Freiheit ist damit verbunden, wenn man fliegen kann.

Ganz etwas anderes. Welche Eigenschaften, glauben Sie, haben Sie von Ihrer Mutter geerbt und welche Eigenschaften von Ihrem Vater?
Pflichtgefühl, Ordnungsgefühl, nicht wahr, das habe ich von meinem Vater geerbt, und wenn ich hätte frei wählen können, wäre ich Richter geworden. Denn Recht schaffen, und den Leuten, die recht haben, recht geben, und den Leuten, die unrecht haben, unrecht geben, ist, glaube ich, eine große Befriedigung und ist auch eine Schule für das Leben. Immer versuchen, über den Dingen zu stehen, und unabhängig, ob der einem sym-

pathisch ist oder nicht, über ihn ein objektives Urteil fällen zu können. Dazu muß man sich immer anstrengen im Leben, und als Richter hat man da Möglichkeiten. Von meiner Mutter hingegen habe ich geerbt: viel Geduld eigentlich und eine gewisse Güte, die ich habe. Güte gegenüber Menschen, die in Not sind. Denn ich finde nichts Schöneres und nichts Befriedigenderes, als jemandem helfen zu können, der diese Hilfe braucht, ohne daß der einem dann zu Dank verpflichtet ist. Jemandem eine Freude machen und jemandem helfen können, ist eines der schönsten Dinge, die man erleben kann im Leben. Meine Mutter hat vielen Leuten geholfen, und diese Einstellung habe ich von meiner Mutter geerbt. Sie hat sich gefreut, wenn sie jemandem helfen konnte und dabei Erfolg hatte. Das sind die schönsten Momente auch in meinem heutigen Leben. Man kann ja vielen nicht helfen, das ist ja das Furchtbare. Aber wenn man doch Leuten helfen kann, dann geht man mit einer großen Befriedigung heim. Ich glaube, daß man da zufriedener heimgeht, als wenn man persönlich einen Erfolg erzielt hat.

Haben Sie das gehabt, was man ein glückliche Kindheit nennt, eine zufriedene Kindheit?
Ja, ich bin eigentlich eher streng erzogen worden, aber ich bin meiner Mutter sehr dankbar. Der Vater war ja auch streng, aber der hatte nicht so viel Zeit, er war im Beruf, und die Mutter war zu Hause. Ich weiß nur, daß man uns nicht verwöhnt hat. Mein Vater war ja Beamter, und die Beamten haben nicht so viel verdient, als daß sie sich weiß Gott was hätten leisten können. Ich weiß noch gut, daß mein Vater alle Monate der Mutter soundsoviel Geld gegeben hat, mit dem mußte sie auskommen. Die Richter waren damals zwar die bestbezahlten Beamten – mein Vater war ja Richter – aber trotzdem, wir waren drei Kinder, wir haben alle studiert, und wir mußten nach einer gewissen Norm leben und angezogen sein, und bei uns hat man eigentlich viel gespart. Wir haben als Kinder keinen besonderen Luxus genossen. Ich habe ein Fahrrad bekommen, da war ich sechzehn Jahre alt. Das war für mich ein großes Ereignis. Das ist heute ja kein Ereignis für einen Sechzehnjährigen, der muß heute schon mindestens einen Motorroller haben. Aber weil wir nicht verwöhnt worden sind, hat man sich dann später mehr gefreut. Man hat nicht schon alles gehabt in der ersten Jugend, und man konnte sich dann später über die Dinge freuen. Also eine strenge Kindheit mit keinen besonderen Ereignissen. Ich bin schon als junger Bub von den Eltern gelobt worden, weil ich abends oft, wenn meine Schwestern ausgegangen sind, zu Hause geblieben bin bei meinen Marken. Dann hat es geheißen, der Bub ist brav, der bleibt daheim, wenn er auch bis elf, zwölf dann abends aufgeblieben ist und seine Markensammlung in Ordnung gebracht hat.

Silvius Magnago als Ehrensenator der Universität Innsbruck am 3. Juni 1970. Mit Ehrungen und internationalen Auszeichnungen wurde das »politische Monument« Magnago reichlich bedacht.

Waren Sie ein bißchen ein Musterknabe? Hat Sie das dann nicht auch manchmal gestört? Haben Sie nicht gesagt: Nein, ich möchte ganz gern auch Spitzbub sein?
Ja, gut, ich habe schon auch dann und wann so Dinge aufgeführt, die nicht ganz genau in meine strenge Erziehung hineingepaßt haben. Ich kann mich gut erinnern, wie ich als Zögling im Redifianum in Meran während der Nacht aus dem Kloster ausgebrochen bin und im Garten Erdbeeren gestohlen habe. Ich kann mich auch erinnern, daß ich oft mit der Schleuder auf Porzellankerzen, die auf Masten von Elektroleitungen befestigt waren, geschossen habe, was sicher einen öffentlichen

Silvius Magnago Anfang der siebziger Jahre bei einer Ehrung der Südtiroler Schifahrerlegende Gustav Thöni (rechts), Olympiasieger, Weltmeister und viermal Weltcupsieger. Auch Cousin Roland Thöni (ganz links neben Karl Vaja) war damals ein aufstrebendes Talent.

Schaden verursacht hat. Und wenn dann ein Stück Porzellan abgesprungen ist, habe ich mich besonders gefreut. So habe ich einige Lausbübereien betrieben, aber richtig bösartig war ich nicht. Dazu war ich zu streng erzogen und habe ich doch ein gewisses Gewissen gehabt.

Insgesamt scheinen Sie den Eindruck eines sehr strebsamen, ernsthaften Knaben gemacht zu haben. Hat es damals Bekannte oder Verwandte gegeben, die gleich schon gesagt haben: Ja, da wird einmal etwas werden aus dem, aus dem kleinen Silvius?

Eigentlich nicht. Ich muß sagen, ich war ein guter Student nur bis zum vierten, fünften Kurs Gymnasium. Dann habe ich eigentlich doch ein bißchen nachgelassen. Ich kann mich noch gut erinnern, daß der Vater oft gesagt hat: Ja gut, wenn du jetzt aus der Schule mit solchen Zeugnissen heimkommst oder ich da weiter Klagen höre, dann schicke ich dich halt irgendwo in die Lehre. Für ihn war das hart, denn der Sohn sollte Akademiker werden, weil er auch Akademiker gewesen ist, womöglich Jurist. Ich habe dann ja auch Jura studiert. Aber ich sage nur, so war es auch wieder nicht, daß ich so vielversprechend gewesen wäre, in keiner Weise. Ich war ein braver Bub, ich habe meinen Eltern verhältnismäßig wenig Kummer bereitet. Aber mein Vater hat mir auch einmal gedroht, er schicke mich in die Lehre, und das wäre damals eine Strafe gewesen.

Und Sie selbst hätten sich damals auch nicht träumen lassen, daß Sie jetzt in dieser Position dasitzen?

Nein, nein, nie. Ich habe auch nur die Diktatur gesehen, und die habe ich nicht bejaht, weil ich gesehen habe, wie wir Südtiroler unterdrückt worden sind. Ich war alt genug, um das zu verstehen und deswegen habe ich auch nie gedacht, in die Politik zu gehen. Deswegen ist das erst nach dem Krieg gekommen.

Und abgesehen von der Politik, haben Sie sich irgendeine Karriere zugetraut? Haben Sie damals schon Selbstbewußtsein gehabt und sich innerlich gedacht, ja, ich werde einmal ein guter Richter. Oder hatten Sie andere Berufswünsche, was weiß ich, kleine Buben träumen oft vom Lokomotivführer?

Ich habe immer gedacht, ich möchte Richter werden, weil mir dieses Amt einfach imponiert hat. Ich habe zum Vater ein bißchen aufgesehen und zu dem, was er dort geleistet und was er mir erzählt hat. Im übrigen waren auch in meiner Verwandtschaft viele Richter. Aber das habe ich mir nur vorgenommen. Allerdings Richter unter der faschistischen Zeit hätte bedeutet, nach unten versetzt zu werden, und Richter wäre ich nur geworden, wenn ich die Garantie gehabt hätte, in Südtirol bleiben zu können. Sonst wäre ich Rechtsanwalt geworden, weil auch der Beruf eines Rechtsanwaltes hätte mir gefallen. Die Verteidigung eines Angeklagten zu übernehmen, habe ich doch immer als eine schöne Aufgabe empfunden.

Sie haben nie daran gedacht, Arzt oder Pfarrer oder Schriftsteller zu werden?

Nein, an Arzt oder Pfarrer oder Schriftsteller habe ich nie gedacht, immer nur an Richter oder Rechtsanwalt.

Diese Kindheitsträume sind ja eigentlich nicht in Erfüllung gegangen. Denken Sie manchmal, daß es vielleicht privat für Sie schöner gewesen wäre oder befriedigender, wenn Sie wie Ihr Vater Richter geworden wären und nicht Politiker?

Vielleicht darf ich folgendes sagen: Ich hätte sicher ein geordneteres Leben, wenn ich Richter geworden wäre, und ich könnte sagen: Jetzt kann ich endlich in Pension gehen und unter Umständen – ich will der Vorsehung nicht vorgreifen – noch einige Jahre in Ruhe leben und das tun, was mir gefällt. Soweit weine ich diesem Beruf eigentlich nach. Aber andererseits habe ich mich an das nicht geordnete Leben auch schon gewöhnt, obwohl ich mich nicht so hingezogen fühlte. Aber wenn man sich an etwas gewöhnt, dann ist es oft vielleicht schwieriger, es sich wieder abzugewöhnen. Jetzt gefällt mir das auch ganz gut. Ich muß sagen, jetzt würde ich nicht mehr tauschen. Auch wenn ich zugeben muß, daß man oft schwere Sorgen hat, die einen verfolgen, und man oft alles hinwerfen möchte, und sagt: Mir graust es, ich habe wirklich genug.

Und das wollen wir jetzt während des Interviews auch sagen: Abschalten von der Politik. Deshalb weiter mit einer anderen Frage: Sie haben eine schwere Kriegsverletzung oder mehrere schwere Kriegsverletzungen. Jetzt interessiert uns da mehr der seelische Aspekt. Das ist ja sicher nicht nur ein großes Unglück für einen Menschen wie Sie, sondern vielleicht auch eine gewisse Herausforderung gewesen.

Ja, ich setze voraus: Wie ich eingerückt bin zur deutschen Wehrmacht und an die Front gekommen bin, habe ich ja schon damit gerechnet, daß es auch schiefgehen kann. Man hat schon eine ganz andere Einstellung, das heißt, wer einrückt, der muß mit Verlusten rechnen. Kurz nach dem Krieg, als ich bei meiner Mutter in Kastelruth war, da hat mich ein Bauer mitleidig angeschaut und mir eine kleine Geldunterstützung angeboten, weil ich sein Mitleid erregt hatte. »Teufel, das muß ein Wütiger gewesen sein, das muß ein Schmerz gewesen sein«, hat er gesagt und: »Na, was der Krieg für einen Schaden macht, das tut man gar nicht glauben.« Da habe ich ihm geantwortet: »Besser der Fuß wie der Kopf.« Dann hat er gesagt: »Das ist auch wahr.« Und dann sind wir wieder auseinandergegangen. Und da, in dieser meiner Antwort »Besser der Fuß wie der Kopf« ist eigentlich meine ganze Einstellung drin gewesen. Ich habe mir gesagt: »Besser der Stietz als der Grind.« Da haben Sie meine ganze Einstellung zu meiner Verwundung. Ich schätze mich noch glücklich, daß ich zurückgekommen bin, wenn auch durch eine schwere Verletzung etwas gehandikapt, was mich aber herausfordert, um es zu überwinden. Ich habe meiner Verwundung, meiner Amputation nie eine Träne nachgeweint. Ich war mit mir selbst sehr hart. Und ich glaube, daß ich mich recht glücklich schätzen kann, daß ich zurückkommen konnte, während das andere nicht tun konnten. Und das steht auch da drinnen: »Besser der Fuß wie der Kopf«. Für mich ist das immer ein Ansporn zu sagen, ich will gleich viel leisten wie ein Zweihaxiger oder einer, der keine Verwundungen hat. Vielleicht kann ich das so sagen: Ich leiste trotz meiner Kriegsverletzung gleich viel wie

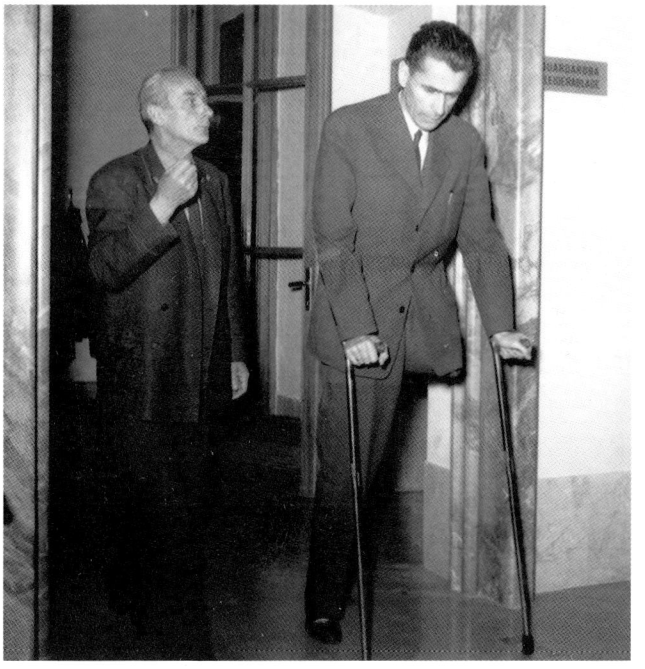

Die schwere Kriegsverletzung prägt Magnagos Erscheinung und verleiht ihm Autorität. »Mit zwoa Haxen hätt' i nie so an Erfolg gehabt!«, ist er sich seiner Stärken wohl bewußt.

ein anderer Sterblicher, oder ich bin noch zäher, ich leiste noch mehr. Um so größer die Befriedigung, das spornt mich eigentlich eher an.

Glauben Sie, Sie wären genauso zäh und hartnäckig, wenn Sie nicht diese Verletzung gehabt hätten?

Ja, vielleicht spielt der Ehrgeiz da eine bestimmte Rolle. Vielleicht will ich oft mehr leisten und zeigen, wie zäh ich bin und wieviel Ausdauer ich besitze, um eine gewisse Bewunderung hervorzurufen. Das tut dann auch wohl, wenn man, sagen wir, in dem Sinne irgendwie geachtet wird, ich will nicht sagen bewundert wird.

Wobei ich allerdings sagen muß, daß mir diese Kriegsverletzung heute oft noch schwer zu schaffen macht. Die sogenannten »Phantomschmerzen« im fehlenden Fuß, die bedrücken einen dann doch sehr, auch moralisch, denn das sind Schmerzen, die kommen plötzlich und können nur mit schmerzstillenden Mitteln immer wieder beseitigt werden. Das ist etwas, was dann auch am Körper ein bißchen nagt, wenn man oft Mittel nehmen muß, die ja letzten Endes ein Gift sind. Und wenn einen dann das befällt, dann fühlt man sich nicht so richtig einsatzfähig, und man muß sich noch mehr überwinden, das kostet dann eigentlich schon sehr viel. Um so mehr genießt man es dann, wenn man dann hört, ja, du leistest ja mehr wie einer, dem eigentlich nichts fehlt. Und da ist schon ein gewisser Ansporn, das höre ich nicht ungern.

Und das hören Sie auch viel lieber als Mitleid. Mitleid mögen Sie nicht?
Nein, eigentlich nicht, ich habe mit mir auch kein Mitleid.

Aber wenn Sie so an die Rednertribüne gehen bei politischen und sonstigen Anlässen, hat man das Gefühl, daß Ihre Körperverletzung manchmal auch eine kleine Rolle spielt. Wie Sie so hinauf gehen, kann man da auch ein bißchen mit dem Publikum spielen, ein bißchen, ein klein wenig?
Ich setze voraus, daß ich damals, wie ich in den Krieg gezogen bin, niemals gedacht habe, daß ich danach, vom Krieg zurück, in die Politik gehen werde. Das hat sich nach dem Krieg ergeben, weil ich das Gefühl gehabt habe, mich erwarte noch eine Aufgabe. Ich habe meine Aufgabe und Pflicht erfüllt, in meiner Heimat kann ich eine weitere Pflicht erfüllen. Aber ich gebe zu, daß wahrscheinlich auch meine Kriegsversehrtheit und meine Verwundung dazu beigetragen haben, mir eine gewisse Beliebtheit und ein gewisses Prestige in der Politik zu verschaffen, weil vielleicht der eine oder andere doch denkt, schau, der macht diese ganze Arbeit, die für ihn doch anstrengend ist.

Spüren Sie manchmal, daß es anders wäre, wenn Sie mit zwei Beinen auf die Rednerbühne spazieren würden?
Ich glaube, daß ich das auch spüre, daß es anders wäre, wenn ich mit zwei Beinen bequem diese Stufen hinaufgehen könnte, als wenn ich jetzt mit meinen Stecken hinaufhumple, und daß mir das auch etwas Sympathie bringt. Somit muß ich sagen, hätte die politische Laufbahn für einen zweibeinigen Magnago nach dem Krieg vielleicht etwas anders ausgesehen. Besonders die Sympathie der Heimkehrer, die ich dadurch an mich ziehen konnte, weil ich ihre Probleme gut verstanden habe. Weil ich mich an diese Leute nach dem Krieg besonders gewandt habe, weil ich gesagt habe, wir müssen jetzt für die Heimat etwas tun, die Heimat erwartet eine Aufgabe von uns, wir dürfen nicht resignieren. Ich glaube also, daß meine politische Laufbahn sich vielleicht auch anders gestaltet hätte, wenn ich nur als normaler Zweibeiniger da herumgegangen wäre.

Na, wir wollen Sie jetzt nicht an diesen schrecklichen Moment erinnern, in dem diese Verletzung geschah, aber damals haben Sie doch dem Tode einmal ins Auge geblickt. Jetzt ganz allgemein, ganz philosophisch gesprochen: Wenn man von einem schönen Tod spricht, können Sie sich darunter etwas vorstellen? Wie sollte ein Mensch eigentlich sterben? Wann, glauben Sie, in welcher Form stirbt ein Mensch am schönsten, wenn man das überhaupt so ausdrücken kann?
Ja, meines Erachtens stirbt ein Mensch dann am schönsten, wenn er ein erfülltes Leben hinter sich hat. Denn mir kommt vor, das Sterben muß für jeden hart sein, wenn er im Moment des Sterbens das Gefühl hat, er habe das Leben nicht ausgefüllt, und er habe im Leben nicht seine Pflicht getan, er habe also umsonst gelebt, er war niemandem nützlich gewesen, er habe für niemanden etwas geschaffen, er habe umsonst gelebt, er habe nichts geleistet. Ich glaube also, daß ein Sterben schwer sein müßte, wenn der Sterbende das Gefühl hat, er habe seine Pflicht im Leben nicht getan, er habe sich nicht als nützliches Mitglied der Gesellschaft gezeigt, jener Gesellschaft, aus der er stammt, er habe keine Ideale gehabt, er habe für diese Ideale nichts eingesetzt, und jetzt sei er alt geworden. Dann ist Altwerden auch schwer und meines Erachtens auch das Sterben schwer. Wenn man hingegen auf ein erfülltes Leben zurücksehen kann, ist Sterben nicht schwer. Ich habe mich geopfert für ein Ideal, auch an der Front draußen. Ich hatte damals eine bestimmte Begeisterung, ich bin gern eingerückt, ich sage es offen, und ich habe mich gefreut, wie ich an die Front gekommen bin, so war ich damals. Ich verstehe gewisse Leute heute nicht, die anders denken, die sich versuchen, vor dem Militär zu drücken. Ich bin gern eingerückt, ich bin gar nicht ungern an die Front gegangen. Wenn ich damals draußen geblieben wäre und noch die Zeit gehabt hätte nachzudenken, dann wäre der Tod gar nicht schwer gewesen im Bewußtsein, ich hätte meine Pflicht erfüllt. Aber wenn der Mensch schon eines natürlichen Todes stirbt, dann um so leichter, wenn er weiß, daß er im Leben etwas geleistet und nicht umsonst gelebt hat. Das kommt mir halt vor. Und somit fürchte ich den Tod nicht, weil ich mir doch einbilde, daß ich trotz der vielen Fehler sicher auch manches Gute machen konnte. Und so sage ich mir, jetzt kannst du ruhig gehen, du hinterläßt doch auch einige gute Werke.

Vielleicht haben Sie damit schon die nächste Frage, die ich Ihnen stellen wollte, beantwortet, worin für Sie das größte Glück dieser Erde besteht.
Die größte Zufriedenheit und das größte Glück für mich bestehen im Bewußtsein, wo ich jetzt ein gewisses hohes Alter erreicht habe, im Leben meine Pflicht getan zu haben, meine Pflicht gegenüber

mir selbst und meine Pflicht gegenüber den Nächsten. Denn eines glaube ich zu sein, trotz aller meiner Fehler: ein Mensch der Pflicht, der ein Pflichtgefühl hat, der sagt, das mußt du tun, das ist deine Pflicht, ob du es gern tust oder nicht gern tust, ob dir das hart vorkommt, ob dir das beschwerlich ist oder nicht, es gehört zu deiner Pflicht. Und daß ich diese Pflicht vielleicht nicht hundertprozentig, aber doch im großen und ganzen erfüllt habe, das ist für mich heute das schönste Empfinden, und das bringt in mir ein Gefühl des Glücks und der Zufriedenheit und der Freude und der Genugtuung. Es ist wie bei einem Dichter, der sich als Lebensaufgabe vornimmt, einen großen Roman zu schreiben, und der gelingt ihm gut und findet dann viel Anklang, dann glaube ich, ist der glücklich. Denn man kann ja nichts mitnehmen. Ich hätte nichts davon, wenn ich sagen könnte, ich hätte heute ein riesiges Bankkonto. Was hätte ich denn davon? Höchstens Sorgen, wer das Geld einmal bekommen und ob ich es gerecht verteilen würde. Man kann ja nichts mitnehmen. Man soll, solange man lebt, gute Taten setzen, weil danach hat man von dem Geld ja nichts mehr. Das Geld hat mir zum Beispiel nie Glück verschafft. Man kann ja nicht mehr als satt werden, und ich bin nicht ein großer Esser, und ich habe nicht die Zeit, Geld auszugeben, weil ich zu viel zu tun habe. Ich hätte auch nicht einmal die Möglichkeit, alles auszugeben, was ich verdiene, weil mir die Zeit dazu fehlt. Ich habe mir noch nie eine größere Reise geleistet. Natürlich gibt einem das Geld ein gewisses Glücksgefühl, wenn man sagen kann: Ich habe so viel Geld, daß ich ohne Sorgen leben, würdig wohnen und mich sattessen kann. Aber mehr sehe ich im Geld nicht drin.

Also, Sie sagen sich nicht dauernd: Das muß ich haben und jenes.

Nein, dem Geld bin ich nie nachgerannt. Und ich habe in meinem Leben eher immer dagegengestimmt, wenn es um die Erhöhung der Gehälter und Bezüge gegangen ist, oft im Gegensatz zu anderen Politikern. Weil ich vom Geld wenig halte und das Geld nicht glücklich macht, das Geld bringt Sorgen. Das heißt: Geld braucht es, damit man eine Sicherheit hat. Aber was über die Sicherheit hinausgeht, ist für mich belanglos.

Daheim sind Sie eher sparsam, oder ist es Ihnen gleich, was mit dem Geld passiert?

Mit mir selbst bin ich eigentlich sparsam, sehr sparsam, aber anderen gegenüber bin ich großzügig. Ich bin mit mir selbst nicht so großzügig.

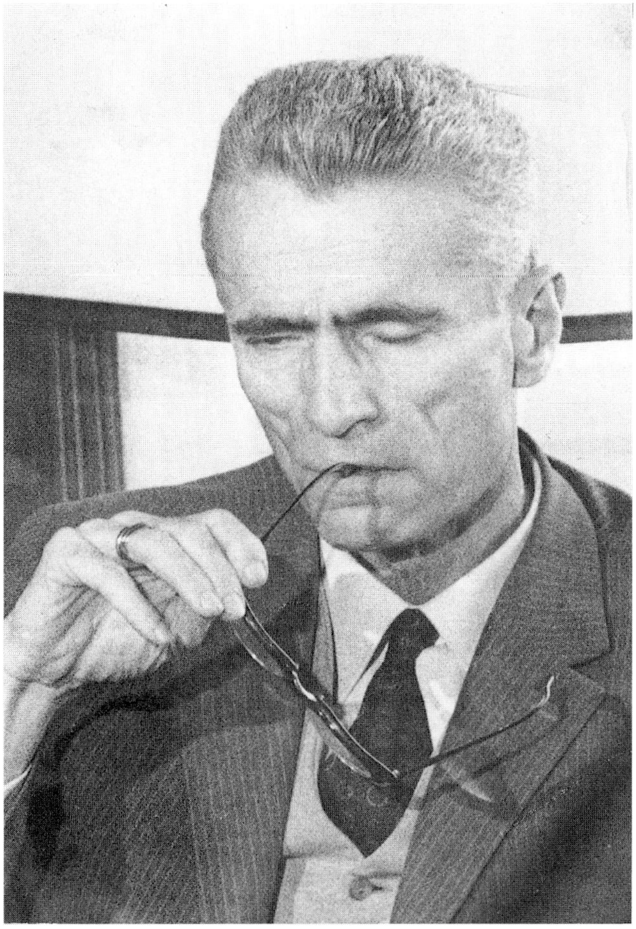

Landeshauptmann und SVP-Obmann Silvius Magnago ist mit der Politik »verheiratet«. An Temperament und Spontaneität hat es ihm im politischen Alltag trotz aller Routine nie gefehlt.

Wir haben vom Glück auf dieser Welt gesprochen. Sie sind immer schon ein vielbeschäftigter Mann gewesen. Haben Ihnen Kinder gefehlt, oder hätten Sie dafür nicht leicht Zeit gehabt?

Ja, ich muß sagen, wenn ich oft unter Kinder komme, weil ich Gelegenheit habe, eine Schule zu besuchen oder zu einer Kolonie ans Meer fahre, und wenn ich dann mit den Kindern so spreche, dann habe ich oft das Gefühl, daß ich das sehr gut könnte, mit jungen Buben und Mädchen reden. Und ich muß sagen, daß ich es eigentlich doch lange Zeit irgendwie als schmerzhaft empfunden habe, keine Kinder zu haben. Auf der einen Seite, weil ich das Gefühl habe, ich könnte mit den Kindern auch umgehen und es auch erzieherisch nicht schlecht machen. Auf der anderen Seite sage ich mir, wenn ich Kinder hätte und Sorgen mit den Kindern – und es gibt nicht viele Familien, die

Magnagos Aktentasche gehört zu ihm wie das dunkle Köfferchen an der Hand des Diplomaten. Gründliche Vorbereitung, mit allen Unterlagen, ist sein besonderer Stolz. Die Politik war der magische Mittelpunkt in seinem Denken und Tun und ist es heute noch.

nicht auch Sorgen mit ihren Kindern haben – dann hätte ich mich weniger meinen Ämtern widmen können und mich mehr der Familie widmen müssen. Ich wäre mehr abgelenkt gewesen und hätte mich halt weniger der Allgemeinheit widmen können. Somit sehe ich darin auch eine positive Seite, ich habe mich mit dem völlig abgefunden und sage mir, dafür hast du zu Hause nicht die Sorgen, ob der Schulbub ein schlechtes Zeugnis heimbringt, ob das Mädel weiß Gott welche Sorgen macht und ob nicht sonst Dinge passieren. Das ist mir erspart geblieben.

Ich hoffe, es stört Sie nicht, wenn wir ein bißchen in Ihre Privatsphäre eintreten und Ihnen solche Fragen stellen.
Nein, nein, um Gottes willen. Nein, warum soll man es nicht sagen. Nein, das sage ich auch so, wie ich es denke und fühle.

Eine andere Frage: Haben Sie eigentlich echte persönliche Freunde? Oder sind Sie, wie man das oft Menschen, die große Verantwortung tragen, nachsagt, im Grunde ein sehr einsamer Mann?
Das sage ich Ihnen sofort: Ich bin im Grunde ein sehr einsamer Mensch. Ich habe wenig Freunde. Ich lasse mich auch sehr wenig ein, weil ich meine Selbständigkeit wahren will. Oh, ich habe wenig Freunde. Diese Freundschaften, die ich habe, schätze ich sehr, aber ich kann sie nicht pflegen, weil ich keine Zeit dazu habe. Und ich grüble dann bei mir und bespreche auch wenig mit den anderen. Ich spreche mit mir selbst immer. Ich bin also etwas isoliert, ein Einzelmensch.

So wie Sie schon als Bub gern bei der Briefmarkensammlung gesessen sind am Abend und sich damit beschäftigt haben und nicht unbedingt ausgegangen sind?
Ja, ja, so ist es.

Und fehlt Ihnen das auch nicht besonders ?
Nein, ich vermisse das nicht, weil ich zuviel andere Sorgen habe. Ich hätte auch keine Zeit, mich an den Stammtisch zu setzen. Wenn ich heute an einem Stammtisch sitzen würde mit Bekannten, mit Freunden, dann müßte ich mir immer sagen: Was könnte ich in dieser Zeit alles tun!

Welche Eigenschaften schätzen Sie am meisten an einem Mann, und welche verabscheuen Sie?
Ja, ich kann die Schöntuerei nicht vertragen und das Falschsein. Ich bin im Grunde ein ehrlicher Mensch. Mir tut es oft weh, die ganze Wahrheit zu sagen, und oft sage ich einem Menschen nicht die ganze Wahrheit, und das könnte als unehrlich angesehen werden. Aber weil es für ihn oft hart sein müßte und ich dem Menschen nicht wehtun will. Aber im Grunde bin ich ein ehrlicher Mensch mit viel Pflichtbewußtsein. Was ich also nicht schätze, ist die Unaufrichtigkeit, die Unaufrichtigkeit und die Falschheit. Und wenn jemand versucht, mit Lob sich so einzuschmeicheln. Das spüre ich sofort, und da bin ich ein bißchen allergisch. Also die Unehrlichkeit und die Falschheit und, sagen wir, die Unkameradschaftlichkeit. Daß man der eigenen Vorteile wegen vielleicht den Nächsten übersieht und über Leichen geht, um ein Ziel zu erreichen. Das verabscheue ich. Und was ich am meisten schätze: natürlich die Ehrlichkeit, die Aufrichtigkeit. Ein ehrlicher Mensch, ein aufrichtiger Mensch, der ist eigentlich alles. Und was ich noch nicht vertrage, ist die Präpotenz, eine gewisse

Das Landhaus mit dem Sitz der Südtiroler Landesregierung. Das Palais Widmann wurde 1882–85 erbaut und 1929 nach Osten verlängert. Hier hatte der junge Landtagspräsident Magnago bereits im Dezember 1948 Einzug gehalten. Und hier hat er sich als Landeshauptmann Anfang 1989 verabschiedet. Vier Jahrzehnte lang hatte Silvius Magnago der Landespolitik seinen Stempel aufgedrückt.

präpotente Art des Vorgehens, um jemand einzuschüchtern oder zu erpressen. Da stelle ich mich erst recht auf die Hinterfüße.

Und Humor? Ist Ihnen Humor im Leben überhaupt nicht wichtig, oder meinen Sie, es könnte auch zuviel Humor geben?
Ich beneide die Menschen, die oft lachen können und einen Riesenhumor haben. Ich selber bringe keinen Humor auf. Ich muß sagen: Ich bin also eher ein humorloser Mensch ...

Tatsächlich?
Ich beneide alle Menschen, die lachen können und die Humor haben und die Witze erzählen können und die sich selber dann freuen über die Witze, die sie erzählen und über diese Witze selber lachen können. Ich bin ein humorloser Mensch, das heißt aber nicht, daß ich den Humor bei den anderen nicht schätze, ich beneide diese Menschen.

Und welche Eigenschaften schätzen Sie bei einer Frau am meisten?
Bei einer Frau schätze ich einmal die Bescheidenheit, dann die Güte und die Kraft, Liebe zu spenden, und zwar immer und bei jeder Gelegenheit, in schweren wie auch in guten Zeiten. Und auch die Treue, glaube ich, weiß ich bei einer Frau zu schätzen. Eine Frau hat Qualitäten, die der Mann nicht hat, eine Frau soll viel Geduld haben, und sie hat auch mehr Geduld, und deswegen bewundere ich auch oft die Frauen. Frauen tragen oft bestimmte Leiden mit mehr Geduld und Hingabe als Männer, da sind sie uns oft auch überlegen. Das schätze ich an Frauen. Eine Frau, glaube ich, soll Liebe dem Nächsten geben können, ganz gleich, ob es der Mann ist oder andere Mitmenschen, und

Liebe spenden können, Zuneigung spenden können. Das, glaube ich, kann eine Frau besser wie ein Mann. Und zwar in schweren wie in guten Zeiten. Das sind die Charaktereigenschaften, die ich bei einer Frau schätze. Ich glaube, daß gerade eine Frau besonders geeignet ist, im sozialen Leben auch sehr viel zu leisten.

Sie verlangen also sich selbst einiges ab. Sie verlangen aber auch den Frauen einiges ab. Mir kommt fast vor, daß die Eigenschaften, die Sie an den Frauen am meisten schätzen, schwerer in die Tat umzusetzen sind als die, die Sie von den Männern verlangen.
Ja, das stimmt schon. Das gebe ich zu. Ich schätze eine Frau, die Geduld mit ihrem Mann hat und ihrem Mann hilft, mit Takt und mit viel Liebe, die Sorgen zu tragen und auch ihm zu Hause keine weiteren Sorgen zu machen. War das die richtige Antwort?

Brauchen Sie auch viel Geduld zu Hause?
Nein, ich gebe zu, meine Frau hat mit mir mehr Geduld als ich. Ich verbrauche meine Geduld und meine Nerven oft ein bißchen draußen. Wenn ich heimkomme, dann verlange ich Geduld und Entgegenkommen und finde es nicht ganz richtig, daß man von mir auch dort noch Entgegenkommen und Geduld verlangt. Da bin ich ein bißchen egoistisch.

Irgendwo brauchen Sie diese private Ecke?
Ja, ich brauche einen Blitzableiter. Nicht, daß ich zu Hause auch noch einmal den Blitzableiter machen muß. Das müßte dann die Frau machen. Ich verlange in egoistischer Weise etwas mehr von der Frau; als die Frau von mir verlangen kann.

Was kritisiert Ihre Frau am ehesten an Ihnen?
Sie kritisiert wahrscheinlich an mir einmal, daß ich zu Hause nicht immer wieder alles bringen will, was ich schon erlebt habe. Sie kritisiert an mir, daß ich zu Hause sehr viel schweige und nicht erzähle, was ich alles in der Politik erlebe. Sie möchte auch was erfahren und miterleben und sich mitfreuen können oder auch mitleiden können, was ja eigentlich verständlich ist. Sie kritisiert an mir, daß ich eigentlich ein Finsterling bin, mich von der Gesellschaft absondere, froh bin, wenn ich niemanden sehe. Sie ist gerne in Gesellschaft und versteht nicht, daß ich das nicht bin. Sie kritisiert also an mir, daß ich mich absondere und kein Gesellschaftsmensch bin. Sie ist gerne in der Gesellschaft, und ich meide die Gesellschaft. Warum weiß ich nicht, man hat mir ja nie etwas getan. Das kritisiert sie schon öfters an mir. Daß ich nicht bereit bin, mit ihr auszugehen und sage: Geh allein!

Und was hat Ihrer Frau, glauben Sie, von Anfang an schon gefallen an Ihnen?
Das kann ich schwer sagen. Das müßte eigentlich meine Frau beantworten, was ihr gefallen hat an mir. Was meiner Frau sicher gefallen hat an mir, ist, daß sie einem absolut ehrlichen und guten Mann begegnet ist. Und mit der Ehrlichkeit kommt man doch am weitesten im Leben und zu Erfolg. Denn Ehrlichkeit währt doch immer am längsten. Und ich glaube diese meine Ehrlichkeit, diese meine Offenheit und eine gewisse Liebenswürdigkeit, die ich in frühen Jahren hatte, hat meine Frau sicher geschätzt.

Und was hat Ihnen an Ihrer Frau von Anfang an gefallen? Was hat Sie angezogen? Sie waren jünger, recht jung.
Eigentlich – ich bin ja ein Finsterling – ihr sonniges, humorvolles Wesen und diese Freude, die sie am Leben hat, und diese Tugend und Eigenschaft, sich über Dinge freuen zu können. Ich war eher hartgesotten und ein bißchen abgebrüht.

Auch schon als junger Mensch?
Ja, doch. Ich habe mich nie so freuen können. Sie hat die Eigenschaft, sich auch über kleine Dinge ehrlich freuen zu können und kann Mitmenschen hineinreißen in diese Freude. Wir sind eigentlich gegensätzliche Menschen: Sie ein Typ, der gerne in Gesellschaft ist, der sich gern freut und gern lacht, und ich nicht. Ich sehe oft im Fernsehen eine Show und höre da Witze und sehe dann das Publikum, das so rasant mitgeht und sich freut und klatscht. Ich muß sagen, ich könnte nicht mittun. Aber meine Frau kann noch ein bißchen mittun. Da ist sie natürlicher als ich.

Aber wenn hingegen das Publikum bei Ihnen mittut, wenn Sie oben am Rednerpult stehen und wieder einmal gut in Form sind, und das Publikum tobt, dann ist das wahrscheinlich schon ein bißchen befriedigend.
Da muß ich sagen, habe ich eine bestimmte Schwäche. Ich gebe zu, daß mir ein herrlicher Applaus oder ein Mitgehen des Publikums oder der Umstand, daß ich das Gefühl habe, die Leute

17. März 1989: Hofübergabe im Palais Widmann. 28 Jahre lang hatte Silvius Magnago das Land geführt, jetzt gibt er das Steuer an Luis Durnwalder ab. Der Wechsel an der Spitze der Südtiroler Landesregierung beendet auch die Machtkonzentration in einer Hand. Während Magnago noch die Ämter eines SVP-Obmannes und Landeshauptmannes bekleidet hatte, begnügt sich Durnwalder jetzt mit der Führung der Landesregierung.

überzeugt zu haben, gut tut, und daß ich den Applaus nicht ungern höre. Er gibt mir wieder Kraft, und er spornt mich an, beim Reden zu versuchen, immer besser zu werden und überzeugender zu wirken. Das spornt mich sehr an. Ich gebe zu, ich habe auch meine Schwächen. Aber ich glaube, das braucht ein jeder ein bißchen, um weiterzumachen und wieder ein bißchen Kraft zu bekommen. Da menschelet's halt auch bei mir. Es ist nicht so, daß ich nicht menschelen täte. Da menschelet's einfach. Denn ich gebe zu, wenn ich bei irgendeinem Vortrag, ganz gleich auf welchem Gebiet, das muß gar nicht Politik sein, das kann auch bei der Eröffnung einer Schule sein, gut ankomme oder sogar einen guten Eindruck erweckt habe, so läßt mich das nicht gleichgültig. Das sind Schwächen, die ich auch habe. Aber wenn ich diese Schwächen nicht hätte, dann würde ich nicht versuchen, immer ein bißchen besser zu werden und trotz des zunehmenden Alters mir einen gewissen Grad an Beliebtheit zu bewahren. Der tut mir auch gut. Man hat ja sonst nicht viel vom Leben. Das sind halt die Zuckerlen für einen Politiker oder auch für einen Menschen überhaupt.

*** Gekürzte Fassung eines Interviews des RAI-Senders Bozen, ausgestrahlt am 10. Februar 1984.**

Hans Karl Peterlini

Die Bilder des alten Herrn

Der politische Pensionist Silvius Magnago. Zwischen moralischer Instanz und Parteikasper

Damals schien es nur eine jener vielen Situationen, aus denen Silvius Magnago seine Witze schöpft. Wir kennen sie ja: kleine Alltagsskurrilitäten, die er mit gespieltem Kopfschütteln tiefer und tiefer ergründet, bis ein ganzer Saal in schallendes Gelächter ausbricht. Die berühmte fehlende Manuskriptseite in seiner Rede, der Stecken, den er nicht findet, oder die Gnadenlosigkeit, mit der er sich dem hinter ihm sitzenden Joachim Dalsass zuwendet, um sich laut zu entschuldigen, daß er gerade von fett und satt gewordenen Politikern gesprochen hatte. Das Repertoire des Situationskomikers Silvius Magnago ist unerschöpflich und unerbittlich: Wohlvorbereitete Reden von politischen Gegnern hat er mit einer einzigen Pointe aufgestochen, Kritik, die vielleicht auch berechtigt gewesen wäre, ließ er daran abrutschen wie an einer Regenhaut, und mehr als einmal wurde das stets andächtig beschworene Schicksal Südtirols von seinem obersten Hüter in Witzform geschrieben.

So saß er damals also in seinem Büro, und die Geschichtsträchtigkeit des Augenblicks schien sich wie ein schwerer Mantel um das Landhaus 1 gelegt zu haben. Tage wie diese bedürfen, wegen der Feierlichkeit, genauer Angabe: 17. März 1989, nach 19 Uhr. Die Lichter waren ausgeschaltet, nur noch der persönliche Sekretär und der Amtsdiener vom zweiten Stock waren da. Es war der Abschied nach dem Abschied. Ein paar Stunden vorher hatte Silvius Magnago schon offiziell sein Büro verlassen, von Journalisten und Fernsehkameras bis auf den letzten Schritt verfolgt. Es mußte festgehalten werden, wie da leibhaftig gewordene Geschichte ganz banal bei der Tür hinausgeht. Silvius Magnago fügte sich mißmutig der Regie (»aber ja net von hinten fotografieren«), beugte sich finster dem Abschiedszeremoniell – und spielte seinen Verfolgern dann einen Streich. Er kam, als alle weggegangen waren, wieder in sein Büro zurück und genoß es jetzt wirklich, Abschied zu nehmen: »Jetzt glauben alle, ich bin schon zu Hause, aber ich sitze noch da, obwohl ich eigentlich schon hinausgegangen bin.«

Wenn das keine Prophezeiung war. Als am 17. März 1989, 17 Uhr, Silvius Magnago offiziell sein Büro als Landeshauptmann von Südtirol verließ, ging ein Mächtiger in Pension. Mit Abtritten historischer Persönlichkeiten wird – der Neigung menschlichen Denkens folgend, Geschichte in Abschnitte, Etappen, Jahreszahlen einzuteilen – meist etwas Absolutes verbunden: ein beruflicher, öffentlicher Vortod gewissermaßen, ein Einschnitt, mit dem von einem Tag auf den anderen ein Mensch, ein Land und eine Ära nicht mehr das sind, was sie jahrzehntelang waren. Magnago hatte diesem Tag mit Grauen entgegengesehen: »An dem Tag, an dem ich mein Büro im Landhaus verlassen muß, da muß ich mir eine Begleitung bestellen, damit es mich nicht zu sehr inwendig angreift«, sorgte er sich sage und schreibe schon ein gutes halbes Jahr vorher. Daß er dann, mit spitzbübischem Übermut, flugs noch einmal zurückkehrte und bis spät in die Nacht hinein Akten zeichnete (»da steht das heutige Datum drauf, da kann niemand wissen, ob ich es in der Früh oder erst jetzt unterschrieben habe«), war deshalb wohl mehr als die Schrulligkeit eines angehenden Pensionisten. Es war eine augenzwinkernde Ankündigung, daß Magnago eigentlich nicht die Absicht hatte, sich mit allen Konsequenzen in die Rente zu verabschieden.

Sechs Jahre später kann es keinen Zweifel geben, daß der Abtritt Magnagos noch immer nicht ganz erfolgt ist. Er hat ihn vielmehr in kleine, verkraftbare Etappen aufgeteilt, und jedesmal, wenn er sich ein bißchen weiter in den Pensionistenstatus zurückgezogen hat, ist er auch gleich wieder nekkisch zurückgekehrt, um unzweifelhaft wissen zu

Das Treppenhaus im alten Landhaus, dem Sitz der Südtiroler Landesregierung. Das Palais Widmann wurde nach Plänen von Sebastian Altmann 1882–85 erbaut. Vom selben Architekten stammt die Villa Lener, Magnagos Privatadresse in der Runkelsteinerstraße.

Der Regionalrat um 1959. Bis heute werden die Sitzungen in beiden Landesteilen abgehalten, in der zweiten Halbzeit der Legislatur ist Bozen an der Reihe. Weil Trient die Abtretung autonomer Zuständigkeiten verweigerte, war die Südtiroler Volkspartei am 31. Jänner 1959 aus der Regionalregierung ausgetreten und stand bis zur Annahme des »Pakets« von 1969 in Opposition. (oben links): Regionalratspräsident Silvius Magnago wurde 1960 Landeshauptmann, hier mit dem Trentiner Amtskollegen Remo Albertini. (oben rechts): Ing. Alois Pupp (stehend am Tisch) und Magnago hatten 1960 die Ämter getauscht. (unten links): Der Sozialdemokrat Decio Molignoni hat das Wort. (unten rechts): Der politische Alltag ist zweisprachig. Im Hintergrund die Übersetzerkabine. Das Wandgemälde stammt von Karl Plattner.

Attentate, Massenverhaftungen und Folterungen belasteten das politische Klima der sechziger Jahre. (oben links): Landesrat Robert von Fioreschy (sitzend) war in der Landespolitik von 1952 bis 1973 aktiv. (oben rechts): Alfons Benedikter, ab 1960 Landeshauptmann-Stellvertreter. Im späteren Tauziehen um die Autonomiedurchführung leistet Benediktor die Knochenarbeit. (unten links): Landesrat Peter Brugger (stehend) spricht im Landtag von 1956, links: Regierungskollege Joachim Dalsass. Rechts dahinter: Hans Mayr aus Gossensaß, als Vize-Kulturassessor bis 1960 Vorgänger von Anton Zelger. (unten rechts): Lino Ziller, Landesrat 1960–64, und DC-Kollege Armando Bertorelle. An der Seite des ersten gewählten Bozner Nachkriegs-Bürgermeisters Ziller hatte Vizebürgermeister Magnago seine Politikerkarriere gestartet.

lassen, »daß der Alte noch da ist.« Wie oft hat man in der Partei die Parole ausgegeben, daß er jetzt wirklich müde sei, daß er kaum noch etwas zu sagen habe, und dann blieb allen Beteiligten der Mund offen, weil ihr Ehrenobmann plötzlich wieder groß und mächtig in der Tür stand und seinen Schatten über sie warf.

Sicher, der »große« Magnago im landläufigen Sinne, war ein anderer: Sein Putsch ist SVP-Legende, Sigmundskron war der Aufgang seines Sterns, die Annahme des Paketes 1969 der Zenit seines Aufstiegs, die Autonomiedurchführung war die Zeit der Fülle, des Umsetzens, des Durchhaltens, des Zu-Ende-Bringens, des Erntens. Trotzdem hat sich Magnagos Größe, im guten wie im schlechten, vermutlich nie klarer gezeigt als in der Zeit nach seinem Rücktritt. Solange Magnago in Amt und Würden war, hätte seine besondere Machtstellung auch logisch erscheinen können: ein Landeshaushalt von mehreren 1000 Milliarden Lire, ein teutonisches Autononomiegesetzbuch mit Paragraphen, die jeden Dachgiebel regeln, ein Verwaltungsapparat mit mehreren 1000 Beamten und eine Parteibuchwirtschaft, die bis ins letzte Dorf verzweigt ist – wer ist da schon nicht mächtig? Magnago war Landeshauptmann und Parteiobmann eines Landes mit rein mathematisch sowjetischen Mehrheitsverhältnissen. Man darf, bei allem Respekt vor dem über 80jährigen, nie vergessen, daß seine Amtszeit auch 30 Jahre demokratiepolitische Eiszeit in Südtirol waren.

Erst die letzte, die institutionell »machtlose« Phase läßt den Stoff, aus dem die Macht eines Menschen gewebt ist, auf seine Substanz hin prüfen; im Märchen waren die Kleider, die den Kaiser ausmachen sollten, bekanntlich so beschaffen, daß er – einmal durchschaut – nackt und bloß vor seinem Volk stand. Hätte die Macht oder, sagen wir, die Größe des Silvius Magnago ausschließlich auf seinem Amt und dessen institutionellen Gewalten beruht, wäre er nach Abgabe der operativen Machtinstrumente wohl entzaubert gewesen – beschämt und bar seiner Kleider. Nicht wenigen, die sich für groß gehalten haben, ist es nach ihrem Abtritt so ergangen. Anderen Großen, die sich das Attribut tatsächlich verdienen, ist trotzdem meist nur die Rolle des geschätzten Parteiopas geblieben, des alten Bauern, den die geschäftstüchtigen Söhne und Enkel zwar noch anhören, aber nicht mehr ganz ernst nehmen, wenn sie den Hof zur Pension umbauen oder verscherbeln. Bruno Kreisky etwa oder Willy Brandt blieben bis zu ihrem Tod zwar anerkannte moralische Autoritäten, faktische Macht hatten sie mit ihrem Abtritt aber sehr bald keine mehr. Ketzerisch und im kleineren Südtiroler Rahmen spekuliert: Was wird wohl von der Größe eines Luis Durnwalder bleiben, wenn er seine Macht einmal abgibt? Ist es zulässig, von der Bedeutung, die ein Mensch nach der Preisgabe seiner Macht noch einnimmt, auf die Art und Weise zu schließen, wie er in seiner aktiven Zeit damit umgegangen ist?

Es mögen viele Gründe sein, warum sich Silvius Magnago eine Sonderrolle bewahren konnte. Die besonderen Südtiroler Umstände, die eine ganz besondere Karriere ermöglicht haben, sind das eine: Magnago ist jene politische Figur, die in der wohl intensivsten, »dichtesten« Phase Südtiroler Zeitgeschichte entstanden ist, unter größtem Druck dramatischer Ereignisse gegossen und dann im Schmelzofen gehärtet und geläutert – so einer »hebb« naturgemäß länger als die Kinder »gewöhnlicher« Zeiten. Ein ungeheurer Machtinstinkt, der sogenannte »Riecher«, ist das andere: Magnago hat politische Kontrahenten entweder kaltblütig wie kaum ein anderer aus dem Wege geräumt oder aber überaus geschickt eingebunden. Es erklärt, warum er zwar einzelne verbissene, aber ohnmächtige Gegner hatte und hat, ansonsten aber breite Verehrung bis hin zur unterwürfigen Huldigung genießt. Daß er in rarer Weise Bescheidenheit und Zurückhaltung in der Beanspruchung der Macht verkörpert, hat seine Emporhebung zum heiligen Silvius von Südtirol sicherlich erleichtert. Magnago ist die Krise einer korrupten Politikergeneration zugute gekommen, die ihn – den Altmodischen, aber Anständigen – wieder in Mode kommen ließ.

Für die Analyse von Machtausübung gibt es, neben vielen anderen Betrachtungsmöglichkeiten, ein sehr feinfühliges Meßinstrument: Es orientiert sich am Parameter Festhalten/Loslassen. Was man losläßt, beschwören die Wegweiser mehr oder weniger aller Tugendpfade, bekommt man eher wieder zurück, sofern es einem wirklich zusteht; was man krampfhaft festhält, wird man um so leichter verlieren. Der zweite – oder ist es der dritte, vierte, fünfte? – politische Frühling, den Magnago rund um seinen 80. Geburtstag erlebte, ist auch das Ergebnis einer vielleicht unbewußten, aber in der Wirkung besonders raffinierten Anwendung des Prinzips vom Loslassen. Es zeigt sich, daß Magnago immer gerade so viel loszulassen bereit war, wie es gerade nötig war, und genau dadurch jedes Risiko ausräumte, wirklich ganz loslassen zu müssen.

An einem nur scheinbar banalen Beispiel: Luis Durnwalder läßt, wenn er im Sommer in Urlaub geht, die Macht nie richtig aus der Hand; er paßt auf, nicht zu lange weg zu sein, und verteilt den Urlaub lieber auf zwei kurze Abwesenheiten: der Amtssekretär muß ihm täglich berichten, wichtige Veranstaltungen werden auf jeden Fall besucht, es gibt eine große Pressekonferenz in Pfalzen, die Stellvertreter in Bozen werden entmündigt, und sollte aus Versehen trotzdem etwas genehmigt werden, was von Belang ist, wird es mit Sicherheit rückgängig gemacht. Es ist die Verhaltensweise des krampfhaften Festhaltens aus Angst, Macht verlieren zu können. Sie kostet ungeheure Kraft. Anders Magnago: Dieser zog sich den ganzen August über nach Feldthurns zurück, gab sein Amt vollends ab, ging zu keiner Veranstaltung, gab kein Interview und keinen Journalistenempfang; der August war mit allen Konsequenzen jener Monat, in dem sein Vize Alfons Benedikter Landeshauptmann sein konnte (mehr als einmal hat er die Zeit für weichenstellende Entscheidungen genutzt). Es darf vermutet werden, daß es eine unverzichtbare Kraftquelle für den ob seiner Zähigkeit stets bestaunten Magnago war. Einmal im Jahr wirklich alles loszulassen, sich frei von Tages- und Sachzwang zu machen, Macht ganz und gar abzugeben, hat zugleich bedeutet, voll auftanken zu können und Spannkraft wiederzugewinnen. Er hat sich seine Macht mit sicherer Regelmäßigkeit am 1. September jährlich wieder zurückgeholt.
Nichts hat Magnagos Amtszeit effizienter verlängert als seine ständige Ankündigung, das werde jetzt seine letzte Kandidatur sein – er ist um so inbrünstiger hineingebettelt worden in seine Landeshauptmannschaft, desto großzügiger er bereit schien, sie abzugeben. Möglicherweise war es Berechnung oder, eben, Instinkt: mehr als einen Kronprinzen hat er verheizt damit: Joachim Dalsass verschlich sich, Durnwalders Atem bereits im Nacken spürend, nach Europa, Hans Rubner packte aus demselben Grund die Koffer Richtung Rom. So lange hat Magnago seinen Abgang hinausgezögert, daß am Ende genau jener Nachfolger nicht mehr zu verhindern war, den er eigentlich am wenigsten selbst auserkoren hatte. Während er nämlich durchaus bereit war, Roland Riz als Nachfolger im Amt des Parteiobmannes in einem Interview zu lancieren, schwieg er sich über den künftigen Landeshauptmann auch dann noch aus, als längst klar war, daß Luis Durnwalder sich die Position bereits erkämpft hatte. Er mußte es aber aus eigener Kraft erreichen. Die Gunst, von Magnago

Landeshauptmann Magnago auf Abschiedstour. Magnagos Chauffeur Luis Trebo war eine Institution. Hier fährt er »den Chef« zum Regierungskommissariat, wo der scheidende Landeshauptmann dem höchsten Staatsvertreter in der Provinz seine Aufwartung macht.

zum Wunschnachfolger ernannt zu werden, blieb Durnwalder versagt.
Als es dann wirklich so weit war, daß Magnago mit dem Abtreten nicht mehr nur kokettieren konnte, sondern Ernst machen mußte, begann ein arges Leiden: Der Wechsel an der Spitze der Partei ging – wahrscheinlich nicht gerade zu Magnagos Verdruß – auf kuriose Weise zunächst einmal daneben. Wie das berühmte Treffen zur Hofübergabe zwischen Magnago und Riz auch gelaufen sein mag – Tatsache ist, daß Riz es am Ende des Gespräches nicht mehr über sich bringen wollte, Magnago das Obmannamt abzunehmen. Den nicht mehr vermeidbaren Abtritt als Landeshauptmann dagegen – Durnwalder war für gewisse Zimperlichkeiten offenbar weniger anfällig – verband Magnago dafür recht unverblümt mit der für seinen Nachfolger nicht gerade erbaulichen Vorstellung, die Hauptrolle werde künftig natürlich der Parteiobmann spielen – Durnwalder, glaubte er, würde halt ein bißchen verwalten. Die Formel, die für das Zwei-Etappen-Stück erfunden wurde, lautete ungefähr so: Magnago bleibt noch so lange Obmann der Partei, bis das Land die Übergabe der Landeshauptmannschaft verkraftet hat. Es wurde wohl zur grausamsten Erkenntnis des großen Charismatikers, wie leicht man – einmal losgelassen – auch vergessen werden kann.
Zwei Jahre fast gab es ihn nicht mehr. Der Landeshauptmann des Lächelns war ins Land gestiegen, und das Land lag ihm zu Füßen. Daß Durnwalder sogar noch mehr Vorzugsstimmen erhielt, als Magnago je erreicht hatte, wurde von beiden nur nach außen heruntergespielt. Gerechtigkeitshalber muß angeführt werden, daß Durnwalder all das

Landeshauptmann Luis Durnwalder (rechts) und der Wiener Nationalratspräsident Heinz Fischer (links) beim Südtirol-Hearing am 26. Mai 1992 in Wien. Den »Paket«-Abschluß durchgezogen hatte SVP-Obmann Roland Riz (Mitte), mit berechtigter Eile, bevor der »Tangentopoli«-Skandal die Gesprächspartner der SVP in Rom hinwegfegte.

mitbrachte, was Magnago lange hatte vermissen lassen: das bißchen Nettigkeit, das genügt, um Italiener auftauen zu lassen, die Kraft des Neuen, die Mistgabel für die erhoffte Ausmistung eines bürokratischen Saustalles namens Landesverwaltung. Und von der Volksseele her: endlich ein Bauernklachl, der am Stammtisch mithalten kann, beim Watten kaum zu schlagen ist und die derbe Sprache des Volkes versteht, statt dem zerbrechlichen Finsterling aus Moral, Hundeblick, Anstand, Zurückgezogenheit und Unnahbarkeit. Die Medien, für die es vorher das höchste der Gefühle gewesen war, einmal im Jahr zu Magnago vorgelassen zu werden, standen jetzt wöchentlich beim montäglichen Frühschoppen namens Landeshauptmannpressekonferenz an. Magnago mochte sich zu Wort melden, er wurde überhört. Am Ende begründete er sogar die Anstellung des damaligen Journalisten Hartmann Gallmetzer als neuen Landessekretär mit der Notwendigkeit, die Partei müsse stärker in die Medien kommen.

Es ist bemerkenswert, daß Magnago seine Rolle erst wieder zurückbekam, als er sie ein weiteres Stück losließ und auch als Parteiobmann abtrat. Auch das nur widerwillig und mit einer heimlichen Hintertür, durch die sich der schlaue Alte auch nach dem Rücktritt wieder zurück in sein Büro – diesmal der Partei – schleichen konnte: Als die Partei ihm die Ehrenobmannschaft antrug, zierte er sich zunächst, wehrte ab und nahm dann mit der besonderen Betonung an, daß es sich ja um eine Ehrenobmannschaft »mit Sitz und Stimme« in der Parteileitung handle – also durchaus nicht nur eine Aufnahme ins Wachsfigurenkabinett der Südtiroler Geschichte, sondern eine Auszeichnung mit konkreter Wirkungsmöglichkeit und Funktion. Roland Riz, der jetzt endlich Obmann werden durfte, verzichtete generös darauf, das Parteibüro zu beziehen, in dem nun weiterhin Magnago unerschütterlich die Stellung hielt. Riz ließ er aus Dankbarkeit wiederum wissen, er sei natürlich bereit, seine Bilder aus dem Büro zu nehmen, um Platz für die Bilder seines Nachfolgers zu machen (»Du hast ja eh die schöneren«). Sie blieben während der ganzen Amtszeit des Roland Riz an ihrem Platz.
Die Anekdote hat durchaus symbolische Aussagekraft. Zum einen mag die Überlegung zutreffen, daß mit Riz eigentlich die Amtszeit Magnagos künstlich verlängert wurde. Es war ein Wechsel innerhalb derselben politischen Generation – als ältester der Jungen und jüngster der Alten wurde durch die Obmannschaft Riz ein wirklicher Generationswechsel noch einmal aufgeschoben. Riz war, mit einem Vergleich am Rande der Pietätsgrenze, »Magnagos Prothese«, damit dieser stillschweigend länger Obmann bleiben konnte. Schöner formuliert, nahm Riz Magnago unter den Arm, um mit ihm eine Ehrenrunde zu drehen. Zum anderen war es eine Ausnahmesituation: Der Paketabschlußkarren, für den der Fahrerwechsel vorgenommen wurde, war heillos festgefahren. Auf Riz warteten so etwas wie die zwölf Aufgaben des Herkules auf einmal: Die Verhandlungen waren zu einem unentwirrbaren Knoten geworden, Italien war schon, was damals nur geahnt werden konnte, in Auflösung begriffen, in Bozen standen MSI und Patrioten zum Angriff von zwei Seiten bereit, in der SVP tobte ein Flügelkampf.
Wieder tat das Loslassen seine erstaunliche Wirkung – es gab Magnago, der sonst wohl überfordert gewesen wäre, Spielraum und Souveränität zurück. Die Erleichterung, nicht mehr selbst an der Front- und Schußlinie zu stehen, drehte das Kräfteverhältnis zwischen dem seltsamen Obmannsgespann

Silvius Magnago mit seiner letzten, hier nicht ganz vollzähligen Landesregierung 1984–89: 1. Reihe von links nach rechts: »Kronprinz« Luis Durnwalder, Kultur-Landesrat Anton Zelger, Landeshauptmann Magnago mit seinen zwei Stellvertretern, links: Remo Ferretti (DC), rechts: Alfons Benedikter, der Ladiner Hugo Valentin. 2. Reihe, von links nach rechts: Siegfried Messner, Aldo Balzarini, Giuseppe Sfondrini, Giancarlo Bolognini, Otto Saurer, Sepp Mayr.

um. Plötzlich war Riz der Gestützte und Magnago seine Stütze. Hätte Magnago seinem Nachfolger nicht SVP-intern den Rücken freigehalten, wäre er vermutlich gestolpert: der Staffettenlauf der beiden bestand in nichts anderem, als daß Riz den Schlußsprint übernahm, den Magnago nicht mehr geschafft hätte und der unweigerlich auch zum Spießrutenlauf wurde. Entsprechend ausgepumpt und angeschlagen erreichte Riz das Ziel: zuerst im Parteiausschuß, dann auf den entscheidenden Landesversammlungen – von der Amtsübernahme des Roland Riz 1991 bis 1992 war es ein einziges Obmann-Retten. »Magnago hat Feuerwehr gespielt«, wurde zur Standardformel in der SVP.
Das war die Rückkehr als Überoberehrenobmann. 1992 gibt Roland Riz, vom Paketabschluß gezeichnet, die Obmannschaft wieder ab – das Signal für den wirklichen Generationswechsel. Bei den entscheidenden Gesprächen, daß als Nachfolger Siegfried Brugger von der Nomenklatura unterstützt werden soll, werden zwar Roland Riz und Luis Durnwalder konsultiert. Das entscheidende Freizeichen aber kommt von Silvius Magnago. Und ein Jahr später, als auf der Landesversammlung bei einer Statutenänderung zugunsten der Arbeitnehmer der neue SVP-Obmann unterzugehen droht, geht Magnago ans Rednerpult und zetert in seiner bekannten Art, daß man einen neuen Obmann nicht desavouieren dürfe, sonst werde die Partei gespalten – der Passus ging am Ende mit riesiger Mehrheit durch. Magnago hat, raunte es wieder durch die Partei und die Presse, »den Obmann gerettet.«
Die Atz-Affäre im Herbst 1993 wird dann fast schon zur gespenstischen Rückkehr des Herrn: Siegfried Brugger war, samt Landessekretär, schon unwiderruflich zurückgetreten, weil der Parteiausschuß gegen seinen Wunsch Roland Atz nicht von der Liste genommen hatte. Zwei Tage lang herrscht Chaos in der Partei, alle rechnen schon mit der Amtsübernahme Durnwalders, dem die Allmacht in Form der Doppelfunktion Landeshauptmann-Parteiobmann damit wie ein reifer Apfel in den Schoß gefallen wäre. Dann kommt Silvius Magnago, haut fast buchstäblich mit dem Stecken auf den Tisch, redet Brugger gut zu wie einem kranken Pferd, damit er wieder vom Rücktritt zurücktrete, stellt ihn wieder auf die

Beine und vor die Partei hin. »Ich lasse mir die Partei nicht kaputtmachen«, droht er all jenen, die Brugger gern über den gesagten oder nicht gesagten Zigeuner-Satz von Roland Atz hätten stolpern lassen. Keiner wagt es, noch einen Finger gegen den Obmann zu rühren. Magnago hatte ihn, für alle unmißverständlich unwiderruflich, wieder gerettet.

Eine Chronik solcher Art birgt die Gefahr des Klischees in sich. Die Frage etwa, ob es einer Partei gut tun kann, so viele Jahrzehnte von ein und demselben Politiker dominiert zu werden, führt zu einem unlösbaren Was-wäre-wenn-Dilemma: Die SVP ohne Magnago ist nicht denkbar. Aber andererseits: Wie viele Blumen sind im Schatten des großen Baumes eingegangen? Und sind den Kindern Entwicklungschancen entgangen, weil sie sich vom »Tatta«, wie man ihn immer noch nennt, nie freimachen konnten? Der symbolische Vatermord gilt in der Psychologie nicht umsonst als notwendiger Schritt der Söhne in die Selbständigkeit – bis zur Landesversammlung vom Herbst 1994, als Magnago wieder mit ein paar Witzen die Stimmung an sich reißen konnte, hat die Partei immer wieder ein Bild von Unmündigkeit gegeben: von unterdrücktem Vatermord.

Das muß nicht nur am Vater liegen. Zwar hat Magnago allmählich seine Ämter losgelassen, aber umgekehrt hat die SVP bisher nie Magnago loslassen wollen: die Ehrenobmannschaft, das Auto, das man ihm zur Verfügung stellte (das zu bezahlen er dann darauf bestand), die Gedenkmedaille zur Sanierung der Parteikasse, das Hundeblickplakat für schwierige Wahlkämpfe – immer hat man sich an Magnagos Schürze festgehalten. Es kann der Fluch der »besseren«, aber eben »normalen«, »gewöhnlichen« Zeiten sein, daß sie keine Politiker mehr hervorgebracht haben, die jenen das Wasser reichen könnten, die aus Krieg, Not und Aufbauzeit die Feuertaufe bezogen haben. Es kann zugleich der große Vorwurf an ihn sein – daß er »seine Partei« nicht mündiger, nicht politisch reifer, nicht erprobter in einer gesunden, pluralistischen Streitkultur zurückgelassen hat.

Möglicherweise aber überleben sich auch solche Klischees. So ist zu vermuten, daß Magnago auf die Tagesgeschäfte der SVP kaum noch Einfluß ausübt. Er ist der Mann für die Sternstunden, der geborene Alleinunterhalter für eine Landesversammlung oder der Feuerwehrmann, wenn es wirklich brennt. Magnago in seiner neuen Rolle ist eine Art Aufpasser, den sich die SVP für den Generationswechsel hält – die Jungen sollen ein bißchen Partei spielen, um den Ernstfall zu probieren, wenn es daneben geht, kommt »der Tatta« und wird schon wieder alles in Ordnung bringen. Wie stark dieser Anspruch noch ist, wenn es um die politischen Weichenstellungen geht, läßt sich nicht mehr mit Sicherheit sagen – höchstens von Fall zu Fall.

Als im Herbst 1994 die SVP vor der Grundsatzentscheidung steht, ob sie in Rom für oder gegen den Haushalt der Regierung Berlusconi stimmen soll, sitzen Magnago und Riz mit der Nein-Position am Ende fast alleine da – Brugger und Durnwalder hatten in der Diskussion zwar gegen die beiden Überväter einen schweren Stand, aber bei der Abstimmung ein unerwartet leichtes Spiel. Das ließe darauf schließen, daß der Generationswechsel mittlerweile doch Rückkoppelungseffekte auf die eigentlichen Machtstrukturen in der SVP ausgeübt hat – die Bezirke, die Verbände, die Richtungen, die Seilschaften. Von Riz weiß man, daß er mit schier stoischer Würde den Verlust früheren Einflusses zur Kenntnis nimmt, grollend zwar, aber vor allzu lautem Protest von der Einsicht abgehalten, daß eine neue, für die 60- bis 80jährigen nicht mehr erreichbare Generation die SVP übernommen hat – die 40- bis 50jährigen, die Bruggers und Durnwalders.

Während bei der Landesversammlung, Herbst '94, Riz schweigend einer Diskussion folgt, die über die Zweifel der alten Herrn hinwegfährt, läßt es sich Magnago nicht nehmen, seine alte Rolle zu spielen, auch wenn sie nicht mehr auf dem Spielplan stand. Er schreitet ans Rednerpult, druckst zuerst herum, weil er eigentlich eine andere Position vertreten habe, stellt sich dann aber in einer Donnerrede doch vor den jungen Obmann, »weil er noch grün und unerfahren ist, deshalb müssen wir ihn reifen lassen.« Die Landesversammlung kreischt vor Vergnügen, Magnago hat seinen Lacherfolg, aber es bleibt ein bitterer Nachgeschmack zurück: Brugger gibt recht deutlich zu verstehen, daß er diese Art von Rettung eigentlich nicht nötig gehabt habe. Und obwohl Magnago die Gegenkandidatur von Franz Pahl in gewohnter Manier zur »Gefahr einer Parteispaltung« überdramatisiert hatte, gab es für diesen trotzdem unerwartete 15,8 Prozent. Beides kann ein Zeichen sein, daß die SVP ihre Volljährigkeit erreicht hat und Magnagos Einlage nur noch der Auftritt eines Parteikaspers gewesen wäre, gut für die Unterhaltung, aber nicht mehr ausschlaggebend. Auszuschließen, daß der große Alte sich aber plötzlich in eine Rolle zurückschleicht, aus der man ihn gerade verabschiedet hatte, wäre wohl doch zu gewagt. Seine Bilder hängen auch noch in Bruggers Büro.

Typisch Magnago ... Wenn's brenzlig wird, wirft er sich voll ins Gefecht (oben). Auf der stürmischen Landesversammlung vom 23. November 1991 stand der »Paket«-Abschluß auf dem Spiel, hätte die SVP der umstrittenen staatlichen Weisungsbefugnis nicht zumindest zum Teil zugestimmt. Ehrenobmann Magnago reißt die Stimmung herum, (oben) mit Nachfolger Riz (teils verdeckt) und Landeshauptmann Durnwalder,. (unten): »Der Alte« ist immer noch lebendiger Mittelpunkt, hier mit SVP-Chef Siegfried Brugger.

Eine Ära ist zu Ende: die Hofübergabe an den »Paket-Abschluß-Obmann« Roland Riz. Nach fast dreieinhalb Jahrzehnten an der Spitze »seiner« Sammelpartei ist Magnago ein Rekordhalter in Europa. Sein Nachfolger übernahm auch die schwierige Aufgabe, die Autonomiedurchführung soweit zum Abschluß zu bringen, daß der Streit bei den UN beigelegt werden konnte.

Hartmann Gallmetzer

Der Landesvater

Geschichten aus dem Alltag, aufgezeichnet vom Parteisekretär

Den Politiker Silvius Magnago kennt jedermann. Fast unbekannt hingegen ist Magnago als Privatmensch, denn er hat sein Privatleben vor den neugierigen Augen der Öffentlichkeit weitgehend abgeschirmt. Nicht weil er etwas zu verbergen hätte, sondern weil Diskretion und Reserviertheit seinem Wesen entsprechen.

Doch gerade der Mensch Magnago ist für denjenigen, der die Gelegenheit hatte, das »Menschliche« an ihm kennenzulernen, besonders faszinierend. Eine schier unerschöpfliche Anzahl von Anekdoten schmückt dieses erfüllte Leben aus. Wenn in der Folge einige wenige davon hervorgeholt werden, dann keineswegs, um dem Politiker Magnago Abbruch zu tun, sondern um eine Art heitere und besinnliche Ergänzung zum Politiker und Mensch zu suchen.

Als Silvius Magnago im März 1989 eines seiner beiden hohen Ämter, und zwar jenes des Landeshauptmannes, an Luis Durnwalder abgab und nur mehr Parteiobmann der SVP blieb, entschied sich die Landtagsfraktion zu einer großzügigen und ihre hohe Wertschätzung ausdrückenden Geste: Sie kaufte einen Mercedes 190 D mit Automatik an und stellte ihn dem abgetretenen Landeshauptmann zur Verfügung. Aus gutem Grund: Magnago hatte als Landeshauptmann stets ein Dienstfahrzeug zur Verfügung gehabt, jetzt war er plötzlich »zu Fuß«, aber seine »Mobilität« als Parteiobmann mußte gewährleistet werden. Denn wie sollte er sonst als Altlandeshauptmann, als Parteiobmann, als verehrter »Landesvater« hinaus aufs Land zu seinen Leuten gelangen, die ihn überall als Redner anfordern und noch heute ständig haben wollen.

Ich erinnere mich gut, wie Landeshauptmann Luis Durnwalder seinem Vorgänger vor dem Parteisitz in Bozen die Schlüssel zu dem blauen Wagen überreichte und ein paar nette Worte fand.

Magnago freute sich sehr, denn er hatte schon Wochen vorher erklärt: »Wenn ich einmal mein Dienstauto nicht mehr habe, dann werde ich wieder selber fahren.«

Wir alle nahmen diese Worte etwas zu leicht. Wir dachten, nach so vielen Jahren als Fahrgast würde der 75jährige Magnago wohl weiterhin auf einen Chauffeur zurückgreifen, den ihm die Partei sicher zur Verfügung gestellt hätte. Weit gefehlt. »Ich fahre selber.« Keiner wagte zu fragen, ob er denn noch fahren könne – nach so vielen Jahren.

Magnago, der nicht selten die Gedanken seiner Gesprächspartner aus ihren Gesichtern ablesen konnte, wischte alle Zweifel über seine Absichten weg. »Ich fahre selber. Ich bin auch im Dienstwagen immer 'mitgefahren', und meinen Führerschein habe ich auch regelmäßig erneuert.«

In der Tat war Magnago einer der aktivsten »Mitfahrer«, die sich ein Chauffeur nur vorstellen kann. Ob im Fond oder auf dem Beifahrersitz des Landhaus-Autos, die Anweisungen für den Chauffeur kamen pausenlos. Nichts entging ihm, und er konnte über die undisziplinierten Autofahrer recht unsanft und erbost reden. »Jetzt können Sie überholen«, gab er die Anweisung – und der Chauffeur überholte. »Den packen wir auch noch«, und er wurde gepackt.

Magnago liebte die Geschwindigkeit, solange es noch keine Begrenzungen gab. Er konnte dann erzählen, daß »er« in viereinhalb Stunden von Bozen nach Rom gefahren war, daß »er« gar einmal 220 Stundenkilometer erreicht hatte. So bedächtig er in seinen politischen Entscheidungen war, beim Autofahren mußte es schnell gehen – und nach seinen Anweisungen.

Es gibt da eine Episode, die man sich im Landhaus erzählt. Als er wieder einmal einem Chauffeur dauernd Anweisungen erteilte, wie er zu fahren hatte, konnte sich dieser nicht mehr zurückhalten

und sagte: »Herr Landeshauptmann, fahren Sie, oder fahre ich?« Eine Weile fuhr daraufhin der Chauffeur, dann fuhren sie wieder beide.
Dies nur um zu sagen, daß Magnago stets ein aktiver Mitfahrer war und deshalb mit der Verkehrsentwicklung durchaus als voll vertraut betrachtet werden konnte. Und doch – wir hatten unsere Zweifel. Wird das auch gutgehen?
Kaum hatte Magnago den Schlüssel zum funkelnagelneuen Auto in der Hand, schmiedete er auch schon die ersten Reisepläne. »Nächste Woche muß ich nach Graz zu einem Vortrag«, eröffnete er mir. »Sie fahren mit. Wir fahren mit dem neuen Auto. Einen Teil der Strecke werde ich selbst fahren.«
Ich konnte nur nicken, denn er war ja mein Chef, aber wohl war mir bei Gott nicht zumute. Als ich über seinen Entschluß mit den Mitarbeitern und mit einigen Abgeordneten redete – sie fragten mich, ob denn Magnago mit dem neuen Auto Freude habe – sahen mich diese fast etwas mitleidig an. Auch ich konnte Gedanken lesen; sie hatten doch ein wenig Sorge, daß Magnago sich selbst etwas zuviel zumutete. »Es ist vielleicht doch besser, wenn du fährst«, meinte der eine und andere. Ich war natürlich auch dieser Auffassung, aber man kann die Rechnung nicht ohne den Wirt machen.
Wie bei allen Dingen in seinem Leben bereitete sich Magnago auf die neue Situation gewissenhaft vor. Er ließ sich von einem Landhauschauffeur, den er besonders schätzte, mit dem neuen Wagen auf die Feldthurnser Straße fahren und alles ganz genau erklären: jeden Knopf, jeden Hebel, jeden Schalter. Dann setzte er sich selbst ans Steuer und probte ein paar Stunden lang den Ernstfall.
Als ich wenig später den Chauffeur fragte, ob Magnago den Wagen »in der Hand« habe, bestätigte er dies ohne Wenn und Aber. Mir war etwas wohler zumute, aber ganz ruhig konnte ich nicht sein. Hinzu kamen die hämischen Sticheleien der »Freunde«: Hast du dein Testament gemacht?
Ich verbrachte tatsächlich ein paar schlaflose Nächte, und in meinen Alpträumen sah ich uns – Magnago am Steuer – über eine Böschung stürzen oder gegen einen Alleebaum rasen. Ich überlegte sogar, ob ich nicht kurzfristig »krank« werden sollte, um diese Jungfernfahrt zu vermeiden. Doch das konnte ich ihm nicht antun.
Der Tag kam. Als Magnago es sich auf dem Beifahrersitz bequem machte, sagte er noch einmal: »Daß Sie es wissen, jetzt fahren Sie, später werde ich das Steuer übernehmen.« Ob er gemerkt hat, daß ich etwas krampfhaft nickte, weiß ich nicht. Ich wollte ihm nicht widersprechen, auch deshalb nicht, um nicht sein Selbstbewußtsein als älterer Herr zu beeinträchtigen. Er war ja immer noch das Energiebündel, als das wir ihn jahrzehntelang gekannt hatten. Und warum sollte er nicht auch Auto fahren können?
Dennoch: Ich hatte ein ungutes Gefühl. Wir fuhren los, durchs Eisacktal, durchs Pustertal, hinunter nach Osttirol und weiter in Richtung Kärnten. Magnago wirkte völlig gelöst, und sein Redefluß war so ununterbrochen wie das beruhigende Geräusch des Dieselmotors.
Dann kam der Augenblick. »Fahren Sie zur Seite und halten Sie an. Jetzt will ich ans Steuer.« Gesagt, getan. Magnago nahm das Steuerrad in die Hand, legte den Vorwärtsgang ein, und es ging weiter. Nach wenigen Minuten warf ich einen Blick auf das Tachometer: 150 km/h. »Kommt Ihnen nicht vor, es geht etwas schnell«, konnte ich mich nicht beherrschen. »Aha, Sie haben Angst«, antwortete er, aber vom Gaspedal ging er nicht herunter. Wir waren auf der Autobahn.
Natürlich kamen wir ohne Zwischenfall in Graz an. Magnago wirkte völlig frisch, ich war eher erschöpft. Als er dann, einige Stunden später, vor rund 800 Personen eine flammende Rede hielt, konnte er, typisch Magnago, nicht umhin, darauf zu verweisen, daß er »einen wesentlichen Teil der Strecke selbst gefahren« war. Die Leute applaudierten. Die Grazer zweifelten offenbar keinen Augenblick lang, daß dieser Mann, der jahrzehntelang das viel schwierigere Schiff der Südtiroler Autonomie gesteuert hatte, problemlos ein Auto fahren konnte. Und damit war das Tabu gebrochen.
Seither hat Magnago dieses Auto, das er nach seinem Abtritt als Parteiobmann zu einem – wie man von ihm gewohnt ist – sehr guten Preis der Partei abgekauft hatte, immer gesteuert und auch die eine und andere längere Fahrt unternommen. Viele sind mit ihm gefahren, und keiner hat mehr die Angst ausgestanden, die bei der Jungfernfahrt doch ein wenig mein Begleiter gewesen war.
Magnago ist eben ein Mann mit Mut und Selbstbewußtsein. Er hat sich, auch wenn dies nach außen wenig ersichtlich war, seit seinem Abtreten als Landeshauptmann und als Parteiobmann verändert. In dem Sinne, daß seine »privaten« menschlichen Eigenschaften immer häufiger zum Vorschein kamen.
Als Politiker hatte er sich ein präzises Image in der Öffentlichkeit zurecht gemacht: Magnago, der im-

Der Redner Magnago beherrscht alle Register, vom zelebrierend vorgetragenen Bericht bis zum politischen Feuergeist, der das Parteivolk noch in letzter Minute auf seine Seite ziehen kann.

Silvius Magnago an der Haustüre zur Villa Lener in der Runkelsteiner Straße. Sein Refugium braucht und verteidigt er. Als Landeshauptmann und Parteichef in einer Person stand er jahrzehntelang im Mittelpunkt der Öffentlichkeit. Die Privatsphäre ist ihm heilig.

mer streng und ernst blickende, der »politische Vulkan«, der reservierte, zurückhaltende, der sich nur ganz selten hinter die eigene Haustür blicken ließ und bei dem man eigentlich nie wußte, was hinter seiner Stirn vor sich ging. So gut konnte er mit seiner unbeweglichen Miene die Gefühle verbergen.

Warum wirkt Magnago so ernst? Kann er nicht lachen? Ist ihm das Lachen in der Politik vergangen? Lastet die Verantwortung für Südtirol so schwer auf ihm, daß es ihm jeden Humor verschlagen hat? Das haben wir uns oft gefragt.

Die Antwort ist eine ganz andere. Magnago lacht nie, aber er lächelt mitunter. Warum lacht er nie? Ganz einfach, weil er im Krieg eine Gesichtsmuskelverletzung erlitten hat, die beim Lachen die eine Hälfte seines Gesichts etwas verzerren würde. Und weil er das weiß und weil er auch ein wenig eitel ist, hat er sich mit eiserner Disziplin auferlegt, nicht zu lachen, sondern, wenn schon, nur zu lächeln. Lächeln kann er, denn er ist ein humorvoller Mensch, dem Ironie gar nicht fremd ist.

Aber im Grunde ist er doch eher ernst und reserviert. Das mag zum Teil sicher auch eine Folge seiner Erziehung sein. Sein Vater war Richter. Richter sind von ihrem Beruf her strenge Leute. Richter üben Selbstdisziplin, sie meistern ihre Gefühle, sie überlegen, was sie tun und was sie sagen, denn ihr Wort hat Gewicht. Und so mag Magnago in der Kinderstube diesen Ernst seines Vaters erkannt, verstanden und sich wohl auch zu eigen gemacht haben.

Heute ist das ja anders. Heute können Richter kaum mehr als die Vorbilder wie annodazumal genommen werden.

Magnago war immer ein reservierter Mensch. Nicht im politischen Leben, da sprühte sein Naturell, er wurde oft als »Vulkan« bezeichnet, wenn er seine flammenden Reden hielt, wenn seine Stimme sich fast überschlug, wenn er seine Crescendos abspielte und die Leute in seinen Bann zog. In der Politik war er ein Mann für das Volk. Je größer das Bad in der Menge war, um so stärker fühlte er sich gefordert.

Nichts störte ihn mehr, als vor einem halbleeren Saal sprechen zu müssen. Da nahm er sich, da er zumeist als letzter Redner an die Reihe kam, die Zeit, die anwesenden Leute zu mustern und zu zählen. Er konnte noch Wochen später aus dem Gedächtnis sagen: »Da waren nur 35 Leute«. Aber er lieferte gleich auch die Ursache mit: »Es gab halt am selben Abend im Fernsehen ein Fußballspiel, da blieben die Leute lieber zu Hause«. Oder aber: »Diese Versammlung war nicht gut organisiert, es waren nur 35 Leute da. Vor zwei Jahren waren es im selben Saal 150 gewesen«. Er dachte nie auch nur einen Augenblick daran, daß die Leute nicht gekommen waren, weil sie das, was Magnago zu sagen hatte, etwa nicht interessiert hätte. Das gab es nicht.

Genau das Gegenteil spielte sich in seinem Privatleben ab. Da kam die ganze Reserviertheit Magnagos zum Ausdruck. Hinter seine Wohnungstür ließ er die allerwenigsten, und wenn, dann hatte man es als eine große Ehre zu empfinden. Ich erinnere mich gut: In der ersten Zeit meines Dienstes als SVP- Landessekretär hatte ich mitunter Akten in seine Wohnung zu bringen. Ich wurde regelmäßig – entweder von ihm, seiner Frau oder seinem Hausmädchen – am Eingang »abgefangen«, lieferte das Zeug ab und wurde höchstenfalls auf die schönen Sträucher und Blumen im Garten auf-

Magnagos Fünfundsiebzigster am 5. Februar 1989 wurde gefeiert wie ein kleiner Kaisergeburtstag. Von Ehrungen und Festakten bis zum Ständchen vor dem Haus. Trotz Charme und Ausstrahlung hält Magnago Distanz.

merksam gemacht. Mit seinem Garten, sowohl in Bozen als auch und im besonderen in seinem Sommerhaus in Feldthurns, hat Magnago seine besondere Freude. Da kann er stundenlang Blumen und Sträucher erklären, sich über die Spatzen ärgern, denen er mitunter auch mit einem Luftdruckgewehr zu Leibe rückte, wenn sie gar zu frech wurden, die vielen Rebsorten aufzählen, die er persönlich und liebevoll züchtete, auf eine besondere Rosenart verweisen, die »Essener« Rosen, aus Essen stammend, und sich freuen an der Schönheit der Natur.

Etwas später durfte ich dann schon mal in den breiten und langen Hausgang seiner Bozner Wohnung eintreten und die dort hängenden Bilder und Gemälde bewundern, die er dann einzeln samt Geschichte, Herkunft und oft auch Preis erklärte. Aber erst viel später durfte ich zum ersten Mal sein Wohnzimmer betreten und mich an einen Tisch setzen.

Wie mir erging es den meisten anderen. Magnagos Privatwohnung ist sein Reich, in das er Fremde nur sehr ungern einläßt. Diese Art der Reserviertheit hat jedoch nie jemanden verletzt. Die Leute – und auch ich – hatten so viel Achtung vor dem großen alten Mann, daß sie seine Privatsphäre gerne respektierten. Und wenn er dann über seinen Garten, über seine zahlreichen Rebsorten, Obstbäume, über die Spatzen und Amseln, die vieles wegfraßen, redete, dann hatte man das Gefühl, voll akzeptiert zu sein.

Der letzte Beweis der Wertschätzung war es dann, wenn man aus seinem Garten ein Tableau Trauben (besonders Erdbeertrauben), Birnen oder Kaki geschenkt bekam. Ich bin einer der wenigen, der in den Genuß dieses Privilegs kam – und ich weiß es sehr zu schätzen. Eine Traube aus dem Garten Magnagos ist gefühlsmäßig wie eine Flasche seltener Wein.

Magnago ist ein absolut präziser Mensch. Nur mit der Zeit nahm er es nie recht genau. Er kam zu Veranstaltungen mit solcher Regelmäßigkeit zu spät, daß man fast die Uhr danach richten konnte. Eine halbe Stunde Verspätung war die Norm. Er begründete es: »Wenn ich zu früh komme, dann muß ich auf die Leute vor leerem Saal warten. Wenn ich etwas später komme, ist die Erwartungshaltung viel größer.« Meist applaudierten die Leute im vollen Saal, wenn »der Obmann« eintrat. Er genoß diesen Applaus sehr, während er nach vorne zum Rednerpult schritt.

Seine Mitarbeiter im Landhaus hatten sich nach seinen Stundenplänen zu richten. Zwischen zwölf und vierzehn Uhr war er meist in Hochform. Während die anderen zu Mittag aßen, traf er in seinem Büro die Entscheidungen. Zum Mittagessen kam er kaum einmal vor fünfzehn Uhr. Und abends um zehn Uhr brannte in seinem Amt oft noch das Licht. Magnago ist ein »Spätmensch«.

Aber ansonsten war er von größter Genauigkeit. Zum Beispiel beim Abfassen von Schriftstücken. Er nahm jeden Brief, jedes Promemoria, jede Mitteilung so genau, daß einem mitunter fast die Geduld abhanden kam. So konnte es vorkommen, daß er für einen Brief an den österreichischen Außenminister einen ganzen Vormittag benötigte, nicht etwa, weil er nicht wußte, was er zu sagen hatte – das wußte er immer ganz genau -, sondern weil er jede Formulierung zwei- und fünfmal überlegte, ehe er sie für gut befand.

Dieses umständliche Vorgehen hat einen tieferen Hintergrund. Magnago war sich als Politiker bewußt, daß das geschriebene Wort bleibt und daß jedes Wort, besonders vom politischen Gegner, interpretiert und auch gegen ihn verwendet werden kann, wenn es angreifbar ist. Deshalb sollten seine Schriftstücke immer möglichst überlegt und unangreifbar sein.

Seine Gegner hatten es nie leicht, ihm Ungereimtheiten nachzuweisen, denn Magnago beugte solchen durch gut überdachte Formulierungen stets vor.

Bei der Abfassung von Dokumenten entwickelte sich rund herum stets ein ganzer Roman. Denn Magnago kann, wie kein anderer, vom Thema abschweifen und sich in langen Erinnerungen ergehen. Wenn ein Stichwort fällt, das in ihm Zusammenhänge weckt, dann werden diese Zusammenhänge erzählt; ob sie zur Sache gehören oder nicht, spielt keine Rolle. Das war dann meist sehr lehrreich und erweiterte den Horizont desjenigen, der sich alles anzuhören hatte.

Die Zeit war für ihn nicht ausschlaggebend. Drängen ließ er sich nie. Es gab und gibt bei ihm keine Hektik, als wäre er aus einer anderen Epoche.

Die peinliche Genauigkeit, mit der er Schriftstücke abfaßte, bleibt sprichwörtlich, ebenso wie sein Ausspruch: »Wenn man sich verläßt, ist man verlassen«. Wie oft haben wir das gehört, wenn bei einem Brief oder einem Dokument ein Beistrich fehlte oder ein Begriff nicht richtig zum Tragen kam. »Ich verlasse mich immer auf mich selbst, auf das, was ich gesehen habe«, pflegte er zu sagen. Und handelte danach.

Ganz besonders genau nahm er es mit italienischen Schriftstücken. Da vertraute er vollends auf sich

»Der Alte« und »der Junge«, wie Magnago seinen Nachfolger gerne nennt. Trotz des Generationsunterschieds pflegen die beiden einen herzlich-familiären Umgang. SVP-Chef Siegfried Brugger übernahm das Amt am 21. November 1992 vom Vorgänger Roland Riz. (unten): die »Vätergeneration«: Außenminister Mock war Ehrengast beim Abtritt von Parteichef Magnago am 27. April 1991. (unten rechts): Ehrenobmann Magnago und Landeshauptmann Luis Durnwalder, Landesversammlung zum »Paket«-Abschluß, 30. Mai 1992.

selbst. Während er beim Deutschen mitunter den Rat oder auch die Entscheidung eines Mitarbeiters hinnahm, war das beim Italienischen äußerst selten der Fall. Auch dafür lieferte er eine plausible Erklärung: »Wissen Sie, ich habe die italienische Schule besuchen müssen (unter dem Faschismus). Deswegen mußte ich die Kenntnisse der deutschen Sprache später nachholen. Ich gebe zu, Deutsch können Sie besser als ich«. Man gewöhnte sich daran, dies höflich in Abrede zu stellen. »Aber Italienisch kann ich besser. Es wird in Südtirol unter den Politikern kaum jemanden geben, der so gut Italienisch kann wie ich«, sagte er ohne Überheblichkeit, dann schwächte er mitunter ab. »Der Riz, ja der Riz vielleicht, der kann auch gut Italienisch.«

Roland Riz ließ er als ebenbürtig gelten, sonst kaum jemanden, auf keinen Fall seinen Sekretär.

Kein Wunder. Magnago hatte die italienische Schule besucht, an einer italienischen Universität studiert, die italienische Offiziersausbildung genossen und in seiner politischen Arbeit die italienische Sprache als Staatssprache viel verwenden müssen.

Und doch: Wer ihn Italienisch reden hört, stellt sofort fest, daß dies eine Fremdsprache für ihn ist. Denn beispielsweise das »c« bei »casa« (Haus) spricht er nie in der weichen italienischen Form, sondern immer in der harten deutschen Form aus, als »k« (»kasa«). Das tat er ganz bewußt. »Sie sollen merken, daß wir keine Italiener sind.« Und sie merkten es alle.

So, wie hinter dieser Haltung eine politische Überlegung stand, war es auch bei anderen Gelegenheiten der Fall. Des öfteren wollte Magnago bei einer Veranstaltung im Ladinischen auch einige Sätze auf ladinisch sagen. Er schätzt die Ladiner ganz besonders. Er ließ sich den ladinischen Text von einem ladinischen Mitarbeiter vorbereiten und probte dann eingehend, so wie es seine Art war, die Aussprache. »Aber ganz perfekt will ich es auch nicht lesen. Die Ladiner sollen merken, daß es mich Mühe gekostet hat, diese Sätze einzulernen. Das schätzen sie mehr, als wenn ich sie perfekt herunterlese.« So war es wohl auch.

Und damit komme ich zu einem ganz besonderen Aspekt im Wesen Magnagos. Wenn er in der Öffentlichkeit redete – er sprach fast immer frei, er haßte die geschriebenen Reden, denn sie ließen seinem inneren Feuer keinen Spielraum -, wirkte er spontan, aus der Eingebung des Augenblicks heraus, so, als ob ihm die besten Dinge genau während der Rede und zum richtigen Zeitpunkt einfielen, wie das bei großen Rednern meist der Fall ist.

Einmal hielt er auf einer Landesversammlung der SVP in Meran wieder eine seiner flammenden Reden. Stundenlang hatte er der Diskussion über seine Politik mit unbewegter Miene zugehört. Es gab eine Menge Kritik von seiten einer kleinen Gruppe von Delegierten, die mit einer bestimmten Haltung des Parteiobmannes ganz und gar nicht einverstanden waren.

Als der Augenblick der Replik kam, stieg Magnago zum Rednerpult hinauf und begann. Anfangs leise, dann immer lauter, sein »Feuer« begann zu lodern. Er machte den Eindruck, daß er richtig »geladen« war, was er ja auch war, denn seine Gegner waren gar nicht zimperlich mit ihm umgegangen. Und dann kam der Höhepunkt, genau zum rechten Augenblick, bestens eingeleitet: »Wer vom Segeln nichts versteht, soll keinen Wind machen«. Ein richtiger Hammer. Er saß. Die Leute riß es fast von den Stühlen, so perfekt hatte der Spruch gesessen. Seine Gegner saßen eher belemmert und wie begossene Pudel da. Wir von den Medien – damals arbeitete ich noch als Journalist – hatten unsere Freude an Magnago.

Anschließend kamen wir mit ihm ins Gespräch, und einer von uns fragte: »Wie kommt es, daß Ihnen gerade zum rechten Augenblick der richtige Spruch einfällt?« Magnago, der wieder einmal als Sieger aus dem Kongreß hervorgegangen war, lächelte, fuhr in die Westentasche und zog ein kleines Zettelchen hervor. Er reichte es mir. Darauf stand, in seiner unverkennbaren Handschrift: »Wer vom Segeln nichts versteht, soll keinen Wind machen«.

In diesem Augenblick begriff ich ein für allemal, daß Magnagos Spontaneität immer bewußt und gut vorbereitet war. Er überließ nichts dem Zufall. Er dachte immer zuerst und redete danach, eine Eigenschaft, die beileibe nicht allen Politikern zu eigen ist. Wer zuerst denkt und dann redet, der weiß, was er sagt. Wer es umgekehrt macht, weiß oft nicht mehr, was er gesagt hat, aber seine Gegner erinnern sich um so besser daran. Diesen Gefallen hat Magnago zeit seines Lebens nie jemandem gemacht. Er ließ sich nie auf ein unüberlegtes Wort ein. Deshalb war es für seine Gegner immer schwer, ihn festzunageln.

Nur wenige hatten die Ehre, Magnago während seiner Zeit als Landeshauptmann duzen zu dürfen. Mit dieser persönlichen Ansprache ging er sehr sparsam, ja geradezu geizig um. Manche seiner

Beinahe wie Vater und Sohn: Ehrenobmann Silvius Magnago und SVP-Obmann Siegfried Brugger bei einer Landesversammlung in Meran.

Landesräte kamen nie zum Du, manche mußten warten bis zum Ende der Legislatur. Er hob sich damit bewußt ab, nicht aus Überheblichkeit – Magnago war nie überheblich, wohl aber selbstbewußt – sondern aus einer tiefen Achtung vor seinen Mitmenschen und Mitarbeitern. Daß er das Du ein wenig auch als eine Geste der Wertschätzung empfand, mag stimmen. Wer ihn duzen konnte, gehörte zu seinem engeren politischen Freundeskreis.

Erst nach seinem Abtritt als Landeshauptmann wurde er in dieser Beziehung etwas großzügiger. Heute dürfen ihn ziemlich viele Personen duzen, was früher undenkbar gewesen wäre. Er ist irgendwie »herabgestiegen« von der Unnahbarkeit, mit der er sich zeit seines Lebens umgab.

Auch bei mir brauchte es seine Zeit. Mir wäre eigentlich nie der Wunsch gekommen, den »Chef« zu duzen, und in der ersten Zeit hielt er mich gehörig auf Distanz. Dann ergab es sich, daß ich ihn einmal zu einem Hauskonzert einlud und für ihn (und andere) am Klavier klassische Musik spielte. Das mag ihn etwas beeindruckt haben, denn wenige Tage später rief er mich in sein Arbeitszimmer und teilte mir mit, er habe beschlossen, mir das Du anzubieten. Dabei ließ er einige leicht ironische Nebenbemerkungen über meine »künstlerischen« Tendenzen und nicht zuletzt über mein eher langes Haar fallen. Es blieb beim Du, und die gegenseitige Herzlichkeit wurde damit weiter vertieft. Ich hatte auch den Eindruck, daß er meine musikalischen Kenntnisse als etwas für einen in der Politik Beschäftigten fast Exotisches einschätzte, aber mit der SVP als durchaus vereinbar empfand.

Eine verborgene Eigenschaft begleitete Magnago zeit seines Lebens: die Großzügigkeit. So sparsam er mit dem öffentlichen Geld und mit den bescheidenen Mitteln der Partei umging, so großzügig war er den Mitmenschen gegenüber mit dem eigenen Geld. Es störte ihn, wenn im Zimmer der Parteileitung nach Ende der Sitzung noch das Licht brannte, oft betätigte er selbst den Schalter. »Ihr spart zu wenig«, pflegte er zu sagen. Vielleicht hatte er recht; die Lage der Parteifinanzen läßt solches vermuten.

Aber es störte ihn keineswegs, wenn zu ihm pausenlos Bittsteller kamen und ihn, unter den verschiedensten Vorwänden, um Hilfe ersuchten. Ich kam erst nach und nach dahinter, wie viele Hunderte von Millionen Lire, die Magnago sich erspart hatte, in Spenden und Wohltätigkeit durch seine Finger flossen. Privat lebte er immer bescheiden, für Essen und Trinken hatte er nie viel übrig, und sonst brauchte er auch nicht viel. Zum Reisen hatte er kaum Zeit, kostspielige Hobbys wollte er sich nicht leisten. Er kannte den Wert des Geldes. Man verdient es, man spart es, man lebt bescheiden – und man hilft anderen.

Die aufsehenerregendste Spende war jene von 250 Millionen Lire an die Südtiroler Volkspartei. Alle Zeitungen schrieben davon, es war ihm gar nicht recht. Denn er genoß es am meisten, wenn er jemandem geholfen hatte und niemand davon erfuhr. Hunderte von Personen erhielten zusammen Hunderte von Millionen Lire, aber kaum jemand außer den Beschenkten weiß etwas davon. Magnago hatte einfach das Bedürfnis zu geben. Er konnte nicht mitansehen, daß eine Musikkapelle für ihn aufspielte, ohne dann eine Spende zu bekommen. Er glaubte den Menschen, die mit ihren Sorgen zu ihm kamen – und griff in die Tasche. Manch einer mag dies ein bißchen ausgenützt haben – aber im großen und ganzen hatte Magnago ein Auge für echte Not. Sie bewegte ihn zutiefst, und er half.

Stolz war er auf diese stille Großzügigkeit nie, sie gab ihm jedoch das Gefühl, über die Politik hinaus etwas tun zu können, das allein von ihm abhing. Er pflegte zu sagen, daß geben seliger sei als nehmen, wobei er dann gelegentlich auch hinzufügte – etwa, wenn er eine der vielen Auszeichnungen entgegennahm – daß auch nehmen schön ist. Er hat stets viel mehr gegeben, als er genommen hat.

So wenig Magnago stolz ist, eitel ist er schon. Lob, woher immer es auch kam, tat ihm wohl, er genoß es. Er hatte seine Freude am straffen weißen Haar, das er stets sorgfältig kämmte und periodisch schneiden läßt. Wenn einmal wieder die »Stunde des Friseurs« gekommen war, war dies im Hause Magnago eine Art Ereignis, und wir wußten davon. Gelegentlich blickte er dann demonstrativ auf meine nicht mehr bestehende Haarpracht und fuhr sich selbstzufrieden über den Scheitel.

Er betrachtet es als eine Kunst, die nur er beherrscht, wie man einen Hut richtig aufsetzt. Oft demonstrierte er uns das vor. Man schiebt den Hut von vorne nach hinten auf den Kopf, um nicht die Haare zu zerzausen. Und wenn wir ihm den Hut abnahmen, legte er großen Wert darauf, ihn abzulegen, »wo kein Staub ist, sonst habe ich nachher einen staubigen Kopf«.

Mit der Sauberkeit nahm er es peinlich genau. Wie oft fuhr er, wenn er am Sitz der SVP die Treppe hinunter stieg, mit der Hand über das Geländer

Eine Familienidylle mit Seltenheitswert im politischen Alltag von heute: Mittagspause in der »Partei-Küche«, wo man sich beim Küchenturnus abwechselt. Ehrenobmann Magnago im Büro nebenan macht sich einen Sport draus, das Tagesmenü schnuppernd zu erraten. Als typischer Nachtmensch hat er einen zeitversetzten Speiseplan. Gemeinsame Vorbereitungen: (Bild oben links, von links: Margareth Greif, Seele des Sekretariats, Jugendsekretär Florian Gamper, Mitarbeiterin Petra Pichler, Arbeitnehmersekretär Theo Rösch. (unten): Zur Mittagsrunde haben sich auch Landessekretär Hartmann Gallmetzer und Wirtschaftssekretär Harald Schmittner (vorne rechts) hinzugesellt.

und kontrollierte, ob ja kein Staubfleckchen da war. Manchmal fand er eines, meist aber nicht. Dann war er zufrieden.
Eine besondere Freude hatte er an seinen Krawatten. Ein Freund beschenkte ihn regelmäßig mit Seidenkrawatten aus der Schweiz von auserlesener, dezenter Eleganz. Wenn er bei mir eine neue Krawatte bemerkte – und ihm entgingen solche Dinge nie –, dann verwies er stets darauf, daß meine Krawatte zwar »recht schön« sei, aber mit der seinen ließe sie sich nicht vergleichen. »Echte Seide«, sagte er stolz.
Von den wenigen Anzügen, die Magnago besitzt, hatte er mit einem grauen eine besondere Freude. Er trug ihn jahrzehntelang, so lange, bis das Futter löcherig wurde. Wir staunten nicht wenig, als er uns – und gar einigen anderen – zeigte, wie löcherig das Futter war. Sein Hausmädchen, die stille Perle Hermine, rückte den Löchern mit Faden und Nadel zu Leibe, und auch das zeigte er uns. Er war zufrieden. »So spart man. Was brauche ich einen neuen Anzug!«
Irgendwann einmal entschieden wir in der Zentrale, daß ein neuer Anzug fällig war. Die Parteidamen konnten da mit dem »Chef« recht streng sein. »Herr Doktor Magnago, jetzt ist es wirklich Zeit. Nächste Woche müssen Sie nach Wien zum Außenminister fahren. Da brauchen Sie einen ordentlichen Anzug.« Er mußte nachgeben. Bald darauf kam er zum ersten Mal mit einem hocheleganten Anzug ins Büro, und wir mußten dies bestaunen. Wir lobten ihn, wie elegant er sei. Es tat ihm wohl.
Er hatte ein Auge fürs Detail. Er konnte nach einer Versammlung bis ins kleinste erzählen, wie dieser oder jener ausgesehen hatte, welchen Rock diese oder jene Dame trug, welche Schuhe, welchen Lippenstift, ob der eine und andere bei seiner Rede nicht sehr aufmerksam gewesen war. Einmal hatte ein Zuhörer während seiner Rede geschlafen. Er saß in der ersten Reihe, und Magnago bemerkte dies natürlich sofort. Eine Zeitlang ließ er ihn schlafen, dann setzte er mit seiner Rede aus. Im unnatürlichen Schweigen erwachte der Schläfer, sah sich um, tat, als ob nichts geschehen wäre. Magnago sprach weiter. Zum Schluß applaudierte der »Schläfer« begeisterter als alle anderen. »Mitbekommen hat er nichts, aber Beifall geklatscht hat er trotzdem«, bemerkte Magnago lächelnd.
Er bemerkte es, wenn bei einem Essen der eine und andere Politiker tüchtig einpackte, und nicht selten konnte er nacherzählen, wie viele Gläschen Wein der und der getrunken hatte. Magnago wunderte sich oft, wieviel die Leute vertrugen. Er selbst war im Essen und Trinken stets sehr zurückhaltend. Und überhaupt: »Diese Arbeitsessen gefallen mir gar nicht. Ich muß da immer eine Rede halten, und während die anderen essen, wird einem die Suppe kalt. Entweder i red oder i iß«, sagte er. »Mit vollem Mund kann man ja nicht reden.«
Magnago ist ein Sportsmann. Er hat in seiner Jugend Tennis gespielt, ist Ski gefahren, geschwommen, gewandert, auf Berge gestiegen. Der Sportgeist ist ihm geblieben. Drei Sportarten haben es ihm besonders angetan: Leichtathletik, Fußball und Tennis. Da weiß er Bescheid – und da leidet er. Beim Fußball schlägt sein Herz vor allem für die deutsche Nationalmannschaft, beim Tennis ist es Steffi Graf, die es ihm angetan hat, aber auch Boris Becker und Michael Stich. Wenn einer dieser drei verliert, dann leidet Magnago. Er kann ein Match nacherzählen, denn so wie in allen Dingen, entgeht ihm auch am TV-Schirm nichts. Kam er nach einem Graf-Match am nächsten Tag ins Büro, war seine erste Bemerkung: »Die Graf hat gewonnen, aber hart war es.« Und nach dem Ausscheiden der deutschen Nationalmannschaft bei der letzten Weltmeisterschaft war er nicht gerade am besten aufgelegt. Sein Humor verbesserte sich erst wieder, als das Finale vorbei war und Italien nicht gewonnen hatte ...
Einmal saß ich in meinem Büro, das neben jenem des Obmannes liegt – der Obmann teilt das Büro mit dem Ehrenobmann, und so kommt es, daß Magnago auch jetzt noch häufig in die Brennerstraße kommt, um die viele Post zu erledigen, Leute zu empfangen, mit uns zu diskutieren. Da hörte ich am hellichten Vormittag singen. Ich ging nachschauen. Magnago probte mit einer Sekretärin »Das Wandern ist des Müllers Lust«. Mit seiner sonoren Baritonstimme legte er sich richtig ins Zeug. Er mußte sich für eine Veranstaltung von Wanderfreunden vorbereiten, bei der, so hatte man ihm gesagt, auch gesungen werden würde. Da hatte man mitzusingen.
Magnago hat nicht nur politisches »Gehör«, sondern auch Musikgehör. Er singt gern, laut und vernehmlich. Nicht umsonst ist er Ehrenmitglied des Südtiroler Sängerbundes, mit dem er sich eng verbunden fühlt. Er kann singen.
Ein Hobby, das für ihn seit vielen Jahren Ehrensache ist, ist das Schießen. Als Landesoberstschützenmeister vorher, als Ehren-Landesoberstschützenmeister heute, hält er etwas darauf, ins Schwarze zu treffen. Und er trifft. »Die Leute meinen, der

(links) Silvius Magnago mit Ilse Marschall, die das SVP-Sekretariat durch viele Jahre im Griff hatte, mit Herz und menschlichem Gespür. (rechts): Die Distanz des Parteichefs Magnago gegenüber Pressevertretern ist dagegen förmlich greifbar: hier Hans Karl Peterlini vom kritischen Wochenmagazin FF, inzwischen Chefredakteur von »Südtirol-Profil«. Das Parteibüro wird brüderlich geteilt: SVP-Chef Brugger läßt der Institution Magnago den Vortritt. Schon Roland Riz hatte es so gehalten.

naggelnde (zittrige) Magnago trifft nicht mehr.« Aber er trifft. Und wenn ihm einmal eine Runde daneben geht, fährt er ein zweites Mal hin und schießt ein exzellentes Ergebnis heraus. Davon kann er stundenlang erzählen, auch bei Wahlreden. Als er im Oktober und November 1993 für die Trentiner Autonomisten durch die Lande zog und ihnen zu einem großen Wahlerfolg verhalf, erzählte er den Leuten viel von seinen Schützenerfolgen – und erntete viel Applaus. »Die Leute im Trentino, die haben ein ganz anderes Temperament als die bei uns«, pflegte er zu sagen. Wenn er den Saal betrat, begann der Applaus und wollte nicht mehr enden. »So etwas habe ich bei uns selten erlebt. Sie haben halt ein anderes Temperament.« Die Trentiner verehren ihn.

Er war sich seines Gewichts stets bewußt. Wenn er heute zu Veranstaltungen als Festredner eingeladen wird, ist seine erste Frage meist die: »Ist der Landeshauptmann auch eingeladen?«. Wenn ja, dann sagt er: »Dann gehe ich nicht hin, denn zwei Kaliber braucht es nicht.« Der Landeshauptmann ist ein »Kaliber«, aber er selbst ist auch eines. Und man soll die Leute nicht zu sehr verwöhnen.

Magnago hatte innerhalb und außerhalb seiner Partei nicht immer einen leichten Stand. Er mußte sich in der politischen Diskussion einiges gefallen lassen. Aber so viel er einstecken mußte, er konnte auch gehörig austeilen. Selten nur blieb er eine Antwort schuldig, und wenn er besonders hart angegriffen wurde, war er auch besonders schlagfertig.

Nur eines unterschied ihn von manchem anderen. Er wurde nie ausfällig, so hart die Kritik auch klingen mochte. Und ein weiteres: er war nie nachtragend. Zwar konnte er sich Jahrzehnte später noch genau daran erinnern, wer was über ihn gesagt, gegen ihn intrigiert, ihn angeschwärzt oder auch beleidigt hatte. Er vergaß nicht, aber sann nie auf Rache. »Was vorbei ist, ist vorbei.« Daran hielt er sich.

Auch ich hatte in meiner Journalistenzeit manches kritische Wort über ihn geschrieben, und als es um meine Wahl zum Parteisekretär ging, redeten wir offen darüber. Ich war erstaunt, wie genau er wußte, was über ihn geschrieben worden war. »Ich trage Ihnen das nicht nach«, sagte er, und damit war die Sache erledigt.

Mit solchen Menschen ist die Zusammenarbeit angenehm. Man hat Magnago viel politische Schläue, Verhandlungstaktik, ja »Thaterspiel« und anderes mehr nachgesagt. An seiner Ehrlichkeit brauchte jedoch nie jemand zu zweifeln, wobei stets seine Überlegung daran zu knüpfen war: Gut ist, was dem Volk dient. Im Interesse des Volkes kann man mitunter auch ein wenig übertreiben und die Dinge etwas färben. Für sich selbst hat Magnago das nie getan, sondern immer für die anderen.

Damit hat er sich in Südtirol und darüber hinaus das Bild eines echten, vertrauenswürdigen Politikers geschaffen. Das Bild ist vollauf gerechtfertigt. Seine Integrität ist nie in Frage gestellt worden, und es verwundert gar nicht, wenn heute in Südtirol die Politiker an Magnago gemessen werden.

Es ist schwer, den Vergleich mit ihm durchzustehen, denn auf seine Art ist und bleibt Silvius Magnago ein unvergleichlicher Mensch.

Nostalgie und politische Aufbruchstimmung beim 50jährigen Gründungsjubiläum der Trentiner Autonomistenbewegung am 29. Oktober 1995 in Borghetto an der Südgrenze des alten Tirol. Viel Romantik und ein klares Signal: Die alten Feindbilder des »Los von Trient !« sind begraben. Silvius Magnago zählt inzwischen zu den Kultfiguren im autonomistischen Trentino. Hier: ein Welschtiroler mit SVP-Chef Siegfried Brugger.

Hans Mayr

»Zuerst der Herrgott, dann Tirol«

Phänomen Magnago auf Wahlkampfreise durchs Trentino

In Fucine, einem kleinen Dorf unterhalb des Tonalepasses in der Val di Sole im hintersten Trentino, schneit es heftig. Die späte Rückkehr des Winters hat die Schneedecke in diesem Jahr erstmals gefährlich anwachsen lassen. An einigen Hängen entlang der Straße ist der Schnee bereits ins Rutschen geraten. Kein Abend also, der dazu einlädt, sich einer Wahlveranstaltung wegen den Gefahren der Natur auszusetzen. Trotzdem, der neue Theatersaal in Fucine ist gut gefüllt, und alle warten gespannt darauf, daß er endlich vorfährt, denn seinetwegen hat man sogar nasse Füße in Kauf genommen.

Mit etwas Verspätung trifft Altlandeshauptmann Silvius Magnago ein, und man spürt von Anfang an die Bewunderung und die tiefe Verehrung, die diesem Mann hier in einem der entlegensten Winkel des Trentino entgegengebracht wird. »Es sind hier nur neun Kilometer bis zur Front«, wird uns später ein Teilnehmer der Wahlversammlung in einem Ton sagen, als befände er sich heute noch im Schützengraben, in dem sein Großvater als Kaiserjäger gegen die angreifenden Italiener gekämpft haben mag.

Fucine in der Val di Sole, Sulzberg, das ist zum Teil noch kaiserliches Österreich; hier ist auch 70 Jahre nach der Vereinigung mit Italien ein Stück Donaumonarchie erhalten geblieben; hier sind die treuesten der treuen Tiroler zu Hause, und hier ist sich Magnago des Jubels sicher, wenn er zum Schluß seiner Rede Iginio Caproni, einen der ersten Trentiner Autonomisten der Nachkriegszeit, zitiert, der 1949 im Regionalrat ausgerufen hat: »Zuerst kommt der Herrgott, doch gleich danach kommt das Land Tirol«. Und daß das Trentino da mitgemeint war, ist wohl mehr als selbstverständlich.

Ein solcher Satz bringt die Herzen der Anhänger des Partito Trentino Tirolese (PATT), die sich in Fucine versammelt haben, zum Bersten. Doch schon vorher hatten sie, die hier im oberen Nonsberg trotz der jahrelangen parteiinternen Querelen immer noch dafür sorgen, daß der PATT über rund ein Drittel der Stimmen gebietet, immer wieder Grund genug, den alten Mann vorne oben mit Beifallsstürmen einzudecken. Als Magnago sich mit einigen Schwierigkeiten die schmale Treppe hinaufhangelt, die auf die Bühne führt, wo das Podium aufgebaut ist, sich umdreht und ein bißchen außer Atem in die Zuhörer hinein ruft: »Lieber einmal von der Stiege fallen, als sich helfen lassen«, da liegt ihm der Saal schon zu Füßen. Alle Energie, die schier unerschöpfliche Willenskraft, über die dieser schwer kriegsversehrte alte Mann immer noch zu verfügen scheint, ist in dieser Geste zum Ausdruck gekommen.

Besonders ein Kompliment hat es ihm angetan, das ihm auf seiner Wahlkampfreise durch das Trentino irgendwo zugetragen wurde: daß er nämlich ein »uomo arzillo« sei, ein munterer, rüstiger Mann. Immer wieder läßt Magnago dieses Wort wie das beste aller Bonbons, das er je gegessen hat, auf seiner Zunge zergehen; so als trage ihm alleine schon das Aussprechen Energie zu. »Arzillo«, dieses Wort hat ihn ungemein beflügelt. Und weil es ja noch über die Wahlkampfrede hinaus des Beweises bedurfte, wie »arzillo« er sei, erzählt Magnago vom Josefi-Festschießen in Tramin, wo er wieder 235 Ringe erreicht habe wie schon in den Jahren zuvor. Das bedeute immerhin, auf 120 Meter ins Schwarze zu treffen, meint er nicht ohne Stolz. Trocken kommentiert Magnago: »Der Kopf mag wackeln, die Hand zittert deshalb noch lange

nicht.« Der Saal dankt's ihm mit langanhaltendem Beifall. Er liegt ihm zum zweiten Mal zu Füßen.
Nach solchen Intermezzos, die jeden normalen Wahlkampfredner im Vergleich ziemlich alt und abgebraucht aussehen lassen, kommt der »Vater der Autonomie«, wie ihn Luigi Panizza, der Senats- und Parlamentskandidat des PATT, bezeichnet, zum Ernst der Sache. Eine gute halbe Stunde erklärt der Altlandeshauptmann dem geduldigen Publikum einmal von vorne und einmal von hinten, wie das so seine Art ist, was es mit der Koordinierungsbefugnis und der internationalen Verankerung der Autonomie auf sich hat. 1960 vor der UNO habe Italien zugegeben, daß einige Punkte des Pariser Vertrages nicht durchgeführt seien. 1969 nach der Paketgenehmigung durch die Volkspartei habe die Regierung Rumor dann plötzlich erklärt, das Paket habe nichts mit dem Pariser Vertrag zu tun, weil diesem schon mit der Autonomie von 1948 Genüge getan worden sei. Folgedessen handle es sich um eine rein interne Angelegenheit Italiens.
Damit wollte man nur der Forderung nach der internationalen Absicherung der Autonomie zuvorkommen, ist sich Magnago sicher, fragt sich aber trotzdem, warum man das Paket dann vom Parlament in Wien habe absegnen lassen. »Nie und nimmer« werde ohne internationale Verankerung abgeschlossen, betont er. Denn das Ziel Roms sei es, die Autonomie auszuhöhlen, wie sich das seit dem Erlaß der Ausrichtungs- und Koordinierungsbefugnis die letzten Jahre herauf zur Genüge gezeigt habe. »Und das betrifft ja auch die Trentiner Autonomie«, ruft der Altlandeshauptmann in den Saal. »Wir wissen doch nicht, mit welchem Parlament und mit welcher Regierung wir es in Zukunft zu tun haben werden«, beschwört er die Gefahr. »Da gibt es doch einige, die nur darauf warten, daß sie die Karten neu mischen können.« Deshalb müsse das Paket beim Internationalen Gerichtshof in Den Haag einklagbar sein, denn »sonst sind wir den Aushöhlungstendenzen schutzlos ausgesetzt«.
Die Einklagbarkeit beim IGH sei sowohl im Interesse Österreichs als auch Italiens. »Denn wer den Frieden will, der muß dafür sein«, betont Magnago. »Ministerpräsident Andreotti, der wie auch ich ein alter Fuchs ist, hat das sehr wohl verstanden.« Doch dann sei der Außenminister dahergekommen, der mit den langen Haaren – der Saal stöhnt auf –, und habe alles blockiert und die Streitbeilegung verhindert. Als Magnago dann einige Wischiwaschierklärungen führender Trentiner Politiker zur Frage der internationalen Absicherung der Autonomie verliest, bräuchte er gar nicht mehr darauf hinzuweisen, daß sie alle im Sold der römischen Parteizentralen stehen.
»Non mollare, su con le orecce« (Nicht nachgeben und die Ohren steif halten) heißt die Losung, und damit die Leute sich auch eine Vorstellung davon machen können, was es heißt, nie und niemals aufzugeben, »net lugg« zu lassen, erzählt der schwer kriegsversehrte Magnago von seiner Rückkehr von der Front, als ihn die Ärzte längst schon aufgegeben hatten und er sich in den Wochen zwischen Leben und Tod, immer wieder unterstützt von seiner jungen Frau, Mut gemacht hatte: non mollare, net lugg lassn. Nach einem solchen Intermezzo bleibt natürlich kein Auge trocken.
Daß er es war, der dem Zentralstaat mit unbeugsamer Zähigkeit über fast vier Jahrzehnte hinweg die Autonomie abgerungen hat, braucht der Altlandeshauptmann in Fucine niemandem zu erzählen. In den anderen Stationen seiner Trentiner Wahlkampfreise ist Magnago immer auf das Warum des »Los von Trient« eingegangen. Das, betonte er, sei niemals ein »Los von den Trentinern« gewesen, sondern nur von der damaligen politischen Führung in Trient. Schließlich habe sein »Los von Trient« nicht nur Südtirol, sondern auch dem Trentino das II. Autonomiestatut beschert.
Magnago hat in diesem Wahlkampf eine wahre »Tour de force« hinter sich gebracht. Fünfzehnmal ist er in Südtirol aufgetreten, elfmal im Trentino. Die Partei hat ihn diesmal regelrecht gebraucht, um dem befürchteten Ansturm der Grünen Grenzen zu setzen. Im Trentino war Magnago die Wahlkampflokomotive des PATT, und auch in Südtirol ist noch keiner zu sehen auf weiter Flur, der die Menschen so anzusprechen vermag wie er. Weder der Landeshauptmann noch der Obmann können ihm da das Wasser reichen. Vielleicht liegt es an seiner bilderreichen und aus dem Leben gegriffenen Rhetorik, die den Gesetzen der normalen politischen Beredsamkeit so total widerspricht.
Ein übriges tut natürlich die Lebensleistung, die Glaubwürdigkeit einer über 40jährigen politischen Karriere, die in all diesen Jahren nie auch nur im entferntesten vom Schatten eines politischen Skandals berührt war. Statt bei den gestylten Jungen und den vielen, die einfach nichts zu sagen haben, suchen die Leute Erholung und Trost beim großen Alten. Im Trentino, zum Beispiel, sind nicht nur die Nostalgiker gekommen, es war auch viel Jugend da, die den »Vater der Autonomie« kennenlernen wollte. Überfüllte Säle, daran

Stramme Sprüche beim Autonomistentreffen in Borghetto am 29. Oktober 1995. Die Welschtiroler Schützen mit ihren Spruchbändern für die Tiroler Landeseinheit beherrschen das Bild. Der Wandlungsprozeß des zentralistischen Italien könnte neuen Formen regionaler Rückbesinnung Auftrieb geben. Die Südtiroler Volkspartei war mit den Trentiner Autonomisten schon 1948 verbündet. Damals wurde die ASAR, also die Vorläuferin des heutigen PATT, von den Trentiner Christdemokraten vehement bekämpft. Die von Tirol, Südtirol und Trentino angestrebte Europaregion Tirol steht möglicherweise unter einem glücklicheren Stern.

anschließend Autogrammstunden und nicht enden wollende Fototermine wie in Fucine, wo der halbe Saal sich zusammen mit dem Mythos Magnago vom Parteifotografen des PATT abbilden lassen wollte.

»Magnago ist nie vor 2 Uhr von hier weggekommen,« weiß Franco Tretter, der Parteiobmann des PATT, zu berichten. Der massive Wahlkampfeinsatz lasse sich aber nicht allein damit erklären, daß die SVP unbedingt auf die Stimmen des PATT angewiesen wäre. »Soviel, daß der dritte SVP-Senator durchkommt, hätten wir auch ohne ihn bekommen«, geben sich die PATTler sicher. Vielmehr sehen sie in Magnago den einzigen, der sich wirklich um sie kümmert und dem auch das Trentino ein Herzensanliegen ist.

»Von den anderen«, sagt Franco Tretter, »hören wir selten etwas.«

Aus »Extra«/»Il Mattino«, vom 4. April 1992.

Franco Tretter

Der große Vater der Autonomie

Er unterstreicht mit ausladender Gestik jeden Begriff, deutet fast eine Umarmung an, ist bestrebt, mit karger Rhetorik Erinnerungen wachzurufen, die, in präzise geschilderten Ereignissen aneinandergereiht, Gegenstand der Chronik und Geschichte werden. Unmittelbar verweist er auf Tatsachen und Persönlichkeiten, seine Schlagfertigkeit ist imstande, auch die lebendigste Auseinandersetzung zu entschärfen, er greift mit der unerschöpflichen Leidenschaft eines persönlich betroffenen Hauptdarstellers auf Geschehnisse jüngeren Datums zurück, die noch eingehender erörtert werden sollten: So haben die Trentiner Silvius Magnago kennengelernt, diesen »großen Vater der Autonomie«, alle haben ihn geschätzt, viele geliebt.

Für mich bleibt Magnago ein sicherer Bezugspunkt, ein Vertrauter, mit dem mich über ideologische und politische Übereinstimmung hinaus der Glaube an gemeinsame Ideale, das Eintreten für dieselben Werte, brüderlich verbindet. Grundlage ist eine Lebensauffassung, die darauf ausgerichtet ist, Dinge zu schätzen, die ihren Wert zeitlos beibehalten – in der Stunde des Erfolges ebenso wie in der Stunde der Enttäuschung.

Ich hatte das Glück, Magnago in den bewegtesten Jahren unserer jüngeren Geschichte kennenzulernen. Ich sah ihn in den frühen sechziger Jahren vor einer begeisterten Menschenmenge auf dem Dorfplatz von Tuenno im Nonstal, meiner Heimat. Die Autonomie schien gerade in Gefahr zu sein. Die damals herrschende politische Klasse war unfähig, den wahren Beweggrund für Magnagos Kampf zu begreifen, den er in Südtirol für die unantastbaren Rechte seiner Landsleute austrug, und so gab es Anstoß zu immer heftigeren Auseinandersetzungen.

Ich war zwar neu in der Politik, aber der Glaube an die Ideale der Autonomiebewegung – seit jeher in meiner Familie und bei meinen Landsleuten fest verankert – veranlaßte mich, politisch Stellung zu beziehen. Meine politische Überzeugung war noch nicht ausgereift, doch gründete sie auf dem Glauben an die in Jahrhunderten gewachsenen Grundwerte, an unser kulturelles Erbe und an unsere schönsten Traditionen. In Magnagos Worten fand ich die Bestätigung, die ich zaghaft suchte, in seiner Bereitschaft, seine ganze Persönlichkeit für die Sache der Autonomie in die Waagschale zu werfen, in seinem politischen Bestreben, der Autonomie und Selbstverwaltung über Verträge und verfassungsrechtliche Satzungen hinaus ein konkretes Gefüge zu verleihen.

Diese Zeit erlebte ich mit meinen Freunden Mario Pinamonti, Achille Perenthaler, Livio Pinamonti, vielen bereits verstorbenen Anhängern der Autonomiebewegung und allen anderen, die mit uns gemeinsam die Keimzelle der Autonomistenpartei gründeten.

Es geht hier nicht um Persönlichkeitskult. Wer Silvius Magnago kennt, weiß, er ist kein Rhetoriker und war auch nie einer. Er ist ein Mann, der den Dingen auf den Grund geht und auch dann eine friedliche und ehrliche Konfrontation sucht, wenn er hartnäckig eine Sache vertritt, von der er überzeugt ist und für die er jederzeit bereit ist, sich einzusetzen. Man muß sich schon in jene Zeit zurückversetzen, um den Stellenwert der Politik Magnagos richtig einschätzen zu können. Auch sind seine Verdienste zu würdigen, die heute für jedermann einsichtig sind. Nur so kann man den Stellenwert seiner politischen Haltung und den Grund für seine Standfestigkeit verstehen.

Wenn unserem Land, wenn Südtirol und dem Trentino schwere Zeiten erspart blieben, wenn die finsteren Stunden und blutigen Auseinandersetzungen der Vergangenheit angehören, verdanken wir dies gerade der unerschrockenen Art, mit

Mit diesem Wahlplakat stellte die Südtiroler Volkspartei ihr Zugpferd Silvius Magnago in den letzten Jahren ganz in den Mittelpunkt. Die »Wahllokomotive« Magnago zieht auch im Trentino. Mit dem »Los von Trient!« hatte Magnago für Südtirol eine Autonomie erkämpft, die auch den Trentinern zugute kommt.

der Silvius Magnago sich einer überaus schwierigen Aufgabe stellte.
In der Tat ist die Autonomie in Südtirol – wie übrigens auch jene im Trentino – nunmehr eine gefestigte historische Tatsache, und das friedliche Zusammenleben der Sprachgruppen in unserem Land steht nicht mehr zur Diskussion.
Aber über das Verdienst des Politikers hinaus, des Verfechters der Rechte seines Volkes, möchte ich gerne einen anderen Magnago in Erinnerung rufen. Es ist der private Magnago, wie ich ihn bei zwanglosen Besuchen in seinem kleinen Haus in Feldthurns und in seinem Stadthaus in Bozen erlebte: seine Liebe zu Blumen, die er in seinem kleinen, von engen Pfaden durchzogenen Steingarten pflegt, seine Aufmerksamkeit, mit der er dem Besucher Andenken zeigt, Preise, die er beim Scheibenschießen gewonnen, kleine Geschenke, die er bei seinen Fahrten in jeden Winkel unseres Landes erhalten hat, er gewährt Einsicht in seine verdienstvolle Tätigkeit.
An Magnagos Seite stand seine Gemahlin Sofia, eine Ehefrau, die es verstand, immer im Schatten zu bleiben, und doch fähig war, ihm viel Liebe und Heiterkeit zu schenken. Wie könnte ich die häufigen Besuche in Feldthurns vergessen, den herzlichen Empfang, die freundlichen Worte und die Aufmerksamkeit, mit der der Tisch für die Gäste gedeckt wurde? Wie könnte ich die treue Hermine vergessen, die auch spät nachts noch darauf wartete, daß Magnago heimkehrte, und für den sie immer eine warme Suppe bereithielt – eine Frau, der Magnago in aufrichtiger gegenseitiger Zuneigung verbunden ist.
Schließlich möchte ich noch ein persönliches Bekenntnis wiedergeben, das mir der Vorsitzende Magnago eines Abends anvertraute, während wir im Wagen von einer Wahlveranstaltung im Trentino zurückkehrten. Er forderte mich auf, langsam zu fahren und sagte, er sei in seinem Leben dem Tod bereits begegnet. Er gab sich seinen Erinnerungen hin, fast als spräche er zu sich selbst, und erzählte von seinen Kriegstagen, seiner schweren Verwundung, der schlimmen Zeit im Krankenhaus. »Ich verdanke mein Leben meiner Frau«, sagte er. »Als ich sie unverhofft an meiner Seite sah, wußte ich, daß ich es schaffen, daß ich leben mußte, um bei ihr zu bleiben, um ihr jeden Schmerz zu ersparen.«
Ich hoffe, der Herr Obmann verzeiht mir, wenn ich ein persönliches Bekenntnis preisgegeben habe. Ich halte das jedoch für wichtig, um seine Persönlichkeit so darstellen zu können, wie ich es für angebracht halte.
Aber meiner Meinung nach gibt es im Leben Magnagos drei Frauen, an die man sich erinnern sollte. Wie könnte man neben seiner Gemahlin Sofia und der treuen Hermine Frau Ilse vergessen, die Bezugsperson für alle, die sich an die SVP wandten? Frau Ilse war und ist für Magnago eine wahre Stütze. Als Sekretärin und bei Bedarf als Fahrerin, Frau Ilse steht Magnago seit jeher zur Seite.
Ich weiß, es ist schwierig, die Stimmung im Hause Magnago zu schildern, aber ich glaube, in den kleinen Dingen des Lebens, in der alltäglichen Aufmerksamkeit, mit der er sich immer umgab, liegt der Grund für die Zuneigung, die wir alle für ihn empfinden.
Ebenso schwierig ist es, einen Eindruck der Wertschätzung zu vermitteln, die ihm allenthalben entgegengebracht wurde und deren direkter Zeuge ich bei Hunderten Treffen auf Trentiner Boden war: Bei Wahlkämpfen oder anderen Anlässen, bei denen Magnago im Auftrag der Autonomiebewegung in meiner Heimat weilte.
Es sollte genügen, sich an die Menschenmengen zu erinnern, die seinen Worten immer aufmerksam lauschten, an den aufsehenerregenden Erfolg jedes seiner Auftritte, um zu belegen, daß Magnago auch uns Trentinern gehört und daß sein Wirken der Sache der Autonomie tatsächlich genützt hat – unbeschadet jeder billigen Polemik und politischen Einvernahme durch jene Zeitgenossen, die damit lediglich beweisen, daß sie weder die Größe dieses Mannes noch die geschichtliche Tragweite seines Wirkens erfaßt haben.
Die Erinnerungen drängen sich in meinem Gedächtnis: die Besuche im Wallfahrtsort San Romedio, die herzliche Begegnung mit den Ordensbrüdern, die Großherzigkeit, mit der Magnago schenkte, das sachliche Gedenken an Andreas Hofer, den Magnago nicht für einen kriegerischen Feldherrn, sondern für einen Mann hält, der die Rechte seiner unterdrückten Landsleute zu verteidigen wußte. Ich erinnere mich an frohe Stunden in Tovel, an die Treffen mit den befreundeten Schützen in den Weinstuben in Lavis, an den Beifall, mit dem die Menschenmenge Magnago in Rabbi empfing, – von den Höfen herunter und aus allen Dörfern des Tales waren die Leute gekommen – und an das große Fest in Cles zur Feier seines achtzigsten Geburtstags.
Im Bezirk Nonstal waren mehr als dreitausend Menschen gekommen, um ihn reden zu hören und um ihm unermüdlich Beifall zu spenden, da sie in

Magnago einen aufrichtigen Freund unserer Autonomie erkannt hatten. Ich kann nicht vergessen, wie Magnago Marisa Torresani, Franca Penasa und Franco Panizza umarmte und man von ihm Autogramme verlangte, wie es sich für einen großen Star nun eben gehört. Bei dieser Gelegenheit habe ich Magnagos Rührung wahrgenommen: Das war der schönste Dank, den ich und mit mir alle Anwesenden von ihm erhalten haben.
Weiters denke ich an die Begegnungen mit den Autonomisten in Pergine Valsugana. Auch hier war Magnago ergriffen, als ihm in Erinnerung an unsere Gründerväter die Originalfassung der ASAR-Dokumente überreicht wurde: die Defant, Manica, Jellici, Markt, Zanghellini, Pompermeier, Pruner, die Marchetto, die Giongo und alle anderen, die sich für den Kampf um unsere Autonomie entschieden hatten.
Ich erinnere mich auch an die Begegnungen mit der Jugend in Trient in einem zum Bersten vollbesetzten Saal des Regierungspalastes. Auch hier führte Magnago wieder unsere Grundwerte, unsere Tradition, Geschichte, Kultur, kurz, unsere gemeinsamen Wurzeln ins Feld. Dieser Aufruf besitzt – unabhängig von diesem Anlaß – Allgemeingültigkeit und dient als Hinweis, wie man zum Ziel kommen kann: Alle sind verpflichtet, besonders jedoch die junge Generation, sich für die Anliegen der Autonomie und den Schutz der Menschenrechte einzusetzen.
Magnago liebt es, besonders junge Menschen auf positive wie negative Ereignisse unserer jüngeren Geschichte aufmerksam zu machen, er hat das vor kurzem im Trentino bei verschiedenen Anlässen mehrmals getan. Er zeichnet einen politischen Rückblick – unparteiisch –, tritt kompromißlos für die Rechte der deutschsprachigen Südtiroler, aber auch der Bürger ladinischer und italienischer Sprache ein, ist dafür, dem Kaiser zu geben, was des Kaisers ist, und zeichnet auf diesem Weg ein sauberes, überaus realistisches Gesamtbild, das die Grundwerte intensiv gelebter Erfahrung in ihrer reinsten Form zum Ausdruck bringt.
Zum Abschluß möchte ich, auch hier anhand persönlicher Eindrücke, an den Respekt erinnern, den Magnago unbedingt allen erwies, Freunden wie Gegnern.
Bei aller Grundsatztreue ist er immer für Gespräch und Meinungsaustausch eingetreten. Ich erinnere mich an eine Diskussion Magnagos mit dem verstorbenen Senator Kessler. Zwei entschlossene, selbstsichere Männer, die sich im Lauf der Debatte nie zu Übertreibungen hinreißen, das Gespräch nie in einen peinlichen Schlagabtausch ausarten ließen, wie das leider heutzutage im politischen Alltag allzuoft vorkommt.

Franco Tretter, Regionalratspräsident und Parteichef der Trentiner Autonomisten PATT, ist ein großer Verehrer des Politikers Silvius Magnago. Während sich die Autonomistenbewegung im Trentino schon 1948 gespalten hatte, um erst später wieder zusammenzufinden, hatte es Magnago verstanden, die Sammelpartei trotz aller Zerreißproben beisammen zu halten.

Magnagos Achtung galt aber auch den einfachen Menschen. So wünschte er – der Herr Obmann möge es mir nicht übelnehmen –, ausnahmslos sehr gepflegt aufzutreten, die Krawatte sitzt perfekt, und der Anzug ist tadellos. Die Achtung für die anderen beginnt immer bei sich selbst, pflegte er zu sagen.
Die Trentiner Autonomisten verdanken ihm viel. Der Vorsitzende Magnago stand uns immer zur Seite und unterstützte unsere politische Tätigkeit mit seiner reichen Erfahrung und seinem weisen Rat. Viele unserer Erfolge der letzten Jahre sind auch sein Verdienst.
Möge Silvius Magnago noch viele Jahre an unserer Seite verweilen.
Erst kürzlich, nach mehr als dreißig Jahren engster Beziehung, ehrlicher Zuneigung und Freundschaft, hat mir Magnago angeboten, ihn zu duzen. Für mich war das ein bewegender Augenblick, und ich bin ihm für seine Verbundenheit überaus dankbar.

Umberto Gandini

Unwiderstehlich und entwaffnend

Die Primadonna Magnago

Höchstwahrscheinlich gibt es in Südtirol keinen italienischen Spitzenpolitiker, der Silvius Magnago gegenüber nicht Neid empfunden hat. Neid angesichts einer stets aufs neue unter Beweis gestellten Fähigkeit, eine perfekte Wählerstimmenfabrik zu sein, vorteilhafte Kompromisse auszuhandeln, parteiinterne Konflikte stets beschwichtigen zu können – um auch in Augenblicken bedrohlicher Zerrissenheit geschlossen aufzutreten –, die Interessen der eigenen Gruppe wahrzunehmen, ohne sich bei den anderen völlig unbeliebt zu machen. Wurde Magnago von den politischen Führungskräften – nicht nur Südtirols, sondern auch des Trentino und in gewissen Momenten Roms – beneidet, so wurde er vom italienischen Durchschnittsbürger (wenn es dieser auch nicht gezeigt oder oft nur zähneknirschend zugegeben hat) schon bewundert.
Es liegt auf der Hand: Der Politiker Silvius Magnago steht unter einem besonderen Stern, den man Charisma nennt.
Doch Charisma allein genügt nicht. Auch Craxi hatte Charisma, aber noch bevor er auf dem Parkett von »Tangentopoli« ausglitt, war er bereits denen verhaßt, die nicht seiner Meinung waren. Auch Mussolini, Hitler und Stalin besaßen Charisma, doch sie erfreuten sich gewiß nicht der Sympathien ihrer Gegner. Die Brüder John und Bob Kennedy hatten Charisma, doch ihre Ausstrahlung vermochte nicht das Aufsteigen jener tiefsitzenden Feindseligkeiten zu verhindern, die schließlich die Hand ihrer Mörder führte.
Im Falle Magnagos war die Situation anders – und ist es auch heute noch in dem Maße, in dem der große Alte der Südtiroler Politik auf der politischen Bühne präsent ist. Sein Charisma war innerhalb wie außerhalb seiner Partei und seiner ethnischen Gruppe lähmend.
Schon möglich, daß er im Privaten, hinter den Kulissen, zuweilen unsympathisch gewesen sein mag oder ist. Doch in der Öffentlichkeit, auf der politischen Bühne, war er unwiderstehlich und entwaffnend.
Eine natürliche Eigenschaft? Zu einem guten Teil sicher. Doch glaube ich, sagen zu können, daß das Charisma Magnagos gepflegt, gebildet, einstudiert war. Silvius Magnago war nicht bloß eine große Politikerpersönlichkeit, die Freund wie Feind in den Bann zog; er ist auch ein großer, sehr großer Schauspieler.
Das habe ich festgestellt, als ich ihm vor vielen Jahren während einer besonders hitzigen Wahlkampagne (es waren die Bombenjahre) von Berufs wegen einige Tage von einem Dorf zum anderen hinterherfahren mußte, von einem Saal in den anderen, und innerhalb kürzester Zeit mindestens bei einem Dutzend seiner Veranstaltungen anwesend war.
Natürlich führte er immer dieselben Argumente ins Feld, mit wenigen situationsbedingten Varianten; doch ließ er es nicht dabei bewenden, mehr oder weniger dieselben Dinge zu sagen, er griff, um das Publikum zu beeindrucken, auch stets – und das ist der Schauspieler – auf dieselben Tricks und dieselbe Mimik zurück. Zuerst schien es, als würde ihm in irgendeinem Zusammenhang plötzlich, wie durch eine Erleuchtung, ein bestimmter, besonders wirkungsvoller oder suggestiver Satz einfallen. Dann hielt er in der Rede inne, machte eine Pause, fuchtelte mit der Hand, als wollte er nach einem Wort greifen, das ihm nicht in den Sinn kam, und plötzlich, mehr als es nur auszusprechen, schleuderte er es ins Publikum. Die Wirkung blieb nicht aus: Verwunderung, Empörung, Enthusiasmus, Applaus. Dann stieg er in den Wagen und fuhr ins nächste, oft nur wenige Kilometer

Südtirols politischer Übervater Magnago, ins Bild gesetzt wie ein Phantom: Die Szene hat etwas Gespenstisches, obwohl sich der Landtagspräsident und SVP-Obmann auf dem Landhausparkplatz nur ganz harmlos bückt, um bei seinem Auto nach dem Rechten zu sehen. Der Schnappschuß eines italienischen Reporters von 1959 ist wie eine Metapher für die Kommunikationsprobleme der Volksgruppen.

Nach dem Schweigemarsch Tausender Kriegsopfer wird Landtagspräsident Magnago mit einer Abordnung von Südtiroler Kriegsopfern bei Vizepräfekt Loricchio vorgelassen. Dem Vertreter des stellvertretenden Regierungskommissars Oscar Benussi wird die zuvor am Landhausplatz verlesene Resolution überreicht. Doch der Regierungsvertreter blieb kühl, meldet die Südtiroler Tageszeitung. Unzählige Südtiroler warteten als Kriegsopfer der ehemaligen deutschen Wehrmacht schon fast zehn Jahre lang auf ihre Renten. Keine Seite fühlte sich zuständig.

entfernte Dorf. Und dort wieder, an derselben Stelle der Rede, unterbrach er exakt im selben Augenblick, hangelte nach dem magischen Satz oder Wort und schleuderte es nach einer erwartungsschwangeren Pause dem Auditorium entgegen, als hätte er es soeben durch eine glückliche Eingebung gefunden – während er in Wirklichkeit schon zum vierten oder fünften Mal innerhalb weniger Tage oder Stunden zum selben Stilmittel griff. Er vermittelte stets den Eindruck, genial zu improvisieren, während er doch gekonnt und trickreich nach dem Drehbuch vorging, dessen Autor, Regisseur und Darsteller er in einem war.
Doch es waren nicht bloß die Argumente: Es waren vielmehr auch die Sprüche eines – wie man so sagt – grandiosen »Rampentigers«.
Die Theatralik Magnagos zieht sich wie ein roter Faden durch alle Abschnitte seiner langen Karriere und hat ihm sicher geholfen, sich in einer drängelnden und streitsüchtigen Truppe wie der SVP durchzusetzen. Als sich Magnago für die Politik entschied, stand keine Interessengruppe hinter ihm, wie es in der Sammelpartei seit jeher üblich ist. Er war nicht der Mann der Bauern, nicht der Wortführer der »liberalen« Bozner Kaufleute, und auch der KVW hatte ihm nicht als Sprungbrett gedient. Er konnte nur auf sich selbst und auf seinen Komödianteninstinkt zählen.
Er hat sich immer auf die erste und grundlegende Gabe aller Bühnengrößen verlassen können: einzuschüchtern, auch schweigend die Aufmerksamkeit auf sich zu lenken, bloß durch die physische Präsenz. Obwohl er schweigt und sich nicht bewegt, während die anderen rezitieren, schreien, herumfuchteln, sind aller Augen auf ihn gerichtet. Wissen Sie noch, wie er das erste Mal die Bühne der Südtiroler Politik betrat? Der Krieg lag noch nicht lange zurück, und Silvius Magnago war noch ein Mr. Nobody, als er an der Spitze eines Kriegsversehrtenzuges der Wehrmacht durch die Straßen von Bozen schritt; sie forderten von den italienischen Behörden die Anerkennung ihrer Rechte. Heutzutage stehen Protestmärsche auf der Tagesordnung, sie beeindrucken niemanden mehr, behindern den Verkehr und irritieren höchstens die Autofahrer. Aber damals war es eine unerhörte

Mehrere tausend Kriegsopfer versammelten sich zum Schweigemarsch am Sonntag, 20. Juni 1954, im sommerlich heißen Bozen. Landtagspräsident Magnago war das Zugpferd an der Spitze des Organisationskomitees. Von Gries ging es über den Mazziniplatz in die Bozner Altstadt. Die Teilnehmer kamen aus allen Teilen des Landes. Sie humpelten auf ihren primitiven Krücken, wurden in Rollwagen geschoben oder auf Liegebetten von ihren Kameraden getragen. Auch Witwen, Waisen und Mütter der gefallenen Soldaten waren durch die Rentenmisere in Not geraten.

Novität, und Magnago nahm die Gelegenheit wahr, sich zu profilieren, betrat das Proszenium und begeisterte das Publikum: ohne etwas zu sagen, alles war nur auf seine dramatische, magnetische Persönlichkeit konzentriert. Kann sich jemand etwa an die anderen Teilnehmer dieser aufsehenerregenden Vorstellung erinnern? Eben nicht, obwohl es sehr viele waren. Der einzige, der sich im Gedächtnis der Anwesenden festschrieb, war er, der zukünftige Hauptdarsteller.

Das heißt nicht, daß Magnago nicht auch eine große Politikerpersönlichkeit ist. Das ist er, und die Ergebnisse bezeugen dies. Doch vielleicht hätte der Politiker ohne die kluge, feine Theatralik nie wirklich den Durchbruch geschafft. Alle oder fast alle Schauspieler können den Monolog Hamlets rezitieren, aber die wenigsten stellen ihn mit solcher Intensität und Gewandtheit dar, daß er auch für den, der ihn auswendig kennt, wie neu erscheint, reich an Wendungen und neuen Bezügen.

Über die theatralischen Fähigkeiten Magnagos zu sprechen, heißt auch, ein schwieriges und delikates Kapitel anzuschneiden: seine Kriegsversehrung. Eines ist gewiß: Diese hat er sich nicht selbst ausgesucht, und er hätte alles dafür gegeben (und gäbe es heute noch), um dieses durch eine Granate an wer weiß welchem Frontabschnitt verletzte Bein wiederzuhaben. Ihm sind auf jeden Fall Respekt und Anerkennung zu zollen, wie allen, die der Pflicht einen Teil von sich selbst geopfert haben. Aber es ist auch klar, daß er, der Realist und berechnende Taktierer (welcher Politiker ist das nicht), von einem bestimmten Zeitpunkt an aus der Not eine Tugend gemacht und seine Behinderung zur Akzentuierung seines theatralischen Talents eingesetzt hat, auch als Maske.

Ohne Heuchelei, wohlgemerkt, ohne Übertreibungen oder Effekthascherei. Im Gegenteil, sehr diskret. Wie um sich zu entschuldigen. Doch der Effekt war stets und allerorts dramatisch und lohnend. Dazu muß man sich lediglich einen seiner zahllosen Auftritte in Erinnerung rufen: auf Kongressen, bei den Versammlungen, im Regionalrat oder im Landtag. Wenn er auftauchte, verstummten alle angesichts seiner ernsten, unwiderstehlichen Ausstrahlung und waren wie festgenagelt.

Er kam herein, den Kopf gesenkt, hager, groß, ein wenig gebeugt und durch die Versehrung noch zarter wirkend. Duldend, aber auch unduldsam, ungeduldig über die eigene Befangenheit. Wie er sich der Krücken vor dem Niedersetzen entledigte, war nicht bloß Notwendigkeit, es war ein Ritus. Unter den Leuten um ihn herum war stets Bewegung, sie halfen ihm, stützten ihn, spielten Nebenrollen – selbst Staats- oder Regierungschefs. Nachdem er sich gesetzt hatte, gab er allen die nötige Zeit, ihn zu beobachten und sich von seiner markanten Gestalt fesseln zu lassen, dann begann er zu sprechen. Das Zittern des Kopfes – als Folge der Kriegsversehrung –, die Gewohnheit (oder Notwendigkeit?), wiederholt die Augen zusammenzukneifen, wie um einen heftigen Schmerz zu besiegen, das Senken des Kopfes, um sich zu sammeln: Das waren durch seine physische Konstitution bedingte Verhaltensweisen, doch ebenso sicher setzte er sie ein, um seinen Auftritten Wirkung zu verleihen.

Ich bin mir bewußt, daß es nicht nur unangebracht, sondern auch als grob, zynisch und in jedem Fall als geschmacklos erscheinen kann, wenn ich auf den Zusammenhang von Behinderung und deren theatralischem Einsatz hinweise. Das ist eine Tatsache, und der Fall Magnago ist nicht der einzige. In den fünfziger und sechziger Jahren gab es den vortrefflichen und populären italienischen Sänger Luciano Tajoli, der sichtlich Kinderlähmung hatte: Er hätte sich als »Normaler« ebenso durchgesetzt, doch man hatte das Gefühl, daß ihm durch die Behinderung große Sympathie entgegengebracht wurde. Wer würde behaupten, daß Ray Charles ein weltbekannter Musiker ist, nur weil er blind ist? Wohl niemand, und doch verstärkt seine physische Konstitution die durch seine Musik hervorgerufenen Emotionen. In der unmittelbaren Nachkriegszeit spielte bei »1860 München« ein guter und intelligenter Ballspieler, der im Krieg einen Arm verloren hatte. Er machte alle Balleinwürfe mit einer Hand, ohne daß der Schiedsrichter oder die gegnerische Mannschaft etwas dagegen einzuwenden hatten. Und er warf viel weiter und genauer.

Magnago setzte seine Behinderung sehr diskret für seine »Arbeit« ein. Und ich würde niemals behaupten, er sei ein großer Schauspieler, wenn sein ganzes darstellerisches Instrumentarium bloß aus dem effektvollen Einsatz seines Unglücks bestünde. Magnago ist kein Schaumschläger, sondern ein raffinierter Darsteller, einer von der Sorte, der alle Situationen auszunutzen versteht. Ich bin sicher, daß er auch ohne Kriegsversehrung ein Hauptakteur auf der politischen Bühne geworden wäre. Man braucht lediglich einige andere Aspekte in Betracht zu ziehen. Die Stimme, zum Beispiel: präzise, bedächtig, einstudiert, kontrolliert. Magnago hat eine Rede nie laut oder schrill begonnen, sondern stets leise, fast murmelnd, als wäre er verlegen, unentschlossen. Ein typisches Mittel der Spitzendarsteller: Zuerst ein stummes, fast hypnotisches Lokken, allein durch die Präsenz, um die Aufmerksamkeit auf sich zu lenken und Ruhe herzustellen; dann eine bewußte Pause, um die Erwartung hochzuschrauben; dann die Sätze gedämpft vorgetragen, und das Auditorium sitzt still, will die Worte erhaschen, schließlich – in den Augenblicken höchster dramatischer Intensität – spitze, fast schrille Töne. Ein vortrefflicher Schauspieler, Vittorio De Sica hätte es nicht besser gemacht.

Man kann auch indirekte Beweise seines zutiefst theatralischen Temperaments anführen. Die seltenen »Fiaskos«, zum Beispiel, oder besser gesagt, die Augenblicke, in denen er nicht der Protagonist war, der er hätte sein wollen. Das geschah immer dann, wenn ihn das Drehbuch, die Szenerie überforderte, oder wenn er sich mit seinesgleichen messen mußte. Wie der Magnago von Sigmundskron: Er hielt eine langatmige, schale Rede, wie zerstreut; als beunruhige ihn der Gedanke, durch die fahnenschwingenden und Plakate tragenden Burschen auf dem Gemäuer der Schloßruine um die Show und die Sprüche gebracht zu werden. Es war eine mittelmäßige Darstellerleistung. Er war froh, als die Kundgebung zu Ende ging. Magnago war zweifellos der »Mann von Sigmundskron«, doch mehr als Regisseur denn als Protagonist: Protagonisten waren die Menge und die Emphase des historischen Moments.

Dasselbe passierte in der langen Nacht des Pakets im Kursaal von Meran. Auch dort wurde Magnago von der Handlung, das heißt vom Einsatz, der auf dem Spiel stand, in die zweite Reihe verwiesen, und mußte darüber hinaus mit Brugger und den anderen Befürwortern des »Nein«, die wie er von den Medien umworben waren, das Licht der Scheinwerfer teilen. Er war müde, gewiß, doch man hatte den Eindruck, seine Irritation rührte daher, daß nicht alle Scheinwerfer auf ihn gerichtet waren. Er gewann die politische Schlacht, aber nicht die darstellerische.

Ein weiterer Aspekt des theatralischen Charakters von Magnago läßt sich von seinem Umgang mit Freunden und Feinden ablesen. Er war großzügig

SVP-Obmann Silvius Magnago bei der »Paket-Schlacht« am 22. November 1969 im Meraner Kurhaus. Magnago beherrscht die politische Dramaturgie auf seiner »Bühne«. Er ist der Hauptakteur, dank seiner großen Kunst, politische Botschaften hautnah zu vermitteln.

und weitherzig denen gegenüber, die ihm – auch wenn sie anders dachten – den Rücken stärkten, doch unerbittlich zu allen, die sich ihm entgegenstellten und den Rang auf der Bühne streitig machen wollten. So hat er Josef Raffeiner, Toni Ebner und Hans Dietl systematisch bekämpft, sie, die – zwar aus verschiedenen und häufig gegensätzlichen Gründen – versucht hatten, sich der untergeordneten Rolle (die ihnen das Drehbuch zugewiesen hatte) zu entziehen und sich gleichberechtigt ins Rampenlicht zu setzen. Dafür hielt er sich stets den nützlichen, doch farblosen Alfons Benedikter: vorbereitet, ein Arbeitstier, doch ohne jegliches szenische Talent und unfähig, die Aufmerksamkeit für Magnago – die Primadonna – auf sich zu lenken.
Magnago machte – wie alle Darsteller mit einer ausgeprägten und durchsetzungsstarken Persönlichkeit – nicht Schule, umgab sich nicht mit Schülern, und zog keine Kronprinzen heran. Jahrelang kündigte (oder drohte) er seinen Abgang von der Bühne an, doch vertagte er ihn ebensooft: froh über seine Unersetzbarkeit, genoß er auch die Schmeicheleien und Verlockungen der internen Rivalen, die – obwohl sie auf ihren günstigen Moment warteten – natürlich die negativen Auswirkungen auf das Inkasso (sprich die Wählerstimmen) eines Rückzugs Magnagos aus der politischen Arena befürchteten.
Der Hauptdarsteller Magnago hat ein Vakuum um sich herum erzeugt, er war ein strahlendes Monument, und kein Name war auf den SVP-Werbebroschüren- und Wahlplakaten so wirkungsvoll wie seiner. Riz und der junge Brugger sind gewiß hervorragende und scharfsinnige Politiker, aber sie waren niemals Stars. Sie bewegen sich klug hinter den Kulissen, doch ziehen sie durch ihren bloßen Auftritt die Leute nicht wirklich in Bann. Durnwalder hat da schon mehr Temperament: Er ist jedoch mehr dem leichten Fach, der Komödie, zugetan. Tragödien inszenieren und tragische Gesänge anzustimmen, würde ihn gewiß in Verlegenheit

Alcide Berloffa, Präsident der Sechser- und Zwölferkommission. In diesen Autonomiegremien sind Staat und Land gleich stark vertreten. Alfons Benedikter und Roland Riz waren Südtiroler Kommissionsmitglieder. Berloffa verlor sein Amt unter der 1994 ans Ruder gekommenen Rechtsregierung. Der Exponent des autonomistischen DC-Flügels mußte dem Druck der nationalistischen Rechten weichen.

bringen. Er kann sich nicht langsam, distanziert in Szene setzen, wie von einem Lichthof umgeben, schweigend, und dieses Schweigen fast bis zur Verzweiflung ausdehnen, seine Gesten und das anfängliche Schweigen dramatisch so aufladen, daß Worte überflüssig scheinen: eben das, was Magnago mit unnachahmlicher Gewandtheit beherrscht hat. Das heißt natürlich überhaupt nicht, daß Magnago nicht an das geglaubt hätte oder glaubte, was er sagt, und es heißt auch nicht, daß er seine Rolle bloß bravourös gespielt hätte, ohne von ihr überzeugt zu sein und gänzlich darin aufzugehen. Silvius Magnago ist ein großer hypocrités (griechisch: Schauspieler), er ist aber kein Heuchler. Doch hatte man mehr als einmal das Gefühl, daß ihm die Äußerlichkeit der Rolle wichtiger war als die Substanz. Und daß er – hätten ihn Zeit und Umstände nicht nach Südtirol und an die Spitze der SVP geführt – genausogut Hauptdarsteller einer anderen Theatertruppe hätte sein können. Er wäre auf jeden Fall stets der große Mime geworden, der er ist. Als er ankündigte, den Karren und die Truppe zu verlassen – noch viele, viele Jahre bevor er sich wirklich dazu entschloß –, erklärte Magnago unermüdlich, nur darauf zu warten, endlich eine Mittelmeerkreuzfahrt unternehmen oder sich seiner Briefmarkensammlung widmen zu wollen. Vielleicht glaubte er das wirklich, doch in Wahrheit log er. Seit er in Pension ist, glaube ich, hat er die Kreuzfahrt vergessen, und wahrscheinlich bringt er auch nicht viele Stunden mit seiner Briefmarkensammlung zu. Die Philatelie ist eine friedliche und stille Leidenschaft, der man diskret frönt: Sie bringt aber keinen Applaus ein.
Ich stelle mir den Schauspieler Magnago vor, wie er Tag für Tag die politische Chronik liest, als wären es Kritiken von Aufführungen, bei denen er als Darsteller ausgefallen ist: Auf der Suche nach falschen Tönen und Versprechern dessen, der jetzt seine Rollen spielt, seine Paradepferde reitet und dabei weniger brilliert, oder auf der Suche nach falschen Einsätzen und mißlungenen Abgängen derer, die ihn ersetzen, ohne seine Begabung zu besitzen; auf der Suche nach falsch betonten, vergeudeten Pointen, mit denen er wer weiß welche aufsehenerregenden Effekte erzielt hätte. Und – wie alle Vollblutdarsteller, berauscht vom Publikum – leidet er wahrscheinlich unter der Situation des Pensionärs, dem es augenscheinlich nicht gelingt, abseits zu stehen. Man muß ihn nur darum bitten, und schon teilt er seine Einschätzung mit oder gibt ein Interview. Als die SVP, seine Schauspielertruppe, vor der Spaltung stand, nach der ziemlich grotesken Geschichte mit dem Stadtrat, der gesagt haben soll, alle Zigeuner gehörten vergast, betrat Magnago eilends wieder den Laufsteg, um die Risse zu kitten. Doch es muß für ihn eine bittere und demütigende Erfahrung gewesen sein: Diese unwürdige Schmierenkomödie wäre nie gespielt worden, hätte er vor dem Hochgehen des Vorhangs Einfluß auf das Drehbuch gehabt.
Ich hoffe – nicht für Magnago, sondern für uns –, daß das Schauspiel der Südtiroler Politik nie soweit abrutscht und als letzten Ausweg seine Rückkehr fordert. Doch ich kann ihn mir als Wartenden vorstellen, auf einen großen Augenblick, auf eine dramatische Situation, in der ihn alle lautstark anflehen, wieder aufzutreten, wieder zu spielen; wartend auf das Zeichen für ein spektakuläres Rentrée. Wie Frank Sinatra, der es nicht lassen kann, sein »letztes Konzert« zu geben und in Gedanken schon beim nächsten zu sein.
Und das sind die Achtzigjährigen!

Schauplätze von Attentaten inspizierte der Landeshauptmann normalerweise nicht. Dennoch hierher zu eilen, war die große Ausnahme. Der Anschlag vor dem Gewerkschaftssitz des AGB/CGIL an der Bozner Rombrücke vom 22. Juni 1988 hatte neben den materiellen Schäden das Klima schwer belastet. Magnago mit dem DC-Exponenten Giancarlo Bolognini (rechts) und (links) mit den Gewerkschaftern Alberto Stenico, Günther Rauch sowie Landesrat Giuseppe Sfondrini. Der Journalist Umberto Gandini erinnert sich an die Pfiffe der Menge und Magnagos Gespür für die brenzlige Situation. Er zeigt keine Angst, findet die richtigen Worte und erntet einen befreienden Applaus.

Gian Antonio Stella

»Mein Vaterland ist Österreich, mein Staat Italien«

Magnago aus der Sicht eines italienischen Journalisten

Erstens: »Greif nicht nach den Sternen, aber sei beharrlich beim Möglichen.«

Zweitens: »Sei von dem überzeugt, was du sagst.«

Drittens: »Ein wenig Rhetorik, weil gute Ware auch verkauft werden muß.«

Auf die Frage nach dem wundersamen Rezept seiner politischen Langlebigkeit hat Silvius Magnago stets freimütig die Liste der Ingredienzen aufgezählt. Eines jedoch ist die Theorie, ein anderes die Praxis: In der Küche erkennt man den Künstler daran, wie er die Pfanne schwingt. Und wie er sie geschwungen hat ... Niemand anderer auf der Welt in vergleichbarer Position ist über einen so langen Zeitraum demokratisch in seinen Ämtern bestätigt worden – achtundzwanzig Jahre, zwei Monate und siebzehn Tage als Landeshauptmann der Autonomen Provinz Bozen, vierunddreißig Jahre an der Spitze der Südtiroler Volkspartei, die ihn zwölfmal in Folge wiedergewählt hat. Und zwar nicht etwa per Akklamation, wie in Bananenrepubliken oder in der Sozialistischen Partei Bettino »Bokassa« Craxis, sondern stets in geheimer Wahl und stets nach dem Mehrheitswahlrecht. Anläßlich seiner letzten Wiederwahl am 28. November 1987 hat er – mit kaum hinter seiner Brummbärenmiene verhohlener Freude – schamhaft erklärt: »Sie wissen ja, wie das ist ... Die Leute haben sich mittlerweile an mich gewöhnt, an die hagere Gestalt dieses einbeinigen Alten ... Und dann hab' ich Zeit genug gehabt, neben vielen Fehlern auch gute Dinge zu machen.«

Um den Abschied vom obersten Landesvater zu feiern, hatten sich fast dreitausend Angestellte – Deutsche, Italiener, Ladiner – zu einem »Magnago-Tag« in der Stadthalle versammelt: einhundertzwanzig Gedecke, zweitausend hartgekochte Eier, zweitausend Speck- und Salamibrote, sechshundert Liter »Rotfüßler« und ebensoviel Mineralwasser. »Holladiholladijo! Holladiholladijo!« ließ sich der blinde Telefonist Helmut Insam zu Ziehharmonikaklängen vernehmen, er, der als der beste Jodler des Ostalpenraumes gilt und von seinen Landsleuten zur »goldenen Kehle des Grödentales« gekürt wurde.

Die sechzehn Landesangestellten, die an Magnagos Tisch sitzen durften, hatten vor Aufregung ihre Speisen kaum angerührt. Und zwischen Liedern, Tänzen und Hurras näherte sich Attilio Molé, ein 1949 nach Bozen zugewanderter Kalabrese, verneigte sich mit Tränen in den Augen vor dem greisen Patriarchen und küßte ihm die Hand, als wäre dieser der Papst persönlich: »Landeshauptmann, Sie sind ein Heiliger. Als ich nach Südtirol gekommen bin, war ich verzweifelt, und Sie haben mir tausend Lire gegeben. Das habe ich Ihnen nie vergessen!« Verwundert und angenehm in seiner Eitelkeit berührt, scherzte jener: »O Gott, ich hab's gewußt, daß mich auch viele Italiener mögen. Aber daß es so viele sind ...« Mario Zadra, Direktor des Amts für Verwaltungsinformatik, erklärte: »In vielem stimmten wir Italiener mit ihm natürlich nicht überein. Aber er ist ein anständiger Mensch. Und als Chef dieses Betriebs, wie die Landesverwaltung es ist, war er immer korrekt und unparteiisch. Eine saubere Person, sehr sauber.«

Ein Beispiel: Als er den Landeshauptmannsessel verließ, gab er seinen Dienstwagen zurück. Und mit seinem nicht mehr ganz jungen Alter von siebenundsiebzig Jahren, mit der Last eines beschwerlichen Lebens auf den Schultern, seinen alten Krücken und trotz eines in Rußland verlorenen Beines, beschloß er, sich selbst ans Steuer zu setzen: »Das wär noch schöner. Ich weiß genau, was mir zusteht und was nicht. Wenn ich als Mitglied der Sechserkommission nach Rom muß, dann lass' ich mich hinbringen. Das ist ja weit von Bozen. Aber kaum sind wir zurück, dann schick'

Im Andreas-Hofer-Gedenkjahr 1959 waren Fahnen und Trachten ausnahmsweise erlaubt. Verbote hätten keinen Sinn gehabt. In der explosiven Stimmung hätte ein Funke genügt. Das Magazin »L'Europeo« schickt Italiens Reporterelite ins »Alto Adige«. Giorgio Bocca, Vittorio Zincone, Giorgio Pecorini und Fotografen wie Gianfranco Moroldo vermitteln ein eindringliches Bild.

ich den Chauffeur mit dem Auto weg. Dann komm' ich schon selbst zurecht, danke. Sie glauben doch wohl nicht, daß ich mir auch jetzt noch einen Dienstwagen halte, oder?«

Silvius Magnago hat stets mit äußerstem Nachdruck auf das Bild seiner makellosen moralischen Integrität gehalten. Man hat ihn in diesem halben Jahrhundert hitzigster Autonomiekämpfe alles mögliche genannt: einen Fanatiker, einen Extremisten, Demagogen, Dickschädel, Chauvinisten, Heißsporn und Streithahn. Es wurde ihm nachgesagt, mit den »Bumsern« der sechziger Jahre viel zu nachsichtig verfahren und Italien gegenüber von Rachsucht erfüllt zu sein. Durch seine Härte, seinen Starrsinn, seine Kompromißlosigkeit habe er dazu beigetragen, die Spannungen zwischen den ethnischen Gruppen zu verschärfen. Er hat die Vorwürfe stets unwidersprochen eingesteckt, sportlich. Doch wehe, man zweifelt seine Aufrichtigkeit an!

Als er am 27. April 1991 in Meran die Führung der Südtiroler Volkspartei, seine letzte politische Funktion, Roland Riz übergab, war es diese Aufrichtigkeit, daß selbst unter seinen historischen Feinden (darunter die korrektesten der italienischen Nationalisten) so etwas wie ein stummer Befehl die Runde machte: »Hut ab!« Denn der »größte Feind Roms«, der mutigste, kratzbürstige, unbeugsame Gegner Italiens, diese hochgewachsene, eingefallene und knochige Nervensäge, die ein wenig an Sandro Pertini und ein wenig an Eduardo De Filippo erinnert, hatte sich mit seinem standhaften Nein zu De Gasperi, Tambroni und dann zu Scelba, Moro, De Mita, Craxi und Andreotti der Wertschätzung aller versichert. Francesco Cossiga verlieh ihm eine der höchsten Auszeichnungen des italienischen Staates, wollte ihn zum Cavaliere della Gran Croce ernennen, und der österreichische Außenminister Alois Mock schlug ihn für den Friedensnobelpreis vor, weil er den Dialog der Gewalt vorzog. Ehrenmann alten Schlages, vertraute er dem »Corriere della Sera« einmal an: »Ja, manchmal fühle ich mich noch als Gefangener Italiens. Nämlich immer, wenn ich die Brennergrenze passiere. Dann verspüre ich ein leises Unbehagen, einen kurzen, heftigen Stich im Herzen. Sicher, wenn die Grenze durchlässiger wäre, hätte ich dieses Gefühl nicht, aber so ist es leider nicht. Und dann ist immer noch Rom da, mit seinen verdammten zentralistischen Versuchungen.«

Ansonsten ließ er den Leitstern seiner politischen Philosophie nie aus dem Auge: »Mein Vaterland ist Österreich, ihm gehört mein Herz. Mein Staat ist Italien, und ich will ein guter Staatsbürger sein.« Das ging so weit, daß gerade er, der vier Jahrzehnte hindurch eine »Befreiungskampagne« gegen Rom geführt hatte, im November 1993 Umberto Bossi, den Führer der Lega Nord, wegen seines Aufrufs zum Steuerstreik geißelte: »Ich hätte nie dazu aufgerufen. Ein Mailänder hat natürlich genau wie ich, der österreichische Patriot und italienische Staatsbürger, das Recht, sein Vaterland zu lieben und seinen Staat zu hassen. Es gibt aber Pflichten, die für jeden Staatsbürger gelten – und Steuerzahlen ist eine davon, und zwar unabhängig davon, ob ich mit den Institutionen einverstanden bin oder nicht.« »Auch in einem Staat, der so korrupt ist?« »Ja, auch in einem so korrupten Staat. Wir sind wahrscheinlich die einzige Regierungspartei in Italien, die kein schmutziges Geld eingesteckt hat. Aber unabhängig davon, ob es mir behagt, in einem so korrupten Staat zu leben, bestehe ich darauf: Die Steuern müssen bezahlt werden. Auf jeden Fall. Denn, wenn der Staat in den Ruin treibt, sind wir alle ruiniert.«

Trotz der Unnachgiebigkeit gegenüber der italienischen Regierung ist politischer Realismus seine Maxime, deshalb hat er seine Leute über die Möglichkeit der Wiedervereinigung mit Österreich nie im unklaren gelassen: »Heute ist das eine Utopie, und ich finde es verantwortungslos, gewisse Hoffnungen zu wecken«, wiederholte er noch gegen Ende 1986. »Um die Grenzen zu verändern, müßte man einen Krieg führen, ihn gewinnen und auch überleben. Wir haben zwei Kriege mitgemacht, das ist genug. Lieber bleiben wir auf dem Boden der Realität.« Dann stand er auch dem Terrorismus der sechziger Jahre kritisch gegenüber: »Ich bin aufs entschiedenste gegen Gewalt. Denn der Schwächere verliert immer, auch wenn er recht hat.« Dem Vorwurf, die »Bumser« nie verurteilt zu haben, setzt er entgegen: »Ja, es stimmt, ich habe sie verteidigt. Das waren ja verzweifelte Menschen, die gesehen haben, wie sich die junge demokratische und antifaschistische Republik genauso gleichgültig und arrogant aufführt wie der Faschismus. Diese Menschen haben geglaubt, es gibt keine Alternative. Und seien wir doch ehrlich: Ein wenig recht haben sie schon gehabt. Denn erst nach den Anschlägen hat sich Scelba bequemt, heraufzukommen und nachzusehen, was in dieser Gegend los ist.« Am Tag, an dem die SVP das Paket annahm und den Kampf besiegelte, den Streit beilegte, der in Sigmundskron mit dem Ruf »Los von

Panikstimmung nach der »Feuernacht«. Italien mobilisiert Tausende Soldaten. Südtirol gleicht einer Festung. Sogar eine ausgewogene Zeitung wie »L'Europeo« schlägt jetzt scharfe Töne an. Die Reportage vom 23. Juni 1961 stand unter dem Eindruck der schweren Attentate.

(Umseitiges Bild) Ein Bild politischer Tristesse wie aus einem Fellini-Film. Das Gedenkjahr zum 150. Todestag Andreas Hofers hatte am 20. Februar 1959 seinen feierlichen Auftakt genommen. Giorgio Bocca spürt den scheinbaren Nebenschauplätzen nach: Das Faschingstreiben in Bruneck kann die Probleme nur maskieren. Arbeitsplätze wie in der Brunecker Lodenfabrik waren im bäuerlichen Südtirol die große Ausnahme.

Andrea Hofe

Brunico. Carnevale nelle strade di Brunico. Un gruppo di suonatori, secondo la tradizione, passa di albergo in albergo: una marcia allegra per un bicchiere di vino. A Bruni tutti i paesi a popolazione mista,

r va in fabbrica

iani e tedeschi lavorano fianco a fianco in un lanificio, ma il gruppo tedesco, come in
na posizioni ed autorità. In molti villaggi gli italiani più poveri vengono tedeschizzati.

Der Christdemokrat Aldo Moro hatte für die Autonomie das entscheidende Fundament geschaffen. Zum DC-Chef, Außenminister und Ministerpräsidenten hatte der in Rom an Kummer gewöhnte SVP-Obmann Magnago Zutrauen gefaßt. So kam das Gespräch in Gang.

Trient« aufgenommen worden war, erklärte Magnago, das Faß sei bis auf den letzten Tropfen gefüllt, doch der Hahn zugedreht. Wenn es auch kein DOC-Wein sei (denn alles könne man besser machen), so sei es immerhin ein guter Tafelwein: frisch, fruchtig, ungepanscht. Es obliege nun dem internationalen Gerichtshof, darüber zu wachen, daß niemand den Hahn aufdrehe und das Faß leere.

Ein Faß voller Garantien, Schutzbestimmungen, Gesetze und Klauseln, um die Lage zugunsten der deutschen und ladinischen Volksgruppe auszugleichen und zu verbessern. Und voller Geld. Viel, sehr viel Geld. Luis Durnwalder erbte vom greisen Patriarchen eine Landesverwaltung, die 1991 eine Bilanz von 3700 Milliarden Lire aufwies, fast das Doppelte des Innsbrucker Etats, obwohl das Bundesland Tirol ungefähr 150 000 Einwohner mehr aufweist. Eine enorme Summe, der man – einer Untersuchung des Ökonomen Gianfranco Cerea zufolge – noch einmal 2000 vom Staat für Lehrpersonal, Kasernen, Post, Straßen, Eisenbahn u. a. direkt bezahlte Milliarden Lire hinzurechnen muß. Ein erfreulicher Platzregen.

Einmal fragte ich ihn: »Herr Landeshauptmann, es gibt Leute, die behaupten, Sie seien Rom gegenüber nur deshalb so hart, weil sie Ihren Leuten aufgrund Ihres Namens beweisen wollen, ein Deutscher zu sein wie sie. Stimmt das?« Er meinte: »Ja, ich muß zugeben, daß man deshalb manchmal mißtrauisch ist. Doch lassen Sie mich präzisieren: Mein Vater war kein Italiener, er war Trentiner. Und für uns ist das Trentino, historisch gesehen, das italienischsprachige Tirol.« Ich insistierte: »Aber fühlen Sie sich nun ein wenig als Italiener oder nicht?« Er lachte: »Ich war immer ein Tiroler mit deutscher Erziehung und Kultur. Aber sagen wir so: Vielleicht kann ich bestimmte Sachverhalte besser verstehen als jemand, der Perathoner heißt.« Von den italienischen Regierungschefs, mit denen er persönlich zu tun hatte, schätzte er Aldo Moro am meisten: »Eines Tages ging ich zu ihm in den Palazzo Chigi und fragte ihn: Presidente, wie lange haben Sie für mich Zeit? Und er sagte: Setzen Sie sich und erzählen Sie, machen Sie sich über die Zeit keine Sorgen. Er hat auch drei Stunden zuhören können, ohne ein einziges Mal auf die Uhr zu sehen. Er sagte zu diesem ja und zu jenem nein. Er war aufrichtig.« Wer sich am meisten taub stellte? »Scelba und Segni. Aber auch Forlani. Dieser hörte zu und sagte immer: Ja, ja, darüber reden wir noch. Und drei Monate später haben wir wieder von vorne angefangen.«

Von allen Italienern, mit denen Magnago zu tun hatte, hegt er lediglich gegen Alcide De Gasperi Groll. Im Laufe der Jahre habe er – der Sohn eines italienischsprachigen Tirolers – sein Verhältnis zu Cesare Battisti geklärt, so weit, daß er in ihm »einen Menschen, der für seine Ideale das Leben geopfert hat«, sah. »Einen Menschen, den alle achten müssen, auch die Österreicher, die ihn zum Tod verurteilt haben.« Aber jenes zu De Gasperi nicht: »Bei dem Gedanken, daß man ihn heiligsprechen will, steigt mir das Blut zu Kopf. Ein integrer Mann, um Gottes willen, ja. Tiefsinnig. Ein überzeugter Christ. Doch über Südtirol hat er immer einen Haufen Lügen erzählt. Vielleicht hat er gemeint, Lügen in der Politik seien keine Sünde, ich weiß es nicht. Aber in Paris hat er einen ganzen Berg davon aufgetischt, um erfolgreich abzuschließen. Sagen wir so, ich hätte es verstanden, wenn er ein Sizilianer oder ein Kalabrese gewesen wäre! Aber er: ein Trentiner, ehemaliger Abgeordneter in Wien, er kannte die Geschichte sehr genau. Er hat gewußt, daß Südtirol ein fast ausschließlich deutsches und ladinisches Land ist und

von Italien militärisch besetzt wurde. Er kannte die Situation sehr genau. Und wir werden ihm nie verzeihen, daß er da gelogen hat. Niemals. Wenn er seliggesprochen wird, dann gehen Menschen von hier nicht mehr in die Kirche. Obwohl wir sehr katholisch sind.«
Noch ein halbes Jahrhundert danach erinnerte er sich an den als Kind erlebten Faschismus wie an eine offene Wunde: »Mein Vater war perfekt zweisprachig, er war Richter unter Kaiser Franz Joseph und nach der italienischen Annexion unter Vittorio Emanuele III. Ein Ehrenmann alten Schlages. Ich werde nie vergessen, wie die Polizei gekommen ist und uns gefragt hat: Spricht der Vater zu Hause italienisch oder deutsch? Mein Vater hatte uns eingeschärft: Wenn Sie wiederkommen, sagt ihr, daß ihr mit dem Vater italienisch und mit der Mutter deutsch redet. Das waren die großen und kleinen täglichen Quälereien. Nicht aus dem Gedächtnis zu löschen.« Deshalb stimmte er, obwohl er den italienischen Wehrdienst geleistet hatte, bei der Option 1939 für Deutschland: »Meine Familie wurde auseinandergerissen. Mein Vater hat gesagt: Ich bin zu alt, ich bleib' hier. Meine Mutter und meine Schwester Maria entschieden ebenfalls so. Während ich und meine Schwester Selma uns zum Gehen entschlossen hatten.« Eine dramatische Entscheidung: »Kanonikus Michael Gamper, der Kopf der Dableiber, hat genügend Weitblick besessen: Er sagte, die beiden Diktaturen seien dem Untergang geweiht, und es sei besser, daheim zu bleiben. Damit hatte er recht, wir waren die Opfer eines niederträchtigen und grausamen Pakts, den nur zwei Diktatoren wie Hitler und Mussolini schließen konnten. Dieser Massenexodus war für uns aber wie eine Entscheidung gegen den Faschismus. Er war gegen das Prestige Mussolinis gerichtet, eine Auflehnung gegen seine Übergriffe. Es war ein Fehler, daß wir gingen. Doch meinten wir, es gäbe keine andere Wahl.«

Im Andreas-Hofer-Jahr eine Pilgerstätte: der »Sandwirt« in Passeier. Der 150. Todestag am 20. Februar 1959 mit einer stimmungsvollen Feier war ein festlicher Höhepunkt im kargen Alltag.

Von dieser Tragödie ist ihm der Schmerz geblieben, Kanonikus Gamper nicht verstanden zu haben. Und diese Krücken, die ihm seit einem halben Jahrhundert das linke Bein ersetzen, das im Dezember 1943 an der russischen Front durch eine Granate verletzt wurde und fünfzehn Tage später in Warschau amputiert werden mußte – nach einem endlosen Leidensweg, auf dem er sogar aus einem Flugzeug, das ihn ins Hinterland bringen sollte, in eine Obstwiese gefallen war. Eine Amputation, die er stets mit Würde, Distanz und Ironie trug. Sprach er vor seinen Leuten, die ihn wie einen charismatischen und ein wenig brummeligen Großvater liebten, hat er in seinen Philippiken voll wilder Zuckungen und lustiger Aphorismen, biblischer Invektiven und spitzfindiger juridischer Präzisierungen selten seinen Lieblingsausspruch vergessen: »Herrschaften, wenn ich imstande bin, eine Stunde lang zu reden und nur auf einem Bein zu stehen, dann werdet Ihr es wohl zuwege bringen, gleich lang zu sitzen und still zu sein!«

Wie einst die Magnago-Ära hat auch die Nach-Magnago-Ära ihre Protestszene: Etwa 3.000 Schüler zogen gegen die von oben verfügte Einführung einer schriftlichen Maturaarbeit in der zweiten Landessprache am 7. November 1995 auf die Straße. Es war die erste italienische Studentendemo mit starker Südtiroler Beteiligung. Die Jugend fordert mehr Mitsprache. Landeshauptmann Durnwalder signalisierte Verständnis.

Toni Jop

Bastarde oder Brüder

Zänkereien zwischen zwei Schlaumeiern

Ich war noch um einiges jünger, als ich ihn zum ersten Mal in der ersten Reihe dieses nüchternen und ungeschminkten Szenarios, des Landtags mit seinen Holz- und Rasierwasserdüften, sah. Es war die Zeit der Bomben, der letzten und heimtückischsten Attentatswelle, und alle – Italiener, Deutsche und Ladiner – erlebten sie mit augenscheinlichem Unbehagen, gleich den Gästen eines Abendessens, bei dem ohne ersichtlichen Grund ein Mord geschieht. Und ich – um von ihm reden zu können, muß ich über mich sprechen – war hin- und hergerissen zwischen der mächtigen Faszination, die dieses Land der Zwerge und Gnome – Südtirol – auf mich ausübte, und dem Gefühl, daß sich in diesem schönen Land im verborgenen ein ethnisch legitimiertes Unrecht breit machte. »Der dort«, sagte ein Kollege, »ist Magnago.« Ich betrachtete ihn mit einer fast krankhaften Neugier. Dieses eingefallene faltige Gesicht, die weißen Haare über der hohen aschfahlen Stirn, der Blick gewissermaßen auf Halbmast, aus einer ständig bewegten Silhouette hervorstechend – welche einem Bambus im Sturm glich – das war Teil meines Abenteuers. Man muß nämlich mitdenken, was Magnago für das Volk der Ebenen bedeutet (ich selbst gehöre dem einzigen wirklichen »Wasservolk« an, dem venezianischen): Dort glaubt man, daß die Gesetze der Zwerge und Gnome, die hier das Verhältnis von Volk und seinem Anführer bestimmen, nur in diesen Bergtälern möglich sind: südlich von Trient zerfällt das Land in eine Vielzahl von Stämmen mit einem Führungsrat. In dessen Innerem findet ein beständiger, harter Kampf unter den Anwärtern auf diese Führung statt, den niemand je gewinnen kann: die italienische Demokratie scheint gerade durch die bewußte gegenseitige Vernichtung der Gegner gewährleistet. Aber in Südtirol ist es anders. Hier herrscht nicht die sogenannte »italienische« Ordnung der Dinge (die in Wahrheit gar nicht so spezifisch italienisch ist). Wahrscheinlich, weil es wenig Grund und Boden gibt und die Menschen verstreut leben, gewiß aber, weil der italienische Staat im Laufe der Zeit in diesem Land schändliche historische Grausamkeiten begangen und so die Herausbildung einer umfassenden politischen Artikulation verhindert hat. Nur dort, wo die Umstände das Rollenspiel und das Spiel der Interessen in einer vorpolitischen – um genau zu sein, ethnischen – Phase eingefroren haben, kann es einen wirklichen Anführer geben. Und das ist Magnago, der Anführer einer mächtigen ethnischen Gewerkschaft. Worin besteht nun die Faszination des anderen: Gefällt dem »Walschen« Magnago, weil er ein »duro« ist? Das wollte ich herausfinden. Ich war auch auf den nominalistischen Aspekt der Sache neugierig: »Magnago« – das war schon eigenartig – der Anführer einer deutschsprachigen Minderheit, stolz auf seinen unzweifelhaft italienischen Nachnamen, neben dem »walschen« Journalisten mit eindeutig deutsch-jüdischem Namen. Noch absurder schien mir, daß sich jemand herausnehmen konnte, mich mit der pejorativen Bezeichnung »Walscher« all jenen zuzurechnen, die auf der anderen Seite stehen: Ich bin, wie man so sagt, ein wirklicher Venezianer, und meine Großmutter hat mich gelehrt, daß für uns alle Nichtvenezianer »Walsche« seien, nicht bloß die aus dem Süden oder aus dem Norden, aus dem Osten oder Westen.

Einmal, während der zahlreichen Interviews – die längst angenehme Plaudereien zwischen zwei Schlaumeiern waren –, wies ich ihn auf diesen Um-

Südtiroler Frauen und Mütter vor einer Carabinieristation, banges Warten auf den Ausgang der Verhöre: Bilder aus den sechziger Jahren. Brutale Methoden und Folterungen hatten das Vertrauen in die italienische Justiz zutiefst erschüttert. Doch das Los der Südtiroler weckte auch Mitgefühl. Die Reportagen von »Jack« (Gioacchino) Alberti stammen von einem ausgezeichneten Fotografen mit menschlichem Blick.

stand hin. Wie er reagierte? Ich weiß nicht, ob er sich noch daran erinnert (ich glaube nicht), doch machte er mir ein unvergeßliches Geschenk: Er lächelte. Es überraschte mich, wie sich die Mund- und Augenwinkel in diesem sonst so undurchdringlichen Gesicht nach oben zogen, ein »blasses Lächeln«. Damals dachte ich, daß er ein harter, aber trotz allem guter Mensch ist. Ein gutes Zeichen, weil ich glaube, daß sich Menschen guten Willens immer verständigen können: Und sei es in jenen seltenen Augenblicken, in denen zufällig oder aus Tugend die durch Geschichte und Kultur festgeschriebenen Sprachfiguren hinfällig werden und man »nackt« vor einer Botschaft steht, die jede kulturelle Vermittlung unterläuft und zum Lächeln wird, diskret, aber nicht unterdrückbar. Schon möglich, daß ich so wenig brauche, um glücklich zu sein. Aber damals hatte ich monatelang äußerst besorgt über die von Magnago und der SVP mit frostig bürokratischem Geist verwaltete Politik nachgedacht. Ich hatte nicht das Bild der durch eine gefräßige und jede Differenz einebnende staatliche Autorität an die Wand gedrängten ethnischen Minderheit vor mir. Diese Zeiten waren vorbei. Ich wohnte vielmehr den Dynamiken einer ethnischen Gruppe bei, die produzieren und sich reproduzieren konnte. Und zwar nicht nur dank einer gesicherten, beachtlichen Bilanz, sondern auch dank der politischen und kulturellen Autonomie, des Ergebnisses einer zähen, doch immer ermöglichten Konfrontation zwischen dem Staat und dieser Gemeinschaft, das stimmt; und dank ihrer

Bilder aus dunklen Zeiten: Die Bomben der »Feuernacht« am 11. Juni 1961 versetzten Südtirol in den politischen Ausnahmezustand. Wachen, Kontrollen, Razzien erzeugten ein Klima der Angst. Den aus allen Teilen Italiens zusammengezogenen Soldaten erging es oft nicht viel besser. Sie bewegten sich unter »Feinden«. Immer wieder kam es zu verhängnisvollen Panikreaktionen.

Führungskräfte, ihres »Anführers« Magnago. Doch fragte ich mich, und eines Tages fragte ich dies auch den großen Anführer: Wie italienisch ein Stück Italien noch nach ebenso langer Zeit wäre, hätte man es – aus welchen Gründen auch immer – der deutschsprachigen Welt einverleibt. Das Los des slowenischen Kärnten gibt zur Hoffnung – leider – keinen Anlaß. Wahrscheinlich verstehe ich die Spannungen, die das Verhalten einer organisierten ethnischen Minderheit beeinflussen, ihre Verteidigungsstruktur, nicht bis ins letzte. Ich sagte mir jedoch, wenn es überhaupt jemand verstehen kann, dann bin ich es – nicht weil ich außerordentlich intelligent wäre, sondern weil ich stolzes Mitglied einer Gemeinschaft mit starken, aber – angesichts der alljährlich sinkenden Zahl – sich verlierenden kulturellen Wurzeln bin: der venezianischen. Wir Venezianer sind die letzten Mohikaner.

Die Erinnerung an die vergangenen Härtezeiten, an die erlittene Gewalt, ja das konnte die politische Kälte erklären, aber nicht die geplante, beinahe selbstzerstörerische Ungerechtigkeit. Vieles von dem, was ich sah, war ungerecht. Ungerecht schien mir die diskriminierende Behandlung der italienischsprachigen Bevölkerung; geradezu irrwitzig der Wunsch, Unterschiede zwischen den Ethnien bereits in der Vergabe von Sozialwohnungen zu berücksichtigen, auf den Schulhöfen italienischsprachige Kinder von den deutschsprachigen zu trennen (die doch alle Südtiroler sind); die beharrliche Weigerung der Volkspartei, in den italie-

nischen Kindergärten auf freiwilliger Basis die Erlernung der deutschen Sprache zuzulassen. Und während die Strategie der Spannung durch ein Programm aufrechterhalten wurde, beeilte sich die Macht auf institutioneller Ebene, in der Art der stolzen und überheblichen Kirche, alle Erfahrungen interethnischer Zusammenarbeit zuweilen mit äußerster Heftigkeit auszugrenzen – eine Zusammenarbeit, die von vielen Intellektuellen, Politikern, Gewerkschaftern, Jugendlichen deutscher Muttersprache gegen die vorherrschende Strömung initiiert und von italienisch-, ladinisch- oder zweisprachigen Personen mit ebensolchem Elan gelebt wurde. Ich glaubte, daß man eine ethnische, also nationalistische Opposition gesucht hat; man hat auf die Reaktion einer Gruppe, deren Dialogbereitschaft enttäuscht wurde, gewartet und darauf, daß diese von einem überreizten sprachlichen Über-Ich aufgestachelte und getragene Gruppe das Deutsche entweder ablehnt oder sich ihm nähert. Man benötigte eine ethnische Opposition, vielleicht weil die Parole der SVP jahrzehntelang lautete: »Getrennt siegen wir.« Und dann erstaunte mich, daß in den Jahren des Südtiroler Leids – als es den autochthonen, den DOC-Terrorismus gab, der nicht auf Menschen abzielte – niemand eines dieser vielen zufällig entlang dem Talferufer vom Faschismus errichteten Symbole menschlichen Schwachsinns mit einer Ladung Tritol in die Luft jagte: das Siegesdenkmal. Mich könnte es vielleicht eines Tages interessieren, meine Tochter vor dieses Monument der Barbarei zu führen und ihr zu zeigen, was die Menschen machen, wenn sie Bescheidenheit und Toleranz, Mildtätigkeit und Verstand verlieren. Aber was nützte es ihnen, den Südtirolern, der SVP, Magnago, was nützt ihnen dieses Denkmal, wenn es darum geht, ein gemeinsames Haus zu bauen, für alle, die das schöne Land, seine Traditionen, seine Sprache lieben? »Ihr habt es bewußt nicht in die Luft gejagt«, sagte ich dem großen Anführer eines Morgens bei einer unserer Zänkereien in seinem Arbeitszimmer. »Was zählt mehr, ein Mast oder dieser schwerfällige und mittelmäßige Ziegelhaufen? Wenn Südtirol mein Haus, ein italienisches Haus, wäre und Radetzky es besetzt und die Besetzung mit so einem Faustschlag zelebriert hätte, dann stünde das Denkmal heute nicht mehr, und am rechten Talferufer wäre noch eine Wiese mehr.« Magnago hörte zu und schwieg (was ich erzähle, ist wahr, und ehe ich auch nur ein Wort zurücknehme, lasse ich mich einsperren), er sah mich nicht an, sondern an mir vorbei Richtung Boden, und sein Kopf wippte wie immer. »Ihr wollt ein ewiges Zeugnis für die künftigen Generationen, nicht ein Zeugnis der Dummheit in der Welt, sondern ein Zeugnis dafür, daß dieser Staat der Feind ist und es immer bleiben wird.« Er schaute auf, sah mich an und schwieg, aber es war, als hätte er gesprochen. Im Umgang mit den Mächtigen bin ich nicht zimperlich und erweise ihnen keine Ehrerbietung, auch ihm gegenüber war ich sehr hart, doch kann ich ihm die militärische Ehre nicht versagen: Er war stets loyal, akzeptierte den entschiedensten Widerspruch, er gab mir nie Anlaß zum Zorn, im Gegenteil – darf ich es sagen? – ich hatte mehrere Male das deutliche Gefühl, daß er mit mir Spaß hatte. Wenn er mich etwa zur Weißglut trieb, wie damals, als die Nachricht zirkulierte, die Mischehen seien im Anstieg begriffen, und ich ihn fragte, wie er wohl reagieren würde, wenn sich seine imaginäre Tochter in einen Italiener verlieben würde und ihn heiraten möchte. Anfänglich wollte er nicht antworten, dann gab er nach: Er hätte versucht, die Hochzeit zu verhindern. Warum? Er war drauf und dran, die Geduld zu verlieren, doch ich war längst schon wütend und bereit, es mit dem Zorn des großen Anführers aufzunehmen. »Mogli e buoi dei paesi tuoi«, sagte er. »Zeigen die Statistiken nicht«, fügte er hinzu, »daß der Großteil der Mischehen zum Scheitern verurteilt ist?«
»Wen interessiert das schon«, stieß ich nach, »wenn zwei sich verlieben, werden sie doch nicht die Statistiken über verschiedensprachige Ehepaare studieren. Und wo bleibt die Freiheit des einzelnen, die Freiheit der Frau?« »Sicher, wenn sie wirklich verliebt wäre, hätte ich kaum Argumente, sie zu überzeugen, ich könnte sie nur warnen.«
Der Politiker geriet ins Wanken, und unter der Oberfläche kam der Mensch zum Vorschein, mürrisch, konservativ, leicht irrational, aber ein Mensch. Dr. Magnago, hinter welchem Berg gehört ein Ochse nicht mehr zu Ihrem Land? Wie hat die Weide auszusehen, auf der man den geeigneten Ochsen für einen deutschsprachigen Südtiroler findet? Er schickte mich zum Teufel, und ich wußte, daß er meinen Einwand verstanden hatte. Wäre Dr. Magnago mein Onkel gewesen, hätte ich leichter damit umgehen können: Der Streit hätte sich im Rahmen eines banalen, wenn auch emotional angeheizten Generationenkonflikts abgespielt. Doch Magnago war der Chef, und seine Ängste, seine Überempfindlichkeiten, seine Engstirnigkeiten, seine Uneinsichtigkeiten, sein Ethnozentrismus waren

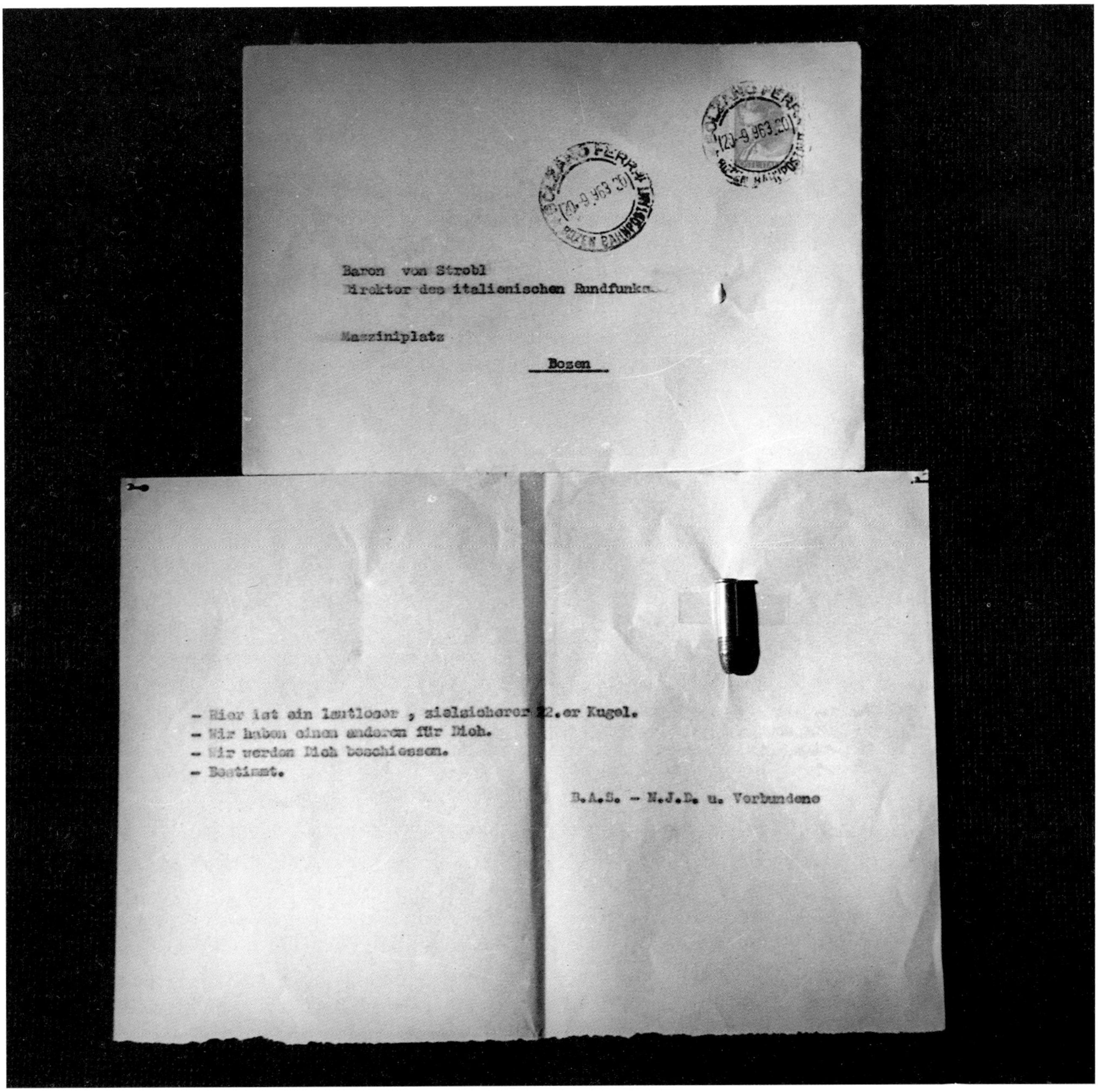

»Briefbomben« aus den sechziger Jahren. Dieser Drohbrief mit Patrone trägt den Poststempel 20. September 1963, ist an den Direktor des öffentlich-rechtlichen Rundfunks RAI in Bozen adressiert und vom B.A.S. (Befreiungsausschuß Südtirol) unterzeichnet. Insider bewerten das Dokument mit größter Vorsicht. Schon die falsche Schreibweise des Namens gibt zu denken. Der RAI-Direktor schrieb sich Fabio Barone de Strobel und leitete den Bozner RAI-Sitz in den »heißen« sechziger Jahren bis 1967. Seine Angst vor Bomben und drohender Gefahr sei geradezu sprichwörtlich gewesen, erinnern sich damalige Mitarbeiter.

nicht marginale Dinge, sondern Politik, nicht Bruchstücke menschlicher, in einem privaten und individuellen Meer von Korrektheiten ertränkte Schwächen, sondern Regierungsinhalt. Seine Verantwortung reichte weiter als jene, mit der ich lieber abgerechnet hätte. Ich räumte ihm mildernde Umstände ein: Wer sich auf das politische Parkett begibt, dem werden Mißtrauen, Verdächtigung und Angst zum Kampfmittel und zur Antriebskraft, und er wird sich ihrer nie, es sei denn durch höhere Gewalt, entledigen, und er wird seinen Mitteln mit der Zeit so dienen, als wären es seine Herren, auch wenn er sie nicht mehr braucht. Die Angst vor der Promiskuität, der Vermischung, der Infizierung wird – wenn sie ethnisch motiviert ist – zu einem Banner auf dem Bollwerk der Rasse. Und niemand wird mich davon überzeugen, daß mit dieser Fahne nicht auch die schaurige Faszination für einen Geist mitschwingt, der Europa und die Welt im letzten Weltkrieg in ein Blutmeer verwandelt hat und für den jetzt Serben, Kroaten und vor allem die bosnischen Muslime geschlachtet werden. Seit jeher werden Fragen des Bluts mit Blut beantwortet, zumindest scheint es so; eine Schicht tiefer erweist es sich als ein banales Problem der Macht – einer Macht, die sich durchsetzen und konsolidieren, etwas in eine ungebrochene Einheit zurückführen will, was in einer entspannteren Situation als Drang nach Pluralität akzeptiert werden müßte; ja, so erledigt man die Unterschiede, dachte ich, damals wie heute. Wie sonst hätte der geduldige Magnago die dunklen Republikaneranwandlungen eines Pahl und die humanistische Kultur eines Frasnelli zusammenhalten können? Der große Anführer kann heute behaupten, daß ihm die Fakten recht geben, daß die Autonomie errungen, sein Volk einigermaßen zufrieden ist und dies alles Verdienst seiner Fähigkeit war, Hund und Katz zusammenzuhalten. Und zum Teil kann ich ihm das bestätigen. Ich werfe ihm jedoch vor, daß er nicht versucht hat, die vielen Südtiroler zu gewinnen, die einen Elternteil »madre« und nicht »Mutter« nennen und denen verboten wurde, das Land, in das sie schuldlos, lediglich mit der Bitte um Liebe und menschliche Beziehungen, gekommen sind, Heimat zu nennen. Ich bin überzeugt, daß Magnago diese Dinge versteht und im Innersten seines Herzens darunter leidet, denn ein Herz hat er – nicht nur ein Gedächtnis. Ich gehe einen Schritt weiter: Ich glaube, daß er – als Durnwalders Schatten – das »Tauwetter« eingeleitet und gelenkt hat. Denn er ist nicht bloß ein Vollblutpolitiker, sondern er besitzt auch eine – wenngleich schematische – taktische Intelligenz. Ich glaube, daß er von der Zweckmäßigkeit zweier Phasen überzeugt war: von der Phase der »Wiedergutmachung« und der des »Tauwetters«. Seine, des großen Baumeisters, Sache war die Wiedergutmachung, und die hat er bekommen, um den Preis, sein Herz in einem Eisberg eingefroren zu haben. Er hat alle Mittel, die ihm zur Verfügung standen, genutzt. Nur einige hat er nicht als solche erkannt: Hat er sich zum Beispiel jemals gefragt, warum sich sein politischer und institutioneller Einsatz für die deutschsprachige Minderheit sehr oft auf einer Ebene abgespielt hat, auf der viele die simple Verteidigung der Rasse mutmaßten? Die italienischsprachigen Südtiroler haben vor der großen Verweigerung in den siebziger Jahren nie forciert nationalistisch gewählt, bis sie zur Kenntnis nehmen mußten, daß sie sich in diesen Tälern nicht heimisch fühlen durften. Ihre Forderung war nicht anmaßend, sondern bescheiden und intelligent: Sie verlangten, ihren Kindern bereits im Kindergarten Deutsch beibringen zu dürfen. Seither sind fünfzehn Jahre vergangen, und man diskutiert noch immer, ob dieser Versuch gestartet werden darf oder nicht – natürlich hat man Experten gehört, eine der vielen lächerlichen Studienkommissionen ins Leben gerufen, um festzustellen, ob es möglich, ob es gut sei, ob es nicht störe; langsam, langsam, bis es in der Schublade ... Aber was soll damit verteidigt werden? Und vor wem? »Die deutsche Sprachgruppe«, sagte Magnago zu mir, »muß vor dem Vordringen einer anderen Volksgruppe, die unsere ursprüngliche Kultur zu verzerren droht, beschützt werden.« Wenn das wirklich das Ziel gewesen wäre, hätte man den Weg mit einem ganz anderen Bewußtsein und erfolgreicher beschreiten können. Es hätte genügt, der Südtiroler Kultur – auch wenn man sie restriktiv als Spielwiese der Tradition und der kohärenten, verhärteten Verhaltensweisen versteht – eine reale Hegemonie einzuräumen, die ja bereits durch die von Magnago erkämpfte außerordentliche politisch-institutionelle und ökonomische Autonomie und den internationalen Schutz garantiert ist; einen Schutz, den Südtirol nicht so sehr dem guten Willen jener Staaten verdankt, in denen die deutsche Sprache vorherrscht, als vielmehr den instinktiven Sympathien, die ihm aus dem gewaltigen deutschsprachigen Hinterland erwachsen. In diesem Rahmen hätte die beschützte ethnische Gruppe ein neues Element nicht fürchten müssen, zumal die-

Die Studentendemonstration in Bozen vom 7. November 1995 gegen die Einführung der schriftlichen Deutsch- und Italienischmatura. Wie einst die Neofaschisten nützt jetzt die Nachfolgepartei Alleanza Nazionale das Protestpotential für ihre Zwecke. Wie einst Magnago hat aber auch das heutige Südtirol mit Konflikten umgehen gelernt. Konflikte sind aus einer Mehrsprachenlandschaft ebensowenig wegzudenken wie die Bereitschaft zum Dialog.

ses sich nur langsam entwickelt und durch die Zugriffsmöglichkeiten eine Garantie gegeben wäre: nämlich durch die Sprache als dem einzigen wirklichen Hort einer Kultur, in der die Bezugsbilder seiner besonderen bewahrten und zu bewahrenden Weltsicht begründet liegen. Aber nein, so war es nicht, und schließlich ist jeder sein eigener Herr im Haus. Niemand wird bestreiten, daß Südtirol in erster Linie jene große Mehrheit ist, die Magnago damals freie Hand gab, um die entscheidende Partie zu gewinnen – nicht so sehr die Partie gegen den italienischen Staat, sondern vielmehr gegen den Staat als zentrale Institution; auf Kosten einer Gesellschaft, die trotz der verschiedenen Ethnien auch komplex, ausdifferenziert und in ihrem Innern solidarisch hätte sein können. Ich träume nicht vom Paradies, sondern möchte nur den einzig gangbaren Weg für ein Europa aufzeigen, das seine Wurzeln, die großen nationalstaatlichen Ordnungen, als nicht hinterfragte ethnische Blöcke in Frage stellt.

Gift und Galle, Magnago: Ich weiß, daß er mir zuhört, weil ich zum Menschen spreche. Der auch Fehler begehen kann. Wie die Jahrzehnte hindurch, als er leugnete, daß Faschisten und Nazis – getrieben von einer auch für deutschsprachige Gebiete ungewöhnlichen Begeisterung – in Südtirol eine Minderheit physisch auszulöschen trachteten, nämlich die jüdische, die nur leben, die Luft dieser Täler atmen wollte, dieselbe Luft, die man diesem Schwein von Mengele einzuatmen erlaubte. Magnago hat man nie auf einer Gedenkfeier für die Opfer des Holocausts gesehen, obwohl auch sie deutsch gesprochen haben und Söhne dieses Landes waren. Eine alte Geschichte? Aber welche Zukunft hat der, der nicht seine Rechnung mit der Geschichte begleicht? Welchen Beigeschmack hat der Einsatz für die Rechte der deutschen Minderheit, wenn man sich nicht den Geistern der Vergangenheit stellt? Deshalb, dachte ich, steht Dr. Magnago auf einer Seite und ich auf der anderen: Er glaubt, daß es eine Ethnie, eine Rasse, gibt, während ich hingegen glaube, daß wir alle Bastarde sind, oder besser Brüder, auch wenn wir es ab und zu vergessen. Ja, ich bin ein Bruder des Dr. Magnago, auch wenn er einen italienischen Nachnamen hat und ich einen deutschen. Beste Glückwünsche, Bruder, und hundert Jahre: Du brauchst sie alle, denn noch ist viel zu tun, und Du kannst es.

Begründer der alternativen Protestszene in Südtirol war Alexander Langer, hier mit den zum Symbol gewordenen »ethnischen Käfigen«: Der Protest richtete sich gegen die vorgeschriebene Sprachgruppenerklärung bei der Volkszählung im Oktober 1981. Der junge Linksintellektuelle hatte als erster erkannt, daß die Autonomie nicht allein von trockenen Paragraphen leben kann. Als Landtagsabgeordneter ab 1978, als »Vater« der italienischen Grünen und als grüner Europaparlamentarier erlangte Langer internationales Ansehen. Sein Freitod am 3. Juli 1995 mit nur 49 Jahren hat Erschütterung ausgelöst.

Alexander Langer †

Kein Gold, wenig Weihrauch und ausgiebig Myrrhe

Silvius Magnago aus der Sicht eines politischen Widersachers*

Mehr schlau als genial, eher krämerisch denn idealistisch, mehr taktisch als strategisch. Trotzdem: Ein Senator auf Lebenszeit wäre die Magnago anstehende Ehrung.

Magnago ist zweifellos der Vater der Südtiroler Autonomie. Er muß als der wirksamste Verfechter der erfolgreichen Durchsetzung der wichtigsten Rechte und Forderungen der deutschsprachigen Südtiroler anerkannt werden.

Insofern war ihm wie wenigen Politikern beschieden, sein selbst gestecktes Ziel auch zu erreichen – und im wesentlichen auf unblutigem, demokratischem Weg. Das ist gewiß keine geringe Bilanz – hat aber auch nicht nur mit dem Format der Personen zu tun, sondern mit zahlreichen Sternstunden und Fallstricken der Geschichte. Adenauer beispielsweise konnte mit Blick auf die Vereinigung Deutschlands nur murmeln, »immer davon reden, nie daran denken«, Gorbatschow hat den demokratischen Übergang zur Perestrojka-Sowjetunion nicht geschafft. Julius Raab hingegen war es vergönnt, mit dem Staatsvertrag die Souveränität Österreichs zurückzugewinnen, De Gaulle konnte Frankreich ohne Bürgerkrieg aus Algerien abziehen, und Ho Tschi Minh durfte den Abzug der Amerikaner und die Herstellung der vietnamesischen Landeseinheit erleben.

Natürlich – wir mögen mit Recht fragen: »vollbrachte Caesar dies allein?« und kennen die Antwort: Gewiß wäre all dies ohne das gemeine Fußvolk – von den Bergbauern zu den »Bumsern« der 60er Jahre, von den Hochschülern zu den Lehrern – nie gelungen, und neben dem obersten Anführer haben so und so viele andere Volksfuhrer größeren und kleineren Kalibers dann mitgewirkt. Doch darf der Wert von Symbolfiguren nicht übersehen werden, und Magnago ist seit der Kundgebung von Sigmundskron 1957 eine solche geworden. Die entscheidende, nach innen und nach außen.

Ein seltsames Geschick, denn Magnago war ja im Grunde nicht aus jenem Holz geschnitzt, aus dem Tirol gemeinhin seine Volksführer bezog: Magnago war kein volkstümlicher Wirt wie Andreas Hofer oder Peter Mayr, kein Bauernkind wie das Mädchen von Spinges, kein Kleriker wie Pater Haspinger oder Kanonikus Gamper, kein Adeliger wie Graf Toggenburg oder Baron Sternbach, kein echter Bürgersmann wie Julius Perathoner und schon gar kein hochgeistiger Idealist wie Michael Gaismair oder Jacob Huter.

Er ist eher eine Beamtengestalt, Angehöriger jener Wehrmachtsgeneration, die nacheinander die italienisch-faschistische und dann die deutsch-nationalsozialistische Uniform und Prägung erhalten und sich nicht gerade als Systemkritiker oder Widerständler hervorgetan haben – nicht einmal als unterschwellige Boykotteure à la Schwejk. Die Erfahrung der beiden Diktaturen, deren Organisationen er pflichtgemäß angehört hatte, und des Weltkrieges, der vor allem gegen »den Russen« und »den Bolschewismus« geführt wurde (aber auch gegen die verkommenen seelenlosen Geld-Demokraten des liberalen Westens), hat Magnago nachhaltig und lebenslang geformt.

Wann und wie der gebürtige Trentiner-Tiroler Magnago zur Endung »-us« und zum y in seinem jetzigen Vornamen gekommen und zum eingefleischten Volksdeutschen geworden ist, dürfte nur im engsten Familienkreis bekannt sein. Und daß Magnago sich selbst als eher mürrisch gestimmten, wenig geselligen Menschen empfindet, der es eigentlich nur seiner landesfremden und dennoch höchst solidari-

Der Landtagsabgeordnete Alexander Langer von der »Alternativen Liste für das andere Südtirol« (links) hat immer wieder für Dialektik gesorgt: hier beim Überreichen eines Memorandums an Landeshauptmann Silvius Magnago und Senator Roland Riz beim Südtirolgespräch im Innsbrucker Landhaus am 21. September 1987. Langer wechselte am 18. Juni 1989 ins Europaparlament.

Auch die »Großen« der Politik sind manchmal zum Schwätzen aufgelegt wie zwei Schulbuben. An Popularität stehen sie sich in nichts nach, »der Magnago« und »der Walli«, wie der Tiroler Landeshauptmann Eduard Wallnöfer genannt wurde. Beide regierten als Patriarchen und hatten doch stets das Ohr am Volk. Gegen soviel Popularität hatte es die Opposition schwer.

schen und einfühlsamen Ehegattin verdankt, daß er nicht zum monomanen misanthropischen Kauz geworden ist, wurde spätestens vor einem Jahrzehnt öffentlich – als die Feiern zur Vollendung seiner 70 Jahre einiges Rampenlicht auch auf den Menschen Magnago lenken.

Man kann ihn sich eigentlich nicht als einen Vordenker ausmalen, der im Kreise ähnlich Gesinnter und durch angeregte Diskussionen Ideen entdeckt, Visionen entwirft, einen weiten Blick schweifen läßt. Eher erscheint er als Sammlertyp – von dem man sich vorstellen könnte, daß die Vollständigkeit und Integrität seiner Serien ihn mit Befriedigung erfüllen, sooft er nachprüft, ob noch alles da und gut erhalten ist. Bei der Gärtnerei verschafft ihm das Ausjäten von Unkraut Genugtuung. Richtig wach wird er – untirolerischerweise – eher am späten Abend, was ihm manchesmal geholfen haben mag, Freunde und Gegner auszusitzen und herumzukriegen.

Magnago hat sich denn auch in einigen Lagern durchgesetzt – den Raffeinern und Ebnern, den Bruggern und Volggern zum Trotz – und wurde schließlich auch von der Gegenseite akzeptiert, geachtet und zuletzt immer mehr bestaunt und bewundert. Der gegenwärtige Magnago-Mythos ist eher in Rom (und teilweise in Trient) entstanden, als daß er auf Südtiroler Hausmist gewachsen wäre – vor allem, seit Magnago ab Mitte der 80er Jahre immer nachhaltiger den Staat Italien vor seinen Nachfolgern in der SVP warnte und klarmachte, daß ein Abschluß – wenn vielleicht auch dornig – noch mit ihm zustande kommen müßte, wenn man sichergehen wollte.

Verbündete hat Magnago stets zu gebrauchen gewußt, ohne je das Heft aus der Hand zu lassen und ohne große Dankbarkeitskomplexe zu entwikkeln. Das sozialdemokratische Österreich, vor allem der dortige »Große Alte« (Bruno Kreisky), wußte davon ein Lied zu singen und fühlte sich nicht selten richtig brüskiert. Bis dann Magnago selbst Ende der 70er Jahre die neue Sprachenregelung vom »Vaterland Österreich« zumindest als verbalen Trost anordnete und damit der Südtiroler Bayern- und Franz-Josef-Strauß-Anhimmelung eins auszuwischen suchte.

Allzu enge Vertraute, mit denen er gemeinsame Pläne aushecken und ein komplizenhaftes Verhältnis aufbauen konnte, scheint Magnago nicht gehabt zu haben: die Kollegen der Wehrmachtsgeneration – Benedikter, Zelger, Fioreschy, Spögler, Tinzl, Brugger usw. – schien er zwar zu achten und hörte wohl auch dann und wann auf sie, von der jüngeren Garde mit Frasnelli, Kaserer, Peterlini, Pahl, Michl Ebner, Waldner, v. Egen und wie sie alle heißen mögen, gab er sich herzlich wenig entzückt. Durnwalder mag er als notwendiges Übel hinnehmen (hätte es aber gerne gesehen, wenn er einige Stufen tiefer auf dem Podest stünde), Saurer dürfte er höher schätzen, und zu seinem Mißvergnügen muß ihm in den letzten Jahren der Verdacht aufgestiegen sein, daß Riz in Wirklichkeit doch eher ein römischer Bluff ist.

Als Politiker wirkt Magnago mehr schlau als genial,

Der junge Landtagsabgeordnete Alexander Langer, damals »Neue Linke/Nuova Sinistra«, bei einem der vielen Straßenproteste gegen die sogenannte »Option 1981«. Langer wehrte sich vehement gegen die ethnische Trennung. Wegen seiner sprachgruppenübergreifenden Visionen wurde er zum »Vermischungspolitiker« gestempelt und galt als »rotes Tuch«.

eher krämerisch denn idealistisch, mehr taktisch als strategisch. Doch letztlich hatte er immer ein klares und festes Ziel im Auge, das recht einfach zu definieren ist: »Wir müssen die deutsche Südtiroler Volkspartei in jeder Hinsicht stärken – Schritt für Schritt – was man dann daraus machen kann, wird man später sehen.« Er wußte, daß man sich als zäher Verhandler nie abfinden darf, eher unterstreichen soll, was noch fehlt, als was schon erreicht wurde, Ziele besser so formuliert, daß eigentlich niemand dagegen sein kann und damit die größtmögliche Einheit herstellt und sich – wennschon – erst übermorgen oder überübermorgen im eigenen Lager in den Haaren liegt. In diesem Sinne war das »Los von Trient« die Quadratur des Kreises, denn damit war bloß gesagt, wovon man sich unmittelbar losreißen, nicht, wohin man endgültig hinsteuern wollte. Daß aber dann das »Paket« eher einer Wäscheliste glich als einem großen Wurf mit einem überzeugenden Konzept (bzw. Wurf und Konzept, die nie von Magnago selber, sondern wennschon viel eher von Moro, Kreisky, Berloffa oder Kessler gesehen und hochgelobt wurden), hängt wohl eng mit Magnagos Taktik und seinem politischen Charakter zusammen. Fürs Kleingedruckte hatte er dann außerdem noch den scharfäugigen Alfons Benedikter und für die Volkstums-Ideologie den überzeugten Rufacher Toni Zelger. (Diesen beiden Gleichaltrigen sollte man übrigens auch die gebührenden Ehren zollen, sind sie doch aus den Licht- und Schattenseiten dieses Bildes nicht wegzudenken).

Magnago machte nie den Eindruck, besonders belesen zu sein oder aus dem Wissen und der Vorstellungskraft anderer großer Geister wichtige Anstöße zu beziehen. Seine Reden zur Eröffnung einer neuen Legislaturperiode, einer SVP-Landesversammlung oder zur Vorstellung eines Haushaltsprogrammes hatten nie die Inspiration und Weihe beansprucht, die manche Politiker derartigen feierlichen Absichtserklärungen oder abschließend wertenden Bilanzen zu geben pflegen.

Hans Jochen Vogel

Auf feste Freunde zählen

Südtirol und die Deutsche Sozialdemokratie

Die Deutsche Sozialdemokratie hat zur Minderheitenfrage stets eine klare Position vertreten. So heißt es im Berliner Grundsatzprogramm der SPD von 1989 in Fortsetzung früherer programmatischer Erklärungen: »Alle Menschen haben ein Recht auf ihre Heimat, ihr Volkstum, ihre Sprache und Kultur. Ein Volksgruppenrecht, das im Einklang mit den Menschenrechten der Vereinten Nationen steht, ist unentbehrlich.«

Diese Formulierung steht voll im Einklang auch mit den einschlägigen Ziffern der »Erklärung der Sozialistischen Internationale zu Minderheiten- und Menschenrechten« vom September 1992. Diese Grundsätze waren und sind für die Haltung der SPD zur Südtirol-Problematik maßgebend. Deshalb hat sie sich stets für die Verankerung der Autonomie und für einen vernünftigen Interessenausgleich auf der Grundlage des Pariser Abkommens vom 5. September 1946 eingesetzt. Ich selber habe beispielsweise als Parteivorsitzender zu diesem Zweck im Herbst 1991 persönlich bei der damaligen Kammerpräsidentin und dem damaligen Ministerpräsidenten in Rom zugunsten des endgültigen Abschlusses der Maßnahmen zur Realisierung des Pakets interveniert. Dabei ging es nach meiner Erinnerung vor allem um die Einrichtung einer eigenen Sektion des Oberlandesgerichts in Bozen und um die Gleichstellung der Sprachen vor Gericht und Polizei. Die Vorlagen waren von der Kammer mehrfach vertagt worden und gelangten erst zur Entscheidung, als sie die Regierung mit der Vertrauensfrage verband.

Der damit erreichte Zustand kann – trotz einzelner im Alltag immer wieder auftretender Streitfragen – als beispielhaft bezeichnet werden. Europa und vor allem Osteuropa – von Südosteuropa ganz zu schweigen – wären um viele ethnische Konflikte ärmer, wenn dieses Modell weithin Nachahmung fände. Die Wahrheit gebietet es, dem die Feststellung hinzuzufügen, daß dieses Modell ohne die auch von italienischer Seite – wenn auch zumindest erst nach zähen Verhandlungen – praktizierte Kompromißbereitschaft und das unermüdliche Engagement Österreichs als Schutzmacht nicht zustande gekommen wären.

Die Zentralfigur in diesem Entwicklungsprozeß war Silvius Magnago. Der Zufall hat gewollt, daß die große Demonstration von Sigmundskron im Herbst 1957 zu einem Zeitpunkt stattfand, zu dem ich als junger Mann meinen ersten Südtirol-Urlaub auf dem Ritten verbrachte. Seitdem habe ich bei regelmäßigen Aufenthalten in Südtirol und auch von München und später von Bonn aus das jahrzehntelange Wirken Magnagos als Parteiobmann und als Landeshauptmann aufmerksam verfolgt. Mehrfach bin ich ihm in dieser Zeit auch persönlich begegnet, einmal auch zu einem ausführlichen Gespräch in seinem Haus in Feldthurns, an das ich mich noch gut erinnere. Naturgemäß war ich als Sozialdemokrat nicht immer und nicht mit allem einverstanden, was er tat oder unterließ. Manchmal hätte ich mir eine noch deutlichere Absage an extremistische Kräfte gewünscht oder noch etwas mehr Verständnis für die in Südtirol ansässigen Italiener. Das hätte es auch den Neofaschisten schwerer gemacht, bei ihren Landsleuten ein so starkes Echo zu finden. Und schließlich ist wohl auch wahr, daß Silvius Magnago die reformerischen Kräfte in seinem Lande, die sich für mehr soziale Gerechtigkeit oder für einen bewußteren Umgang mit der Natur einsetzten, lange Zeit eher mit Skepsis betrachtet hat.

Aber all das ändert nichts daran, daß Silvius Magnago der Sache des Friedens und der Verständigung in vorbildlicher Weise gedient und mit einer bemerkenswerten Festigkeit und Ausdauer immer wieder in die Zukunft weisende Kompromisse zustande gebracht hat, von denen der von der Landesversammlung am 22. November 1969 nur mit knapper Mehrheit gebilligte über das sogenannte »Südtirol Paket« wohl der wichtigste war. Dabei erwies er sich als ein Pragmatiker von hohen Graden, dessen Glaubwürdigkeit auch in Jahrzehnten nie Schaden gelitten hat. Hinzu kam seine persönliche Bescheidenheit und Integrität. So nimmt es nicht wunder, daß er von seinen Landsleuten verehrt, von vielen anderen respektiert, noch zu Lebzeiten zu einer Institution, ja zu einer lebenden Legende geworden ist. Und gerne schließe ich mich denen an, die ihm Dank und Anerkennung zum Ausdruck bringen und für die Zukunft alles Gute wünschen. Sicher wird er den Fortgang der Entwicklung in und um Südtirol, in Italien und auch durch den EU-Beitritt Österreichs weiter zusammenwachsenden Europa auch künftig aufmerksam beobachten. Es würde nicht überraschen, wenn dabei auch ihm die jüngsten Veränderungen in Italien erhebliche Sorge bereiteten. In der Tat hat Südtirol vom Wiedererstarken der Neofaschisten kaum etwas Gutes zu erwarten. Um so wichtiger ist, daß Südtirol auf feste Freunde zählen kann. In Österreich, aber auch in Deutschland und Europa und jeweils wiederum in allen politischen Lagern. Die im Juli 1993, nicht zuletzt durch Initiative der Arbeitnehmer, abgeschlossene Vereinbarung mit der deutschen Sozialdemokratie unterstreicht, daß auch sie zu diesen Freunden gehört. Irritierende Begleitäußerungen, die es anfangs zu dieser Vereinbarung in Bozen gab, gehören erfreulicherweise der Vergangenheit an und haben den fortwährenden lebhaften Gedankenaustausch nicht beeinträchtigt. Dabei soll es auch in Zukunft bleiben.

Der Südtiroler Landeshauptmann und der deutsche Bundeskanzler Helmut Kohl. Unter den großen europäischen Politikern hat Silvius Magnago seinen festen Platz, obwohl er ein vergleichsweise winziges Land regierte.

Bei Magnago konnte man schwerlich von gewolltem britischem »understatement« reden, wo man sich absichtlich nur knapp und bescheiden äußert und mehr durchblicken läßt: Seine Platitüden waren nichts anderes als echte Platitüden, nur wußte er sie so oft und so hartnäckig zu wiederholen, daß schließlich vor allem die italienische Presse darin profunde Geistesblitze ortete. Nur wenn sich seine Stimme überschlägt, schimmert echte Passion durch – vor allem bei Hieben und Gegnern: Mit Stolz darf ich sagen, daß mich Magnago des öfteren durch sein schrilles Gekrächze geehrt hat. Überhaupt waren für ihn die »inneren« Feinde weitaus gefährlicher als die äußeren – was man verstehen kann.

Zu Magnagos Größe gehört zweifelsohne, daß er in der Linie seiner Partei – und des um die Partei sich rankenden Gemeinwesens, das ja auch aus Bauernbund und KVW, Feuerwehr und Trachtenverband bis hin zu Gewerkschaft und Bergrettung bestand – mit seltenem Geschick Kampf und Verhandlung, Ausübung von Regierungsgewalt und zähe politische Opposition, Legalität und gelegentliches Abgleiten über den Rand des Gesetzes hinaus bestens zu vereinen und stets mehrere Register auch gleichzeitig zu spielen wußte. Seine Verhandlungspartner muß er meist eher verachtet haben – doch wußte er sie zu überzeugen und zu verführen.

Mag sein, daß die Früchte eher vom ständigen Wiederholen als von genialen Intuitionen herrührten – was macht's schon aus, wenn's nur saftige und ausgiebige Früchte sind? Selbstgefällig wußte Magnago seine ewig gleichen Boutaden zu verkosten: »Bei uns gibt's keine verschiedenen Rassen, also kann's gar keinen Rassismus geben«. Noch in diesem FF-Interview erwähnt er die grüne Abgeordnete Alessandra Zendron (immerhin vor wenigen Monaten als potentielle Landtagspräsidentin im Gespräch ...) als »wie heißt sie doch gleich? äh, ja, diese Zendron ...«, während er sich nie erlauben würde, etwa den Namen des SVP-Ortsobmannes von Kuens als wenig bekannt hinzustellen.

Modeabhängig ist Magnago offensichtlich nicht: So hat er es sich nicht verbeißen können, Bossi und seine »Lega« trotz großer Wahlerfolge als suspekte Emporkömmlinge im autonomistischen und föderalistischen Lager abzutun: gewissermaßen als blinde Passagiere einer ethnisch motivierten staatsfeindlichen Causa. Gleichzeitig aber bestätigt dies einmal mehr, daß Magnago Südtirol und sein Schicksal immer irgendwie als isolierten Sonderfall sehen wollte – wie demokratisch oder sozial oder föderalistisch es sonst in Italien zugehen mochte, interessierte ihn kaum, weswegen er auch nie wirklich Bundesgenossen suchte und immer in der italienischen Regierung selbst den Partner suchte.

Wieso Magnago so manche Talente, die er hätte einsetzen können, lieber vergraben hat, wird man vielleicht nie voll und ganz verstehen. Warum hat er im Konzert der Volksgruppen und Minderheiten Italiens (und Europas) die Kraft und Erfahrung der Südtiroler nicht auch anderen zur Verfügung gestellt und dadurch vielleicht Demokratie und Vielfalt in der Republik gefördert?

Warum ließ er sich »Trentiner Renegat« schimpfen, statt sein (auch-) Trentinertum positiv auszuspielen und im regionalen und überregionalen Rahmen einzusetzen? Warum hat er sein Prestige im Alpenraum eigentlich nie für allgemeine Anliegen (Alpenschutz, Autonomie und Demokratie ...) zum Tragen gebracht? Ja, warum hat er eigentlich seine vielleicht größte menschliche Leistung – nämlich trotz seiner schweren Kriegsversehrung voll und ganz einsatzfähig zu bleiben – nicht zum Banner und zum Schutzschild für andere behinderte Menschen gemacht?

Magnago hätte das Zeug gehabt, bei allen in Südtirol lebenden Menschen quer durch die Volksgruppen populär und beliebt zu werden – mit den k. u. k. Monarchen hätte er von sich sagen können »amorem meum populis meis«, meine Zuwendung gehört meinen Völkern. Hat er aber nicht. In all seiner bewundernswerten Zähigkeit hat eher die Pedanterie als die Großherzigkeit den Sieg davongetragen. Gedankenflüge, Experimente, intellektuelle Wagnisse waren ihm verdächtig und zuwider, den Eindruck der Kleinlichkeit mochte er von sich aus nicht zerstreuen.

Dafür war und ist Magnago – daran kann man nicht zweifeln – sauber und unbestechlich: heute in der Politik nicht selbstverständliche Voraussetzungen. Auf Geld oder Vorteile war er nie bedacht, Politik war für ihn immer Dienst (nach seinem Verständnis, gewiß), nie Selbstbedienung, Bereicherung war ihm nie der Inbegriff des Amtes oder Mandats. Der Generationswechsel, der inzwischen eingetreten ist, macht diesbezüglich den groben Stilbruch deutlich. Vermarktung von Natur und Idealen sind nach Magnago und den meisten seiner Weggefährten leichter geworden. Magnago wird jetzt zu seinen 80 Jahren viel gefeiert werden, und da kann man es auch gerne übersehen, daß große bleibende geflügelte Worte aus seinem Munde wohl kaum ins Gedächtnis des Volkes eingehen werden. Mag Benedikter als der Erfinder des ethnischen Universalproporzes und Zelger als

Der bayrische Ministerpräsident Alfons Goppel überreicht dem Südtiroler Landeshauptmann Magnago den Bayrischen Verdienstorden im Antiquarium der Münchner Residenz am 8. Juni 1972.

Präger des »je klarer wir trennen, desto besser verstehen wir uns« auf den Begriff gebracht werden und in Erinnerung bleiben, wird Magnago vielleicht einst mit seinem Ausspruch zitiert, daß »wenn es zur Erhaltung der Südtiroler eines Tages notwendig würde, für jeden einen Hubschrauber zu fordern«, er eben dies zu seinem Kampfes- und Verhandlungsziel machen würde.

Sollten nicht sein ehrenvoll erreichtes hohes Alter und seine unleugbaren Verdienste Anlaß werden, ihm nun jene Auszeichnung zuzuerkennen, die schon öfter im Gespräch war und jetzt wirklich »fällig« ist? Magnago mag zum Ehrensenator auf Lebenszeit ernannt werden. Neben Spadolini, Bobbio, Andreotti und Agnelli würde der Republik ein Magnago im Senat wohl anstehen – das würde den »Großen Alten« aus Südtirol vielleicht auch endlich zwingen, die Augen über den Südtiroler Tellerrand zu erheben. Augen, denen nun etwas mehr Güte, Milde und Nachsicht, aber auch bisher vernachlässigte Neugier und Einfühlung nur gut tun könnten.

*** Aus FF Die Südtiroler Illustrierte vom 8. Jänner 1994, S. 14 ff.**

Herzlichen Glückwunsch zum Geburtstag, Herr Landeshauptmann … , kurz vor seinem Abtritt wurde »Landesvater« Magnago zum Fünfundsiebzigsten am 5. Februar 1989 besonders groß gefeiert. Der Politiker Silvius Magnago liebt das Bad in der Menge, mit farbenprächtiger Folklore ist's ihm um so lieber.

Hugo Seyr

Stimmen zum 75. Geburtstag von Landeshauptmann Silvius Magnago

Eine Sendung der Redaktion des RAI-Senders Bozen von Hugo Seyr und Wolfgang Mayr*

In wenigen Wochen übernimmt Landesrat Luis Durnwalder das politische Erbe von Silvius Magnago, der 28 Jahre lang Landeshauptmann von Südtirol war.

LUIS DURNWALDER: Landeshauptmann und Parteiobmann Magnago hat in den letzten 28 Jahren als Regierungschef und in den letzten 32 Jahren als Parteiobmann sicher die Grundlage in Südtirol geschaffen, daß alle drei Volksgruppen, wenn sie wollen, in Südtirol überleben können. Er hat immer gewußt, was er wollte, und war auch imstande, als guter Taktiker und guter Diplomat und als guter Redner die notwendigen Mehrheiten zu finden und seine Programme auch durchzubringen. Vor allem hat er auch immer gute Kontakte zu den römischen Stellen gehabt und in Rom ein sehr hohes Ansehen genossen. Gleichzeitig hat er auch gute Verbindungen mit Österreich und dem gesamten deutschen Spachraum gepflegt. Ich glaube also, daß er das Bestmögliche herausgeholt hat, was als realistischer Politiker herauszuholen gewesen ist.

Seit 1973 ist Pietro Mitolo vom MSI der radikale, konsequente Gegenspieler von Landeshauptmann Silvius Magnago. Mitolos Partei ist seit den Parlamentswahlen von 1987 zur stärksten italienischen politischen Formation im Land geworden, eine Partei, die sich strikt gegen Magnagos Autonomiepolitik wendet.

PIETRO MITOLO: Magnago gehört einer Generation an, die mit vielen Schwierigkeiten konfrontiert wurde. Wir respektieren seine Vergangenheit auch deshalb, weil er ein Frontkämpfer war. Er soll nun den Ruhestand genießen. Wir stehen aber seiner Politik kritisch gegenüber, weil sie die Probleme Südtirols nicht löst. Darüber aber werden wir uns mit seinem Nachfolger auseinandersetzen. Trotzdem: Als fairem Gegenspieler wünschen wir ihm alles Gute.

Nicht in der Opposition, sondern mit Silvius Magnago auf der Regierungsbank saß lange Jahre hindurch Landesrat Remo Ferretti:

REMO FERRETTI: Es waren nicht viele Jahre, nur zehn Jahre! Aber ich habe, glaube ich, den Mann richtig kennengelernt. Er war seriös und engagiert und suchte stets das politische Einvernehmen. Ich habe von ihm gelernt, daß man Geduld braucht. Wer gute Politik betreiben will, muß auch über gute Menschenkenntnis verfügen. Mit mir hat er besonders am Anfang wie ein Vater gearbeitet. Er hat uns seinen Rat gegeben, mit uns viel Geduld gehabt, und er hat manchmal auch verstanden, daß wir über manche Probleme streiten konnten, ohne die Freundschaft, ohne die Geduld zu verlieren. Er hat immer akzeptiert, daß wir, auch wenn wir nicht immer mit ihm und der Volkspartei einverstanden waren, nicht gegen ihn oder gegen die Volkspartei waren, sondern für etwas. Wir waren für die Lösung der Probleme, die wir aufgeworfen hatten.

Der Südtiroler Landtag hat gestern seinen Landeshauptmann Silvius Magnago verabschiedet. Die Laudatio auf den Geehrten hielt die Präsidentin, Frau Rosa Franzelin:

ROSA FRANZELIN: Wenn ich an Dr. Magnago denke, so denke ich an 40 Jahre Aufbauarbeit, an 28 Jahre korrekte Verwaltung. Ich denke auch daran, daß Dr. Magnago das Sinnbild für das demokrati-

Das Urlaubsdomizil des italienischen Staatspräsidenten Sandro Pertini im Langental in Wolkenstein war ein sommerlicher Fixtermin für Südtirols Politikerprominenz. Für die Bitten von Landeshauptmann Magnago hatte Pertini stets ein offenes Ohr.

sche Ringen um die Gleichberechtigung einer Minderheit ist. Er ist das Sinnbild für Demokratie und saubere Verwaltung. Dr. Magnago ist ein Realpolitiker und eine Vaterfigur. Südtirol und Dr. Magnago sind eng miteinander verbunden.

Landesrat Erich Achmüller ist als Vorsitzender der Arbeitnehmer in der Südtiroler Volkspartei gewissermaßen politischer Ziehsohn von Landeshauptmann Silvius Magnago.

ERICH ACHMÜLLER: Magnago hat sicherlich das historische Verdienst, erkannt zu haben, daß die Südtiroler Volkspartei alle Bevölkerungsschichten in sich vereinen muß. Und insofern hat uns Magnago immer Rückendeckung gegeben, wenn es darum gegangen ist, nach mehr Eigenständigkeit zu streben innerhalb der SVP und den Arbeitnehmern mehr Nachdruck zu verleihen in ihren Anliegen, die sie zu vertreten haben. Magnago ist der Inbegriff der Ausgewogenheit, er ist eine Persönlichkeit, die sicherlich in die Geschichte unseres Landes eingehen wird, weil er imstande war, immer auszugleichen. Er war ein großer Taktiker. Er war nicht der große Verwalter, sondern es ist ihm immer gelungen, eine Lösung zu finden, wenn gegenteilige Interessen da waren. Und wer immer zu ihm gegangen ist, der ist nie unbefriedigt weggegangen. Er hat diese große Gabe. Deshalb ist es ihm auch gelungen, so lange an der Spitze unserer Partei und unseres Landes zu bleiben. Und das wird ihm so schnell keiner nachmachen können.

Zwei Legislaturperioden lang hat der Landtagsabgeordnete der Alternativen Grünen Liste, Alexander Langer, Landeshauptmann Silvius Magnago mehr als einmal Paroli geboten.

ALEXANDER LANGER: Ich glaube, daß Magnago oft überschätzt wird. Unter den Blinden ist auch der Einäugige König. Er hat unbestritten große Verdienste um Südtirol. Aber mir scheint, daß Magnago nach dem Entwurf des Pakets irgendwie ständig am Kleingedruckten hängen geblieben ist und nicht mehr die Kraft hatte, entweder in die eine Richtung weiterzugehen, nämlich in die Richtung Versöhnung, oder unter Umständen bei der anderen Linie zu bleiben, nämlich hart auf hart am Konflikt. Und so ist er irgendwie immer in der Mitte stehen geblieben, und mir kommt vor, daß er sich in den letzten zehn Jahren vor allem eigentlich immer mehr auf das Detail zurückgezogen hat und deswegen nicht mehr viel weitergegangen ist. Und das bedauere ich eigentlich ein bißchen, weil mir vorkommt, daß sein Lebenswerk um vieles besser und überzeugender hätte ausschauen können.

Silvius Magnago und sein Geburtstag. Dazu einige Bozner Bürger:

– Frau: Magnago ist in Südtirol ein Mythos. 75 Jahre, man kann ihm nur alles Gute zum Geburtstag wünschen. Aber ich glaube, es ist an der Zeit, daß er seinen Hut nimmt und jüngere Leute in die Politik läßt. Er hat für Südtirol viel getan, aber es kommt für jeden einmal die Zeit aufzuhören.

– Frau: Alles Gute zum Geburtstag!

– Frau: Ich finde es eigentlich wunderbar, daß er sich in diesem Alter noch so für unser Land einsetzt. In diesem Alter sind andere eigentlich schon abgetreten, und er setzt sich noch immer mit einem wirklich jugendlichen Elan für unser Land ein. Ich finde das wunderschön.

– Mann: Also, Magnago stellt für mich als Italiener einen konsequenten Politiker dar, der die Ziele, die er sich gestellt hatte, auch erreicht hat zugunsten der Bevölkerung. Heutzutage betrachte ich Magnago wie einen guten Mann, dessen Zeit aber bereits abgelaufen ist.

Der Dableiber und Industrielle Erich Amonn hat nach Kriegsende die Südtiroler Volkspartei gegründet. Christoph Amonn ist wie sein Vater Erich Unternehmer und in der SVP im Wirtschaftsausschuß aktiv:

CHRISTOPH AMONN: Ich glaube, Herr Dr. Magnago hat wenige andere Hobbys, so daß ihm der langsame Abschied von der Politik sehr schwer fällt. Andererseits, glaube ich, hat er selbst eingesehen, daß die Zeiten sich geändert haben. Nicht nur daß sein Alter höher wird, daß die Zeiten sich geändert haben und daß die Problematik, so wie er sie gesehen hat, also das Verhältnis zwischen Südtirol und Rom, sich ziemlich geändert hat. Und heute muß

Staatspräsident Francesco Cossiga und SVP-Obmann Silvius Magnago verstanden sich gut. Als Ministerpräsident zeigte Cossiga Verständnis für Südtirols Autonomie. Mit Genugtuung erinnert sich Magnago an seinen Abschiedsbesuch im römischen Quirinal. Ein hoher Staatsgast habe warten müssen, so sehr hatte sich Cossiga in die Plauderei mit Magnago vertieft.

man doch ehrlich sagen: Es sind die gesamteuropäischen Probleme, die irgendwo das Paket zwar nicht zu einem Nebenschauplatz machen, aber ihm nicht mehr diese primäre Bedeutung belassen. Und vielleicht ist er auch irgendwie froh, daß diese neue Problematik, in der er nicht so beschlagen ist, in jüngere Hände übergeht. Also ich würde sagen: Mit einer gewissen Wehmut, aber auch mit Realitätssinn sieht Dr. Magnago seinen 75. Geburtstag.

Silvius Magnago wird von der Öffentlichkeit immer als Politiker gesehen: als Landeshauptmann, als Obmann der Südtiroler Volkspartei. Einen völlig anderen Blickwinkel auf seine Persönlichkeit hat Frau Sofia Magnago:

SOFIA MAGNAGO: Er ist – wie soll ich sagen – er ist ein Herr, und nicht nur ein Mann! Er ist ein Herr, und das merkt man daran, daß er alle Situationen wunderbar beherrscht und trotz allem sehr bescheiden geblieben ist. Er nimmt sehr viel Rücksicht auf die Menschen, die ihn aufsuchen und um einen Rat bitten. Als seine ihn liebende Frau sage ich: Da hat er etwas Priesterliches an sich. Er paßt sich an, und er ist sehr chevaleresk. Er hat eine Lieblingsbeschäftigung: das Briefmarkensammeln. Daheim ist er sehr rücksichtsvoll. Es ist so, daß er kein Mitleid will.

Nicht den Landeshauptmann sieht in Silvius Magnago Frau Selma Rabanser, sie sieht in ihm vor allem ihren Bruder:

SELMA RABANSER: Ich habe schon eine große Freude über das, was er geleistet hat. Ich bin froh, daß er jetzt kürzer tritt, weil er ja auch gesundheitlich nicht auf der Höhe ist. Wir haben eine schöne Kindheit gehabt und auch ein gutes Verhältnis immer als Geschwister. Er hat eher ein bißchen zu leiden gehabt unter uns Mädchen. Bei uns daheim hat er nicht viel aufgesteckt, weil wir einfach nicht mitgezogen haben. Wenn er was gesagt hat, dann hat man wohl darüber nachgedacht, aber man hat's einfach nicht für so wichtig empfunden. In der Sommerfrische, da hat er dem Bauern geholfen und alle Arbeiten verrichtet, so daß der Vater sagte, dem müßte man einen Hof kaufen, da hätte er was davon. In der Schule war er nicht gerade ein

Vorzugsschüler, und mein Vater hat halt immer gesagt: »Aus dem Bua werd nix!« Wenn er's erlebt hätte, hätte er wahrscheinlich eine große Freude mit ihm und seinem ganzen Werdegang. Meine Mutter war sehr stolz auf ihn.

Anton Romen stand 30 Jahre als Chef den Bediensteten der Landesverwaltung vor. Romens oberster Vorgesetzter war in dieser Zeit Landeshauptmann Silvius Magnago:

ANTON ROMEN: Dazu kann ich sagen, daß ich nur das Beste von Dr. Magnago als Vorgesetztem berichten kann. Ich habe überhaupt nie ein unwilliges Wort von ihm gehört. Man kann dazu auch noch sagen, daß Dr. Magnago durch seine Persönlichkeit bereits Autorität einflößt, nicht nur durch sein Amt, und daß in der Mitarbeit mit ihm jeder von sich aus und ohne angeregt zu werden, versucht hat, sein Bestes zu machen. Abschließend kann ich nur sagen, ich könnte allen Arbeitnehmern wahrscheinlich keinen besseren Vorgesetzten wünschen als Dr. Magnago.

Herzliche Glückwünsche hat die Landbevölkerung zur Hand. Magnago, der Übervater:

– Mann: Da fällt mir ein, daß ich ihn seit 1969 kenne und ganz großen Respekt habe vor der politischen Beweglichkeit, immer im richtigen Moment das Richtige vorzuschlagen und dadurch immer eine Mehrheit zu haben, die man nicht immer leicht bekommt.

– Mann: Ich wünsche ihm noch einige Jahre Gesundheit, damit er auch seinem Privatleben nachgehen kann, das er wirklich wohl verdient haben wird.

– Mann: Mit Magnago verbindet mich natürlich die Geschichte der letzten 40 Jahre in Südtirol. Er ist d i e charismatische Figur politisch gesehen in Südtirol. Und ich glaube, wenn Magnago jetzt auch teilweise von seinem Posten abgetreten ist, er nach wie vor zu einem größeren Teil parteipolitisch mitbestimmend bleibt in Südtirol.

– Mann: Magnago, das ist der Vater der Südtiroler.

– Mann: Na na, i woaß nix!

– Frau: Zum 75. Geburtstag von Landeshauptmann Magnago fällt mir ein: Wir bräuchten einen Neuen, der im Umweltschutz solche Formulierungen trifft, wie seinerzeit Magnago in Sigmundskron.

Der kommunistische Landtagsabgeordnete und spätere Europaparlamentarier Anselmo Gouthier war viele Jahre hindurch politischer Kontrahent von Silvius Magnago.

ANSELMO GOUTHIER: Magnago hat immer verstanden, daß die Politik, die wahre, die wichtige Politik, stets eine Realpolitik ist. Seine Tätigkeit war – besonders in diesen letzten Jahrzehnten – ein langer Marsch durch das Paket, um eine echte Autonomie zugunsten der Südtiroler Bevölkerung und der Ladiner zu erreichen. Nicht immer aber hat Dr. Magnago verstanden, daß Autonomie stets zusammen mit der Demokratie leben muß, daß echte Autonomie keine Diskriminierung duldet, z.B. der kommunistischen Partei oder der Gewerkschaften. Zusammenfassend: Er hat eine wichtige und interessante Linie verfolgt, aber auch mit großen Mängeln.

Im Rahmen der Paketabschlußdiskussion hat sich Luis Zingerle auf die Seite von Magnago-Gegner Landesrat Alfons Benedikter geschlagen. Luis Zingerle ein parteiinterner Magnago-Kritiker?

LUIS ZINGERLE: Wenn einer wie Dr. Magnago nun im 32. Jahr Obmann der Südtiroler Volkspartei ist und seit dem Jahre 1960 Landeshauptmann von Südtirol, dann kann man unter allen Umständen und auf jeden Fall und ohne jeden Vorbehalt zum 75.Geburtstag einen herzlichen Glückwunsch aussprechen. Das hat nichts damit zu tun, daß man in vielen Dingen, die die Paketpolitik und vor allem die derzeitige Paketpolitik anbelangen, nicht einer Meinung ist. Ich bin grundsätzlich der Ansicht, daß die Südtiroler Volkspartei als Sammelpartei aller Südtiroler nur dann leben kann, wenn auch eine starke interne Opposition gegenüber einer erdrückenden Mehrheit Platz hat und diese Opposition auch dazu beitragen kann, andere Gesichtspunkte in die Partei hineinzutragen.

Egmont Jenny hat die Südtiroler Volkspartei von innen und von außen erlebt. Welches Verhältnis hat er zu Silvius Magnago?

EGMONT JENNY: Ich würde sagen, ein sehr nüchternes. Ich habe eigentlich so persönlich keine Schwierigkeiten gehabt. Ich hab' nur Spannungen erlebt in dem Moment, wo ich andere Ideen, andere Initiativen in die Partei hineinbringen wollte. Und da hat sich dann Magnago, sagen wir, sehr strikt dagegen gewehrt. Ich hab' manchmal das Gefühl gehabt, er wollte seine dominierende Rolle, was ja durchaus verständlich ist, in keiner Weise in Frage stellen lassen auch in der ganzen politischen Ausrichtung. Und das ist der Vorwurf, den ich ihm mache, daß er praktisch eine sehr autokratische Herrschaft geführt hat und deshalb, wie viele Leute in seiner Position, sich mehr politische Zwerglein gezüchtet hat, als die Meinung der anderen anzuhören. Ich würde sagen, es ist ein Grundfehler

Zum Auftakt des Sudetendeutschen Tages in München erhält der Südtiroler Landeshauptmann den »Europäischen Karlspreis« vom Sprecher der Landsmannschaft Walter Bacher am 9. Juni 1973. Mit Blick auf die Tragödie der Sudetendeutschen mit Millionen von Vertriebenen war sich die erste Südtiroler Politikergeneration nach 1945 bewußt, welches Schicksal dem eigenen Land erspart geblieben ist.

mangelhafter Demokratie, die er leider in der Partei meistens betrieben hat.

Magnago-begeistert geben sich Jugendliche. Zu seinem Geburtstag meinen einige Oberschüler:

– Schüler: Magnago ist sicherlich ein wichtiger Mann für Südtirol, und er hat sicherlich Gutes getan für Südtirol, aber irgendwie hat er auch ein bißchen zu harte Ansichten gegenüber der italienischen Volksgruppe.

– Schüler: Es ist schade, daß er nicht länger Landeshauptmann bleibt, weil so eine Persönlichkeit wird nicht noch einmal kommen.

– Schülerin: Herr Dr. Magnago hat viel für Südtirol getan, und ich glaube, die jetzige Situation in Südtirol wäre ohne ihn nicht denkbar.

– Schüler: Sicherlich war er eine große Persönlichkeit für Südtirol. Ich habe großes Vertrauen zu ihm gehabt, und mir tut es leid, daß er zurückgetreten ist.

– Schülerin: Ich bin der Meinung, daß er ein guter Landesvater für alle drei Volksgruppen war.

– Schülerin: Also ich finde es gut, daß Magnago jetzt jüngeren Politikern Platz gemacht hat.

– Schüler: Herr Magnago hat sich sicherlich Verdienste um das Land erworben, er hat viel für unser Land getan, und ich finde, wir müßten ihm aufrichtig danken.

– Schülerin: Viele Junge könnten viel von ihm lernen.

Wie sieht Josef Rampold, Chefredakteur der »Dolomiten«, den fünfundsiebzigjährigen Landeshauptmann:

JOSEF RAMPOLD: Ich darf von einer Art persönlicher Beziehung insofern sprechen, als mir Dr. Magnago als Kriegsteilnehmer irgendwie innerlich nahesteht. Das hat unsere Generation geprägt. Dann war er Bergsteiger, liebt heute noch die Berge, auch das ist ein enger Berührungspunkt. Des

Papstbesuch im Wallfahrtsort Weißenstein. Papst Johannes Paul II. tauscht einen Händedruck mit dem Südtiroler Landeshauptmann, im Beisein von Diözesanbischof Wilhelm Egger (Mitte). Der Schauplatz an der Sprachgrenze war geschickt gewählt für die Versöhnungsbotschaft an alle drei Sprachgruppen. Der Papstbesuch am 17. Juli 1988 fiel in die Zeit heftiger ethnischer Spannungen. Vor der Landtagswahl vom 20. November 1988 hatte die Bombenwelle der achtziger Jahre nochmals einen Höhepunkt erreicht.

weiteren möchte ich betonen, daß ich immer seine integre Persönlichkeit geschätzt habe, sein Sichaufopfern, sein Nicht-an-sich-selbst-Denken, das Leben um einer großen Sache willen. Über seine Politik will ich mich zu diesem Festakt nicht direkt äußern, sondern nur so viel sagen: Immer war ich nicht einverstanden. Das liegt in der Natur der Sache. Es gibt keinen Politiker, der alles richtig macht, der es stets allen recht macht. Zusammenfassend: Ganz gewiß eine bedeutende Persönlichkeit, der unser Land viel verdankt.

Seit 30 Jahren verfolgt Umberto Gandini als Journalist des »Alto Adige« die politische Szene in Südtirol und damit auch die Tätigkeit von Silvius Magnago.

UMBERTO GANDINI: Zwei Momente will ich nur erwähnen. Erstens Sigmundskron. Ich war damals noch ein ganz junger Lokalreporter, verstand sehr wenig von der Südtirolsache. Ich sah eine enorme Menge Leute, sehr aufgebrachte Leute, und das Klima war sehr gefährlich. Da kam Magnago, und ich erinnere mich noch ganz gut seiner ersten Worte. Er sagte: »Ich habe dem Vizeregierungskommissar mein Wort gegeben, daß es zu keinen Ausschreitungen kommen wird.« Und tatsächlich geschah überhaupt nichts.

Das andere Ereignis vor ein paar Monaten: Da hatte es in Bozen ein Attentat auf das Gewerkschaftshaus neben der Rombrücke gegeben. Wieder eine Menge aufgebrachter Leute. Diesmal waren es Italiener, fast nur Italiener. Es gab Buhrufe, es war wirklich eine gefährliche Situation wieder einmal. Und da hat Dr. Magnago – diesmal auf italienisch – ganz wenige Worte gesagt und wieder die Menge ganz fest gebändigt und es geschah wieder nichts. Es gibt viele gute Politiker, aber wenige, die eine so faszinierende Persönlichkeit haben, magnetisch würde ich sagen, die Leute zu bändigen und zur Vernunft zu bringen. Denn die Leute aufbringen, das können viele, aber zur Vernunft bringen, das ist eine große Fähigkeit, die man dem Dr. Magnago sicher zuerkennen muß.

Als Chefredakteur des »Katholischen Sonntagsblattes« und Leiter des Presseamtes der Diözese Bozen-Brixen hat Josef Innerhofer die Entwicklung der politischen Situation, die ja von Landeshauptmann Magnago entscheidend geprägt worden ist, stets aufmerksam verfolgt.

JOSEF INNERHOFER: Wenn ich an Magnago denke, dann denke ich an einen Mann, der die Südtiroler Bevölkerung aus einem Gefühl der Minderheit und der Unterdrücktheit zu einem selbstbewußten Volk heraufgeführt hat. Er ist der Vater des Paketes, ich glaube, das kann man in aller Nüchternheit sagen. Er hat durch sein politisches Geschick sehr viel für Südtirol herausgeholt. Mir persönlich macht Magnago deshalb Eindruck, weil er in der ganzen Politik auch die menschliche Seite nie verloren hat und gleichzeitig ein sehr sauberer Politiker war. Vielleicht war er als Verwaltungsmann nicht immer auf der Höhe seiner Zeit. Auch manche politische Linie kann man mit Fragezeichen versehen. Aber insgesamt bin ich rückblickend doch überzeugt, daß das Südtiroler Volk froh sein kann, in diesen stürmischen Zeiten einen Mann mit solchen Fähigkeiten, mit solcher Konsequenz, aber auch einen Mann mit Humor und Mutterwitz gehabt zu haben.

Seit zwei Jahren ist Alois Partl Nordtiroler Kollege von Landeshauptmann Silvius Magnago.

ALOIS PARTL : Ich kenne Landeshauptmann Silvius Magnago seit Jahrzehnten, insbesondere in der direkten Zusammenarbeit zwischen Südtirol und Nordtirol, seit ich in der Regierung bin, und das sind schon bald 20 Jahre. Und dann vor allem auch im Rahmen der Arbeitsgemeinschaft der Alpenländer und bei vielen Besuchen habe ich ihn persönlich kennengelernt und auch privat einen Eindruck von seinem Leben bekommen. Ich habe eine große Sympathie und einen tiefen Respekt vor diesem Menschen, der sozusagen die Inkarnation des Tirol ist, geradezu eine legendäre Figur auch bei uns in Nordtirol. Er genießt in der Bevölkerung große Hochachtung, und ich freue mich, daß er gesund seinen 75. Geburtstag feiern kann. Ich gratuliere ihm dazu nicht nur persönlich, sondern auch im Namen Nordtirols.

Giulio Andreotti hatte als Außenminister und als Ministerpräsident großen Anteil an der bisherigen Verwirklichung des Südtirolpakets.

GIULIO ANDREOTTI: Gerne entbiete ich zu dieser Gelegenheit meine Glückwünsche. Ich bin Dr. Magnago in den letzten Jahren oft begegnet, und wir haben immer gesehen, daß sich Probleme lösen lassen, wenn man sie ausdiskutiert und objektiv betrachtet. Mir scheint, daß vieles, was Magnago gesät hat, nun geerntet werden kann. Ich wünsche mir, daß die Südtirolpolitik in diesem Geiste fortgeführt werde, denn es ist die einzige Art, dem Zusammenleben zu dienen und der gesamten Bevölkerung Fortbestand und Zukunft zu sichern.

Bruno Kreisky hat als österreichischer Außenminister 1960 und 1961 den Fall Südtirol vor die Generalversammlung der UNO gebracht und so Südtirol zu einer größeren Autonomie verholfen.

BRUNO KREISKY: Er ist sicherlich einer der bemerkenswertesten Menschen, die mir in meinem relativ langen Leben begegnet sind. Er hat irgendwie für mich auch das Leid der Südtiroler symbolisiert, der Menschen in Südtirol, die von ihrem Mutterland abgetrennt wurden. Er war daneben auch ein Mann von großer Nüchternheit, aber gleichzeitig auch von einer gewissen Leidenschaft erfüllt für die Sache seines Landes, wenn ich so sagen darf, »unseres« Landes. Magnago ist meiner politischen Idee ferngestanden. Aber das habe ich ja gelernt in der Zwischenzeit, daß man die Menschen nicht danach beurteilen muß, in welchem politischen Nahverhältnis sie zu einem stehen. Daher stört mich die andere Gesinnung Magnagos überhaupt nicht, ja ich hab' sie nie als störend empfunden. Ich möchte die Gelegenheit benützen, ihm auf diesem Wege zu danken für das, was er für mich bedeutet hat, und zu danken auch für das, was er für unser gemeinsames Vaterland geleistet hat.

*** Zum 75. Geburtstag von Landeshauptmann und Parteiobmann Silvius Magnago gab es am 4. Februar 1989 im Mittagsmagazin des RAI-Senders Bozen eine halbstündige Sondersendung, in welcher sich politische Weggefährten, Menschen aus dem persönlichen Lebensbereich, aber auch Südtirolerinnen und Südtiroler beider Sprachgruppen über Magnago äußerten. Die Sendung gestalteten Hugo Seyr und Wolfgang Mayr. Die Transkription hält sich streng an den Originalton, berücksichtigt lediglich in manchen Fällen die unterschiedlichen Gesetze der Schriftlichkeit gegenüber dem gesprochenen Wort.**

Der Bischof von Bozen-Brixen

Bozen, den 3. Februar 1984

Herrn
Dr. Silvius Magnago
Landeshauptmann von Südtirol
39100 B o z e n

Sehr geehrter Herr Landeshauptmann!

Zur Vollendung Ihres 70. Lebensjahres möchte ich Ihnen meine herzlichen und aufrichtigen Glück- und Segenswünsche übermitteln.

Sie haben ein reicherfülltes Leben hinter sich, und die Vorsehung hat Ihnen Zeiten der Prüfung und Not nicht erspart. Aber Sie haben alle Prüfungen des Lebens aus Ihrer außerordentlich starken Persönlichkeit heraus und in der Kraft und im Glauben an Gott gemeistert und sich dadurch für sich selbst wie für die Gemeinschaft, in der Sie leben, viele Verdienste erworben.

Seit Jahrzehnten sind Sie im politischen Leben unserer Heimat in wichtigen Gremien und seit über 20 Jahren an vorderster Stelle tätig. Sie wissen selbst, wiesehr Sie von allen Seiten geschätzt werden, nicht zuletzt wegen Ihres selbstlosen Einsatzes, der Gradheit Ihres Charakters und der Bereitschaft, sich restlos für die gute Sache hinzugeben. Deshalb beglückwünsche ich Sie auch zu den vielen Erfolgen, die Ihnen beschieden waren.

Kirchlicherseits danke ich Ihnen für die Sachlichkeit, mit der Sie die Sendung der Kirche in unserer Heimat begleitet haben, und für das Verständnis, das Sie der speziellen Aufgabe der Kirche in der menschlichen Gemeinschaft entgegenbringen.

Gerne halte ich Sie gegenwärtig in meinem Gebet, besonders bei der heiligen Messe, und wünsche Ihnen, daß Sie noch Jahre in guter Gesundheit und ungebrochener Schaffenskraft zum Wohl unserer Heimat arbeiten dürfen.

Mit herzlichen Grüßen

+ Joseph Gargitter
Bischof

Bischof Joseph Gargitter und Landeshauptmann Silvius Magnago schätzten und kannten sich aus schweren Zeiten. Als Bischof von Brixen und damals auch Apostolischer Administrator der Erzdiözese Trient hatte Gargitter den Mut, die Folterungen nach der Bombenwelle von 1961 offen anzuprangern. Nach der Presseerklärung des Bischofs vom 11. Jänner 1962 waren die Übergriffe der Justiz nicht länger totzuschweigen.

Wiens Bürgermeister Helmut Zilk und Südtirols Landeshauptmann Silvius Magnago verband eine besonders herzliche Freundschaft. Mit dem Großen Goldenen Ehrenzeichen der Stadt Wien wurde Magnago 1986 ausgezeichnet.

Beatrix Unterhofer

»A schiefes Gsicht hat er amal ghabt im Fernsehen«

Wiener Prominenz, eine Taxlerin und eine Klofrau über Magnago

Im März 1993, ich hatte gerade mein Studium abgeschlossen, kam Magnago als Gast ins Wiener Bundesländerhaus. Ich ahnte die Gelegenheit, diesen Mythos von einem Politiker zu interviewen und das Gespräch an den Rundfunk, Stadtradio Wien, zu verkaufen. Doch so einfach sollte es nicht sein.

Nach einem langatmigen Dreistundenvortrag war der graue hagere Mann müde, aufgebracht und wie bei uns der Volksmund sagt: ganz schön »sierig«. Na servus, dachte ich mir; dabei sollte der Beitrag tags darauf über den Äther gehen. Das wäre nicht gerade eine Paradeleistung von mir, wenn gleich mein erstes Radiointerview in die Hose ginge …

Nach längerem Hin und Her überredete ich ihn doch und stellte meine Fragen. Prompt versammelte sich um das Rednerpult eine Menschentraube, und einige Kriegsveteranen murrten und schimpften etwas von »die Jugend und keinen Respekt vor einem alten Mann«. Schließlich habe er da jetzt stundenlang geredet, und man sollte ihn nicht länger mit dem Mikrophon quälen etc. Dadurch wurde mir die Situation zwar nicht leichter gemacht, aber der alte Mann redete, und mein Tondbandgerät lief.

Nachdem mir Magnago klargemacht hatte, daß es kein Lieblingsbeisl für ihn in Wien gibt, daß er den österreichischen Wein und den Heurigen nicht liebt, weil eh die Südtiroler Weine die einzig besten seien, erklärte er mir seinen ganz persönlichen Bezug zur Wiener Küche: »Ich wurde im Wiener Hartmannskloster, vierter Bezirk, im Jänner '45 zum zweiten Mal nachamputiert, die Schwestern haben sich sehr bemüht, auch wenn ich nach der Operation mit Chloroform bei allergrößtem Brechreiz einen harten Knödl – und wohlgemerkt keinen Tiroler Speckknödel –, einen harten Knödl vorgesetzt bekommen habe …«

So gut in Fahrt, erwartete ich mir auf meine letzte Frage eine pointierte Antwort, einen guten »Sager«, wie es im Fachjargon so schön heißt. »Und abschließend, Dr. Magnago, welchen Bezug haben Sie nun zu Wien, zu dieser Stadt?«

Seiner Gestik zufolge, glaubte ich, der Landesvater würde mir eine Watschen erteilen: »Jo sogn S' amol Freilein, hatten denn Sie an Bezug zu a Stodt, wo sie Ihnen 's leschte Stickl von Hax oargschnitten hom?«

Das Herzstück, nämlich Magnago selbst, hatte ich also im Kasten, sprich auf Band. Jetzt brauchte ich natürlich noch Meinungen. Also machte ich mich auf zu Straßeninterviews. Was hält der Wiener Volksmund von Magnago ? Man weiß, die Wiener Taxifahrer, die »Taxler«, haben einen guten Spruch drauf. Im Fall Magnago hatte ich allerdings Pech. Zwar kenne man den alten Herren aus Fernsehen und Zeitung, aber sonst: »… Ah, Sie meinen den Herrn Magnago, den kenne ich nicht, er ist auch kein guter Fahrgast, weil, so viel mir bekannt ist, hat der eh immer seinen eigenen Chauffeur mit dabei!«

Wie sich dann im weiteren aber herausstellt, kennt man den Südtiroler »Übervater« auch im fernen Wien, und das nicht bloß von seiner offiziellen Seite. Magnagos Persönlichkeit zeigt sich wohl auch daran, mit wie vielen kleinen Details er sich den Menschen einprägt. SOPHIE SCHMITZ, *Geschäftsführerin im internationalen Perückenhaus »Rudolph Schiff« auf der Wiener Kärntnerstraße:*

Eine Perücke gilt als schön, wenn sie so sitzt, daß sie als Perücke unsichtbar ist. Bei Silvius Magnago, diesem Herrn mit seinem schneeweißen Haar – und ich glaube, sofern ich das beurteilen kann, er hat sehr schönes, sehr dichtes Haar – würde ich mich schwer tun mit einer Perücke, denn er hat von Natur aus ganz wunderbare Haare, worum ihn sicherlich viele Damen beneiden. Diesen Kopf würde ich, auch wenn es gegen mein Gewerbe ist, ganz einfach so belassen, wie er ist.

Die Klofrau im WC der niederösterreichischen Landwirtschaftskammer auf die Frage: *Kennen Sie den Silvius Magnago?*
Ja, schon, der ist doch in Italien, oder?
Ja, in Südtirol. Was wissen Sie von ihm?
Nicht sehr viel, des ist zu weit weg von Niederösterreich, a schiefes Gsicht hat er amal gehabt im Fernsehen, aber jetzt ist er wieder gesund, gell ...

INGEBORG PARTL, *Wienerin und Ehefrau des ehemaligen Tiroler Landeshauptmannes Alois Partl, auf dem Tiroler Ball im Wiener Rathaus: Was bedeutet Silvius Magnago für Sie?*
Ich muß sagen, vom ersten Augenblick an, wo ich diesen bedeutenden Mann Europas kennengelernt habe, war ich fasziniert und so sehr begeistert, daß mein Mann fast eifersüchtig werden könnte.
Wenn Sie die Wahl hätten, mit Magnago abseits von Politik und Medienrummel einen freien Nachmittag zu verbringen, was wünschten Sie sich da?
Mir fällt ganz spontan sein wunderbares Sommerdomizil ein, dort mit ihm zu sitzen und die 26 Kirchtürme zu zählen, die man von seinem Platzl aus sehen kann, das wäre schon ein schöner Zeitvertreib.
Ein besonderes Erlebnis mit ihm?
Jede Begegnung, jedes Zusammentreffen.
Magnago, eine Leitfigur, ein Vatertyp für Sie?
Ja, sicher und noch mehr. Er hat immer große Visionen gehabt, und diese Visionen sind ja sogar Wirklichkeit geworden.

Der einstige Wiener Bürgermeister HELMUT ZILK *zur Frage, ob Magnago für ihn eine Leitfigur, ein politischer Vorgänger sei?*
Das ist gar keine Frage, Magnago ist eine der ganz großen Persönlichkeiten, die vor allem in die Geschichte der Zweiten Republik eingegangen ist. Ja, ich weiß, daß diese Einstufung jetzt grenzüberschreitend ist, denn Südtirol gehört nicht zur Österreichischen Republik. Aber ich betrachte Österreich immer als die gemeinsame Heimat unserer Väter, und in diesem Sinne meine ich, daß er eine der ganz starken Persönlichkeiten im deutschsprachigen Raum ist. Er hat die Geschichte Mitteleuropas maßgeblich beeinflußt. Daß Südtirol heute das ist, was es ist, dazu hat Magnago mit seiner starken Strahlkraft, seiner unermeßlichen Geduld und dieser Beseeltheit, mit der dieser Mann Politik gemacht hat, wesentlich beigetragen.
Wenn Sie einen ganz privaten Nachmittag mit Magnago in Wien hätten, wo würden Sie hingehen, was würden Sie machen?
Also, das hatten wir schon. Den Weihnachtsbaum vor dem Wiener Rathaus, der ja jedes Jahr von einem anderen Bundesland kommt – und Südtirol zählt für uns immer ein wenig wie das zehnte Bundesland – hatten wir vor Jahren aus Südtirol. Damals ist Magnago in der Stadt gewesen, und wir sind durch die Straßen und Gassen spaziert und haben in einer Weinkneipe ein Glas Wein getrunken. Ach Gott, ich würde mit ihm das machen, was ich mit jedem normalen Menschen, der sich als guter Freund unserer Stadt erweist – und das tut Magnago allemal – mache!
Gibt es ein persönliches Erlebnis mit Magnago, an das Sie sich besonders gerne erinnern?
Ja, das kann ich schon sagen. Als ich 1978/79 Kulturstadtrat geworden bin, hat der damalige Bürgermeister, spätere Außenminister und Parlamentspräsident Leopold Gratz mich geholt und mir den Auftrag gegeben, mich schleunigst nach Südtirol zu begeben und alles zu tun für bessere Beziehungen. Gratz liebte Tirol und erst recht Südtirol, und er sagte: »Ich habe da immer zu wenig Zeit gehabt und habe es versäumt, aber du mußt das jetzt in die Hand nehmen!« So bin ich dann sehr schnell nach Südtirol gefahren, habe dort einen jungen Mann, der heute eine wichtige Kulturposition innehat, den Dr. Parteli, kennengelernt, der mich ein wenig beraten hat, was wir für Wien und Südtirol, Wien und Bozen tun könnten. Er hat dann auch einen Besuch beim Landeshauptmann organisiert. Dieser hat mich sehr distanziert und sehr streng empfangen, obwohl er mich von früher gut kannte, weil ich ja Fernsehdirektor war und wir uns bei den Bregenzer Festspielen getroffen haben. Magnago hat mich also sehr distanziert und mißtrauisch empfangen und gefragt, was ich denn da mache, denn da tun wollte. Ich sagte zu ihm, ich komme in keiner politischen Funktion, sondern nur um Freundschaftsgrüße zu überbringen und solche wieder mitzunehmen, und wenn Sie glauben, daß ich hier zu Geheimtreffen bin, irren Sie sich. Der einzige, der mich interessiert, sind Sie, und ich komme im Auftrag von Gratz mit offenem Herzen und mit Liebe zu Ihnen, und da ist kein Hinter-

Als europäischer Politiker gewürdigt wird Silvius Magnago mit der Verleihung des Robert-Schumann-Preises im Jänner 1971. Der Präsident des Europaparlaments Reverdin überreicht Magnago die begehrte Auszeichnung in Straßburg. Ein Europäer zu sein, ein Minderheitenproblem im europäischen Sinn zu lösen, dieser Vision war der Südtirolpolitiker Magnago mit seinem altösterreichischen Hintergrund stets verpflichtet.

gedanke dabei. Da hat ein spitzbübisches Lächeln sein Gesicht verziert, und ab dem Augenblick hat er mich ganz liebenswert behandelt. Er wird sich anfangs gedacht haben, wer weiß, was da wieder ins Land kommt, so ein Roter aus Wien mit einer besonders hinterhältigen Absicht, und das war natürlich nicht der Fall.

Damals wurden Sie Freunde.

Ja, das stimmt, wir sind befreundet, sind aber immer bei der Sie-Anrede geblieben, und das finde ich gut, respektiere ich sehr!

Wie würden Sie Magnago charakterisieren?

Ich glaube, er ist eine personifizierte Bergkiefer aus Südtirol, auf kargem Boden gewachsen (damit meine ich, in schwerer Zeit), dennoch immer zum Licht strebend, sich durch nichts behindern lassend, jede Frage, auch wenn sie gescheitert ist, immer wieder von vorne beginnend, ausdauernd, mit Härte, aber auch mit einem unglaublichen Quentchen von jenem Tiroler Charme, der sich erst erschließt, wenn man jemanden besser und näher kennt.

Magnagos Bedeutung für Wien?

Er hat so viel Bedeutung für Wien wie die Figur eines Bruno Kreisky oder Kardinal König für Südtirol, wie alle großen Persönlichkeiten Einfluß auf das Ganze dieser gemeinsamen Heimat unserer Väter haben. Er hat sicher dazu beigetragen, daß die Wiener dem ganzen Tirol – und besonders Südtirol als historisch wichtigerem Teil – so zugetan sind.

Was sagen Sie zu Magnagos Äußerung, er sehe Wien als jene Stadt, »wo sie mir 's letzte Stickl vom Hax amputiert haben«, und was solle er da noch für einen besonderen Bezug haben?

Na, das gehört eben wieder zu seinem Tiroler Charme. Natürlich denkt er an seine persönliche Tragik, die er manchmal überkompensieren mußte. Den Grundstein unserer guten Beziehung zu Südtirol und den dortigen Persönlichkeiten jedenfalls hat er gelegt.

LISBETH BISCHOFF, *Gesellschaftsjournalistin, bei einem spontanen Kaffeehausgespräch im Wiener »Café Landtmann«. Stichwort: Silvius Magnago: Was fällt Ihnen ganz spontan dazu ein?*

Dazu fällt mir eigentlich sehr viel ein. Ich hatte ja das Glück, Silvius Magnago in Meran anläßlich der Eröffnung einer Schönheitsfarm persönlich kennenzulernen. Er war für mich von Kind an ein Politiker mit Profil, eine sehr ausgeprägte Persönlichkeit, und davon konnte ich mich in diesem Moment überzeugen. Er verkörpert für mich das Bild eines wirklichen

Alois Mock

Format eines Großen

Magnago war Landeshauptmann einer Provinz – aber staatsmännischer als viele Persönlichkeiten der europäischen Staatenwelt*

Südtirolklausur in Stams am 30. April 1988 zum bevorstehenden »Paket«-Abschluß mit Außenminister Mock und Landeshauptmann Magnago, dem Tiroler Amtskollegen Partl, Ex-Außenminister Jankowitsch, Landesrat Benedikter.

Altlandeshauptmann Silvius Magnago hat mich seit jeher als Mann beeindruckt, der das scheinbar Unvereinbare auf bewundernswerte Weise zu vereinen vermag.
Er hat es vermocht, durch Jahrzehnte für die Sache der Südtiroler deutscher und ladinischer Muttersprache zu streiten, ohne ein einziges Mal zur Gewalt aufzurufen – ohne auch nur in den Verdacht zu geraten, den Weg der Gewalt stillschweigend gutzuheißen.
Als Landeshauptmann war er durch fast drei Jahrzehnte bis in das kleinste Südtiroler Dorf präsent – und für die Sorgen und Nöte seiner Mitbürger verfügbar; trotz seiner schweren Kriegsverletzungen hat er daneben Jahr für Jahr aber auch Tausende Kilometer zurückgelegt, um die Anliegen seiner Landsleute auch außerhalb Südtirols zu vertreten – gegenüber den italienischen Zentralstellen genauso wie in Zusammenarbeit mit Österreich, das er stets als sein »Vaterland« bezeichnet hat.
Vor allem aber hat er es verstanden, für das realistisch Machbare einzutreten, ohne je Grundsätze zu opfern.
Mit seinem entschiedenen Einsatz für das Autonomiestatut und das Südtirol-Paket hat er ganz wesentlich dazu beigetragen, die bestmögliche Basis für das weitere Gedeihen der österreichischen Volksgruppe in Südtirol zu legen – und hat trotzdem nie den geringsten Zweifel gelassen, daß das Selbstbestimmungsrecht der Südtiroler unveräußerlich bleibt.
Alles, was Altlandeshauptmann Magnago im Zuge seiner gesamten politischen Tätigkeit im Dienste Südtirols – im Dienste des Landes, seiner Menschen, seiner uralten Kultur, seiner gewachsenen Traditionen, wie auch im Dienste des Friedens – geleistet hat, zeigt, daß man engagiert und entschlossen Politik machen kann, ohne undemokratische Mittel zu Hilfe nehmen zu müssen.
Manche Persönlichkeit gelangt in der europäischen Staatenwelt zu verantwortungsvollen Funktionen, ohne jemals das Format eines Staatsmannes zu erreichen. Altlandeshauptmann Magnago war zwar »nur« Landeshauptmann einer Provinz, kann aber trotzdem uneingeschränkt als europäischer Staatsmann gelten. Staatsmännisch hat sich Silvius Magnago im übrigen auch verhalten, als es darum ging, den Stab an eine neue Generation weiterzureichen. Wie nur ganz wenige andere Politiker hat er es verstanden, Nachfolger heranzubilden und diese zeitgerecht – und obwohl seine eigene Popularität ungebrochen war und ist – in seine Funktionen nachrücken zu lassen.
Für mich ist und bleibt Altlandeshauptmann Silvius Magnago – sowohl politisch als auch charakterlich – eine der großen Persönlichkeiten unserer Zeit. Ich beglückwünsche ihn zu seinem 80. Geburtstag und hoffe, daß ihm noch viele Jahre vergönnt sein werden, in denen er die Früchte seines Lebenswerks reifen sieht – bis hin zu jenem Zeitpunkt, wo sich den Tirolern in Nord und Süd im Zeichen des europäischen Einigungsprozesses die Perspektive einer neuen Freiheit in der Begegnung und Zusammenarbeit eröffnet, wie dies im Verhältnis zwischen allen Mitgliedsstaaten der Europäischen Union der Fall sein kann, sobald die Staatsgrenzen ihren trennenden Charakter verlieren.

*** Aus: südtirol profil EXTRA vom 3. Februar 1994, S. 33.**

Umarmung und Küßchen, so bekommt man Silvius Magnago kaum einmal vor die Kamera: Verleihung des Leopold-Kunschak- Preises durch den ehemaligen Wiener Nationalratspräsidenten Alfred Maleta am 19. März 1988. Mit Ehrungen und internationalen Auszeichnungen wurde der Südtirolpolitiker Silvius Magnago reichlich bedacht. Sein Lebensziel hat er erreicht: Es lebe die Minderheit - wenn sie nur will.

Mannes, der zu seinem Wort steht, der seine Vorhaben durchsetzt und durchsetzen kann.
Und wie empfinden Sie ihn als Mann?
Ich will ihm da natürlich nicht nahetreten; er ist ein sehr interessanter Mann, aber ich glaube, daß es an seiner Seite eine sehr selbstbewußte Frau nicht ganz leicht hätte, weil er selber sehr stark und dominant wirkt. Die ideale Ergänzung zu ihm in weiblicher Hinsicht wäre eher eine Frau, die ihn bemuttert, verwöhnt, hilfreich zur Seite steht. Ich glaube aber nicht, daß er zusätzlich die Kraft hätte, eine Frau in ihrem Berufsleben zu unterstützen.
Was würden Sie mit Silvius Magnago als Ihrem Gast in Wien machen?
An erster Stelle würde ich mit ihm ins weltberühmte Hotel Sacher gehen auf einen guten Kaffee und eine Sachertorte, und dann könnte ich mir vorstellen, daß es ihm sicherlich gefallen würde, mit dem Fiaker durch das historische Wien zu fahren.
Warum?
Seine Beziehung zu Wien dürfte eine nicht sehr gute sein, wenn man bedenkt, daß er hier doch irgendwie körperlichen Schaden erleiden mußte, aber ich denke mir, daß ihn die Geschichte, die ihn hier auf Schritt und Tritt verfolgt, doch sehr begeistern würde.
Eine Art väterlicher Typ für Sie, an dessen Schulter man sich auch gerne einmal ausweint, oder so?
Da tu ich mich schwer. Nein, Silvius Magnago ist für mich kein väterlicher Typ, er ist eigentlich eher eine jener Persönlichkeiten, die man heute nicht mehr findet. Es gibt heute nicht mehr so starke, ausgeprägte Persönlichkeiten. Jeder Karikaturist hätte eine Freude, ihn zu zeichnen. Zeichnen kann man nur Typen, und Silvius Magnago ist ein Typ.
Was ist Ihnen von diesem Kennenlernen am stärksten in Erinnerung geblieben?
Ich habe noch sehr gut in Erinnerung, wie Silvius Magnago auf meine Frage, was er denn von Schönheitsidealen hält, sehr gelacht hat und gesagt hat: »An Ihnen, glaube ich, kann der beste Schönheitschirurg nichts mehr verbessern!«
Ein »haariger« Interviewpartner?
Jemand, der so in der Öffentlichkeit steht und den Umgang mit Medien so bewußt erlebt, dem entlockt man nicht so leicht private Ecken. Da ist alles sehr eingespielt.
In einem Aufzug eingesperrt mit Silvius Magnago. Was würden Sie tun, wie würden Sie sich verhalten?
Erstens hätte ich Panik. Gut, ich würde mit Magnago zu reden beginnen, ob er technisch versiert ist, ob er irgendeine Möglichkeit sieht, wie er mich da befreien könnte!

Anmerkungen

Elisabeth Baumgartner

»Der sensible Kämpfer«

Seite 11–115

1. Siehe: INNSBRUCKER NACHRICHTEN, 5. 11. 1918: In der Abendausgabe heißt es: Etliche Soldaten seien durch herabhängende Telegraphendrähte stranguliert worden.
2. Der Historiker Josef FONTANA bestätigt die Wirren des Zusammenbruchs in Südtirol.
3. Josef FONTANA, »Geschichte des Landes Tirol« Band 3, Bozen, Athesia, 1987, S. 431.
4. Josef UNTERER, (Südtiroler Künstlerbund, Hrsg.), »Hugo Atzwanger«, Bozen, Athesia, 1981.
5. Joseph MAURER, »Wer kauft mir seine Stiefel ab ? Ein Nachtrag zu den Magnago-Feiern aus der Sicht eines unversöhnlichen Jugendfreundes«, in: »SÜDTIROL PROFIL«, Bozen, 2. Jg., Nr. 7, 14. 2. 1994, S. 64; vgl. JOSEPH MAURER, »Rebell in Südtirol: Dokumentarbericht eines Dissidenten«, Calliano, Manfrini, 1993.
6. Auch der italienische Journalist Massimo CIANNETTI vom »Alto Adige« griff das Thema auf: »Offerte e rabbia. Maurer contro Magnago per via di una lettera ...« in: »ALTO ADIGE«, Bozen, 13. 2. 94; vgl.: »Magnago va all'asta«, in: ALTO ADIGE ... 12. 2. 94.
7. Angaben: Annemarie MUMELTER, Bozen: Magnagos wohnten im gleichen Stockwerk, vis-à-vis von Rechtsanwalt Dr. Hermann MUMELTER, Vater von Dr. Norbert MUMELTER, der hier am 5. August 1913 geboren wurde.
8. Angaben: Silvius MAGNAGO, siehe auch: Anmerkung: 106 und 107.
9. Joseph MAURER, Wer kauft mir ...., in: SÜDTIROL PROFIL, 14. 2. 94.
10. Angaben: Hilde NICOLUSSI, Bozen: Auch sie stammte aus einer Bozner Bürgerfamilie, auch ihr Vater wurde als Staatsbeamter unter Druck gesetzt. Sie selbst hat die private Marienschule besucht. Die Eltern nahmen das finanzielle Opfer auf sich, um dem Kind die Auswirkungen der faschistischen Schulpolitik zu ersparen, was jedoch auf die Dauer nicht gelang.
11. DEUTSCHE PRESSEAGENTUR, Frankfurt: Silvius Magnago als Regionalratspräsident und Vizepräsident der SVP, Pressefoto 6832/14, um 1955.
12. Herbert WEISSENBERGER, Serie: »Die Geschichte vom zehnten Landeshauptmann«, in: »KLEINE ZEITUNG«, Graz, 6. 4. 1977.
13. Herbert WEISSENBERGER, »Nur eines weiß man sicher: Italiener sind sie keine«, EBD. 7. 4. 1977.
14. Emmi HERZBERGER, »Was Dr. Silvius Magnago mit Vorarlberg verbindet«, in: Sonderdruck aus Montfort 4/93, Vierteljahresschrift für Geschichte und Gegenwart Vorarlbergs, Dornbirn, Vorarlberger Verlagsanstalt.
15. Josef FONTANA, Geschichte des Landes Tirol ...., Bd. 3, S. 299.
16. Vgl.: Alfons GRUBER, »Südtirol unter dem Faschismus«, Bozen, Athesia, 1974, S. 20: Dem »Marsch auf Rom« vom 28. Oktober 1922 folgt die formelle Machtübergabe durch König Viktor Emanuel III.
17. Alfons GRUBER, Südtirol ... Faschismus, S. 17–18.
18. Angaben: Silvius MAGNAGO: Die ersten drei Klassen besuchte er an der »Übungsschule«, die der deutschsprachigen Lehrerbildungsanstalt am Bozner Dominikanerplatz angeschlossen war. Sein Lehrer, bekannt als »Vater Fill«, war ein geschätzter Pädagoge; Angaben: Hilde NICOLUSSI: Diese Grundschule, wo sich die LBA-Studenten ihr pädagogisches Rüstzeug holten, erfreute sich in Bozner Bürgerkreisen großer Beliebtheit; Maria VILLGRATER, »Katakombenschule, Faschismus und Schule in Südtirol«, Bozen, Athesia, 1984, S. 34 ff.: Der stufenweise Abbau der deutschen Schule wirkte sich unterschiedlich aus. Der rein italienische Unterricht wurde ab 1923 eingeführt, beginnend mit den ersten Klassen (im Unterland dagegen schlagartig für alle Schulstufen). Es gab empörte Reaktionen, zum Beispiel eine Frauendemonstration vor der Unterpräfektur in der Bozner Raingasse am 3. November 1923; siehe auch: Luise WALDNER, »Der Wandel der Bozner Schulen seit der Jahrhundertwende«, in: (Südtiroler Kulturinstitut, Hrsg.), »Stadt im Umbruch«, Bozen, 1973, S. 302; »DER LANDSMANN«, Bozen, 27. 9. 1923: Die Zeitung meldet die Auflösung der Übungsschule per Regierungsdekret mit sofortiger Wirkung, und zwar im Zuge der italienischen Volksschulreform (Lex Gentile); »Zum Schulbeginn«, in: EBD., 28. 9. 1923: Die Buben der Übungsschule wurden nach Einzugsgebiet aufgeteilt. Magnago hätte in die Knabenschule in der Weggensteinstraße 2 übersiedeln müssen, wo deutschsprachige Klassen als Auslaufmodell vorerst weitergeführt werden durften;
(RED.) Der Wechsel in die italienische Volksschule »Regina Elena« trifft das Kind vollkommen unvorbereitet. Fehlende Sprachkenntnisse und die abrupte Trennung von den Schulkameraden waren ein Schock, um so mehr, als die Gründe für den Buben zunächst nicht durchschaubar waren. Den Kindern konnte man ja nur behutsam erklären, welchem politischen Druck der Vater ausgesetzt war. Kinder, deren Väter in weniger exponierter Stellung waren, hatten es leichter;
vgl.: BOZNER NACHRICHTEN, 2. 10. 1922: Auch das Schulgebäude der »Regina-Elena«-Schule hatte ein bewegtes Schicksal hinter sich. Die ehemals altösterreichische Kaiserin-Elisabeth-Schule für Knaben samt Bürgerschule (heute: Dante Alighieri) in der Sparkassenstraße wurde zur ersten Zielscheibe, als das Faschistenkommando am Sonntag, 1. 10. 1922, in Bozen einmarschierte. Das moderne Schulgebäude galt als Stolz der Stadt. Nun diente es dem Faschistenkommando als Einsatzzentrale. Unter dessen Schutz zog dann die italienische Schule hier ein. 700 deutsche Schüler standen auf der Straße. Ein dringendes Ersuchen des Gemeinderates ließ die neuen Machthaber ungerührt, obwohl es sachlich begründet war. Für die italienische Bevölkerungsminderheit mit damals nur 200 Schülern war das Gebäude viel zu groß.
19. (—), »Aus der Ära Perathoner«, in: Stadt im Umbruch ...., S. 76–78: Die Absetzung von Bürgermeister Dr. Julius PERATHONER nach 27 Jahren an der Spitze der Stadt Bozen war eine politische Peinlichkeit. Details enthält die Abschiedsbotschaft an die Sondersitzung des Gemeinderats vom 2. 10. 1922. Perathoner war am 27. 1. 1922 zum zehnten Mal gewählt worden. Die Wahl wurde offiziell bestätigt, wenn auch erst nach einigem Hin und Her. Der Widerruf des königlichen

Dekrets war ein Willkürakt und zugleich ein Signal am Vorabend des Faschisteneinfalls in Bozen; vgl.: »Das Ultimatum der Faschisten an den Bozner Stadtmagistrat«, in: BOZNER NACHRICHTEN, 28. 9. 1922; »Dr. Perathoner als Bürgermeister nicht bestätigt«, in: EBD, 29. 9. 22.

20. DER LANDSMANN, 3. 4. und 7. 4. 1924.

21. Angaben: Hertha KOFLER, Irmgard KÖLLENSPERGER. Die Enkelinnen von Dr. Julius Perathoner erinnern sich, daß ihr Großvater mehrere Tage lang im Versteck ausharren mußte, bis er sich wieder in seine Wohnung wagen konnte. Nach dem Überfall wurde Perathoner im Hause der mütterlichen Großmutter Rosa Bonomi in Sicherheit gebracht (heute: Kaufhaus »Globus«, Bozen, Weintraubengasse Nr. 1).

22. Der spätere Landesrat für Schule und Kultur von 1960–89, Anton ZELGER, hat die Lehrer am italienischen Carducci-Gymnasium am Bozner Dominikanerplatz (heute: Hauptpost) in guter Erinnerung. In der Regel seien sie objektiv und »alles eher als Faschisten« gewesen, sagt Zelger, ein Mitschüler und Freund Magnagos in der Abschlußklasse; vgl.: Joseph MAURER, Wer kauft mir ..., in: SÜDTIROL PROFIL, Nr. 7/94: »... schräg hinter mir, saß in der Schulbank Silvio, der immer schlecht vorbereitet war und oft von mir abschrieb. Besondere Schwierigkeiten bereiteten ihm Latein und Griechisch. Prof. Severino COLMANO war ein ausgezeichneter Latinist, jedoch Trentiner Irredentist, für Magnago der Teufel in persona«.

23. Claus GATTERER, »Unter seinem Galgen stand Österreich. Cesare Battisti. Portrait eines 'Hochverräters'«, Wien–Frankfurt–Zürich, Europa-Verlag, 1967.

24. Eduard REUT-NICOLUSSI, »Tirol unterm Beil«, München, Beck, 1928, S. 149–154: Im Streit um die Enteignung des Gewerkschaftshauses (heute: Kolpinghaus) in Bozen durch die Faschisten hatte Richter Magnago ein den Umständen entsprechendes Urteil gefällt, indem er sich in diesem Streit mit eindeutig politischem Hintergrund praktisch für nicht zuständig erklärte: »Das Ereignis ist als eine Folge des politischen Kampfes in einer Zeit politischen und gesellschaftlichen Umsturzes zu betrachten ...« Richter Magnago riskierte sogar eine mutige Anspielung auf das repressive System, mit Parteienvertretern, »welche einzig nur im Auftrage und im Interesse der Partei selbst vorgehen«. Da es sich also um keinen privatrechtlichen Streit handle, sei die Klage »wegen Unzulässigkeit des Rechtsweges« abzuweisen. Ein sehr geschickt formuliertes Urteil, das den problematischen Zeithintergrund nicht verschweigt, meint zum Beispiel der historisch beschlagene Jurist Ludwig Walter REGELE. Richter Magnago wurde das Urteil dennoch lange Zeit sehr übel genommen, zum Beispiel von Eduard REUT-NICOLUSSI, Verteidiger im Gerichtsstreit um das Gewerkschaftshaus und Autor der politischen Kampfschrift »Tirol unterm Beil«. Den polemischen Seitenhieb gegen Richter MAGNAGO hat Nicolussi jedoch später bedauert: Dies wird durch Unterlagen belegt, die Inge LEHNE, eine Tochter von REUT-NICOLUSSI, dem Autorenteam dieses Buches dankenswerterweise zur Verfügung gestellt hat.

25. Angaben: Silvius MAGNAGO: Der Vater ließ sich 1929 gezwungenermaßen in den vorzeitigen Ruhestand versetzen. Um die finanzielle Einbuße für die Familie etwas auszugleichen, wurde der bisherige Richter Mitarbeiter in der Kanzlei von Dr. TESTOR, im Mumelter-Haus am Bozner Waltherplatz 3. Der Tod des Kanzleiinhabers zwang ihn dann noch einmal zum beruflichen Neubeginn: MAGNAGO SENIOR eröffnete unter den Bozner Lauben Nr. 15 ein eigenes Anwaltsbüro. Weitergeführt wurde es von Luis SAND und dem Vater von Ludwig Walter REGELE, der die Anwaltskanzlei heute betreibt. Das reizvolle räumliche Ambiente blieb im wesentlichen unangetastet. Die Kanzlei in einem typischen Bozner Laubenhaus vermittelt die einstige Atmosphäre.

26. Vgl.: Kurt ZENTNER, »Illustrierte Geschichte des Zweiten Weltkrieges«, München, Südwest-Verlag, 1963 (1978), S. 32.

27. Vgl.: Kurt ZENTNER, Zweiter Weltkrieg ..., S. 30–33.

28. Norbert MUMELTER, in: Gottfried SOLDERER, »Gell, hinter den Bergen ist Deutschland«, »FF Südtiroler Illustrierte«, Sonderdruck zu FF 26/1989, S. 18–19.

29. Vgl.: Leopold STEURER, »Südtirol zwischen Rom und Berlin 1919–1939«, Wien–München–Zürich, Europaverlag, 1980, S. 272, S. 286: Hitlers Verzichtserklärung vom7. 5. 38 in Rom hatte die Kreise um den Deutschen Verband überzeugt, daß Südtirol von deutscher Seite abgeschrieben sei. Daher die Bemühungen um intensivere Kontakte nach Rom, während ein VKS-Dokument auf die Gefahr »einer verzweifelten Stimmung« hinweist, in: EBD., S. 295.

30. Kurt ZENTNER, Zweiter Weltkrieg ..., S. 42–44.

31. Vilma STEINER verheiratete JORDAN, Bozen; siehe auch: Gottfried SOLDERER, Gell, hinter den Bergen ..., S. 17.

32. Siehe: Gottfried SOLDERER, Gell, hinter den Bergen ..., S. 18; vgl.: Karl STUHLPFARRER, »Umsiedlung Südtirol 1939–1940«, Wien~München, Löcker, 1985, S. 42: Das römische Ministerium für Volkskultur verewigt den Hitler-Besuch vom Mai 1938 sogar in einem prächtigen Bildband, als »Beweisstück für die deutsche Anerkennung der Romanität Südtirols ...«

33. Adolf HITLER, »Mein Kampf«, München, Zentralverlag der NSDAP, 1925 (1941), S. 709–710.

34. Vgl.: Silvius MAGNAGO, Vortrag vor italienischen Akademikern im »Circolo di San Felice«, in: Karl Heinz RITSCHEL, »Diplomatie um Südtirol«, Stuttgart, Seewald, 1966, S. 200 ff.: »Versetzen Sie sich doch bitte einmal in diese Lage: ein Stück Italiens wird von seinem Heimatland abgetrennt: seiner Bevölkerung wird jeder Kontakt mit dem alten Vaterland verboten, ja jede Erinnerung an die eigene Vergangenheit auszumerzen versucht. Nach über zwanzig Jahren ziehen italienische Truppen in dieses Land ein. Fragen Sie dann nach der Weltanschauung des Mannes, der diese Truppen geschickt hat ? Ist es Ihnen dann überhaupt möglich, verstandesmäßig zu überlegen ...«

35. Friedl VOLGGER, »Mit Südtirol am Scheideweg«, Innsbruck, Haymon, 1984, S. 61.

36. Hans BENEDIKTER, »Silvius Magnago«, Bozen, Athesia, (1983) 1984, S. 33.

37. Hans BENEDIKTER, Magnago ..., S. 34.

38. Vgl.: Martha VERDORFER, »Zweierlei Faschismus. Alltagserfahrungen in Südtirol 1918–1945«, (Wien), Verlag für Gesellschaftskritik, (1990).

39. Angaben: Oswald und Wilfried PLANGGER, Bozen. Zum Freundeskreis des jungen Silvius MAGNAGO und seiner jüngeren Schwester SELMA (†) zählten auch: Siegfried INNEREBNER (†) vom Hotel »Post«, Hanns ECCEL (†), Vilma JORDAN, geborene STEINER, Hermine ASCHBERGER geb. SCHÖPFER; Imma JANK, die Witwe von Hubert MUMELTER.

40. Vilma JORDAN, geb. STEINER notiert zu ihrem Curriculum: Als Alpinistin war ich befreundet mit Paula WIESINGER und Frieda CLARA, verheiratete OBERRAUCH. Beide waren berühmte Bergsteigerinnen. So extrem war Silvius Magnago nie. Den Sportler Magnago kannte ich nur vom Tennisplatz. Während der faschistischen Unterdrückung war ich im VKS mit der sportlichen Ertüchtigung der weiblichen Jugend beauftragt – wie Toni RUEDL für die männliche Jugend. Da jede Vereinstätigkeit in dieser Richtung verboten war, spielte sich das Training auf Almwiesen und in Kellern ab. Auch alle Turnhallen waren ja beschlagnahmt; siehe auch: »Vilma Jordan zum Achtzigsten«, in: DOLOMITEN, 31. 3. 95.

41. Angaben: Vilma JORDAN, geb. STEINER schreibt dazu den Autoren dieses Buches: Ich reihte mich damals wie so viele Südtiroler in die Basisbetreuung des VKS ein. Selbst Kanonikus Michael GAMPER, der große Mann Südtirols und Gründer des Deutschen Verbands (D. V.),

akzeptierte trotz gegenteiliger Einstellung großzügig die Arbeit des VKS, solange es gegen die Unterdrückung der Heimat durch den Faschismus ging. Denn da ging unsere Arbeit in die gleiche Richtung. Dann kam die Zeit der Option, die für Bleiber und Geher gleich schwierig war. Da trennten sich die Wege des D. V. und des VKS, weil die Meinung dieser beiden Institutionen nicht mehr dieselbe war.

42. Vgl.: Friedl VOLGGER, Südtirol Scheideweg ..., S. 29–31; Gottfried SOLDERER, Gell, hinter den Bergen ..., S. 20–23.

43. Vgl.: Joseph MAURER, Wer kauft mir ..., in: SÜDTIROL PROFIL, Nr. 7/94: Selbst diese kritische Auseinandersetzung bestätigt Magnagos Außenseiterrolle indirekt, obwohl er sich vielleicht gewünscht hätte, wie seine Altersgenossen etwas für die damaligen vaterländischen Ideale zu tun. Welche Sogwirkung vom Zeitgeist ausging, zeigt sich allein schon an den freiwilligen Meldungen zur Wehrmacht. Diktatorische Regimes wissen den Idealismus und Opferwillen der Jugend auszunützen.

44. Leopold STEURER: hat die Akte Silvius MAGNAGO im Berliner DOCUMENT CENTER eingesehen; demnach hatte Magnago mit dem VKS nichts zu tun.

45. »La croce di Silvius«, in: ALTO ADIGE, 30. 4. 91; vgl.: »Una punta d'imbarazzo«, in: EBD., 28. 4. 91.

46. Researcher: Politikwissenschaftler Harald WEIS, Kaltern, Quellen: »Annuario dell'anno accademico 1939/40 della facoltà di giurisprudenza Bologna«, S. 437: Fascicolo della segreteria di giurisprudenza, Nr. 10.365: Aus den Unterlagen geht hervor, daß Magnago am 19. Juni 1940 den Doktortitel im Strafrecht (»diritto penale«) erworben hat. Punktezahl: 90/110. Thema der Doktorarbeit: »I reati contro la razza e il patrimonio biologico ereditario nella legislazione nazionalsocialista«. Magnago hat am 4. Juni 1940 das Ansuchen gestellt, seine Doktorprüfung mündlich abzulegen, wobei er sich für das Strafrecht entschied. In dieser Sparte hatte er mit 28 die beste Note. Das Ansuchen: »domanda per sostenere l'esame della tesi di laurea oralmente in diritto penale« war möglich aufgrund eines Dekrets (»decreto luogo tendenziale«) aus dem Jahre 1916, das später in ein Gesetz umgewandelt wurde. Gesuch um ein Thema liegt keines vor, weshalb nicht festgestellt werden kann, ob Magnago den Vorschlag selbst eingebracht hat, oder ob der Vorschlag vom Inhaber des Lehrstuhls gekommen ist. Ein Protokoll (»verbale«) über den Verlauf der Prüfung liegt den Akten nicht bei.

47. Researcher: Harald WEIS: (Quellen wie oben) Noch am 20. Mai 1940 hatte Magnago um fünf Prüfungstermine angesucht (»domanda per sostenere cinque esami«). Diese hat er wie folgt abgelegt: zwei am 11. 6. 1940, eine am 13. 6. 1940, zwei am 15. 6. 1940. Die Noten: viermal 18 und einmal 22; siehe auch: Silvius MAGNAGO, in: SÜDTIROL PROFIL, Sondernummer, 3. 2. 94, S. 9: »Ich habe sehr schlechte Noten gehabt im Doktordiplom. Sie dürfen aber nicht vergessen, daß ich nur sieben Semester in Bologna studiert und zugleich 17 Monate beim italienischen Heer gedient habe. Mit 17 Monaten Militär zwischendurch war das Jus-Diplom dann trotzdem eine Leistung.«

48. Vgl.: Friedl VOLGGER, Südtirol Scheideweg ..., S. 51; vgl.: Leopold STEURER, Zwischen Rom und Berlin ..., S. 379.

49. Vgl.: Leopold STEURER, Zwischen Rom und Berlin ..., S. 320; Karl STUHLPFARRER, Umsiedlung ..., S. 59–60: Von Südtiroler Seite zählten auch existentielle Erwägungen: Gottfried SOLDERER, Gell, hinter den Bergen ..., S. 28, zitiert ein Manuskript von Karl NICOLUSSI-LECK, Organisationsleiter des VKS: »Es gab zu viele junge Menschen, die vor verschlossenen Türen standen, zu viele Arbeitslose, Enteignete, von Existenzverlust oder Zwangsabschub nach Altitalien Bedrohte, zu viele Eltern, die ihre Kinder vor einer hoffnungslosen Zukunft bewahren wollten, und Unzählige, die das Übermaß der Unterdrückung nicht mehr länger ertragen konnten.«

50. Vgl.: Friedl VOLGGER, Südtirol Scheideweg ..., S. 38.

51. Kurt ZENTNER, Zweiter Weltkrieg ..., S. 74; vgl.: Karl STUHLPFARRER, Umsiedlung ..., S. 58: In den Stahlpakt wird der Passus über die Brennergrenze erst auf italienischen Wunsch eingefügt.

52. Karl STUHLPFARRER, »Die Berliner Vereinbarung vom Juni 39«, in: Umsiedlung..., S. 49 ff.

53. Carlo Alberto BOSCAROLLI, genannt »Nino«.

54. Friedl VOLGGER, Südtirol Scheideweg ..., S. 55.

55. Silvius MAGNAGO, in: SÜDTIROL PROFIL, 3. 2. 94, S. 11–12; vgl.: Reinhold IBLACKER, »Keinen Eid auf diesen Führer«, Innsbruck, Tyrolia, 1979.

56. Kurt ZENTNER, Zweiter Weltkrieg ..., S. 103 ff, siehe auch: S. 88 f: Die große Offensive im Westen ab 10. Mai 1940 hatte Hitler über mehrere Monate hinweg immer wieder verschoben.

57. Siehe auch: Friedl VOLGGER, Südtirol Scheideweg ..., S. 69–70: Nach dem italienischen Kriegseintritt mußten Scharen von Dableibern zum italienischen Heer einrücken. Viele Bauernhöfe waren kaum noch zu bewirtschaften. Für die Leiter von landwirtschaftlichen Betrieben (»Conduttori delle aziende agricole«) konnte dann aber eine großzügig ausgelegte Freistellung erreicht werden.

58. Vgl.: Friedl VOLGGER, Südtirol Scheideweg ..., S. 68: In der Redaktion der Tageszeitung »Dolomiten« brach der Kreis um Kanonikus GAMPER in Jubel aus, als sich Italien mit dem Kriegseintritt auf die Seite des Aggressors stellte. In richtiger Erkenntnis der politischen Langzeitbedeutung für Südtirol schreibt Volgger rückblickend: Hätte sich Italien herausgehalten, »so hätten die Sieger nach Kriegsende wahrscheinlich die meisten der Optanten ebenso über den Brenner geschickt, wie man Millionen Deutsche im Osten und Südosten Europas in das in Trümmer liegende Deutschland zwangsumsiedelte«; siehe dazu auch: DOLOMITEN, 18. und 20. März 1940: Wegen des unmittelbar drohenden Kriegsausbruchs versetzte das überraschend angesetzte Hitler-Mussolini-Treffen vom 18. 3. 1940 am Brenner den Westen in höchste Spannung. Hatten die italienischen Zeitungen den »Duce« doch bis dahin als Friedensvermittler dargestellt, der alles unternahm, um eine Zerstörung Europas abzuwenden.

59. Vgl.: Friedl VOLGGER, Südtirol Scheideweg ..., S. 66.

60. DOLOMITEN, 21. 3. 1940.

61. Vgl.: Lothar von STERNBACH, »Wie eine Feldwache in einer aufgegebenen Stellung«: »Das Optionsergebnis, trotz allem ein Geschenk 'von oben'«, an anderer Stelle dieses Buches ab S. 251; vgl.: Friedl VOLGGER, Südtirol Scheideweg ..., S. 61: Volgger hat Vorbehalte gegen allzu vereinfachende Rechtfertigungsthesen: »Das ist zu billig. Durch die Option und die damit verbundene Abwanderung von über 70.000 Menschen, vor allem aus den Städten, erlitt unsere kleine Volksgruppe einen so schweren Substanzverlust, daß sie sich davon bis heute nicht ganz erholt hat. An die Stelle der ausgewanderten Südtiroler rückten natürlich die Italiener nach ...« Auch sei die Option im Westen als Votum für Hitler interpretiert worden, nicht als Votum gegen den Faschismus, schreibt Volgger.

62. Karl STUHLPFARRER, Umsiedlung ..., S. 305.

63. Gottfried SOLDERER, »Gell, hinter den Bergen ...«, S. 35; siehe auch: Karl NICOLUSSI-LECK, Bericht vom 10. 11. 39 über den Stand der Option, in: Leopold STEURER, Zwischen Rom und Berlin ..., S. 381.

64. Siehe: Friedl VOLGGER, Südtirol Scheideweg ..., S. 34–35.

65. Gottfried SOLDERER, Gell, hinter den Bergen ..., S. 10.

66. Alfons GRUBER, Südtirol Faschismus ..., S. 204 ff.

67. Vgl. Friedl VOLGGER, Südtirol Scheideweg ..., S. 58–59, 144–145.

68. Silvius MAGNAGO in: SÜDTIROL PROFIL, 3. 2. 1994, S. 9.

69. Vgl.: Karl STUHLPFARRER, Umsiedlung ..., S. 205 ff.

70. Vgl. Karl STUHLPFARRER, Umsiedlung ..., S. 109.

71. Friedl VOLGGER, Südtirol Scheideweg ..., S. 80, 93; vgl.: EBD., S.

143–145: Die Einberufungen der Dableiber, also italienischer Staatsbürger, zur deutschen Wehrmacht waren ein Verstoß gegen das Völkerrecht. Dennoch wurden die Betroffenen als »Deserteure« verfolgt, deportiert und mit Sippenhaft unter Druck gesetzt.

72. Karl STUHLPFARRER, Umsiedlung ..., S. 338; siehe auch: EBD., S. 329: Die Grundsätze der Wertfestsetzung basierten auf dem Transferabkommen und den Richtlinien vom 21.10.1939. Nach Verhandlungen über noch offene Punkte erfolgte die Unterzeichnung der Grundsätze am 31.1.1940 in Rom.
73. Karl STUHLPFARRER, Umsiedlung ..., S. 335.
74. Angaben: Leopold STEURER, aufgrund der Akte Silvius MAGNAGO im DOCUMENT CENTER, Berlin; Angaben: Silvius MAGNAGO: Einberufungsdatum im Soldbuch.
75. Karl STUHLPFARRER, Umsiedlung ..., S. 326.
76. EBD., S. 332.
77. EBD., S. 324, 333.
78. EBD., S. 329: Handelsunternehmungen, Geschäfte, Kleingewerbe, Handwerk.
79. Angaben: Ossi und Wilfried PLANGGER.
80. Angaben: Leopold STEURER, aufgrund der Akte im DOCUMENT CENTER, Berlin.
81. Leopold STEURER, Zwischen Rom und Berlin ..., S. 367; Karl NICOLUSSI-LECK, in: Gottfried SOLDERER, Gell, hinter den Bergen ..., S. 28–29.
82. Karl STUHLPFARRER, Umsiedlung ..., S. 330.
83. Vgl.: Friedl VOLGGER, Südtirol Scheideweg ..., S. 76: Ins Stocken geraten war die Umsiedlung sogar bereits Ende 1941.
84. Leopold STEURER, Zwischen Rom und Berlin ..., S. 368–369 und Quellenverweis: (Abschrift) undatierter VKS-Erlaß vom September 1939, in: Nachlaß M. GAMPER, Mappe »Options«-Dokumente.
85. Karl STUHLPFARRER, Umsiedlung ..., S. 327.
86. EBD., S. 326: Als erster Leiter der DEFI wurde Felice GUARNERI von Italien am 21. 11. 39 einseitig eingesetzt; der deutsche Generalkonsul Otto BENE beschwert sich: »eine glatte Überrumpelung«; vgl., EBD.: S. 335: GUARNERI blieb aber nicht lange auf seinem Posten, denn er war »keineswegs so erfolgreich wie ursprünglich allenthalben angenommen«.
87. VKS, in: Leopold STEURER, Zwischen Rom und Berlin ..., S. 368.
88. Robert HELM sen., in: Karl STUHLPFARRER, Umsiedlung ..., S. 351.
89. EBD., S. 332.
90. EBD., S. 347: Stand Ende Juli 1940: 40.000 Besitzer mit ca. 60.000 Besitzungen hätten in den verbleibenden rund zwei Jahren nur dann abgefertigt werden können, wenn 400 Besitzer wöchentlich ihre Schätzverfahren eingeleitet hätten.
91. EBD., S. 332.
92. Vgl.: Friedl VOLGGER, Südtirol Scheideweg ..., S. 51: Für die Dableiberdelegation in Rom war die überraschende Absage der zugesicherten Audienz ein schwerer Schlag. Als Grund nennt Volgger den Druck der Deutschen, dem sich Mussolini gebeugt habe. Im Auftrag Himmlers habe dessen persönlicher Adjutant, SS-Obergruppenführer Karl WOLFF, am 11. 11. 39 gegen die »untragbare Einmischung in die Freiheit der Optionsentscheidung« protestiert, schreibt Volgger.
93. Angaben: Leopold STEURER, Akte Magnago im DOCUMENT CENTER, Berlin; Angaben: Silvius MAGNAGO.
94. Vgl.: Hans BENEDIKTER, Magnago ..., S. 36–37.
95. Angaben: Silvius MAGNAGO: Das militärische Curriculum ist im Soldbuch vermerkt, nicht hingegen die jeweilige Stationierung. Der Einsatzort fiel unter Kriegsgeheimnis, damit im Fall von Gefangenschaft keine Rückschlüsse auf Truppenbewegungen gezogen werden konnten.
96. Vgl.: Kurt ZENTNER, »Wende in Rußland«, in: Zweiter Weltkrieg ..., S. 302 ff.
97. Vgl.: Christoph von HARTUNGEN, »Zur Lage der Südtiroler in der Operationszone Alpenvorland«, in: Arbeitsgruppe Regionalgeschichte (Hrsg.), »Geschichte und Region«, Bozen, Folio, 1995, S. 121–122; ergänzende Angaben: Andrea MASCAGNI, Bozen: Der spätere KPI-Parlamentarier hat die Zeit unter deutscher Besatzung als seinerzeitiger Widerstandskämpfer erlebt.
98. Angaben: Silvius MAGNAGO: Die Anfrage sei ihm ganz recht gewesen, um die Tatsachen klarzulegen.
99. Angaben: Silvius MAGNAGO und Anton ZELGER: Magnagos Schulfreund Zelger war als einfacher Soldat bei den Gebirgsjägern in Landeck in Ausbildung. Man sah sich im Hotel »Post«. Anfangs pendelte Magnago als Truppenbegleiter zwischen Hinterland und russischer Front. Nach seiner Hochzeit am 15. und 16. Oktober 1943 ging sein Transport am 17. 10. 43 von Wien ab. Diesmal blieb er ohne Unterbrechung in Rußland (zuletzt Verteidigung eines Brückenkopfs bei Nikopol im Süden der Ukraine, etwa 150 km nördlich der Halbinsel Krim), bis er bei den schweren Kämpfen an vorderster Front verwundet wurde.
100. Hans BENEDIKTER, Magnago ..., S. 38.
101. Angaben: Annemarie MUMELTER: Das Ehepaar Mumelter zählte zu Magnagos persönlichem Freundeskreis. Auch zwischen den aus Deutschland zugeheirateten Frauen bestand Kontakt. Nach dem Krieg wurden diese Bekanntschaften in Frauenrunden gepflegt.
102. Angaben: Karlheinz ERCKERT: Bei seiner Abschiedstour als Landeshauptmann habe Magnago seine Frau stets in seine Dankesadressen einbezogen und gewürdigt. RED: Ebenso zum Beispiel bei der Schlußkundgebung der SVP im Bozner Waltherhaus, als er im November 1983 ein letztes Mal als Landeshauptmann kandidiert.
103. Angaben: Silvius MAGNAGO: Der Rang des Kompanieführers stand einem Leutnant normalerweise nicht zu. In Rußland gab es 1943 jedoch bereits empfindliche Lücken in den führenden Rängen. Leutnants im Rang des Kompanieführers waren deshalb keine Seltenheit.
104. Hans BENEDIKTER, Magnago ..., S. 38.
105. Angaben: Silvius MAGNAGO: Die Daten sind im Soldbuch eingetragen: In Warschau kommt er vor Weihnachten 1943 endlich in ärztliche Behandlung. Die Amputation des linken Beins rettet ihm das Leben. Sein Überleben grenzte an ein Wunder. Bereits drei Tage nach der Amputation mußte er zum ersten Mal nachoperiert werden. Sieben Operationen insgesamt mußte Magnago wegen seiner Kriegsverletzung über sich ergehen lassen. Ein ganzes Jahr lang konnte er nur auf dem Rücken liegen. In Frankfurt an der Oder, wohin er am 30. 12. 43 verlegt wurde, wird er zum zweiten Mal amputiert. Doch auch diese Nachamputation führte nicht zum erhofften Erfolg. Während des sechsmonatigen Aufenthalts litt Magnago zeitweise unter extremen Schmerzen. Dritte Station ist das Heeres-Kurlazarett am Semmering, wo sich der Schwerverletzte auf die dritte Amputation vorbereitet. Die Einweisung ins Spital im Wiener Hartmannskloster, Hartmannsgasse Nr. 7, erfolgte am 9. November 1944. Das Bein wurde zum drittenmal amputiert.
106. Angaben: Silvius MAGNAGO: Nach der letzten Nachamputation in Wien kam er wieder ins Heeres-Kurlazarett am Semmering. Das Herannahen der Russen zwingt das Ehepaar zur Flucht nach Westösterreich.
107. Angaben: Silvius MAGNAGO (auch anhand des Soldbuches): Aus dem Lazarett am Semmering wurde Magnago am 26. 3. 1945 mit einer Überweisung nach Igls entlassen. Zur Flucht entschloß sich das Ehepaar aber erst am 1. April 1945, als die von Ungarn anrückenden Russen die Linie Wien–Wiener Neustadt bereits abgeschnitten hatten. Ihr Fluchtgepäck gaben sie per Bahn auf. Wiedergesehen haben sie davon nichts. Der kurze Aufenthalt bei seiner Frau, die in der Villa eines Wiener Rechtsanwalts in Gloggnitz in Untermiete lebte, hätte

Magnago beinahe in russische Gefangenschaft gebracht. Auf der Straße zum Semmeringpaß staute sich der Flüchtlingsstrom. Der Schwerkriegsinvalide hat Glück: ein Wehrmachtskonvoi nimmt ihn mit und erspart ihm das beschwerlichste Stück. Ins Lazarett Igls wird er am 4. 4. 1945 aufgenommen, während seine Frau in Innsbruck unterkommt. Doch auch hier ist die Schließung eine Frage von Tagen. Ein »Urlaubsschein« von Igls nach Kastelruth, vom 14. 4. bis 19. 5. 1945, war das einzige Papier, das Magnago zu Kriegsende in der Hand hatte. Die reguläre Entlassung aus der Wehrmacht mußte er sich paradoxerweise erst bei den französischen Besatzern in Innsbruck besorgen. Ohne diese Papiere, die er der Überzeugungskraft seiner sprachenkundigen Frau verdankte, wäre er ein »Illegaler« gewesen.

108. Angaben: Silvius MAGNAGO: Die Sommerfrische verbrachten Magnagos in der Villa »Alpenrose«. Der Vater besuchte die Familie an den Wochenenden. Von der kleinen Haltestelle Kastelruth mit dem hölzernen Wartehäuschen nahm er den steilen Weg aufs Schlernplateau und schwitzte sich redlich ab. Denn der Rucksack war vollgepackt mit Lebensmitteln, die in Bozen billiger waren. Dafür wurde er mit seinem Lieblingsmenü Schwammerlreis empfangen. Die Kinder gingen dem Vater bis zur Säge entgegen und begleiteten ihn, wenn er montags früh wieder zur Arbeit aufbrach. In den letzten Kriegsjahren wurde das »Kofel«-Haus in Kastelruth Zufluchtsort für Mutter und Schwestern vor den Bombenangriffen der Alliierten auf Bozen. Das Ausweichquartier war ein freundliches Angebot der Familie Lener, Magnagos Hausherren in der gleichnamigen Bozner Villa.

109. Vgl.: Friedl VOLGGER, Südtirol Scheideweg ...., S. 141–142, und ergänzende Angaben: Erster SVP-Sitz war die Villa Brigl in Gries, heute: Armando-Diaz-Straße 12 (Restaurant Chez Frederic), vor 1945: Sitz des Deutschen Sondergerichts, wo nicht wenige Todesurteile gefällt wurden. Gegründet wurde die SVP hingegen in der nahegelegenen Villa »Ravanelli« (bis 1933: Villa Malfèr), Montellostraße 7: Angaben: Dr. Mario RAVANELLI: Sein Vater, ein aus dem Trentino stammender Rechtsanwalt, war engagierter Optant und Freund des kommissarischen Bozner Bürgermeisters Fritz FÜHRER, der die Adresse für die SVP-Gründung vermittelt haben könnte. Gründungslokal war die zur Straße blickende Diele. Im angrenzenden Wohnzimmer (im Eckturm, mit Fenstern nach Süden und Osten) lag das »Hauptquartier« jener geheimnisumwitterten »Französischen Delegation«, deren Aktionen zugunsten einer Selbstbestimmungslösung für Südtirol von der regulären amerikanisch-britischen Besatzungsmacht allerdings bald beendet wurden; siehe auch Bildtext, S. 69.

110. Vgl. z. B.: Leopold STEURER, »Südtirol 1945: Von der Operationszone Alpenvorland zur Provinz unter Militärverwaltung«, Tagung des Südtiroler Landtags, »Südtirol in der Stunde Null?«, 12./13. 5. 95; sowie Angaben: Friedl VOLGGER und andere.

111. Erich AMONN war die unumstrittene Führungsfigur der ersten Stunde, bei Dableibern wie Optanten. Zeitzeugen sind zum Beispiel: Friedl VOLGGER, Südtirol Scheideweg ...., S. 142–143; Christoph AMONN (†), ein Sohn von Erich AMONN (†); Georg TINZL, dessen Vater Karl TINZL (†), Präfekt 1943–45, im Wiederaufbau eine zentrale Rolle spielte; Mario Günther von UNTERRICHTER, ein weiterer Exponent des Optantenlagers.

112. Friedl VOLGGER, Südtirol Scheideweg ...., S. 142; Karl Heinz RITSCHEL, Diplomatie ...., S. 203.

113. Der Rechtsanwalt Dr. Josef RAFFEINER in Bozen war als Widerständler gegen die Option von der Gestapo verhaftet worden. Nach 1945 führende Rolle beim Aufbau der Südtiroler Volkspartei, 1948–1958 Senator in Rom.

114. Formular für die Petition, mit der man die Volksabstimmung für Südtirol zu erreichen hoffte, in: Felix ERMACORA, Südtirol Vaterland .... S. 46 ff.

115. Vgl. z. B.: Anton HOLZER, »Die Südtiroler Volkspartei«, Thaur/Tirol, Kulturverlag, 1991, S. 46 ff.; siehe auch: Veronika MITTERMAIR, »Zur Kontinuität politischer Eliten«, in: Stunde Null ... Tagung Landtag (12. 5. 1995), Skript; Günther PALLAVER, »Entnazifizierung und Defaschisierung, Schlamm drüber«, in: EBD.

116. Richard SCHOBER, »Geschichte des Tiroler Landtags im 19. und 20. Jahrhundert«, Innsbruck, Wagner, 1984, S. 562 ff.

117. Vgl.: Karl Heinz RITSCHEL, Diplomatie .... S. 203; sowie Angaben: Toni KIEM, Algund; Lothar von STERNBACH, Bruneck: Der »Bauernführer« Josef MENZ-POPP aus Marling war Abgeordneter des Alttiroler Landtags, engagierter Dableiber, und nach 1945: zunächst SVP-Obmann-Stellvertreter, dann SVP-Obmann vom 31. 5. 1948–4. 1. 1951, sowie Obmann des wiedergegründeten Südtiroler Bauernbundes.

118. Otto von GUGGENBERG, »Freistaat Tirol, Der vergebliche Kampf gegen die Brennergrenze, Erinnerungen aus den Jahren 1918/1919«, Unveröffentlichtes Manuskript im Besitz der Erben. Otto Guggenberg von Riedhofen, Herr und Landmann von Tirol, (28. 8. 1887–9. 1. 1971) verrät Hintergründe zum Versuch im Vorfeld von Saint Germain, die Zerreißung Tirols abzuwenden. An der verzweifelten Mission in Bern hatte er als Südtiroler Emissär zusammen mit Dr. Walter LUTZ und Nordtiroler Vertretern teilgenommen; siehe auch: Walther AMONN, in DOLOMITEN, 13. 1. 1971; Nachruf in: »VOLKSBOTE«, 14. 1. 1971; RED.: Im politischen Wiederaufbau nach dem Zweiten Weltkrieg stand Otto von Guggenberg an vorderster Front. Als Südtiroler Emissär in Paris zusammen mit Friedl VOLGGER spielte von Guggenberg eine wichtige Rolle. Das Tauziehen um das Pariser Abkommen hat er in einer Art Protokoll festgehalten, ohne die Enttäuschungen der Südtiroler zu beschönigen, siehe: Anm.: 157. Die ersten Führungspersönlichkeiten der SVP wurden lange Zeit unterschätzt und ungerecht beurteilt, betonte der Schriftsteller, Journalist und Historiker Claus Gatterer, anfänglich begeisterter Mitstreiter und ehrenamtlicher »Presseattaché«: siehe: Claus GATTERER, in: »DIE FURCHE«, Wien, Nr. 34, 26. 8. 67: »Ich entsinne mich des ersten öffentlichen Auftretens Otto von Guggenbergs nach dem Zweiten Weltkrieg als Redner auf einer Großkundgebung in Bruneck im Frühjahr 1946, der ersten in Südtirol nach Kriegsende. (Siehe: Abbildung, S. 83) Die Kundgebung war einberufen (offiziell als Protest gegen die Rückkehr Tolomeis nach Südtirol), aber die Parteiführung konnte keinen Redner stellen. Guggenberg erklärte sich bereit. 'Aber dann', sagte er, »lasse ich das Selbstbestimmungsrecht (nicht) aus!« Er war der erste, der in einer öffentlichen Kundgebung das Selbstbestimmungsrecht reklamierte, dessen Erreichung – so wollte es ein Gentlemen's Agreement mit der Besatzungsmacht – ohne jede Form von Agitation angestrebt werden sollte. Von da an folgte Kundgebung auf Kundgebung (siehe Abb. S. 227, 254), die größte und mächtigste in Sigmundskron. (Anm. d. V.: 1946) Vergeblich. Aus Paris aber brachten Guggenberg und Volgger den Pariser Vertrag heim: 'Ein eisernes Bettgestell', meinte Guggenberg. 'Ums Bettzeug werden wir uns mit den Italienern raufen müssen.« Das Raufen um das Bettzeug hat bis heute nicht aufgehört; es wird auch nicht aufhören.
Man wird einmal die frühen Unterlassungen Österreichs aufhellen müssen, welche die Position der Südtiroler sehr geschwächt haben; heute fehlt dazu die nötige Akteneinsicht. Eines aber kann man heute schon sagen: die erste Führungsgarnitur der SVP hat nicht versagt und nicht verraten, sie hat ihr Bestes gegeben, sie hat das Mögliche erreicht. Ihr politischer Stil entsprach ihrer Vergangenheit: herrschaftlich, tolerant, offen; sie dachte in altösterreichischen Kategorien und wurde von einem überspielt, der gleichfalls alle altösterreichischen Register beherrschte: Alcide De Gasperi, der den Südtirolern so viel Autonomie wie nur möglich verhieß, um möglichst viel Autonomie für *sein* Trentino und möglichst viel Macht für *seine* Democrazia Cristiana zu erreichen ...«

119. Vgl. Umberto CORSINI, Rudolf LILL, »Südtirol 1918–1946«, (Hrsg. Provinz Bozen), Bozen, Athesia, 1988, S. 90; (Lothar von STERNBACH), in: Dolomiten, 31. 10. 58, S. 5; Karl Heinz RITSCHEL, Diplomatie ..., S. 105–106.
120. Lothar von STERNBACH, »Wie eine Feldwache ...«, S. 251 ff.
121. Vgl.: Anm. 115.
122. Vgl. Friedl VOLGGER, Südtirol Scheideweg ..., S. 29.
123. Vgl. Karl Heinz RITSCHEL, »Vom Kriegsende zum Pariser Abkommen«, in: Diplomatie ..., S. 190–203; siehe auch: Friedl VOLGGER, Südtirol Scheideweg ..., S. 85.
124. (Bruno DE ANGELIS), in: Ferruccio LANFRANCHI, »La resa degli ottomila«, Rizzoli, 1948, S. 349–351.
125. Angaben: Annemarie MUMELTER, Nini von TSCHURTSCHENTHALER, Bozen: Einschlägig belastete Kreise fürchteten weniger die Besatzer als die Öffnung des Bozner KZs in der Reschenstraße. Die meisten Südtiroler Häftlinge sind von ihren Landsleuten denunziert worden.
126. Einer der letzten überlebenden Zeitzeugen der SVP-Gründung war Hans GAMPER († Dez. 95), Bürgermeister von Algund 1945–1995, siehe: Florian KRONBICHLER, »Hans Gamper, Algund, 50 Jahre Bürgermeister, Testament eines politischen Weltmeisters«, in: »FF, Die Südtiroler Illustrierte«, Nr. 16, 15. 4. 95.
127. Angaben: Friedl VOLGGER: Die Querschüsse von französischer Seite gegen den Verbleib Südtirols bei Italien waren auch eine späte Revanche. Das französische Militär hat Italien den Kriegseintritt an der Seite Hitlers nicht verziehen; Ludwig STEINER, »Österreichisches Jahrbuch für Politik«, Wien, 1992, S. 788: »Im November 1943 hatte das 'Comité francais de la libération nationale' (Vorläufer der provisorischen Regierung) Maßnahmen, die gegenüber Italien durchzusetzen sind, beschlossen. In dieser, nach Anweisungen General de Gaulles entworfenen Note hieß es zur italienischen Nordgrenze: 'Verlust des Brenners und Südtirols bis zu den Toren Trients, zum Vorteil des wiedererstandenen Österreichs'. Diese Politik wurde auch vom Komitee der Nationalen Verteidigung bestätigt«. Unter Hinweis auf entsprechende Forschungen von Klaus EISTERER, Innsbruck, ergänzt Steiner: »Die Basis für diese Entscheidung De Gaulles ist auf die Bemühungen und auf die Textentwürfe des damals in der Emigration als französischer Offizier dienenden Dr. Hans REICHMANN, dem späteren Botschafter der von der französischen Armee dem Kommissariat für Auswärtige Angelegenheiten der provisorischen Regierung als Berater zugeteilt war, zurückzuführen. Diese französische Haltung zur Südtirolfrage ist dann später aus machtpolitischen Gründen mehr und mehr aufgeweicht worden.«; siehe auch: Helmut GOLOWITSCH, Walter FIERLINGER, »Kapitulation in Paris«, Graz, Aula-Verlag, 1989, S. 87 f.: »Die Franzosen treten für Rückgabe Südtirols ein«.
128. Ferruccio LANFRANCHI, La resa ..., S. 352–353.
129. Vgl.: Viktoria STADLMAYER, »Eine vertane Chance?«, in diesem Buch ab S. 225.
130. Karl Heinz RITSCHEL, Diplomatie ..., S. 204.
131. (LANDESDENKMALAMT BOZEN, Hrsg.), »Baudenkmäler in Südtirol«, Bozen, Athesia, 1991, S. 51: Villa Lener: 1884 erbaut nach Plänen von Arch. Sebastian ALTMANN; vgl.: EBD., S. 41: vom gleichen Architekten stammt das Palais Widmann, der langjährige Amtssitz des späteren Landeshauptmanns Magnago.
132. Angaben: Silvius MAGNAGO: In der Villa Lener lebte die Familie ab 1933 in Miete. Die elterliche Parterrewohnung hat er erst später erworben. Für den Umzug gab es einen Grund. Die vielen Stiegen in der Brennerstraße waren für die Mutter zu beschwerlich.
133. Friedl VOLGGER, Südtirol Scheideweg ..., S. 147.
134. EBD.
135. Angaben: Silvius MAGNAGO, siehe: Anm. 25.
136. Angaben: Silvius MAGNAGO: Als Kriegsheimkehrer hatte er die Prokuratorenprüfung noch nicht abgelegt, also die Zulassung, um als Anwalt selbständig zu vertreten. Der Nachfolger in der Kanzlei des Vaters, Dr. Luis SAND, stellte ihm daher nur äußerst bescheidene Einkünfte in Aussicht, die zum Lebensunterhalt nicht gereicht hätten. Nach der Übergangsbeschäftigung bei der Partei findet er in der Hypothekarabteilung der heutigen SÜDTIROLER SPARKASSE AG seine erste feste Stelle. Beim damaligen knappen Angebot war das ein Glücksfall. Präsident Carl von BRAITENBERG, SVP-Senator ab 1948, sei heilfroh gewesen, daß er die Einstellung des Juristen und Parteikollegen Magnago auch mit dessen Kriegsverletzung begründen konnte. Doch von der Bank wechselte Magnago ohnehin bereits 1949 endgültig in die Politik.
137. Siehe z. B.: DOLOMITEN: 8. 7. 48.
138. Angaben: Ernst RIEGLER, Geschäftsstelle Südtiroler Kriegsopfer- und Frontkämpferverband, Bozen: Die Südtiroler Wehrmachtsangehörigen und Kriegsopfer samt Hinterbliebenen erreichten ihre rentenmäßige Gleichstellung erst mit dem Gesetz Nr. 364, vom 2. 4. 1958. Eine von der Bundesrepublik Deutschland zuvor an Italien überwiesene einmalige Pauschale zwecks Schadenersatz sei den Südtiroler Betroffenen nicht ausgezahlt worden. Silvius MAGNAGO war bereits Vizepräsident des ONIG (Opera Nazionale Invalidi di Guerra) und ist Ehrenpräsident des 1955 gegründeten SKFV; siehe auch: (SÜDTIROLER KRIEGSOPFER- UND FRONTKÄMPFERVERBAND, Hrsg.), »50 Jahre Frieden, 40 Jahre Südtiroler Kriegsopfer- und Frontkämpferverband SKFV«, Bozen 1995.
139. Siehe: Anm. 138; ergänzende Angaben: REGIERUNGSKOMMISSARIAT: Leiter der Bozner Nachkriegs-Fürsorgestelle war Marco FODERA.
140. Vgl.: Rolf STEININGER, »I. Selbstbestimmung für Südtirol?, 1. Eine Vorentscheidung der Außenminister in London: 14. 9. 1945«, in: »Los von Rom, Die Südtirolfrage 1945/46 und das Gruber-De Gasperi-Abkommen«, Innsbruck, Haymon, 1987, S. 13 ff.
141. Friedl VOLGGER, Südtirol Scheideweg ..., S. 156; vgl.: TIROLER TAGESZEITUNG, 23.4.46.
142. Friedl VOLGGER, Südtirol Scheideweg ..., geplante Neuauflage mit bisher unbekannten Details.
143. EBD., S. 153 ff.
144. EBD., S. 155.
145. DOLOMITEN, 21. 6. 54.
146. DER SPIEGEL Hamburg, Nr. 46, 7. 11. 66, S. 136.
147. Abgebildet ist die Kundgebung vor dem Landhaus in diesem Buch auf S. 75, unteres Foto aus: DOLOMITEN, 21. 6. 54.
148. Angaben: Lilly von GUGGENBERG, Bozen: Schon beim heimlichen Aufbruch in Brixen sei der Vater mit unerwarteten Schwierigkeiten konfrontiert gewesen. Vor dem Haus, das zum Komplex der Guggenbergschen Kuranstalt gehört, hatten plötzlich Wachen Aufstellung genommen. Ein Hinterausgang war der rettende Ausweg. Wäscheaufhänge und Garten boten Blickschutz für den Start des Südtiroler Emissärs nach Paris; Friedl VOLGGER: Nach dem Marsch über die Berge seien sie von österreichischer Seite im Ötztal abgeholt worden. Bei einem Sturz vom Motorrad habe sich GUGGENBERG leicht verletzt.
149. Friedl VOLGGER, »Das Entweder-Oder in Paris«, in: Südtirol Scheideweg ..., S. 161 ff.
150. DOLOMITEN, 5. 9. 46.
151. EBD., 6. 9. 46; vgl. Viktoria STADLMAYER, in diesem Buch, S. 238: Das Pariser Abkommen ist zwar auf den 5. 9. 46 datiert, effektiv unterschrieben wurde es aber erst am 6. September.
152. Italien blockierte unter der 1994 an die Macht gekommenen Rechtsregierung von Silvio BERLUSCONI die EU-Beitrittsverhandlungen Sloweniens. Diese harte Position wurde erst 1995 unter Regierungs-

chef Lamberto DINI und Außenministerin Susanna AGNELLI gelockert.

153. Vgl.: Rolf STEININGER, Los von Rom ..., S. 65.

154. L'UNITÀ, 6. 9. 46, zit. in: DOLOMITEN, 7. 9. 46.

155. Vgl.: »Eine 'Watschn' geht um die Welt«, in: DOLOMITEN, 2. 2. 95, S. 5.

156. Michael GEHLER, »Verhinderte Autonomie: Österreich und die Südtirolfrage 1945 bis 1956. Fragen und Aufgaben eines Forschungsprojekts«, in: (Ingrid BÖHLER, Rolf STEININGER, Hrsg.), »Österreichischer Zeitgeschichtetag 1993«, Innsbruck-Wien, Österr. Studien Verlag, 1995, S. 112.

157. Felix ERMACORA, »Geheimbericht der Südtiroler Delegation zur Pariser Konferenz 1946«, Wien-München, Amalthea, 1987, insbesondere die Kapitel: »Über die Tätigkeit der Südtiroler Delegation in Paris 1946«, S. 30 ff., und: »Tätigkeitsbericht der Südtiroler Delegation auf der Pariser Konferenz 1946«, S. 49, »Beilagen 1–48«, S. 82 ff.; dazu ergänzende Angaben von Friedl VOLGGER in der geplanten Neuauflage »Südtirol Scheideweg ...«; siehe auch: Otto von GUGGENBERG, in: Karl Heinz RITSCHEL, Diplomatie ..., S. 251–254; Lothar WIMMER, in: EBD., S. 236–237.

158. Leopold STEURER, »Südtirol 1945: Von der Operationszone Alpenvorland zur Provinz unter Militärverwaltung«, Referat, in: Stunde Null ..., Tagung Landtag (12./13. 5. 1995); vgl.: Viktoria STADLMAYER, »Politische Spannungsfelder der Südtirolfrage 1945/46«, Referat, EBD.; siehe auch: V. STADLMAYER, »Eine vertane Chance?«, in diesem Buch, S. 225 ff.

159. Friedl VOLGGER, in: Südtirol Scheideweg ..., geplante Neuauflage: Außenminister GRUBER rechnete mit dem Staatsvertrag in Jahresfrist, aufgrund mündlicher Zusagen des amerikanischen Außenministers James Francis BYRNES.

160. DOLOMITEN, 10. 9. 46.

161. DOLOMITEN, 12. 9. 46.

162. »Die erste Landesversammlung der Südtiroler Volkspartei«, in: DOLOMITEN, 10. sowie 11. 2. 47: Der zweitägige Gründungsparteitag wählte die erste Parteiführung: Obmann Erich AMONN (62.584 Stimmen), 1. Obmann-Stellvertreter Josef MENZ-POPP, Marling, 2. Stellvertreter: Friedl VOLGGER, Bozen. Parteiausschuß: Dr. Otto von GUGGENBERG, Brixen; Dr. Paul Freiherr STERNBACH, Bruneck; Heinrich PUFF, Erlacher, Gries; Anton SOTRIFFER, St. Ulrich; Dr. Silvius MAGNAGO, Bozen; Walter DOLLINGER, Bozen; Hans DIETL, Schlanders; Karl HEISS, Pens; Dr. Josef RAFFEINER, Bozen; Alois LAGEDER, Bozen. Ersatzmitglieder: Dr. Luis SAND, Bozen; Eduard STEGER, St. Lorenzen; Anton TRAFOJER, Bozen; Dr. Franz LÖSCH, Lana.

163. Randolfo PACCIARDI, in: DOLOMITEN, 17. 9. 46; vgl.: Mario TOSCANO, »Storia diplomatica della questione dell'Alto Adige«, Bari, Laterza, 1967, S. 720: Randolfo PACCIARDI war als Antifaschist ins Exil in die USA geflüchtet; nach 1945 Mitglied der Verfassunggebenden Versammlung, ab 1948 im Parlament, für kurze Zeit Stellvertretender Ministerpräsident.

164. »Erich AMONN vor den Mailänder Geschworenen. Wie es zum 'Perassi-Brief' gekommen ist«, in: DOLOMITEN, 16. 4. 64; siehe auch: Karl Heinz RITSCHEL, Diplomatie ... , S. 262 zur bewegten außerordentlichen SVP-Landesversammlung vom 9. 12. 47; Angaben: REGIERUNGSKOMMISSARIAT: Francesco QUAINI war 1947 und 1948 geschäftsführender (»reggente«) Vertreter Roms in Bozen. Sein Nachfolger wurde Oscar BENUSSI als erster Vize-Regierungskommissar für die Provinz Bozen aufgrund des Statuts von 1948.

165. Erich AMONN, in: DOLOMITEN, 16. 4. 64.

166. »Vor dem Bruch des Pariser Vertrages?«, in: DOLOMITEN, 16. 12. 1947; siehe auch: Rolf STEININGER, Los von Rom ..., S. 386: Ivanoe BONOMI war Ministerpräsident von 1944–45, Mitglied der Consulta (1945) und der Verfassunggebenden Versammlung.

167. Erich AMONN, in: DOLOMITEN, 16. 4. 64.

168. »Der Brief Dr. Grubers«, in: DOLOMITEN, 16. 12. 47; siehe auch: Otto von GUGGENBERG, in: DOLOMITEN, 3. 9. 1966.

169. DOLOMITEN, 16. 12. 47.

170. Siehe: Pariser Abkommen im deutschen Wortlaut; ergänzende Details zum Streit um die Interpretation des Pariser Abkommens nennt Erich AMONN, in: DOLOMITEN, 16. 12. 47: Die Sammelpartei pochte auf das Schreiben von Außenminister Karl GRUBER an den SVP-Generalsekretär Otto von GUGGENBERG, dat.: Paris, 24. 9. 46: Gruber bestätigte darin mündliche Zusicherungen DE GASPERIS, daß »eine Erweiterung der Autonomiegrenzen gegen den Willen der Südtiroler Bevölkerung keinesfalls in Frage käme ...«; vgl.: Felix ERMACORA, Geheimbericht ..., S. 63 ff.; siehe auch: Otto von GUGGENBERG, in: DOLOMITEN, 3. 9. 66; siehe auch: Erich AMONN, in: DOLOMITEN., 16. 4. 64: Springender Punkt war der umstrittene Gummi-Begriff »frame«. Als sich der Streit um den territorialen Rahmen der Autonomie Ende 1947 entzündete, eilte SVP-Chef Amonn nach Wien, um sich Rat zu holen. Außenminister GRUBER erklärt, DE GASPERI hätte das Abkommen platzen lassen, wäre dem italienischen Standpunkt in diesem Punkt nicht Rechnung getragen worden.

171. DOLOMITEN, 17. 12. 47.

172. RED: Der Haupteingang zur Präfektur und zur Quästur lag damals an der dem Hotel »Laurin« zugewandten Schmalseite des Palais Widmann (heute: Pressesaal der Landesregierung).

173. DOLOMITEN, 17. 12. 47.

174. Angaben: Silvius MAGNAGO und Anton ROMEN, langjähriger Generalsekretär der Landesregierung: Das Palais Widmann war Sitz der Präfektur, nach Inkrafttreten der Autonomie 1948 residierte hier der Vize-Regierungskommissär. Die Landesverwaltung amtierte in der ersten Zeit in den oberen Etagen des Palais Widmann und im Landtagsgebäude, das in den fünfziger Jahren errichtet wurde.

175. Erich AMONN, in: DOLOMITEN, 16. 4. 64: Während Erich AMONN vor den Mailänder Richtern den »Sturm auf die Bozner Präfektur« noch etwas herunterspielen mußte, bestätigt Silvius MAGNAGO: die SVP hatte für diese in aller Heimlichkeit vorbereitete Kundgebung etwa 500 Teilnehmer organisiert.

176. DOLOMITEN, 17. 12. 47.

177. EBD.

178. Silvius MAGNAGO, (Friedl VOLGGER), (SVP-Parteileitung, Hrsg.) »30 Jahre Pariser Vertrag«, (1976), Bozen, S. 15.

179. DOLOMITEN, 19. 12. 47.

180. »Stimmen aus dem In- und Ausland zur Verletzung des Pariser Vertrages«, in: DOLOMITEN, 22. 12. 47; »Die Londoner Regierung interessiert sich für die Südtiroler Autonomie-Frage«, in: DOLOMITEN, 27. 12. 47.

181. DOLOMITEN, 27/28., 29., 30. 12. 47.

182. DOLOMITEN, 16. 4. 64; vgl.: Erich AMONN, in: EBD.: Außenminister GRUBER habe der in Wien ratsuchenden Südtiroler Führung zu einem Kompromiß geraten: nämlich statt der geforderten vollen Landesautonomie mit entsprechenden gesetzgeberischen Zuständigkeiten vorerst die Regionalautonomie zu akzeptieren, aber gleichzeitig möglichst weitreichende Landeskompetenzen im Verwaltungsbereich anzustreben. Im Hintergrund sei eine solche Lösung von England unterstützt worden, läßt Amonn durchblicken; RED.: Die SVP beugte sich dem Ratschlag (vgl.: Anm. 199): Die im ersten Statut verankerte Delegierung von Verwaltungszuständigkeiten (Artikel 14) lag auf dieser Linie. Erst als sich der erste Präsident der Region Tullio ODORIZZI selbst gegen die Abtretung verwalterischer Zuständigkeiten sperrt, kommt es 1957 zum »Los von Trient«.

183. Mario TOSCANO, Storia Diplomatica .... siehe speziell S. 444 ff.
184. Otto von GUGGENBERG, in: DOLOMITEN, 3. 9. 66; vgl.: O. v. GUGGENBERG, in: Karl Heinz RITSCHEL, Diplomatie .... S. 267: Die Unterhändler der SVP in Rom mußten bald feststellen, »daß DE GASPERI ... das, was er in Paris nicht erreichen konnte, indirekt anstrebte ...«; vgl.: Erich AMONN, in: DOLOMITEN, 16. 4. 64: Der 1948 in Wien Rat suchenden SVP-Führung eröffnet Außenminister GRUBER, De Gasperi hätte das Pariser Abkommen platzen lassen, wäre das für Südtirol ungünstige Wort »frame« nicht in den Text aufgenommen worden.
185. Felix ERMACORA, Südtirol ... Vaterland, S. 70.
186. Siehe: Silvius MAGNAGO (Friedl VOLGGER), 30 Jahre Pariser Vertrag .... S. 15; »Heute Entscheidung in der Autonomiefrage«, in: DOLOMITEN, 29. 1. 48; »Autonomie-Statut Trentino-Südtirol angenommen«, in: DOLOMITEN, 30. 1. 48: »Gestern, 29. Jänner, hat die Konstituante um 22 Uhr die Beratung über das Autonomie-Statut für Trentino-Südtirol abgeschlossen, wobei der Entwurf des Achtzehner-Ausschusses mit geringfügigen Aenderungen angenommen wurde. EBD., 2. 2. 48: Endgültig angenommen wurden die Sonderstatute für Sardinien, Trentino-Südtirol und Aosta am 31. 1. 48.
187. Angaben: Silvius MAGNAGO, Friedl VOLGGER: Die SVP-Delegation in Rom hätte die Parteigremien in Bozen schon wegen des großen Zeitdrucks nicht rückfragen können.
188. Zum Streit um den Aufbewahrungsort der Protokolle des SVP-Ausschusses gehen die Standpunkte nach wie vor auseinander. Friedl VOLGGER versichert, für Südtirol wichtige historische Unterlagen würden der SVP von Innsbruck vorenthalten. Die langjährige Leiterin des Südtirolreferats der Tiroler Landesregierung, Viktoria STADLMAYER, weist solche Vorwürfe zurück (Interview 25. 5. 95): SVP-Sekretär Hans STANEK habe sich zwar um 1960–61 mit der Absicht getragen, die SVP-Akten aus den Jahren 1945–47 nach Innsbruck zu bringen. Dies sei ihm jedoch wegen der vielen Durchsuchungen am Brenner abgeraten worden. Später sei ihr auf Rückfrage mitgeteilt worden, die Akten hätten sich gefunden, lagern jedoch ungeordnet im Keller am Bozner SVP-Sitz in der Brennerstraße und seien daher nicht einsehbar. Friedl VOLGGER bestreitet, daß die SVP im Besitz der Unterlagen ist. Auch SVP-Landessekretär Hartmann GALLMETZER bestätigt das Fehlen der Unterlagen aus dieser Zeit. Nach Angaben von Frau STADLMAYER habe lediglich SVP-Sekretär Josef ATZ Unterlagen von Mitte der sechziger Jahre in Innsbruck deponiert, die dann aber an dessen Nachfolger Bruno HOSP zurückerstattet worden seien. Zu Unstimmigkeiten war es um die Aufzeichnungen gekommen, die der Völkerrechtler Felix ERMACORA unter dem Titel »Geheimbericht der Südtiroler Delegation zur Pariser Konferenz 1946« (Amalthea, 1987) veröffentlichte. Diese Unterlagen hatte auch VOLGGER für seine 1984 erschienenen Memoiren in Innsbruck angefordert. Sie waren aber nicht sofort auffindbar.
189. DOLOMITEN, 26. 2. 48.
190. DOLOMITEN, 26. 2. 48, 5. 2. 48.
191. DOLOMITEN, 26. 2. 48.
192. DOLOMITEN, 16. 4. 64
193. Vgl.: Erich AMONN, Dr. Otto von GUGGENBERG, Dr. Karl TINZL, Dr. Josef RAFFEINER, Erklärung zum Perassi-Brief, dat.: Rom, 15. 2. 57, vollinhaltlich zitiert in: Karl Heinz RITSCHEL, Diplomatie .... S. 280–282. Die SVP-Führung hat sich von dem unter Druck zustandegekommenen Dokument also bereits 1957 distanziert. Doch erst die Enthüllung der wahren Hintergründe durch Erich AMONN als Zeuge im Mailänder Sprengstoffprozeß zeigt politische Wirkung, vgl.: Erich AMONN, in: DOLOMITEN, 16. 4. 64; Angaben dazu: Silvius MAGNAGO: Daß ein italienisches Gericht diese für Rom peinlichen Pressionen offiziell zu Protokoll nahm, habe bewirkt, daß der Perassi-Brief in der politischen Versenkung verschwand.
194. Vgl.: Friedl VOLGGER, Südtirol Scheideweg .... S. 176–178; ergänzende Angaben: Friedl VOLGGER zum Vorwurf, er habe sich mit seiner vorzeitigen Abreise vor der Verantwortung gedrückt: Er habe seine Anwesenheit als unerwünscht empfunden. Für die römischen Gesprächspartner habe er als zu hart und unbequem gegolten. So sei er beim Verhandlungsauftakt als einziges Mitglied der SVP-Delegation nicht akkreditiert gewesen. Die Akkreditierung mußte erst besorgt werden..
195. Angaben: Christoph AMONN (†); Silvius MAGNAGO: Die Politik der SVP ist anfangs im engsten Kreis entschieden worden.
196. »Unsere Meinung«, in: DOLOMITEN, 31. 1. 48; Friedl VOLGGER, Südtirol Scheideweg .... S. 178: Verfasser des Leitartikels war Kanonikus Michael GAMPER.
197. Siehe: Erich AMONN, in: DOLOMITEN, 16. 4. 64; siehe auch: Anm. 193.
198. Mario TOSCANO, Storia Diplomatica... S. 446–447: Außenminister GRUBER hatte der italienischen Botschaft in London unmittelbar nach dem »Sturm auf die Bozner Präfektur« die Südtiroler Einwände übermittelt. Der römische Ministerrat reagierte daraufhin mit der Einladung einer Südtiroler Delegation nach Rom ab 9. Jänner 1948, wie auch Erich AMONN bestätigt, in: DOLOMITEN, 16. 4. 64.
199. Mario TOSCANO, Storia Diplomatica .... S. 446–448; vgl.: Erich AMONN, in: DOLOMITEN, 16. 4. 64; vgl.: Otto von GUGGENBERG, in: Karl Heinz RITSCHEL, Diplomatie .... S. 267–268: Der von Außenminister GRUBER in Wien angeratene einstweilige Verzicht auf eine Einzelautonomie (vgl.: Anm. 182) war für die Südtiroler ein schwerer Schlag. Kontakte in Rom mit den Vertretern der Alliierten ergaben jedoch dasselbe Bild: Konkrete Unterstützung wurde nur für die von Italien gewünschte Regionalautonomie in Aussicht gestellt.
200. Erich AMONN, in: DOLOMITEN, 16. 4. 64; siehe auch: Karl Heinz RITSCHEL, Diplomatie .... S. 264: Erich AMONN hatte in Mailand unter Eid erklärt, Staatsrat Silvio INNOCENTI, Südtirol-Referent im italienischen Ministerpräsidium, habe den Perassi-Brief auf massiven Druck der italienischen Regierung erzwungen; Otto von GUGGENBERG, in: EBD., S. 267: Dem Kommissionsvorsitzenden und Namensgeber dieses Briefes, Tommaso PERASSI, stellt v. GUGGENBERG dagegen ein gutes Zeugnis aus: er habe sich als einziger wirklich gesprächsbereit gezeigt.
201. Friedl VOLGGER, Südtirol Scheideweg .... S. 176-177.
202. Erich AMONN, in: DOLOMITEN, 16. 4. 64.
203. »Gesetz über die Revision der Optionen«, in: DOLOMITEN, 9. 2. 48; vgl.: »Der Optantendekrets-Entwurf genehmigt vom Ministerrat«, in: DOLOMITEN, 31. 12. 47: Die Zeitspanne zwischen Genehmigung und Herausgabe macht deutlich, daß die Südtiroler mit dem Rückoptionsgesetz gezielt unter Druck gesetzt wurden. Diese lebenswichtige Maßnahme für die Volksgruppe wurde so lange in Schwebe gehalten, bis das Tauziehen um die Autonomie beendet war. vgl.:DOLOMITEN, 30. 1. 48: Genehmigung des Autonomiestatuts am 29. 1. 48 durch die Verfassunggebende Versammlung.
204. Entschließung der SVP-Landesversammlung vom 25. Feber 1948, in: DOLOMITEN, 26. 2. 48.
205. DOLOMITEN, 17./18. 4. 48.
206. »Die Faschisten besetzten das Rathaus von Bozen«, in: BOZNER NACHRICHTEN, 3. 10. 22; »Ein angeblich großer Staatsstreich der Faschisten«, in: EBD., 4. 10. 22: Eine römische Presseagentur brachte eine Ankündigung der bevorstehenden Machtergreifung vom 28. Oktober 1922.
207. DOLOMITEN, 17./18. 4. 48.
208. »Das blutgetränkte Edelweiß der Südtiroler Heimkehrer«, in: EBD.
209. Friedl VOLGGER, Südtirol Scheideweg .... S. 146–147.
210. DOLOMITEN, 9. 4. 48, 10./11. 4. 48, 17./18. 7. 48.

211. DOLOMITEN, 9. 4. 48.
212. DOLOMITEN, 13. 4. 48.
213. Vgl.: DOLOMITEN, 17. 6. 95.
214. Vgl.: DOLOMITEN, 13. 4. 48.
215. Vgl.: (STADTVERWALTUNG BOZEN, Hrsg.), »Bozen. 1948–1952. Eine Stadt im Wiederaufstieg«: Bürgermeister Dr. Luciano BONVICINI, 8. 5. 45–15. 1. 47, Dr. Guido DALLA FIOR, 15. 1. 47–27. 7. 48.
216. Angaben: Silvius MAGNAGO: In den ersten noch nicht gewählten Gemeinderat hatte ihn die Südtiroler Volkspartei entsandt.
217. DOLOMITEN, 7. 7. 48.
218. DOLOMITEN, 8. 7. 48.
219. DOLOMITEN, 9. 7. 48.
220. DOLOMITEN, 10. 7. 48, siehe auch: EBD., 9. 7. 48, S. 3.
221. DOLOMITEN, 9. 7. 48.
222. DOLOMITEN, 5. 7. 48; siehe auch: EBD., 9. 7. 48.
223. DOLOMITEN, 10./11. 7. 48; vgl.: »L'on. Treves e Unterkircher parlano in piazza della Vittoria«, in: ALTO ADIGE, 10. 7. 48; DOLOMITEN, 10. 7. 48: Am letztmöglichen Tag vor der Wahl lud die SVP dann noch in gleicher Besetzung zu einer weiteren italienischen Wahlkundgebung nach Oberau, in die Tambosi-Schule.
224. ALTO ADIGE, 10.7.48; Angaben: Andrea MASCAGNI: Lorenz UNTERKIRCHER, von Beruf Uhrmacher (Laden Ecke Obstmarkt–Museumstraße), war bereits unter Alt-Österreich ein engagierter Sozialdemokrat; vgl.: Eduard REUT-NICOLUSSI, Tirol unterm Beil .... S. 146: Lorenz Unterkircher und Genossen wehren sich gegen die Beschlagnahmung des Gewerkschaftshauses in Bozen.
225. DOLOMITEN, 10./11. 7. 48.
226. EBD.
227. DOLOMITEN, 9. 7. 48.
228. EBD.
229. Vgl.: Gottfried SOLDERER, »Der Rundfunk im Überlebenskampf einer Minderheit. Fallstudie Südtirol«, Salzburg, Diss., 1980, S. 15 f.: »Radio Bolzano« der ersten italienischen Rundfunkgesellschaft EIAR nahm bereits 1928 seinen Betrieb auf, als vierte Station in ganz Italien nach Rom, Mailand und Neapel: ein Zeichen, welche Bedeutung dem neuen Medium für politisch-propagandistische Zwecke beigemessen wurde: EBD., S. 58 ff., siehe insbesondere: S. 62–63: Die deutschsprachigen Programme des »Senders Bozen« der Nachfolgegesellschaft RAI waren streng reglementiert und daher bei der Südtiroler Bevölkerung als »italienisch« entsprechend umstritten; Angaben: Vittorio RAINALDI, Mitarbeiter der RAI Bozen in der Stunde Null: Das Funkhaus war im Eckhaus Sparkassenstraße-Leonardo da Vincistraße (heute: Südtiroler Sparkasse AG) untergebracht.
230. Vgl. Angaben: Friedl VOLGGER: bedauert das Scheitern des von ihm und Toni EBNER mitinitiierten Experiments. Keiner der italienischen Autonomisten auf der Bozner SVP-Liste sei gewählt worden.
231. Angaben Andrea MASCAGNI: Sein Vater war Cousin und Schüler des Komponisten Pietro MASCAGNI am Konservatorium von Pesaro.
232. DOLOMITEN, 16. 7. 48.
233. DOLOMITEN, 23. 10. 52.
234. (STADTVERWALTUNG BOZEN, Hrsg.), Bozen 1948–1952 .... (ohne Seitenangabe): In der Stadtregierung vom 27. 7. 48 mit Bürgermeister Lino ZILLER (DC) an der Spitze war die SVP wie folgt vertreten: Silvius MAGNAGO (SVP), Vizebürgermeister; Comm. Walther AMONN (SVP) (Finanzen); Arch. Alois PLATTNER (SVP). Die Südtiroler Volkspartei hatte also drei volle Mandate. »Wirkliche Stadträte« der italienischen Volksgruppe waren: Ing. Giordano SABBADIN (DC), (Öffentliche Arbeiten), Dr. Marcello CAMINITI (PSI), (Polizeiwesen), Dr. Claudio EMERI (PCI), (Hygiene). Rechnet man allerdings die zwei italienischen Ersatz-Stadträte ein, so verschiebt sich der von Magnago genannte Aufteilungsschlüssel doch erheblich zugunsten der Italiener. MAGNAGO, AMONN und PLATTNER gehören dem Stadtrat auch nach den Umbildungen vom 14. 12. 48 und 22. 9. 50 weiter an.
235. Vgl. DOLOMITEN, 10./11. 7. 48, S. 5: Dr. Jakob AUFDERKLAMM, der damals sein 40jähriges Priesterjubiläum beging, war Mitschüler von Kanonikus Michael GAMPER.
236. DOLOMITEN, 28. und 29. 10. 52: Antrag Pietro MITOLO, betreffend eine Gedenktafel für gefallene Lehrer und Studenten; dazu: Einsetzung einer Gemeindekommission.
237. DOLOMITEN, 29. 10. 52.
238. Angaben: Arnold HEIDEGGER: Die Bezeichnung Cairoli-Schule war ein Relikt aus der Zeit des Faschismus. Anstoß genommen habe er mit seinen Südtiroler Lehrerkollegen an einem der adeligen Namensgeberin zugeschriebenen Zitat. Die glühende Patriotin aus Pavia, die in den Risorgimento-Kriegen alle fünf Söhne verloren hatte, soll gesagt haben: Hätte sie noch weitere fünf Söhne, so würde sie auch diese auf dem Altar des Vaterlandes opfern.
239. DOLOMITEN, 27./28. 11. 48.
240. DOLOMITEN, 26. 11. 48.
241. DOLOMITEN, 25. 11. 48.
242. DOLOMITEN, 30. 11. 48.
243. DOLOMITEN, 3. 12. 48.
244. EBD.: zum Tod des ersten Landeshauptmannes, Angaben: Silvius MAGNAGO und Karlheinz ERCKERT: Dr. Karl ERCKERT, 2. 6. 1894–15. 12. 1955. Südtirols erster Landeshauptmann erlag in seinem Büro zwei aufeinanderfolgenden Herzattacken. Von einer Regierungssitzung hatte er sich kurz vorher entfernt, wollte aber bald wieder zurücksein. Landesrat Robert von FIORESCHY fand Erckert sterbend im Büro.
245. Vgl.: DOLOMITEN, 26. 11. 48: »Dr. Karl ERCKERT, Rechtsanwalt in Meran, bekannt durch seine große Erfahrung und Tüchtigkeit auf dem Gebiete des Verwaltungsrechtes ...«, schon aus diesem Kurzcurriculum bei der Kandidatenvorstellung war Erckerts Favoritenrolle herauszulesen.
246. Günther PALLAVER, Schlamm drüber ...., Referat, in: Stunde Null ...., Tagung Landtag (12./13. 5. 95), S. 7; siehe auch: Veronika MITTERMAIR, Kontinuität politischer Eliten .... EBD.; vgl.: Anton HOLZER, Südtiroler Volkspartei .... S. 77–78.
247. Christoph von HARTUNGEN, Operationszone Alpenvorland .... in: Geschichte und Region ...., S. 130.
248. Karl Heinz RITSCHEL, Diplomatie .... S. 195, darin zitiert: Ferruccio LANFRANCHI, La resa .... siehe: Anm. 124.
249. Christoph von HARTUNGEN, Operationszone Alpenvorland .... in: Geschichte und Region .... S. 130; vgl.: Bruno DE ANGELIS, in: Ferruccio LANFRANCHI, La resa .... S. 347 ff.
250. Karl Heinz RITSCHEL, Diplomatie .... S. 200.
251. Silvius MAGNAGO, in: Karl Heinz RITSCHEL, Diplomatie ...., S. 203.
252. Angaben: Karlheinz ERCKERT: Unterlagen im Besitz der Familie; siehe auch: »Nicht Nazi-Bürgermeister«, in: DOLOMITEN, 27. 10. 95: Laut einem Bozner Gerichtsurteil muß der Vorsitzende der jüdischen Gemeinde in Meran Federico STEINHAUS in seinem Buch »Juden in Südtirol« den Passus zurücknehmen, in dem er Landeshauptmann Erckert als »Nazi-Amtsbürgermeister« bezeichnet hatte.
253. Angaben: Silvius MAGNAGO: für die Präsidenten des Landtags und Regionalrates war schon damals ein Rotationssystem vorgesehen, also der Abtausch deutsch/italienisch zur Halbzeit der nur vierjährigen Legislatur. Der Präsident eines Gremiums war zugleich Vize-Präsident des anderen Gremiums, so daß Verwaltungskosten gespart wurden. Der Druck auf die Parteien bei der Postenvergabe sei damals nicht so stark gewesen wie heute.
254. DOLOMITEN, 14. 12. 48.
255. EBD.

256. DOLOMITEN, 20. 12. 48.
257. »Die Eröffnung des Provinzial-Landtages in Bozen«, in: DOLOMITEN, 17. 12. 48, mit einer Vorankündigung; Angaben: Silvius MAGNAGO: Soweit er sich erinnert, versammelte sich der Landtag damals im heutigen zweiten Stock, in einem kleinen, sehr bescheidenen Saal, der später umgebaut wurde (heute: Sitzungssaal Landesregierung); siehe auch: DOLOMITEN, 21. 12. 48, schildert die eigentliche Eröffnung.
258. Siehe: DOLOMITEN, 17. 12. 47.
259. Vgl.: (STADTVERWALTUNG BOZEN, Hrsg.), Bozen 1948–1952 ..., (ohne Seitenangabe): Unterm Faschismus war die Königliche Präfektur Bozen die zuständige Staatsbehörde; mit einem Präfekten der deutschen Besatzungsmacht vom 8. 9. 43–2. 5. 45. Nach Inkrafttreten der ersten Autonomie ging die Exekutive an den Landesausschuß über, der ab Jänner 1949 seine Tätigkeit aufnahm; Angaben: REGIERUNGSKOMMISSARIAT: Als Staatsvertreter in der autonomen Provinz waren bis 1972 Vize-Regierungskommissare eingesetzt. Der für die Region zuständige Regierungskommissar hatte seinen Sitz in Trient.
260. DOLOMITEN, 21. 12. 48.
261. EBD.
262. Vgl.: DOLOMITEN, 14. 12. 48: Beim ersten Namensaufruf im Regionalrat gab es empfindliche Lücken in den Reihen der SVP, es fehlten: Josef MENZ-POPP, Karl ERCKERT, Ernst MUTHER, Alfons BENEDIKTER (verhindert durch den Autounfall), Leo von PRETZ (ebenfalls in Meran aufgehalten), Dir. Paul MAYR (erkrankt); Angaben: Alfons BENEDIKTER; Angaben: Karlheinz ERCKERT: auch sein Vater saß am Rücksitz. Am Steuer war Georg (Jörgl) MENZ-POPP, ein Sohn des SVP-Obmannes, wie auch die Familie bestätigt.
263. Vgl.: DOLOMITEN, 26. 11. 48: Alfons BENEDIKTER kandidiert mit folgendem Curriculum: Angestellter des Arbeitsamtes Bozen, Fachmann für Arbeitsrecht, Generalsekretär des neugegründeten Südtiroler Gewerkschaftsbundes; Angaben: A. BENEDIKTER: Seit Juni 46 lebte er in Bozen und engagierte sich hier im sozialen Bereich, als Mitgründer von CISL und KVW.
264. Angaben: Friedl VOLGGER: Als Beweis für den Willen zur Zusammenarbeit nennt Volgger den von Karl TINZL ausgearbeiteten SVP-Entwurf für die Autonomie von 1948, der von italienischer Seite nicht berücksichtigt wurde. Dabei hätten die zwei autonomen Klein-Regionen den Gemeinsamkeiten breiteren Raum gegeben als die heutige Rumpf-Region. Zum Beispiel sollten wichtige Teile der Gesetzgebung der gemeinsamen Beschlußfassung unterstellt werden. Diese Chance sei damals jedoch von den nationalistisch-zentralistischen Kreisen in Trient verkannt worden, betont Volgger.
(RED.): Dabei zeigt sich eine aktuelle Parallele zur jüngsten Regionalismusdiskussion: Landeshauptmann Luis DURNWALDER hat auf der Pressekonferenz der Landesregierung am 11. 9. 95 am Vorabend der italienischen Regionenkonferenz in Friaul die Idee der zwei Klein-Regionen neu lanciert, wonach die beiden autonomen Provinzen Bozen und Trient wie zwei Regionen behandelt werden sollten, siehe dazu auch: »Endziel: Eine autonome Provinz«, in: DOLOMITEN, 12. 9. 95.
265. DOLOMITEN, 8. 1. 52.
266. Angaben: Christoph AMONN (†).
267. Vgl.: DOLOMITEN, 8. 1. 52, darin zitiert: SVP Parteiausschuß 13. 8. 51, einstimmige Entschließung mit Protest gegen die Nichterfüllung der Südtiroler Anliegen.
268. »Der Sturz aus den Wolken, Spekulationen auf eine Radioansprache«, in: DOLOMITEN, 8. 1. 52: Der »Alto Adige« hatte nämlich geschrieben, so manche Berliner Zeitung sei aus allen Wolken gefallen, als sie hörten, wie gut es den Südtirolern angeblich in Wirklichkeit geht. Der Titel ist eine ironische Anspielung auf die ungewollten Nebeneffekte von Magnagos Rede.
269. RED: MAGNAGO verschmähte die Eselsbrücke, die ihm der Kommentator baut, mit einem Hinweis auf die im offiziellen deutschen Rundfunk damals gar nicht so unübliche Praxis politisch geschönter Südtirolberichte; Angaben: Silvius MAGNAGO: Die Aufzeichnung erfolgte als Telefoninterview, nach einem Vorgespräch; (RED.): Für einen Zusammenschnitt spricht, daß Fragen fehlen; Angaben: RIAS-Berlin: Das Original ist nicht mehr vorhanden; DOLOMITEN, 8. 1. 52: Die »Dolomiten« hatte kein Original zur Verfügung, sondern war zum Ärger des Kommentators auf den Text angewiesen, den die »ALPENZEITUNG« abgedruckt hatte, also der deutsche Ableger des national gefärbten »Alto Adige«. Die italienische Presse war auf die Magnago-Rede offensichtlich gut vorbereitet und sorgte für entsprechende mediale Breitenwirkung.
270. DOLOMITEN, 8. 1. 52; vgl.: DOLOMITEN, 11. und 12. 11. 52: Die Ambivalenz der römischen Südtirolpolitik belegt ein Wahlauftritt von Regierungschef Alcide DE GASPERI vor Bozner Publikum. Übrigens dürfte es das einzige Mal gewesen sein, daß De Gasperi in Südtirol das Pariser Abkommen und dessen Auswirkungen öffentlich bewertet hat. Die großen Linien überzeugen: De Gasperi unterstreicht die Bedeutung des Abkommens als Mittel friedlicher Konfliktbewältigung im politischen Wiederaufbau nach der Diktatur, ohne seine anfängliche Sorge zu verhehlen, ob das Experiment dieser Regionalautonomie im zentralistischen Staatsgefüge wohl klappen würde. Bei den Südtirolern hängen geblieben sind allerdings die unmittelbar auf Südtirol zugeschnittenen verletzenden Passagen: ein »Grünbuch« mit getürkten Zahlen, Unterstellungen und Pauschalverdächtigungen.
271. DOLOMITEN, 15. 10. 52.
272. DOLOMITEN, EBD.
273. DOLOMITEN, 12. 11. 52.
274. EBD.
275. DOLOMITEN, 10. 11. 52.
276. DOLOMITEN, 8. 11. 52.
277. EBD.
278. DOLOMITEN, 10. 11. 52.
279. DOLOMITEN, 8. 11. 52.
280. DOLOMITEN, 25. 10. 52, 13. und 15. 11. 52.
281. DOLOMITEN, 13. 11. 52; vgl.: Silvio FLOR, »Staatsbürger, nicht Untertanen!«, in: DOLOMITEN, 19. 12. 47: Im Tauziehen um die erste Autonomie hatte ihm das Südtiroler Tagblatt noch einen Ehrenplatz als Gastkommentator zur Verfügung gestellt. Die Schriftleitung präsentierte ihn als Nachfolger »seines verstorbenen Vaters, des gewesenen Abgeordneten für Trient, Silvio Flor, der, obwohl Italiener aus dem Trentino, wiederholt im römischen Parlament für eine gerechte Behandlung der Südtiroler das Wort ergriffen hat.«
282. DOLOMITEN, 13. 11. 52.
283. DOLOMITEN, 14. 11. 52.
284. DOLOMITEN, 15. 11. 52.
285. DOLOMITEN, 8. 11. 52.
286. Angaben: Alfons BENEDIKTER; siehe auch: Silvius MAGNAGO (Friedl VOLGGER), 30 Jahre Pariser Vertrag ..., S. 20.
287. DOLOMITEN, 30. 10. 52.
288. Angaben: Alfons BENEDIKTER: Anläßlich der Südtiroldebatte bei den UN verwiesen Italiens Vertreter auf das Südtiroler Landschaftsschutzgesetz. Die strengere Regelung im Vergleich zum übrigen Staatsgebiet sei als »Beweis« für Südtirols Autonomie ins Treffen geführt worden, erinnert sich Benedikter, damals einer der Südtiroler Beobachter in New York.
289. DOLOMITEN, 30., 31. 10. 52.
290. »Erich Amonn in Meran«, in: DOLOMITEN, 10. 11. 52.
291. Silvius MAGNAGO, (Friedl VOLGGER), 30 Jahre Pariser Vertrag ..., S. 17.

292. Angaben: Franz WIDMANN: Der Austritt von Hans DIETL aus der Regionalregierung im Jahr 1955 hatte zunächst nicht den von Dietl erhofften Effekt, daß die SVP auch ihre übrigen Vertreter zurückzieht.
293. Angaben: Franz WIDMANN, zusammen mit DIETL der eigentliche Begründer des »Los von Trient«, also einer neuen Politik, die SVP-Obmann MAGNAGO 1957 zum offiziellen Programm erhob.
294. Vgl.: Anton HOLZER, Südtiroler Volkspartei ..., S. 76.
295. Mario Baron von UNTERRICHTER wurde 1952 gewählt und gehörte der Regionalregierung von 1952 bis 59 an.
296. Ergänzende Angaben: Friedl VOLGGER: Wären die autonomistisch gesinnten Trentiner auf der Bozner SVP-Liste bei der ersten Gemeindewahl 1948 gewählt worden, hätte dies wahrscheinlich späteren Spannungen vorgebeugt; ähnliche Gedanken äußert Lothar von STERNBACH.
297. Friedl VOLGGER, Südtirol Scheideweg ..., S. 212.

Hans Mayr

»Los von Trient«

S. 119–165

1. ALTO ADIGE, 26. 5. 1957.
2. »Die 10. Landesversammlung der SVP fordert Selbstverwaltung für Südtirol«, in: VOLKSBOTE, 30. 5. 1957.
3. »Rom wirft Milliarden aus zur Erstickung des Deutschtums in Südtirol«, in: VOLKSBOTE, 17. 10. 1957.
4. EBD.
5. »Echo der Kundgebung in Sigmundskron«, in: VOLKSBOTE, 21. 11. 1957.
6. EBD.
7. EBD.
8. EBD.
9. EBD.
10. »Südtirol, so groß warst du im Frieden nie! 35.000 protestieren auf Schloß Sigmundskron«, in: VOLKSBOTE, 21. 11. 1957.
11. EBD.
12. EBD.
13. DOLOMITEN, 28. 4. 1991.
14. LA REPUBBLICA, 29. 4. 1991.
15. IL RESTO DEL CARLINO, 28. 4. 1991.
16. E. BAUMGARTNER, H. MAYR, G. MUMELTER »Feuernacht - Südtirols Bombenjahre«, Bozen, Edition Raetia, 1992, S. 127.
17. EBD. S. 30-32, S. 116.
18. EBD. S. 30.
19. EBD. S. 39.
20. EBD. S. 62-96.
21. Silvius MAGNAGO (Hrsg.: Parteileitung der Südtiroler Volkspartei), »30 Jahre Pariser Vertrag«, Bozen, 1976.

Gottfried Solderer

»Blumen am Wege pflücken«

Seite 169–203

1. Gespräch Hans MAYR mit Silvius MAGNAGO am 23. 08. 1994 (Tonband-Protokoll).
2. Viktoria STADLMAYER: »Das Südtirol-Paket aus österreichischer Sicht. 25 Jahre Paketdebatte im Nationalrat«, in: DOLOMITEN, 15. 12. 1994 und 17./18. 12. 1994.
3. Gespräch Gottfried SOLDERER mit Altsenator Karl MITTERDORFER am 11. 10. 1994 (Tonbandprotokoll).
4. »Südtirol Ende 1962«, Tätigkeitsbericht des Parteiobmannes auf der 15. Landesversammlung der SVP. Broschüre, Bozen 1962.
5. Botschafter Ludwig STEINER auf der Tagung der Gaismair-Gesellschaft in Bozen am 10. 12. 1994 zum Thema »25 Jahre Paket« (Tonbandprotokoll).
6. VITA ITALIANA, April 1994, Sondernummer Südtirol S. 329.
7. Gespräch Gottfried SOLDERER mit Altsenator Karl MITTERDORFER.
8. EBD.
9. EBD.
10. EBD.
11. DOLOMITEN, 30. 11. 1961.
12. DOLOMITEN, Leitartikel 30. 11. 1961.
13. EBD.
14. Gespräch Gottfried SOLDERER mit Altsenator Karl MITTERDORFER.
15. Südtirol Ende 1992, siehe Anm. 4.
16. EBD.
17. Claus GATTERER: »Im Kampf gegen Rom«, Wien~Frankfurt~Zürich, Europa-Verlag, 1968, S. 1264.
18. EBD.
19. Gespräch Gottfried SOLDERER mit Silvius MAGNAGO am 21. 10. 1994 (Tonbandprotokoll).
20. Vgl.: Viktoria STADLMAYER: Das Südtirol-Paket aus österreichischer Sicht, siehe Anm 2.
21. Viktoria STADLMAYER: »Franz Gschnitzer und Südtirol«, in: Franz Gschnitzer Lesebuch, Wien, 1993, S. 1150.
22. Gespräch Hans MAYR mit Silvius MAGNAGO.
23. EBD.
24. EBD.
25. EBD.
26. Gespräch Elisabeth BAUMGARTNER mit Silvius MAGNAGO am 29. 1. 1992 (Tonbandprotokoll).
27. EBD.
28. EBD.
29. Gespräch Gottfried SOLDERER mit Silvius MAGNAGO, siehe oben.
30. Gespräch Elisabeth BAUMGARTNER mit Silvius MAGNAGO, siehe oben.
31. Gespräch Gottfried SOLDERER mit Silvius MAGNAGO, siehe oben.
32. EBD.
33. Gespräch Elisabeth BAUMGARTNER mit Silvius MAGNAGO, siehe oben.
34. Gespräch Gottfried SOLDERER mit Silvius MAGNAGO, siehe oben.
35. EBD.
36. Im Gegensatz zur Zwölferkommission, die sich mit den Durchführungsbestimmungen zum Autonomiestatut im Trentino und in Südtirol befaßte, beschäftigte sich die Sechserkommission ausschließlich mit den Durchführungsbestimmungen für die Provinz Bozen.
37. Gespräch Gottfried SOLDERER mit Silvius MAGNAGO, siehe oben.
38. EBD.
39. EBD.
40. DOLOMITEN, 11. 11. 1969.
41. Protokoll der 4. außerordentlichen Landesversammlung der Südtiroler Volkspartei vom 22. November 1969 in Meran. Maschinegeschriebenes Manuskript.
42. DOLOMITEN, 20. 11. 1969.
43. EBD.

Personenregister

Acheson, Dean 236
Achmüller, Erich 348
Adenauer, Konrad 339
Agnelli, Gianni 345
Agostini, Piero 196
Alberti, »Jack« Gioacchino 332
Albertini, Remo 284
Altmann, Sebastian 283
Amonn, Christoph 76, 348
Amonn, Erich 65, 66, 67, 68, 72, 76, 81, 82, 84, 86, 87, 88, 89, 90, 101, 105, 107, 108, 110, 112, 113, 119, 122, 123, 124, 127, 130, 131, 172, 173, 174, 175, (176), 177, 178, 179, 183, 229, 230, 240, 242, 244, 245, 251, 348
Amonn, Walther 67, 98, 100, 130
Amplatz, Luis 137, 141, 144, 246
Andergassen, Gotthard 14
Andreotti, Giulio 180, 184, 205, 214, 218, 237, 324, 345, 353
Ardizzone, Delfino 182
Ariù, Palmero 158
Attlee, Clement 228
Atz, Josef 185, 190, 191, 194
Atz, Roland (289), 290, (320)
Atzwanger, Hugo 16, 17, 23
Aufderklamm, Jakob 99
Bacher, Walter 351
Balzarini, Aldo 289
Battisti, Cesare 26, 28, 137, 328
Battisti, Livia 182
Baur, Hans 122, 123, 173, 262
Becker, Boris 304
Beikircher, Josef 173
Bene, Otto Konsul 54
Benedict, Hans 197
Benedikter, Alfons 44, 45, 66, 76, 101, 102, 103, 104, 105, 107, 110, 111, 112, 122, 123, 180, 182, 185, 188, 190, 196, 229, 264, 285, 287, 289, 319, 320, 340, 341, 344, 350, 360
Benedikter, Hans 36
Benussi, Oscar 316
Berger, Franz 162
Berloffa, Alcide 97, 320, 341
Berlusconi, Silvio 290
Bertorelle, Armando 285
Bevin, Ernest 226
Bianchin, Roberto 149
Bischoff, Lisbeth 359
Blaas, Hans 78
Blechner, Heinrich 235
Bobbio, Norberto 345
Bolognini, Giancarlo 289, 321
Bocca, Giorgio 323, 325
Bonomi, Ivanoe 82, 237
Bonomi, Rosa 27
Boscarolli, Nino 42, 99
Bossi, Umberto 324
Braitenberg, Carl von (67), 74, 82, 123, 124, 244
Brandt, Willy 286
Brugger, Peter 112, 122, 173, 186, 188, 190, 191, 192, 195, 196, 197, 285, (340)
Brugger, Siegfried 192, 289, 290, 291, 299, 300, 305, 306, 319
Byrnes, James 226, 227, 228, 229, 232
Cairoli, Adelaide 100
Caminiti, Marcello 98
Caproni, Iginio 307
Carandini, Nicolò 237
Cerea, Gianfranco 328
Charles, Ray 318
Charles, Sir Noel Hughes H. 241
Churchill, Winston 228
Ciampi, Carlo Azeglio 218
Clairval, Henri 68
Cornelissen, Sofia 61, 62 (verheiratete Magnago, siehe: Magnago, Sofia)
Cossiga, Francesco 40, 149, 324, 349
Craxi, Bettino 315, 323, 324
Dalla Fior, Dr. Guido 92
Dalsass, Joachim 122, 173, 186, 188, 190, 191, 196, 264, 285, 287
De Angelis, Bruno 67, 68, 102, 245
De Filippo, Edoardo 324
De Gasperi, Alcide 78, 80, 81, 82, 85, 202, 228, 229, 230, 231, 233, 236, 237, 238, 239, 240, 242, 245, 324, 328
De Gaulle, Charles 339
De Mita, Ciriaco 324
De Sica, Vittorio 318
Dejaco, Valerius 264
Dell'Antonio, Faustino 122, 126, 162
Dell'Antonio, Hansjörg 186
Dietl, Hans 112, 122, 123, 126, 131, 150, 158, 160, 163, 173, 182, 188, 190, 319
Di Pauli, Georg Baron (67), 92
Dulles, Allan 241
Dunn, James 228
Durnwalder, Luis 185, 215, 219, 220, 281, 286, 287, 288, 289, 290, 291, 293, 299, 319, 328, 340, 347
Ebner, Fritz 264
Ebner, Michl 340
Ebner, Toni 66, 73, 84, 90, 91, 92, 113, 119, 122, 124, 125, 126, 130, 172, 173, 175, 178, 179, 242, 244, 319, (340)
Egarter, Hans 68
Egen, Alexander von 340
Egger, Bischof Wilhelm 352
Egger, Fritz 259
Eisendle, Konrad 173
Ellecosta, Oswald 185
Emeri, Claudio 98
Ennemoser, Günther 185
Erckert, Karl 101, 102, 104, 106, 107, 124, 245, 251, 261
Erckert, Karlheinz 102
Erhart, John 228
Ermacora, Felix 85, 235
Eschgfäller, Hans 123
Fanfani, Amintore 162, 180
Fellini, Federico 325
Ferretti, Remo 289, 347
Figl, Leopold 66, 76, 79, 229, 231, 232
Fioreschy, Robert von 72, 173, 191, 285, 340
Fischer, Heinz 220, 288
Flor, Silvio 110
Fodera, Marco 74
Fontana, Josef 15, 140, 144, 152, 164
Forcher-Mayr, Paula 233

Forer, Heinrich 264
Forlani, Arnaldo 180, 328
Franz Joseph, Kaiser 28, 329
Franzelin, Rosa 347
Frasnelli, Hubert 336, 340
Freiberg, Walter 177
Führer, Fritz 69, 245
Gaismair, Michael 339
Gallmetzer, Hartmann 288, 303
Gamper, Florian 303
Gamper, Hans 144,
Gamper, Hans (Landeshauptmannstellvertreter Tirols) 240
Gamper, Hugo 190
Gamper, Josef 122, 173
Gamper, Kanonikus Michael 38, 86, 91, 92, 108, 113, 130, 200, 239, 242, 244, 245, 255, 258, 263, 329, 339
Gandini, Umberto 321, 352
Gargitter, Bischof Joseph 354, 355
Gatterer, Claus 28, 83, 85, 197, 203, 254
Gehler, Michael 233
Geisler, Bischof Johannes 41, 104
Gennaro, Luigi de 158
Giarratana, Alfredo 33
Gitzl, Anton 173
Golowitsch, Helmut 228, 236
Gorbach, Alfons 235
Goppel, Alfons 345
Gorbatschow, Mikail 339
Gorfer, Aldo 197
Gouthier, Anselmo 350
Graf, Steffi 304
Graiss, Karl 122, 123
Gratz, Leopold 358
Greif, Margareth 303
Gruber, Josef 123
Gruber Karl 66, 78, 79, 80, 88, 202, 227, 228, 230, 232, 233, 236, 237, 238, 239, 240, 259, 262
Gschnitzer, Franz 200, 212, 235, 244, 245, 248, 249
Gschwendt, Heiner 40
Guarneri, Felice 54
Guggenberg, Otto von 66, 67, 78, 79, 81, 83, 84, 86, 87, 90, 91, 112, 124, 130, 226, 227, 230, 240, 244
Habsburg, Otto von 66
Habsburg, Robert von 66, 231
Habsburg, Rudolf von 242
Haller, Franz 149
Hartungen, Christoph von 91, 102
Haspinger, Pater Joachim 339
Haymerle, Heinrich 210, 211
Heidegger, Arnold 96, 97, 98, 99, 100
Heinricher, Kurt 47, 177
Helm, Heidi (verheiratete Dallapozza) 46
Helm, Robert junior 46, 47, 52
Helm, Robert senior 49, 52, 53
Hermine, siehe: Runggatscher, Hermine
Hetzenauer, Franz 235
Himmler, Heinrich 38
Hitler, Adolf 29, 30, 31, 32, 33, 36, 42, 43, 44, 52, 56, 58, 60, 76, 108, 241, 254, 255, 315, 329
Ho Tschi Minh 339
Hofer, Andreas 143, 150, 228, 264, 265, 312, 323, 325, 326, 329, 339
Hofer, Franz 41, 58, 260
Hofer, Peter 27, 42, 67, 260
Hofer, Toni 42
Holzer, Anton 101
Holzner, Josef 173
Huter, Jacob 339
Innerbichler, Franz 138
Innerebner, Siegfried 36
Innerhofer, Franz 26, 28
Innerhofer-Tanner, Franz 82, 83, 84, 122
Innerhofer, Josef 353
Innerhofer, Sepp 138, 140, 144, 150, 154, 158, 160, 163
Innocenti, Silvio 88, 229, 241
Insam, Helmut 323
Jankowitsch, Peter 220, 360
Jenny, Egmont 144, 182, 350
Johannes Paul II., Papst 352
Jöchler, Johann 123
Jud, Josef 173
Kapfinger, Anton 173
Kaserer, Robert 340
Kathrein, Rudolf 209, 249
Kennedy, Bob 315
Kennedy, John 315
Kerschbaumer, Sepp 138, 140, 144, 148, 150, 152, 154, 158, (163), (164)
Kessler, Senator Bruno 313, 341
Khol, Andreas 211, 220
Kirchschläger, Rudolf 211, 249
Klaus, Josef 209, 247, 248
Kleinwächter, Ludwig 228, 232
Klotz, Jörg 148, 149, 158, 246
Koch, Martl 158
Kohl, Helmut 343
Köllensperger, Theo 72
Kollmann, Peter 173
König, Kardinal Franz 359
Kreisky, Bruno 113, 149, 150, 200, 201, 205, 208, 209, 211, 212, 213, 232, 235, 247, 248, 249, 286, 340, 341, 353, 359
Kritzinger, Helmut 122, 123 126, 173
Kucera, Hansjörg 186
Kunschak, Leopold 361
Langer, Alexander 338, 340, 341, 348
Leslie, Edgeworth M. 241
Locher, Sepp 158
Lochmann, Franz 173
Loricchio, Adriano 316
Lösch, Franz 122
Löwenthal, Max 235
Lucchi, Orlando 182
Lucifredi, Roberto 171
Mack, William Henry B. 228, 233
Magnago, Maria (verh. Dell'Antonio) 15, 18, 23, (26), (27), 42
Magnago, Selma (verh. Rabanser) 15, 18, 23, (26), (27), 38, 42, 329, 349
Magnago, Silvio Vater 18, 19, 22, 23, 24, 28, 73
Magnago, Sofia (61), 62, (64), 70, 71, 72, 73, 74, 77, 271, 312, 349
Mahlknecht, Jörg 60
Mair Jenner, Josef 173
Malfer, Viktor 60, (68), (69)
Maleta, Alfred 131, 361
Marchetto, Clara 241
Mark, Franz 122, 123, 124, 173
Markart, Josef 122
Marschall, Ilse 305, (312)
Martini, Augusto 237
Mascagni, Andrea 36, 97, 98, 99, 100
Mascagni, Mario 97
Mascagni, Pietro 97
Mastromattei, Giuseppe 240, 259, 265
Matsch, Franz 210
Matscher, Franz 213, 248
Matteotti, Giacomo 251
Matzneller, Albert 122, 123
Maurer, Joseph 17, 22
Mayr, Anna (Rammlhof) 144
Mayr, Hans 285
Mayr, Matthias 38
Mayr, Paul 52, 54, 56, 101, 102, 110
Mayr, Peter 339
Mayr, Sepp 289
Mayr-Nusser, Josef 43, 261
Mazzoni, Angelo 137
Meister, Gottlieb 122
Menapace, Luigi 101, 103, 107
Menz, Walter 122
Menz-Popp, Josef 67, 81, 84, 101, 104, 110, 130
Messner, Siegfried 289
Minzoni, Ruggero 182
Mitolo, Andrea 164
Mitolo, Pietro 97, 98, 99, 347

Mitterhofer, Sepp 150, 160, 162
Mitterdorfer, Karl 169, 171, 172, 173, 186, 264
Mock, Alois 149, 215, 220, 221, 299, 324, 360
Molden, Fritz 229
Molden, Otto 229
Molignoni, Decio 182, 284
Molé, Attilio 323
Molotow, Wjatscheslaw 226
Moro, Aldo 171, 173, 180, 184, 186, 197, 208, 324, 328, 341
Moroldo, Gianfranco 323
Mozart, Wolfgang Amadeus 269
Müllauer, Friedrich 243
Mumelter, Annemarie 40, 70, 72, 77
Mumelter, Gottfried 14
Mumelter, Hermann 18, 24, 25
Mumelter, Hugo 72
Mumelter, Norbert 17, 24, 31, 32, 38, 40, 47, 72
Mussolini, Benito 26, 29, 32, 33, 36, 41, 42, 44, 45, 55, (60), (142), 162, 245, 255, 315, 329
Muther, Ernst 104
Muther, Franz 150, 158
Neuhauser, Hans Karl 122, 137, 173
Nicolussi, Hermann 40, 123, 173
Nicolussi-Leck, Karl 40, 172, 173, 174, 177, 178
Nitti, Francesco Saverio 237
Oberhuber, Rudolf 173
Obermair, Hans 122
Oberrauch, Heini 144
Obwexer, Peter 173
Odorizzi, Tullio 101, 106, 112, 125
Pacciardi, Randolfo 81
Pahl, Franz 290, 336, 340
Paldele, Alois 122
Pallaver, Günther 101
Panizza, Franco 313
Panizza, Luigi 308
Panizza, Sandro 101
Parak, Franz 235
Pardatscher, August 122
Parri, Ferruccio 237
Parteli, Othmar 358
Partl, Alois 215, 221, 353, 360
Partl, Ingeborg 358
Pasquali, Giorgio 131
Pecorini, Giorgio 323
Pella, Onorevole Giuseppe 130
Penasa, Franca 313
Perassi, Tommaso 84, 86, 88
Perathoner, Julius 26, 27, 89, 252, 339
Perenthaler, Achille 311
Pertini, Sandro 324, 348
Peterlini, Hans Karl 305, 340
Pichler, Petra 303
Pinamonti, Mario 311
Pinamonti, Livio 311
Pircher, Jörg 138, 158
Pfaundler, Wolfgang, 144, 158
»Pfunderer Buam« 136, 153
Plaikner, Hans 122, 173
Plangger, Ossi und Wilfried 38, 52
Plangger, Peter 52
Plattner, Karl 284
Plattner, Luis 73, 98
Pöder, Robert 197
Prader, Josef 173
Pretz, Leo von 72, 173
Prinke, Franz 211
Pruner, Enrico (313)
Puff-Erlacher, Heinrich 122
Pugneth, Anton 122,123, 173
Pupp, Alois 107, 173, 284
Quaini, Francesco, 82, 83, 104
Quaroni, Alessandro 221
Raab, Julius 67, 243, 244
Rabanser, Alois 122
Rabanser, Christl (71)
Rabanser, Peter (71)
Raffeiner, Josef 66, 73, 84, 87, 123, 124, 182, 183, 229, 230, 244, 319, (340)
Rainer, Dr. Karl 115
Rampold, Josef 351
Rauch, Günther 321
Ravanelli, Mario 68, (69)
Reale, Eugenio 237, 238
Redler, Ferdinand 25
Redler, Helene (verh. Magnago) 22, 25
Regele, Heinrich 24
Regele, Ludwig Walter 24, 25, 28, 69
Renner, Karl 255, 265
Reut-Nicolussi, Eduard 79, 244, 262, 263
Ribbentrop, Joachim von 54
Riddleberger, James W. 228
Riz, Roland 72, 148, 155, 169, 171, 172, 173, 179, 186, 190, 214, 219, 220, 243, 287, 288, 289, 290, 291, 292, 299, 300, 305, 319, 320, 324, 340
Röggla, Max von 123
Romen, Anton 350
Rosati, Luigi 182
Rösch, Theo 303
Rossi, Paolo 171, 172
Rössler, Josef 123, 124, 130, 131, 144, 163, 173
Rössler-Lageder, Christl 72
Rubner, Hans 287
Rumor, Mariano 308
Runge, Franz 173
Runggatscher, Hermine 304, 312
Sand, Luis 74, 171, 173, 182
Sandrelli, Luigi Regierungskommissar 137, 138
Saragat, Giuseppe 200, 208, 209, 248
Saurer, Otto 186, 289
Saxl, Johann 182
Scelba, Mario 154, 162, 164, 165, 169, 171, 324, 328
Schärf, Adolf 211
Schatz, Anton 173
Schmittner, Harald 303
Schmitz, Sophie 357
Schöfl, Hans 79
Schumann, Robert 359
Schuschnigg, Kurt 237
Schwejk, 339
Schwienbacher, Hans 122
Seberich, Rainer 105
Segni, Antonio 212, 328
Senoner, Peppi (Josef) 173
Sfondrini, Giuseppe 289, 321
Sinatra, Frank 320
Solderer, Gottfried 47
Spadolini, Giovanni 345
Spögler, Franz 173, 340
Stadlmayer, Viktoria 79, 212, 213, 235, 243, 245
Staffler, Max 173
Stalin, Jossip 315
Stanek, Hans 122, 123, 152, 164, 173
Steger, Heinold 123, 173
Steiner, Ludwig 66, 67, 212, 213, 231, 235
Steiner, Vilma (verh. Jordan) 32, 38
Steininger, Rolf 79
Stenico, Alberto 321
Sternbach, Baron Paul von 67, 227, 251, 254, 258, 261, 263, 265, 339
Sternbach, Lothar von 251, 265
Steurer, Leopold 40, 52, 54, 79, 102, 144
Stich, Michael 304
Stieler, Hans 122, 136
Stocker, Ignaz 122, 123, 173
Strauß, Franz Josef 340
Strobel, Fabio Barone de 335
Strobl, Franz 123
Struye, Paul 173
Stuhlpfarrer, Karl 53, 54
Tajoli, Luciano 318
Tambroni, Fernando 136, 324
Teßmann, Friedrich 102, 110
Thalberg, Hans 211, 213, 235
Thalhammer, Herbert 236, 239, 241
Thaler, Matthias 122
Thöni, Gustav 274

Thöni, Roland 274
Tietscher, Karl 158
Tinzl, Karl 55, 67, 68, 85, 87, 100, 102, 123, 124, 125, 169, 171, 172, 173, 245, 260, 261, 265, 340
Toggenburg, Friedrich Graf 41, 255, 339
Togni, Giuseppe 111, 131, 136, 152
Tolomei, Ettore 162, 190
Toncic, Lujo 200
Torggler, Franz 122
Torresani, Marisa 313
Toscano, Mario 84
Trapp, Hans 240
Trebo, Luis 287
Tretter, Franco 309, 313
Trienbacher, Karl 123
Tschiggfrey, Hans 235, 265
Unterkircher, Lorenz 94
Unterrichter, Baron Mario Günther von 67, 68, 76, 112, 232, 241
Vaja, Karl 173, 274
Valentin, Hugo 289
Vietinghoff-Scheel, Heinrich 245
Vittorio Emanuele III., König 44, 329
Vitetti, Leonardo 210
Volgger, Friedl 31, 32, 33, 43, 49, 65, 66, 68, 73, 74, 76, 78, 79, 80, 82, 84, 86, 87, 88, 90, 91, 92, 102, 105, 110, 113, 122, 123, 125, 126, 127, 130, 131, 136, 137, 152, 173, 175, 178, 179, 186, 190, 226, 231, 247, 251, 258, 261, (340)
Wagner, Liesl 27
Wagner, Richard 269
Wahlmüller, Franz 173
Waldheim, Kurt 188, 197, 208, 211, 213, 221, 235, 248
Waldner, Christian 340
Waldtthaler, Franz 122
Wallnöfer, Eduard 154, 158, 160, 197, 213, 340
Walther, Franz von 87
Walther, Walter von 244
Watschinger, Ernst 123
Weis, Eduard 122, 123, 126
Weissenberger, Herbert 22, 191
Weißgatterer, Alfons 79
Widmann, Franz 113, 120, 122, 123, 124, 126, 127, 130, 131, 137, 144, 152, 160, 162, 163, 173
Wieland, Peter 173
Wielander, Josef 173
Winter, Otto 211, 212
Wischinsky, Andrej 78
Withalm, Hermann 152
Wolff, Karl 67, 245
Zadra, Mario 323
Zechtl, Rupert 212, 213, 235
Zeilinger, Gustav 211, 235
Zelger, Anton 19, 98, 99, 173, 285, 289, 340, 341, 344
Zeller, Karl 248
Zendron, Alessandra 344
Ziernhöld., Josef 173
Zilk, Helmut 356, 358
Ziller, Lino 98, 99, 100, 285
Zingerle, Luis 350
Zincone, Vittorio 323

Die Autorinnen und Autoren

Baumgartner Elisabeth

geboren 1938 in Wien. Studium an der Akademie der Bildenden Künste und der Universität Wien, seit 1960 in Südtirol. Journalistin beim Rai-Sender Bozen und Südtirolkorrespondentin der »Die Presse«. Autorin der Bücher »Willy Valier und seine Zeit«, Athesia, Bozen 1987 und »Eisenbahnlandschaft Alt-Tirol«, Haymon, Innsbruck 1990. Mitautorin des Buches »Feuernacht. Südtirols Bombenjahre«, Edition Rætia, Bozen 1992.

Gallmetzer Hartmann

geboren 1941 in Deutschnofen. Studium in Mailand. Übersetzertätigkeit. Redakteur der Tageszeitung »Dolomiten«. Langjähriger Leiter des Bozner Büros der »Tiroler Tageszeitung«. Seit 1989 Landessekretär der Südtiroler Volkspartei.

Gandini Umberto

geboren 1935 in Mailand, langjähriger Journalist der Tageszeitung »Alto Adige« und Verfasser zahlreicher Grundsatzartikel über die Südtirolfrage. Mitautor des Buches »Feuernacht. Südtirols Bombenjahre« (1992). Kulturkritiker und Übersetzer wichtiger Prosawerke der deutschen Gegenwartsliteratur.

Gatterer Claus

geboren 1924 in Sexten. Studium in Padua, journalistische Tätigkeit in Bozen, Innsbruck, Salzburg und Wien. Ab 1967 freier Publizist und Schriftsteller, von 1974 bis zu seinem Tode 1984 Leiter des ORF-Magazins »Teleobjektiv«. Autor zahlreicher Bücher, u. a. des Standardwerkes »Im Kampf gegen Rom«, Europa Verlag, Wien 1968.

Jop Toni

geboren 1951 in Venedig, klassische Matura. Journalist bei der Tageszeitung »L'Unità« in Bologna, lebt in Venedig. Autor zahlreicher Südtirolreportagen und Interviews mit Silvius Magnago.

Kucera Hansjörg

geboren 1939 in Bozen. Studium der Germanistik in Wien, Bonn und Innsbruck Redakteur der Tageszeitung »Dolomiten« und langjähriger Chefredakteur des Rai-Senders Bozen. Verfasser zahlreicher Kommentare über das Südtirolgeschehen und Autor des Buches »Auf und ab um Südtirol«, Haymon, Innsbruck 1991.

Langer Alexander

geboren 1946 in Sterzing. Studium der Rechtswissenschaften und Soziologie in Florenz, Bonn und Trient. Unterricht an Gymnasien und Universitäten. Übersetzer und Journalist. Veröffentlichungen zu Themen wie: Europa, grüne Bewegungen, Minderheiten, Frieden, Nord-Süd-Beziehungen usw. Mehrmals als Vertreter sprachgruppenübergreifender alternativer Listen in den Südtiroler Landtag gewählt und dort Verfechter des friedlichen Zusammenlebens der Volksgruppen und Gegner der »ethnischen Käfige«. Ab 1989 für die Grünen Italiens im Europaparlament und zeitweise Ko-Sprecher der grünen Fraktion. Wählte im Juli 1995 den Freitod.

Mayr Hans

geboren 1952 am Ritten. Studium in München und Florenz. Redakteur der Tageszeitung »Alto Adige« und des Rai-Senders Bozen. Mitautor des Buches »Feuernacht. Südtirols Bombenjahre« (1992).

Mock Alois

geboren 1931 in Euratsfeld, Niederösterreich. Studium der Rechtswissenschaften in Wien. Von 1969 bis 1970 Bundesminister für Unterricht und Kunst, ab 1979 Bundesparteiobmann der ÖVP, ab 1987 bis Mai 1995 Außenminister und Vizekanzler. Seither Abgeordneter zum Nationalrat. In die Amtszeit Mocks als Außenminister fällt die Paketerfüllung und die Streitbeilegungserklärung Österreichs vor der UNO.

Nicolussi-Leck Karl

geboren 1917 in Pfatten. Studium der Rechts- und Staatswissenschaften in Padua, zur Zeit der Option Organisationsleiter des Völkischen Kampfringes, VKS. Kriegsdienst bei der Waffen-SS. Nach dem 2. Weltkrieg unternehmerische Tätigkeit zunächst in Südamerika, dann in Südtirol. Mitgestalter des »Aufbau«-Programmes. Gründungspräsident des Südtiroler Bildungszentrums und des Museums für Moderne Kunst in Bozen.

Peterlini Hans Karl

geboren 1961 in Bozen, journalistische Tätigkeit bei der Tageszeitung »Dolomiten« und der Wochenzeitung »FF Die Südtiroler Illustrierte«, von 1990 bis 1992 deren Chefredakteur. Seither Chefredakteur der Wochenzeitung »Südtirol Profil«. Autor des Buches »Bomben aus zweiter Hand«, Edition Rætia, Bozen 1992.

Ritschel Karl Heinz

geboren 1930 im Riesengebirge. Studium der Rechtswissenschaften und Philosophie in Wien. Langjähriger Chefredakteur der »Salzburger Nachrichten«. Schrieb zahlreiche Bücher u.a. zur Südtirolfrage und veröffentlichte das Standardwerk »Diplomatie um Südtirol«, Seewald Verlag, Stuttgart 1966.

Schedereit Georg

geboren 1949 in Venedig. Studium der Politischen Wissenschaften und Publizistik in Salzburg. Journalist bei der BBC in London und beim Rai-Sender Bozen. Korrespondent der Wiener Tageszeitung »Standard« und der »Tiroler Tageszeitung«. Lebt als freier Journalist in Meran.

Seyr Hugo

geboren 1937 in Bozen. Studium der Rechtswissenschaften in Padua, Ferrara, Bonn und Innsbruck. Journalist und später Chefredakteur des Rai-Sender Bozen. Rezensent für Tiroler Geschichte und Landeskunde. Mitarbeiter des Ausstellungskataloges »Option. Heimat. Opzioni«, Tiroler Geschichtsverein, Bozen 1989.

Solderer Gottfried

geboren 1949 in Brixen. Studium der Publizistik und Politischen Wissenschaften in Salzburg. Journalist beim Rai-Sender Bozen. Gründungschefredakteur der Wochenzeitung »FF Südtiroler Illustrierte«, heute Verlagsleiter der Edition Rætia. Autor u. a. der Options-Serie »Gell, hinter den Bergen ist Deutschland«, Sonderdruck der FF, Bozen 1989.

Stadlmayer Viktoria

geboren 1917 in Brixen. Studium an der Hochschule für Politik in Berlin und der Geschichte und Volkskunde in Wien. Arbeit am Institut für Landes- und Volksforschung in Innsbruck und Bozen. Seit 1945 Mitarbeiterin der »Landesstelle für Südtirol« in Innsbruck. Nach Auflösung derselben im Jahre 1947 weiterhin Sachbearbeiterin der Südtirolagenden. Von 1957 bis 1985 Leiterin der »Dienststelle für Südtirolangelegenheiten« im Amt der Tiroler Landesregierung und Mitglied zahlloser Verhandlungsrunden in Südtirolfragen. Autorin zahlreicher Buchbeiträge und Aufsätze über die Südtirolfrage.

Stella Gian Antonio

geboren 1953 in Asolo, klassische Matura. Journalist bei der Tageszeitung »Corriere della Sera«, lebt in Mira bei Venedig. Autor zahlreicher Südtirolreportagen.

Tretter Franco

geboren 1944 in Cles. Wirtschaftsberater und seit 1978 ununterbrochen im Regionalrat. Nach den Wahlen von 1992 Regionalratspräsident. Von 1983 bis 1988 Sekretär und dann bis 1990 Präsident der Trentiner Autonomistenpartei PATT. Im Herbst 1994 hat er dieses Amt wieder angetreten.

Unterhofer Beatrix

geboren 1967 in Bozen. Studium der Germanistik und Publizistik in Wien. Diplomarbeit über Hans von Hoffensthal. Freie Mitarbeiterin mehrerer Zeitungen und Rundfunkanstalten, zur Zeit im PR-Management tätig.

Vogel Hans Jochen

geboren 1926 in Göttingen. 1960–1972 Oberbürgermeister von München, langjähriger Vorsitzender und 1983 Kanzlerkandidat der SPD. Seit vielen Jahren Südtirolurlauber und mit den dortigen Verhältnissen vertraut.

Zeittafel

1914

5. Februar: Silvius Magnago wird in Meran als Sohn des gleichnamigen k. k. Oberlandesgerichtsrates und der Helene Redler geboren.
28. Juni: Der österreichische Thronfolger Erzhzg. Franz Ferdinand wird zusammen mit seiner Gemahlin in der bosnischen Hauptstadt Sarajevo von serbischen Nationalisten ermordet.
28. Juli: Österreich-Ungarn erklärt Serbien den Krieg. Ausbruch des Ersten Weltkrieges. Italien verhält sich vorerst neutral.

1915

26. April: Im geheimen Londoner Vertrag sichern die Alliierten Italien die Brennergrenze und Erwerbungen an der Adria zu. Italien verpflichtet sich als Gegenleistung, binnen eines Monats an der Seite der Entente in den Krieg einzutreten.
23. Mai: Italien erklärt Österreich-Ungarn den Krieg. Die Familie Magnago übersiedelt im selben Monat von Meran nach Bozen.

1918

3. November: Waffenstillstand von Villa Giusti. Ende des Ersten Weltkrieges. Südtirol wird von Italien okkupiert. Es fällt kein einziger Schuß, der »Sieg« bleibt ein zweischneidiges Schwert.

1919

10. September: Mit dem Friedensvertrag von Saint Germain wird das Tirol südlich des Brenners zu Italien geschlagen. Italien erhält im Friedensvertrag keinerlei Auflage für den Schutz der deutschen und slowenischen Minderheiten. Italien gewährt den Südtirolern keinerlei autonome Rechte.

1920-1923

Silvius Magnago besucht in Bozen die deutschsprachige Volksschule.

1921

24. April: Faschistische Schlägertrupps überfallen einen Trachtenumzug anläßlich der Bozner Messe. Der Marlinger Lehrer Franz Innerhofer wird rücklings von einem Faschisten erschossen.

1922

2. Oktober: Julius Perathoner, letzter deutscher Bürgermeister Bozens seit 1895, wird von den Faschisten abgesetzt.
28. Oktober: Die Faschisten treten den Marsch auf Rom an. Einen Tag später ist Mussolini designierter Regierungschef und der König übergibt ihm die Macht im Staate. Für die Südtiroler beginnen die Jahre der Unterdrükkung. Die Vernichtung der deutschen Minderheit sollte in drei Etappen erfolgen: Entnationalisierung der Südtiroler, Massenansiedlung von Italienern und Aussiedlung der Südtiroler.

1923

Silvius Magnago muß in die italienischsprachige Volksschule Regina-Elena wechseln, obwohl er kein Wort Italienisch spricht. Als Sohn eines Beamten ist er gezwungen, das »schwarze Hemd« zu tragen, also die Uniform der faschistischen Jugend.

1926-1936

Silvius Magnago besucht in Bozen und Meran das Gymnasium.

1929

Der Vater von Silvius Magnago verweigert die Mitgliedschaft in der faschistischen Partei und entgeht der Zwangsversetzung nach Mailand nur durch die Frühpension.

1933

30. Januar: Adolf Hitler wird Reichskanzler und übernimmt die Macht.
18. Juni: Gründung des »Völkischen Kampfrings Südtirol« (VKS) auf der Haselburg bei Bozen.

1935

Januar: Das Saarland kommt nach einer Volksabstimmung (92 Prozent für Deutschland) zum Deutschen Reich zurück.
20. Februar: Da die Südtiroler gegen die Entnationalisierung erbitterten Widerstand leisten, greift der Faschismus zu neuen Mitteln. Mussolini erteilt der Großindustrie in Mailand und Piemont den Auftrag, Niederlassungen in Bozen zu errichten. Am Südrand von Bozen werden etwa drei Millionen Quadratmeter Grund zur Enteignung vorgesehen. Tausende von italienischen Familien werden nach Südtirol geschleust.

1936

Silvius Magnago legt am humanistischen Gymnasium in Bozen die Reifeprüfung ab und inskribiert an der Universität von Bologna Jus. Ab November besucht er die Reserveoffiziersschule in Palermo. Ab Juni 1937 bis Mai 1938 ist er Reserveleutnant im 1. Grenadierregiment in Rom. Dort lernt er auch seine spätere Frau kennen.

1938

13. März: Anschluß Österreichs an Hitler-Deutschland.
7. Mai: Adolf Hitler erklärt bei einem Staatsbesuch in Rom die Brennergrenze als unantastbar. Magnago wohnt dem Hitler-Besuch als Renommiersoldat bei.

1939

22. Mai: Es kommt zum Stahlpakt Deutschland–Italien.
23. Juni: Umsiedlungsabkommen zwischen deutschen und italienischen Regierungssstellen gemäß den Interessen der Diktatoren Hitler und Mussolini. Die Südtiroler werden vor die Wahl gestellt, die deutsche Staatsbürgerschaft anzunehmen und abzuwandern oder im faschistischen Italien zu bleiben. In Südtirol Einsetzen massiver Propaganda für die Option.
Magnago hält sich politisch abseits, optiert aber im Dezember aus Protest gegen die faschistische Unterdrükkungspolitik in Südtirol für Deutschland. Insgesamt optieren 86 Prozent für die deutsche Staatsbürgerschaft.
Beginn des Zweiten Weltkrieges.

1940

Beginn der Umsiedlung der Südtiroler. Verspätet empfängt Mussolini eine Abordnung von Südtiroler Dableibern, um zu beteuern, er habe sie nicht von der Heimat entfernen wollen. Im Sommersemester promoviert Silvius Magnago zum Dr. jur. Das Berufsleben beginnt er als Angestellter der Unterkommission für die Wertfestsetzung, Fachgruppe Handel und Gewerbe. Sein Dienstvertrag läuft ab 12. Juli 1940 und endet am 10. Jänner 1943 mit der Einberufung zur deutschen Wehrmacht.

1941

Tod des Vaters von Magnago.

1943

11. Jänner: Dienstantritt bei der deutschen Wehrmacht als Leutnant der Gebirgsjäger. Nach Umschulungskurs an die russische Front.
8. September: Einmarsch der deutschen Truppen in Südtirol und Besetzung großer Teile Italiens durch die Wehrmacht.
Oktober: Silvius Magnago heiratet zwischen zwei Fronteinsätzen in der Pfarrkirche von Landeck Sofia Cornelissen aus Essen.
Dezember: Als Leutnant und Kompanieführer am Brückenkopf Nikopol durch Granatwerfer schwer verwundet, Verlust eines Beines, nach mehreren Operationen in verschiedenen Lazaretten im April 1945 als Schwerkriegsversehrter entlassen.

1945

29. April: Bevollmächtigte der deutschen Wehrmacht unterzeichnen in Caserta, südlich von Neapel, die bedingungslose Kapitulation aller deutschen Streitkräfte in Italien.
Während an den anderen Fronten die Kämpfe bis zur endgültigen Kapitulation des Deutschen Reichs am 8. Mai andauern, schweigen in Italien am 2. Mai die Waffen. In den ersten Maitagen rücken die alliierten Truppen in Südtirol ein. SS-Obergruppenführer Karl Wolff tritt die Verwaltung der Provinz dem Chef des »Italienischen Befreiungskomitees«, Bruno de Angelis, und nicht der Südtiroler Widerstandsbewegung »Andreas-Hofer-Bund« ab.
8. Mai: Der Bozner Kaufmann Erich Amonn gründet die Südtiroler Volkspartei. Zu den Gründungsmitgliedern in der Villa Ravanelli (früher Malfèr) in Gries zählen zu einem großen Teil die Dableiber, also jene, die 1939 nicht für Deutschland optiert hatten. Als Gesprächspartner für die Alliierten kamen nur sie in Frage.
Silvius Magnago bleibt vorerst unbeteiligter Zuschauer. Ab November arbeitet er für einige Monate in der SVP als Übersetzer. Dann wird er für das Provinzialamt für Nachkriegsfürsorge als Vertreter der deutschen Kriegsversehrten tätig.
19. Mai: Die von den Nazis im September 1943 eingestellte Tageszeitung »Dolomiten« darf wieder erscheinen.

1946

22. April: Dem österreichischen Bundeskanzler Leopold Figl werden in Innsbruck 155.000 Unterschriften mit der Forderung nach Selbstbestimmung übergeben.
25. April: Beginn der Außenministerkonferenz in Paris.
5. Mai: Bei der ersten Großkundgebung auf Schloß Sigmundskron fordern 20.000 Südtiroler die Selbstbestimmung. Silvius Magnago ist nicht dabei. Als Schwerkriegsversehrter ohne Auto war ihm die Teilnahme verwehrt.
5. September: Am Rande der Friedenskonferenz kommt es zum Pariser Abkommen zwischen Österreich und Italien, dem nach den Unterzeichnern benannten Gruber-De Gasperi-Abkommen. Der Vertrag sichert den Südtirolern besondere Maßnahmen zur Erhaltung des Volkscharakters sowie der wirtschaftlichen und kulturellen Entwicklung zu und wird zur Magna Charta Südtirols.

1947

Silvius Magnago arbeitet als Beamter in der Hypoabteilung der Sparkasse Bozen. Auf der ersten SVP-Landesversammlung beginnt seine politische Karriere, er wird Mitglied des Parteiausschusses. Dann SVP-Vertreter im damals noch ernannten Bozner Gemeinderat.
16. Dezember: Mit einem Sturm auf die Bozner Präfektur, den Sitz des römischen Regierungsvertreters, protestieren einige hundert Südtiroler, darunter auch Silvius Magnago, gegen die Nichterfüllung des Pariser Abkommens.

1948

31. Jänner: Die italienische Verfassunggebende Nationalversammlung verabschiedet das erste Autonomiestatut für die Region. Die im Pariser Abkommen Südtirol garantierte Selbstverwaltung wird damit in eine Autonomie für die Region mit einer italienischen Zweidrittelmehrheit umgemünzt.

2. Februar: Das Dekret über die Revision der Option tritt in Kraft. Damit können praktisch alle in Südtirol lebenden Optanten und ein großer Teil der Umgesiedelten die italienische Staatsbürgerschaft wiedererlangen.

April: Silvius Magnago kandidiert bei den Parlamentswahlen und fällt zum ersten und zum letzten Mal bei Wahlen durch.

Juli: Bei den Gemeinderatswahlen in Bozen erhält er als SVP-Kandidat die meisten Vorzugsstimmen und wird Vizebürgermeister (bis 1952).

November: Bei den Landtagswahlen bekommt Magnago ebenfalls die meisten Vorzugsstimmen, er wird erster Landtagspräsident und bleibt dies bzw. abwechselnd Präsident des Regionalrates bis 1960.

1951/52

Zum Jahreswechsel strahlt RIAS Berlin eine Rede von Silvius Magnago aus, die in breiten Kreisen Südtirols auf Überraschung und Ablehnung stößt. Angesichts der Massenvertreibungen nach 1945 mit Millionen deutschen Flüchtlingen aus dem Sudetenland und anderen Grenzgebieten im Osten, stellt Magnago die Situation der Südtiroler als vergleichsweise privilegiert dar.

1952

Nach der Resignation von Johannes Geisler wird Joseph Gargitter Bischof von Brixen. Er intensiviert die Kontakte zur italienischen Volksgruppe.

1955

15. Mai: Unterzeichnung des österreichischen Staatsvertrages.

1956

8. Oktober: Das wieder souverän gewordene Österreich zeigt in einer Note an Italien die Mängel bei der Durchführung des Pariser Abkommens auf und schlägt die Ernennung einer Expertenkommission vor.

1957

14./17. Jänner: Erste Anschläge (auf die Brenner-Eisenbahn bei Vahrn und Kardaun) kündigen den bewaffneten Kampf um die Autonomie an.

19. Mai: Magnago kehrt zusätzlich zu seinen Ämtern im Landtag und im Regionalrat in den Bozner Gemeinderat zurück und bleibt dort bis 1960 Fraktionssprecher.

25. Mai: Silvius Magnago wird 43jährig Obmann der Südtiroler Volkspartei, nachdem er bereits mehrere Jahre das Amt eines Stellvertreters innegehabt hatte. Er löst Toni Ebner ab, der nicht mehr kandidierte. Der Machtwechsel zugunsten einer härteren Linie gegenüber Rom war unter Führung von Franz Widmann von langer Hand vorbereitet worden.

15. Oktober: Arbeitsminister Giuseppe Togni kündigt in einem Telegramm an die Gemeinde Bozen die Errichtung eines neuen Stadtteils mit 5000 Wohnräumen an. Es ist der Auslöser für die Großkundgebung auf Sigmundskron.

17. November: Vor rund 35.000 Südtirolern ruft Silvius Magnago auf Schloß Sigmundskron das »Los von Trient« aus. Er legt sein ganzes politisches Gewicht in die Waagschale, um einen Marsch der Kundgebungsteilnehmer nach Bozen zu verhindern.

1958

4. Februar: Die SVP-Abgeordneten Tinzl, Ebner und Guggenberg legen im Parlament den Entwurf eines neuen Autonomiestatutes vor. Er wird nie diskutiert.

1959

31. Jänner: Die SVP kündigt die Zusammenarbeit mit den Christdemokraten und tritt aus der Regionalregierung aus. Sie geht in Opposition und wird zwei Tage später in Wien demonstrativ von der österreichischen Regierung empfangen.

21. September: Außenminister Kreisky kündigt vor der UNO eine Befassung der Vereinten Nationen mit Südtirol an.

1960

7. Mai: Auf der außerordentlichen SVP-Versammlung kann Obmann Magnago nur mit Mühe eine Mehrheit für die Selbstbestimmung verhindern.

31. Oktober: Nach neuntägiger Debatte im Politischen Sonderausschuß genehmigt die Vollversammlung der UNO eine Entschließung zur Südtirol-Frage. Italien und Österreich werden zu Verhandlungen aufgerufen.

31. Dezember: Magnago wird Landeshauptmann von Südtirol und bekleidet dieses Amt 28 Jahre lang.

1961

Verhandlungen zwischen den Außenministern Österreichs und Italiens in Mailand, Klagenfurt und Zürich enden ergebnislos. Vor diesem Hintergrund beschließt der Befreiungsausschuß Südtirol/BAS die »Feuernacht«.

11. Juni: In der Herz-Jesu-Nacht vom 11. auf den 12. Juni kommt es zur größten Attentatswelle in Südtirol. Es werden 37 Sprengstoffanschläge auf Hochspannungsmasten verübt.

10./18. Juli: Insgesamt 70 Personen werden verhaftet, darunter der SVP-Generalsekretär Hans Stanek. Zahlreiche Hausdurchsuchungen und Sprengstoffunde. Viele Verhaftete werden brutal mißhandelt.

19. Juli: Österreich geht wieder vor die UNO.

1. September: Der römische Ministerrat setzt auf Betreiben von Innenminister Mario Scelba und im Einverständnis mit der SVP die Neunzehnerkommission ein. Sie hat die Aufgabe, inneritalienische Vorschläge zur Lösung der Südtirolfrage zu unterbreiten. Magnago führt die SVP-Delegation an.

30. September: In der SVP entsteht die von Wirtschaftskreisen getragene Richtung »Aufbau«. In einem Acht-Punkte-Manifest fordert sie einen geistigen Aufbruch und eine aufbauende Wirtschaftspolitik. Nur mit Mühe gelingt es Magnago, das Ruder in der Hand zu behalten und eine Spaltung der Partei zu verhindern.

1962

25. September: Außenminister Bruno Kreisky fordert vor der UNO-Vollversammlung eine dauerhafte Lösung des Südtirol-Problems.

1963

13. Juli: Nach dem Tode Hans Tschiggfreys wird der südtirolstämmige Eduard Wallnöfer neuer Tiroler Landeshauptmann.
9. Dezember: In Mailand beginnt der erste Südtiroler Sprengstoffprozeß gegen mehr als 90 Angeklagte.
4. Dezember: Die neue Mitte-links-Regierung unter Aldo Moro bringt in Italien ein neues politisches Klima.

1964

9. April: Beim Mailänder Sprengstoffprozeß tritt Silvius Magnago als Zeuge auf. Seine Aussage findet internationales Presseecho und entlastet vor allem den angeklagten SVP-Sekretär Hans Stanek.
10. April: Die Neunzehner-Kommission legt nach dreieinhalbjähriger Arbeit einen 75 Seiten umfassenden Abschlußbericht vor, der in der Folge als Grundlage für die bilateralen Verhandlungen zwischen Italien und Österreich dient. Aus dem Bericht wird klar, daß das erste Autonomiestatut vom Jahre 1948 überarbeitet werden muß.
25. Mai: Die österreichisch-italienische Konferenz in Genf endet mit einem positiven Ergebnis. Die Außenminister Kreisky und Saragat beschließen die Einsetzung einer Expertenkommission, die auf der Grundlage des Berichts der Neunzehner-Kommission weiterarbeiten soll.
Juni: Die italienisch-österreichische Expertenkommission beginnt in Genf ihre Arbeit.
8. August: Die Bistumsgrenzen werden neu geregelt. Südtirol wird eine einheitliche Diözese. Joseph Gargitter, vormals Bischof von Brixen, wird nun Bischof der Diözese Bozen-Brixen.
7. September: In einer Almhütte in Passeier wird der Südtirol-Aktivist Luis Amplatz erschossen. Jörg Klotz gelingt die Flucht.
7. Dezember: Sepp Kerschbaumer, der Anführer der »Feuernacht«, stirbt im Gefängnis von Verona an Herzversagen.
16. Dezember: Ein Treffen Kreisky-Saragat in der Nähe von Paris bringt eine Annäherung in grundlegenden Fragen. Erstmals legt Italien ein Angebot von Maßnahmen vor, das Grundzüge des späteren Pakets enthält. Als Garantie für die Durchführung der Maßnahmen wird ein auf fünf Jahre beschränkter Schiedsgerichtsvertrag angeboten.

1965

Jänner: Die SVP akzeptiert die Garantievereinbarung, nicht aber das als unzureichend eingestufte Maßnahmenpaket. Italien zieht darauf sein Gesamtangebot zurück. Der österreichische Außenminister Kreisky kritisiert die Ablehnung durch die SVP.

1966

6. März: ÖVP-Wahlsieg in Österreich. Kreisky wird von Lujo Toncic als Außenminister abgelöst.
4. Mai: Wiederaufnahme der Verhandlungen, jetzt zwischen den Außenministern Toncic und Amintore Fanfani in Straßburg.
20. Oktober: Erstmals werden die Südtiroler auf höchster Ebene in die Verhandlungen einbezogen. Silvius Magnago wird von Ministerpräsident Aldo Moro zu einer längeren Unterredung empfangen. Absprachen zu Detailproblemen werden in sogenannten »Fußnoten« festgehalten.

1967

25. Juni: Anschlag auf der Porzescharte. Zwei Carabinieri und zwei Alpinisoldaten werden getötet.
27. Juli: Ministerpräsident Moro gibt in der Kammer in groben Zügen den Inhalt des Südtirol-Pakets bekannt.
November: Im Zusammenhang mit der internationalen Absicherung des Pakets ist erstmals von einem Operationskalender die Rede, auf den sich die Außenminister Österreichs und Italiens dann im Mai 1969 einigen.

1968

9. September: In Paris beginnt eine neue Beratungsrunde der österreichisch-italienischen Expertenkommission.

1969

20. Oktober: Der Ausschuß der Südtiroler Volkspartei spricht sich mit 41 Ja- und 23 Neinstimmen bei 2 Enthaltungen für die Annahme der mit Rom vereinbarten Paketlösung aus. Es beginnt ein kräftezehrendes Ringen zwischen Paketlern und Antipaketlern. Die Aufklärungskampagne beider Lager in den Bezirken wird zur Zerreißprobe für die Partei.
22. November: Als erster der drei Verhandlungspartner muß Südtirol über Annahme oder Ablehnung des Paketes entscheiden. Auf einer denkwürdigen Landesversammlung bis tief in die Nacht hinein sagt die SVP schließlich ja: 583 Stimmen dafür, 492 dagegen, 15 Enthaltungen und 14 ungültige Stimmen. Magnagoherausforderer Peter Brugger beendet durch einen historischen Handschlag mit Magnago den Paketstreit. Die drohende Parteispaltung wird verhindert.
30. November: Die Außenminister Kurt Waldheim und Aldo Moro bestätigen in Kopenhagen das Paket und dessen Fußnoten. »Kopenhagener Ministertreffen ein voller Erfolg«, titelt die Tageszeitung Dolomiten.
4./5. Dezember: Nach der römischen Abgeordnetenkammer billigt auch der Senat mit großer Mehrheit das Verhandlungsergebnis.
16. Dezember: Mit den Stimmen der ÖVP-Alleinregierung genehmigt auch der österreichische Nationalrat das Paket. SPÖ und FPÖ stimmen mit nein.

1971

27. Oktober: Mit der zweiten Abstimmung im römischen Senat ist das Paket nun endgültig genehmigt.

1972

20. Jänner: Das neue Autonomiestatut tritt in Kraft. Es beginnt ein 20 Jahre währendes Feilschen um die Durchführungsbestimmungen, mittels derer die Paketmaßnahmen erst realisiert werden können. Der Termin von zwei Jahren wird mit Einverständnis der Südtiroler Vertreter überschritten, weil die Materie zu umfangreich und zu kompliziert ist. In den 70er Jahren werden wichtige Durchführungsbestimmungen erlassen, wie z. B. im Juni 1976 jene über den ethnischen Proporz und die Zweisprachigkeit.

1973

18. November: Magnagos SVP erhält bei den Landtagswahlen erstmals ernsthafte Konkurrenz aus dem sozialdemokratischen Lager. Der wegen seiner ablehnenden Haltung zum Paket (er hatte als SVP-Parlamentarier in Rom dagegen gestimmt) aus der SVP ausgeschlossene Hans Dietl kommt mit seiner SPS auf 5,14 Prozent der Stimmen und zwei Mandate. Dietl wird aber bereits am 14.1.1975 aus Gesundheitsgründen ersetzt. Auch Egmont Jenny erzielte ein Mandat für die »Soziale Fortschrittspartei«, auch er kommt aus den Reihen der SVP. Magnago fördert die Richtung »Arbeiter und Angestellte« in der SVP und nimmt damit den Sozialdemokraten den Wind aus den Segeln.
9. Dezember: Tod der Mutter Magnagos.

1976

Bei der SVP-Landesversammlung rehabilitiert Magnago erstmals öffentlich die Südtirol-Aktivisten der sechziger Jahre: »politisch erklärlich und menschlich verständlich«.

1978

31. März: Mit dem Bombenanschlag auf das Beinhaus in Burgeis beginnt eine neue, über zehn Jahre anhaltende Attentatswelle in Südtirol. Im Unterschied zur historischen Anschlagswelle der sechziger Jahre fehlt jede Verankerung in der Bevölkerung. Es gibt genügend Verdachtsmomente, wonach die Geheimdienste bei zahlreichen Anschlägen ihre Hand im Spiel hatten.
19. November: Bei den Herbstwahlen betritt erstmals Alexander Langer das Landtagsparkett. Seine »Neue Linke«, später als Wahlplattform immer wieder abgewandelt, erhält 3,65 Prozent der Stimmen und einen Sitz. Mit seinem Kampf gegen die seiner Meinung nach zu rigorose Anwendung von Proporz und Zweisprachigkeit, gegen die »ethnischen Käfige« und die zwingende Abgabe der Sprachgruppenzugehörigkeitserklärung wird Langer ein ernstzunehmender politischer Gegner Magnagos. Langer wechselt am 18. Juni 1989 ins Europaparlament und wählt im Sommer 1995 den Freitod.

1983

20. November: Magnago erreicht bei seinen letzten Landtagswahlen mit 74.690 Vorzugsstimmen sein bestes Wahlergebnis. Fast jeder zweite SVP-Wähler gibt ihm die Stimme.

1985

Bei den Gemeinderatswahlen im Mai wird die neofaschistische Partei in Bozen stärkste politische Kraft. Sie vervierfacht ihre Stimmen und zieht mit 11 Räten in die Gemeinde ein.

1987

14. Juni: Bei den Parlamentswahlen kann der MSI sein Wahlergebnis von 1985 wiederholen. Er wird südtirolweit stärkste italienischsprachige Partei (10,23 Prozent der Stimmen). Dem Urnengang war eine massive Attentatswelle vorausgegangen. Ziele waren u.a. italienische Urlauberautos.

1988

Mit Bombenanschlägen auf das Raigebäude in Bozen (17. Mai) und die Hochdruckleitung des Enel bei Lana (16. August) erreicht die Attentatswelle ihren Höhepunkt. Sie nimmt ein Ende, als am 3. November der Innsbrucker Tischler und mutmaßliche Kopf der Terrorgruppe »Ein Tirol« Karl Außerer verhaftet wird. Die Anschläge treiben dem MSI Wähler zu.
17. Juni: Nach jahrelangem Stillstand kommt wieder Bewegung in die Paketentwicklung. Der römische Ministerrat genehmigt die neue Finanzregelung und die Neuordnung der Senatswahlkreise.
20. November: Magnago tritt zu den Landtagswahlen nicht mehr an. Listenführer Luis Durnwalder erhält mehr als 76.000 Vorzugsstimmen und steht damit als Nachfolger von Magnago im Amt des Landeshauptmannes fest.

1989

17. März: Luis Durnwalder löst Silvius Magnago als Landeshauptmann ab, der dieses Amt 28 Jahre lang bekleidet hatte. Alfons Benedikter, jahrzehntelanger Wegbegleiter Magnagos und trotz seiner gegnerischen Haltung bei der Paketabstimmung 1969 später dessen konsequenter Verfechter, geht bei der Nominierung der Landesräte im SVP-Ausschuß leer aus, wechselt zur Union für Südtirol und beginnt seinen Kampf gegen den Paketabschluß.

1991

Nach monatelangen zähen Verhandlungen wird im März in der Zwölferkommission ein Vorschlag zur Eindämmung der staatlichen Ausrichtungs- und Koordinierungsbefugnis fertiggestellt. Mit dieser Befugnis hatte Rom »im nationalen Interesse« jederzeit in die Zuständigkeit des Landes eingreifen können.
27. April: Nach 34 Jahren Obmannschaft legt Silvius Magnago die Führung der Südtiroler Volkspartei in die Hände seines langjährigen Mitstreiters Roland Riz. Der 1927 in Bozen geborene Rechtsanwalt und langjährige Parlamentarier erhält auf der Landesversammlung 94,44

Prozent der Stimmen und soll den Paketabschluß herbeiführen, was ihm auch gelingt.

1992

30. Jänner: Die römische Regierung unter Ministerpräsident Giulio Andreotti genehmigt die noch ausstehenden vier wichtigen Durchführungsbestimmungen. Nur wenige Stunden später erklärt Ministerpräsident Andreotti in seiner Rücktrittserklärung vor dem römischen Parlament das Paket für erfüllt, wobei er gleichzeitig klarstellt, daß zukünftige Änderungen nur mit Zustimmung der Südtiroler Bevölkerung vorgenommen werden.
5. April: Bei den Parlamentswahlen muß das Regierungsbündnis starke Stimmenverluste hinnehmen. Die Lega Nord von Umberto Bossi erhält 10 Prozent der Stimmen. Magnago nennt Bossi einen »Fanatiker« (Corriere della Sera 8.11.1993).
30. Mai: Auf einer außerordentlichen Landesversammlung genehmigt die Südtiroler Volkspartei mit 82,86 Prozent der Stimmen eine Resolution, mit der Österreich die Abgabe der Streitbeilegungserklärung gegenüber Italien vor der UNO empfohlen wird. Obmann Roland Riz wird dabei massiv von Ehrenobmann Silvius Magnago unterstützt. Im Sinne der Streitbeilegungserklärung hatten sich zuvor schon die Tiroler Landesregierung sowie der Österreichische Nationalrat ausgesprochen.
11. Juni: Mit der Abgabe der Streitbeilegungserklärung vor den Vereinten Nationen werden die Südtirolverhandlungen zwischen Italien und Österreich formell abgeschlossen. Zweifel, inwieweit der Abschluß international verankert ist, bleiben.
21. November: Bei der Landesversammlung in Meran kommt es zu einem Generationswechsel an der Führungsspitze der SVP. Roland Riz tritt nach einem Jahr Obmannschaft ab und macht der Jugend Platz. Aus dem Rennen zwischen dem Arbeitnehmerkandidaten Hubert Frasnelli und dem Sohn des langjährigen Magnago-Herausforderers Peter Brugger, Siegfried Brugger, geht letzterer als eindeutiger Sieger hervor. Der neue Obmann ist gerade 39 Jahre alt und hat die Unterstützung von Ehrenobmann Silvius Magnago.

1993

27. Jänner: Der italienische Staatspräsident Oscar Luigi Scalfaro trifft zu einem dreitägigen Staatsbesuch in Wien ein. Bei diesem ersten Besuch eines italienischen Staatspräsidenten in Österreich wird ein Rahmenabkommen über grenzüberschreitende Zusammenarbeit, nicht aber der im Operationskalender in Aussicht genommene Freundschaftsvertrag zwischen Italien und Österreich unterzeichnet. Auch lehnt Scalfaro eine Amnestie für die ehemaligen politischen Häftlinge ab.
27. Jänner: In Bozen wird mit richterlichem Bescheid der italienische Landeshauptmannstellvertreter Remo Ferretti seines Regierungsamtes enthoben. Er ist in Südtirol das erste prominente Opfer einer vom Mailänder Staatsanwalt Antonio Di Pietro angeführten Kampagne gegen illegale Schmiergeldzahlungen. Die SVP-Spitze bleibt von gerichtlichen Schritten verschont. Eine von der Wochenzeitschrift FF Landeshauptmann Luis Durnwalder zur Last gelegte Geldaffäre wird vom Gericht archiviert.
April: Silvius Magnago verkauft sein kleines Sommerhaus in Feldthurns und läßt der maroden Kasse seiner Partei eine Spende von 250 Millionen Lire zukommen. Einen Großteil seiner Ersparnisse und des Ertrages aus dem Verkauf seiner Bozner Wohnung hat er schon vorher dem »Hilfswerk Dr. Silvius Magnago« bzw. dem »Südtiroler Feundeskreis der Universität Innsbruck« vermacht.
Oktober: Ehrenobmann Silvius Magnago mit Sitz und Stimme in allen wichtigen Parteigremien hat nochmals einen großen Auftritt. Als Parteiobmann Siegfried Brugger und Landessekretär Hartmann Gallmetzer nach der mutmaßlichen Äußerung des SVP-Landtagskandidaten Roland Atz, die Zigeuner gehörten vergast, aus Protest ihr Amt zur Verfügung stellen, überredet er sie zum Bleiben. Atz bleibt trotz eines internationalen Proteststurmes auf der Liste und bekommt bei den Landtagswahlen einen Monat später am drittmeisten SVP-Stimmen.

1994

27. März: Als Protestkandidat gegen das neue, Südtirol benachteiligende Verhältniswahlrecht bekommt der italienweit antretende Silvius Magnago 231.826 Stimmen. Bei diesen vorgezogenen Parlamentswahlen kommt das Rechtsbündnis Forza Italia, Alleanza Nazionale und Lega Nord an die Macht. Silvio Berlusconi wird Ministerpräsident, die Italiener der Provinz Bozen schicken den Neofaschisten Pietro Mitolo in die Abgeordnetenkammer. In Südtirol werden Befürchtungen laut, eine Regierung mit Neufaschisten in ihren Reihen könnte eine Gefahr für die Autonomie bedeuten.
27. September: Der römische Ministerrat beschließt einseitige Kürzungen am Südtiroler Landeshaushalt. Landeshauptmann Luis Durnwalder spricht von einem in Südtirols Autonomiegeschichte noch nie dagewesenen schwerwiegenden Eingriff in die Landesautonomie. Erst nach zähem Ringen erfolgt am 10. November 1994 im Kammerplenum eine Rücknahme der geplanten Haushaltskürzungen.
21. Dezember: Nach dem Ausscheren der Lega Nord aus dem Rechtsbündnis verliert Berlusconi die regierungsfähige Mehrheit und muß zurücktreten. Neuer Ministerpräsident wird der Finanzfachmann Lamberto Dini, der das Vertrauen der Südtiroler Parlamentarier erhält und sich zur Südtirolautonomie bekennt.

Ehrungen und Auszeichnungen

Ehrenzeichen des Landes Tirol – 1960

Ehrensenator der Universität Innsbruck – 1970

Erster Träger des Südtiroler Pressepreises – 1970

Robert-Schumann-Preis – 1971

Bayerischer Verdienstorden – 1972

Europäischer Karlspreis der Sudetendeutschen Landsmannschaften – 1973

Ehrenring der Südtiroler Gemeinden – 1977

Ring des Landes Tirol – 1979

Kiwanis-International-Europapreis – 1979

Großes goldenes Ehrenzeichen des Landes Steiermark mit dem Stern – 1983

Großes goldenes Ehrenzeichen von Wien – 1986

Erster Träger des Großen Montfort-Ordens von Vorarlberg – 1986

Großer Leopold-Kunschak-Preis, Wien – 1988

Ehrenzeichen des Landes Salzburg – 1988

Ehrenring des Landes Steiermark – 1989

Großes Goldenes Ehrenzeichen am Bande für die Verdienste um die Republik Österreich – 1989

Cavaliere di Gran Croce – 1991

Großes Verdienstkreuz mit Stern des Verdienstordens der Bundesrepublik Deutschland – 1993

Kulturpreis des Vereins für das Deutschtum im Ausland (VDA) – 1993

Landesorden in Gold des Landes Kärnten – 1994

Silvius Magnago ist zudem Ehrenbürger der Südtiroler Gemeinden Feldthurns, Kastelruth, Eppan und Schnals sowie Ehrenmitglied bzw. Ehrenpräsident verschiedener öffentlicher und privater Körperschaften.

Fotonachweis

Der Fotograf oder Bildautor ist, soweit bekannt, an erster Stelle genannt. Die zweite Angabe, oder bei anonymen Fotografien, alleinige Angabe bezieht sich auf den Eigentümer, den Sammler oder auf den in Klammer gesetzten Namen des Kustos, der das Bild in Verwahrung hat. Sammlungen und Nachlässe sind nach Möglichkeit als solche gekennzeichnet.

Zu jedem Foto ist die Nummer der Buchseite angegeben. Bei mehreren Fotos auf einer Seite richten sich die Angaben nach der Reihenfolge: von oben nach unten, von links nach rechts.

9: Othmar Seehauser, Bozen.
12–13, 14: Sammlung Gotthard Andergassen, Bozen.
15: Hans Jörg Dell'Antonio; Repro: Augustin Ochsenreiter, Bozen.
16: Stefan Trafojer, Hotel Stiegl, Bozen.
17: Helene Oberrauch, Bozen; Repro: Augustin Ochsenreiter, Bozen.
18, 19, 20–21: Othmar Seehauser, Bozen.
23: Privatarchiv Silvius Magnago; unten links: Helene Oberrauch, Bozen.
24, 25: Familie Mumelter, Bozen.
27: Othmar Seehauser, Bozen.
28, 29, 30, 31, 33, 34–35: Sammlung Gotthard Andergassen, Bozen.
36–37: Ansichtskarte mit beschriebener Rückseite, Sammlung Gotthard Andergassen, Bozen.
39: Anna Mayr, Rammlhof, Bozen.
40, 41, 42–43: Sammlung Gotthard Andergassen, Bozen.
45: Alfons Benedikter, Eppan; Repro: Augustin Ochsenreiter, Bozen.
46, 47: Nachlaß Robert Helm, jun., (Heidi Helm-Dallapozza, Bozen).
50–51: Emil Seppi, Kaltern (Verein für Kultur und Heimatpflege, Kaltern).
52: Stefan Trafojer, Hotel Stiegl, Bozen.
53: Nachlaß Robert Helm jun., (Heidi Helm-Dallapozza), Bozen.
54: Nachlaß Paul Mayr (Rita Mayr, Bozen).
55: Nachlaß Karl Tinzl (Georg Tinzl, Bozen).
57: Privatarchiv Silvius Magnago.
58: Österreichisches Institut für Zeitgeschichte (Nachlaß Claus Gatterer).
59: Sammlung Gotthard Andergassen, Bozen.
60–61: Nachlaß Viktor Malfèr, Bozen.
62: Privatarchiv Silvius Magnago, aus: Hans Benedikter, »Silvius Magnago, Ein Leben für Südtirol«, Bozen, Athesia, 1984 (mit freundlicher Genehmigung des Autors).
63, 64: Privatarchiv Silvius Magnago.
65: Österreichisches Institut für Zeitgeschichte (Nachlaß Claus Gatterer)
66: Landesbildstelle Tirol (Nachlaß Claus Gatterer).
69: Nachlaß Viktor Malfèr, Bozen.
71: Privatarchiv Silvius Magnago; unten rechts: Nachlaß Claus Gatterer.
72: Annemarie Mumelter, Bozen.
73: Privatarchiv Silvius Magnago.
75: Tageszeitung »Dolomiten«, Bozen, Athesia, 21. 6. 1954.
77: Egidio Casagrande, Leifers (Bozen).
79: Nachlaß Otto von Guggenberg (Ossi von Guggenberg, Mailand).
80: Friedl Volgger, Bozen.
81: Ernst Mariner, Bruneck; Nachlaß Otto von Guggenberg (Ossi von Guggenberg, Mailand).
82: Friedl Volgger, Bozen.
83: Nachlaß Otto von Guggenberg (Ossi von Guggenberg, Mailand).
84: Aus: Friedl Volgger, »Südtirol am Scheideweg«, Innsbruck, Haymon, 1984 (mit frdl. Genehmigung des Autors).
85, 87: Nachlaß Karl Tinzl (Georg Tinzl, Bozen).
89: Helene Oberrauch, Bozen.
90: Aus: Tageszeitung Dolomiten ..., 13. 4. 1948.
91: Nachlaß Claus Gatterer.
93, 95: Pressefotos mit Bildtext, ohne nähere Angaben, Nachlaß Claus Gatterer.
97: Aus: (Stadtgemeinde Bozen, Hrsg.), »Bozen, 1948–52, Eine Stadt im Wiederaufstieg«.
99: Anton Zelger, Bozen.
100: Nachlaß Karl Tinzl (Georg Tinzl, Bozen).
101: Foto Siracusa, Bozen (Ossi von Guggenberg, Mailand).
103: Privatarchiv Silvius Magnago.
105: Aus: Hans Benedikter, Silvius Magnago ... (mit freundlicher Genehmigung des Autors).
106: Nachlaß Karl Erckert (Karlheinz Erckert, Bozen).
107: Alfons Benedikter, Eppan.
109: Deutsche Presseagentur DPA.
111: Aus: Tageszeitung Dolomiten ..., 8. 11. 1952.
117–118: Pressefoto mit rückseitigen Veröffentlichungsdaten, Archiv: Die Presse, Wien.
120–121, 122: Aus: »Der Volksbote«, Bozen, Athesia, 8. 3. 1956.
123: Aus: Volksbote..., 30. 5. 1957.
124: Aus: Volksbote..., 26. 5. 1954.
125: Aus: Volksbote..., 30. 5. 1957.
126, 127: Gioacchino Alberti, Bozen.
128–129: Privatarchiv Silvius Magnago.
130: Aus: Volksbote..., 21. 2. 1952.
131: Flavio Faganello (Landesbildstelle, Bozen); 2. Reihe: Nachlaß Claus Gatterer; Franz Widmann, Bozen; unten: Archiv: Die Presse, Wien.
133, 134, 135, 136: Hermann Frass, Bozen.
137: Archiv: Die Presse, Wien.
139: Flavio Faganello (Landesbildstelle, Bozen).
140: Hermann Frass, Bozen.

141: Flavio Faganello (Landesbildstelle, Bozen).
145: Aus: »Deutsche Illustrierte«, Stuttgart, 7. 12. 1957 (Franz Widmann, Bozen).
146–147: Aus: »L'Europeo«, 25. 6. 1961.
149: Rosa Klotz, Bozen.
150, 151, 153, 155, 156–157, 158: Gioacchino Alberti, Bozen.
159: Nachlaß Claus Gatterer.
160, 161: Gioacchino Alberti, Bozen.
163: Aus: »Feuernacht«, Bozen, Raetia, 1992.
164, 165: Gioacchino Alberti, Bozen.
166–167: Deutsche Presseagentur DPA.
170: Aus: Tageszeitung Dolomiten..., 30. 9. 1961.
171: Hermann Frass, Bozen.
172: Nachlaß Karl Tinzl (Georg Tinzl, Bozen).
173–177: Dokumente aus: Nachlaß Erich Amonn (Familie Amonn, Bozen).
177: Foto: Karl Nicolussi-Leck, Eppan.
181: DPA.
182: Aus: Volksbote..., 23. 4. 1963.
183: Dokumente aus: Nachlaß Erich Amonn (Familie Amonn, Bozen); Foto: Archiv: Wochenpresse, Wien (Nachlaß Claus Gatterer).
185, 187: Gioacchino Alberti (FF Die Südtiroler Illustrierte, Bozen).
189, 191: Agentur Olympia, Mailand.
192: Flavio Faganello (Landesbildstelle, Bozen).
193: Agentur Olympia, Mailand.
194: Gioacchino Alberti (FF ..., Bozen).
195: Aus: Hans Benedikter, Silvius Magnago ... (mit freundlicher Genehmigung des Autors).
196: Agentur Olympia, Mailand; Archiv: Die Presse, Wien.
198–199: Flavio Faganello (Landesbildstelle, Bozen).
201, 203: Gioacchino Alberti, Bozen.
206–207, 208, 209, 210, 211, 212–213: Archiv: Die Presse, Wien.
215, 216: Othmar Seehauser, Bozen.
217: Privatarchiv Silvius Magnago.
218, 219: Othmar Seehauser, Bozen.
220, 221: Michaela Seidler, Archiv: Die Presse, Wien.
222–223: Josef Pernter, Bozen.
224: Othmar Seehauser, Bozen.
227: Nachlaß Otto von Guggenberg (Ossi von Guggenberg, Mailand).
231: Landesbildstelle Tirol (Nachlaß Claus Gatterer).
234–235: Archiv: Die Presse, Wien.
239: Repro, Nachlaß Claus Gatterer.
241: Aus: (Provincia Autonoma di Trento, Hrsg.), »Cinquantesimo A.S.A.R. 1945–1995«, Trient, Juli 1995.
243: Gioacchino Alberti, Bozen.
244: Archiv: Die Presse, Wien.
245: Nachlaß Franz Gschnitzer (Familie Gschnitzer, Innsbruck).
246, 247, 248, 249: Archiv: Die Presse, Wien.
248: rechts: Landesbildstelle Tirol (Nachlaß Claus Gatterer).
249: Archiv: Die Presse, Wien.
250, 252–253: Sammlung Gotthard Andergassen, Bozen.
254: Nachlaß Paul von Sternbach, in: Dolomiten, 31. 10. 1958.
255: Österreichisches Institut für Zeitgeschichte (Nachlaß Claus Gatterer).
256–257, 258, 259: Sammlung Gotthard Andergassen, Bozen.
261: Nachlaß Karl Tinzl (Georg Tinzl, Bozen).
264–265: Gioacchino Alberti, Bozen.
266: Walter Niedermayr, Bozen.
268, 269, 270: Othmar Seehauser, Bozen.
271, 272, 273, 274: Privatarchiv Silvius Magnago.
275: Hermann Frass, Bozen.
277, 278: Flavio Faganello (Landesbildstelle, Bozen).
279: Walter Niedermayr, Bozen.
281: Josef Pernter, Bozen.
282: Walter Niedermayr, Bozen.
284–285: Gioacchino Alberti, Bozen.
287: Archiv: Die Presse, Wien.
288: Michaela Seidler, Archiv: Die Presse, Wien.
289: Markus Perwanger (Landespresseamt, Bozen).
291, 292, 295: Othmar Seehauser, Bozen.
296: Francesca Witzmann, Bozen.
297, 299, 301, 303, 305, 306: Othmar Seehauser, Bozen.
309: Archiv FF/Raetia.
310: Josef Pertner, Bozen.
313: Privatarchiv Silvius Magnago.
314: Gianfranco Moroldo, in: L'Europeo..., 1. 3. 1959.
316, 317: Aus: Dolomiten..., 21. 6. 1954.
319: Agentur Olympia, Mailand.
320: Flavio Faganello (Landesbildstelle, Bozen).
321: Othmar Seehauser, Bozen.
322: Gianfranco Moroldo, in: L'Europeo..., 1. 3. 1959.
325: Aus: L'Europeo..., 25. 6. 1961.
326–327: Aus: L'Europeo..., 22. 2. 1959.
328: Gioacchino Alberti, Bozen.
329: Gianfranco Moroldo, in: L'Europeo..., 1. 3. 1959.
330: Othmar Seehauser, Bozen.
332: Gioacchino Alberti, Bozen.
333: Aus: L'Europeo..., 25. 6. 1961.
335: Gioacchino Alberti, Bozen.
337: Othmar Seehauser, Bozen.
338, 341: Archiv Tandem, Bozen.
340: Archiv: Die Presse, Wien; Landespressedienst Innsbruck.
343: Privatarchiv Silvius Magnago.
345: DPA.
346: Othmar Seehauser, Bozen.
348: Francesca Witzmann, Bozen.
349: Agentur Olympia, Mailand.
351: DPA.
354, 355, 356, 359: Privatarchiv Silvius Magnago.
360, 361: Archiv: Die Presse, Wien.